La belle Romaine

J'AI LU

ALBERTO MORAVIA

LE QUADRILLE DES MASQUES	
LE CONFORMISTE	
LA BELLE ROMAINE	*J'ai lu* 1712/**5***
LA PROVINCIALE ET AUTRES RÉCITS	
LE MÉPRIS	
UN MOIS EN U.R.S.S.	
L'ENNUI	
AUTRES NOUVELLES ROMAINES	
AGOSTINO	
L'INDE COMME JE L'AI VUE	
L'AUTOMATE	
L'HOMME	
L'ATTENTION	
UNE CHOSE EST UNE CHOSE	
LA RÉVOLUTION CULTURELLE DE MAO	
LE MONDE EST CE QU'IL EST	
LE PARADIS	
MOI ET LUI	
UNE AUTRE VIE	
À QUELLE TRIBU APPARTIENS-TU ?	
DESIDERIA	
BOF !	
1934	*J'ai lu* 1625/**4***
LA CIOCIARA	*J'ai lu* 1656/**4***
LE ROI EST NU	
LA PROVINCIALE ET AUTRES RÉCITS	
LA DÉSOBÉISSANCE	
L'AMOUR CONJUGAL	
LES AMBITIONS DÉÇUES	
LA CHOSE	*J'ai lu* 2171/**3***
LE VOYAGE À ROME	
PORTRAITS DE FEMMES	
BRÈVE AUTOBIOGRAPHIE LITTÉRAIRE	
TRENTE ANS DE CINÉMA	
L'ANGE DE L'INFORMATION	
L'HOMME QUI REGARDE	
LE PETIT ALBERTO	

Alberto Moravia

La belle Romaine

Éditions J'ai lu

PREMIÈRE PARTIE

1

A seize ans, j'étais une véritable beauté. J'avais un visage d'un ovale parfait, un peu étroit des tempes, un peu large du bas, de grands yeux longs et doux, un nez droit qui prolongeait la ligne du front, une grande bouche avec de belles lèvres rouges et charnues montrant, quand je riais, des dents régulières et très blanches. Maman disait que j'avais l'air d'une madone. Moi, je m'aperçus que je ressemblais à une actrice de cinéma alors en vogue et commençai à me coiffer comme elle. Maman affirmait que, si j'avais un beau visage, mon corps était cent fois plus beau : dans Rome entière, assurait-elle, on ne pouvait pas trouver un corps fait comme le mien. En ce temps-là, je m'en souciais peu, de mon corps; je pensais que toute la beauté se trouvait dans le visage, mais à présent je peux dire que maman avait raison. J'avais les jambes droites et fortes, les hanches rondes, le dos long, large aux épaules et fin à la taille. J'avais déjà le ventre un peu prononcé – je l'ai toujours eu –, avec un nombril qu'on ne voyait presque pas tant il était enfoncé dans la chair; mais maman prétendait que c'était là une beauté de plus, que le ventre doit être proéminent et non pas plat comme c'est la mode aujourd'hui. La poitrine, je l'avais forte, mais ferme et haute; elle se tenait toute seule sans soutien-gorge. Pour ma poitrine aussi, quand je me plaignais de l'avoir trop grosse, maman disait que c'était une vraie beauté et que la poitrine des femmes d'aujourd'hui ne valait rien. Nue, comme on me le fit noter plus tard, j'étais grande et opulente, formée comme une statue; habillée, au contraire, j'avais l'air d'une petite fille maigriotte, et personne ne pouvait penser que j'étais faite ainsi. Cela venait de mes proportions, me dit le peintre pour lequel je me mis bientôt à poser.

Ce fut maman qui me trouva ce peintre. Avant de se marier et de se faire chemisière, elle avait été modèle. Un peintre lui ayant donné des chemises à faire, elle se souvint de son ancien métier et lui proposa de me faire poser. La première fois que je me rendis chez le peintre, maman voulut m'accompagner, bien que je protestasse que je pouvais très bien y aller seule. J'avais honte non pas tant de me déshabiller devant un homme pour la première fois de ma vie, que de ce que je prévoyais que maman dirait pour inciter le peintre à m'employer. En effet, aussitôt après m'avoir aidée à quitter mes vêtements en les faisant passer par la tête et m'avoir fait mettre toute nue au milieu de la pièce, maman commença à s'enflammer et à dire au peintre :

— Regardez un peu cette poitrine, ces hanches! Regardez les jambes qu'elle a ! Où est-ce que vous pourriez trouver cette poitrine, ces hanches et ces jambes?

Et, tout en parlant, elle me touchait comme on palpe les bêtes pour encourager l'acheteur au marché. Le peintre riait, moi j'avais honte; comme on était en hiver, j'avais aussi très froid, mais je comprenais que maman parlait sans malice, qu'elle était fière de ma beauté parce que c'était elle qui m'avait mise au monde et que, si j'étais belle, c'était à elle que je le devais. Le peintre aussi paraissait comprendre les sentiments de ma mère; il riait sans méchanceté, d'un rire cordial, si bien que je me sentis tout de suite ragaillardie, dominai ma timidité et m'approchai du poêle sur la pointe des pieds pour me réchauffer. Ce peintre avait quarante ans : c'était un gros homme d'aspect paisible et joyeux. Je sentais qu'il me regardait comme un objet, sans désir, et cela me rassurait. Plus tard, quand il me connut mieux, il continua toujours à me traiter avec gentillesse et respect, non plus comme un objet, toutefois, mais comme une personne. J'éprouvai tout de suite beaucoup de sympathie pour lui; peut-être aurais-je pu m'éprendre de lui simplement parce qu'il était gentil et affectueux avec moi. Mais il ne se montra jamais familier : il fut toujours pour moi non pas un homme, mais un peintre et, tout le temps que je posai pour lui, nos rapports restèrent aussi corrects, aussi distants que le premier jour.

Une fois que maman eut fini mes louanges, le peintre, sans mot dire, alla vers des cartons entassés sur une chaise, feuilleta là-dedans, en tira une gravure en couleurs et la montra à maman en lui déclarant du bout des lèvres :

– Voilà ta fille.

Je quittai le poêle pour venir regarder l'image. Elle représentait une femme nue étendue sur un lit couvert de riches étoffes. Derrière le lit, il y avait un rideau de velours et, dans les plis du rideau, suspendus en l'air, deux petits enfants ailés qui avaient l'air de deux petits anges. Effectivement, cette femme me ressemblait. Cependant, bien qu'elle fût nue, à ces étoffes et à certaines bagues qu'elle avait aux doigts, on comprenait que ç'avait dû être une reine ou quelque femme considérable, alors que moi, je n'étais qu'une fille du peuple. Tout d'abord, maman ne comprit pas; elle regardait la gravure d'un air déconcerté. Puis, tout à coup, elle parut saisir la ressemblance et s'écria, le souffle coupé :

– Absolument ça ! C'est elle ! Vous voyez si j'avais raison ? Qui est-ce ?

– C'est Danaé, répondit le peintre en souriant.

– Qui est-ce, Danaé ?

Danaé... c'est une divinité païenne.

Maman, qui attendait le nom d'une personne ayant réellement existé, fut désorientée. Pour cacher sa confusion, elle commença de m'expliquer qu'il faudrait me mettre comme le voudrait le peintre, étendue comme le personnage de l'estampe, par exemple, ou bien debout, ou bien assise, et rester immobile tout le temps qu'il peindrait. Le peintre déclara en riant que maman s'y connaissait mieux que lui; et, aussitôt, maman, flattée, se mit à parler de l'époque où elle posait, et où on la connaissait dans tout Rome comme un des plus beaux modèles; puis à déplorer le préjudice qu'elle s'était causé à elle-même en se mariant et en quittant le métier. Pendant ce temps, le peintre m'avait fait étendre sur un sofa, au fond de l'atelier, et m'avait indiqué la pose en me pliant lui-même les jambes et les bras pour leur donner l'attitude qu'il désirait, avec une douceur méditative et distraite, comme s'il me voyait là telle qu'il voulait me représenter. Puis, tandis que maman continuait à bavarder, il se mit à tracer quelques lignes sur une toile blanche posée sur un chevalet. Maman s'aperçut qu'il ne l'écoutait plus, absorbé comme il était, et lui demanda :

– Combien allez-vous lui payer l'heure de pose, à ma fille ?

Le peintre dit un chiffre, sans lever les yeux de sa toile. Maman prit mes effets, que j'avais rangés sur une chaise, et me les lança à la figure en m'enjoignant :

– Allons, rhabille-toi, il vaut mieux que nous nous en allions !

– Qu'est-ce qui te prend, maintenant ? dit le peintre, stupéfait, en cessant de dessiner.

– Rien du tout, rien du tout ! dit maman, qui affectait une grande hâte. Allons-nous-en, Adrienne, nous avons tant de choses qui nous attendent !

– Mais, enfin, dit le peintre, si tu as une proposition à faire, tu n'as qu'à la faire ! Qu'est-ce que c'est que ces histoires-là ?

Alors maman commença une discussion interminable, en hurlant qu'il était vraiment fou de s'imaginer pouvoir me payer aussi peu, que je n'étais pas un de ces vieux modèles dont personne ne veut plus, que j'avais seize ans et que c'était la première fois que je posais. Quand maman veut obtenir quelque chose, elle crie très fort, on dirait vraiment qu'elle est en colère. En réalité, elle n'est pas du tout en colère; moi qui la connais bien, je sais qu'elle est calme comme une huile. Mais elle crie comme les femmes du marché quand un acheteur ne leur offre pas suffisamment pour leur marchandise. Elle crie surtout avec les gens dont elle sait que, par politesse, ils finissent toujours par céder.

Et, en effet, le peintre céda. Tandis que maman glapissait, il souriait et faisait de temps en temps un geste de la main pour demander la parole. Enfin maman s'arrêta un instant pour reprendre haleine; alors il lui demanda de nouveau combien elle voulait. Mais maman ne le lui dit pas tout de suite. Elle se mit à crier une chose inattendue :

– Je voudrais bien savoir, le peintre qui a fait ce tableau que vous venez de me montrer, combien il lui donnait, à son modèle ?

Le peintre se mit à rire :

– Quel rapport y a-t-il ? C'était une autre époque ! Il a dû lui donner une bonne bouteille de vin... une paire de gants, peut-être.

De nouveau, maman fut aussi désorientée que lorsqu'il lui avait dit que l'image représentait Danaé. Le peintre se moquait un peu d'elle, mais sans méchanceté, et maman ne s'en rendait pas compte. Elle se remit à crier, à traiter le peintre d'avare et à exalter ma beauté. Puis, tout à coup, elle parut se calmer et lui dit le chiffre qu'elle voulait. Le peintre discuta encore, et ils finirent par convenir d'une somme légèrement inférieure à celle que maman demandait. Le peintre s'approcha d'une petite table, ouvrit un tiroir et paya maman. Elle prit l'argent, toute contente, me fit quelques recommandations et s'en fut. Le peintre alla refermer la porte, retourna à son chevalet et me demanda :

– Est-ce qu'elle crie tout le temps comme ça, ta mère ?

– Maman m'aime bien, lui répondis-je.

– Moi, observa-t-il tranquillement en se remettant à dessiner, j'ai surtout l'impression qu'elle aime bien l'argent.

– Non ! ce n'est pas vrai ! répondis-je vivement. C'est moi qu'elle aime avant tout... Seulement ça l'ennuie que je sois née pauvre, et elle voudrait que je gagne beaucoup.

J'ai tenu à raconter en détail cette histoire du peintre parce que c'est à partir de ce jour-là que j'ai commencé à travailler, bien que j'aie choisi par la suite un métier différent; et aussi parce que le comportement de maman dans cette occasion-là fait bien saisir son caractère et le genre de sentiment qu'elle nourrissait pour moi.

Mon heure de pose achevée, j'allai rejoindre maman

dans une crémerie où elle m'avait donné rendez-vous. Elle me demanda comment la séance s'était passée et me fit relater minutieusement tous les propos que le peintre, homme taciturne, m'avait tenus au cours de la pose. Elle finit par me dire qu'il me faudrait bien ouvrir l'œil, que ce peintre-là n'avait peut-être pas de mauvaises intentions, mais que beaucoup ne prenaient une fille pour modèle que dans l'intention d'en faire leur maîtresse. Or, je devais repousser résolument leurs propositions.

– Ce sont tous des crève-la-faim, m'expliqua-t-elle, on ne peut rien attendre d'eux. Et toi, avec ta beauté, tu peux aspirer à quelque chose de mieux, de bien mieux...

C'était la première fois que maman me tenait des propos semblables. Mais elle parlait avec assurance, comme si les choses qu'elle énonçait là, elle les eût longuement méditées.

– Que veux-tu dire ? lui demandai-je, surprise.

Elle répondit assez vaguement :

– Ce sont des gens qui se paient de grands mots, mais qui n'ont pas le sou; une belle fille comme toi ne doit fréquenter que des « messieurs bien ».

– Comment, des « messieurs bien » ? Je ne connais pas de messieurs, moi !

Elle me regarda et conclut d'une façon tout aussi vague :

– Pour l'instant, tu peux parfaitement être modèle... plus tard nous verrons... une chose en amène une autre...

Son visage avait une expression avide, et réfléchie qui me fit presque peur. Ce jour-là, je ne la questionnai pas davantage.

D'ailleurs, les recommandations de maman étaient superflues parce que, ne fût-ce qu'en raison de mon jeune âge, j'étais alors extrêmement sérieuse. Après ce peintre-là, j'en trouvai d'autres et commençai à être très connue dans le milieu des ateliers. Je dois dire que, d'une façon générale, les peintres se montraient presque tous assez réservés et respectueux, bien que plus d'un ne me cachât pas ses sentiments. Mais je les repoussai tous avec une telle dureté que j'acquis vite la réputation d'une vertu farouche. Si, comme je le dis, les peintres se montraient presque toujours assez respectueux, c'est surtout, j'imagine, que leur but n'était pas de me faire la cour, mais de me dessiner et de me peindre; or, quand ils me dessinaient et me peignaient, ils me regardaient avec des yeux d'artistes et non plus d'hommes, à la façon d'une chaise ou de tout autre objet. Ils avaient l'habitude des modèles, et mon corps nu, bien que jeune et provocant, ne leur faisait pas grande impression, comme il arrive aussi aux médecins. C'étaient les amis des peintres qui me mettaient souvent dans l'embarras. Ils entraient et commençaient à discourir avec le peintre. Mais j'avais vite fait de m'apercevoir qu'ils avaient beau affecter l'indifférence, ils n'arrivaient pas à détourner les yeux de mon corps. D'autres se montraient carrément effrontés et commençaient à rôder dans tout l'atelier uniquement pour me regarder sous toutes les faces. Ce furent ces regards et les obscures allusions de maman qui éveillèrent ma coquetterie en me donnant conscience à la fois, et de ma beauté, et des avantages que j'en pouvais tirer. Je finis non seulement par m'accoutumer à ces indiscrétions, mais par éprouver de la satisfaction à noter le trouble des visiteurs et quelque désillusion quand je les voyais franchement indifférents. C'est ainsi que ma vanité m'amena insensiblement à penser, comme le désirait maman, que, lorsque j'en aurais envie, je pourrais user de ma beauté pour améliorer ma situation.

A cette époque-là, cependant, je pensais avant tout à me marier. Mes sens n'étaient pas encore éveillés, et la vanité mise à part, les hommes qui me regardaient pendant la pose ne suscitaient en moi aucun sentiment. Je remettais à maman tout l'argent que je gagnais et, quand je ne posais pas, je restais près d'elle pour l'aider à couper et à piquer ses chemises; c'était là notre unique moyen d'existence, depuis la mort de mon père, qui avait été employé aux chemins de fer. Nous habitions un petit appartement au second étage d'une longue maison basse, édifiée précisément à l'intention des cheminots, une cinquantaine d'années plus tôt. La maison était construite sur un boulevard extérieur ombragé de platanes. D'un côté, il y avait une rangée de bâtisses pareilles à la nôtre, toutes semblables, toutes à deux étages, avec une façade de briques non crépies, douze fenêtres – six par étage – et, en bas, une porte au milieu. De l'autre côté, de bastion en bastion, on voyait se dérouler les remparts de la ville, intacts à cet endroit et regorgeants de verdure. Une porte s'ouvrait dans les remparts, à peu de distance de chez nous. Près de la porte, adossée aux remparts, il y avait l'enceinte d'un Luna-Park rempli de lumières et de flonflons pendant la bonne saison. De ma fenêtre, située un peu de biais, je pouvais apercevoir des guirlandes d'ampoules électriques multicolores, des toits pavoisés de petits drapeaux, et la foule qui se pressait à l'entrée, sous les platanes. La musique, je l'entendais distinctement; et souvent, la nuit, je restais éveillée pour l'écouter et rêver les yeux grands ouverts. Il me semblait qu'elle venait d'un monde inaccessible, pour moi tout au moins. Cette impression, l'étroitesse et l'obscurité de ma chambre la renforçaient. Il me semblait que toute la population de la ville se donnait rendez-vous au Luna-Park, que moi seule en étais exclue. J'aurais voulu me lever et y aller, mais je ne bougeais pas; et la musique qui continuait imperturbablement pendant toute la nuit me faisait penser à une privation définitive punissant je ne sais quelles fautes que j'ignorais avoir commises. Il m'arrivait même de pleurer en écoutant ces flonflons, tant mon exclusion me causait de peine. J'étais alors fort sentimentale : l'impolitesse d'une amie, un reproche de maman, une scène émouvante au cinéma, un rien suffisait à m'arracher des larmes. Peut-être bien n'aurais-je pas eu ce sentiment d'un monde heureux qui m'était interdit, si maman, pendant mon enfance, ne m'eût pas tenue à l'écart du Luna-Park comme de toute autre distraction. Mais le veuvage de maman, sa pauvreté et, surtout, son hostilité à l'égard de tous les divertissements, dont le sort lui avait été avare, ne me permirent jamais de mettre les pieds au Luna-Park, comme du reste dans n'importe quel autre lieu d'amusement, sinon beaucoup plus tard, lorsque j'étais déjà une jeune fille et que mon caractère était formé. C'est à cela que je dois probablement d'avoir gardé toute ma vie le soupçon d'être exclue du monde joyeux, scintillant du bonheur. Soupçon dont je n'arrive pas à me débarrasser, même lorsque je sais, de façon certaine, que je suis heureuse.

J'ai dit qu'alors je pensais avant tout à me marier. Je peux dire aussi quel aspect cette idée présentait pour moi. Le boulevard extérieur sur lequel notre maison était bâtie pénétrait, un peu plus bas, dans un quartier moins pauvre. Au lieu des longues maisons basses des cheminots, qui faisaient l'effet de wagons fatigués et poussiéreux, on y voyait de nombreux pavillons entourés de jardins. Ils n'étaient pas luxueux; ceux qui les habitaient n'étaient que des employés et des petits commerçants, mais, en comparaison de notre lugubre maison, ils donnaient l'impression d'une vie plus heureuse et plus gaie. Avant tout, ils étaient différents les uns des autres; et puis ils n'offraient pas à l'œil les écorniflures, les taches noires, les crevasses qui, dans ma maison et dans ses semblables, font penser à une désaffection de vieille date de la part des habitants. Enfin les jardins qui les entouraient, réduits mais luxuriants, suggéraient l'idée d'une intimité jalouse, à l'écart du désordre et de la promiscuité de la rue. Dans ma maison, on la retrouvait partout, la rue : dans le vaste vestibule qui avait l'air d'un entrepôt, dans le large escalier nu et sale, et jusque dans les pièces dont les meubles hétéroclites et démantibulés faisaient penser aux brocanteurs qui en vendent de pareils le long des trottoirs.

Un soir d'été, comme je me promenais sur le boulevard avec maman, par les fenêtres d'un de ces pavillons j'aperçus une scène familiale qui se grava dans mon esprit et me sembla répondre en tout à l'idée que je me faisais d'une vie normale et décente. Une pièce petite mais propre, avec une tapisserie à fleurs, une crédence et une lampe centrale suspendue au-dessus de la table où le couvert était mis. Autour de cette table, cinq ou six personnes, parmi lesquelles je crus voir trois enfants de huit à douze ans. Au milieu de la table une soupière, et la mère, debout, qui servait la soupe. Cela peut sembler bizarre, mais, de toutes ces choses, celle qui me frappa le plus fut la lumière de la suspension ou, mieux, l'aspect extraordinairement serein et normal que les choses prenaient sous cette lumière. Plus tard, quand je repensai à cette scène, j'eus la conviction absolue que je devais me proposer pour but d'habiter un jour une maison comme celle-là, d'avoir une famille comme celle-là et de vivre dans une lumière semblable, qui semblait révéler la présence de tant d'affections sûres et tranquilles. Beaucoup vont trouver que c'étaient là des aspirations modestes. Mais il faut tenir compte de ma situation d'alors. Moi qui étais née dans la maison des cheminots, le petit pavillon me faisait le même effet que produisaient probablement aux habitants – que j'enviais tant – du pavillon les demeures plus grandes et plus riches des quartiers cossus de la ville. C'est ainsi que chacun met son paradis dans l'enfer des autres.

Maman, au contraire, faisait de grands projets pour moi, mais je m'aperçus très vite que ses projets excluaient tout établissement du genre de celui qui me tenait à cœur. Elle pensait, en gros, que ma beauté me permettait d'aspirer à tous les genres de succès, mais non pas à devenir, comme toutes les autres filles, une femme mariée, vivant en famille. Nous étions extrêmement pauvres; ma beauté lui semblait la seule richesse dont nous pussions disposer et, par conséquent, une richesse qui n'était pas seulement à moi mais à elle, ne fût-ce, comme je l'ai déjà dit, que parce que c'était elle qui m'avait mise au monde. Cette richesse, je devais m'en servir, d'accord avec elle, pour améliorer notre condition, sans aucun égard pour les convenances. Sans doute s'agissait-il surtout là d'un manque d'imagination. Dans une situation comme la nôtre, l'idée de tirer profit de ma beauté était la première qui vînt à l'esprit. Maman s'accrocha à cette idée et ne la lâcha plus.

Je ne me rendais compte alors que fort imparfaitement de ces projets de maman. Mais, même plus tard, quand je vis clair, je n'eus jamais le courage de lui demander comment, avec ces idées-là, elle avait pu devenir la femme d'un cheminot et tomber dans une telle pauvreté. Beaucoup de ses allusions m'ont permis de comprendre que la cause de la faillite de maman, c'était moi, car ma naissance n'avait été ni prévue ni désirée. En d'autres termes, j'étais née par hasard; et maman, n'ayant pas eu le courage de m'empêcher de naître (comme elle aurait dû le faire, à l'en croire), avait été contrainte d'épouser mon père et d'accepter toutes les conséquences d'un mariage pareil. C'est souvent qu'en faisant allusion à ma naissance, maman me répétait : « Toi, tu as été ma ruine. » Cette phrase, tout en me faisant de la peine, était restée longtemps obscure pour moi; ce n'est que par la suite que je pus en comprendre entièrement le sens. Cette phrase voulait dire : « Sans toi, je ne me serais pas mariée et, à l'heure qu'il est, je roulerais en automobile! » Il est compréhensible qu'avec ces idées sur sa propre vie elle ne voulût pas que sa fille, beaucoup plus belle qu'elle, refît les mêmes erreurs et eût le même destin. Aujourd'hui que je puis voir les choses avec une perspective suffisante, je n'ai pas encore le courage de lui donner tort. Pour maman, la famille avait voulu dire : pauvreté, esclavage et quelques maigres joies vite coupées par la mort de mon père. Il était naturel, sinon juste, qu'elle considérât la vie honnête et familiale comme un malheur et veillât à ce que je ne fusse pas attirée par les mêmes mirages qui l'avaient perdue.

A sa façon, maman m'aimait beaucoup. Par exemple, aussitôt que je commençai d'aller dans les ateliers, elle me fit deux costumes : un deux-pièces, la jupe et la jaquette, et une autre robe d'une seule pièce. A vrai dire, j'aurais préféré du linge, parce que j'avais honte, chaque fois que je devais me déshabiller, de montrer une lingerie grossière, usée et fréquemment peu fraîche. Mais maman déclara qu'au besoin je pouvais avoir des dessous en lambeaux : l'important était que « je présentasse bien ». Elle fit choix de deux étoffes bon marché, de couleur et de dessins voyants, et coupa elle-même les deux robes. Mais elle était chemisière et non point couturière et, bien qu'elle y travaillât de tout son cœur, elle manqua les deux toilettes. Je me souviens que la petite robe d'une seule pièce faisait un bec sur la poitrine, si bien qu'on me voyait les seins et que je fus obligée d'y mettre constamment une broche, et que le deux-pièces avait une veste trop courte et trop étroite, de sorte que les hanches, la poitrine, les poignets, tout sortait; et que, par compensation, la jupe était trop large et faisait des faux plis sur le ventre. Toutes deux ne m'en parurent pas moins superbes parce que, jusqu'alors, j'étais encore bien plus mal habillée avec de drôles de cotillons qui laissaient voir mes cuisses, de vilains tricots et des châles. Maman m'acheta aussi deux paires de bas de soie; jusqu'à ce moment-là, je m'étais promenée avec de grosses socquettes à mi-jambes et les genoux nus. Ces dons me remplirent de joie et d'orgueil : je ne me lassais pas de penser à eux et de les admirer; dans la rue, je me redressais et faisais bien attention à ne pas abîmer ma robe, comme si j'avais porté non pas ces pauvres frusques, mais une toilette de grand couturier.

Maman pensait beaucoup à mon avenir, et il ne lui fallut pas longtemps pour se montrer mécontente de mon métier de modèle. Je gagnais trop peu, d'après elle. Et puis les peintres et leurs amis étaient tous des gens pauvres; ce n'est pas dans leurs ateliers qu'on pouvait espérer faire une rencontre utile. Maman se mit tout à coup en tête que je devais devenir danseuse. Elle était toujours pleine d'idées ambitieuses, alors que moi, je n'arrivais à penser, comme je viens de le dire, qu'à une vie tranquille, avec un mari et des enfants. L'idée de la danse lui vint le jour où elle reçut une commande de chemises du directeur d'une troupe de Variétés qui faisait ses exhibitions dans un cinéma, entre deux films. Ce n'est pas qu'elle pensât que la profession de danseuse fût bien lucrative par elle-même; mais, comme elle le répétait souvent, une chose en amène une autre et, à force de s'exhiber sur une scène de théâtre, on finit forcément, une fois ou l'autre, par rencontrer un « monsieur bien ».

Un jour, maman me déclara qu'elle avait parlé au

directeur et que celui-ci l'avait encouragée à m'amener. Nous nous rendîmes dans la matinée à l'hôtel où ce directeur était logé avec toute la troupe. L'hôtel, je m'en souviens, était une vieille bâtisse énorme à proximité de la gare. Il était presque midi quand nous arrivâmes, mais il n'en faisait pas moins encore noir dans les corridors. Le relent des sommeils couvés dans une centaine de chambres épaississait l'air à couper le souffle. Nous parcourûmes plusieurs de ces couloirs et finîmes par trouver une sorte d'antichambre obscure où trois danseuses et un « tapeur » assis devant un piano s'exerçaient dans cette chiche lumière comme s'ils eussent été sur les planches. Le piano était encastré dans un angle près de la porte à verres dépolis des cabinets; dans le coin en face s'entassait une énorme pile de draps sales. Le pianiste, un vieillard hâve, jouait par cœur; il me donna l'impression de penser à autre chose, et peut-être bien, de dormir. Les trois danseuses étaient jeunes; elles avaient ôté leur corsage et dansaient en jupon, la poitrine et les bras nus. Elles se tenaient par la taille et, quand le pianiste attaquait un air, elles avançaient toutes trois vers le tas de linge sale en levant les jambes et en les promenant d'un mouvement d'ensemble, d'abord à droite, ensuite à gauche; puis, avec une attitude provocante qui paraissait bizarre dans cet endroit sombre et lugubre, elles imprimaient à leurs fesses une oscillation vigoureuse. Quand je les regardai et les vis taper leurs pieds en mesure sur le plancher avec un bruit fort et sourd, je sentis le cœur me manquer. Je n'ignorais pas que, malgré mes jambes longues et robustes, je ne possédais pas la moindre disposition pour la danse. J'avais pris des leçons de danse dans une école du quartier avec deux de mes amies. Elles, dès les premières fois, allaient en mesure et remuaient les jambes et les hanches comme deux danseuses entraînées; moi, au contraire, je me traînais comme si, de la taille jusqu'aux pieds, je n'étais qu'un plomb. J'avais l'impression de ne pas être faite comme les autres jeunes filles; je croyais sentir en moi quelque chose de massif et de lourd que la musique même ne pouvait pas délier. Et puis, les rares fois où j'avais dansé, le fait de sentir un bras m'enserrer la taille m'infusait comme une langueur et comme un abandon, si bien que je traînais les jambes au lieu de les remuer. Le peintre me l'avait bien dit : « Toi, Adrienne, tu aurais dû naître quatre siècles plus tôt... c'était la mode des femmes comme toi; aujourd'hui que la maigreur est en vogue, tu es un poisson hors de l'eau... Dans quatre ou cinq ans, tu seras junonienne. » Sur ce dernier point, il se trompait, car, même actuellement, les cinq ans ont passé et je ne suis ni plus grasse ni plus junonienne qu'alors. Mais, quand il disait que je n'étais pas faite pour notre époque de femmes maigres, il avait raison. Je souffrais de mon incapacité; j'aurais voulu maigrir et bien danser comme les autres jeunes filles. Mais, j'avais beau manger le moins possible, je restais massive comme une statue et, quand je dansais, je ne parvenais pas à saisir les rythmes rapides et sautillants de la musique moderne.

Je dis tout cela à maman parce que je savais bien que cette visite au directeur des Variétés serait un fiasco, et que l'idée de me faire refuser m'humiliait. Mais maman se mit tout de suite à crier que j'étais infiniment plus belle que toutes ces malheureuses qui montaient sur les planches, que le directeur remercierait le ciel de pouvoir me prendre dans sa troupe, et autres choses semblables. Maman ne comprenait rien à la beauté moderne; elle croyait de bonne foi que, plus une femme a la poitrine opulente et les hanches rondes, plus elle est belle.

Le directeur nous attendait dans une salle ouvrant sur l'antichambre; je suppose que, de cette chambre, il surveillait, par la porte ouverte, les répétitions de ses danseuses. Il était assis dans un fauteuil au pied du lit défait. Sur le lit il y avait un plateau avec du café; il achevait son petit déjeuner. Il était vieux et gros, mais tiré à quatre épingles, pommadé, habillé avec une élégance voyante qui, parmi ces draps défaits, dans cette faible lumière, faisait un effet singulier. Il avait une figure florissante que je soupçonnai peinte parce que, sous le rose des joues, on voyait transparaître des plaques irrégulières d'un brun malsain. Il portait monocle et remuait continuellement les lèvres en soufflant et en découvrant des dents d'une blancheur excessive qui donnaient l'idée d'un râtelier. Il était pomponné, comme je l'ai dit; je me rappelle surtout une cravate papillon de la même couleur et du même dessin que sa pochette. Il restait assis, le ventre entre les jambes; quand il eut fini de manger, il me dit, d'une voix contrariée et quasi geignarde :

– Allons, montrez vos jambes!

– Montre tes jambes à M. le Directeur, répéta maman avec anxiété.

Depuis que j'étais allée dans les ateliers, je n'avais plus honte... Je montrai mes jambes, immobile, en retroussant ma jupe à deux mains. J'ai de très belles jambes : longues, droites, lisses, mais, un peu au-dessus du genou, les cuisses prennent un développement insolite : elles sont rondes et lourdes et ne cessent de s'élargir jusqu'au point le plus saillant des hanches. Le directeur hocha la tête en me considérant, puis me demanda :

– Quel âge avez-vous?

– Elle vient d'avoir dix-huit ans au mois d'août, répondit promptement ma mère.

Le directeur ne dit rien. Il se leva et, tout essoufflé, se dirigea vers un phonographe qui se trouvait sur la table au milieu des papiers et des effets. Il tourna la manivelle, choisit un disque avec soin et le posa sur le phonographe. Puis il me dit :

– Maintenant, essayez de danser sur cette musique, mais en gardant votre jupe relevée.

– Elle n'a pris que quelques leçons de danse, dit maman.

Elle savait que c'était là l'épreuve décisive et, connaissant ma pataudерie, redoutait le résultat de l'examen.

Mais le directeur, après un signe de la main pour lui imposer silence, fit tourner le disque et, d'un autre signe, m'invita à danser. Je commençai à danser comme il m'avait dit de le faire, en gardant ma jupe relevée. En réalité, c'est tout juste si je lançais les jambes à droite et à gauche d'une manière molle et lourde, en me rendant fort bien compte que je le faisais à contretemps. Le directeur était resté debout près du phonographe, les coudes sur la table, la tête tournée vers moi. Tout à coup, il referma l'instrument et se rassit dans son fauteuil en faisant un geste très clair pour indiquer la porte.

— Ça ne va pas? demanda ma mère, anxieuse et déjà agressive.

Il répondit sans la regarder (tout en fouillant dans sa poche pour y chercher son étui à cigarettes) :

— Non, ça ne va pas!

Moi, je savais que, quand maman parlait sur un certain ton, c'était signe qu'elle cherchait querelle. Aussi la tirai-je par sa manche. Mais elle me repoussa d'une bourrade et fixa sur le directeur des yeux flamboyants en répétant d'une voix plus forte :

— Ça ne va pas? Non? Pourrait-on savoir pourquoi?

Le directeur avait trouvé ses cigarettes, mais il cherchait ses allumettes. Comme il était corpulent, chacun de ses gestes paraissait lui coûter un grand effort. Quoique essoufflé, c'est fort tranquillement qu'il lui répondit :

— Ça ne va pas parce qu'elle n'a pas de dispositions pour la danse et aussi parce qu'elle n'a pas le physique qu'il faut.

Là, comme je le craignais, maman se mit à vociférer ses considérations habituelles. Que j'étais une véritable beauté, que j'avais un visage de madone; qu'il regardât seulement ma poitrine, mes jambes, mes hanches. Il ne bougea pas, alluma sa cigarette et, tout en fumant et en l'observant, attendit qu'elle eût fini. Puis il dit, de sa voix contrariée et geignarde :

— Dans deux ans, votre fille pourra peut-être devenir une excellente nourrice, mais, une danseuse... jamais!

Il ne savait pas à quel point de violence était capable d'arriver maman. Il en fut tellement étonné qu'il posa la cigarette qu'il avait entre les lèvres et resta bouche bée. Il voulait parler, mais maman ne le lui permit pas. Maman était à la fois maigre et poussive, et on ne comprenait pas d'où elle pouvait tirer cette fougue et ce volume de voix. Elle lui dit quantité d'injures, à lui personnellement et aux ballerines qu'elle avait aperçues dans le couloir. Enfin, saisissant des coupons de soie qu'il lui avait confiés pour en faire des chemises, elle les lui lança à la figure en lui criant :

— Vos chemises, vous pourrez les faire couper par qui vous voudrez, par vos danseuses, au besoin ! Moi, quand vous me couvririez d'or, je n'y toucherais pas !

Cette conclusion était inattendue pour le directeur, qui garda l'étoffe des chemises enroulée autour du corps et autour de la tête, stupéfait et congestionné. Pendant ce temps, je tirais maman par la manche et pleurais presque de honte et d'humiliation. Elle finit par m'écouter et nous sortîmes de la chambre, laissant le directeur se débrouiller avec ses coupons de soie.

Le lendemain, je racontai toute l'aventure au peintre, qui était devenu un peu mon confident. Il rit beaucoup de la phrase du directeur sur mes dispositions à devenir une bonne nourrice, puis remarqua :

— Ma pauvre Adrienne, je te l'ai déjà dit bien des fois, c'est une erreur de ta part d'être née aujourd'hui; tu aurais dû venir au monde, il y a quatre siècles : ce qui semble aujourd'hui des défauts semblait alors des qualités, et vice versa. De son point de vue, ce directeur n'a pas tort. Il sait que le public veut des femmes maigres, blondes, avec très peu de poitrine, très peu de derrière, une figure malicieuse et provocante; et toi, au contraire, sans être grasse, tu es bien en chair, tu es brune, tu as une poitrine opulente, un derrière *idem,* et, avec ça, une figure douce et tranquille. Que veux-tu y faire ? Pour moi, tu es tout à fait ce qu'il me faut... continue à être modèle, après quoi, un beau jour, tu te marieras, et tu auras beaucoup de petits enfants pareils à toi, bruns et bien en chair, avec des figures douces et tranquilles.

— C'est ce que je veux faire ! lui répondis-je avec énergie.

— Très bien, me dit-il. Maintenant, penche-toi légèrement de côté... comme ça !

Ce peintre, à sa façon, me voulait du bien et, s'il était

resté à Rome et avait continué à me servir de confident, il aurait pu me donner de bons conseils, et bien des choses ne me seraient pas arrivées. Mais il n'arrêtait pas de se plaindre de ne pas vendre ses tableaux et finit par saisir l'occasion d'une exposition qu'on faisait de ses œuvres à Milan pour se fixer définitivement dans cette ville. Comme il me l'avait recommandé, je continuai d'être modèle. Mais les autres peintres ne se montraient pas gentils et affectueux comme lui, et je ne me sentais pas encline à les entretenir de ma vie, laquelle était, d'ailleurs, une vie imaginaire, faite de rêves, d'aspirations et d'espérances, parce que, dans cette période-là, il ne m'arrivait rien.

2

C'est ainsi que je continuai d'être modèle, quoique maman grognât parce qu'elle avait l'impression que je gagnais trop peu. Au cours de cette période, elle fut toujours de mauvaise humeur et, bien qu'elle ne l'avouât pas, je comprenais que la cause principale de cette mauvaise humeur, c'était moi. Je l'ai déjà dit : elle comptait sur ma beauté pour je ne sais quels succès, quelles aubaines : à ses yeux, le métier de modèle n'avait jamais été qu'un premier échelon; après quoi, suivant son expression habituelle : « une chose en amène une autre ». Me voir rester humble modèle la remplissait à la fois d'amertume et d'une sorte de rancune à mon égard. C'était comme si mon manque d'ambition l'eût frustrée d'un gain assuré. Naturellement, elle ne m'exposait pas sa pensée, mais me la laissait bien comprendre par ses impolitesses, ses allusions, ses soupirs, ses coups d'œil mélancoliques et d'autres moyens d'expression tout aussi transparents. C'était une sorte de chantage continuel qui me permit de comprendre comment tant de jeunes filles, constamment martyrisées de la sorte par des mères ambitieuses et déçues, finissent un beau jour par se sauver de chez elles et se donner au premier venu pour échapper à ce tourment. Il est bien sûr que maman n'agissait de cette façon que parce qu'elle m'aimait; mais c'était un peu l'amour que certaines fermières vouent à la poule qui leur pond des œufs; dès que la poule n'en pond plus, elles se mettent à la palper, à la soupeser et à calculer s'il n'est pas opportun de la tuer.

Comme on est patient et comme on est inconscient quand on est jeune! La vie que je menais alors était horrible, et je ne m'en apercevais pas. L'argent que je recevais pour mes longues, ennuyeuses et fatigantes poses dans les ateliers, je le rapportais intégralement à maman; et le temps que je ne passais pas nue, tout ankylosée et tout endolorie, à me faire peindre et dessiner, je le passais à la machine à coudre, le dos courbé et les yeux fixés sur l'aiguille, afin d'aider maman dans ses travaux. La nuit me trouvait encore à ma couture, et le matin je me levais à l'aube parce que les ateliers étaient éloignés de chez moi et parce que les poses commençaient de très bonne heure. Mais, avant de partir au travail, je faisais mon lit et j'aidais maman à nettoyer la maison. J'étais réellement infatigable, soumise, patiente et, en même temps, toujours sereine, joyeuse et tranquille, l'âme exempte d'envie, de rancune et de jalousie, remplie de cette douceur et de cette gratitude sans objet qui sont une floraison spontanée de la jeunesse. Je ne m'apercevais pas de la désolante laideur de la maison. Une énorme pièce servant d'atelier, avec une grande table au centre couverte de chiffons, d'autres chiffons accrochés à des clous plantés dans des murs sombres et dégradés, et quelques chaises dépaillées. Une chambre à coucher où je couchais avec maman dans un lit « à deux »; et, juste au-dessus du lit, le plafond portait une grosse tache d'humidité; de là, quand il faisait mauvais temps, il pleuvait sur nous. Une petite cuisine noire encombrée d'assiettes et de marmites que maman, négligente, ne lavait jamais toutes. Je ne m'apercevais pas du sacrifice qu'était ma vie, sans amusements, sans amour, sans affection. Quand je repense à la jeune fille que j'étais, à ma bonté et à mon innocence, je ne puis m'empêcher de ressentir une grande compassion pour moi-même, impuissante et attristée, celle même qu'on ressent à la lecture de certains romans quand on voudrait éviter à un personnage sympathique les malheurs qui vont lui arriver, tout en sachant qu'on ne le peut pas. Il en est ainsi : la bonté, l'innocence, les hommes ne savent qu'en faire, et ce n'est peut-être pas là le moindre mystère de la vie que des qualités prodiguées par la nature et que tous louent en paroles ne servent qu'à rendre encore plus malheureux.

A ce moment, je crus que mon aspiration à me marier et à fonder une famille pourrait trouver un jour satisfaction. Tous les matins, je prenais le tram sur une grande place assez près de chez moi où donnait, parmi d'autres bâtisses, une longue construction basse adossée aux remparts, et qui servait de garage. A cette heure-là, il y avait toujours, sur la porte de la remise, un jeune homme qui lavait et remettait au point sa voiture, et me regardait avec insistance. Il avait une figure brune, des traits d'une finesse parfaite : un petit nez droit, des yeux noirs, un dessin de bouche merveilleux, les dents blanches. Il ressemblait beaucoup à un acteur américain alors en vogue; c'est cela qui me fit le remarquer. Bien mieux, tout d'abord, je le pris pour une personne de condition parce qu'il était bien habillé et se conduisait avec politesse et à-propos. J'imaginai que la voiture était à lui et qu'il était un homme aisé, un de ces « messieurs bien » dont maman parlait si souvent. En un certain sens, il m'attirait, mais je pensais à lui uniquement quand je le voyais; ensuite j'allais dans mes ateliers et son souvenir me sortait de l'esprit. Il n'en est pas moins vrai qu'à mon insu, et par ses seuls coups d'œil, il m'avait séduite. Car, un matin que j'attendais le tram sur le trottoir, m'entendant appeler un peu comme on appelle un chat, je me retournai, le vis du haut de sa voiture, me faisant signe de m'approcher. Avec une docilité irréfléchie dont je m'étonnai moi-même, je n'hésitai pas un instant à venir à lui. Il ouvrit la portière. En entrant, je vis que la main qu'il avait posée sur la glace baissée était grosse et rude, avec des ongles noirs et cassés, et l'index jauni de nicotine qu'ont les hommes qui s'adonnent à des métiers manuels. Je ne dis rien et montai tout de même.

– Où voulez-vous que je vous accompagne ? me demanda-t-il en refermant la portière.

Je lui donnai l'adresse d'un atelier. Je notai qu'il avait la voix douce et j'eus l'illusion que cette voix me plaisait sans pouvoir m'empêcher d'y sentir quelque chose de faux et de maniéré. Il me répondit :

– Bon... en attendant, faisons un petit tour... il est tôt ! Ensuite je vous accompagnerai où vous voulez.

Et la voiture partit.

Nous sortîmes de mon quartier et fîmes le tour des remparts tout le long du boulevard extérieur; ensuite nous suivîmes une grand-route fort longue, flanquée de masures et d'entrepôts; puis, enfin, ce fut la campagne. Là il se mit à filer comme un fou sur une route toute droite, entre deux rangées de platanes. De temps en temps, il me disait sans se retourner, en montrant le compteur :

– Maintenant nous faisons du quatre-vingts... quatre-vingt-dix, cent... cent vingt... cent trente.

Il voulait m'impressionner par ces vitesses, mais j'étais surtout inquiète parce que je devais aller poser et que je craignais qu'un incident quelconque ne l'obligeât d'arrêter sa voiture en rase campagne. Tout à coup, il freina brusquement, coupa l'allumage, se tourna vers moi et me demanda :

– Quel âge avez-vous ?

– J'ai dix-huit ans, répondis-je.

– Dix-huit ans... J'aurais cru davantage !

Il avait réellement une voix maniérée qui, parfois, pour souligner un mot, baissait de ton comme s'il se fût parlé à lui-même ou m'eût confié un secret.

– Comment vous appelez-vous ?

– Adrienne. Et vous ?

– Gino.

– Et que faites-vous ? lui demandai-je.

– Je suis commerçant ! me répondit-il sans hésiter.

– Et cette voiture est à vous ?

Il regarda la voiture avec une espèce de dédain et déclara :

– Oui, elle est à moi.

– Je ne crois pas ! dis-je avec franchise.

– Vous ne le croyez pas ? Ça, c'est pas mal ! répéta-t-il sans perdre contenance. C'est pas mal ! Et pourquoi ?

– Vous êtes le chauffeur ?

Il affecta un étonnement ironique de plus en plus marqué.

– Mais, vraiment, vous me dites des choses extraordinaires ! Regardez un peu ça : le chauffeur ! Et qu'est-ce qui vous le fait penser ?

– Vos mains.

Il regarda ses mains sans rougir ni se démonter, et reconnut :

– Bon ! on ne peut rien cacher à cette demoiselle-là. Mais quel œil pénétrant ! Je suis le chauffeur, c'est exact. Alors, ça va, maintenant ?

– Non, ça ne va pas ! répondis-je durement. Bien mieux, je dois vous prier de me ramener tout de suite en ville.

– Mais pourquoi ? Vous êtes en colère contre moi parce que je vous ai dit que j'étais commerçant ?

J'étais réellement irritée contre lui, à ce moment, sans savoir pourquoi moi-même, et presque malgré moi :

– N'en parlons plus. Ramenez-moi.

– Mais c'était une plaisanterie ! Alors on ne peut pas plaisanter ?

– Je n'aime pas ces plaisanteries-là.

– Hé là ! quel mauvais caractère ! Moi, je pensais : « Il est très possible que cette jeune fille-là soit quelque princesse... si elle vient à découvrir que je ne suis qu'un pauvre chauffeur, elle ne daignera plus me regarder... disons-lui que je suis commerçant. »

Ces paroles étaient fort astucieuses, parce qu'elles me flattaient tout en me laissant comprendre ses sentiments pour moi. D'autre part, il les prononça avec un mélange particulier de grâce et de fatuité qui acheva de me conquérir.

— Je ne suis pas une princesse, répondis-je. Je gagne ma vie comme modèle, si vous gagnez la vôtre comme chauffeur.

— Qu'est-ce que ça veut dire, modèle ?

— Je vais dans l'atelier des peintres, je me mets nue, et les peintres me peignent ou me dessinent.

— Mais vous avez une mère ? me demanda-t-il avec emphase.

— Bien sûr. Pourquoi ?

— Et votre mère vous permet de vous mettre toute nue devant les hommes ?

Je n'avais jamais songé qu'il pût y avoir quelque chose de mal à faire mon métier. Effectivement, il n'y avait rien de mal à cela, mais j'eus plaisir à lui voir des sentiments semblables, qui dénotaient du sérieux et du sens moral. Comme je l'ai dit, j'avais soif de normalité; et lui, dans sa fausseté, avait fort bien compris (même à présent, je ne sais pas comment il avait fait pour les deviner) les choses qu'il devait me dire et celles qu'il ne devait pas me dire. Un autre, ne pus-je m'empêcher de penser, ou se serait moqué de moi, ou eût montré je ne sais quelle excitation indiscrète à l'idée de ma nudité. C'est ainsi que la première impression que m'avait suggérée son mensonge se modifia sans que je m'en rende compte. Je pensai qu'après tout ce devait être un bon garçon, honnête et sérieux, tout à fait semblable à l'homme que mes rêves me faisaient désirer pour mari.

Je lui répondis donc avec simplicité :

— C'est maman qui m'a trouvé ce travail.

— Alors c'est signe qu'elle ne vous aime pas.

— Non, protestai-je. Maman m'aime bien; mais, elle aussi, du temps qu'elle était jeune fille, elle a été modèle. Et puis je vous assure qu'il n'y a réellement rien de mal à cela. Il y a tant de jeunes filles comme moi qui font ce métier, et qui sont des jeunes filles sérieuses.

Il hocha la tête d'un air désapprobateur puis, posant sa main sur la mienne :

— Savez-vous, me dit-il, que ça me fait plaisir de vous connaître... bien plaisir ?

— Moi aussi, lui répondis-je naïvement.

A ce moment, je ressentais une sorte d'élan qui me poussait vers lui, et je m'attendais presque à ce qu'il m'embrassât. Certainement que, s'il m'eût embrassée, je n'aurais pas protesté. Mais, au lieu de cela, il me dit d'une voix grave et d'un air protecteur :

– Si cela dépendait de moi, vous ne seriez certainement pas modèle !

Je me sentis aussitôt une victime, et j'éprouvai à son égard un sentiment de gratitude.

– Une jeune fille comme vous, continua-t-il, doit rester chez elle... au besoin elle peut travailler... mais il faut que son travail soit un travail honnête... qui ne l'expose pas à sacrifier son honneur. Une jeune fille comme vous doit se marier, fonder un foyer, avoir des enfants, tenir compagnie à son mari.

C'était précisément tout ce que je pensais, et je ne saurais dire à quel point j'étais heureuse qu'il pensât la même chose ou fît semblant de penser la même chose.

– Vous avez raison, lui dis-je. Mais il ne faut tout de même pas que vous ayez une mauvaise idée de maman. C'est justement parce qu'elle m'aime qu'elle a voulu que je fusse modèle.

– On ne dirait pas ! rétorqua-t-il avec un sérieux apitoyé et indigné.

– Si, elle m'aime ! Seulement il y a certaines choses qu'elle ne comprend pas.

Nous continuions à deviser de la sorte, assis derrière le pare-brise, dans la voiture arrêtée. Je me souviens qu'on était en mai, que l'air était doux et que l'ombre des platanes semblait folâtrer sur la route, à perte de vue. Personne ne passait, sauf de rares voitures, lancées à toute vitesse. La campagne alentour, ensoleillée et verte, était aussi déserte que la route. Enfin il regarda sa montre et me dit qu'il allait me ramener en ville. Pendant tout ce temps, il n'avait fait que me toucher la main, et une seule fois. Moi qui m'étais attendue à ce qu'il tentât à tout le moins de m'embrasser, j'étais à la fois déçue et contente de tant de réserve. Déçue parce qu'il me plaisait et que je ne pouvais m'empêcher de sentir une attirance vers cette bouche fine et rouge et de la regarder. Contente parce que cela me confirmait dans mon idée que c'était un garçon sérieux, comme, précisément, je désirais qu'il fût.

Il me conduisit jusqu'à l'atelier et me dit qu'à partir de ce jour, si je me trouvais à une certaine heure devant l'arrêt du tram, il me prendrait toujours dans sa voiture; à cette heure-là, il n'avait rien à faire. J'acceptai de bon cœur, et mes longues heures de pose me parurent légères, cette fois-là. Il me semblait que ma vie avait trouvé un centre. Et j'étais contente de pouvoir penser à lui sans remords et sans ressentiment, comme à un homme qui, non seulement me plaisait physiquement, mais avait les qualités de caractère que je considérais nécessaires.

Je ne dis rien à maman, parce que je pensais, à juste titre, qu'elle n'accepterait pas que je me liasse à un homme pauvre et d'avenir modeste. Le lendemain matin, il passa me prendre comme il me l'avait promis; et, ce jour-là, il se borna à me conduire directement à l'atelier. Les jours suivants, lorsque le temps fut beau, il m'emmena parfois dans quelque avenue de banlieue ou dans quelque rue peu fréquentée de la périphérie, afin de s'entretenir à son aise avec moi; mais ce fut toujours de manière respectueuse et, toujours, il tenait des propos honnêtes et sérieux faits pour me plaire. Moi, j'étais alors très sentimentale : tout ce qui évoquait la bonté, la vertu, la moralité, les affections familiales, me touchait singulièrement, m'émouvait aux larmes; des larmes qui coulaient facilement en me donnant une impression enivrante et brûlante de soulagement, de sympathie, de confiance. C'est ainsi que, tout doucement, j'en arrivai à penser que Gino était absolument parfait. « Réellement, pensais-je quelquefois... quels défauts a-t-il ? Il est jeune, il est beau, il est intelligent, il est honnête, il est sérieux, on ne saurait vraiment lui reprocher la plus petite chose. » Cela m'étonnait moi-même, parce qu'il n'arrive pas tous les jours de rencontrer la perfection; cela m'effrayait presque. « Quel homme est-ce donc, me demandais-je, puisque, j'ai beau le scruter, il ne révèle pas la moindre tache, la moindre lacune ? » En réalité, j'étais tombée amoureuse de lui sans m'en rendre compte. Et on sait que l'amour a des lunettes à travers lesquelles un monstre apparaît ravissant.

J'étais tellement amoureuse que, le jour où il m'embrassa pour la première fois, sur le boulevard où avait eu lieu notre première conversation, je ressentis une impression de soulagement telle que peut la donner le passage naturel d'un désir mûr à sa première satisfaction. Toutefois, l'irrésistible spontanéité avec laquelle nos deux bouches s'unirent m'effraya un peu parce que je pensais que, désormais, mes actes ne dépendaient plus de moi, mais bien de la force puissante qui me poussait si violemment et doucement vers lui. Pourtant, je fus nettement rassurée parce qu'aussitôt que nous nous séparâmes il me dit que nous devions nous considérer dorénavant comme fiancés. « Cette fois-ci encore, ne pus-je m'empêcher de songer, il a lu sans difficulté mes pensées les plus intimes et prononcé exactement les paroles qu'il fallait dire. » Ainsi, la crainte que m'avait inspirée ce premier baiser s'évanouit. Et, tout le temps que nous restâmes arrêtés sur la grand-route, c'est moi qui l'embrassai désormais sans réserve, avec un sentiment d'entier, violent et légitime abandon.

J'ai donné par la suite, et j'ai reçu bien des baisers. Dieu sait si j'en ai donné et reçu, sans la moindre participation, non seulement affective, mais physique, comme on donne et comme on reçoit une monnaie usée par mille mains. Mais je me souviendrai toujours de ce premier baiser pour l'intensité presque douloureuse avec laquelle s'assouvissait en lui non seulement mon amour pour Gino, mais une attente de toute ma vie. Je me rappelle avoir éprouvé la sensation qu'autour de nous le monde tournait, que j'avais le ciel au-dessous de moi et la terre au-dessus. En réalité, je m'étais tout juste un peu renversée sous sa bouche pour prolonger l'étreinte. Quelque chose de frais et de vivant heurtait et pressait mes dents et, quand je les desserrai, je sentis que sa langue, dont les paroles m'avaient, tant de fois, caressé l'oreille, me révélait maintenant, muettement, en pénétrant dans ma bouche, une autre douceur inconnue. J'ignorais qu'on pût embrasser ainsi, et si longuement; bien vite, je perdis le souffle et me sentis à ce point enivrée que, lorsque nous nous séparâmes, je m'appuyai au dossier de la banquette, les yeux fermés et l'esprit embrumé, comme si j'allais m'évanouir. Ce jour-là, je découvris qu'il existait d'autres joies au monde que de vivre d'une vie tranquille au sein de sa famille. Mais je ne pensai pas que ces joies-là dussent interdire les joies plus normales auxquelles j'avais jusqu'alors aspiré. Après la promesse de fiançailles de Gino, je me sentis sûre de pouvoir à l'avenir savourer à la fois les unes et les autres, sans péché ni remords.

J'étais si convaincue de la droiture et de la légitimité de ma conduite que, le soir même, peut-être bien avec un excès d'excitation et de satisfaction, je racontai la chose à maman. Je la trouvai en train de coudre à la machine près de la fenêtre, à la lumière éblouissante d'une ampoule sans abat-jour, et lui dis, le visage en feu :

– Maman, je me suis fiancée!

Je vis toute sa figure se plisser d'une grimace de contrariété, comme si elle eût senti un filet d'eau glacée lui couler dans le dos.

– Et avec qui? me dit-elle.

– Avec un jeune homme dont j'ai fait la connaissance ces jours-ci.

– Et qu'est-ce qu'il fait?

– Il est chauffeur.

Je voulais ajouter quelque chose, mais elle ne m'en laissa pas le temps. Elle arrêta sa machine, sauta à bas de sa chaise et m'empoigna par les cheveux :

– Tu t'es fiancée! Sans rien me dire! Et avec un chauffeur! Oh! pauvre de moi! Mais tu seras ma mort!

Tout en criant, elle s'efforçait de me gifler. Je me protégeai de mon mieux la figure de mes mains, et finis par lui échapper, mais elle me poursuivit. Je fis le tour de la table qui occupait le centre de la salle, tandis qu'elle courait derrière moi avec des hurlements de désespoir. J'étais littéralement épouvantée par son visage maigre qui se tendait vers moi avec une sorte de douloureuse fureur :

– Mais il faut que je te tue ! criait-elle. Cette fois-ci, il faut que je te tue !

Chaque fois qu'elle disait « je te tue », on eût dit que sa frénésie augmentait et que sa menace allait devenir effective. Je restais en haut de la table et surveillais ses gestes parce que je savais que, dans ces moments-là, elle était capable sinon réellement de me tuer, tout au moins de me blesser avec le premier objet qui lui tomberait sous la main. En effet, à un certain moment, elle brandit ses grands ciseaux de couturière : j'eus à peine le temps de me détourner que les ciseaux volaient en l'air pour aller frapper le mur. Son geste même l'effraya. Brusquement, elle s'assit derrière la table, prit sa figure entre ses mains et commença une crise de larmes nerveuses entrecoupées de quintes de toux où on sentait qu'il entrait plus de rage que de douleur. Je l'entendais dire au milieu de ses larmes :

– Moi qui avais tant de plans pour toi !... Moi qui te voyais riche... avec ta beauté... Et voilà que tu t'es fiancée avec un crève-la-faim !

– Mais ce n'est pas un crève-la-faim, interrompis-je timidement.

– Un chauffeur ! Un chauffeur ! répéta-t-elle en haussant les épaules. Tu n'es qu'une malheureuse et tu feras la même fin que moi !

C'est lentement qu'elle prononça ces dernières paroles, comme pour en savourer l'amertume.

– Il va t'épouser, tu seras forcée d'être sa servante d'abord, puis la servante de tes enfants... Voilà comment ça finira !

– Nous nous marierons aussitôt qu'il aura assez d'argent pour acheter une voiture ! déclarai-je, annonçant de la sorte un des plans de Gino.

– On verra ça !... Mais ne va pas me l'amener ici ! s'écria-t-elle brusquement, tournant vers moi son visage trempé de larmes. Je ne veux pas le voir ! Fais ce que tu veux... Vois-le dehors, mais ne me l'amène pas ici !

Ce soir-là, j'allai me coucher sans dîner, bien triste et bien découragée. Mais je me rendais compte que, si maman se comportait avec moi de cette façon, c'est qu'elle m'aimait et qu'elle avait fait pour mon avenir je ne sais quels plans, que mes fiançailles avec Gino bouleversaient. Plus tard, quand je compris quels étaient ces plans, je ne me sentis pas le courage de condamner maman. Elle n'avait reçu, de sa vie laborieuse et honnête, d'autre récompense que des amertumes, des tourments et des misères. Quoi d'étonnant à ce qu'elle souhaitât pour sa fille un sort tout opposé ? Je dois ajouter qu'il s'agissait peut-être non pas tant de plans à proprement parler que de rêves vagues et scintillants qu'elle pouvait caresser sans trop de remords, précisément à cause de leur caractère vague et scintillant. Mais c'est une supposition. Peut-être bien qu'au contraire maman, par un égarement invétéré de la conscience, avait réellement décidé de m'acheminer un jour sur la voie que, fatalement, j'allais prendre toute seule. Si je dis ces choses-là, ce n'est pas par rancune contre maman, mais parce que je suis encore incertaine de ce qu'elle pensait alors et parce que je sais, par expérience, qu'on peut sentir et penser à la fois les choses les plus différentes sans en saisir la contradiction, préférer les unes aux autres et les choisir.

Elle avait juré qu'elle ne verrait pas Gino; pendant un certain temps, je respectai son serment. Mais, après ces premiers baisers, Gino paraissait extrêmement désireux de « se mettre en règle », comme il disait, et insistait tous les jours pour que je le présentasse à maman. Je n'osais pas lui dire que maman ne voulait pas le voir parce qu'elle trouvait sa profession trop humble, mais cherchais différents prétextes pour retarder leur rencontre. Enfin, Gino se rendit compte que je lui cachais quelque chose et me pressa si vivement que force me fut bien de lui révéler la vérité.

— Maman, lui dis-je, ne veut pas te voir parce qu'elle dit que je devrais épouser un monsieur riche et non un chauffeur.

Nous étions en voiture sur notre route habituelle de banlieue. Il me regarda d'un air triste et poussa un soupir. J'étais tellement entichée de lui que je ne perçus pas ce qu'il y avait de faux dans cette douleur.

– Voilà ce que c'est que d'être pauvre! s'écria-t-il avec emphase.

Après quoi, il garda le silence un bon moment.

– Ça te contrarie? lui demandai-je à la fin.

– Je me sens humilié, me répondit-il en hochant la tête. Un autre, à ma place, n'aurait pas demandé à être présenté à la mère, n'aurait pas parlé de fiançailles. Allez donc faire les choses en règle!

– En quoi cela peut-il te peiner, du moment que moi je t'aime? lui dis-je. Ça doit te suffire.

– J'aurais dû, continua-t-il, me présenter avec une bourse bien garnie, sans parler de mariage, bien entendu... Ta mère aurait été trop heureuse de m'accueillir!

Je n'osai pas le contredire parce que je n'ignorais pas que ce qu'il disait était la pure vérité.

– Sais-tu ce que nous allons faire? repris-je au bout d'un moment. Un de ces jours, je vais t'amener à maman par surprise... Elle sera bien obligée de faire ta connaissance... Elle ne peut tout de même pas fermer les yeux!

A la date que nous avions fixée, le soir, comme c'était convenu, je fis entrer Gino dans notre salle. Maman venait d'achever son travail et débarrassait un bout de la grande table du milieu pour mettre le couvert. J'entrai la première et dis à maman :

– Maman, c'est Gino!

Je m'attendais à une scène. J'avais même averti Gino. A ma grande surprise, maman dit sèchement :

– Très heureuse...

Puis elle sortit de la pièce.

– Tu vas voir que tout ira bien! dis-je à Gino.

Je m'approchai de lui, lui tendis ma bouche et ajoutai :

– Donne-moi un baiser.

– Non, non, murmura-t-il à voix basse en me repoussant. Ta mère aurait raison d'avoir mauvaise opinion de moi.

Il savait toujours dire les choses qu'il fallait dire, et les dire au bon moment. Je ne pus m'empêcher de reconnaître en mon for intérieur qu'il avait raison. Maman rentra et déclara, en évitant de regarder Gino :

– A vrai dire, nous n'avons à manger que pour deux... tu ne m'avais pas dit... mais je sors à l'instant et je vais...

Elle n'eut pas le temps de finir sa phrase. Gino se mit devant elle et l'interrompit :

– De grâce! Je ne viens pas pour me faire offrir à dîner... Vous allez me permettre de vous inviter toutes deux, Adrienne et vous.

Il parlait cérémonieusement, à la façon des gens bien élevés. Maman n'était habituée ni à s'entendre parler sur ce ton-là ni à ce qu'on l'invitât. Elle hésita un moment et me regarda. Puis elle répondit :

– Pour moi, si Adrienne accepte...

– Nous pourrions aller à côté, chez le bistrot, proposai-je.

– Où vous voudrez, déclara Gino.

Maman dit qu'elle allait ôter son tablier, et nous restâmes seuls. Je débordais d'une joie naïve; j'avais l'impression que je venais de remporter une grande victoire, alors qu'en réalité tout cela n'était qu'une comédie et que l'unique à ne pas jouer un rôle, c'était moi. Je m'approchai de Gino et, avant qu'il eût pu me repousser, l'embrassai avec passion. Mon baiser signifiait la fin de l'anxiété qui m'avait tourmentée tant de jours, la conviction que, maintenant, il n'y avait plus d'obstacles à mon mariage, ma gratitude envers Gino pour son attitude courtoise avec maman, mon affection pour ma mère, une affection sincère, confiante et désarmée, telle qu'on peut l'éprouver à dix-huit ans quand aucune désillusion ne vous a même effleuré l'âme. Ce n'est que plus tard que j'ai pu comprendre combien peu aiment une telle candeur et en sont remués. La plupart la trouvent ridicule et n'éprouvent pas d'autre désir que de la souiller.

Nous nous rendîmes tous trois chez un traiteur proche, de l'autre côté des fortifications. A table, Gino cessa complètement de s'occuper de moi et se consacra entièrement à maman, dans le but très net de faire sa conquête. Son désir de se concilier ma mère me paraissait légitime; c'est pourquoi je ne fis pas trop attention aux adulations vraiment par trop grosses qu'il lui prodiguait. Il l'appelait « Madame », titre absolument nouveau pour maman, et avait soin d'amener le plus souvent possible cette appellation au commencement ou au milieu de ses phrases, comme une ritournelle. Il lui disait également, sans avoir l'air d'y toucher : « Vous qui êtes intelligente, vous devez comprendre. » Ou encore : « Vous avez vécu; il y a des choses qu'il n'est pas nécessaire de vous dire. » Ou encore plus carrément : « Avec votre intelligence... » Il alla jusqu'à trouver le moyen de lui déclarer qu'à mon âge elle devait être encore beaucoup plus jolie que moi : « Qu'est-ce qui te le prouve? » lui demandai-je, un peu piquée. « Eh! ça se sent, ce sont des choses qu'on sent! » répondit-il d'une façon aussi évasive que flatteuse. Maman, la pauvre, ouvrait de grands yeux en s'entendant aduler de la sorte et prenait une figure à la fois mièvre, émerillonnée et sucrée. Parfois, comme je pus l'observer, elle remuait les lèvres parce qu'elle se répétait à elle-même, sans bruit, les compliments affectés qu'il allait chercher pour elle. C'était bien certainement la première fois de sa vie qu'on lui disait des choses pareilles, et son cœur affamé semblait ne pas parvenir à s'en rassasier. Pour moi, comme je l'ai dit, toutes ces faussetés ne me semblaient pas autre chose qu'un affectueux respect à l'endroit de maman et de la délicatesse à mon égard. C'était un coup de pinceau flatteur à ajouter encore au tableau déjà si chargé des perfections de Gino.

Cependant, un groupe de jeunes gens venait de s'asseoir à une table proche de la nôtre. Un d'eux, qui paraissait ivre et me regardait avec insistance, dit à voix haute une phrase obscène, quoique flatteuse pour moi. Gino entendit la phrase, se leva aussitôt et s'en fut trouver le garçon :

– Répétez un peu ce que vous venez de dire, lui enjoignit-il.

– Ça te regarde? lui répondit l'autre en véritable ivrogne.

– Cette dame et cette demoiselle sont avec moi!

déclara Gino en élevant la voix, et tant qu'elles sont avec moi, tout ce qui regarde cette dame et cette demoiselle me regarde, moi... Compris ?

– Compris ! Ça va, ça va, n'aie pas peur ! fit le gars, effrayé.

Les autres avaient une attitude hostile à Gino, mais n'osèrent tout de même pas prendre le parti de leur ami; lequel, affectant d'être encore plus saoul qu'il ne l'était en réalité, remplit un verre et l'offrit à Gino. Celui-ci refusa d'un geste :

– Tu ne veux pas boire ? cria l'ivrogne. Tu n'aimes pas le vin ? Tu as tort. C'est bon, le vin... Alors, c'est moi qui le bois !

Puis il l'avala d'un seul coup. Gino le regarda un moment encore avec sévérité, puis vint nous retrouver.

– Des gens mal élevés ! dit-il en s'asseyant et en appliquant de petites tapes nerveuses à sa tunique.

– Mais vous n'auriez pas dû... dit maman, très flattée. Ce sont des voyous, vous savez !

Gino était bien trop heureux d'étaler son esprit de galanterie chevaleresque.

– Comment, je n'aurais pas dû ? Passe encore si ç'avait été une de ces femmes... Vous me comprenez, n'est-ce pas, madame ? Donc... passe encore... quoique... mais moi, me trouvant avec une dame et une demoiselle dans un local public, dans un restaurant... Du reste, il a bien vu que c'était sérieux et il n'a pas insisté.

Cet incident acheva la conquête de maman. Sans compter que Gino la faisait boire et que le vin l'enivrait autant que les adulations. Mais, ainsi que cela arrive très fréquemment chez les ivrognes, sous cette sympathie maintenant définitive qu'elle vouait à Gino, elle continuait à couver la mauvaise humeur que lui causaient nos fiançailles. Elle saisit la première occasion venue pour lui faire comprendre qu'en dépit de tout elle n'oubliait rien.

L'occasion, ce fut une conversation sur ma profession de modèle. Je ne me souviens pas comment j'en vins à parler d'un peintre nouveau pour lequel j'avais posé dans la matinée. Aussitôt, Gino déclara :

– C'est peut-être bête, c'est peut-être peu moderne, c'est tout ce que vous voudrez, mais, réellement, je n'avale pas que tous les jours Adrienne se déshabille devant ces peintres...

– Et pourquoi ça ? demanda maman d'une voix altérée qui me laissait prévoir, à moi qui avais une expérience manquant à Gino, l'orage qui se préparait.

– Parce qu'en somme ce n'est pas moral.

Je ne rapporterai pas intégralement la réponse de maman. Elle était constellée des gros mots et des obscénités qui lui échappaient chaque fois qu'elle avait bu ou qu'elle se laissait aller à la colère. Mais, même expurgée, sa diatribe reflète bien ses idées et ses sentiments sur la question :

– Ah ! ce n'est pas moral ? cria-t-elle à tue-tête, si bien que les clients des autres tables cessèrent de manger pour se tourner tous vers nous. Ah ! ce n'est pas moral ? Alors qu'est-ce qui est moral ? De trimer toute la sainte journée, de laver les assiettes, de faire la cuistance, de repasser, de balayer, de frotter les carreaux, puis, le soir, de voir arriver un mari crevé de fatigue qui va se coucher tout de suite après le dîner, se tourne du côté du mur et roupille ? C'est ça qui est moral, n'est-ce pas ? Se sacrifier complètement, ne pas avoir un seul instant pour souffler, devenir vieille et laide, et ensuite crever, c'est ça qui est moral, hein ? Eh bien ! savez-vous ce que je vous dis, moi ? Qu'on ne vit qu'une seule fois et, quand on est mort, alors bonne nuit ! Allez au diable avec votre morale ! Adrienne fait très bien de se montrer nue à ceux qui la paient, et elle ferait encore bien mieux... (Sur ce, une ribambelle d'obscénités qui me firent rougir parce qu'elle les proclamait de la même voix claironnante que le reste.) Moi, ajouta-t-elle, si elle faisait ça, non seulement je ne l'en empêcherais pas, mais je l'aiderais à le faire... Pourvu qu'on la paie, bien entendu ! conclut-elle après une seconde de réflexion.

– Je suis convaincu que vous n'en seriez pas capable ! lui dit Gino sans perdre contenance.

– Je n'en serais pas capable ? C'est vous qui le dites. Qu'est-ce que vous croyez donc ? Que je suis contente qu'Adrienne se soit fiancée avec un pauvre bougre comme vous, avec un chauffeur? Que je ne préférerais pas mille fois qu'elle mène joyeuse vie? Vous croyez que ça me fait plaisir de penser qu'Adrienne, avec sa beauté pour laquelle tant de gens paieraient des mille et des mille, se condamne à devenir votre servante pour toute la vie? Hé bien! vous vous trompez! Vous vous trompez joliment!

Elle criait tellement que tout le monde se retournait et que, moi, j'éprouvais une honte intense. Mais Gino, je l'ai déjà dit, n'avait pas le moins du monde perdu contenance. Il saisit l'instant où maman, essoufflée, hors d'haleine, époumonée, se taisait, prit le litre et lui remplit son verre en lui proposant :

– Encore un peu de vin?

Maman, la pauvre, ne put faire autrement que de dire : « Merci », et d'accepter le verre que Gino lui tendait. Les gens, voyant qu'en dépit de ces éclats de voix nous buvions ensemble comme si de rien n'était, reprirent leurs conversations. Gino déclara :

– Adrienne, avec sa beauté, mériterait de mener la vie de ma patronne.

– Quelle vie mène-t-elle? demandai-je tout de suite, trop heureuse de détourner la conversation de ma personne.

– Le matin, répondit-il d'un ton fat, comme s'il recevait quelque éclat de la richesse de ses patrons, elle se lève à onze heures ou à midi. On lui apporte son petit déjeuner au lit, sur un plateau d'argent, dans un service dont toutes les pièces sont aussi en argent massif. Ensuite, elle prend son bain; mais, auparavant, la femme de chambre jette des sels dans l'eau pour la parfumer. A midi, je l'emmène promener en voiture. Elle va prendre un vermouth ou bien elle court les magasins. Elle rentre à la maison, elle déjeune, elle fait la sieste, puis elle passe deux bonnes heures à s'habiller... Il faut voir toutes les toilettes qu'elle a... de pleines armoires... elle part faire des visites, toujours en voiture... elle dîne dehors... Le soir elle va au théâtre, ou encore danser, elle reçoit souvent; alors on joue, on boit, on fait de la musique... Oh! mais ce sont des gens riches... extrêmement riches... Rien qu'en fait de bijoux, je crois que ma patronne en possède pour des millions.

Comme les enfants dont on a vite fait de détourner l'attention et qu'un rien suffit à faire changer d'humeur, maman m'avait déjà oubliée, moi et l'injustice de mon sort, et elle écarquillait les yeux à la description de toutes ces splendeurs.

– Des millions ? répéta-t-elle d'un ton avide. Est-ce qu'elle est belle ?

Gino, qui fumait, cracha dédaigneusement une particule de tabac.

– Belle ? Ah ! bien, ouiche ! Elle est réellement vilaine ! Tellement maigre qu'elle a l'air d'une sorcière !

Ils continuèrent à s'entretenir de la richesse de cette patronne de Gino ou, pour mieux dire, Gino continua d'exalter ces richesses tout à fait comme si elles lui eussent appartenu. Mais, après un instant de curiosité, maman était redevenue sombre et détachée. Elle n'ouvrit plus la bouche de toute la soirée. Peut-être avait-elle honte de s'être abandonnée à cet accès de colère; peut-être toute cette richesse lui inspirait-elle de la jalousie, et peut-être pensait-elle avec dépit à cet homme pauvre à qui je m'étais fiancée.

Le lendemain, je demandai non sans appréhension à Gino si maman l'avait froissé; mais il me répondit que, bien que ne le partageant pas, il comprenait parfaitement son point de vue, dont l'origine était une vie malheureuse et pleine de privations. Il fallait la plaindre, conclut-il. Et puis on voyait bien que, si elle parlait de cette façon-là, c'est parce qu'elle m'aimait. C'était aussi mon opinion; je fus reconnaissante à Gino de montrer une telle compréhension. Car j'avais redouté que cette scène de maman pût gâter nos rapports. La modération de Gino ne me remplit pas seulement de gratitude; elle renforça encore en moi l'idée que j'avais de sa perfection. Si j'avais été moins aveuglée et moins novice, j'aurais réfléchi que, seule, une fausseté préméditée peut prétendre donner une impression de perfection et que le propre de la sincérité, c'est de présenter, à côté de quelques qualités, de nombreux défauts et de nombreuses lacunes.

En somme, je me trouvais désormais, par rapport à lui, dans une position constante d'infériorité; j'avais l'impression de ne rien lui avoir donné en comparaison de sa longanimité et de sa compréhension. Peut-être faut-il attribuer à cet état d'âme d'une personne comblée de bienfaits, qui sent obscurément le devoir de s'acquitter — le fait que quelques jours plus tard je ne résistai pas, comme je l'eusse fait très peu de temps auparavant, à ses gestes d'amour de plus en plus risqués. Mais il est également vrai, je l'ai déjà dit à propos de notre premier baiser, que je me sentais portée à me donner à lui par une force à la fois très puissante et très douce, comparable à celle du sommeil qui, pour avoir raison de notre volonté contraire, nous incite souvent à dormir en nous faisant rêver que nous sommes éveillés, si bien qu'en nous abandonnant à lui nous croyons fermement lui résister encore.

Je me rappelle parfaitement toutes les phases de ma séduction, parce que, chacune des conquêtes de Gino, je la voulus et ne la voulus pas tout à la fois; et que chacune me procura en même temps du plaisir et du remords. Et aussi parce que ces conquêtes se firent avec une gradation préméditée, sans hâte et sans impatience; ce furent celles d'un général envahissant un pays plutôt que celles d'un amant emporté par le désir — sur mon corps passif, de la bouche au ventre. Tout cela n'empêche pas que, plus tard, Gino s'éprit réellement de moi, et que la préméditation et le calcul firent place, sinon tout à fait à l'amour, tout au moins à un grand désir qui ne se rassasiait jamais.

Pendant nos promenades en voiture, il s'était borné à m'embrasser sur la bouche et dans le cou. Mais, un matin, pendant qu'il m'embrassait, je sentis ses doigts pris dans les boutons de ma chemisette. Puis j'eus une sensation de froid à la poitrine et, levant les yeux pardessus son épaule vers le rétroviseur du pare-brise je vis que j'avais un sein nu. J'en ressentis de la honte, mais n'osai pas me recouvrir. Alors lui-même, d'un geste hâtif qui semblait seconder mon embarras, ramena sur mon sein les deux bords de la chemisette et introduisit chaque bouton dans sa boutonnière. Je lui sus gré de ce mouvement. Mais, comme j'y repensais à la maison, je me sentis troublée et charmée. Le lendemain, il répéta le geste, et cette fois-là j'en ressentis plus de plaisir et moins de honte. Désormais, je m'accoutumai à cette manifestation de son désir; je pense que, s'il ne l'eût pas répétée, j'aurais imaginé qu'il m'aimait moins.

En attendant, il parlait de plus en plus fréquemment de la vie que nous mènerions une fois mariés. Il parlait aussi de sa famille, qui habitait la province et n'était pas, à proprement parler, pauvre, puisqu'elle possédait quelques lopins de terre. Je pense qu'ainsi qu'il arrive souvent aux menteurs, à un certain moment il finit lui-même par croire à ses mensonges. Assurément, il manifestait pour moi un penchant des plus forts; et, notre intimité augmentant tous les jours, ce sentiment devait devenir sincère dans la même mesure. Quant à moi, ses propos endormaient mes remords et me donnaient une impression de bonheur naïve et complète que je n'ai plus jamais éprouvée par la suite. J'aimais, j'étais aimée, je pensais que j'allais bientôt me marier, il me semblait qu'on ne pouvait rien désirer de plus au monde.

Maman se rendait fort bien compte que nos promenades matinales n'étaient pas tout à fait innocentes, et me le fit souvent comprendre par des phrases de ce genre :

– Je ne sais pas ce que vous faites quand vous sortez en voiture et je ne désire pas le savoir.

Ou bien :

– Gino et toi, vous êtes en train de combiner quelque chose de pas trop heureux... tant pis pour toi !

Ou d'autres remarques du même ordre. Mais je ne pus m'empêcher d'observer que, pour une fois, ses reproches semblaient curieusement mous et doux. On eût dit que, non contente de se résigner par avance à l'idée que je devinsse la maîtresse de Gino, elle le désirait, au fond. Maintenant, je suis convaincue qu'elle épiait l'occasion de faire rater mon mariage.

3

Un matin, Gino me dit que ses maîtres venaient de partir pour la campagne, que les bonnes étaient en congé dans leurs villages natals et qu'on lui avait confié la villa, à lui et au jardinier. N'avais-je pas envie de la visiter ? Il m'en avait si souvent parlé, et dans des termes tellement admiratifs, que j'étais curieuse de la voir; j'acceptai donc volontiers. Mais, au moment même où j'acceptais, un trouble profond pénétré de désir me fit comprendre que ma curiosité de voir la villa n'était plus, désormais, qu'un prétexte, et que le motif de cette visite était tout autre. Cependant, comme il advient quand on désire une chose et qu'on voudrait ne pas la désirer, avec moi-même et avec lui, je feignis de croire au prétexte.

– Je sais que je ne devrais pas venir, lui dis-je en montant dans sa voiture, mais nous n'y resterons pas longtemps, n'est-ce pas ?

Je m'entendis prononcer ces paroles d'un ton tout à la fois provocant et apeuré. Gino me répondit très sérieusement :

– Juste le temps de visiter la villa. Ensuite nous irons au cinéma.

La villa s'élevait dans une petite rue en descente d'un nouveau quartier riche, au milieu d'autres jolies maisons. Il faisait une journée sereine, et toutes ces villas s'étalant sur la colline devant le ciel bleu, avec leurs façades de brique rouge ou de pierre blanche, leurs loggias ornées de statues, leurs belvédères vitrés, leurs terrasses et leurs balcons ruisselants de géraniums, les jardins qui dressaient leurs arbres feuillus entre une villa et l'autre, me donnèrent une impression de découverte et de nouveauté. C'était comme si j'entrais dans un monde plus libre et plus beau, où il eût été des plus agréable de vivre. Je ne pus m'empêcher de me souvenir de mon quartier, de la grand-route longeant les murs, des bâtiments pour cheminots, et je déclarai à Gino :

– J'ai eu tort d'accepter de venir ici.

– Pourquoi? me demanda-t-il d'un air désinvolte. Nous n'y resterons pas longtemps, sois tranquille!

– Tu ne me comprends pas! répondis-je. J'ai eu tort parce que, maintenant, je vais rougir de ma maison et de mon quartier.

– Ah! ça, oui! dit-il d'un air soulagé, mais qu'y faire? Il aurait fallu naître millionnaire... Il n'y a que des millionnaires qui habitent ce quartier.

Il ouvrit la grille et me précéda dans une allée semée de gravier, entre deux rangées d'arbustes taillés en pain de sucre et en boule. Nous pénétrâmes dans la villa par une porte en glace massive et nous trouvâmes dans un vestibule d'entrée nu, d'une blancheur éblouissante, pavé de dalles de marbre blanches et noires dessinant un damier, cirées comme un miroir. Du vestibule, nous passâmes dans un hall spacieux et lumineux sur lequel donnaient les pièces du rez-de-chaussée. Au bout du hall, on apercevait l'escalier, tout blanc, qui conduisait aux étages supérieurs. A la vue de ce hall, je me sentis tellement intimidée que je me mis à marcher sur la pointe des pieds. Gino s'en aperçut et me dit, en riant, que je pouvais faire tout le bruit que je voulais, qu'il n'y avait personne dans la maison.

Il me montra le salon : une vaste pièce avec beaucoup de grandes verrières et de nombreux groupes de fauteuils et de divans; la salle à manger, moins grande, avec une table ovale, des chaises et des crédences d'un beau brun brillant; la garde-robe, remplie de placards ripolinés en blanc. Dans une pièce plus petite, il y avait un bar encastré dans un rentrant du mur, un véritable bar avec les rayonnages pour les bouteilles, le percolateur nickelé pour faire le café et un comptoir de zinc : on eût dit une petite chapelle, d'autant plus qu'une grille basse en fermait l'entrée. Je demandai à Gino où on faisait la cuisine : il m'expliqua que la cuisine et les chambres du personnel étaient au sous-sol. C'était la première fois de ma vie que j'entrais dans une maison semblable : je ne pouvais m'empêcher de toucher chaque objet du bout des doigts, comme si je n'en croyais pas mes propres yeux. Tout me paraissait neuf et tout me semblait précieux : le verre, le bois, le marbre, le métal, les tissus. Je ne parvenais pas à m'ôter de la tête la comparaison de ces murs, de ces pavements, de ce mobilier, avec le carrelage malpropre, les murs noircis, les meubles disloqués de chez nous; et je me disais que maman avait raison quand elle déclarait qu'il n'y a que l'argent qui compte. Je pensais également que les personnes qui passaient leur existence au milieu de toutes ces belles choses devaient forcément être belles et bonnes, ne pas crier, ne pas avoir de rixes, ne pas faire, en somme, la moindre des choses que j'avais vu faire dans mon logement et dans les logements analogues au mien.

En attendant, Gino m'expliquait, pour la centième fois, la vie qu'on menait là-dedans, comme si quelque chose de tout ce luxe et de toute cette richesse rejaillissait sur lui.

– Ils ont des assiettes de porcelaine... les couverts sont tous en argent... ils mangent cinq plats différents; ils boivent trois sortes de vins. Le soir, la dame se met en décolleté et lui en smoking... A la fin du dîner, la femme de chambre leur apporte sur un plateau d'argent sept espèces de cigarettes, rien que des cigarettes étrangères, bien entendu... Puis ils sortent de la salle à manger et se font apporter le café et les liqueurs sur cette table roulante... Ils ont toujours des invités... quelquefois deux, quelquefois quatre... Madame a des brillants gros comme ça !... et un collier de perles qui est une merveille. Rien qu'en bijoux, elle doit posséder quelques millions...

– Tu me l'as déjà dit ! interrompis-je, un peu agacée.

Mais lui, pris par son sujet, ne s'apercevait pas de ma contrariété. Il continua :

– Madame ne descend jamais au sous-sol... elle téléphone les ordres... D'ailleurs, à la cuisine, tout marche à l'électricité... Notre cuisine est joliment plus propre que la chambre à coucher de bien des gens... Non seulement la cuisine, mais les deux chiens de Madame sont plus propres et ont un meilleur régime que beaucoup de personnes.

Il parlait de ses patrons avec admiration, et des pauvres avec mépris. Moi, un peu en raison de ses propos, un peu à cause de cette comparaison que j'établissais continuellement entre cette maison et la mienne, je me sentais très misérable.

Du premier étage, par l'escalier, nous montâmes au second. Dans l'escalier, Gino me passa le bras autour de la taille et me serra très fort. Moi, je ne sais pourquoi, j'eus alors l'illusion d'être la maîtresse de maison et de monter cet escalier au bras de mon mari, après quelque dîner ou quelque réception, pour aller me coucher, dans le même lit que lui, au second. Gino sembla deviner mes pensées – il avait constamment ce genre d'intuition – et me dit :

– Maintenant, nous allons nous coucher tous deux... et demain on nous apportera notre café au lit.

Je me mis à rire, avec l'espoir que ce fût vrai.

Ce jour-là, pour sortir avec Gino, j'avais mis ma plus jolie robe (et aussi ma plus belle chemisette, ma plus belle paire de bas de soie). Je me rappelle que c'était un « deux-pièces » : une casaque noire et une jupe à carreaux noirs et blancs. L'étoffe n'était pas laide, mais la couturière de quartier qui avait coupé la robe avait à peine plus d'expérience que maman. Elle m'avait fait une jupe extrêmement courte, mais plus courte derrière que devant, si bien qu'elle couvrait mes genoux par-devant et montrait mes cuisses par-derrière. La casaque, elle me l'avait faite beaucoup trop ajustée, avec d'énormes revers et des manches tellement étroites qu'elles tiraillaient sous les aisselles. J'étouffais dans cette casaque, qui faisait sortir ma poitrine comme si j'avais perdu un bouton. Ma chemisette était rose, toute simple, en tissu ordinaire, sans broderies, et laissait voir par transparence ma plus jolie combinaison; une combinaison de coton blanc. Enfin, j'avais des souliers noirs très bien cirés : la forme en était démodée, mais le cuir bon. Je ne portais pas de chapeau, et mes cheveux retombaient sur mes épaules : j'ai des cheveux ondulés et châtains. C'était la première fois que je mettais cette toilette et j'en étais très fière. Mais, quand je pénétrai dans la chambre à coucher de la patronne de Gino et vis son grand lit bas et moelleux avec son couvre-pieds de soie piquée, ses draps de lin brodé et tous ces voiles légers qui retombaient d'en haut sur le chevet, puis m'aperçus moi-même triplement réfléchie dans le miroir à trois pans de la coiffeuse, au fond de la chambre, je me rendis compte que j'étais vêtue comme une pauvre malheureuse, que la fierté que m'inspiraient mes frusques était ridicule et pitoyable – et aussi qu'il me serait impossible de me considérer heureuse tant que je ne pourrais pas m'habiller élégamment et vivre dans une maison comme celle-là. J'eus presque envie de pleurer et m'assis sans mot dire sur le lit, prise d'un vertige.

– Qu'as-tu ? me demanda Gino, s'asseyant à côté de moi et me prenant la main.

– Rien, répondis-je. J'étais en train de regarder une mendigote de ma connaissance.

– Qui ça ? me demanda-t-il, étonné.

– Celle-là ! répondis-je en lui montrant le miroir dans lequel je me voyais assise à côté de Gino.

Réellement, nous avions l'air – mais moi encore plus que lui – d'un couple de sauvages hirsutes que le hasard eût fait tomber dans une maison civilisée.

Cette fois-là, il comprit le sentiment de découragement, d'envie et de jalousie qui me serrait le cœur, et il m'embrassa en me déclarant :

– Mais tu n'as pas besoin de te regarder dans cette glace !

Il avait peur pour ses plans. Il aurait dû comprendre que rien ne leur était plus propice que mon état d'humiliation. Nous nous embrassâmes, et son baiser me redonna courage parce que je sentis qu'en fin de compte j'aimais et étais aimée.

Pourtant, peu après, lorsqu'il me montra la salle de bains, aussi vaste que les autres pièces, avec une baignoire encastrée dans le mur et la robinetterie nickelée, et surtout lorsqu'il ouvrit une des armoires, me laissant voir à l'intérieur, serrées les unes contre les autres, les toilettes de sa patronne, l'envie me revint, avec le sentiment de ma misère, et me rendit mon désespoir. Un grand désir de ne plus penser à toutes ces choses-là me prit tout à coup et, consciemment, pour la première fois, je voulus devenir la maîtresse de Gino : un peu pour oublier ma condition, un peu pour me donner l'illusion, en réaction à l'impression de servitude qui m'écrasait, d'être, moi aussi, libre et capable d'agir. Je ne pouvais pas m'habiller élégamment, ni posséder une maison comme celle-là, mais je pouvais faire l'amour tout comme les riches et peut-être mieux qu'eux.

– Pourquoi me montres-tu toutes ces robes? demandai-je à Gino. Qu'est-ce que ça peut me faire?

– Je croyais que ça t'intéressait, me répondit-il, déconcerté.

– Ça ne m'intéresse pas le moins du monde, lui dis-je. Elles sont vraiment belles, mais je ne suis pas venue ici pour voir des robes.

A ces mots, je vis ses yeux s'allumer. J'ajoutai négligemment :

– Montre-moi plutôt ta chambre.

– Elle est au sous-sol, dit-il vivement. Veux-tu que nous y allions?

Je le regardai un moment en silence, puis lui demandai, avec une assurance toute nouvelle qui me déplut à moi-même :

– Pourquoi fais-tu l'imbécile avec moi?

– Mais, moi... commença-t-il, surpris et gêné.

– Tu sais mieux que moi que nous ne sommes pas venus ici pour visiter la maison ni pour admirer les robes de ta patronne, mais pour aller dans ta chambre et pour y faire l'amour... Alors, autant y aller tout de suite et qu'on n'en parle plus!

C'est ainsi qu'en un clin d'œil, rien que parce que j'avais vu cette maison, j'étais devenue tout à fait différente de la jeune fille naïve et timide qui venait d'y entrer. Cela m'étonnait moi-même; je ne me reconnaissais pas. Nous sortîmes de la pièce et descendîmes l'escalier. Gino avait passé son bras autour de ma taille, et nous nous embrassions à chaque marche; je crois bien qu'on ne descendit jamais aucun escalier avec une telle lenteur. Au rez-de-chaussée, Gino ouvrit une porte dissimulée dans le mur et, m'étreignant et m'embrassant toujours, me conduisit dans le sous-sol. C'était déjà le soir : le sous-sol était dans le noir. Sans rien allumer, le long d'un corridor obscur, enlacés et la bouche sur la bouche, nous arrivâmes à la chambre de Gino. Il ouvrit, nous entrâmes, et j'entendis qu'il refermait la porte sur nous. Nous restâmes un bon moment debout dans le noir, à nous embrasser. C'était un baiser qui n'en finissait plus; chaque fois que je voulais l'interrompre, il recommençait et, chaque fois que c'était lui qui voulait l'interrompre, c'était moi qui continuais. Puis Gino me poussa vers le lit et je m'y laissai tomber sur le dos.

Gino ne cessait de me répéter à l'oreille, avec un peu d'essoufflement, de douces paroles et des phrases convaincantes, dans l'intention bien nette de m'étourdir pour m'empêcher de m'apercevoir qu'en même temps ses mains travaillaient à me déshabiller. Mais ce n'était pas nécessaire; d'abord parce que j'avais décidé de me donner à lui, ensuite parce que, maintenant, je haïssais ce petit costume qui me plaisait tellement quelques instants avant, et qu'il me tardait de m'en délivrer. Une foie nue, pensais-je, je serai tout aussi belle, sinon plus belle que la patronne de Gino et que toutes les femmes riches du monde. D'ailleurs, il y avait des mois que mon corps attendait ce moment; je le sentais, malgré moi, frémir d'impatience et de désir refoulé, comme une bête affamée et attachée à laquelle, après un long jeûne, on défait ses liens et on offre à manger.

C'est pourquoi l'acte d'amour me parut tout à fait naturel, et le sentiment de faire un geste insolite ne vint point se mêler au plaisir physique. Au contraire, de même qu'il arrive parfois, devant certains paysages, qu'on a l'impression du déjà vu, alors qu'en réalité c'est la première fois qu'ils s'offrent au regard, j'eus l'impression de faire des choses que j'avais déjà faites, je ne savais où ni quand, peut-être dans une autre vie. Ce qui ne m'empêcha pas d'aimer Gino avec passion, pour ne pas dire avec fureur, de l'embrasser, de le mordre, de le serrer dans mes bras à l'étouffer. Lui, semblait possédé de la même rage. Ainsi, pendant un temps qui me parut très long, dans cette chambrette noire, enterrée sous les deux étages d'une maison vide et silencieuse, nous nous embrassâmes violemment, fouillant nos chairs de mille manières, comme deux ennemis luttant pour leur vie et tâchant de se faire le plus mal possible.

Mais quand nos désirs furent assouvis, tandis que nous étions étendus côte à côte, alanguis, exténués, j'eus grand-peur que Gino, maintenant qu'il m'avait possédée, n'eût pas envie de m'épouser. Je me mis alors à parler de la maison dans laquelle nous irions habiter quand nous serions mariés.

La villa de la patronne de Gino m'avait beaucoup frappée; maintenant, il me paraissait indubitable qu'il ne pouvait y avoir de bonheur qu'au milieu de choses propres et belles. Je me rendais compte que nous ne serions jamais en état de posséder non seulement une maison comme celle-là, mais une seule pièce comme celles de cette maison. Toutefois, je m'efforçai de vaincre cette difficulté et je lui expliquai que même une maison pauvre pouvait paraître riche si elle brillait comme un miroir. Car, après son luxe, plus même peut-être que son luxe, l'éblouissante netteté de la villa avait provoqué dans mon esprit tout un grouillement de réflexions. J'essayai de convaincre Gino que la propreté pouvait faire sembler beaux jusqu'à des objets laids. En réalité, désespérée par l'idée que j'avais maintenant de ma pauvreté et consciente que mon mariage avec Gino était le seul moyen dont je pusse disposer pour en sortir, je voulais surtout me convaincre moi-même.

— Même deux pièces, disais-je, si elles sont vraiment propres, avec un carrelage lavé tous les jours, les meubles époussetés, les cuivres faits et tout en ordre : les assiettes à leur place, les torchons à leur place et les vêtements à leur place, les souliers aussi, ça peut être beau ! Il s'agit surtout de bien balayer et de bien laver par terre, et de tout épousseter à fond tous les jours... Il ne faut pas que tu me juges sur la maison où nous habitons en ce moment, maman et moi; maman est désordonnée, et puis elle n'a pas le temps de ranger, la pauvre, mais notre ménage sera un miroir, je te le promets !

– Oui, oui ! dit Gino. La propreté avant tout ! Tu sais ce que fait Madame, quand elle découvre un grain de poussière dans un coin ? Elle appelle la femme de chambre, elle la fait s'agenouiller et ôter la poussière avec ses mains, comme on fait avec les chiens quand ils ont fait des saletés... Elle a raison !

– Moi, déclarai-je, je suis sûre que ma maison sera encore plus propre et mieux rangée que celle-ci... tu verras !

– Mais tu continueras à être modèle, me dit-il d'un ton taquin. Tu ne t'occuperas pas de la maison !

– Modèle ? répondis-je vivement. Je ne serai plus modèle... Je resterai toute la journée à la maison. Je te tiendrai la maison bien en ordre et bien propre et je te ferai la cuisine... Maman dit que ça c'est devenir une servante, mais, quand on aime quelqu'un, même devenir sa servante, ça vous fait plaisir !

Longtemps, nous devisâmes de la sorte. Et moi, petit à petit, je sentis ma peur s'évanouir, faire place à mon habituelle confiance amoureuse et naïve. Comment aurais-je bien pu douter ? Non seulement Gino approuvait mes plans, mais il les discutait en détail, les perfectionnait, les parachevait. Comme j'ai déjà dû le dire, il devait, désormais, être relativement sincère : le menteur finissait par croire à ses mensonges.

Après avoir bavardé peut-être deux heures, je m'assoupis doucement, et je crois bien que Gino aussi s'endormit. Nous fûmes réveillés par un rayon de lune qui pénétrait par le soupirail à fleur de terre, éclairant le lit et nos corps étendus. Gino dit qu'il devait être très tard; en effet, le réveil posé sur la table de chevet indiquait minuit et quelques minutes.

– Dieu sait comment maman va me recevoir ! dis-je en sautant à bas du lit et en commençant à me rhabiller au clair de lune.

– Pourquoi ?

– C'est la première fois de ma vie que je rentre si tard. Le soir, je ne sors jamais seule.

Gino se leva aussi et déclara :

— Tu peux lui raconter que nous avons fait un tour en voiture, que nous avons eu une avarie et que nous avons dû nous arrêter dans la campagne.

— Elle ne me croira pas.

Nous sortîmes hâtivement de la villa, et Gino me raccompagna dans sa voiture. Je savais bien que maman ne croirait pas à l'histoire de la panne, mais je n'aurais jamais supposé que son intuition pût aller jusqu'à deviner avec précision ce qui s'était passé entre Gino et moi. J'avais les clés de la maison et celles de l'appartement. J'entrai, montai les deux étages dans le noir au pas de course et ouvris la porte. J'espérais que maman serait couchée, et de voir la maison complètement dans le noir me confirma dans mon espoir. Sans allumer, sur la pointe des pieds, je me dirigeais vers ma chambre quand je me sentis saisie aux cheveux avec une violence terrible. Toujours dans le noir, maman, car c'était elle, me traîna dans la grande pièce, me jeta sur le divan et commença, dans un profond silence, à m'accabler de coups de poing. J'essayais de me protéger de mon bras, mais on eût dit que maman y voyait, car elle trouvait le moyen de passer par-dessous pour m'assener un mauvais coup en pleine figure. Elle finit par se fatiguer et s'assit à côté de moi sur le divan, soufflant très fort. Puis elle se leva, alluma la lampe centrale, vint se mettre devant moi, les mains sur les hanches, et me regarda fixement. Son regard me remplissait d'embarras et de honte, je tâchais de tirer ma jupe et de réparer le désordre dans lequel m'avait mise cette espèce de lutte. Elle me dit d'une voix normale :

— Je parie que, Gino et toi, vous avez fait l'amour !

J'aurais voulu lui dire que oui, qu'en effet c'était vrai; mais je craignais qu'elle ne me frappât de nouveau, et ce qui me faisait le plus peur, maintenant qu'il y avait de la lumière, ce n'était pas le mal que me faisaient ses coups, c'était leur précision. Je ne tenais pas à me montrer avec un œil au beurre noir, surtout à Gino.

— Non, répondis-je; nous n'avons pas fait l'amour; nous avons eu une avarie en cours de route et c'est ça qui nous a retardés.

— Moi, je te dis que vous avez fait l'amour.

— Non... ce n'est pas vrai !

— Si, c'est vrai ! Va te regarder dans une glace : tu es verte.

— Il est possible que je sois fatiguée... mais nous n'avons pas fait l'amour !

— Si, vous l'avez fait !

— Non, nous ne l'avons pas fait !

Ce qui me stupéfiait, tout en ne laissant pas de m'inquiéter vaguement, c'était qu'aucune indignation ne perçait sous cette insistance : rien qu'une violente curiosité dont je pensais qu'elle n'était nullement désintéressée. En d'autres termes, maman voulait savoir si je m'étais donnée à Gino, non pas pour me punir ou me faire des reproches, mais parce qu'elle avait fort à cœur de l'apprendre pour une raison à elle. Seulement il était trop tard; bien que, désormais, je fusse sûre qu'elle ne me frapperait plus, je continuai à nier obstinément. Alors, brusquement, maman s'approcha de moi et fit mine de me prendre le bras. Je levai la main pour me protéger, mais elle me dit :

— Je ne te touche pas, n'aie pas peur ! Viens avec moi !

Je ne comprenais pas où elle voulait m'emmener; toutefois j'obéis, apeurée. Sans lâcher mon bras, maman me fit sortir de l'appartement, descendre l'escalier, sortir avec elle dans la rue. Elle était déserte, à cette heure. Presque aussitôt, je me rendis compte que maman courait vers la petite lampe rouge de la pharmacie de nuit, où se trouve le poste de secours. Sur le seuil de la pharmacie, j'essayai pour la dernière fois de résister, en traînant les pieds, mais elle me secoua et j'entrai, ou plutôt fus projetée à l'intérieur : pour un peu, je tombais sur les genoux ! Dans la pharmacie, il n'y avait que le pharmacien et un jeune médecin. Maman déclara au médecin :

— C'est ma fille ! Je veux que vous la visitiez.

Le médecin nous fit entrer dans l'arrière-boutique, où se trouvait le petit lit des « urgences », et demanda à maman :

— Dites-moi ce qu'elle a... Pourquoi dois-je la visiter ?

– Elle vient de faire l'amour avec son fiancé et elle dit que non, cette truie! cria maman. Je veux que vous la visitiez et que vous me disiez la vérité!

Le médecin commençait à s'amuser et à mordiller ses moustaches en souriant.

– Mais ce n'est pas un diagnostic que vous me demandez là, déclara-t-il, c'est une expertise.

– Appelez ça comme vous voudrez, répondit ma mère, en hurlant toujours, mais je veux que vous la visitiez! Est-ce que vous n'êtes pas docteur? Est-ce que vous n'êtes pas obligé de visiter les gens qui vous le demandent?

– Du calme, du calme!... Comment t'appelles-tu, toi? me demanda le médecin.

– Adrienne, répondis-je.

J'avais honte, mais pas tant que ça! Les scènes de maman et aussi ma douceur étaient connues dans tout le quartier.

– Mais, même s'ils ont fait l'amour, insista le médecin, qui paraissait se rendre compte de mon embarras et tentait d'éviter l'examen, quel mal y aurait-il à ça?... Il vont se marier, et tout finira bien.

– Vous, mêlez-vous de vos affaires!

– Du calme, du calme! répéta plaisamment le médecin.

Puis il s'adressa à moi et me dit :

– Allons! puisque ta maman y tient essentiellement... déshabille-toi, c'est l'affaire d'un moment, et je te rends ta liberté.

Je pris mon courage à deux mains et déclarai :

– Eh bien oui! j'ai fait l'amour! mais rentrons à la maison, maman!

– Non, ma chère, non! dit-elle d'un air autoritaire. Tu dois te faire visiter!

Résignée, je laissai tomber ma jupe à terre et m'étendis sur le lit de camp. Le médecin m'examina et dit à maman :

– Tu avais raison... elle l'a fait... Tu es contente, à présent?

– Combien vous dois-je? lui demanda maman en tirant son porte-monnaie.

Pendant ce temps, je descendis du lit et me rhabillai. Mais le médecin refusa l'argent et me demanda :

– Tu l'aimes, ton fiancé ?

– Bien sûr, répondis-je.

– Quand vous mariez-vous ?

– Il ne l'épousera jamais ! cria maman.

Mais je la coupai tranquillement :

– Bientôt, dès que nous aurons fait faire nos papiers.

On devait lire dans mes yeux une confiance si grande et si naïve que le médecin rit d'un rire amical, me donna une pichenette sur la joue et nous poussa dehors.

Je m'attendais à ce que, dès que nous serions rentrées chez nous, maman me couvrît d'outrages et même me frappât de nouveau. Bien loin de là, à cette heure avancée, je la vis, sans mot dire, allumer le gaz et commencer à cuisiner pour moi. Elle mit la poêle sur le feu, vint dans la grande pièce, débarrassa le bout de la table de ses étoffes et mit le couvert. Je m'étais assise sur le divan où elle venait de me traîner par les cheveux et la regardais en silence. J'étais abasourdie. Non seulement elle ne me faisait pas de reproches, mais son visage laissait paraître je ne sais quelle satisfaction hilare qu'elle n'essayait même pas de dissimuler. Quand elle eut fini de mettre le couvert, elle retourna dans la cuisine, puis revint peu après, un plat à la main, et me dit :

– Maintenant, tu vas manger !

A vrai dire, j'avais grand-faim. Je me levai et vins m'asseoir, un peu embarrassée, sur la chaise que maman m'avança tout de suite. Dans le plat, il y avait un morceau de viande et deux œufs :

– Mais ça fait trop ! lui dis-je.

– Mange... ça te fera du bien, me répondit-elle. Tu as besoin de manger !

C'était chose extraordinaire que sa bonne humeur, nuancée peut-être de malice, mais pas du tout hostile. Presque sans acrimonie, elle ajouta au bout d'un moment :

— Gino n'y a pas pensé, n'est-ce pas, à te donner à manger ?

— Nous nous sommes endormis, répondis-je. Et après, il était trop tard.

Elle ne dit rien et resta debout, à me regarder manger. C'est toujours ainsi qu'elle faisait : elle me servait et me regardait manger, puis elle s'en allait à la cuisine manger pour son compte. Depuis bien longtemps, elle ne mangeait jamais avec moi à table. Et, toujours, elle mangeait moins que moi : soit mes restes, soit quelque chose d'autre et de moins bon. J'étais pour elle une sorte d'objet précieux et délicat qu'il fallait traiter avec beaucoup d'égards, le seul objet précieux qu'elle possédât : il y avait beau temps que cette servilité admirative et flatteuse ne me frappait plus. Mais, cette fois-là, sa sérénité, son air de contentement m'inspirèrent une inquiétude pénible. Au bout d'un moment, je pris la parole :

— Tu m'en veux, lui dis-je, parce que nous avons fait l'amour... mais il a promis de m'épouser... nous n'allons pas tarder à nous marier.

Elle me répondit tout de suite :

— Je ne t'en veux pas... Au moment même, je me suis mise en colère parce que je t'ai attendue toute la soirée et que je me suis fait du souci... Mais, maintenant, mange et n'y pense plus.

Son ton évasif et faussement rassurant, semblable au ton qu'on prend avec les enfants quand on ne veut pas répondre à leurs questions, m'inquiéta davantage encore :

— Pourquoi ? insistai-je. Tu ne crois pas qu'il va m'épouser ?

— Mais si, mais si, je le crois ! Pour l'instant, mange !

— Non, tu n'y crois pas !

— J'y crois. N'aie pas peur ! Mange !

— Je ne mange plus si tu ne commences pas par me dire la vérité ! déclarai-je, exaspérée. Pourquoi as-tu cette figure contente ?

— Je n'ai pas du tout une figure contente.

Elle prit le plat vide et le remporta à la cuisine. J'attendis qu'elle fût revenue et lui dis de nouveau :

– Alors, tu es contente ?

Elle me regarda longtemps en silence, puis me répondit avec une gravité menaçante :

– Oui, je suis contente.

– Et pourquoi ?

– Parce que, maintenant, je suis certaine que Gino ne t'épousera pas, et qu'il va te plaquer !

– Pourquoi ne m'épouserait-il pas ? Il faudrait qu'il eût une raison !

– Il ne t'épousera pas et il te plaquera ! Il s'amusera avec toi, il ne te donnera pas une tête d'épingle, en meurt-de-faim qu'il est. Et il te plaquera !

– Et c'est pour ça que tu es contente ?

– C'est certain. Maintenant, je suis sûre qu'il ne t'épousera pas !

– Mais qu'est-ce que ça peut te faire ? m'écriai-je, attristée en même temps qu'agacée.

– S'il avait voulu t'épouser, il n'aurait pas fait l'amour avec toi, dit-elle brusquement. J'ai été fiancée deux ans à ton père et, jusqu'à quelques mois de notre mariage, il m'avait juste donné quelques baisers. Il va s'amuser de toi et te plaquer... Tu peux en être sûre... Et moi, je suis contente qu'il te plaque, parce que, s'il t'avait épousée, tu étais fichue !

Je ne pouvais pas m'empêcher de reconnaître en moi-même que certaines des choses qu'elle disait étaient vraies. Mes yeux se remplirent donc de larmes.

– Je le sais, lui dis-je, tu ne veux pas que j'aie jamais une famille. Tu veux que je me mette à mener la vie d'Angèle.

Angèle était une fille du quartier qui, après avoir été fiancée deux ou trois fois, s'adonnait ouvertement à la prostitution.

– Je veux que tu aies une bonne situation, me répondit-elle d'un ton bourru.

Et, rassemblant les assiettes, elle les emporta à la cuisine pour les laver. Restée seule, je réfléchis longuement à ces propos de maman. J'établissais un rapprochement entre ses paroles, d'une part, les promesses et la conduite de Gino, d'autre part, et il me paraissait impossible que ce fût maman qui eût raison. Mais son assurance, son calme, son ton hilare et prévoyant me déconcertaient. Pendant ce temps, maman lavait les assiettes à la cuisine. Je l'entendis les remettre dans la crédence et passer dans la chambre. Au bout d'un moment, lasse et humiliée, je la rejoignis au lit.

Le lendemain, je me demandai si je devais parler à Gino de ces soupçons de maman. Après bien des hésitations, je décidai de n'en rien faire. En réalité, j'avais maintenant tellement peur que Gino m'abandonnât, comme l'insinuait maman, que je craignais, si je lui rapportais l'opinion de celle-ci, de lui en suggérer l'idée. Je m'apercevais pour la première fois que la femme qui se donne à un homme se met entre ses mains et n'a plus aucun moyen de le faire agir suivant sa volonté. Mais je n'en étais pas moins convaincue que Gino tiendrait sa promesse. Aussitôt que je le revis, son attitude me confirma dans cette conviction.

Je m'attendais, bien sûr, à beaucoup d'attentions, à beaucoup de caresses, mais je craignais qu'il ne gardât le silence sur la question du mariage ou, tout au moins n'en parlât que d'une manière générale. Au contraire, dès qu'il eut arrêté sa voiture dans notre boulevard habituel, Gino me dit qu'il avait fixé la date de notre mariage : ce serait dans cinq mois, pas plus tard ! Ma joie fut telle que, m'attribuant à moi-même les idées de maman, je ne pus m'empêcher de m'écrier :

— Tu sais ce que je pensais, au contraire ? Qu'après ce qui est arrivé hier tu allais m'abandonner !

— Comment ? me dit-il en prenant une figure vexée. Me prends-tu pour un croquant ?

— Non, mais je sais qu'il y a beaucoup d'hommes qui agissent ainsi.

— Sais-tu bien, continua-t-il, que je pourrais me froisser de ta supposition ? Quelle idée te fais-tu de moi ? C'est comme ça que tu m'aimes ?

— Moi, je t'aime ! lui répondis-je naïvement. Mais je craignais que, toi, tu ne m'aimes pas.

— Est-ce que, jusqu'à présent, je t'ai donné quelque preuve que je ne t'aimais pas ?

— Non, mais on ne sait jamais...

— Regarde ! me dit-il brusquement, tu me mets tellement de mauvaise humeur que je te mène tout de suite à ton atelier.

Là-dessus, il fit mine de mettre la voiture en marche.

Epouvantée, je lui jetai les bras autour du cou et le suppliai :

– Non, non, qu'est-ce qui te prend ? Je parlais pour parler... fais comme si je n'avais rien dit.

– Il y a des choses qu'on ne dit pas quand on ne les pense pas... Et, quand on les pense, c'est signe qu'on n'aime pas !

– Mais, moi, je t'aime !

– Moi, pas ! me dit-il d'un ton sarcastique. Moi, comme tu le dis, j'ai toujours eu l'idée de m'amuser avec toi pour te plaquer après. C'est bizarre, pourtant, que tu aies attendu jusqu'à présent pour t'en apercevoir !

– Mais, Gino, pourquoi me parles-tu de cette façon ? criai-je en fondant en larmes. Que t'ai-je fait ?

– Rien, répondit-il en mettant la voiture en marche. Mais, maintenant, je t'accompagne à l'atelier.

L'automobile se mit à filer, et Gino, au volant, avait un air entêté et dur. Moi, quand je vis les arbres et les bornes kilométriques passer derrière la vitre et le profil des premières maisons de la ville, succédant aux champs, se profiler à l'horizon, je m'abandonnai à mes pleurs. Je pensai que maman allait triompher en apprenant notre querelle et en sachant que Gino, ainsi qu'elle l'avait prévu, me lâchait. Dans un geste de désespoir, j'ouvris la portière, me penchai en avant et criai :

– Ou tu arrêtes, ou je me jette sous les roues !

Il me regarda, la voiture ralentit, tourna dans un chemin latéral et vint s'arrêter derrière une petite éminence couronnée d'une ruine. Gino coupa l'allumage, mit le frein, se tourna vers moi et me dit avec impatience :

– Alors, courage ! Allons ! parle !

Je croyais réellement qu'il voulait me lâcher et me mis à parler avec une fougue, avec une passion qui me semblent à la fois bien ridicules et bien émouvantes quand j'y repense aujourd'hui. Je lui expliquai à quel point je l'aimais; j'en arrivai à lui dire que, s'il ne m'épousait pas, ça ne faisait rien, que je me contenterais de rester sa maîtresse. Il m'écoutait en faisant une figure sombre, en hochant la tête et en répétant de temps en temps :

– Non, non, c'est fini pour aujourd'hui. Demain ça passera peut-être!

Quand je lui dis qu'il me suffisait d'être sa maîtresse, il me répondit avec ferveur :

– Non, non : mariés ou rien du tout!

Nous discutâmes ainsi longtemps. A plusieurs reprises sa logique perverse me poussa au désespoir et m'arracha des larmes. Puis, graduellement, son attitude inflexible parut se modifier; enfin, après que je l'eus embrassé et câliné sans résultats à différentes reprises, j'eus l'impression d'obtenir une grande victoire en le persuadant de descendre avec moi de l'avant de la voiture et de me prendre sur le siège arrière, dans une inconfortable étreinte que mon désir angoissé de lui plaire me fit trouver trop brève et pleine d'une amère anxiété. J'aurais dû me rendre compte qu'en me comportant de la sorte je ne remportais aucune victoire, mais me mettais davantage encore entre ses mains, ne fût-ce que parce que je me montrais disposée à me donner à lui non seulement par pur élan d'amour, mais encore pour l'amadouer et le convaincre quand les mots ne suffisaient pas : exactement la conduite des femmes qui aiment sans la certitude d'être aimées. Mais j'étais totalement aveuglée par l'attitude parfaite que sa fausseté lui permettait de prendre. Il faisait et disait toujours exactement les choses qu'il devait dire et faire. Et moi, dans mon inexpérience, je ne m'apercevais pas que cette perfection appartenait plutôt à l'image conventionnelle d'un amant que je m'étais fabriquée qu'à l'homme que j'avais devant moi.

Mais la date du mariage avait été fixée, et je commençai tout de suite à m'occuper des préparatifs. Je décidai avec Gino qu'au moins dans les premiers temps nous habiterions avec maman. En dehors de la grande salle, de la cuisine et de la chambre à coucher, il existait, dans l'appartement, une quatrième pièce que maman, par manque d'argent, n'avait jamais meublée. Nous y mettions les objets cassés et inutilisables; vous pouvez imaginer ce qu'étaient les objets cassés et inutilisables dans une maison comme la nôtre, où tout semblait cassé et inutilisable! Après de longues discussions, nous nous arrêtâmes à un programme minimum : nous allions meubler cette pièce, et je me ferais un petit trousseau. Maman et moi étions très pauvres, mais je savais que maman possédait quelques économies et que, cet argent, elle l'avait mis de côté pour moi, afin de pouvoir faire face, disait-elle, à toute éventualité. Quelles pouvaient être ces éventualités? Ce n'était pas très clair : assurément pas celle de mon mariage avec un homme pauvre et d'avenir incertain. J'allai trouver maman et je lui dis :

– Cet argent que tu as mis de côté, tu l'as économisé pour moi, n'est-ce pas?

– Oui.

– Eh bien! si tu veux me rendre heureuse, donne-le-moi tout de suite pour arranger la pièce où nous allons habiter, Gino et moi. S'il est vrai que tu l'as mis de côté pour moi, c'est le moment de le dépenser!

Je m'attendais à des reproches, à des discussions et, pour finir, à un refus. Au contraire, maman accueillit ma requête avec le plus grand calme et montra de nouveau cette sérénité sardonique qui m'avait tant déconcertée le soir de ma visite à la villa.

– Et lui ne va rien te donner? se borna-t-elle à me demander.

– Il me donnera certainement quelque chose, affirmai-je en mentant. Il l'a déjà dit. Mais je dois apporter ma contribution, moi aussi.

Elle était en train de coudre auprès de la fenêtre. Pour parler, elle avait interrompu son travail.

– Va dans ma chambre, dit-elle. Ouvre le premier tiroir de l'armoire... tu trouveras une boîte de carton... il y a là le livret de la Caisse d'épargne et des bijoux d'or. Prends le livret et l'or aussi... Je t'en fais cadeau.

L'or était peu de chose : une bague, deux boucles d'oreilles, une petite chaîne. Mais, dès mon enfance, ce chétif trésor caché sous des guenilles et tout juste entrevu dans des circonstances extraordinaires avait fait flamber mon imagination. Impétueusement, j'embrassai maman. Elle me repoussa, sans brutalité mais avec froideur, en déclarant :

– Attention, j'ai mon aiguille... tu vas te piquer!

Mais je n'étais pas satisfaite. Il ne me suffisait pas d'avoir obtenu ce que je voulais et davantage encore; je voulais que maman fût heureuse avec moi.

– Maman! m'écriai-je, si tu dois faire ça uniquement pour me faire plaisir, j'aime autant y renoncer!

– Assurément, ce n'est pas pour lui faire plaisir à lui! me répondit-elle en se remettant à coudre.

– Réellement, tu n'y crois pas, à mon mariage avec Gino? lui demandai-je d'une voix câline.

– Je n'y ai jamais cru; et, aujourd'hui, j'y crois moins que jamais.

– Mais, alors, pourquoi me donnes-tu l'argent pour installer la chambre?

– Ce n'est pas de l'argent gâché. Les meubles et les draps te resteront toujours... Du mobilier ou de l'argent, c'est la même chose.

– Alors, tu ne m'accompagneras pas dans les magasins pour m'aider à choisir?

– Pour l'amour du ciel, cria-t-elle, je ne veux même pas en entendre parler! Arrangez-vous, allez-y, vous, choisissez, vous... Je ne veux rien savoir!

Sur ce sujet de mon mariage, elle était vraiment intraitable; et je comprenais bien que cela provenait non pas tant de la conduite, du caractère et de la situation de Gino, que de sa propre manière d'envisager la vie. Il n'y avait aucun esprit de contradiction dans cette attitude de maman; mais seulement un renversement complet des idées courantes. Les autres femmes souhaitent obstinément que leurs filles se marient; maman, depuis longtemps, avec la même ténacité, espérait que je ne me marierais pas.

Il existait une sorte de gageure entre maman et moi. Elle voulait que mon mariage ne se fît pas et que je me rendisse compte du bien-fondé de ses idées. Moi, je voulais que ce mariage se fît et que maman se convainquît que c'était ma manière de voir qui était la bonne. Je ne m'en cramponnai que plus à l'espoir de me marier, avec le sentiment de jouer toute ma vie sur une seule carte, désespérément. Mais je sentais tout le temps, et non sans amertume, que maman surveillait mes efforts avec hostilité et me souhaitait d'échouer.

Je dois mentionner ici une fois de plus que la maudite perfection de Gino ne se démentit même pas à l'occasion de nos préparatifs de mariage. J'avais dit à maman que Gino contribuerait aux frais. J'avais menti, car, jusqu'alors, Gino n'avait pas fait la moindre allusion à cela. Je fus donc à la fois surprise et tout à fait contente le jour où Gino, sans que je lui eusse rien demandé, m'offrit une petite somme d'argent pour m'aider. Il s'excusa de la mesquinerie de cette somme en m'expliquant qu'il ne pouvait me donner davantage parce qu'il lui fallait souvent envoyer de l'argent aux siens. Quand je repense aujourd'hui à ce don, je ne puis me l'expliquer que par une extraordinaire fidélité (qui n'allait sûrement pas sans satisfaction) au rôle qu'il avait décidé de jouer : fidélité venant peut-être d'un remords de me tromper et du regret de ne pouvoir m'épouser, comme il l'eût désormais désiré. Triomphante, je me hâtai de mettre maman au courant de ce don de Gino. Elle se borna à observer que c'était une somme bien misérable : juste de quoi me jeter de la poudre aux yeux, sans risquer de le ruiner!

Ce fut, dans ma vie, une période très heureuse. Je me retrouvais tous les jours avec Gino, et nous nous aimions là où nous pouvions : sur les sièges arrière de la voiture, debout dans le coin obscur d'une rue solitaire, à la campagne, sur un pré, ou encore à la villa, dans la chambre de Gino. Une nuit qu'il me ramena à la maison, nous fîmes l'amour sur le palier, devant la porte de l'appartement, étendus sur le carrelage, dans le noir. Une autre fois, nous fîmes l'amour au cinéma, pelotonnés dans les dernières places, exactement sous la cabine de l'opérateur. J'aimais me trouver mêlée avec lui dans la foule des trams et des locaux publics, parce que les gens me poussaient contre lui; j'en profitais pour presser tout mon corps contre le sien.

J'éprouvais constamment le besoin de lui serrer la main, de lui passer les doigts dans les cheveux et de lui faire quelque autre caresse en quelque endroit que je fusse, même en présence d'un tiers, avec cette illusion de passer inaperçue qu'on a toujours quand on cède à une passion irrésistible. L'amour me plaisait infiniment; peut-être aimais-je plus l'amour que Gino lui-même et me sentais-je portée à le faire non seulement par le sentiment que j'éprouvais pour Gino, mais aussi par le plaisir que j'en tirais. Je ne pensais certes pas que j'aurais pu avoir le même plaisir avec un homme autre que Gino. Mais je me rendais compte d'une manière obscure que notre amour ne pouvait expliquer entièrement le zèle, l'adresse et la passion que j'apportais à nos caresses. Ils avaient un caractère autonome; c'était une sorte de vocation qui, de toute manière, même sans l'occasion fournie par Gino, n'eût pas tardé à se manifester.

Cependant l'idée du mariage l'emportait en moi sur toute autre idée. J'aidais maman tant que je pouvais, afin de gagner de l'argent, et me couchais souvent très tard. Le jour, quand je ne posais pas dans les ateliers, je courais les magasins avec Gino, afin de choisir nos meubles et des articles de trousseau. Je n'avais guère d'argent à dépenser, ce qui rendait mes recherches très attentives et encore plus méticuleuses. Je me faisais pourtant présenter des objets que je savais bien ne pouvoir acquérir et les examinais longuement en en discutant le prix, en les marchandant; puis, montrant peu d'enthousiasme ou promettant de repasser, je partais sans rien acheter. Je ne m'en rendais pas compte, mais ces incursions convoiteuses dans les magasins, cet examen anxieux d'objets qui m'étaient interdits m'amenaient à reconnaître malgré moi le bien-fondé des assertions de maman : sans argent, on n'a pas droit à beaucoup de bonheur. Depuis ma visite à la villa, c'était la seconde fois que je jetais les yeux sur le paradis de la richesse : m'en voyant exclue sans que ce fût de ma faute, je ne pouvais m'empêcher d'éprouver quelque amertume et de me sentir troublée. Mais, comme je l'avais fait à la villa, je m'efforçais d'oublier l'injustice dans l'amour. Cet amour, qui était mon seul luxe, et qui me permettait de me sentir semblable à tant d'autres femmes plus riches et plus chanceuses que moi.

Après bien des discussions et bien des recherches, je me décidai enfin à faire mes achats : des achats réellement modestes. Mon argent n'y suffisant pas, j'achetai en la payant par traites mensuelles une chambre complète de style moderne, c'est-à-dire un lit à deux places, une commode avec un miroir faisant coiffeuse, deux tables de chevet, deux chaises et une armoire. C'étaient des choses extrêmement communes, à bon marché et de facture grossière, mais la passion que m'inspirèrent immédiatement ces pauvres meubles est incroyable. J'avais fait passer à la chaux les murs de la pièce, repeindre les portes et les fenêtres et gratter le plancher, si bien que notre chambre était un îlot de propreté dans l'océan infect de la maison. Le jour où on m'apporta mes meubles fut assurément l'un des plus beaux de ma vie. J'éprouvais une impression d'incrédulité à l'idée que je possédais une chambre comme celle-là : propre, claire, ordonnée, embaumant la chaux et la peinture; et cette incrédulité se nuançait d'un contentement qui me semblait inépuisable. Parfois, lorsque j'étais sûre que maman ne m'observait pas, j'allais dans la chambre, je m'asseyais sur le matelas du lit et restais là des heures entières, à regarder autour de moi. Je ne bougeais pas plus qu'une statue et contemplais mes meubles comme si je ne croyais pas à leur existence, comme si je redoutais de les voir s'évanouir d'un moment à l'autre et laisser les murs vides; ou bien je me levais pour enlever avec un linge la poussière du bois et lui redonner son brillant, tendrement. Je crois que, si je m'étais laissé aller à mon sentiment, je les aurais embrassés. La fenêtre, sans rideaux, donnait sur une vaste cour malpropre entourée d'autres maisons aussi longues, aussi basses que la nôtre. On avait l'impression de regarder une cour de lazaret ou de prison; mais je vivais désormais dans l'extase et ne voyais plus la cour; je me sentais aussi heureuse que si la pièce eût donné sur un beau jardin rempli d'arbres. J'imaginais notre vie là-dedans, à Gino et à moi : comment nous dormirions et comment nous nous aimerions. Et je savourais par avance l'acquisition d'autres objets, que je ferais dès que je pourrais : ici, un vase de fleurs; là, une lampe; plus loin, un cendrier ou quelque autre bibelot. Mon seul chagrin était de ne pas pouvoir posséder une baignoire, sinon semblable à celle que j'avais vue, dans cette salle blanche et scintillante, avec ses céramiques et ses robinets, tout au moins neuve et nette. Mais j'étais décidée à entretenir ma chambre très propre et bien en ordre. Ma visite à la villa m'avait donné la conviction que le luxe commençait ainsi : par l'ordre et par la propreté.

4

En ce temps-là, comme je continuais à poser dans les ateliers, je me liai d'amitié avec un modèle nommé Gisèle. C'était une grande fille bien faite au teint très blanc, aux cheveux noirs crépus, avec de petits yeux bleus enfoncés et une grande bouche rouge. Son caractère était très différent du mien : violent, blessant, passionné, mais en même temps très pratique et très intéressé; ce fut justement cette diversité qui nous réunit. Je ne lui connaissais pas d'autre métier que celui de modèle; mais elle était bien mieux habillée que moi et ne dissimulait pas les cadeaux d'un homme qu'elle présentait comme son fiancé. Je me souviens que, cet hiver-là, elle portait souvent une jaquette noire à col et à manches d'astrakan que je lui enviais beaucoup. Son fiancé s'appelait Richard; c'était un grand gros garçon paisible et bien nourri, avec un visage lisse comme un œuf, qui me paraissait alors beau. Il était toujours luisant, pommadé et vêtu de neuf : son père avait un magasin de cravates et de lingerie pour hommes. Il poussait la simplesse jusqu'à la sottise; il était joyeux, débonnaire, et même bon, je crois. Gisèle et lui étaient amant et maîtresse sans qu'il y eût entre eux, à ce que je crois, aucune promesse de mariage comme entre Gino et moi. Gisèle, sans trop y compter d'ailleurs, n'en visait pas moins à se faire épouser. Quant à Richard, je suis convaincue que l'idée d'épouser Gisèle ne lui avait pas même effleuré l'esprit. Gisèle, qui était tout à fait stupide, mais bien plus expérimentée que moi, s'était mis en tête de me protéger et de m'éduquer. Elle avait – pour résumer les choses – sur la vie et sur le bonheur les mêmes idées que maman. Sauf que, chez maman, ces idées trouvaient une expression amère et polémique, parce qu'elles étaient le fruit des déceptions et des privations, alors que, chez Gisèle, cette manière de voir venait de sa bêtise et s'accompagnait d'une grande suffisance et d'un grand entêtement. Maman, dans un certain sens, se contentait d'énoncer ces idées, comme si, pour elle, l'affirmation des principes comptait davantage que leur application. Gisèle, au contraire, qui avait toujours pensé de cette façon-là et ne comprenait pas qu'on pût penser différemment, s'étonnait que je ne me comportasse point comme elle. Ce n'est que lorsque, malgré moi, je laissai transparaître ma désapprobation que son étonnement devint colère et jalousie. Elle s'aperçut tout à coup que non seulement je n'acceptais ni sa protection ni son dressage, mais que j'aurais pu la condamner, pour peu que je l'eusse voulu, du haut de mes aspirations affectueuses et désintéressées; c'est alors qu'elle conçut le dessein, peut-être en grande partie inconscient, de supprimer ce jugement en me rendant aussitôt que possible semblable à elle. En attendant, elle ne cessait de me répéter que j'étais une sotte de rester irréprochable; que c'était pitié de me voir mener cette vie de sacrifices et me montrer aussi mal habillée; que, si je voulais, avec ma beauté, je pouvais changer totalement d'existence. Je finis par rougir de lui laisser croire que jamais je n'avais connu d'homme, et par lui confier mes relations avec Gino, tout en l'avertissant que nous étions fiancés et ne tarderions pas à nous marier. Elle me demanda tout de suite ce que Gino faisait et, dès qu'elle sut qu'il était chauffeur, fronça le nez. Elle ne m'en pria pas moins de lui faire faire sa connaissance.

Gisèle était ma meilleure amie et Gino mon fiancé. Aujourd'hui, je suis en mesure de les juger froidement, mais alors ma cécité devant leur caractère était complète. Pour Gino, j'ai déjà dit que je le considérais parfait. En ce qui concerne Gisèle, je me rendais peut-être compte de ses défauts, mais, par compensation, je lui croyais beaucoup de cœur et une grande affection pour moi; car j'attribuais sa sollicitude pour mon sort non pas au dépit de me savoir innocente et au désir de me corrompre, mais à une bonté mal entendue et hors de propos. C'est ainsi que je les fis se rencontrer, et non sans appréhension; dans mon ingénuité, j'eusse voulu qu'ils devinssent amis. La rencontre eut lieu dans une crémerie. Gisèle eut tout le temps une attitude figée et nettement hostile. Pour ce qui est de Gino, je crus comprendre qu'au début, il eût voulu séduire Gisèle, car, suivant son habitude, il amena la conversation sur la villa et s'attarda à exalter la richesse de ses maîtres comme s'il eût espéré l'éblouir par ses descriptions et lui dissimuler de la sorte la médiocrité de sa condition. Mais Gisèle ne désarma pas : elle persista dans son attitude hostile. Je ne me rappelle plus à quel sujet elle trouva le moyen de faire cette remarque :

– Vous avez de la chance d'avoir rencontré Adrienne !

– Pourquoi ? lui demanda Gino, tout étonné.

– Parce que, d'habitude, les chauffeurs s'arrangent avec les bonnes !

Je vis Gino changer de couleur; mais il n'était pas homme à se laisser prendre au dépourvu.

– C'est vrai, c'est vrai ! répéta-t-il lentement en baissant le ton comme s'il considérait pour la première fois un fait évident qui lui eût jusqu'alors échappé. En effet, le chauffeur qui était là avant moi a justement épousé la cuisinière; ça se comprend, c'est tout naturel ! Moi, j'aurais dû faire de même : les chauffeurs épousent des bonnes, et les bonnes épousent des chauffeurs... Je me demande même comment j'ai pu ne pas y penser plus tôt !... D'ailleurs, ajouta-t-il négligemment, j'aurais préféré qu'Adrienne fît la plonge plutôt que d'être modèle... Pas du tout, ajouta-t-il en levant la main comme pour prévenir une objection de Gisèle, à cause du métier en lui-même, quoique, à vrai dire, je n'avale guère cette histoire de se mettre toute nue devant les hommes... Mais surtout parce que, dans ce métier, on fait certaines connaissances, certaines amitiés qui...

Il hocha la tête et fit la grimace. Puis, offrant à Gisèle son paquet de cigarettes :

– Vous fumez? demanda-t-il.

Au moment même, Gisèle ne sut que dire : elle se borna à refuser la cigarette. Puis elle regarda sa montre et déclara :

– Adrienne, il faut que nous partions, il est tard.

Il était effectivement tard. Nous prîmes congé de Gino et sortîmes de la crémerie.

Une fois dans la rue, Gisèle me dit :

– Mais tu vas faire une gaffe énorme!... Moi, je n'épouserais jamais un homme comme ça!

– Il ne t'a pas plu? lui demandai-je anxieusement.

– Absolument pas! D'abord, tu m'avais dit qu'il était grand, et il est presque plus petit que toi! Il a des yeux faux qui ne regardent pas en face... Il n'est jamais naturel... Il parle d'une façon tellement affectée qu'on se rend compte à un kilomètre qu'il ne dit pas ce qu'il pense... Et cette vanité pour un chauffeur!

– Mais, moi, je l'aime! objectai-je.

Elle me répondit avec calme :

– Oui, seulement, lui, il ne t'aime pas; tu verras qu'un jour il va te plaquer.

Je fus frappée de cette prophétie si sûre et si semblable à celle de maman. Aujourd'hui, je puis dire qu'en une heure, la malveillance mise à part, Gisèle avait mieux compris le caractère de Gino que je ne l'avais fait en tant de mois. De son côté, le jugement que Gino porta sur Gisèle était également malveillant, mais j'ai dû reconnaître par la suite que, partiellement tout au moins, il était exact. En réalité, j'étais obnubilée non seulement par mon inexpérience, mais par l'affection que je leur portais à tous deux... Quand on pense du mal des gens, on est presque toujours dans le vrai!

– Ta Gisèle, me dit-il, c'est ce que, dans mon pays, on appellerait une bonne fille!

Je le regardai d'un air étonné. Il s'expliqua :

– Une fille des rues. Elle en a l'allure et le caractère. Elle est toute fière d'être bien habillée, mais... comment gagne-t-elle l'argent ?

– C'est son fiancé qui le lui donne.

– Un fiancé différent tous les soirs... En attendant, écoute : il faut choisir entre elle et moi !

– Que veux-tu dire ?

– Je veux dire que tu es libre de faire ce que tu voudras... mais que, si tu continues à la voir, il faut renoncer à me voir aussi... Ou elle, ou moi !

Je cherchai à le faire changer d'avis, mais sans y parvenir. L'attitude méprisante de Gisèle l'avait certainement froissé; mais il devait entrer, dans son antipathie indignée, la même fidélité à son rôle de fiancé qui lui avait suggéré de contribuer aux frais occasionnés par nos préparatifs de mariage.

– Ma fiancée ne doit pas fréquenter des femmes de mauvaise vie ! répétait-il d'un air inflexible.

Prise de ma crainte accoutumée de voir tomber notre mariage à l'eau, je finis par lui promettre de ne plus revoir Gisèle; mais je savais bien, dans mon cœur, que je ne pourrais tenir ma promesse, ne fût-ce que par impossibilité de fait : Gisèle et moi posions à la même heure, dans le même atelier !

A partir de ce jour, je continuai de la voir à l'insu de Gino. Quand nous nous trouvions ensemble, elle ne laissait pas échapper une seule occasion de me décocher des allusions ironiques et méprisantes à mes fiançailles. J'avais eu la naïveté de lui faire beaucoup de confidences sur mes relations avec Gino : c'est justement de ces confidences qu'elle se servait pour me piquer et me représenter ma vie présente et ma vie à venir sous des couleurs dérisoires. Comme son ami Richard ne semblait pas faire la moindre différence entre elle et moi et nous considérait toutes deux comme des filles faciles, ne méritant aucun respect, il se prêtait volontiers à ce jeu de Gisèle et renchérissait sur les lardons, mais de façon bête et sans malice parce qu'ainsi que je l'ai dit, il n'était ni intelligent ni méchant. Pour lui, mes fiançailles n'étaient autre chose qu'un sujet de bonnes plaisanteries, permettant de tuer le temps. Mais Gisèle, à qui ma vertu faisait l'effet d'un constant reproche, et qui voulait me rendre comme elle pour m'ôter tout droit de la désapprouver, y mettait de l'acharnement et de l'acrimonie et cherchait toutes les façons de me mortifier et de m'humilier.

Elle me prenait surtout par mon point faible : la toilette.

– Aujourd'hui, me disait-elle, j'ai vraiment honte de me montrer avec toi !

Ou bien :

– Richard ne permettrait pas que je sorte avec des guenilles comme ça sur le dos. N'est-ce pas, Richard ?... C'est ça qui montre si on vous aime ou non, ma chère !

Naïvement, je tombais dans ce grossier panneau. Je m'échauffais, je défendais Gino, je défendais même mes robes, quoique avec moins de conviction, mais je finissais toujours par avoir le dessous, devenir rouge, avec la larme à l'œil. Un jour, Richard eut pitié de moi et proposa :

– Aujourd'hui, je veux faire un cadeau à Adrienne. Allons, Adrienne, je veux t'offrir un sac !

Mais Gisèle s'opposa violemment à cet achat en déclarant :

– Non, non ! Pas de cadeaux ! Elle a son Gino. Qu'elle se fasse faire des cadeaux par lui !

Richard, qui m'avait proposé cela par pure bonté d'âme, sans imaginer le moins du monde le plaisir que m'eût fait son don, renonça tout de suite à son idée ; et moi, par point d'honneur, j'allai, le soir même, m'acheter un sac avec mon argent. Le lendemain, je me présentai aux amants mon sac sous le bras et leur racontai que c'était un cadeau de Gino. Ce fut la seule victoire que je pus remporter au cours de ces déplorables escarmouches. Elle me coûta gros, parce que c'était un beau sac et que je le payai très cher.

Quand Gisèle crut m'avoir suffisamment mortifiée et mûrie à force d'ironies, d'humiliations et de sermons, elle me dit qu'elle avait une offre à me faire :

– Raconte ! lui dis-je.

– Tu sais que j'ai beaucoup d'affection pour toi,

commença-t-elle... autant dire que je te considère comme une sœur. Ta beauté te permettrait d'obtenir tout ce que tu voudrais... Ça me fait réellement mal de te voir t'exhiber habillée comme une mendiante. Alors, écoute !

Là, elle s'interrompit, me regarda d'un air solennel.

– Il y a un monsieur extrêmement raffiné, extrêmement distingué, très sérieux... qui t'a vue et qui s'intéresse beaucoup à toi... Il est marié, mais sa famille est en province. C'est une huile dans la police, ajouta-t-elle en baissant la voix. Si tu veux le connaître, je peux te le présenter. Comme, ainsi que je te le dis, c'est un monsieur très sérieux et très distingué, avec lui, tu peux être certaine que personne ne saura jamais rien... Du reste, il est très occupé et tu le rencontrerais, tout au plus, deux ou trois fois par mois. Il ne voit pas d'inconvénient à ce que tu continues ton histoire avec Gino si ça te fait plaisir... ni même à ce que tu te maries... mais il se chargera de te faire une vie meilleure que celle que tu mènes à présent. Qu'en dis-tu ?

– Je dis que je le remercie, mais je ne peux pas accepter ! répondis-je nettement.

– Mais pourquoi ? s'écria-t-elle, sincèrement stupéfaite.

– Parce que non. J'aime Gino et, si j'acceptais, je ne pourrais plus le regarder en face.

– En voilà une idée ! Puisque je te dis que Gino n'en saurait rien !

– C'est justement pour ça !

– Penser, prononça-t-elle alors comme si elle se parlait à elle-même, que si quelqu'un, il n'y a pas si longtemps, m'avait fait une offre semblable... Alors, que dois-je lui dire ? Que tu demandes à réfléchir ?

– Non, non ! que je n'accepte pas !

– Tu es une idiote ! me dit Gisèle, désappointée. Ça, ça s'appelle refuser la fortune !

Elle ajouta beaucoup de choses du même genre, auxquelles je répondis toujours de la même façon, et s'en alla très mécontente.

J'avais refusé cette offre dans un grand élan, sans en discuter la valeur. Une fois seule, j'éprouvai comme un sentiment de regret : peut-être, après tout, Gisèle avait-elle raison; peut-être était-ce là l'unique façon d'obtenir tout ce dont j'avais si désespérément besoin. Mais je chassai aussitôt cette pensée et ne m'en accrochai que davantage à l'idée du mariage et de l'existence pauvre, mais régulière, que je me promettais. Le sacrifice qu'il me paraissait avoir fait me mettait maintenant dans l'obligation de me marier à tout prix; j'y étais forcée plus encore qu'avant!

Je ne fus tout de même pas capable de résister à un mouvement de vanité, et j'informai maman de l'offre de Gisèle. Je pensais lui faire doublement plaisir; je savais à quel point elle était fière de ma beauté et combien elle tenait à ses idées; cette offre flattait sa fierté et confirmait le bien-fondé de ses convictions. Mais je fus stupéfaite de l'agitation que lui communiqua mon récit. Ses yeux s'allumèrent d'une lueur avide; tout son visage rougit de mécontentement.

– Mais qui est-ce? me demanda-t-elle enfin.

– Un monsieur riche, dis-je.

J'avais honte d'avouer qu'il était dans la police.

– Elle a dit qu'il était très riche?

– Oui... Il paraît qu'il gagne énormément!

Elle n'osait pas exprimer ce qu'elle pensait visiblement : que j'avais eu tort de refuser cette offre.

– Il t'a vue, reprit-elle, et il a dit qu'il s'intéresse à toi... Pourquoi ne pas te le faire présenter?

– A quoi bon, puisque je ne peux pas?

– Quel dommage qu'il soit déjà marié!

– Même s'il était garçon, je ne voudrais pas le connaître.

– Il y a tant de façons de faire les choses! dit maman. C'est quelqu'un de riche... il te veut du bien... une chose en amène une autre... il pourrait t'aider... comme ça... sans rien te demander!

– Non, non, répondis-je. Ça, c'est des gens qui ne font rien pour rien.

– On ne sait jamais.

– Non, non, répétai-je.

– Ça ne fait rien! dit maman en hochant la tête... ça n'empêche pas que Gisèle est une bien bonne fille et qu'elle a vraiment de l'affection pour toi. Une autre aurait été jalouse de toi et ne t'en aurait pas parlé. Elle, au contraire, on voit que c'est une véritable amie!

Après mon refus, Gisèle ne me parla plus de son monsieur distingué; de plus, à mon grand étonnement, elle cessa de m'asticoter au sujet de mes fiançailles. Je continuai de la voir en cachette, ainsi que Richard, mais, plus d'une fois, je reparlai d'elle à Gino, dans le désir d'une réconciliation, parce que ces subterfuges me déplaisaient. Il ne me laissa jamais finir ma phrase; chaque fois, il renouvela ses expressions de haine et jura que, s'il apprenait que je la revoyais, c'en était fini entre nous. Il parlait sérieusement, et j'eus presque l'impression qu'il eût volontiers saisi ce prétexte pour envoyer notre mariage en l'air! Je parlai à maman de cette antipahie de Gino pour Gisèle, et maman déclara, sans paraître mettre de méchanceté dans sa remarque :

– Il ne veut pas que tu la voies parce qu'il craint que tu fasses la comparaison des loques avec lesquelles il te laisse sortir et des toilettes que le fiancé de Gisèle lui donne.

– Non! seulement il dit que Gisèle ne vaut pas cher...

– C'est lui qui ne vaut pas cher... S'il pouvait seulement apprendre que tu vois Gisèle et rompre avec toi!

– Maman! criai-je, épouvantée; qu'il ne te vienne surtout pas à la tête d'aller le lui dire!

– Non, non! répondit-elle très vite et comme à regret; ça, c'est votre affaire à vous deux, cela ne me regarde pas!

– Si tu le lui disais, m'écriai-je en mettant toute ma passion dans ce cri, tu ne me reverrais plus jamais!

C'était alors l'été de la Saint-Martin, les journées étaient tièdes et limpides. Gisèle me dit un jour qu'elle avait décidé de faire un petit voyage en automobile : elle, Richard et un ami de Richard. Il fallait une deuxième dame pour tenir compagnie à cet ami, et on avait pensé à moi. J'acceptai avec joie, parce que, dans la mesquinerie de ma vie, j'étais toujours aux aguets de tout ce qui pouvait m'en alléger le poids. Je dis à Gino que j'étais obligée de faire quelques poses supplémentaires, et le matin, de très bonne heure, je me rendis au lieu du rendez-vous, qui était de l'autre côté du pont Milvio. La voiture m'attendait déjà et, quand je m'approchai, ni Gisèle ni Richard, qui étaient assis devant moi, ne bougèrent, mais l'ami de Richard sauta à terre et vint à ma rencontre. C'était un homme jeune, de taille moyenne, chauve, la figure toute jaune, avec de grands yeux noirs, un nez aquilin et une large bouche aux coins plissés qui semblait sourire. Il était habillé avec élégance, mais dans un style tout à fait différent de celui de Richard, un style sérieux : jaquette gris foncé et pantalon d'un gris plus clair, faux col amidonné et cravate noire avec une perle. Il avait la voix douce. Ses yeux aussi me semblèrent doux, mais également mélancoliques et comme dégoûtés. Il était extrêmement courtois, voire cérémonieux. Gisèle me le présenta sous le nom de Stéphane Astarite, et je me sentis tout de suite certaine que c'était lui le monsieur distingué dont elle m'avait transmis les propositions galantes. Mais je ne fus pas contrariée de faire sa connaissance parce qu'au fond, ces propositions n'avaient rien de blessant : elles me flattaient même, dans un certain sens. Je lui tendis la main; il la porta à ses lèvres avec une dévotion étrange, d'une intensité quasi douloureuse. Puis je montai, il s'assit à côté de moi, et la voiture démarra.

Tandis que l'automobile roulait entre des champs jaunis sur une route nue inondée de soleil, nous ne parlâmes presque pas. J'étais heureuse d'être en automobile, heureuse de faire une excursion, heureuse de l'air qui passait par la portière et me soufflait en pleine figure. Je ne me rassasiais pas de la campagne. C'était peut-être bien la deuxième ou troisième fois de ma vie que je faisais une excursion en automobile, et j'avais comme une crainte de n'en pas jouir assez; j'écarquillais les yeux en tâchant d'observer le plus de choses possible : meules de paille, fermes, arbres, champs, collines, bois. Je pensais qu'ensuite il s'écoulerait des mois, des années peut-être, avant que je pusse faire une autre promenade semblable, que je devais m'en graver les détails dans la mémoire, de manière à en garder un souvenir précis et à l'évoquer toutes les fois que je voudrais. Mais Astarite, assis loin de moi, très raide, ne paraissait avoir de regards que pour moi. Ses yeux mélancoliques et pleins de désir ne quittaient pas un instant mon visage ou mon corps; réellement, ce regard me faisait l'effet d'un doigt qu'il eût passé petit à petit sur toute ma personne. Je ne saurais dire que cette attention me déplût, mais elle m'embarrassait. Peu à peu je me sentis comme le devoir de m'occuper de lui et de lui parler. Il était assis les mains sur les genoux; l'une de ses mains portait, avec une alliance, une bague ornée d'un brillant.

– Quelle belle bague! dis-je étourdiment.

Il baissa les yeux, regarda sa bague sans remuer la main et me répondit :

– C'était la bague de mon père. Je la lui ai ôtée du doigt quand il est mort.

– Oh! fis-je pour m'excuser.

Puis j'ajoutai, indiquant son alliance :

– Vous êtes marié?

– Bien sûr que oui! répondit-il avec une sorte de sombre complaisance. J'ai femme et enfants, et tout et tout!

– Est-elle jolie, votre femme? demandai-je timidement.

– Moins que vous, dit-il sans sourire, d'une voix basse et emphatique, comme s'il eût énoncé une vérité importante.

Et la main qui portait la bague tâcha de me prendre la main. Je me dégageai tout de suite et demandai, pour dire quelque chose :

– Vous vivez avec elle?

– Non, me répondit-il, elle habite à X... – ici le nom d'une lointaine ville de province – et moi ici. Je vis seul... J'espère bien que vous viendrez me voir.

Je feignis de ne pas avoir entendu ces renseignements donnés d'une manière tragique et presque convulsive, et demandai :

– Pourquoi... n'aimeriez-vous pas vivre avec votre femme?

— Nous sommes séparés légalement, m'expliqua-t-il en faisant la moue. Quand je me suis marié, je n'étais qu'un gamin... c'est ma mère qui avait arrangé le mariage... Vous savez bien comme ça se passe... une jeune fille de bonne famille, avec une belle dot... ce sont les parents qui combinent le mariage, mais ce sont tout de même les enfants qui doivent se marier! Vivre avec une femme... est-ce que vous pourriez vivre avec une femme comme ça?

Il tira son portefeuille de sa poche de poitrine, l'ouvrit et me tendit une photographie. Je vis deux petites filles qui avaient l'air de deux jumelles, brunes, pâles, tout de blanc vêtues. Derrière elles, les mains posées sur leurs épaules, une petite femme brune et blême, les yeux rapprochés comme des yeux de hibou et l'expression méchante. Je lui rendis la photographie; il la remit dans son portefeuille, puis me dit, dans un souffle :

— Non... je voudrais vivre avec vous.

— Vous ne me connaissez absolument pas! lui dis-je, déconcertée par son attitude d'obsédé.

— Je vous connais très bien. Voilà un mois que je vous suis. Je sais tout de vous!

En parlant, il restait respectueusement éloigné de moi mais, continuellement, sa passion lui dilatait les yeux.

— Je suis fiancée! lui déclarai-je.

— Gisèle me l'a dit, prononça-t-il d'une voix étranglée. Mais ne parlons pas de votre fiancé, qu'importe?

Et il fit de la main un geste court, pataud, d'indifférence affectée.

— Moi, cela m'importe beaucoup, lui dis-je.

Il me regarda et reprit :

— Vous me plaisez énormément.

— Je m'en aperçois.

— Vous me plaisez énormément, répéta-t-il. Peut-être ne vous rendez-vous pas compte à quel point vous me plaisez.

Il parlait réellement comme un fou. Mais, ce qui me rassurait, c'est qu'il était assis loin de moi et ne tentait plus de me prendre la main.

– Il n'y a rien de mal à ce que je vous plaise, lui dis-je.
– Et moi, est-ce que je vous plais ?
– Non.
– J'ai de l'argent, dit-il avec une grimace crispée. J'ai assez d'argent pour vous rendre heureuse. Si vous venez me trouver, vous n'aurez pas à vous en repentir !
– Je n'ai pas besoin de votre argent, lui répondis-je avec calme, presque gentiment...
Il ne parut pas entendre et dit en me regardant :
– Vous êtes très belle.
– Merci.
– Vous avez de très beaux yeux.
– Vous trouvez ?
– Oui... et votre bouche aussi est très belle... je voudrais la baiser.
– Pourquoi me dites-vous ces choses-là ?
– Votre corps aussi, je voudrais le couvrir de baisers... tout votre corps.
– Pourquoi me parlez-vous de cette façon ? protestai-je. Ce n'est pas bien... Je suis fiancée, et nous nous marions dans deux mois.
– Excusez-moi, mais ça me fait tellement plaisir de dire certaines choses. Faites comme si je ne vous parlais pas à vous.
– Est-ce qu'on est encore bien loin de Viterbe ? demandai-je pour changer de conversation.
– Nous sommes presque arrivés... Nous déjeunerons à Viterbe... Promettez-moi qu'à table vous vous assiérez à côté de moi.
Je me mis à rire parce qu'en fin de compte une passion si violente me flattait :
– C'est bon ! dis-je.
– Vous vous assiérez à côté de moi comme maintenant, dit-il. Je me contente de respirer votre parfum.
– Mais je ne me parfume pas.
– Je vous ferai cadeau d'un parfum, me dit-il.
Nous étions arrivés à Viterbe, et l'automobile ralentissait pour entrer en ville. Pendant tout le trajet, Gisèle et Richard, assis devant nous, avaient gardé le

silence. Mais, quand nous commençâmes de parcourir lentement la promenade remplie de monde, Gisèle se retourna et me dit :

– Comment ça va-t-il, vous deux ? Vous croyez peut-être que nous ne vous avons pas vus ?

Astarite ne dit rien. Moi, je protestai :

– Tu ne peux rien avoir vu... nous avons causé !

– Allons ! allons ! dit-elle.

Je fus profondément étonnée et quelque peu irritée, tant de l'attitude de Gisèle que du fait qu'Astarite ne protestât point.

– Mais puisque je te dis... commençai-je.

– Allons ! allons ! répéta-t-elle. Inutile d'avoir peur ! nous ne dirons rien à Gino !

En attendant, nous étions arrivés sur la place et descendus de voiture. Nous commençâmes à nous promener sur le cours, au milieu de la foule endimanchée, sous un soleil d'octobre aussi doux que brillant. Astarite ne me lâchait pas un instant, toujours grave, et même sombre, la tête raide au-dessus de son grand faux col, une main dans sa poche et l'autre ballante. Il avait l'air non pas tant de me suivre que de me surveiller. Gisèle, au contraire, riait et plaisantait à haute voix avec Richard; plusieurs personnes se retournèrent pour nous observer. Nous entrâmes dans une pâtisserie et prîmes un vermouth au comptoir. Je m'aperçus tout à coup qu'Astarite marmonnait entre ses dents je ne sais quoi de menaçant et lui demandai ce qu'il avait.

– Il y a cet imbécile-là, sur la porte, qui vous regarde avec insistance ! me répondit-il d'un air furieux.

Je me retournai et vis, en effet, un gringalet blond qui me contemplait debout sur le seuil du café.

– Quel mal y a-t-il à ça ? fis-je gaiement. Il me regarde... et puis après ?

– Mais, moi, je suis capable d'aller lui casser la figure !

– Si vous le faites, je ne vous connais plus, je ne vous parle plus ! lui dis-je, quelque peu contrariée. Vous n'avez le droit de rien faire du tout. Vous n'êtes rien pour moi !

Il ne répondit pas et passa à la caisse payer le vermouth. Nous sortîmes du café et reprîmes notre promenade le long du cours. Le soleil, le bourdonnement, le mouvement de la foule, toutes ces figures saines et rouges de provinciaux me mirent de bonne humeur. Comme nous arrivions à une petite place retirée, au fond d'une rue perpendiculaire au cours, je déclarai tout à coup :

– Voilà ! Si j'avais une jolie petite maison comme celle-là – je montrais une petite maison à deux étages, toute simple, adossée à une église –, je serais tout à fait heureuse de vivre ici !

– Mon Dieu ! mon Dieu ! s'écria Gisèle. Vivre en province ! A Viterbe surtout ! Je ne pourrais pas, même si on me payait mon pesant d'or !

– Tu t'en fatiguerais vite, Adrienne, dit Richard. Quand on est habitué à vivre en ville, on ne peut plus habiter la province.

– Vous vous trompez ! dis-je. Moi, j'habiterais volontiers ici... avec quelqu'un qui m'aimerait... quatre pièces propres, une treille... quatre fenêtres... je n'en voudrais pas davantage.

Je parlais sincèrement, parce que je me voyais déjà avec Gino dans cette simple maisonnette de Viterbe.

– Qu'en dites-vous ? dis-je en m'adressant à Astarite.

– Avec vous, j'y vivrais ! me dit-il à mi-voix en s'efforçant de ne pas se faire entendre des autres.

– Ton défaut, Adrienne, dit Gisèle, c'est d'être trop modeste... Dans la vie, quand on ne désire pas beaucoup, on n'obtient rien !

– Mais, moi, je ne veux rien... dis-je.

– Si, pourtant ! te marier avec Gino ! observa Richard.

– Ça, oui !

Il commençait à se faire tard; le cours se vidait; nous entrâmes au restaurant. La salle du rez-de-chaussée était remplie de gens : des paysans endimanchés, pour la plupart, que le marché avait rassemblés à Viterbe. Gisèle fit la moue et déclara que ça puait à vous couper le souffle. Elle demanda au patron si on ne pouvait pas manger à l'étage. Le patron répondit que c'était faisable et, nous précédant, nous fit monter un petit escalier de bois et pénétrer dans une pièce oblongue avec une seule fenêtre donnant sur une ruelle. Il ouvrit les persiennes et referma la croisée. Puis il étala la nappe sur une table rustique occupant la plus grande partie de la salle. Je me souviens que les murs étaient tapissés d'un vieux papier passé, déchiré en plusieurs endroits, avec des fleurs et des oiseaux, et que, de l'autre côté de la table, il y avait un petit buffet vitré plein d'assiettes.

Pendant ce temps, Gisèle rôdait dans la pièce en examinant tout, allant jusqu'à regarder dans la ruelle à travers la fenêtre. Elle finit par ouvrir une porte qui semblait donner accès dans une autre pièce. Après avoir jeté un regard sur la pièce, elle s'adressa au patron et lui demanda, en affectant un ton négligent, ce que ça pouvait bien être que cette pièce.

– C'est une chambre à coucher, répondit l'hôtelier. Si quelqu'un veut se reposer, après le déjeuner...

– Nous irons nous reposer, hein! Gisèle? dit Richard avec son rire niais.

Gisèle feignit de ne pas entendre. Elle regarda encore un moment dans la pièce et tira la porte sur elle avec précaution, sans la refermer tout à fait. Voir une salle à manger aussi petite et aussi intime m'avait plu; aussi ne fis-je pas attention à cette porte entrouverte, non plus qu'au regard d'intelligence que je crus surprendre entre Gisèle et Astarite. Nous prîmes place à table; je m'assis à côté d'Astarite, comme je le lui avais promis, mais il ne parut pas s'en apercevoir; il semblait tellement préoccupé qu'il était incapable de parler. Au bout d'un moment, l'hôtelier revint avec les hors-d'œuvre et le vin. J'avais grand-faim; je me jetai sur la nourriture avec un feu qui fit rire les autres. Gisèle saisit l'occasion de me taquiner comme d'habitude au sujet de mon mariage.

– Mange! mange! me recommanda-t-elle. Ce n'est pas avec Gino que tu mangeras jamais autant ni si bien!

– Pourquoi? dis-je. Gino gagne sa vie!

– Oui... mais vous mangerez tous les jours des fayots !

– Les haricots sont tout aussi bons qu'autre chose ! dit Richard en riant. Tiens ! je vais nous en commander tout de suite un plat !

– Tu es une idiote, Adrienne ! continua Gisèle. Tu aurais besoin d'un homme ayant des moyens, d'un homme sérieux, rangé, qui pense à toi et ne te laisse manquer de rien, qui te permette de mettre en valeur ta beauté. Et voilà que tu t'es engantée de ce Gino !

Je gardais un silence têtu, la tête basse, et me contentais de manger. Richard observa en riant :

– Moi, à la place d'Adrienne, je ne renoncerais à rien... ni à Gino, puisqu'il lui plaît tant, ni à l'homme sérieux. Je prendrais les deux... et peut-être bien que Gino lui-même n'y trouverait rien à dire !

– Ça, non ! dis-je vivement. S'il savait seulement que j'ai fait cette promenade avec vous aujourd'hui, il romprait nos fiançailles !

– Et pourquoi ? demanda Gisèle, froissée.

– Parce qu'il ne veut pas que je te fréquente...

– Sale dégoûtant ! Grossier personnage ! Pauvre gueux ! cria Gisèle avec rage. Je voudrais réellement essayer d'aller le trouver et de lui dire : Adrienne continue à me voir. Aujourd'hui, elle a passé toute la journée avec moi. Vas-y, romps tes fiançailles !

– Non, non, la suppliai-je, épouvantée, ne va pas faire cela !

– Ce serait un bonheur pour toi !

– Oui... mais ne le fais pas ! la priai-je à nouveau. Si tu as un peu d'affection pour moi, ne le fais pas !

Pendant tous ces propos, Astarite n'ouvrait pas la bouche et ne mangeait presque pas. Il avait constamment les yeux fixés sur moi, et ce regard chargé de choses, lourd et désespéré, me gênait plus que je n'aurais pu le dire. J'aurai voulu lui demander de ne pas me regarder de cette façon-là, mais je craignais les railleries de Gisèle et de Richard. C'est pour le même motif que je n'eus pas le courage de protester lorsque Astarite, saisissant le moment où je posai ma main gauche sur le banc, l'enserra dans la sienne en la pressant très fort, me contraignant à ne plus manger que d'une main. J'eus tort parce que, tout à coup, Gisèle s'écria en riant :

– En paroles, tu es tout à fait fidèle à Gino, mais, en fait... est-ce que tu crois que je ne vous vois pas, Astarite et toi, vous serrer la main sous la table ?

Je rougis, toute confuse, et m'efforçai de dégager ma main. Mais Astarite la retint fortement, et Richard intervint :

– Mais laisse-les donc tranquilles ! Quel mal y a-t-il à ça ? Ils se serrent la main ? Hé bien ! nous n'avons qu'à en faire autant !

– C'est pour rire ! déclara Gisèle. Au contraire, je suis bien contente !

Quand nous eûmes mangé les pâtes, on nous fit attendre longtemps le second plat. Gisèle et Richard ne faisaient que rire et blaguer tout en buvant et en me faisant boire. Le vin était rouge; il était bon, mais très fort, et me monta vite à la tête. J'aimais ce goût de vin, chaud et piquant; j'étais ivre et j'avais l'impression de ne pas l'être le moins du monde et de pouvoir boire indéfiniment. Astarite me serrait la main, grave et sombre, et je ne me rebiffais plus : je me disais qu'en fin de compte je pouvais bien lui accorder une poignée de main ! Au-dessus de la porte, il y avait une chromo avec un balcon fleuri de roses et un homme et une femme habillés à la mode d'il y a cinquante ans, qui s'embrassaient d'une manière mièvre et compliquée. Gisèle remarqua la chromo et déclara qu'elle ne comprenait pas comment ces deux-là pouvaient faire pour arriver à s'embrasser de cette façon.

– Voyons si nous pourrions les imiter ? proposa-t-elle à Richard. Essayons !

Richard se leva en riant et se mit à singer l'homme de la chromo, tandis que Gisèle, tout en riant, elle aussi, s'adossait à la table comme la femme du tableau à son balcon fleuri. Ils finirent par unir leurs bouches au prix de grands efforts, mais peu s'en fallut qu'ils ne perdissent l'équilibre et ne tombassent tous deux sur la table. Gisèle, excitée par le jeu, s'écria :

– Maintenant, c'est votre tour !

– Pourquoi ? demandai-je, alarmée. Quel rapport ?

– Si, si, vous allez essayer !

Je sentis Astarite me passer le bras autour de la taille et j'essayai de me dégager en déclarant :

– Mais je ne veux pas !

– Hou ! comme tu es assommante ! me cria Gisèle. C'est un jeu ! un simple jeu !

– Mais je ne veux pas !

Richard riait. Lui aussi excitait Astarite :

– Astarite, si tu ne l'embrasses pas, tu n'es pas un homme !

Mais Astarite restait grave; il me faisait presque peur. Il était clair que, pour lui, ce n'était pas un jeu du tout.

– Vous, vous allez me laisser tranquille ! dis-je en me retournant contre lui.

Il me regarda, puis regarda Gisèle d'un air interrogatif, comme s'il attendait d'elle un encouragement.

– Courage, Astarite ! lui cria Gisèle.

Elle paraissait plus acharnée que lui, d'une manière que je sentais obscurément cruelle et sans pitié.

Astarite me serra plus fortement la taille et m'attira à lui; maintenant, ce n'était plus de jeu qu'il s'agissait : il voulait m'embrasser à tout prix. Sans mot dire, je tâchai de me dégager, mais il était très fort; j'avais beau planter mes coudes sur sa poitrine, je sentais peu à peu son visage approcher du mien. Il n'eût pu cependant parvenir à m'embrasser si Gisèle ne fût accourue à son secours. Brusquement, avec un cri de joie aigu, elle se leva, courut derrière moi, m'empoigna les bras, les tira en arrière. Je ne la voyais pas, mais je sentais son acharnement dans ses ongles qu'elle m'enfonçait dans la chair et dans sa voix qui répétait, avec des rires entrecoupés et un accent d'excitation cruelle :

– Vite, vite, Astarite, c'est le moment !

Astarite était sur moi; je cherchais autant que possible à détourner ma figure, puisque c'était le seul mouvement qui me fût permis, mais il me serra le menton d'une main et tourna mon visage vers le sien, après quoi il m'embrassa sur la bouche, longuement et fortement.

– Voilà qui est fait ! dit Gisèle, triomphante.

Et elle regagna joyeusement sa place.

Astarite me lâcha; et moi, irritée et dolente, je déclarai :

– Je ne viendrai jamais plus avec vous !

– Hou ! hou ! Adrienne ! cria Richard en se moquant de moi. Pour un baiser !

– Astarite est tout couvert de rouge à lèvres ! s'écria Gisèle, exultante. Si Gino entrait, je voudrais savoir ce qu'il dirait !

C'était vrai. Mon rouge avait complètement déteint sur la bouche d'Astarite, et cette tache écarlate sur sa figure jaune et triste me fit, à moi aussi, un effet ridicule.

– Allons ! cria Gisèle, faites la paix... Enlève-lui ce rouge avec ton mouchoir... autrement, quand le garçon va entrer, Dieu sait ce qu'il imaginera !

Je dus faire contre mauvaise fortune bon cœur et, d'un coin de mon mouchoir mouillé de salive, enlever petit à petit ce rouge de la face immobile et sombre d'Astarite. J'eus tort, encore une fois, de me montrer docile parce que, dès que j'eus remis mon mouchoir dans mon sac, il me passa encore le bras autour de la taille :

– Lâchez-moi ! lui dis-je.

– Hou ! hou ! Adrienne !

– Qu'est-ce que ça peut te faire ? dit Gisèle. Lui, ça lui fait plaisir; et toi, ça ne te fait pas de mal... Et puis, maintenant, tu l'as embrassé... laisse-le un peu faire.

C'est ainsi que je cédai pour la première fois et que nous restâmes l'un à côté de l'autre, lui le bras autour de ma taille, et moi raide et digne ! Le garçon entra, pour apporter le second plat. Bien qu'Astarite ne cessât pas de me serrer, manger fit passer ma mauvaise humeur. Ce plat était très bon, et je bus, sans m'en rendre compte, tout le vin que Gisèle me versait sans arrêt. Ensuite, nous eûmes des fruits et un gâteau. C'était un gâteau excellent; je n'avais pas l'habitude de manger du gâteau et, quand Astarite m'offrit sa part, je n'eus pas le courage de refuser, je la pris en plus de la mienne. Gisèle, qui avait beaucoup bu, elle aussi, se mit à faire mille singeries avec Richard en lui fourrant dans la bouche des quartiers de mandarine et en accompagnant chaque quartier d'un baiser. Je me sentais ivre, mais pas d'une manière répugnante : agréablement ivre ! Le bras d'Astarite avait tout à fait cessé de me gêner. Gisèle, de plus en plus excitée et vibrante, se leva pour aller s'asseoir sur les genoux de Richard, et je ne pus m'empêcher de rire en entendant Richard pousser un cri de douleur comme si Gisèle l'écrasait sous son poids ! Tout à coup, Astarite, qui, jusqu'alors, était resté immobile et s'était borné à garder son bras autour de ma taille, se mit à me couvrir de baisers le cou, la poitrine et les joues. Cette fois-là, je ne protestai pas, d'abord parce que j'étais trop ivre pour lutter et puis parce qu'il me semblait que c'était une autre personne qu'il embrassait, tant je prenais peu part à ces expansions, raide et immobile que je restais, comme une statue. Dans mon ivresse, j'avais l'impression d'être en dehors de moi-même, dans quelque coin de la pièce, et d'observer avec l'indifférente curiosité d'une spectatrice la furieuse passion d'Astarite. Mais les autres prirent mon indifférence pour de l'amour, et Gisèle s'écria :

– Bravo, Adrienne ! C'est comme ça qu'il faut faire !

J'aurais voulu lui répondre, mais je ne sais pourquoi, je changeai d'idée et, prenant mon verre plein, le levai, déclarai d'une voix claire et sonore : « Je suis ivre ! », et le vidai d'un trait. Je crois que les autres m'applaudirent. Mais Astarite cessa de m'embrasser, me regarda fixement et me dit à voix basse :

– Allons là-bas !

Je suivis la direction de ses yeux et vis qu'ils indiquaient la porte entrouverte de la chambre contiguë. Je pensai qu'il était ivre lui aussi et fis signe que non de la tête, mais sans violence, avec une sorte de coquetterie. Et lui répéta comme un somnambule :

– Allons là-bas.

Je m'aperçus que Gisèle et Richard avaient cessé de rire et de parler et qu'ils nous regardaient. Gisèle me dit :

— Courage ! En route ! Qu'attends-tu ?

Tout à coup, j'eus l'impression que mon ivresse passait. A vrai dire, j'étais bien ivre, cependant pas au point de ne pas me rendre compte du danger qui me menaçait.

— Mais je ne veux pas ! dis-je.

Et je me levai.

Astarite se leva aussi et, me saisissant par le bras, tenta de m'attirer vers la porte. De nouveau, les deux autres l'encouragèrent :

— Courage, Astarite !

Astarite m'entraîna presque jusqu'à la porte, quoique je me débattisse. Mais, d'une secousse, je me dégageai et courus à l'autre porte, qui donnait sur l'escalier. Cependant Gisèle fut plus leste que moi :

— Non, ma petite, non ! s'écria-t-elle.

Quittant les genoux de Richard, elle avait gagné cette porte avant moi, fermé à double tour et ôté la clé.

— Mais je ne veux pas ! répétai-je d'un ton épouvanté, en m'arrêtant devant la table.

— Qu'est-ce que ça peut bien te faire ? cria Richard.

— Idiote ! me dit durement Gisèle en me poussant vers Astarite... Vas-y, vas-y... ! En voilà des histoires !

Je compris qu'avec tout son acharnement et toute sa cruauté Gisèle ne se rendait pas compte de ce qu'elle faisait; cette sorte de guet-apens qu'elle m'avait tendu devait lui paraître à elle quelque chose de joyeux, de spirituel et d'amusant. Une chose qui me frappa aussi, ce fut l'indifférence et la gaieté de Richard, que je savais bon, incapable de commettre un acte qui lui semblât méchant.

— Mais je ne veux pas ! dis-je à nouveau.

— Allons, quel mal y a-t-il à ça ? cria Richard.

Gisèle, pleine de brio et tout excitée, continuait à me pousser le bras en me disant :

— Je ne te croyais pas sotte à ce point... Mais vas-y ! Qu'attends-tu ?

Jusque-là, Astarite n'avait pas prononcé un mot; il était resté immobile près de la porte de la chambre à coucher, les yeux fixés sur moi. Mais je le vis ouvrir la bouche pour parler. Lentement, confusément, comme si ses paroles avaient une consistance pâteuse et qu'il lui fût difficile de les décoller de ses lèvres, il prononça :

— Viens... ou bien je dirai à Gino qu'aujourd'hui tu étais avec nous et que tu as fait l'amour avec moi !

Je compris tout de suite qu'il ferait comme il le disait. On peut se tromper sur le sens d'un propos, mais non pas sur le ton d'une voix. Il parlerait certainement à Gino; et c'en serait fini pour moi avant d'avoir commencé. Aujourd'hui, je pense que j'aurais pu me révolter. Peut-être bien que, si j'avais crié, si je m'étais débattue violemment, je l'aurais persuadé de l'inutilité de sa vengeance. Peut-être aussi que cela n'eût servi à rien, car son désir était bien plus fort que ma répugnance. Ce qui est certain, c'est qu'au moment même je me sentis entièrement et définitivement subjuguée; et, bien plutôt que de songer à me défendre, je voulus éviter le scandale dont j'étais menacée. En réalité, j'avais été entraînée là sans préparation, l'esprit tout plein de mes projets d'avenir auxquels je n'eusse renoncé à aucun prix. Et ce qui m'arriva alors si brutalement, je crois que, d'une manière ou d'une autre, cela arrive à tous ceux qui nourrissent des ambitions, même les plus modestes, les plus innocentes, les plus légitimes, comme c'était mon cas. Le monde nous tient par nos ambitions, et il nous les fait payer cher. Seuls les abandonnés et ceux qui ont renoncé à tout peuvent espérer ne point payer.

Mais, au moment même où j'acceptais mon destin, j'éprouvai une douleur aiguë et lucide. Une brusque illumination — on eût dit que le chemin de la vie, généralement si obscur et si tortueux, se découvrait soudainement à mes yeux parfaitement clair et parfaitement droit — me révéla en un clin d'œil tout ce que j'allais perdre en échange du silence d'Astarite. Mes yeux se remplirent de larmes; je me couvris le visage de mes mains et me mis à pleurer. Je me rendis compte moi-même que je pleurais par excès de résignation et non par révolte, car, à travers mes pleurs, je sentis mes jambes me porter dans la direction d'Astarite. Gisèle me poussait par le bras en répétant :

– Mais pourquoi pleures-tu ?... Comme si c'était la première fois !

J'entendis Richard rire et sentis, sans les voir, les yeux d'Astarite fixés sur moi, qui m'avançais lentement vers lui, tout en larmes. Puis je sentis Astarite m'entourer la taille de son bras, et la porte de la pièce se referma dans mon dos.

Je ne voulais rien voir; il me semblait que sentir était déjà bien trop. Aussi gardai-je obstinément mon bras sur mes yeux, bien qu'Astarite s'efforçât de l'écarter. Je suppose qu'il eût souhaité se comporter comme tout amant en semblable circonstance, c'est-à-dire me plier lentement, graduellement, insensiblement à ses désirs. Mais mon entêtement à garder mon bras sur ma figure le força d'être plus brutal et plus expéditif qu'il ne l'eût peut-être voulu. Donc, après m'avoir assise au bord du lit et s'être efforcé vainement de m'apprivoiser par des caresses, il me renversa sur l'oreiller et se jeta sur moi. De la ceinture aux pieds, j'avais le corps inerte et lourd comme du plomb : jamais étreinte ne fut subie avec plus d'obéissance et moins de participation. Mais, presque aussitôt, je cessai de pleurer et, lorsqu'il retomba, tout haletant, sur ma poitrine, j'écartai mon bras de ma figure et dilatai mes yeux dans le noir.

Je suis convaincue qu'à ce moment Astarite m'aimait autant qu'un homme peut aimer une femme, certainement beaucoup plus que Gino. Je me souviens qu'il ne cessait de me passer et de me repasser la main sur le front et sur les joues, d'un geste convulsif et passionné, en tremblant de tout son corps et en me chuchotant des mots d'amour. Mais j'ouvrais dans le noir des yeux arides et, dans ma tête, dégagée maintenant de toute ivresse, je sentais brusquement une lucidité froide en même temps qu'agitée. Je laissais Astarite me parler et me caresser et je suivais le fil de mes idées. Je revoyais ma chambre à coucher telle que je l'avais arrangée, avec les meubles neufs que je n'avais pas encore fini de payer, et j'éprouvais une sorte de soulagement amer et tenace. Maintenant, me disais-je, rien ne m'empêcherait plus de me marier et de vivre la vie à laquelle j'aspirais. Mais, en même temps, je sentais mon âme irrémédiablement changée : là où, naguère, il y avait tant de fraîches et naïves espérances, il n'y avait plus à présent qu'une assurance et une résolution nouvelles. Tout bien considéré, je me sentais plus forte, mais d'une force triste et sevrée d'amour.

Je finis par dire – et c'était la première fois que je parlais depuis que nous étions entrés dans la chambre :

– Il est temps de sortir.

Et lui, d'une voix plus basse, immédiatement :

– Tu es en colère contre moi ?

– Non.

– Tu me hais ?

– Non.

– Moi, je t'aime tant ! murmura-t-il.

Là-dessus , il se remit à me couvrir le visage et le cou de baisers furieux. Je le laissai faire un moment, puis je dis :

– Oui, mais il faut retourner dans la salle.

– Tu as raison, répondit-il.

Et, se soulevant de dessus mon corps, il commença, me sembla-t-il, à s'habiller dans le noir. Je remis mes vêtements en ordre tant bien que mal, me levai et allumai la lampe de chevet. A sa lumière jaunâtre, la chambre m'apparut telle que son odeur de renfermé et de lavande me l'avait fait imaginer : un plafond bas, avec des solives passées à la chaux, du papier peint sur les murs, de gros vieux meubles massifs. Dans un coin, il y avait un lavabo avec un dessus de marbre, deux cuvettes et deux pots à eau à fleurs roses et vertes sous une grande glace à cadre doré. J'allai au lavabo, je versai un peu d'eau dans la cuvette, trempai dedans un coin de l'essuie-mains, lavai d'abord mes lèvres, dont Astarite avait ôté tout le rouge avec ses baisers, puis mes yeux encore rouges de larmes. D'un fond égratigné couleur de rouille, la glace me renvoya une image douloureuse de moi-même qui me retint un moment, éperdue, l'âme pleine de stupeur et de compassion. Puis je revins à moi, tapotai de mon mieux mes cheveux de la main et me tournai vers Astarite. Il m'attendait près de la porte; dès qu'il me vit prête, il ouvrit le battant, en évitant de me regarder et en me tournant le dos. J'éteignis et le suivis.

Nous fûmes joyeusement accueillis par Gisèle et Richard, toujours de la même humeur insouciante et folâtre. De même qu'avant ils n'avaient pas compris ma douleur, ils ne comprirent pas ma sérénité. Gisèle cria même :

– Tu es un beau type d'oie blanche, toi!... Tu ne voulais pas, absolument pas, mais il semble que tu as accepté fameusement vite et fameusement bien!... Tu as eu raison, si ça te faisait plaisir, mais ça ne valait pas la peine de faire tant de simagrées.

Je la regardai. Il me paraissait étrangement injuste que ce fût elle, qui m'avait poussée à céder, allant jusqu'à me tenir les bras pour qu'Astarite m'embrassât plus à son aise, qui me reprochât maintenant ma complaisance. Richard, avec son gros bon sens, le lui fit remarquer :

– Tout de même, Gisèle, tu es illogique... Toi qui insistais tant au commencement, pour un peu, maintenant, tu lui dirais qu'elle a eu tort.

– C'est bien certain! insista durement Gisèle. Si elle ne voulait pas, elle a eu tout à fait tort... Moi, par exemple, si je ne voulais pas, tu ne pourrais pas m'y contraindre, même par la force... Mais, elle, elle le voulait, ajouta-t-elle en me considérant d'un air fâché et mécontent. Elle le voulait, et comment! Je les ai bien vus en voiture, avant d'arriver à Viterbe. C'est pour cela, je le répète, qu'elle n'avait pas besoin de faire tant de simagrées.

Je me taisais, admirant presque la perfection d'une cruauté tout à la fois si impitoyable et si inconsciente. Astarite s'approcha de moi et tenta nigaudement de me prendre la main. Je le repoussai et j'allai m'asseoir au bout de la table.

– Mais regardez donc Astarite! s'écria Richard en éclatant de rire. On dirait qu'il revient d'un enterrement.

Véritablement, à sa façon, avec sa gravité lugubre et son air mortifié, Astarite paraissait me comprendre mieux que les autres :

– Vous plaisantez toujours ! remarqua-t-il.

– Il faudrait peut-être pleurer, par hasard ? hurla Gisèle. Maintenant, vous, vous allez patienter comme nous avons patienté pour vous... Chacun son tour ! Allons-y, Richard !

– Faites bien attention, hein ! recommanda Richard, se levant après elle.

Il était visiblement saoul et ne savait pas du tout lui-même à quoi il fallait faire attention.

– Allons-y ! allons-y !

Ils sortirent donc à leur tour de la salle à manger, nous laissant seuls, Astarite et moi. J'étais assise à un bout de la table, Astarite à l'autre. Un rayon de soleil entrait par la fenêtre, éclairant violemment la vaisselle en désordre, parsemée d'épluchures, les verres encore à moitié pleins et les couverts sales. Astarite avait le soleil en pleine figure; il avait gardé son expression triste et sombre. Il avait satisfait son désir, mais les regards qu'il me lançait gardaient la même intensité douloureuse qu'aux premiers instants de notre rencontre. A ce moment, je ressentis pour lui de la pitié, malgré le mal qu'il m'avait fait. Je comprenais qu'il avait été très malheureux avant de me posséder, et que, maintenant qu'il m'avait possédée, il n'en était pas plus heureux. D'abord il avait souffert parce qu'il me désirait; maintenant il souffrait parce que je ne lui rendais pas son amour. Mais la pitié est la pire ennemie de l'amour; si je l'avais haï, il eût peut-être pu espérer qu'un jour je l'aimerais. Je ne le haïssais pas. Eprouvant, comme je l'ai dit, de la compassion pour lui, je sentais que je ne pourrais jamais nourrir à son égard qu'antipathie, froideur et répulsion.

Nous restâmes longtemps silencieux dans cette salle pleine de soleil, attendant le retour de Gisèle et de Richard. Astarite fumait sans arrêt, allumant une cigarette à la cigarette précédente. Tout en fumant, au milieu des nuages de fumée dont il s'enveloppait rageusement, il m'adressait les regards éloquents d'un homme qui voudrait mais n'ose pas parler. J'étais assise à côté de la table, les jambes croisées, et faisais converger toutes les puissances de mon âme sur ce seul désir : m'en aller. Je ne ressentais ni fatigue ni honte; mais j'aurais aimé rester seule, afin de pouvoir réfléchir à mon aise sur ce qui m'était arrivé. Absorbé par cette grande envie de partir, mon esprit vide divaguait continuellement en observations futiles : la perle qu'Astarite avait à sa cravate, le dessin de la tapisserie, une mouche qui se promenait au bord d'un verre, une petite tache de sauce tomate que j'avais faite à ma chemisette en mangeant les pâtes; et je m'irritais contre moi-même de ne pouvoir penser à des choses plus sérieuses. Mais cette futilité vint à mon secours lorsque Astarite, après un long silence, domina enfin sa timidité pour me demander d'une voix étranglée :

– A quoi penses-tu ?

Je réfléchis un moment, puis lui répondis avec simplicité :

– Je me suis cassé un ongle et je me demande où et quand j'ai bien pu me le casser.

C'était la vérité, mais il fit une figure incrédule et amère et sembla renoncer définitivement à me parler à partir de ce moment-là.

Enfin – grâce au ciel – Gisèle et Richard rentrèrent, quelque peu essoufflés, mais tout aussi joyeux et insouciants qu'avant. Ils s'étonnèrent de nous retrouver graves et silencieux, mais il se faisait tard, et l'amour avait eu sur eux un effet contraire à celui qu'il avait opéré sur Astarite : il les avait rendus plus tranquilles, Gisèle était même redevenue affectueuse avec moi, elle avait perdu l'excitation et la cruauté qu'elle avait montrées avant et après le chantage d'Astarite. L'idée me vint presque que ce chantage n'avait été pour elle autre chose qu'un piment nouveau, d'ordre sensuel, à l'insipide liaison qui l'attachait à Richard. Dans l'escalier, elle me passa le bras autour de la taille et me chuchota :

– Pourquoi fais-tu cette tête ? Si tu te préoccupes à cause de Gino, sois bien tranquille : ni Richard ni moi, nous n'en parlerons à personne.

– Je suis fatiguée, mentis-je.

Je suis incapable de garder rancune; il avait suffi de

ce bras passé autour de ma taille pour dissiper mon ressentiment.

– Moi aussi, dit-elle, je suis fatiguée, j'ai eu tout le temps le vent dans la figure.

Puis, au bout d'un moment, s'arrêtant sur le seuil du restaurant, tandis que les deux hommes nous précédaient vers la voiture, elle ajouta :

– Tu n'es pas en colère contre moi à cause de ce qui s'est passé ?

– Quelle idée ! lui dis-je. En quoi est-ce ta faute ?

Ainsi, après avoir tiré de son intrigue toutes les satisfactions qu'elle s'en était promises, elle voulait encore s'assurer que je ne lui gardais pas rancune. J'eus l'impression de trop bien la comprendre; et c'est précisément pour cela, parce que je ne voulais pas qu'elle se rendît compte que je la comprenais et en fût froissée, que je voulus dissiper ses craintes et me montrer affectueuse. Je tournai la tête de son côté et l'embrassai sur la joue en ajoutant :

– Pourquoi t'en voudrais-je ? Tu as toujours pensé que je devais quitter Gino pour me mettre avec Astarite.

– C'est l'exacte vérité ! affirma-t-elle avec emphase, et je continue à le penser. Mais toi, au contraire... J'ai bien peur que tu ne me le pardonnes jamais.

Elle paraissait anxieuse, et moi, par une curieuse contagion, j'étais encore plus anxieuse qu'elle; je redoutais qu'elle ne devinât mes véritables sentiments.

– Ça veut dire que tu ne me connais pas, lui répondis-je avec simplicité. Je sais bien que, si tu veux que je quitte Gino, c'est par affection pour moi, parce que tu es contrariée que j'agisse contre mes intérêts. Il est d'ailleurs possible que tu aies raison ! ajoutai-je en mentant de nouveau.

Rassérénée, elle me prit par le bras et me dit, sur le ton d'une conversation tranquille et confidentielle :

– Il faut me comprendre... Astarite ou un autre, peu importe, mais pas Gino... Si tu savais la peine que ça me fait de voir une belle fille comme toi s'abîmer de la sorte... Demande-le à Richard... je n'arrête pas de lui parler de toi toute la journée...

Elle s'exprimait comme elle avait l'habitude de le faire, sans ménagements; et moi, quoi qu'elle pût dire, j'avais soin de l'approuver. Nous arrivâmes à la voiture, reprîmes les mêmes places que pour venir, et l'automobile démarra.

Pendant le retour, aucun de nous quatre ne parla. Astarite continuait à me regarder d'un air trahissant bien plutôt la mortification que le désir; mais, cette fois, son regard ne me gênait plus et je n'éprouvais pas, comme à l'aller, l'envie de lui parler et de me montrer gentille avec lui. Je respirais avec plaisir le vent qui me soufflait au visage par la glace baissée et, machinalement, je contrôlais, d'après les bornes kilométriques, la distance qui nous séparait de Rome. A un certain moment, pourtant, je sentis la main d'Astarite effleurer la mienne, puis je me rendis compte qu'il tentait d'y introduire quelque chose, comme un morceau de papier. Etonnée, je pensai que, n'osant pas me parler, il avait recours à l'écriture pour communiquer avec moi. Mais, en baissant les yeux, je vis que c'était un billet de banque plié en quatre.

Il me regardait fixement tout en tentant de refermer mes doigts sur le billet. Pendant un moment, j'eus l'idée de le lui jeter à la figure. Mais, en même temps, je me rendis compte que j'aurais fait là un geste extérieur, dicté par l'esprit d'imitation plutôt que par une impulsion profonde de l'âme. Le sentiment que j'éprouvai à ce moment m'étonna fort : depuis, les nombreuses fois où j'ai reçu de l'argent des hommes, je ne l'ai jamais plus ressenti avec autant de clarté et d'intensité; c'était un sentiment de complicité et d'entente sensuelle qu'aucune de ses caresses d'avant, dans la chambre du restaurant, n'avait pu m'inspirer. Ce sentiment d'inévitable sujétion me révéla, d'un seul coup, tout un aspect de mon caractère que j'ignorais. Je savais, assurément, que je devais refuser cet argent; mais, en même temps, je sentais que je voulais l'accepter. Et non pas tant par avidité qu'en raison du plaisir neuf que provoquait cette offre dans mon âme.

Bien qu'ayant décidé d'accepter le billet, je n'en fis pas moins mine de le repousser; cela aussi fut un instinct, sans ombre de calcul. Astarite insista, sans cesser de me regarder dans les yeux. Alors, je fis passer le billet de ma main droite dans ma main gauche. J'étais prise d'une excitation bizarre qui me faisait monter le rouge à la figure et me coupait le souffle. Si Astarite eût pu, à ce moment, deviner mes sentiments, peut-être eût-il pensé que je l'aimais. Or, rien n'était moins vrai; c'était seulement l'argent, la façon dont il m'était donné, le motif pour lequel il m'était donné, qui me frappaient si fortement l'esprit. Je sentis Astarite me prendre la main et la porter à ses lèvres; je le laissai y déposer un baiser, puis la retirai. Nous ne nous regardâmes plus jusqu'à notre arrivée à Rome.

Une fois en ville, nous nous séparâmes tous comme si nous avions hâte de nous fuir, comme si chacun de nous avait conscience d'avoir commis un crime et n'eût d'autre souci que d'aller se cacher. Réellement, ce jour-là, nous avions tous commis quelque chose de semblable à un crime : Richard par bêtise, Gisèle par envie, Astarite par luxure et moi par inexpérience. Richard me souhaita bonne nuit, Astarite, grave et bouleversé, ne put que me serrer silencieusement la main. Ils m'avaient reconduite chez moi : malgré ma fatigue et mon remords, je me souviens que je ne pus me défendre d'un sentiment de vaniteuse satisfaction en descendant de cette belle voiture devant ma porte, sous les yeux de la famille du cheminot, notre colocataire, qui nous regardait par la fenêtre.

J'allai m'enfermer dans ma chambre, et la première chose que je fis fut d'examiner l'argent. Je découvris qu'il y avait non pas un, mais trois billets de mille et, pendant un instant, assise au bord de mon lit, je me sentis presque heureuse. Non seulement cette somme suffisait à payer les dernières traites de mes meubles, mais elle me permettrait d'acheter quelques autres objets dont j'avais besoin. Je n'avais jamais possédé tant d'argent; je ne me rassasiais pas de toucher ces billets et de les contempler. Ma pauvreté de toujours me rendait cette vue plus qu'agréable : incroyable. Il me fallut regarder longtemps ces billets, comme il m'avait fallu regarder longtemps mes meubles pour me convaincre qu'ils m'appartenaient bien.

5

Mon long et profond sommeil de cette nuit-là effaça, me sembla-t-il, jusqu'au souvenir de mon aventure à Viterbe. Le lendemain, je me réveillai tranquille, décidée à poursuivre avec la même constance mes aspirations à une vie de famille normale. Gisèle, que je vis le matin même, que ce fût par remords, que ce fût, comme c'est plus probable, par discrétion bien comprise, ne fit pas la moindre allusion à notre promenade, et je lui en fus reconnaissante. Mais l'idée de ma prochaine rencontre avec Gino m'inspirait de l'anxiété. Bien que je fusse convaincue de ma totale innocence, je pensais qu'il allait falloir lui mentir, je regrettais d'avoir à le faire, et je n'étais même pas sûre de pouvoir le faire parce que ce serait la première fois, parce que je m'étais montrée, jusqu'alors, entièrement sincère avec lui. Il est vrai que je lui avais caché que je revoyais Gisèle; mais cette dissimulation avait des motifs tellement innocents que je ne l'avais jamais considérée comme un mensonge : tout au plus comme un expédient auquel me condamnait sa déraisonnable antipathie pour Gisèle.

J'étais si anxieuse qu'au moment où je le vis, le même jour, c'est tout juste si je pus m'empêcher de fondre en larmes, de tout lui raconter et de lui demander pardon. Cette promenade à Viterbe me pesait sur le cœur, et j'éprouvais un violent désir de soulager mon âme en la lui avouant. Si Gino eût été différent et si je ne l'avais pas connu si jaloux, j'aurais certainement parlé; après quoi, me semblait-il, nous nous serions aimés encore plus qu'avant et je me serais sentie protégée, liée à lui par un lien plus fort que notre amour même. C'était le matin; nous étions en voiture, comme d'habitude, arrêtés dans notre boulevard de banlieue. Il nota mon embarras et me demanda :

– Qu'as-tu ?

« Je vais tout lui dire, pensais-je, au risque de me faire chasser de la voiture et de rentrer à Rome à pied. » Mais je n'en eus pas le courage et lui demandai à mon tour :

– Tu m'aimes ?

– Est-ce une question à me poser ? me répondit-il.

– Tu m'aimes toujours ? repris-je, les yeux pleins de larmes.

– Toujours.

– Et nous allons vite nous marier ?

Il eut l'air contrarié de mon insistance.

– Parole d'honneur ! protesta-t-il, tu finiras par me faire penser que tu n'as pas confiance en moi ! Est-ce que nous n'avons pas décidé de nous marier à Pâques ?

– Si, c'est vrai !

– Est-ce que je ne t'ai pas donné de l'argent pour monter notre ménage ?

– Si.

– Alors ? Suis-je ou ne suis-je pas un homme d'honneur ? Quand j'ai dit que je ferai quelque chose, je le fais. Je parie que c'est ta mère qui t'excite contre moi ?

– Non, non, maman n'a rien à voir là-dedans, répondis-je, alarmée. Dis-moi... Alors nous vivrons ensemble ?

– Bien entendu !

– Et nous serons heureux ?

– Cela dépendra de nous.

– Nous vivrons ensemble ? demandai-je pour la seconde fois, incapable de sortir du cercle de mon anxiété.

– Ouf ! Tu me l'as déjà demandé et je t'ai déjà répondu.

– Excuse-moi, lui dis-je, mais, parfois, cela me semble impossible.

Et, ne pouvant plus me retenir, je fondis en larmes. Il fut extrêmement étonné de mes larmes, et même troublé. Un trouble qui semblait plein d'un remords dont les motifs ne s'éclairèrent à mes yeux que plus tard.

– Allons! allons! me dit-il, quelle raison as-tu de pleurer?

Ce qui me faisait pleurer, en réalité, c'étaient l'amertume et l'angoisse de ne pouvoir lui dire ce qui s'était produit et soulager ainsi ma conscience de mon remords. Et c'était également la mortification de me sentir indigne de lui, si bon et si parfait.

– Tu as raison, je suis une idiote! lui dis-je en faisant un effort.

– Je ne dis pas ça... mais je ne vois pas quelle raison tu as de pleurer.

Cependant, je gardais ce poids sur l'âme. Dans l'après-midi du même jour, après l'avoir quitté, j'allai dans une église pour me confesser. Il y avait presque un an que je ne l'avais pas fait; pendant tout ce temps-là, je pensais que je pouvais le faire, et cela me suffisait. J'avais cessé de me confesser lorsque j'avais donné mon premier baiser à Gino. Je me rendais compte que mes rapports avec Gino étaient un péché selon la religion; mais, comme je savais que nous devions nous marier, je n'en sentais pas de remords et comptais obtenir l'absolution une fois pour toutes avant mon mariage.

Je me rendis dans une petite église du centre, dont la porte s'ouvrait entre l'entrée d'un cinéma et la vitrine d'un magasin de bas. Elle était presque plongée dans le noir, à part le maître-autel et une chapelle latérale consacrée à la Madone. C'était une église très sale et très dégradée : les chaises de paille toutes brouillées et tout en désordre étaient restées dans la confusion où les avaient laissées les fidèles en s'en allant. Elles faisaient penser, bien plutôt qu'à la messe, à quelque ennuyeuse réunion qu'on quitte avec soulagement.

Une faible lueur que laissait pleuvoir la lanterne de la coupole révélait la poussière des dalles et des écorchures blanches dans le crépi jaune des colonnes, bigarré pour simuler du marbre. D'innombrables ex-voto d'argent en forme de cœurs flamboyants, suspendus aux murs les uns contre les autres, donnaient une mélancolique impression de bimbeloterie. Cependant l'air était imprégné d'une vieille odeur d'encens qui me redonna courage. Petite fille, j'avais souvent respiré cette odeur, et les souvenirs qu'elle suscitait dans ma mémoire étaient tous agréables et innocents. J'eus donc l'impression de me trouver dans un lieu familier : et, bien que j'y entrasse pour la première fois, il me semblait avoir toujours fréquenté cette église.

Mais, avant de me confesser, je voulus aller dans cette chapelle latérale où j'entrevoyais une statue de la Vierge. J'avais été, dès ma naissance, vouée à la sainte Vierge; ma mère disait que je lui ressemblais, avec mes grands yeux noirs et doux. J'avais toujours aimé la Madone parce qu'elle tient son enfant dans les bras et parce que, cet enfant devenu homme, on le lui a tué; et elle, qui l'a mis au monde et l'a aimé comme on aime un fils, elle a bien souffert en le voyant cloué sur la croix. Il m'arrivait souvent de penser que la Madone, qui a enduré tant de souffrances, était la seule qui pût concevoir mes douleurs; et, quand j'étais petite, je ne voulais prier qu'elle parce que je la croyais seule en mesure de me comprendre. De plus, la Madone me plaisait parce qu'elle me semblait extrêmement différente de maman, sereine et tranquille comme elle était, richement vêtue, avec des yeux qui me regardaient affectueusement. Il me semblait que c'était elle ma véritable mère, et non pas maman, toujours glapissante, hors d'haleine et mal habillée.

Je m'agenouillai donc et, prenant ma figure entre mes mains, la tête basse, je fis une longue prière à la Madone, personnellement, pour lui demander pardon de ce que j'avais fait et pour invoquer sa protection sur moi, sur maman, sur Gino. Ensuite, je me souvins que je ne devais garder rancune à personne et j'invoquai la protection de la Madone pour Gisèle, qui m'avait trahie, pour Richard, qui, par bêtise, avait aidé Gisèle, et même pour Astarite. Je priai pour Astarite plus longtemps que pour les autres, parce que j'éprouvais du ressentiment à son égard et voulais annuler ce ressentiment, l'aimer comme j'aimais tous les autres, lui pardonner, oublier complètement le mal qu'il m'avait fait.

Je finis par me sentir si émue que les larmes me vinrent aux yeux. Je levai les yeux vers la statue de la Madone, sur l'autel : les larmes faisaient comme un voile devant mes regards et la statue était vacillante et brouillée comme si je la voyais sous l'eau; les cierges qui brillaient autour de la statue faisaient des flaques d'or douces à voir, mais amères aussi, comme parfois les étoiles, qu'on voudrait toucher, et pourtant on sait qu'elles sont bien loin. Je restai longtemps à regarder ainsi la Madone, presque sans la voir; ensuite les larmes roulèrent de mes yeux et glissèrent sur mon visage avec un chatouillement amer; alors je vis la Madone, tenant son enfant dans ses bras, qui me regardait, le visage illuminé par la petite flamme des cierges. J'eus l'impression que c'était avec compassion et sympathie qu'elle me regardait; je l'en remerciai dans mon cœur puis, me levant et me sentant rassérénée, j'allai me confesser.

Les confessionnaux étaient tous vides; mais, tandis que je rôdais alentour en cherchant des yeux un prêtre, je vis quelqu'un sortir par une petite porte, à gauche du maître-autel, passer devant l'autel en faisant une génuflexion et en se signant, et se diriger de l'autre côté. C'était un moine, je ne me rendis pas bien compte de quel ordre. M'exhortant au courage, je l'appelai à voix basse. Il se retourna et vint tout de suite à ma rencontre. Quand il fut près de moi, je vis que c'était un homme encore jeune, très grand et très robuste, avec un visage frais, rose et viril, encadré d'une légère barbe blonde, des yeux bleus, un front haut et blanc. Je pensai presque involontairement que c'était un homme magnifique, comme il est rare d'en rencontrer, non seulement dans une église, mais dehors, et je me sentis heureuse de me confesser à lui. Je lui communiquai mon désir à voix basse; et lui, avec un léger signe d'assentiment, me précéda vers un des confessionnaux.

Il y entra, et j'allai m'agenouiller devant la grille. Une petite plaque émaillée, clouée sur le confessionnal, indiquait le nom du P. Elie, ce nom me plut et m'inspira confiance. Je m'agenouillai, il pria brièvement et me demanda :

– Il y a longtemps que vous ne vous êtes pas confessée ?

– Presque un an, répondis-je.

– Cela fait longtemps... trop longtemps... Pourquoi ?

Je notai qu'il parlait l'italien de manière imparfaite, en roulant mal les *r*, comme font les Français; deux ou trois erreurs qu'il commit en prononçant à l'italienne des mots étrangers me firent comprendre qu'il était effectivement français. Ce fait qu'il fût étranger me fit également plaisir, je ne saurais vraiment pas dire pourquoi. Peut-être que lorsqu'on se prépare à un acte auquel on attribue de l'importance, tout ce qui semble insolite se présente comme un signe propice.

Je lui dis que la longue histoire que j'allais lui raconter lui expliquerait l'interruption de mes confessions. Après un court silence, il me demanda ce que j'avais à lui dire. Alors, avec beaucoup d'élan et de confiance, je lui racontai mes relations avec Gino, mon amitié avec Gisèle, la promenade à Viterbe et le chantage d'Astarite. Tout en parlant, je ne pouvais m'empêcher de me demander quel effet pouvaient bien lui faire mes confidences. Ce n'était pas un prêtre comme tous les autres; son aspect insolite, un aspect d'homme du monde, me poussait à me demander curieusement quelles raisons l'avaient amené à se faire prêtre. Cela peut sembler étrange qu'après l'extraordinaire émotion que m'avait donnée ma prière à la Madone je pusse me distraire au point de m'intéresser à mon confesseur; mais je ne vois pas qu'il y ait contradiction entre cette curiosité et cette émotion. Elles venaient toutes deux du fond de mon âme, où la dévotion et la coquetterie, l'affliction et la sensualité faisaient un inextricable mélange.

Bien que pensant à lui comme je viens de le dire, à mesure que je parlais, j'éprouvais un doux soulagement et une avidité réconfortante d'en dire davantage, de tout dire. J'avais l'impression de m'alléger, de me redresser de plus en plus après la lourde angoisse qui m'avait écrasée, comme une fleur courbée par un temps étouffant et qui reçoit enfin les premières gouttes de pluie. Je commençai par m'exprimer péniblement, avec hésitation, puis je parlai couramment, enfin ma sincérité devint véhémente et gonflée d'espoir. Je n'omis rien, pas même l'argent que m'avait donné Astarite, les sentiments que m'avait inspirés ce don, l'usage que j'entendais en faire. Il m'écouta sans faire aucun commentaire. Quand j'eus fini, il déclara :

– Pour éviter ce qui vous semblait un préjudice, c'est-à-dire la rupture de vos fiançailles, vous avez accepté de vous faire à vous-même un préjudice mille fois plus grand...

– Oui, c'est vrai, lui dis-je, toute palpitante et contente que ses doigts délicats m'ouvrissent l'âme.

– En réalité, continua-t-il, comme s'il se parlait à lui-même, vos fiançailles n'y sont pour rien... En cédant à cet homme, vous avez cédé à un élan d'avidité.

– C'est vrai, c'est vrai !

– Eh bien ! il eût mieux valu que votre mariage ne se fît pas plutôt que de faire ce que vous avez fait.

– Oui, je le pense aussi !

– Il ne suffit pas de le penser. Maintenant, vous allez vous marier, c'est vrai, mais à quel prix ? Vous ne pourrez plus jamais être une épouse honnête.

Ces paroles dures, inflexibles, m'atteignirent. Je poussai comme un cri d'angoisse :

– Ah ! pour ça, non ! lui dis-je. Pour moi, c'est absolument comme s'il ne s'était rien passé. Je suis sûre que je serai une épouse honnête !

La sincérité de ma réponse dut lui plaire. Il garda longtemps le silence, puis reprit d'une voix plus douce :

– Ressentez-vous une contrition sincère ?

– Ah oui ! dis-je impétueusement.

Tout à coup, l'idée me vint qu'il allait m'imposer de rendre l'argent à Astarite. Bien que je sentisse déjà la peine que j'aurais à le restituer, je n'en pensais pas moins que je lui obéirais avec joie – surtout parce que cet ordre viendrait de lui, qui me plaisait et me subjuguait d'une manière si singulière. Mais, sans faire la moindre allusion à l'argent, il continua de sa voix froide et distante, à laquelle son accent étranger donnait, malgré tout, une intonation curieusement affectueuse :

– Maintenant, vous allez vous marier au plus vite...

régulariser votre situation... Vous devez signifier à votre fiancé que vos rapports ne peuvent pas continuer de la sorte.

– Je le lui ai dit.

– Et lui, qu'a-t-il répondu ?

Je ne pus m'empêcher de sourire à l'idée du beau jeune homme blond qui me posait cette question du fond du confessionnal noir. Je répondis, non sans effort :

– Il m'a dit que nous nous marierons à Pâques.

– Il vaudrait mieux que vous vous mariiez tout de suite... me dit-il après un moment de réflexion.

Et, cette fois-là, j'eus vraiment l'impression qu'il ne me parlait pas en prêtre, mais en homme du monde, courtois, quoique légèrement ennuyé d'avoir à s'occuper de mes affaires.

– ... C'est loin, Pâques !

– Nous ne pouvons pas avant... il faut que je fasse mon trousseau, et lui, il doit aller dans son pays pour en parler à ses parents.

– Quoi qu'il en soit, continua-t-il, vous devez vous marier au plus vite et, jusqu'au jour du mariage, vous devez absolument interrompre toute relation charnelle avec votre fiancé... C'est un grave péché ! Vous entendez ?

– Oui... je prierai.

– Quant à cet homme, poursuivit-il, vous ne devez plus le voir, sous aucun prétexte... Cela ne doit pas vous être difficile puisque vous ne l'aimez pas... S'il insiste, s'il se représente à vous, renvoyez-le.

Je lui répondis que je le ferais. Alors, après quelques recommandations prononcées de sa voix froide et réticente, et cependant si agréable à écouter à cause de son accent étranger et de l'impression de courtoisie qu'elle donnait, il m'ordonna comme pénitence de réciter chaque jour un certain nombre de prières et me donna l'absolution. Mais, avant de me congédier, il voulut me faire dire un Pater avec lui. J'acceptai avec joie, parce que c'était à contrecœur que je m'en allais et parce que je ne m'étais pas encore rassasiée de sa voix.

– Notre Père, qui êtes aux Cieux, dit-il.

Et je répétai :

– Notre Père, qui êtes aux Cieux...

– Que Votre règne arrive.

– Que Votre règne arrive.

– Que Votre volonté soit faite sur la terre comme au Ciel.

– Que Votre volonté soit faite sur la terre comme au Ciel...

– Donnez-nous aujourd'hui notre pain quotidien.

– Donnez-nous aujourd'hui notre pain quotidien.

– Pardonnez-nous nos offenses comme nous les pardonnons à ceux qui nous ont offensés.

– Pardonnez-nous nos offenses comme nous les pardonnons à ceux qui nous ont offensés.

– Ne nous laissez pas succomber à la tentation, mais délivrez-nous du mal.

– Ne nous laissez pas succomber à la tentation, mais délivrez-nous du mal.

– Ainsi soit-il.

– Ainsi soit-il.

Je rapporte entièrement la prière pour revivre le sentiment que j'éprouvais en la récitant avec lui. L'impression que j'étais toute petite et qu'il me menait par la main d'une phrase à l'autre. Mais, en attendant, je pensais à l'argent que m'avait donné Astarite et me sentais presque déçue qu'il ne m'eût pas enjoint de le restituer. En fait, j'aurais voulu qu'il me l'ordonnât parce que je tenais à lui donner une preuve concrète de ma bonne volonté, de mon obéissance et de mon repentir, et à faire pour lui une chose qui me coûtait un réel sacrifice. La prière finie, je me levai. Lui aussi sortit du confessionnal et fit mine de s'en aller sans me regarder. C'est tout juste s'il esquissa de la tête un signe de salut. Alors, presque malgré moi, et sans réfléchir, je le tirai par sa manche. Il s'arrêta et fixa sur moi ses yeux clairs, froids, sereins.

Il me parut plus beau que jamais; mille idées folles s'entrecroisèrent dans mon esprit. Je songeai que je pourrais l'aimer; je pensai à la manière dont je m'y prendrais pour lui faire comprendre qu'il me plaisait. Mais, en même temps, la voix de ma conscience m'avertissait que j'étais à l'église, que cet homme était un prêtre et mon confesseur. Toutes ces représentations et toutes ces idées, m'attaquant en même temps, produisirent dans mon esprit le plus grand trouble; je me sentis un moment incapable de parler. Alors, après une attente raisonnable, il me demanda :

– Vous voulez me dire encore quelque chose ?

– Je voulais savoir, dis-je, si je dois rendre à cet homme son argent ?

Il me lança un coup d'œil rapide, mais si direct et si perçant qu'il atteignit le fond de mon âme, puis me dit brièvement :

– Vous en avez grand besoin ?

– Oui.

– Alors, vous pouvez ne pas le rendre. Mais agissez de toute façon selon votre conscience.

Il dit ces mots d'un ton particulier, comme pour indiquer que notre entretien était fini, et je balbutiai : « Merci », sans sourire, en le regardant fixement dans les yeux.

Réellement, à ce moment-là, j'avais perdu la tête : j'espérais presque que, d'une façon ou d'une autre, par un signe ou par un mot, il me ferait comprendre que je ne lui étais pas indifférente. Il saisit certainement le sens de mon regard : un léger éclair d'étonnement passa sur sa figure. Il esquissa un salut, me tourna le dos et partit, me laissant près du confessionnal, pleine de trouble et de confusion.

Je ne dis rien à maman de ma confession comme je ne lui avais rien dit de ma promenade à Viterbe. Je savais qu'elle avait sur les prêtres et sur la religion des idées bien déterminées. C'étaient, disait-elle, de bien belles choses; mais, en attendant, les riches restaient riches et les pauvres restaient pauvres.

– On voit, concluait-elle, que les riches savent mieux prier que nous.

Les idées de maman sur la religion étaient les mêmes que sur la famille et sur le mariage; elle avait été pieuse et pratiquante, et tout avait mal tourné pour elle; c'est pourquoi elle ne croyait plus. Une fois que je lui avais dit que notre récompense nous attend dans l'autre monde, elle s'était mise dans une grande colère et m'avait déclaré que la récompense, elle la voulait tout de suite, dans ce monde-ci, et que, si elle ne l'obtenait pas, cela voulait dire que « ça n'était rien que des mensonges ! » Toutefois, ayant commencé par être pieuse, elle m'avait donné, comme je l'ai dit, une éducation religieuse. Ce n'est qu'au cours des dernières années que ses revers l'avaient aigrie et avaient changé ses idées.

Le lendemain matin, quand je montai en voiture avec Gino, celui-ci me dit que ses maîtres partaient, et qu'ainsi, pendant quelques jours, nous pourrions nous voir à la villa. Mon premier mouvement fut un mouvement de joie parce que – je crois l'avoir fait comprendre – l'amour me plaisait et parce que j'aimais faire l'amour avec Gino.

Mais, aussitôt, je me souvins de ma promesse faite à mon confesseur et déclarai :

– Non, ce n'est pas possible.

– Pourquoi ?

– Parce que ce n'est pas possible !

– C'est bon ! dit-il avec un soupir condescendant. Alors ce sera pour demain...

– Non... pas demain non plus... jamais !

– Ah ! jamais ? répéta-t-il en affectant la stupeur. Jamais ? Alors, je pense que tu vas me donner au moins une explication...

Il avait pris une figure soupçonneuse et jalouse.

– Gino, lui dis-je bien vite... je t'aime... bien mieux : je ne t'ai jamais plus aimé qu'en ce moment... mais c'est justement parce que je t'aime... que j'ai décidé que, jusqu'au moment où nous serons mariés, il vaut mieux qu'il n'y ait rien entre nous deux, rien... je veux dire... que nous ne fassions plus l'amour...

– Ah ! maintenant tout s'explique ! déclara-t-il méchamment. Tu as peur que je ne veuille plus t'épouser, hein ?

– Non, je suis tout à fait sûre que tu m'épouseras. Si j'avais cette crainte-là, je ne ferais pas tous ces préparatifs... je ne dépenserais pas l'argent que maman a passé toute sa vie à mettre de côté.

– Oh ! comme tu le montes en épingle, cet argent de ta mère ! me dit-il.

Puis, devenant si désagréable que, réellement, je ne le reconnaissais plus :

– Alors, pourquoi ?

– Je suis allée à confesse, et mon confesseur m'a défendu de faire l'amour avec toi tant que nous ne serons pas mariés.

Il fit un geste de désappointement et laissa échapper une exclamation qui me fit l'effet d'un juron :

– Mais de quel droit ce prêtre-là vient-il fourrer le nez dans nos affaires ?

Je préférai ne pas lui répondre. Il insista :

– Allons, pourquoi ne dis-tu rien ?

– Je n'ai plus rien à dire.

Sans doute lui semblai-je inflexible, car, tout à coup, il changea d'idée et déclara :

– C'est bon, soit ! Alors, tu veux que je te ramène en ville ?

– Comme tu voudras.

Je dois dire que ce fut la seule fois qu'il fut peu gentil et désagréable avec moi. Dès le lendemain, il semblait résigné et se montrait tel qu'il avait toujours été : affectueux, prévenant, courtois. Nous continuâmes à nous voir tous les jours, comme d'habitude; seulement nous ne faisions plus l'amour, et nous bornions à converser. De temps en temps, je lui donnais un baiser, quoiqu'il se fît un point d'honneur de ne pas me le demander. Il me semblait que l'embrasser n'était pas un péché, puisque, en fin de compte, nous étions fiancés et nous marierions bientôt.

Quand je me reporte en pensée à ces jours-là, j'imagine que, si Gino se résigna si vite à son nouveau rôle de fiancé respectueux, ce fut dans l'espoir que, nos rapports se refroidissant graduellement, il lui fût possible de m'amener, sans qu'il en parût rien, à un détachement insensible. Tous les jours, après de longues, d'exténuantes fiançailles, il arrivait à des jeunes filles de se retrouver libres, sans autre perte que leur jeunesse envolée. Avec cet ordre de mon confesseur, je lui avais offert, sans le savoir, le prétexte qu'il cherchait pour relâcher nos rapports. Comme il avait un caractère égoïste et faible, et comme le plaisir que lui donnaient nos relations était bien plus fort que sa volonté de m'abandonner, il n'en aurait jamais eu le courage tout seul. Mais l'intervention du confesseur lui permettait d'adopter une solution hypocrite et apparemment désintéressée.

Au bout de quelque temps, il commença à me voir moins souvent : non plus tous les jours, mais un jour sur deux. Je m'aperçus aussi que nos promenades en voiture se raccourcissaient graduellement et qu'il ne prêtait qu'une oreille de plus en plus distraite à mes propos matrimoniaux. Mais, tout en me rendant compte obscurément de ce changement d'attitude, je ne soupçonnais rien, ne fût-ce que parce qu'il n'y avait là que des nuances, des choses de rien, et qu'il continuait à se conduire avec moi de sa façon habituelle : affectueuse et gentille. Un jour, enfin, il prit une figure contrite et m'annonça que, pour raisons de famille, la date de notre mariage devait être reculée et reportée après l'été.

– Ça te contrarie beaucoup? ajouta-t-il en constatant que je ne commentais pas cette annonce et me bornais à regarder devant moi d'un air amer et rêveur.

– Non, non! dis-je en m'ébrouant. Cela n'a pas d'importance... patientons... ça me donnera le temps de coudre mon trousseau.

– C'est absolument faux... cela te contrarie beaucoup!

Il était curieux de voir comme il tenait à ce que le recul de notre mariage me fît de la peine.

– Je te dis que non.

– Alors, si ça ne te contrarie pas, ça veut dire que tu ne m'aimes pas sincèrement et qu'au fond ça ne te contrarierait peut-être aucunement que nous ne nous mariions pas?

– Ne dis pas cela! proférai-je avec effroi. Pour moi, ce serait terrible! Je ne veux pas y songer!

Au moment même, je ne compris pas l'expression que prit son visage. En fait, il avait voulu voir quel était mon attachement et s'était aperçu, à son grand désappointement, qu'il était encore très fort.

Si le recul de mon mariage ne put éveiller mes soupçons, il confirma maman et Gisèle dans leur conviction de toujours. Maman ne commenta pas tout de suite la nouvelle; cela lui arrivait parfois, et cette attitude était étrange, étant donné son caractère impulsif et violent. Mais un soir, alors qu'elle me servait mon repas, comme d'habitude, debout, silencieuse, attentive à mes ordres, je fis je ne sais plus quelle allusion à mon mariage. Alors elle me déclara :

– Tu sais comment on l'appelait, de mon temps, la fille comme toi qui attend toujours de se marier et ne se marie jamais ?

Je pâlis, le cœur me manqua :

– Comment ? lui demandai-je.

– La fille au frais ! dit paisiblement ma mère. Il te garde au frais comme un reste de viande... Quelquefois aussi, à force d'être gardée au frais, la viande se gâte... alors on la jette !

J'eus un accès de rage et m'écriai :

– Ce n'est pas vrai ! Après tout, c'est la première fois que nous remettons... et seulement de quelques mois... la vérité c'est que tu en veux à Gino d'être chauffeur et de ne pas avoir d'argent.

– Moi, je n'en veux à personne.

– Si, tu lui en veux... et aussi d'avoir dû dépenser ton argent pour notre chambre. Mais, n'aie pas peur...

– Ma fille, l'amour te rend idiote !

– N'aie pas peur, dis-je, toutes les traites qui restent à payer, c'est lui qui les paiera... et celles que tu as payées nous te les rendrons... Regarde !

Et, transportée par ma passion, j'ouvris mon sac et montrai les billets que m'avait donnés Astarite.

– C'est de l'argent à lui ! continuai-je.

Et j'étais tellement folle de lui qu'en disant ces mensonges j'avais presque l'impression de dire la vérité.

– C'est lui qui m'a donné ces billets; et il y en aura d'autres !

Son regard se porta sur l'argent; elle fit une figure contrite et déçue qui m'emplit de remords. Il y avait bien longtemps que je ne l'avais pas traitée aussi mal. Et, en même temps, je me rendis compte que je venais de dire un mensonge et qu'en fin de compte cet argent-là, ce n'était pas Gino qui me l'avait donné. Sans mot dire, elle desservit, prit les assiettes et sortit. Je l'aperçus de dos, debout devant la pierre de l'évier, qui lavait les assiettes et les déposait l'une après l'autre sur le marbre, pour qu'elles sèchent, la tête et les épaules légèrement courbées. Elle m'inspira une violente pitié. Impétueusement, je lui jetai les bras autour du cou et m'excusai :

– Pardonne-moi de t'avoir dit ce que je t'ai dit. Je ne le pensais pas... Mais toi, quand tu te mets à parler de Gino, tu me fais perdre la tête.

– Allons ! allons ! lâche-moi ! dit-elle en faisant semblant de lutter avec moi pour se dégager.

– Il faut que tu me comprennes, ajoutai-je avec passion. Si Gino ne m'épouse pas... ou je me tue, ou je « fais la vie » !

Gisèle accueillit la nouvelle du recul de mon mariage à peu près comme maman. Nous étions dans sa chambre meublée : moi tout habillée, assise au bord de son lit, elle en chemise, à sa toilette, occupée à se coiffer. Elle me laissa parler jusqu'à la fin sans faire de commentaires, puis me dit, triomphante et tranquille :

– Tu vois que j'avais raison !

– Pourquoi ?

– Il ne veut pas t'épouser et ne t'épousera pas... Maintenant, ce n'est plus Pâques, c'est la Toussaint... A la Toussaint, ce sera pour Noël... Un beau jour, tu finiras tout de même par comprendre, et alors c'est toi qui le plaqueras.

Ces paroles me faisaient de la peine et me rendaient furieuse. Mais, dans un certain sens, je m'étais déjà vengée sur maman. Et puis, si j'avais dit ce que je pensais, j'aurais dû rompre ensuite avec Gisèle, et je ne voulais pas le faire, parce qu'après tout c'était ma seule amie. Si je lui avais dit ce que je pensais, je lui aurais répondu qu'elle ne voulait pas que je me mariasse, parce qu'elle savait que Richard ne l'épouserait jamais. C'était la vérité, mais une vérité trop dure à dire, et il ne me semblait pas juste de blesser Gisèle, uniquement parce que, lorsqu'elle me parlait de Gino, elle se laissait aller – peut-être à son corps défendant – à un vilain sentiment de jalousie et d'envie. Je me bornai donc à lui répondre :

– Veux-tu que nous n'en parlions plus ? Toi, au fond, qu'est-ce que ça peut te faire que je me marie ou non ? Et moi, ça me fait de la peine d'en parler.

Elle quitta brusquement la coiffeuse et vint s'asseoir à côté de moi sur le lit :

– Comment, qu'est-ce que ça peut me faire ? protesta-t-elle avec vivacité.

Puis, me passant le bras autour de la taille :

– Moi, au contraire, ça me fait enrager qu'on te laisse ainsi le bec dans l'eau.

– Mais ce n'est pas vrai ! lui dis-je à voix basse.

– Je voudrais te voir heureuse, poursuivit-elle.

Elle garda un moment le silence, puis reprit, comme par hasard :

– A propos... Astarite me tourmente constamment pour te revoir... Il prétend qu'il ne peut pas vivre sans toi... Il est vraiment épris de toi... Veux-tu que nous lui fixions un rendez-vous ?

– Ne me parle pas d'Astarite ! lui répondis-je.

– Il se rend compte qu'il s'est mal conduit avec toi le jour de Viterbe, continua-t-elle, mais, au fond, s'il a fait ça, c'est parce qu'il t'aime... Il est prêt à réparer !

– La seule façon qu'il ait de réparer, lui répondis-je, c'est de ne plus se faire voir !

– Allons ! allons ! Après tout, c'est un homme sérieux et qui t'aime pour de bon... Il veut absolument te revoir, te parler... Pourquoi ne vous verriez-vous pas dans un café, par exemple, en ma présence ?

– Non ! fis-je avec décision. Je ne veux pas le voir.

– Tu le regretteras.

– Tu n'as qu'à y aller, toi, avec Astarite !

– Moi ? J'irais tout de suite, mon petit ! C'est un homme généreux, qui ne regarde pas à l'argent... Mais c'est toi qu'il veut... C'est réellement une idée fixe.

– Bon ! Mais, moi, je ne veux pas de lui.

Elle insista beaucoup en faveur d'Astarite; mais je ne

me laissai pas convaincre. Au comble de mon désir désespéré de me marier et de me faire une famille, j'étais fermement décidée à ne me laisser séduire ni par des raisonnements ni par l'argent. J'avais oublié jusqu'au frisson de plaisir qu'Astarite avait suscité en moi quand il m'avait fourré de force cet argent dans la main, à notre retour de Viterbe. Comme cela se produit souvent, c'est justement parce que je redoutais que Gisèle et maman n'eussent raison et que, pour un motif ou pour un autre, mon mariage ne se fît pas que je m'accrochais à l'idée du mariage avec un espoir encore accru, avec acharnement.

6

En attendant, j'avais réglé toutes les traites de mes meubles et m'étais mise à travailler plus que jamais pour gagner d'autre argent et payer mon trousseau. Le matin, je posais dans les ateliers, et l'après-midi je m'enfermais dans la grande pièce avec maman pour y travailler jusqu'à la nuit. Elle piquait à la machine, près de la fenêtre, et moi, assise à la table, assez près d'elle, je cousais, à la main. Maman m'avait appris le métier de lingère dans lequel je me suis montrée dès le début très adroite et très rapide. Il y avait toujours des quantités de boutonnières à bourrer et à coudre et un chiffre à broder à chaque chemise; moi, je faisais ces chiffres particulièrement bien, si durs et tellement en relief qu'ils semblaient sortir du tissu. La lingerie pour homme était notre spécialité, mais il nous arrivait aussi de confectionner quelque chemise, quelque combinaison, quelque culotte de femme, toujours des choses courantes parce que maman n'eût pas su se tirer d'un travail raffiné et parce qu'elle ne connaissait pas de dames susceptibles de lui faire des commandes. Tandis que je cousais, mon esprit se perdait en considérations sur Gino, le mariage, mon excursion à Viterbe, maman – ma vie, en somme –, et le temps passait vite. Ce que pensait maman, je ne l'ai jamais su, mais il est bien certain qu'elle pensait à quelque chose, car, lorsqu'elle travaillait à la machine, elle avait tout le temps une expression furieuse et, si je lui parlais, presque toujours elle me répondait mal. Vers le soir, dès qu'il commençait à faire sombre, j'ôtais les fils que j'avais sur ma robe et, mettant ma plus belle toilette, je m'en allais trouver Gisèle – ou Gino, lorsqu'il était libre. Je me demande aujourd'hui si j'étais heureuse alors. En un certain sens, je l'étais, parce que je désirais ardemment quelque chose que je considérais comme proche et comme possible. Par la suite, j'ai appris que le véritable malheur vient quand on n'a plus d'espoir; il devient alors inutile et de se bien porter, et de n'avoir besoin de rien.

Plus d'une fois, au cours de cette période, je m'aperçus qu'Astarite me suivait dans la rue. C'était le matin, de bonne heure, quand j'allais à mes ateliers. Habituellement, Astarite attendait ma sortie, immobile dans un rentrant des remparts, de l'autre côté de la rue. Il ne traversait jamais et, tandis que je m'acheminais rapidement vers la place en rasant les maisons, lui, de l'autre côté, se bornait à me suivre, plus lentement, en côtoyant les fortifications. Je crois qu'il m'observait, et cela semblait lui suffire : c'était bien l'attitude de l'homme éperdument amoureux qu'il était. Quand j'arrivais sur la place, il allait se poster sur le refuge du tram, en face de celui sur lequel j'attendais. Il continuait à m'observer, mais, si je lançais un seul coup d'œil de son côté, cela suffisait pour qu'il perdît contenance et affectât de regarder devant lui si le tram arrivait. Nulle femme ne saurait rester indifférente devant un amour comme celui-là; tout en étant fermement décidée à ne jamais lui reparler, j'éprouvais parfois pour lui une sorte de compassion flattée. Puis Gino arrivait avec l'auto, ou bien le tram, suivant les jours et, tandis que je montais soit en voiture, soit dans le train, Astarite restait sur son refuge et me regardait m'éloigner.

Un de ces soirs-là, revenant dîner, comme j'entrais dans la grande salle, je trouvai Astarite debout, le chapeau à la main, appuyé à la table et bavardant avec maman. Quand je le vis chez moi, à l'idée de tout ce qu'il avait pu dire à maman pour la persuader d'intervenir en sa faveur, j'oubliai toute compassion et fus saisie de rage :

– Que faites-vous ici ? lui demandai-je.

Il me regarda et je revis sur son visage l'expression convulsive et tremblante qu'il avait en voiture lorsque nous allions à Viterbe et qu'il me disait que je lui plaisais. Mais, cette fois, il ne parvint même pas à parler.

– Ce monsieur dit qu'il te connaît et qu'il voulait te dire bonjour, commença maman d'un air confidentiel.

A son tour, je compris qu'Astarite lui avait parlé exactement dans le sens que je pensais, et qu'il lui avait peut-être même donné de l'argent.

– Toi, déclarai-je à maman, tu vas me faire le plaisir de t'en aller !

Ma voix, quasi sauvage, l'épouvanta; elle sortit sans un mot du côté de la cuisine.

– Que faites-vous ici ? dis-je de nouveau à Astarite. Allez-vous-en !

Il me regarda, sembla remuer les lèvres, mais ne dit rien. Il avait les yeux révulsés sous ses paupières, on en voyait presque le blanc; j'en arrivai à penser que, peut-être, il allait s'évanouir.

– Allez-vous-en ! répétai-je en tapant du pied par terre. Ou bien j'appelle des gens... J'appelle un de nos amis qui habite en dessous de nous.

Il m'est souvent arrivé, par la suite, de me demander pourquoi Astarite ne m'avait pas fait chanter une seconde fois; pourquoi il ne m'avait pas menacée, si je ne lui cédais pas, de raconter à Gino ce qui s'était passé à Viterbe. Ce chantage, dorénavant, il pouvait me le faire avec beaucoup plus de chances de succès que la première fois, puisqu'il m'avait, réellement, possédée, qu'il avait des témoins, que je ne pouvais le nier. J'ai conclu que la première fois il me désirait seulement, mais que la seconde il m'aimait. L'amour veut être payé de retour; puisque Astarite m'aimait, il devait sentir tout ce qu'il y avait d'insuffisant pour lui à me posséder comme le jour de Viterbe, muette, inerte comme une morte. D'autre part, cette fois-là, moi, j'étais bien décidée à laisser éclater la vérité; après tout, si Gino m'aimait, il devait me comprendre et me pardonner. Mon attitude résolue convainquit certainement Astarite de l'inutilité d'un second chantage.

A ma menace d'appeler les gens, il ne répondit rien, mais, effleurant la table de son chapeau, se dirigea vers la porte. Arrivé au bout de la table, il baissa la tête et sembla se recueillir un moment pour parler. Il leva de nouveau les yeux vers moi en remuant les lèvres, mais tout courage parut l'abandonner encore; il me regarda fixement, et resta muet. Ce second regard me sembla très long. Il finit par esquisser de la tête un salut, et sortit en refermant la porte.

J'allai tout de suite retrouver maman à la cuisine et lui demandai furieusement :

– Qu'est-ce que tu as dit à cet homme?

– Moi? rien! me répondit-elle, épouvantée. Il m'a demandé quel genre de travail nous faisions; il m'a dit qu'il voulait me faire faire des chemises.

– Si tu vas chez lui, je te tue! hurlai-je.

Elle me regarda d'un air apeuré et me répondit :

– Il n'est pas question d'y aller! Il peut bien les faire faire par quelqu'un d'autre, ses chemises!

– Il ne t'a pas parlé de moi?

– Il m'a demandé quand tu te mariais.

– Et toi, qu'est-ce que tu lui as répondu?

– Que tu te marierais au mois d'octobre.

– Il ne t'a pas donné d'argent?

– Non. Pourquoi? me demanda-t-elle en feignant l'étonnement. Il fallait qu'il en donnât?

Au ton de sa voix, j'eus la certitude qu'Astarite lui avait donné de l'argent. Je fondis sur elle et l'empoignai violemment par un bras.

– Dis la vérité! Il t'a donné de l'argent! lui criai-je.

– Non, il ne m'a rien donné.

Elle gardait la main dans la poche de son tablier. Je lui agrippai le poignet avec une violence terrible et vis sauter hors de la poche, en même temps que la main, un billet de banque plié en deux. Quoique je ne l'eusse pas lâchée, elle se pencha pour le ramasser avec une telle convoitise, une telle avidité, que ma fureur tomba d'un seul coup. Je me souvenais du trouble et du bonheur qui m'avaient envahi l'âme quand j'avais reçu les autres billets d'Astarite, le jour de Viterbe. Je sentais que je n'avais pas le droit de condamner maman parce qu'elle éprouvait les mêmes sentiments que moi et cédait aux mêmes tentations. Maintenant, j'aurais souhaité ne rien lui avoir demandé, ne pas avoir vu ce billet. Je me bornai à lui faire remarquer, d'une voix normale :

– Tu vois qu'il t'en a donné !

Et, sans attendre d'autres explications, je sortis de la cuisine. A dîner, quelques allusions qu'elle fit me permirent de comprendre qu'elle eût volontiers reparlé d'Astarite et de l'argent. Mais je détournai la conversation, et elle n'insista pas.

Le lendemain, Gisèle vint sans Richard à la pâtisserie où nous nous donnions habituellement rendez-vous. Elle n'était pas assise qu'elle me dit, sans préambule :

– Aujourd'hui, j'ai à te parler d'une chose très importante.

Une sorte de pressentiment me rendit la figure exsangue.

– Si c'est une mauvaise nouvelle, la priai-je d'une voix blanche, je te prie de ne pas me la donner.

– Elle n'est ni bonne ni mauvaise, me répondit-elle vivement. C'est une nouvelle, voilà tout... Je t'ai déjà dit qui est Astarite...

– Je ne veux plus entendre parler d'Astarite.

– Mais écoute donc... ne fais pas l'enfant. Donc Astarite, comme je te l'ai dit, est un homme important... une grosse légume de la police politique.

Je me sentis un peu réconfortée. Après tout, je ne m'occupais pas de politique. Je déclarai sans effort :

– Ce que peut bien être Astarite, même s'il est ministre, ça m'est égal.

– Ouf ! comme tu es. Ecoute-moi donc au lieu de m'interrompre ! déclara Gisèle. Astarite m'a dit qu'il faut absolument que tu ailles le trouver à son ministère... Il a à te parler... mais pas d'amour, ajouta-t-elle bien vite en voyant que j'allais protester. Il a à te parler d'une chose extrêmement importante... d'une chose qui te concerne.

– Une chose qui me concerne ?

– Oui... c'est pour ton bien... tout au moins à ce qu'il m'a dit.

Pourquoi décidai-je alors, malgré toutes mes résolutions contraires, que, cette fois-là, j'accepterais l'invitation d'Astarite ? Je ne le sais pas moi-même. Je répondis, plus morte que vive :

– C'est bien. J'irai.

Gisèle fut un peu déconcertée de ma passivité. C'est alors qu'elle s'aperçut de ma pâleur et de mon épouvante :

– Qu'as-tu ? me dit-elle. Parce qu'il est de la police ? Mais il n'a rien contre toi ! Il n'a pas du tout l'intention de t'arrêter.

Je me levai, bien que me sentant vaciller :

– C'est bien, répétai-je. J'irai. Quel ministère est-ce ?

– Le ministère de l'Intérieur. Juste en face du *Super-Cinéma*. Mais écoute...

– A quelle heure ?

– Toute la matinée... Mais écoute...

– Au revoir.

Cette nuit-là, je dormis très peu. En dehors de sa passion, je ne comprenais pas ce qu'Astarite pouvait me vouloir; mais un pressentiment qui me paraissait infaillible me disait que ça ne pouvait rien être de bon. Le lieu où il me convoquait me faisait supposer que la police devait y être pour quelque chose. D'autre part, je savais, comme le savent tous les pauvres, que, lorsque la police se met en branle, ce n'est jamais pour faire du bien. Après avoir examiné minutieusement ma propre conduite, je finis par conclure qu'Astarite voulait exercer sur moi un autre chantage en utilisant quelque information qu'il avait obtenue sur Gino. Je ne connaissais pas la vie de Gino; il était possible qu'il se fût compromis politiquement. Je ne m'étais jamais occupée de politique, mais je n'étais pas sotte au point d'ignorer qu'il y avait beaucoup de gens qui ne portaient pas aux nues le régime fasciste et que des hommes de la profession d'Astarite étaient précisément chargés de donner la chasse à ces ennemis du gouvernement. Mon imagination me peignait sous de vives couleurs le dilemme devant lequel Astarite allait me mettre : ou lui céder de nouveau, ou laisser Gino partir pour le bagne. Mon angoisse venait du fait que je ne voulais en aucune façon céder à Astarite, mais que je ne voulais pas non plus laisser fourrer Gino en prison. Quand je réfléchissais à cela, je n'éprouvais plus pour Astarite la moindre compassion; je le haïssais tout simplement. Il me faisait l'effet d'un homme méprisable et bas, indigne de vivre, qu'il eût fallu punir impitoyablement! Si bien qu'entre autres solutions, l'idée de tuer Astarite me vint à l'esprit. Mais, bien plutôt qu'une solution c'était une divagation morbide d'insomniaque; et, de fait, comme ces idées folles qu'on ne se décide jamais à traduire en décision objective et ferme, elle me tint compagnie jusqu'à l'aube. Je me voyais prendre dans mon sac le couteau à lame fixe, pointu et bien aiguisé, dont maman se servait pour peler les pommes de terre, et aller trouver Astarite; je l'entendais me faire la sommation que je redoutais et, de toute la force de mon bras robuste, je lui enfonçais mon couteau dans le cou, entre l'oreille et son faux col amidonné. Je me voyais sortir de la pièce en affectant le plus grand calme et courir me réfugier chez Gisèle ou chez quelque autre personne amie. Mais, tout en brassant ces visions sanguinaires, je savais parfaitement que jamais je ne pourrais faire une chose semblable; j'ai horreur du sang; j'ai horreur de faire du mal aux autres; et mon caractère me porte bien plus à subir la violence qu'à la commettre.

Vers l'aube, je m'assoupis et dormis un moment. Le jour vint; je me levai et me rendis à mon rendez-vous habituel avec Gino. Aussitôt que nous nous trouvâmes dans notre boulevard de banlieue, après quelques mots de conversation, je m'efforçai de donner à ma voix une intonation tranquille et lui demandai :

— Dis-moi un peu... T'es-tu jamais occupé de politique, toi ?

— De politique ? Qu'est-ce que tu veux dire ?

– Dans le sens d'avoir quelque chose contre le gouvernement.

Il me regarda d'un air d'intelligence et me demanda à son tour :

– Mais toi, dis-moi un peu, est-ce que je te fais l'impression d'un couillon ?

– Non, mais...

– Réponds-moi d'abord. Est-ce que je te fais l'impression d'un couillon ?

– Non, lui répondis-je, tu ne me fais pas cette impression. Seulement...

– Alors, conclut-il, pourquoi diable voudrais-tu que je m'occupe de politique ?

– Mais je ne sais pas. C'est si souvent que...

– Pas du tout. Ceux qui t'ont insinué ça, tu peux leur dire que Gino Molinari, c'est pas un couillon !

Vers onze heures, après avoir rôdé plus d'une heure autour du ministère sans me décider à entrer, je me présentai au concierge et demandai Astarite. Je montai d'abord un vaste escalier de marbre, puis un autre escalier un peu moins vaste, mais toujours grand, puis, par de larges corridors, on m'accompagna dans une antichambre où donnaient trois portes. J'étais habituée à associer au mot de « police » la vision des locaux minuscules et repoussants des commissariats de quartiers; je fus donc stupéfaite du luxe des bureaux où travaillait Astarite. L'antichambre était un véritable salon avec une mosaïque à terre et des tableaux anciens accrochés aux murs comme on en voit dans les églises; de grands fauteuils étaient disposés le long des murs et le centre était occupé par une table massive. Intimidée par tant de luxe, je ne pus m'empêcher de penser que Gisèle avait raison : Astarite devait être réellement un personnage important. Et cette importance d'Astarite me fut brusquement confirmée par un fait inattendu. Je venais à peine de m'asseoir qu'une des trois portes s'ouvrit et qu'il en sortit une dame de très haute taille et d'une grande beauté, quoique plus très jeune, élégamment vêtue de noir, une voilette sur le visage. Astarite la suivait. Croyant que c'était mon tour, je me levai. Astarite, tout en me faisant un geste de la main pour m'avertir qu'il m'avait vue, mais que ce n'était pas mon tour, continua de s'entretenir avec la dame sur le seuil de la porte. Ensuite, après l'avoir accompagnée jusqu'au milieu du salon et avoir pris congé d'elle en s'inclinant et en lui baisant la main, il fit un signe d'appel à une autre personne assise à côté de moi dans l'antichambre : un vieillard à lunettes et à barbiche blanche, tout de noir habillé, qui avait l'air d'un professeur. Au signe d'Astarite, le vieillard se leva tout de suite, servile et poussif, et se précipita vers lui. Les deux hommes disparurent dans le bureau et je restai seule à nouveau.

Ce qui m'avait le plus frappée au cours de cette brève apparition d'Astarite, c'était la différence de ses manières avec celles qu'il avait eues au cours de notre promenade à Viterbe. Je l'avais vu alors embarrassé, convulsif, muet, bouleversé; or, il venait de m'apparaître extrêmement maître de lui, plein d'aisance, bien que compassé, avec je ne sais quel sentiment de supériorité, à la fois autoritaire et discret. Sa voix même avait changé. Au cours de la promenade, il m'avait parlé avec des intonations basses, chaudes, étranglées, et sa voix, tandis qu'il parlait à la dame à la voilette, avait un timbre clair, froid, mesuré, tranquille. Il était habillé de gris foncé, comme d'habitude, avec un faux col blanc qui donnait à sa tête quelque chose de fixe; mais, maintenant, ce costume et ce faux col que j'avais remarqués au cours de la promenade, sans y attacher de sens particulier, me semblaient tout à fait en harmonie avec le lieu : les meubles, massifs et sévères, les vastes proportions de la salle, le silence et l'ordre qui y régnaient — tout à fait comme si c'eût été un uniforme. « Gisèle avait raison, pensai-je de nouveau, ce doit être réellement un personnage de marque; seul l'amour peut expliquer ses manières embarrassées et son sentiment constant d'infériorité dans ses rapports avec moi. »

Ces observations me firent un peu oublier mon premier trouble, et quand, au bout de quelques minutes, la porte s'ouvrit pour laisser sortir le vieillard, je me sentais suffisamment maîtresse de moi. Cette fois-là, pourtant, Astarite ne se montra pas sur le seuil pour m'inviter à entrer. Une sonnette retentit, un huissier pénétra chez Astarite en refermant la porte derrière lui, reparut, s'approcha de moi et, s'étant informé de mon nom à voix basse, me dit que je pouvais entrer. Je me levai et m'avançai sans hâte.

Le bureau d'Astarite se trouvait dans une salle à peine moins grande que l'antichambre. Cette salle était vide, à part un divan et deux fauteuils de cuir dans un coin et, dans un autre coin, une table derrière laquelle Astarite était assis. Par deux fenêtres voilées de rideaux blancs, il entrait dans la pièce un jour froid, sans soleil, silencieux et triste, qui me fit penser à la voix d'Astarite parlant à la dame à la voilette. Il y avait un grand tapis moelleux par terre et deux ou trois tableaux accrochés aux murs. Je me rappelle qu'un d'eux représentait toute une étendue de prés verts limitée à l'horizon par des montagnes rocheuses.

Astarite, comme je l'ai dit, était assis à sa table; quand j'entrai, il ne leva même pas les yeux de certains papiers qu'il lisait ou, tout au moins, feignait de lire. Je dis « feignait », parce que j'eus tout de suite la certitude que ce n'était qu'une comédie ayant pour but de m'intimider et de me faire sentir son autorité et son importance. En effet, quand je m'approchai de la table, je vis que la feuille qu'il examinait avec tant d'attention ne contenait que trois ou quatre lignes signées d'un gribouillis. De plus, la main qui soutenait son front, et dont deux doigts serraient une cigarette allumée, révélait son trouble par un tremblement visible. Ce tremblement avait même fait tomber un peu de cendre sur ce feuillet qu'il étudiait avec une attention si marquée et si pleine d'artifice.

Je posai la main sur le bord de la table et lui dis :

– Me voilà !

Comme si ces mots eussent été un signal, il cessa de lire, se leva en toute hâte et vint me dire bonjour, en me prenant les deux mains. Mais tout cela dans un silence qui contrastait beaucoup avec l'attitude d'aisance et d'autorité qu'il s'efforçait de conserver. En réalité, comme je le compris aussitôt, ma seule voix avait suffi à lui faire oublier le rôle qu'il se préparait à jouer; et son trouble habituel l'avait pris de nouveau, irrésistiblement. Il me baisa les mains, d'abord l'une, puis l'autre, me regarda en dilatant ses yeux avides et mélancoliques, et fit mine de parler; mais ses lèvres tremblaient et, pendant un moment, il garda le silence.

– Tu es venue! dit-il enfin de la voix que je lui connaissais, basse et étranglée.

Maintenant – peut-être par contraste avec son attitude – je me sentais complètement rassurée.

– Oui, dis-je, je suis venue. En réalité, je n'aurais pas dû... Qu'avez-vous à me dire?

– Viens. Assieds-toi là, murmura-t-il.

Il n'avait pas lâché ma main, qu'il serrait fortement. Me tenant par la main, il m'amena près du divan. Je m'assis, mais lui, tout à coup, s'agenouilla devant moi, m'enserra les deux jambes de ses bras et pressa son front contre mes genoux. Tout cela en silence et en tremblant de tout son corps. Il appuyait son front contre moi avec une telle force qu'il me faisait mal; après un long temps d'immobilité, sa tête chauve remonta comme s'il eût voulu la caler entre mes genoux. Alors, je fis mine de me lever et je lui dis :

– Vous deviez me dire une chose importante. Dites-la-moi, autrement je m'en vais.

A ces paroles, il se leva, comme à grand-peine, s'assit à côté de moi, me prit la main et murmura :

– Ce n'est rien... je voulais te revoir.

Je fis de nouveau mine de me lever; il me retint en reprenant :

– Si... et puis je voulais te dire qu'il faut que nous nous mettions d'accord tous deux.

– De quelle façon?

– Je t'aime! dit-il vivement. Je t'aime tellement! Viens vivre chez moi, dans ma maison! tu seras la maîtresse de maison... comme si tu étais ma femme. Je t'achèterai des robes, des bijoux, tout ce que tu voudras...

Il semblait hors de lui; ses lèvres restaient immobiles et comme tendues, les mots en sortaient d'une manière désordonnée.

— Ah ! c'est pour ça que vous m'avez fait venir ici ? lui demandai-je froidement.

— Tu ne veux pas ?

— Il n'en est pas question !

Chose étrange, après cette réponse, il ne souffla mot, mais il leva la main et, me fascinant presque de son regard égaré et fixe, il me fit une caresse tout autour du visage comme s'il voulait en reconnaître le dessin. Ses doigts étaient légers et j'en percevais le tremblement, tandis que leurs extrémités tournaient autour de ma figure de la tempe à la joue, de la joue à la tempe. C'était vraiment le geste d'un homme amoureux, et telle est la force persuasive de l'amour, même lorsqu'on n'y veut pas répondre, qu'un moment j'eus presque l'impulsion de lui dire par pitié quelques paroles moins dures et moins définitives. Mais il ne m'en laissa pas le temps. La caresse finie, il se releva en protestant, d'un curieux ton essoufflé et pédant où entraient à la fois le trouble du désir et je ne sais quel zèle inattendu :

— Attends... c'était vrai... j'ai à te dire une chose importante.

Sur ce, il alla à la table et y prit un fascicule rouge.

Ce fut à mon tour de me troubler, quand je le vis s'avancer vers moi avec ce fascicule.

— Qu'est-ce que c'est ? demandai-je avec un filet de voix.

— C'est... c'est... — quelle chose curieuse que la façon dont, dans sa voix, le ton autoritaire et officiel se mêlait à l'excitation ! — c'est une information concernant ton fiancé.

— Ah ! fis-je.

Et, pendant un instant, bouleversée à mort, je fermai les yeux. Astarite ne s'en aperçut pas; il feuilletait le fascicule dont son agitation lui faisait froisser les pages.

— Gino Molinari, n'est-ce pas ?

— Oui.

— Et tu dois l'épouser en octobre, n'est-ce pas ?

— Oui.

— Mais je constate que Gino Molinari est marié,

continua-t-il, et pour préciser, marié à Antoinette Partini, fille de feu Emile Partini et de Diomire Lavagne, depuis déjà quatre ans, et qu'ils ont une petite fille prénommée Marie. Présentement, la femme habite à Orvieto, chez sa mère.

Je ne dis rien; je me levai du divan et me dirigeai vers la porte. Astarite resta debout au milieu de la pièce, son fascicule dans les mains. J'ouvris la porte et sortis.

Je me souviens que, lorsque je me trouvai dans la rue, par cette journée douce et nuageuse d'un hiver mou, j'eus l'impression amère mais sûre que mon existence – après une interruption due à mes aspirations à la vie conjugale et à mes préparatifs – recommençait à suivre sa pente, comme un fleuve arraché par quelque artifice et pour un moment donné à son ancien lit recommence à couler comme avant, sans nouveautés ni changements. Peut-être bien cette impression provenait-elle du fait que, dans mon égarement, je regardais autour de moi avec des yeux dorénavant mal assurés, et que la foule, les magasins, les véhicules m'apparaissaient, pour la première fois depuis tant de mois, sous un aspect impitoyablement normal : ni beaux, ni laids, ni intéressants, ni insignifiants, exactement tels qu'ils étaient, tels qu'ils doivent apparaître aux ivrognes une fois leur ivresse passée. Mais peut-être aussi, et c'est plus probable, cette sensation provenait-elle de la constatation que la vie normale, ce n'étaient pas mes projets de bonheur, mais c'était le contraire, c'est-à-dire toutes les choses contraires aux plans et aux programmes, toutes les choses qui se révèlent défectueuses et imprévisibles, qui procurent déception et douleur. S'il en fut ainsi – et il me semble bien qu'il en fut ainsi –, aucun doute qu'après une ivresse de quelques mois j'avais, ce matin-là, recommencé à vivre.

Telle fut la seule idée que m'inspira la fausseté de Gino. Je ne songeais pas à la condamner et n'eus l'impression de nourrir contre lui aucune véritable rancœur. Je n'avais pas été attirée dans un piège sans complicité de ma part; le souvenir du plaisir dont j'avais joui dans les bras de Gino était trop récent pour que je ne trouvasse pas, sinon des justifications, tout au moins des excuses à son mensonge. Je pensai qu'aveuglé par le désir, il avait été plus faible que méchant; que la faute, si faute il y avait, en était à ma beauté qui tournait la tête aux hommes et leur faisait oublier tout scrupule et tout devoir. Gino, somme toute, n'était pas plus coupable qu'Astarite, sauf qu'il avait eu recours à la fraude, alors qu'Astarite avait mis en œuvre un chantage. Tous deux m'aimaient autant qu'il leur était possible d'aimer; bien certainement, s'ils l'avaient pu, ils eussent fait usage, pour me posséder, de moyens licites et m'eussent assuré le modeste bonheur que je mettais au-dessus de tout. Mais la fatalité avait voulu qu'avec ma beauté je tombasse sur des hommes qui ne pouvaient me donner ce bonheur. Malheureusement, s'il n'était pas sûr qu'il y eût réellement un coupable, il était bien certain qu'il y avait une victime et que, cette victime, c'était moi.

Peut-être bien, après une trahison comme celle de Gino, ma façon de sentir et de raisonner semblera-t-elle un peu faible. Mais, chaque fois que j'ai été offensée, et je l'ai souvent été de par ma pauvreté, ma naïveté et mon isolement, j'ai toujours éprouvé le désir d'excuser l'offenseur et d'oublier l'offense au plus vite. Si l'offense détermine en moi quelque changement, ce changement ne se manifeste ni dans mon attitude ni dans mon aspect extérieur; il se produit plus profondément, dans mon âme, qui se referme puis, comme une chair saine où le sang circule bien, pourvoit d'elle-même, après la blessure, à cicatriser au plus vite. Mais les cicatrices restent : et ces changements presque inconscients de l'âme sont toujours définitifs.

C'est ce qui m'arriva avec Gino. Je n'éprouvai peut-être pas un seul moment de rancune contre lui, mais je sentis qu'en moi bien des choses s'étaient écroulées pour toujours : mon estime pour lui, mon espoir de me faire une famille, ma volonté de ne pas laisser le dessus à Gisèle et à maman, ma foi religieuse ou, tout au moins, le genre de foi que j'avais eu jusqu'alors. Je me comparai en moi-même à une de mes poupées du temps que j'étais petite fille : après l'avoir cognée et martyrisée toute une journée, bien que sa figure rose et souriante fût restée intacte, voilà que je perçus à l'intérieur du corps un bruit de vaisselle cassée et toute une désagrégation de mauvais augure. Je dévissai la tête et, alors, par le cou, je vis tomber des fragments de porcelaine, des bouts de ficelle, les vis et les petites pièces d'acier du mécanisme qui la faisait parler et lui faisait remuer les yeux, et aussi de mystérieux petits morceaux de bois et d'étoffe dont je ne pus jamais tirer le rôle au clair.

Tout étourdie, mais tranquille, je rentrai à la maison et fis, dans l'après-midi, les mêmes choses que d'habitude, sans révéler à maman ce qui s'était passé, ni lui confier les conséquences que j'avais tirées de ce fait. Je m'aperçus tout de même qu'il m'était impossible de pousser la simulation jusqu'à travailler à mon trousseau comme les autres jours; prenant les pièces finies et celles qui restaient à faire, j'allai les enfermer à clef dans l'armoire de ma chambre. Maman se rendit compte que j'étais triste, chose insolite chez moi, qui suis, d'habitude, étourdie et gaie; mais je lui dis que je me sentais fatiguée, et c'était vrai. Vers le soir, pendant que maman piquait à la machine, je laissai là ma couture, me retirai dans ma chambre et m'étendis sur mon lit. Je m'aperçus que je regardais mes meubles, désormais payés et tout à fait à moi, grâce à l'argent d'Astarite, avec des yeux bien différents de ceux d'autrefois, sans joie et sans espoir. Je n'avais pas l'impression d'éprouver de la douleur, mais simplement de la lassitude et cette indifférence qu'on sent après un grand effort complètement inutile. Du reste, j'étais aussi fatiguée physiquement; j'avais les membres rompus. Je ressentais un grand désir de me reposer. Tout en pensant vaguement à mes meubles et à l'impossibilité dans laquelle j'étais désormais d'en faire l'usage que j'avais espéré, je m'endormis presque aussitôt, couchée tout habillée sur mon lit. Je dormis peut-être quatre heures, avec avidité, d'un sommeil qui me parut triste et noir; je me réveillai très tard et appelai maman d'une voix forte du fond de l'obscurité qui m'entourait. Elle accourut aussitôt et me dit qu'elle n'avait pas voulu me réveiller quand elle m'avait vu dormir de si bon cœur et si tranquillement.

– Il y a déjà une heure que le dîner est prêt, continua-t-elle en restant debout à me regarder. Que fais-tu ? Tu ne viens pas manger ?

– Je n'ai pas envie de me lever ! lui répondis-je, en couvrant de mon bras mes yeux que la lumière éblouissait. Pourquoi ne m'apportes-tu pas à manger ici ?

Elle sortit et revint bientôt, en m'apportant mon dîner habituel sur un plateau. Elle posa le plateau sur le bord du lit; je me redressai et me mis à manger nonchalamment, appuyée sur mon coude. Maman restait debout à me regarder. Mais, dès les premières bouchées, je cessai de manger et me laissait retomber sur l'oreiller.

– Que fais-tu ? Tu ne manges pas ? me demanda maman.

– Je n'ai pas faim.

– Tu ne te sens pas bien ?

– Je suis très bien.

– Alors je remporte tout, grommela-t-elle.

Elle ôta le plateau du lit et le posa sur la table, près de la fenêtre.

– Ne me réveille pas demain matin, repris-je au bout d'un moment.

– Pourquoi ?

– Parce que j'ai décidé de ne plus être modèle; on se fatigue trop pour gagner trop peu d'argent.

– Mais comment feras-tu ? me demanda-t-elle, inquiète. Ce n'est pas moi qui peux t'entretenir !... Tu n'es plus une petite fille et tu coûtes cher ! Et puis il y a tellement de frais... Ce trousseau...

Elle commençait déjà à pleurnicher et à se désoler : alors, sans soulever mon bras de ma figure, j'articulai lentement, péniblement :

– Ne m'ennuie pas, maintenant. Sois tranquille, ce n'est pas l'argent qui va manquer !

Un long silence suivit.

– Tu n'as envie de rien ? finit-elle par me demander, mortifiée et remplie de zèle, tout à fait comme une femme de chambre à qui on vient de reprocher une familiarité excessive et qui cherche à se faire pardonner.

— Si, rends-moi un service... Aide-moi à me déshabiller... Je suis encore si fatiguée et j'ai encore tellement sommeil !

Elle obéit. S'asseyant sur le lit, elle commença par me retirer mes souliers et mes bas, qu'elle rangea sur la chaise, au chevet du lit. Puis elle m'ôta ma robe et ma combinaison et m'aida à mettre ma chemise de nuit. J'avais gardé les yeux fermés. Dès que je fus sous les couvertures, je me pelotonnai et tirai mon drap sur ma tête. J'entendis maman me souhaiter bonne nuit du seuil de la porte, après avoir éteint la lumière, mais ne lui répondis pas. Je m'assoupis tout de suite et dormis de nouveau toute la nuit, jusqu'à une heure avancée du jour.

Ce matin-là, j'aurais dû aller à mon rendez-vous habituel avec Gino; mais, en me réveillant, je me rendis compte que je n'aurais pas envie de le voir tant que ma douleur ne serait pas passée, tant que je ne serais pas en mesure de considérer sa trahison avec objectivité et détachement, comme un fait qui fût arrivé non pas à moi, mais à quelque autre. Je me méfiais déjà, et me suis toujours méfiée par la suite, des choses qu'on fait et qu'on dit sous l'impulsion d'un sentiment, et particulièrement (c'était là mon cas) quand ce sentiment n'est pas un sentiment de sympathie et d'affection. Bien certainement, je n'aimais plus Gino; mais je ne voulais absolument pas le haïr non plus, parce que je pensais qu'alors, au préjudice que m'avait causé sa trahison j'ajouterais d'avoir l'âme encombrée d'une passion désagréable et indigne de moi.

Ce matin-là, du reste, j'éprouvais une paresse particulière, presque voluptueuse, et me sentais moins triste que le soir précédent. Maman était sortie de très bonne heure, et je savais qu'elle ne rentrerait pas avant midi. Je m'attardai donc sous mes couvertures : ce fut mon premier plaisir au début de cette nouvelle phase de ma vie, que je voulais uniquement agréable. Pour moi, qui m'étais levée tous les jours de mon existence aux premières heures de la matinée, paresser au lit et laisser le temps s'écouler sans profit était un vrai luxe. Je me l'étais longtemps refusé; mais, maintenant, j'étais bien décidée à me l'accorder chaque fois que j'en aurais envie. Et je pensais que je ferais de même pour toutes les choses auxquelles ma pauvreté et mes rêves de vie régulière et familiale m'avaient fait jusqu'alors renoncer. Je songeai que j'aimais l'amour, que j'aimais l'argent, que j'aimais les choses qu'on peut obtenir avec de l'argent; et je me dis que, dorénavant, toutes les fois que j'en aurais l'occasion, je ne me refuserais plus ni l'amour, ni l'argent, ni les choses que l'argent peut donner. Qu'on n'aille pas croire, toutefois que je pensais ces choses avec rage, par ressentiment, par esprit de vengeance. Bien au contraire, je les pensais avec douceur : j'en caressais l'idée, j'en jouissais à l'avance. Toute situation, même la plus désagréable, a son bon côté. J'avais perdu, pour le moment tout au moins, le mariage et les modestes avantages que je m'en promettais, mais, par compensation, j'avais repris ma liberté. Il est vrai que mes aspirations les plus profondes restaient inchangées; mais la vie facile me plaisait beaucoup, et le miroir de cette perspective me cachait ce qu'il y avait de tristesse et de résignation dans mes nouvelles décisions. Les sermons de maman et de Gisèle commençaient à porter leurs fruits. Toujours, même en menant une vie vertueuse, j'avais su qu'il suffisait que je le voulusse pour que ma beauté me procurât bien des choses que je désirais. Ce matin-là, pour la première fois, je considérai mon corps comme un moyen très commode d'arriver aux objectifs que le travail et le sérieux ne m'avaient pas permis d'atteindre.

Ces pensées ou, mieux, ces rêveries firent passer la matinée comme un éclair, et je m'étonnai presque d'entendre les cloches de l'église voisine sonner midi, et d'apercevoir un long rayon de soleil qui s'infiltrait par la fenêtre et poussait jusqu'au lit où j'étais étendue. Tout comme ma matinée paresseuse, ces cloches et ce rayon de soleil me parurent un luxe insolite et précieux. Au même moment, les belles dames riches habitant des villas semblables à celle des patrons de Gino devaient paresser aussi et rêver dans leur lit en écoutant les mêmes cloches et en regardant avec stupeur le même rayon de soleil. C'est avec ce sentiment de n'être plus l'Adrienne besogneuse et affamée de la veille, mais une Adrienne tout à fait différente, que je me levai enfin de mon lit pour aller ôter ma chemise de nuit devant l'armoire à glace. Je me regardai nue, et compris pour la première fois la fierté de ma mère quand elle disait au peintre :

« Regardez-moi cette poitrine! ces jambes! ces hanches! »

Je pensai à Astarite, que le désir de cette poitrine, de ces jambes et de ces hanches faisait changer de caractère, de façons et même de voix, et je me dis que, certainement, je trouverais d'autres hommes qui, pour jouir de mon corps, me donneraient autant d'argent, peut-être plus d'argent que lui.

Indolemment, comme le voulait mon humeur nouvelle, je m'habillai, pris un café et sortis. J'allai dans un bar voisin et téléphonai à la villa de Gino. Il m'en avait donné le numéro, en me recommandant toutefois, avec une prudence typiquement servile, de n'en faire qu'un usage restreint, ses patrons n'aimant pas voir le personnel employer le téléphone. Je parlai d'abord à une femme qui devait être une femme de chambre. Tout de suite après, j'eus Gino. Il me demanda d'abord si, par hasard, je n'étais pas malade, et je ne puis m'empêcher de sourire en reconnaissant, dans cette sollicitude, la perfection, peut-être point entièrement fausse, qui avait tant contribué à m'induire en erreur.

– Je vais très bien, lui dis-je, je ne me suis jamais sentie aussi bien.

– Quand nous voyons-nous ?

– Quand tu voudras, mais je désirerais que ce fût comme avant... je veux dire à la villa, si tes patrons s'en vont.

Il comprit tout de suite mes intentions et me répondit vivement :

– Ils partent dans une dizaine de jours, pour les fêtes de Noël; pas avant.

— Alors, dis-je d'un ton insouciant, nous nous verrons dans dix jours.

— Mais comment? me demanda-t-il, étonné. Pourquoi ne pas nous voir avant?

— Avant, j'ai à faire.

— Mais qu'as-tu? questionna-t-il d'un ton soupçonneux. Tu as quelque chose contre moi?

— Non, répondis-je. Si j'avais quelque chose contre toi, je ne te dirais pas que nous nous verrons à la villa...

L'idée me vint ensuite qu'il pourrait devenir jaloux et me gêner; j'ajoutai donc :

— N'aie pas peur... je t'aime comme toujours... Seulement je dois aider maman pour une commande supplémentaire... à cause des fêtes... Comme je ne pourrai quitter la maison que très tard et que, toi, tu n'es jamais libre tard, je préfère attendre que tes patrons s'en aillent.

— Mais le matin?

— Le matin, je dormirai! répondis-je. A propos, tu sais que je ne suis plus modèle?

— Pourquoi?

— Ça me fatiguait... Tu es content, n'est-ce pas? Alors, nous nous voyons dans dix jours... Je te téléphonerai.

— C'est bon!

Il dit : « C'est bon! » d'un air peu convaincu, mais je le connaissais suffisamment pour être sûre que, malgré ses soupçons, il ne me donnerait pas signe de vie avant les dix jours convenus. Bien mieux, c'est précisément parce qu'il était jaloux qu'il ne me donnerait pas signe de vie. Il n'était pas courageux, et l'idée que je pouvais avoir découvert sa fausseté devait l'emplir d'effroi et de nervosité. Après avoir raccroché l'écouteur, je me rendis compte que j'avais parlé à Gino d'une voix tranquille, débonnaire et même affectueuse, et fus contente de moi. Rapidement, mon sentiment réel à son égard deviendrait tout aussi tranquille, débonnaire, affectueux; et je pouvais le voir sans craindre de me plonger, de le plonger, de plonger nos rapports — dans une atmosphère de haine fausse et déplaisante.

7

L'après-midi du même jour, je m'en fus trouver Gisèle dans sa chambre meublée. Comme elle faisait d'habitude à cette heure-là, elle venait tout juste de se lever et commençait à s'habiller pour se rendre à son rendez-vous avec Richard. Je m'assis sur son lit défait et, tandis qu'elle allait et venait dans sa chambre à demi obscure, remplie d'objets et de vêtements en désordre, je lui racontai bien tranquillement comme quoi j'étais allée voir Astarite, et comme quoi Astarite m'avait révélé que Gino avait femme et enfant. En apprenant cette nouvelle, Gisèle poussa une exclamation dont j'ignore si ce fut de la joie ou de la surprise, vint s'asseoir sur le lit en face de moi et me posa les deux mains sur les épaules en ouvrant de grands yeux :

– Non... je ne peux te croire... une femme et une fille... Mais est-ce réellement vrai ?

– La fille s'appelle Marie.

Il était clair qu'elle désirait approfondir et commenter la nouvelle autant que possible, et que mon attitude sereine la décevait :

– Une femme et une fille... et la fille s'appelle Marie... et tu dis ça de cette façon ?

– Comment devrais-je le dire ?

– Mais ça ne te fait pas de peine ?

– Si, cela me fait de la peine.

– Mais comment te l'a-t-il dit ? « Gino Molinari a une femme et une fille ? » Comme ça ?

– Oui.

– Mais, toi, qu'est-ce que tu lui as répondu ?

– Rien... Que pouvais-je lui répondre ?

– Mais qu'as-tu éprouvé ?... Tu n'as pas eu envie de pleurer ? Après tout, pour toi, c'est un désastre !

– Non, je n'ai pas eu envie de pleurer.

– Maintenant, il est impossible que tu épouses Gino, s'écria-t-elle d'un air méditatif et content. Mais quelle histoire, quelle histoire !... Quel manque de conscience ! Une pauvre fille comme toi qui ne vivais que pour lui, on peut bien le dire... Les hommes sont tous des saligauds !

– Gino, dis-je, ignore encore que je sais tout.

– A ta place, moi, mon petit, déclara-t-elle, tout excitée, je lui dirais son fait ! Une bonne paire de gifles, personne ne pourrait lui enlever ça !

– Je lui ai donné rendez-vous dans dix jours, continuai-je; je crois que nous continuerons à faire l'amour.

Elle recula et me regarda avec des yeux écarquillés :

– Mais pourquoi ? Il te plaît toujours ? Après tout ce qu'il t'a fait ?

– Non, répondis-je – et, dans mon émotion, je ne pus m'empêcher de baisser la voix... –, il ne me plaît plus autant... mais... – j'hésitai et fis un effort pour mentir – les cris et les gifles ne sont pas toujours la meilleure façon de se venger !

Elle me regarda un instant en fermant à demi les yeux et en s'écartant comme font les peintres avec leurs tableaux. Puis elle s'écria :

– Tu as raison... Je n'y avais pas pensé... Mais tu sais ce que je ferais à ta place ? Je le laisserais cuire dans son jus, bien tranquillement, sans qu'il se méfie, et puis, un beau jour : pan ! je le plaquerais.

Je ne répondis rien. Au bout d'un moment, elle reprit d'une voix moins surexcitée, mais toujours animée et chantante :

– Pourtant, je ne peux pas encore y croire ! Une femme et une fille ! Et avec toi il faisait toutes ces grimaces ! Et il t'a fait acheter des meubles, un trousseau... Quelle histoire ! Quelle histoire !

Je continuais à garder le silence.

– Mais moi, je l'avais bien compris ! cria-t-elle d'un air de victoire. Ça, tu dois le reconnaître ! Que t'avais-je dit ? Cet homme n'est pas sincère... Pauvre Adrienne !

Elle me jeta les bras autour du cou et m'embrassa. Je me laissai embrasser et constatai :

– Oui, le pire est qu'il m'a fait dépenser l'argent de maman !

– Et ta mère le sait ?

– Pas encore.

– Pour l'argent, ne crains rien ! proclama-t-elle.

Astarite est amoureux de toi à un point!... Il suffit que tu veuilles, il te donnera tout l'argent dont tu as besoin.

– Astarite, je ne veux plus le voir! répondis-je. N'importe quel autre, mais pas Astarite!

Je dois dire que Gisèle n'était pas idiote. Elle saisit immédiatement que, pour le moment, mieux valait ne pas parler d'Astarite. Elle comprit aussi ce que j'indiquais par cette phrase : n'importe quel autre. Elle fit semblant de réfléchir un moment, puis déclara :

– Au fond, tu as raison, je te comprends. Moi aussi, après ce que est arrivé, ça me ferait une certaine impression de me mettre avec Astarite... Lui, il veut les choses de force... C'est pour se venger qu'il t'a raconté l'histoire de Gino.

Elle se tut de nouveau, puis me dit, d'une voix solennelle :

– Laisse-moi faire... Veux-tu que je te fasse connaître quelqu'un qui soit disposé à t'aider?

– Oui.

– Laisse-moi faire.

Seulement, ajoutai je, je ne veux plus me lier avec personne; je veux rester libre.

– Laisse-moi faire, répéta-t-elle pour la troisième fois.

– Pour l'instant, continuai-je, je veux rendre cet argent à maman... et m'acheter différentes choses dont j'ai besoin. Et puis je veux que maman cesse de travailler, dis-je en manière de conclusion.

Pendant ce temps, Gisèle s'était levée pour aller s'asseoir devant la coiffeuse :

– Toi, Adrienne, dit-elle en se poudrant à toute vitesse, tu as toujours été trop bonne. Tu vois maintenant ce qui arrive quand on est trop bon?

– Tu sais, lui dis-je, que ce matin je ne suis pas allé poser? J'ai décidé que je ne serais plus modèle.

– Tu fais bien, me répondit-elle. Moi non plus, du reste, je ne pose plus maintenant que pour X..., uniquement pour lui faire plaisir, mais quand j'aurai terminé avec lui, ce sera fini.

J'éprouvais maintenant une grande affection pour

Gisèle et me sentais toute réconfortée. Ses « laisse-moi faire » avaient, à mes oreilles, l'accent rassurant d'autant de promesses maternelles et cordiales de pourvoir au plus vite à mes besoins. Je me rendais fort bien compte que ce qui poussait Gisèle à m'aider, plutôt qu'une véritable affection, c'était, comme dans l'histoire avec Astarite, le désir, peut-être inconscient, de me voir au plus tôt dans la même condition qu'elle. Mais personne ne fait rien pour rien, et comme, en l'occurrence, la jalousie de Gisèle coïncidait avec mon intérêt, je n'avais aucun motif de refuser son aide uniquement parce que je la savais intéressée.

Elle était très pressée, car elle se trouvait déjà en retard pour son rendez-vous avec son « fiancé ». Nous sortîmes de sa chambre et commençâmes à descendre, dans le noir, l'escalier étroit et raide de sa vieille maison. Dans l'escalier, poussée par son excitation et peut-être aussi par le désir de diminuer l'amertume de ma désillusion en me montrant que je n'étais pas seule dans mon malheur, elle me confia :

– Et puis, tu sais... je commence à croire que Richard veut me jouer le même tour que Gino t'a joué à toi.

– Il est marié lui aussi? lui demandai-je ingénument.

– Ça, non; seulement, il me fait des histoires... J'ai l'impression qu'il veut me faire traîner... Mais je le lui ai bien dit : « Mon cher, je n'ai pas besoin de toi : si tu veux rester, reste, mais, si tu ne veux pas, tu peux t'en aller! »

Je ne dis mot, mais je songeai qu'il y avait une grande différence entre elle et moi, de même qu'entre ses rapports avec Richard et les miens avec Gino. Elle, au fond, n'avait jamais eu d'illusions sur le sérieux de Richard et ne s'était pas fait scrupule non plus de le tromper de temps en temps; tandis que moi, j'avais espéré de toute la force de mon âme inexpérimentée devenir la femme de Gino et lui étais toujours restée fidèle : on ne pouvait appeler trahison la complaisance à laquelle Astarite m'avait contrainte à Viterbe par sa menace de chantage. Mais je pensais qu'elle pourrait se froisser si je lui disais cela; aussi n'ouvris-je pas la bouche. Sur le seuil de la porte, elle me donna rendez-vous pour le lendemain dans une pâtisserie en me recommandant d'être ponctuelle parce qu'elle ne serait probablement pas seule. Et elle se sauva.

Je sentais que j'aurais dû raconter à maman ce qui était arrivé, mais je n'en avais pas le courage. Maman m'aimait réellement. Contrairement à Gisèle, qui ne voyait dans la trahison de Gino que le triomphe de ses idées et n'essayait même pas de dissimuler sa cruelle satisfaction, elle éprouverait plus de douleur que de joie à constater qu'en fin de compte c'est elle qui avait eu raison. Elle, au fond, ne souhaitait que mon bonheur; peu lui importait la voie par laquelle j'y arriverais : seulement, elle était convaincue que Gino ne pouvait me le donner. Après bien des hésitations, je finis par décider de ne rien lui dire. Je savais que, le lendemain soir, mes actes lui ouvriraient les yeux mieux qu'aucun mot. Je me rendais compte que c'était une manière brutale de lui révéler le grand changement survenu dans ma vie; mais, ce qui me plaisait, c'est que de cette façon, j'éviterais une quantité d'explications, de réflexions et de commentaires : tout au moins le genre d'explications, de réflexions et de commentaires dont Gisèle s'était montrée prodigue quand je lui avais raconté la duplicité de Gino. En réalité, j'éprouvais une sorte de répugnance pour le sujet de mon mariage; je désirais en parler le moins possible et m'arranger pour que les autres ne pussent m'en parler.

Le lendemain, afin que maman, mise en soupçon, ne m'ennuyât pas, je fis semblant d'avoir un rendez-vous avec Gino et passai tout l'après-midi dehors. Pour mon mariage, je m'étais fait faire un tailleur gris que je comptais mettre aussitôt après la cérémonie. C'était ma plus jolie toilette; j'hésitai à la mettre, mais je pensai qu'il me faudrait bien la porter un jour, et que ce jour-là ne serait ni plus pur ni plus heureux; que, d'autre part, les hommes jugent sur les apparences, et qu'il fallait me présenter sous mon meilleur aspect pour obtenir plus d'argent : aussi laissai-je tout scrupule de côté. Je revêtis donc, non sans remords, mon beau tailleur qui, maintenant que j'y repense, me paraît bien modeste et bien laid, comme tous mes vêtements d'alors, me coiffai avec soin et me maquillai, mais pas plus que d'habitude. Au sujet de ce dernier détail, je tiens à dire que je n'ai jamais compris pourquoi les femmes de ma profession se plâtrent la figure de la sorte, comme un masque de carnaval. Peut-être, avec la vie qu'elles mènent, seraient-elles trop pâles? Peut-être aussi craignent-elles, si elles ne se peignent pas de cette façon violente, de ne pas arrêter l'attention des hommes, de ne pas leur faire suffisamment comprendre qu'elles se laissent aborder? Pour moi, j'ai beau me fatiguer et m'éreinter, je garde toujours mon teint brun et sain : et je peux dire, sans fausse modestie, que ma beauté a toujours été suffisante, sans tant de fard, pour faire retourner les hommes quand je passe dans la rue. Ce n'est pas par du rouge, du bistre ou la blondeur des blés que j'attire les hommes, mais bien — beaucoup d'entre eux me l'ont assuré — par la sérénité et la douceur de mon visage, le rire de mes dents parfaites, l'épaisseur et la jeunesse de mes cheveux bruns ondulés. Les femmes qui se décolorent les cheveux et se peignent la figure ne se rendent peut-être pas compte que les hommes, en voyant dès le début ce qu'elles sont, éprouvent une sorte de désillusion anticipée. Moi, si naturelle et si sotte, je leur ai toujours laissé un doute sur ma véritable condition, leur donnant, de la sorte, l'illusion d'une aventure qu'ils cherchent, au fond, beaucoup plus que la pure satisfaction des sens.

Une fois habillée et ma toilette achevée, j'allai au cinéma et vis passer deux fois le même film. Quand je sortis du cinéma, il faisait déjà nuit; je me rendis directement dans la pâtisserie où Gisèle m'avait donné rendez-vous. Ce n'était pas un des endroits modestes où nous nous voyions les autres jours avec Richard, mais une pâtisserie élégante où je mettais les pieds pour la première fois. Je compris que le choix de ce local avait été fait dans le but bien déterminé de me donner de l'importance, d'élever le prix de mes faveurs. Ces ruses et beaucoup d'autres, dont j'aurai à parler par la suite, peuvent en effet amener les femmes de mon espèce, quand elles sont jeunes et belles, et qu'elles en usent intelligemment, à l'aisance stable qui est leur but à toutes. Mais peu s'en servent, et je n'ai jamais été de leur nombre. Mon origine populaire m'a toujours fait considérer avec méfiance les locaux luxueux; dans les cafés bourgeois, je me suis toujours sentie mal à l'aise; j'avais honte de sourire aux hommes ou de leur lancer des œillades, j'avais l'impression que les lumières éclatantes m'exposaient au pilori. Au contraire, j'ai toujours ressenti une profonde, affectueuse attirance pour les rues de ma ville, avec leurs nobles constructions, leurs églises, leurs monuments, leurs magasins et leurs portails qui les rendent plus belles et plus accueillantes que n'importe quelle salle de restaurant ou de pâtisserie. J'ai toujours aimé descendre dans la rue à l'heure de la promenade, au moment du coucher du soleil, marcher lentement en longeant les vitrines illuminées, et voir s'assombrir lentement le ciel entre les toits. J'ai toujours aimé rôder au milieu de la foule, écouter sans me retourner les offres d'amour que les passants les plus imprévus, dans une subite exaltation de leurs sens, se risquent à chuchoter parfois; j'ai toujours aimé descendre et remonter à satiété la même rue jusqu'à me sentir à bout de forces, mais l'esprit encore avide et frais comme dans une foire dont les surprises ne seraient jamais épuisées. Mon salon, mon restaurant, mon café, ç'a toujours été la rue. Cela vient du fait que je suis née pauvre; on sait que les pauvres s'amusent à bon marché, repaissant leurs yeux des vitrines de magasins où ils ne peuvent rien acheter, et des façades de belles maisons où ils ne sont pas en mesure d'habiter. C'est pour le même motif que j'ai toujours aimé les églises, si nombreuses à Rome, ouvertes à tous et luxueuses pour tous et où, parmi les marbres, les ors et les décorations précieuses, le relent humble et vieux de la pauvreté l'emporte parfois sur l'odeur de l'encens. Naturellement, le richard ne se promène pas dans les rues et ne va pas à l'église : tout au plus traverse-t-il la ville en automobile, vautré sur des coussins et lisant son journal. En préférant la rue à tout autre lieu, je m'interdis tout de suite les rencontres que j'eusse dû rechercher pour écouter Gisèle — au prix de mes goûts les plus profonds. Ce sacrifice, je ne voulus jamais le faire; tout le temps que dura ma camaraderie avec Gisèle, ce fut entre nous l'objet de discussions acharnées. Gisèle n'aimait pas la rue; les églises ne lui disaient rien; la foule ne lui inspirait que répugnance et mépris. Ce qu'elle appréciait le plus, c'étaient les restaurants de luxe où des garçons zélés épient avec une manière d'anxiété le moindre geste de leurs clients, les dancings à la mode avec des musiciens en uniforme et des danseurs en tenue de soirée. Dans ces lieux, elle devenait tout autre; ses gestes, ses attitudes, jusqu'à sa voix changeaient. Elle affectait de se tenir en femme bien élevée; c'était le but qu'elle s'était fixé et qu'elle atteignit plus tard dans une certaine mesure, comme on pourra le voir. L'aspect le plus curieux de son succès final, c'est que la personne destinée à satisfaire ces ambitions, elle ne la rencontra pas dans des locaux de luxe, mais grâce à moi, et précisément dans cette rue qu'elle haïssait tant.

Dans la pâtisserie, je trouvai Gisèle en compagnie d'un homme entre deux âges, un voyageur de commerce, qu'elle me présenta sous le nom de Jacinthy. Assis, il semblait de taille normale, ne fût-ce que parce qu'il avait les épaules larges, mais, debout, il se révéla presque un nain, et cette largeur des épaules le faisait paraître encore plus court. Il avait d'épais cheveux blancs, propres comme de l'argent, qu'il portait en brosse sur le front, peut-être pour sembler plus grave, un visage rouge plein de santé, aux traits nobles et réguliers de statue, un beau front serein, de grands yeux noirs, le nez droit, la bouche bien dessinée. Mais une expression antipathique de vanité, de suffisance et de fausse bienveillance rendait ce visage, avenant et majestueux à première vue, tout à fait repoussant.

Je me sentais un peu nerveuse et, les présentations faites, m'assis sans un mot. Jacinthy, comme si mon arrivée n'était qu'un incident sans importance, alors que c'était, en réalité, le principal événement de la soirée, continua la conversation qu'il tenait à Gisèle :

– Tu ne peux pas te plaindre de moi, Gisèle, lui déclara-t-il en lui posant sur le genou une main qu'il ne retira pas tout le temps qu'il lui parla. Combien de temps a duré notre... notre alliance, pour ainsi dire? Six mois? Eh bien! peux-tu dire en conscience qu'au cours de ces six mois je t'ai renvoyée une seule fois mécontente?

Il avait la voix claire, lente, accentuée, articulée; mais on se rendait compte que, s'il parlait de cette façon, ce n'était pas tant pour se faire comprendre que pour s'écouter lui-même et jouir de chacune des paroles qu'il prononçait.

– Non, non! dit Gisèle en baissant la tête d'un air ennuyé.

– Faites-le vous dire par Gisèle, Adrienne! continua Jacinthy de la même voix claire et martelée. Non seulement je ne lui ai jamais lésiné l'argent pour... disons pour ses prestations professionnelles, mais chaque fois que je suis revenu de Milan, je lui ai toujours ramené un cadeau... Te souviens-tu, par exemple, de ce parfum français que je t'ai rapporté une fois? Et l'autre fois où je t'ai fait cadeau d'une combinaison de voile et de dentelles?... Les femmes prétendent que les hommes ne s'y connaissent pas en dessous. Mais, moi, je fais exception, hé! hé!

Là-dessus, il rit discrètement, montrant une denture parfaite, mais d'une blancheur étrange qui lui donnait l'air d'un râtelier.

– Allons! passe-moi une cigarette! lui dit un peu sèchement Gisèle.

– Tout de suite! répondit-il avec une prévenance ironique.

Il m'en offrit également une, en prit une pour lui et, après l'avoir allumée, continua :

– Te souviens-tu aussi de ce sac que je t'ai rapporté une fois?... Un grand sac de cuir souple... un vrai chef-d'œuvre! Tu ne t'en sers plus?

– Mais c'est un sac pour le matin! dit Gisèle.

– J'aime faire des cadeaux! proclama-t-il en s'adressant à moi. Non pas pour des raisons sentimentales, entendons-nous, ajouta-t-il en soufflant la fumée par le nez, mais pour trois motifs bien clairs : le premier parce que ça me fait plaisir de m'entendre remercier; le second, parce qu'il n'y a rien de tel qu'un cadeau pour vous faire bien servir; en effet, quelqu'un qui a reçu un cadeau en espère toujours un autre; le troisième, parce que les femmes veulent se faire des illusions et parce que le cadeau donne l'impression du sentiment, même quand le sentiment n'y est pas.

– Tu es un malin, toi ! dit Gisèle d'un air indifférent, sans même le regarder.

Il hocha la tête avec son beau sourire tout en dents.

– Non, dit-il, je ne suis pas un malin. Je suis simplement un homme qui a vécu et qui a su tirer la leçon de ses expériences. Avec les femmes, je sais qu'il faut faire certaines choses, avec les clients certaines autres, avec les subordonnés d'autres encore, et ainsi de suite. Mon esprit est comme un fichier très bien ordonné. Par exemple, je vois que certaines mesures ont obtenu l'effet voulu et d'autres non : je remets la fiche en place et j'agis en conséquence, voilà tout !

Il se tut et sourit de nouveau.

Gisèle fumait avec une expression d'ennui; moi je ne dis rien.

– Et les femmes, continua-t-il, me sont reconnaissantes, parce qu'elles comprennent tout de suite qu'avec moi elles n'auront pas de désillusions, que je connais leurs exigences, leurs faiblesses et leurs caprices... comme je suis reconnaissant au client qui saisit tout de suite... qui ne se perd pas en bavardages... qui sait ce qu'il veut et ce que je veux... A Milan, sur ma table, j'ai un cendrier avec l'inscription : « Le Seigneur bénisse celui qui ne me fait pas perdre mon temps. »

Il jeta sa cigarette, allongea son poignet hors de sa manchette, regarda sa montre et enchaîna :

– Je crois que ce serait le moment d'aller dîner.

– Quelle heure est-il ?

– Huit heures... Avec votre permission... Je reviens tout de suite.

Il se leva et s'éloigna vers le fond de la salle. Il était

réellement petit, avec ses larges épaules et sa brosse blanche sur la tête. Gisèle écrasa sa cigarette dans le cendrier et déclara :

– Il est assommant ! Il ne fait que parler de lui !

– Je m'en aperçois.

– Il faut le laisser parler et lui dire toujours oui. Tu verras qu'il va te faire un tas de confidences... Dieu sait pour qui il se prend ! Mais il est généreux. Il fait réellement des cadeaux.

– Oui, mais ensuite, il les reproche.

Elle ne dit rien. Elle hocha la tête comme pour dire : « Que veux-tu y faire ? » Nous restâmes un moment silencieuses; puis Jacinthy revint. Il paya, et nous sortîmes de la pâtisserie.

– Gisèle, dit Jacinthy aussitôt dans la rue, la soirée est consacrée à Adrienne; mais, si tu veux nous faire l'honneur de dîner avec nous ?

– Non, non, merci ! dit bien vite Gisèle. J'ai un rendez-vous !

Elle prit congé de Jacinthy et de moi et s'en fut. Lorsqu'elle fut loin, je dis à Jacinthy :

– Elle est sympathique, Gisèle !

Il fit la moue et me répondit :

– Oui, assez... elle a un beau corps.

– Elle ne vous est pas sympathique ?

– Moi, dit-il en marchant à côté de moi et en me serrant fortement le bras très haut, presque sous l'aisselle, je ne demande jamais à personne d'être sympathique, mais de bien faire ce qu'il fait. A une dactylo, par exemple, je ne demande pas d'être sympathique, mais de taper à la machine rapidement et sans erreurs. A une femme comme Gisèle, je ne demande pas d'être sympathique, mais de savoir son métier, c'est-à-dire de savoir me faire passer agréablement l'heure ou les deux heures que je lui consacre. Or, Gisèle ne sait pas son métier.

– Pourquoi ?

– Parce qu'elle pense toujours à l'argent... Elle a toujours peur qu'on ne la paie pas ou qu'on ne lui donne pas assez. Je n'exige certes pas qu'elle m'aime, mais c'est une partie de sa profession que de se comporter comme si, réellement, elle m'aimait et de m'en donner l'illusion. C'est pour ça que je la paie. Gisèle laisse trop sentir qu'elle le fait par intérêt... Elle ne vous laisse même pas le temps de souffler qu'elle commence à geindre. Alors, diable !

Nous étions arrivés au restaurant, un local bruyant, plein de monde, des hommes, me sembla-t-il, du genre de Jacinthy : voyageurs de commerce, agents de change, négociants, industriels de passage. Jacinthy entra le premier, remit son chapeau et son pardessus au chasseur et lui demanda :

– Est-ce que ma table est libre ?

– Oui, monsieur Jacinthy.

C'était une table placée dans l'embrasure d'une fenêtre. Jacinthy se frotta les mains et me demanda :

– Etes-vous bonne fourchette, vous ?

– Je crois que oui, répondis-je, embarrassée.

– Bon ! ça me fait plaisir. J'aime qu'on mange à table... Gisèle, par exemple, ne voulait jamais manger... Elle disait qu'elle avait peur d'engraisser. Des bêtises ! Chaque chose en son temps ! Quand on est à table, on mange !

Il avait contre Gisèle une véritable rancune.

– Mais c'est vrai, dis-je timidement, que, lorsqu'on mange trop, on engraisse... et il y a des femmes qui ne veulent pas engraisser.

– Vous en êtes ?

– Non, pas moi. Mais, justement, les gens disent que je suis trop forte.

– Ne les écoutez pas. C'est de la jalousie. Vous êtes très bien comme ça, c'est moi qui vous le dis, et je m'y connais.

Il me caressait paternellement la main pour me rassurer.

Le garçon s'approcha, et Jacinthy lui dit :

– Pour commencer, tu vas enlever ces fleurs... elles me gênent... Ensuite, ce sera comme d'habitude. Compris ? Et que ça saute !

Puis, s'adressant à moi, il m'expliqua :

– Il me connaît, il sait ce que j'aime... laissez-le

faire : vous verrez que vous n'aurez pas à vous plaindre !

En effet, je n'eus pas à me plaindre. Les plats qui se succédèrent sur notre table étaient, sinon raffinés, du moins succulents et fort plantureux. Jacinthy faisait preuve d'un grand appétit. Il mangeait avec une sorte d'emphase, la tête basse, brandissant solidement fourchette et couteau, sans plus me regarder ni me parler que s'il eût été seul. Son avidité le privait même de ce beau calme dont il se targuait, en lui faisant faire plusieurs choses à la fois, comme s'il craignait de rester à jeun. Il se fourrait un morceau de viande dans la bouche, tout en rompant vivement son pain de la main gauche. Il mordait ce pain, se versait un verre de vin de l'autre main, et avalait son vin avant d'avoir fini de mastiquer. Tout cela en claquant des lèvres, en roulant les yeux, en secouant la tête de temps en temps comme un chat aux prises avec une bouchée trop grosse. Moi, en revanche, contrairement à mon habitude, je n'avais pas faim. C'était la première fois que je me préparais à coucher avec un homme que je n'aimais pas, que je ne connaissais même pas; et je le regardais avec attention, en étudiant mes sentiments et en tâchant d'imaginer comment j'allais m'en tirer. Par la suite, j'ai cessé de faire attention à l'aspect des hommes avec lesquels j'allais, peut-être bien parce que, poussée par la nécessité, j'ai vite appris à trouver, du premier coup d'œil, le côté bon ou attrayant d'un homme, suffisant à rendre son intimité supportable. Mais, ce soir-là, cet expédient de ma profession qui consiste à découvrir du premier coup ce qui rendra moins déplaisant l'amour vénal, je ne l'avais pas encore appris; je le cherchais d'instinct et sans m'en rendre compte. J'ai déjà dit que Jacinthy n'était pas laid; bien mieux, tant qu'il se taisait et ne montrait pas les passions de son âme, il pouvait même paraître beau. C'était déjà beaucoup, parce qu'après tout l'amour est, en grande partie, communion physique. Mais cela ne me suffisait pas. Je n'ai jamais pu, je ne dis pas aimer, mais simplement supporter un homme pour ses seules qualités physiques. Or, quand le repas fut fini et que Jacinthy, ayant apaisé son extraordinaire voracité, fit un ou deux rots et se remit à parler, je m'aperçus qu'il n'y avait en lui, ou qu'à tout le moins je n'étais capable de découvrir en lui, absolument rien qui pût me le rendre, si peu que ce fût, sympathique. Non seulement, ainsi que m'en avait averti Gisèle, il parlait constamment de lui, mais il traitait ce sujet d'une manière tout à fait déplaisante, vaniteuse, ennuyeuse, en racontant, la plupart du temps, des choses qui ne lui faisaient pas du tout honneur et confirmaient pleinement ma première impression de répugnance. Il n'y avait rien en lui, absolument rien, qui me plût; et tous les traits qu'il présentait comme des qualités, dont il se vantait et qu'il portait aux nues, me semblaient à moi, d'horribles défauts. J'ai rencontré par la suite, quoique assez rarement, d'autres hommes analogues, qui n'ont aucune valeur et n'offrent rien de bon à quoi on puisse s'accrocher pour leur accorder quelque sympathie; et je me suis toujours étonnée qu'ils pussent exister; je me suis toujours demandé si je n'étais pas en faute, moi, si ce n'était pas moi qui étais inapte à découvrir immédiatement les qualités qu'ils possédaient sans aucun doute. Quoi qu'il en soit, avec le temps, je me suis habituée à ces désagréables compagnons et feins de rire et de badiner avec eux, d'être, en somme, telle qu'ils veulent que je sois et croient que je suis. Mais, ce soir-là, cette première découverte m'inspira bien des réflexions mélancoliques. Tandis que Jacinthy bavardait en se fourrageant la mâchoire avec un cure-dents, je me disais que c'était un métier fort dur, celui que j'avais choisi, de feindre des transports d'amour pour des hommes qui, en réalité – c'était le cas pour Jacinthy – m'inspiraient des sentiments tout à fait différents; qu'il n'y avait pas d'argent qui pût payer ces faveurs-là; qu'il était impossible – tout au moins dans des cas semblables à celui-ci – de ne pas se comporter comme Gisèle, qui ne pensait qu'à l'argent et le montrait. L'idée me vint encore à l'esprit que, ce soir-là, j'allais mener cet antipathique Jacinthy dans ma pauvre chambre destinée à un usage si différent; que je n'avais pas de chance; que le hasard me faisait tomber juste sur Jacinthy, alors que j'aurais pu rencontrer quelque gentil garçon en quête d'une aventure, ou quelque brave homme sans prétentions, comme il y en a tant; qu'en somme, la présence de Jacinthy dans mes meubles scellerait ma renonciation à mes anciens rêves de me faire une vie décente et normale.

Il parlait toujours, mais il n'était pas assez bouché pour ne pas s'apercevoir que je l'écoutais à peine et n'étais pas gaie.

– Nous sommes triste, petite fille ? me demanda-t-il.

– Non, non ! répondis-je bien vite en m'ébrouant, quoique presque tentée, par cette illusoire intonation d'affection, de me confier à lui et de lui parler un peu de moi après l'avoir laissé si longtemps parler de lui.

– J'aime mieux ça, reprit-il. Je n'aime pas la tristesse. Et puis je ne vous ai pas invitée pour que vous soyez triste. Vous pouvez avoir vos raisons, je ne discute pas, mais, tant que vous serez avec moi, laissez la tristesse à la maison. Je ne veux rien savoir de vos affaires, ni qui vous êtes, ni ce qui vous arrive, ni rien de tout le reste... Certaines choses ne m'intéressent pas. Nous avons passé contrat tous les deux, quoique ça ne soit pas écrit... Moi, je m'engage à vous payer une certaine somme d'argent, et vous, en échange, vous vous engagez à me faire passer agréablement la soirée... Le reste ne compte pas.

Il proféra ces paroles sans rire. Peut-être était-il un peu contrarié que je ne l'eusse pas écouté avec une attention suffisante.

– Mais je ne suis pas du tout triste... lui répondis-je, sans lui montrer le moins du monde les sentiments qui m'agitaient l'âme. Seulement, ici, il y a une fumée ! Et un tapage !... Je me sens un peu ahurie.

– Est-ce que nous sortons ? demanda-t-il vivement.

Je dis oui. Il appela tout de suite le garçon et paya. Nous sortîmes. Quand nous fûmes dans la rue, il me demanda :

– Allons-nous à l'hôtel ?

– Non, non, dis-je bien vite.

La perspective d'avoir à montrer mes papiers m'effrayait et, du reste, j'en avais décidé autrement.

– Allons chez moi ! dis-je.

Nous montâmes dans un taxi, et je donnai mon adresse. Aussitôt que le taxi fut parti, il se jeta sur moi, me fourragea tout le corps de ses mains et m'embrassa dans le cou. Je sentis à son haleine qu'il avait beaucoup bu et devait être saoul. Il répétait constamment ce mot de « petite fille » qu'on ne dit d'habitude qu'aux enfants et qui, dans sa bouche, m'irritait comme un terme ridicule et légèrement profanatoire. Je le laissai faire un moment, puis observai en lui montrant le dos du chauffeur :

– Il vaudrait mieux attendre d'être arrivés... non ?

Il ne dit rien et retomba pesamment sur les coussins, rouge et congestionné comme s'il se sentait foudroyé par un brusque malaise. Puis il marmotta d'un air furieux :

– Je le paie pour qu'il me conduise à destination et pas pour qu'il s'occupe de ce qui se passe dans son taxi.

C'était son idée fixe que l'argent, et surtout son argent, pouvait fermer toutes les bouches. Je ne répondis rien et, pendant tout le reste de la course, nous restâmes immobiles, l'un à côté de l'autre, sans nous toucher. Les lumières de la ville entraient par les portières, éclairaient un instant nos visages et nos mains, et disparaissaient; il me paraissait bizarre de me trouver à côté de cet homme dont, quelques heures plus tôt, je ne soupçonnais même pas l'existence, et de rouler avec cet homme vers ma maison pour me donner à lui comme à un amant chéri. Je m'ébrouai avec une sorte de stupeur en voyant le taxi s'arrêter dans un boulevard bien connu, devant ma porte.

Dans l'escalier noir, je demandai à Jacinthy :

– Ne fais pas de bruit en entrant, je t'en prie, parce que maman habite avec moi.

– Sois tranquille, petite fille, me répondit-il.

Une fois que nous fûmes sur le palier, j'ouvris la porte avec ma clé. Jacinthy me suivait; je le pris par la main; sans allumer l'électricité, je lui fis traverser l'antichambre et le conduisis jusqu'à la porte de ma chambre, qui était la première à gauche en entrant. Je me fis précéder par lui, j'allumai la lampe de chevet et, du seuil, adressai à mes meubles comme un regard d'adieu. Très content de trouver une chambre neuve et propre là où il avait redouté peut-être qu'on l'introduisît au milieu de vieux meubles sales, Jacinthy poussa un soupir de satisfaction et ôta son pardessus, qu'il lança sur une chaise. Je lui dis de m'attendre et sortis de la pièce.

Je me rendis directement dans la grande salle et trouvai maman assise à la table centrale, en train de coudre. Quand elle me vit, elle éloigna tout de suite son travail et se leva, sans doute dans l'idée de me faire à dîner, comme les autres soirs. Mais je lui dis :

– Non... ne bouge pas... j'ai déjà mangé... Au contraire... j'ai quelqu'un chez moi, ne viens sous aucun prétexte!

– Quelqu'un? me demanda-t-elle avec une figure ahurie.

– Oui, quelqu'un! dis-je en hâte. Mais pas Gino. Un « monsieur bien ».

Et je sortis de la pièce sans attendre d'autres questions.

Je rentrai dans ma chambre et refermai la porte à clé. Impatient et tout rouge, Jacinthy vint à ma rencontre au milieu de la pièce et me prit dans ses bras. Il était beaucoup plus petit que moi et, pour toucher ma figure de ses lèvres, il dut me renverser contre le bois du lit. Je tâchais d'éviter qu'il ne m'embrassât sur la bouche : tantôt en détournant mon visage comme par pudeur, tantôt en le renversant en arrière comme par volupté. J'y réussis. Jacinthy faisait l'amour de la même façon qu'il mangeait : avec avidité, sans discernement et sans délicatesse, commençant tantôt d'un côté, tantôt de l'autre, comme s'il eût eu peur de laisser échapper quelque chose, aveuglé par mon corps comme il l'était par la nourriture, au restaurant. Après m'avoir embrassée, il fit mine de me déshabiller, comme ça, debout. Il mit à nu un de mes bras et une de mes épaules puis, comme si cette chair lui brouillait les idées, voilà qu'il me couvrit de baisers. Je craignais qu'avec ses gestes brusques, il ne déchirât mon costume et finis par lui dire, sans le repousser :

– Allons, déshabille-toi.

Il me lâcha tout de suite et, s'asseyant sur le lit, commença de se déshabiller. Moi, de l'autre côté, je faisais de même.

– Mais ta mère le sait ? me demanda-t-il.

– Oui.

– Et que dit-elle ?

– Rien.

– Elle te désapprouve ?

Il était clair que ces informations n'avaient d'autre valeur pour lui que celle d'un assaisonnement à sa piquante aventure. C'est là un trait commun à presque tous les hommes; bien peu sont ceux qui résistent à la tentation de mêler au plaisir un intérêt d'un genre différent, allant jusqu'à la compassion.

– Elle ne m'approuve ni ne me désapprouve, lui répondis-je sèchement en me levant et en faisant passer ma jupe par-dessus ma tête. Je suis libre de faire ce que je veux !

Quand je fus nue, je mis tous mes vêtements en ordre sur une chaise et m'étendis sur le dos sur mon lit, un bras replié sous la nuque et l'autre allongé, couvrant mon ventre de la main. Je ne sais pourquoi il me revint à l'esprit que j'avais la même attitude que cette déesse païenne qui me ressemblait dans l'image en couleurs que le gros peintre avait montré à maman; et, brusquement, je ressentis du chagrin et de la colère à l'idée du grand changement qui s'était, depuis, produit dans ma vie. Jacinthy dut être étonné de la beauté opulente et solide de mon corps, qu'on ne remarque pas, ainsi que je l'ai dit, quand je suis habillée, parce qu'il cessa de se dévêtir et me regarda d'un air éberlué, la bouche ouverte et les yeux ronds.

– Allons, dépêche-toi ! lui dis-je. J'ai froid.

Il acheva de se déshabiller et se jeta sur moi. J'ai déjà parlé de sa manière d'aimer, ne fût-ce que parce qu'elle lui ressemblait; quant à lui, il me semble l'avoir suffisamment décrit. Je dois ajouter qu'il était un de ces hommes auxquels l'argent qu'ils ont payé ou qu'ils vont payer inspire une exigence méticuleuse, comme s'ils craignaient de se faire voler en renonçant à la moindre des choses auxquelles ils pensent avoir droit. Il était très avide, je l'ai dit, mais au point d'avoir constamment présent à l'esprit son argent et d'en vouloir tirer le plus de bénéfice possible. Son désir – j'eus vite fait de m'en rendre compte, – était de prolonger le plus possible notre rencontre et de tirer de moi toute la jouissance qu'il considérait lui être due. Dans ce but, il s'essoufflait sur mon corps comme sur un instrument exigeant une longue préparation avant qu'on en jouât, et m'incitait tout le temps à faire de même avec le sien. Mais, bien que lui obéissant, je commençai tout de suite à m'ennuyer et à l'observer froidement, comme si ces calculs si transparents l'eussent éloigné de moi et comme si je l'eusse vu de très loin à travers une lentille d'antipathie et de dégoût – et non seulement lui, mais moi. C'était exactement le contraire du sentiment de sympathie que je m'étais efforcé d'éprouver pour lui au début de la soirée. Tout à coup j'éprouvai je ne sais quelle honteuse impression de remords et fermai les yeux.

Il finit par se fatiguer, et nous restâmes couchés sur le lit, l'un à côté de l'autre. Il constata d'un ton satisfait :

– Tu dois reconnaître que, bien que je ne sois plus très jeune, je suis un amant exceptionnel !

– Oui, c'est vrai, répondis-je avec indifférence.

– Toutes les femmes me le disent, continua-t-il. Sais-tu ce que je pense, moi ? Que c'est dans les petits tonneaux qu'on trouve le bon vin : il y a de grands gros hommes qui ont deux fois ma taille et qui ne valent rien !

Je commençais d'avoir froid. Je m'assis sur le lit et tirai tant bien que mal un pan de la couverture sur nos deux corps. Il interpréta mon geste comme une attention affectueuse.

– Très bien ! me dit-il. Maintenant, je vais dormir un petit peu.

Il se pelotonna contre moi et s'endormit pour de bon.

Je restai immobile, couchée sur le dos, sa tête aux cheveux blancs sur ma poitrine. La couverture ne nous enveloppait tous deux que jusqu'à la ceinture; en le regardant, en voyant son torse velu marqué de plis mous indiquant l'âge mûr, j'eus d'abord, une fois de plus, l'impression de me trouver avec quelqu'un qui m'était parfaitement étranger. Mais il dormait et, comme il dormait, il ne parlait plus, ne regardait plus, ne faisait plus de gestes. Dans ce sommeil, étant donné son caractère peu attrayant, il ne restait, pour ainsi dire, que le meilleur de lui, qui était d'être un homme comme tous les autres, sans profession ni nom, sans qualités ni défauts, rien qu'un corps humain avec un souffle soulevant la poitrine. Cela va paraître étrange, mais en le regardant et en observant son sommeil confiant, j'éprouvai pour lui comme un mouvement d'affection, et je m'en rendis compte aux précautions que je prenais pour éviter tout mouvement susceptible de le réveiller. C'était le sentiment de sympathie que j'avais vainement cherché d'éprouver jusqu'alors; la vue de sa tête chenue, lourdement appuyée sur ma jeune poitrine, le suscitait enfin dans mon âme. Cette impression me consola et il me sembla presque avoir moins froid. J'éprouvai même, un instant, une sorte de tendre exaltation qui mouilla mes yeux. En réalité, j'avais alors dans le cœur – comme je l'ai encore – un excès de tendresse. Une tendresse qui, manquant d'objets légitimes auxquels se consacrer, ne craignait pas de se déverser sur des personnes et des choses tout à fait indignes d'elle pour ne pas rester inactive et tourner à vide.

Au bout d'une vingtaine de minutes, il se réveilla et me demanda :

– Est-ce que j'ai dormi longtemps ?

– Non.

– Je me sens bien ! dit-il en quittant mon lit et en se frottant les mains. Ah ! comme je me sens bien !... Je me sens rajeuni d'au moins vingt ans.

Puis il se mit à se rhabiller en continuant ses exclamations de bien-être et de joie. Je me rhabillai aussi, en silence. Quand il fut prêt, il me déclara :

– Je voudrais te revoir, petite fille... Comment faire ?

– Téléphone à Gisèle, lui répondis-je; je la vois tous les jours.

– Mais toi, tu es toujours libre?

– Toujours.

– Vive la liberté!

Et, là-dessus, il ajouta, en mettant la main à son portefeuille :

– Combien veux-tu?

– Fixe toi-même, dis-je.

Et j'ajoutai avec sincérité :

– Si tu me donnes beaucoup, tu feras une bonne action, parce que je ne suis pas riche.

Mais lui, du tac au tac :

– Si je te donne beaucoup, ce ne sera pas pour faire une bonne action... Je n'en fais jamais, de bonnes actions... Ce sera parce que tu es une jolie fille et parce que tu m'as fait passer une soirée agréable.

– Comme tu voudras! lui dis-je en haussant les épaules.

– Tout a sa valeur et tout doit être payé selon sa valeur, continua-t-il en tirant l'argent de son portefeuille. Les bonnes actions n'existent pas. Tu m'as fourni certaines choses d'une qualité supérieure à ce que m'aurait fourni... mettons Gisèle... Les bonnes actions n'y sont pour rien... Un autre conseil! Ne dis jamais : fixe toi-même! Laisse ça aux marchands ambulants. Moi, ceux qui me disent : fixez vous-même, je suis toujours tenté de leur donner moins qu'ils ne méritent.

Il fit une grimace significative et me tendit l'argent. Ainsi que m'en avait informée Gisèle, il était généreux; la somme dépassait mes prévisions. Je sentis de nouveau, en le prenant, ce violent sentiment de complicité et de sensualité que m'avait inspiré l'argent d'Astarite au cours de la promenade à Viterbe. Et je pensai qu'il dénotait en moi une vocation, que je devais réellement être faite pour ce métier, même si mon cœur aspirait à des choses toutes différentes.

– Merci, lui dis-je.

Et, avant que je pusse m'en rendre compte, de gratitude, je l'embrassai de bon cœur.

– Merci à toi! répondit-il en se disposant à partir.

Je le pris par la main et le conduisis dans le noir, à travers l'antichambre, vers la porte de l'appartement. Pendant un moment, alors que j'avais refermé la porte de ma chambre et point encore ouvert celle de l'appartement, nous évoluâmes dans l'obscurité la plus complète. Et alors, je ne sais quelle intuition quasi physique me révéla que maman devait se trouver dans quelque coin de l'antichambre pendant que je rôdais avec Jacinthy. Elle s'était sans doute cachée derrière la porte, ou bien dans le coin, entre la crédence et le mur, et maintenant elle attendait que Jacinthy fût parti. Il me souvint de l'autre fois, où elle en avait fait autant, la nuit où j'étais rentrée en retard après cette entrevue avec Gino dans la villa de ses patrons, et je fut prise d'une grande nervosité à l'idée que, de même que cette fois-là, dès que Jacinthy serait parti, elle allait me sauter dessus, me prendre aux cheveux, me traîner sur le canapé de la grande pièce et m'accabler de gifles. Je la sentais dans le noir; il me semblait presque la voir; je percevais une gêne dans mon dos, comme si j'avais eu ses mains derrière la tête, prêtes à m'agripper par les cheveux. Je tenais Jacinthy par la main et, dans mon autre main, je serrais mon argent. L'idée me vint de fourrer l'argent entre les doigts de maman dès qu'elle me sauterait dessus. Ce serait une manière muette de lui rappeler qu'elle n'avait jamais cessé de me pousser à le gagner, cet argent-là, et aussi une tentative pour la prendre par la cupidité – sa passion dominante – et lui fermer la bouche. En attendant, j'avais ouvert la porte.

– Alors, au revoir... Je téléphonerai à Gisèle, me dit Jacinthy.

Je le vis descendre l'escalier, avec ses larges épaules et ses cheveux blancs coupés en brosse, agitant la main sans se retourner, en signe de salut – et refermai la porte. Immédiatement, comme je l'avais prévu, maman fondit sur moi dans le noir. Mais elle ne me prit pas par les cheveux, comme je le craignais : au contraire, d'une manière si maladroite que tout d'abord je ne compris pas, elle fit une tentative pour m'embrasser. Fidèle à mon plan, je cherchai sa main et j'y introduisis l'argent. Mais elle le repoussa; l'argent tomba par terre; je devais l'y retrouver le lendemain matin quand je sortis de ma chambre. Tout cela avec un peu d'angoisse de part et d'autre, mais sans qu'aucune des deux n'ouvrît la bouche.

Nous entrâmes dans la grande salle et je m'assis devant un des petits côtés de la table. Maman s'assit en face de moi et me regarda. Elle paraissait anxieuse, et moi, je me sentais embarrassée. Elle me dit tout à coup :

– Tu sais que, pendant que tu étais dans la chambre, à un certain moment, j'ai eu peur ?

– Peur de quoi ? lui demandai-je.

– Je ne sais pas, me répondit-elle. Tout d'abord, je me suis sentie seule... j'ai ressenti un grand froid... Et puis je ne me suis plus sentie moi... tout tournait autour de moi... comme quand on a bu, tu sais ! Tout me semblait bizarre ! Je pensais : ça, c'est la table; ça, c'est la machine à coudre... Mais je n'arrivais pas à me convaincre que c'était réellement la table, la chaise, la machine à coudre... Moi aussi, j'avais l'impression que je n'étais plus moi... je me disais : je suis une vieille lingère... j'ai une fille qui s'appelle Adrienne... mais je n'en étais pas convaincue... Pour me rassurer, je me suis mise à penser à ce que j'avais été quand j'étais toute petite, puis quand j'avais ton âge, quand je me suis mariée, quand tu es née... Alors j'ai eu peur, parce que tout a passé comme un jour; de jeune que j'étais, je suis brusquement devenue vieille sans m'en apercevoir. Et, quand je serai morte, conclut-elle avec effort, en me regardant, ce sera comme si je n'avais jamais existé.

– Pourquoi penses-tu à ces choses-là ? prononçai-je lentement. Tu es encore jeune... Qu'as-tu besoin de penser à la mort ?

Elle ne parut pas m'avoir entendue et continua avec la même emphase, qui me faisait peine et me semblait fausse :

– Je te dis que j'ai eu peur ! Je me suis mise à penser : si quelqu'un n'a plus envie de continuer à vivre, doit-il continuer tout de même à vivre de force ? Je ne dis pas qu'on devrait se tuer; pour se tuer, il faut du courage; non, mais seulement cesser de vouloir vivre comme on cesse de vouloir manger ou de vouloir marcher... Eh bien ! je te jure sur l'âme de ton père... je voudrais ne plus vivre !

Elle avait les yeux pleins de larmes et les lèvres tremblantes. J'eus envie de pleurer moi aussi, sans savoir pourquoi, et me levant de ma chaise, je l'embrassai et j'allai m'asseoir avec elle sur le canapé, au fond de la grande pièce. Nous y restâmes un instant dans les bras l'une de l'autre à pleurer toutes deux. Je me sentais égarée, j'étais très fatiguée, et les propos incohérents de maman, avec leur illogisme, augmentaient mon égarement. Mais je fus la première à me reprendre, ne fût-ce que parce qu'en fin de compte je pleurais uniquement par sympathie. Il y avait beau temps que j'avais cessé de pleurer sur moi-même !

– Allons ! allons ! commençai-je à dire à maman en lui tapant sur l'épaule.

– Je te dis, Adrienne, que je n'ai plus envie de vivre ! me répéta-t-elle en pleurant.

Je lui tapotai l'épaule sans rien dire. Je la laissai pleurer tout son saoul. Mais je pensais, à part moi, que ses propos étaient la claire expression de son remords. Il est certain qu'elle m'avait toujours prôné l'exemple de Gisèle et recommandé de me vendre le plus cher possible. Mais entre parler et agir, il y a une belle différence. Me voir amener un homme chez moi, se sentir mettre l'argent dans la main était certainement pour elle un coup très dur. Maintenant qu'elle avait sous les yeux le résultat de son éducation, elle ne pouvait s'empêcher d'en avoir horreur... Mais, en même temps, il devait y avoir chez elle je ne sais quelle incapacité à reconnaître qu'elle s'était trompée; peut-être aussi une sorte d'amère satisfaction que la constatation qu'elle s'était trompée fût désormais inopérante. C'est ainsi qu'au lieu de me dire franchement : « Tu as mal agi... ne recommence pas ! », elle aimait mieux me parler de choses qui n'avaient rien à voir avec moi, de sa vie, de son désir de ne plus exister. J'ai souvent eu l'occasion d'observer des gens qui, au moment même où ils s'abandonnent à une action qu'ils savent répréhensible, cherchent à se rattraper et à se racheter en pérorant sur des choses plus élevées, susceptibles de les entourer, à leurs propres yeux et à ceux d'autrui, d'une lumière de désintéressement et de noblesse bien éloignée de ce qu'ils font, ou encore – pour en revenir au cas de maman – de ce qu'ils laissent faire. Seulement, la plupart agissent de la sorte avec une entière conscience; maman, au contraire, la pauvre, le faisait sans s'en rendre compte, comme son cœur et les circonstances l'inspiraient.

Pourtant, sa phrase sur la volonté de ne plus vivre me semblait juste. Je pensai que, moi aussi, lorsque j'avais découvert la tromperie de Gino, j'aurais voulu ne plus vivre. Mais mon corps continuait de vivre pour son compte, insoucieux de ma volonté. Cette poitrine, ces jambes, ces hanches qui plaisaient tant aux hommes continuaient de vivre; mon sexe continuait de vivre entre mes cuisses et de désirer l'amour, même si je ne le voulais plus. J'avais beau m'étendre dans mon lit, décider de ne plus vivre, de ne pas me réveiller le lendemain matin, tandis que je dormais, mon corps continuait de vivre, mon sang coulait dans mes veines, mon estomac et mon intestin digéraient, les poils sous mes aisselles où je les avais rasés, mes ongles allongeaient, ma peau se baignait de sueur, mes forces se restauraient. Et, de bonne heure, le matin, sans que je l'eusse voulu, mes paupières se soulèveraient, mes yeux verraient, malgré eux, cette réalité qu'ils détestaient. En somme, je m'apercevais qu'en dépit de ma volonté de mourir j'étais encore vivante et devais continuer de vivre. « Autant, concluais-je, se plier à vivre et n'y plus penser. »

Je ne dis rien de tout cela à maman, parce que je me rendais compte que ces idées-là n'étaient pas moins tristes que les siennes et ne l'auraient pas du tout consolée. Mais, quand j'eus l'impression qu'elle avait cessé de pleurer, je m'écartai d'elle et lui dis :

– Voilà que j'ai faim!

C'était vrai; au restaurant, dans ma nervosité, je n'avais presque rien mangé.

– Ton dîner est là, me répondit maman, toute

contente que je lui offrisse le moyen de se rendre utile et de faire une des choses qu'elle faisait les autres soirs; je vais te le préparer.

Elle sortit et je restai seule.

Je m'assis devant la table, à ma place habituelle, et j'attendis qu'elle revînt. Maintenant, j'avais la tête vide; de tout ce qui s'était produit, il ne me restait plus que l'odeur douceâtre de l'amour sur les doigts et la trace sèche et salée des larmes sur les joues. Je considérais, immobile, les ombres que notre lampe à contre-poids projetait sur les longs murs nus de la grande pièce. Maman rentra. Elle apportait une assiette avec de la viande et des légumes.

— Le potage, je ne te l'ai pas fait réchauffer, dit-elle, il ne serait pas bon. Et puis, il n'y en a plus beaucoup.

— Ça n'a pas d'importance. Ça suffit comme ça!

Elle me versa un rouge-bord et resta debout devant moi, comme d'habitude, quand je mangeais... immobile, attentive à mes ordres.

— Le bifteck est-il bon? me demanda-t-elle au bout d'un instant, anxieusement.

— Oui, il est bon.

— J'ai tant supplié le boucher de me donner un morceau tendre!

Elle paraissait rassérénée; tout semblait être comme les autres soirs. Je finis lentement de manger. Quand j'eus terminé, je bâillai, j'ouvris les bras et je m'étirai. Tout à coup, je me sentis bien; ce geste avait suffi pour donner à mon corps une impression réconfortante de jeunesse, de force et de contentement.

— J'ai sommeil! déclarai-je.

— Attends... je vais te faire ton lit! me dit maman, toute prévenante, en faisant mine de sortir.

Mais je l'arrêtai :

— Non, non, je le ferai moi-même!

Je me levai; maman enleva mon assiette vide.

— Demain matin, laisse-moi dormir! lui recommandai-je. Je me réveillerai toute seule.

Elle me répondit qu'elle me laisserait dormir, et moi, après lui avoir dit bonne nuit et l'avoir embrassée, je me retirai dans ma chambre. Le lit était resté dans le désordre où Jacinthy et moi l'avions laissé. Je me bornai à retaper l'oreiller et la couverture, me déshabillai et m'enfilai entre les draps. Je restai un instant les yeux ouverts dans le noir, sans penser à rien.

– Je suis une putain! dis-je enfin à voix haute, pour voir quel effet ça me produisait.

J'eus l'impression que ça ne me faisait aucun effet; je fermai les yeux et m'endormis tout de suite.

8

Au cours des jours suivants, je revis Jacinthy tous les soirs. Il avait téléphoné à Gisèle dès le lendemain matin, et Gisèle m'avait fait la commission. Jacinthy devait regagner Milan la veille au soir du jour où j'avais fixé mon rendez-vous avec Gino; c'est la raison pour laquelle je consentis à le voir tous les soirs. Autrement, j'aurais refusé parce que je m'étais juré à moi-même que je ne voulais plus avoir de rapports suivis avec aucun homme. Je pensais qu'il était préférable, si j'avais à faire ce métier, de le faire franchement en changeant chaque fois d'amant, plutôt que de me tromper moi-même et de me donner l'illusion de ne pas le faire en me laissant entretenir par un seul homme, au risque, de plus, de m'attacher à lui ou de le laisser s'attacher à moi, et de perdre ainsi non seulement la liberté physique, mais encore celle des sentiments. Du reste, j'avais gardé intactes mes idées sur la vie conjugale et régulière; je pensais donc que, si je devais me marier, ce ne serait pas avec un amant qui m'entretiendrait, puis se déciderait à la fin à rendre légales, sinon plus morales, des relations intéressées; ce serait avec un jeune homme qui m'aimerait et que j'aimerais, qui aurait la même situation que moi, les mêmes goûts et les mêmes idées. Je voulais, en somme, que ce métier que je choisissais restât bien distinct de mes anciennes aspirations, sans contaminations ni compromis. Car je me sentais, en un certain sens, également portée à faire une bonne épouse et une bonne courtisane, mais tout à fait incapable de choisir, comme entendait bien le faire Gisèle, un moyen terme hypocrite et prudent entre les deux solutions. Sans compter que, tous comptes faits, il se pouvait bien que j'obtinsse beaucoup plus du scrupule de plusieurs que de la générosité d'un seul.

Tous ces soirs-là, Jacinthy me mena dîner à son restaurant habituel et me raccompagna chez moi, où il s'attarda chaque fois. Maman renonça à parler de ces soirées; elle se bornait à me demander si j'avais bien dormi quand elle entrait dans la chambre, le matin, à une heure avancée, pour m'apporter mon café sur un plateau. Ce café, jadis, j'allais l'avaler à la cuisine, de très bonne heure, debout près du fourneau, avec le froid de l'eau glacée encore sur les mains et sur la figure. Mais, maintenant, maman me l'apportait dans ma chambre et je le buvais au lit, tandis qu'elle ouvrait les persiennes et tâchait de remettre un peu d'ordre dans la pièce. Je ne lui disais jamais rien d'autre que ce que je lui avais dit avant; mais elle avait bien compris d'elle-même que tout était changé dans notre vie et montrait, par son comportement, qu'elle se rendait compte de quelle sorte de changement il s'agissait. Elle agissait comme s'il eût existé entre elle et moi un accord tacite, et semblait, par ses prévenances, me prier humblement de lui permettre, dans notre nouvel arrangement de vie, de me servir et de se rendre utile à moi comme naguère. Je dois dire que cette habitude de m'apporter mon café dans la chambre devait aussi la rassurer dans un certains sens, parce que beaucoup de gens — et maman en était — attribuent aux habitudes une valeur positive, même lorsqu'elles n'ont, comme celle-là, rien de positif. Elle manifesta le même zèle à introduire tous les jours de petits changements du même ordre dans notre vie quotidienne; c'est ainsi qu'elle me prépara une grande marmite d'eau bouillante pour me laver dès mon lever, mit des fleurs dans un vase de la chambre, et ainsi de suite.

Jacinthy me donnait toujours la même somme d'argent, et moi, sans rien dire à maman, j'allais la déposer au fond d'un tiroir, dans la boîte où, jusqu'alors, elle avait placé ses économies. Je ne gardais pour moi que quelques sous. J'imagine qu'elle s'aperçut de ces additions journalières à notre patrimoine, mais nous n'échangeâmes jamais le moindre mot à ce sujet. Au cours de ma vie, j'ai pu observer que même ceux dont le gain a une origine licite n'aiment pas en parler, non seulement avec les étrangers, mais avec les intimes. Sans doute s'attache-t-il à l'argent un sentiment de honte ou tout au moins de pudeur qui le raye de la liste des sujets normaux et le relègue au rang des choses secrètes, inavouables, dont il n'est pas bien de parler. Comme si, quelle qu'en soit l'origine, il était toujours mal acquis. Peut-être aussi personne n'aime-t-il montrer le sentiment suscité par l'argent dans l'âme : un sentiment très fort, presque toujours inséparable d'une ombre de culpabilité.

Un de ces soirs-là, Jacinthy exprima le désir de dormir avec moi dans ma chambre; mais moi, sous prétexte que nos voisins s'apercevraient de sa présence le matin, quand il sortirait, je le renvoyai. En réalité, depuis le premier soir, mon intimité avec lui n'avait pas fait un seul pas en avant; et ce n'était certes pas ma faute. Jusqu'au jour de son départ, il continua de se comporter exactement comme le premier soir. C'était véritablement un homme de valeur nulle ou à peu près nulle, tout au moins dans les rapports affectifs, et tout le sentiment que j'étais capable d'éprouver à son égard, je l'avais éprouvé le premier soir, pendant qu'il dormait : un sentiment générique qui ne le concernait peut-être même pas. L'idée de dormir avec un homme semblable me répugnait; et puis je redoutais qu'il ne m'ennuyât parce que j'étais sûre qu'il me tiendrait éveillée une partie de la nuit pour me faire des confidences et me parler de lui. Cependant il ne s'aperçut ni de mon ennui ni de mon antipathie et partit convaincu qu'il s'était rendu, pendant ces quelques jours, extraordinairement sympathique.

Le moment vint de mon rendez-vous avec Gino. Il s'était produit tant de choses au cours de ces dix jours que j'avais l'impression qu'il s'était écoulé cent ans depuis le temps où je le voyais avant d'aller dans les ateliers, où je travaillais pour gagner de l'argent et monter mon ménage, où je me considérais comme une fiancée sur le point de se marier. Il fut ponctuel à l'heure que je lui avais fixée; quand je montai dans la voiture, j'eus l'impression qu'il était extrêmement pâle et semblait bouleversé. Personne n'aime se sentir jeter à la figure une trahison, même le traître le plus intrépide; au cours de ces dix jours d'interruption de nos relations coutumières, il avait dû beaucoup réfléchir et beaucoup soupçonner. Toutefois, je ne montrai aucun ressentiment; et, véritablement, je n'avais pas besoin de feindre, parce que je me sentais l'esprit parfaitement tranquille; bien mieux, une fois passée la première blessure de ma désillusion, mon âme était encline à une sorte d'indulgente et sceptique affection. Somme toute, Gino me plaisait encore, je m'en aperçus dès le premier coup d'œil que je lui jetai. C'était déjà beaucoup.

Tandis que la voiture prenait la direction de la ville, il me demanda au bout d'un moment :

– Alors ton confesseur a changée d'idée ?

Il avait un ton légèrement goguenard mais, en même temps, mal assuré. Je lui répondis simplement :

– Non... c'est moi qui ai changé d'idée...

– Et ce travail pour ta mère, c'est fini ?

– Pour le moment.

– C'est bizarre.

Il ne savait pas ce qu'il disait, mais il était clair qu'il cherchait à me piquer pour vérifier si ses soupçons étaient vrais.

– Pourquoi est-ce bizarre ?

– Je parlais pour parler.

– Tu crois que ce n'est pas vrai que j'avais à faire ?

– Je ne crois rien du tout.

J'avais décidé de le confondre, mais à ma manière, en jouant un peu avec lui comme le chat joue avec la souris, sans les violences que me conseillait Gisèle et qui n'étaient pas dans mon tempérament. Je lui demandai avec coquetterie :

– Serais-tu jaloux ?

– Moi, jaloux ? Pour l'amour de Dieu !

— Si, tu es jaloux! Si tu étais sincère, tu l'avouerais! Il mordit soudain à l'hameçon que je lui tendais et déclara :

— A ma place, n'importe qui serait jaloux!

— Pourquoi ça?

— Allons donc! qui veux-tu qui te croie! Un travail tellement important que tu ne pouvais même pas trouver cinq minutes pour me parler... Allons!

— Et pourtant c'est la vérité; j'ai énormément travaillé, lui dis-je tranquillement.

C'était la vérité. Qu'était-ce d'autre que du travail, et bien fatigant, ce que j'avais fait avec Jacinthy tous les soirs?

— Et j'ai gagné de quoi payer toutes nos traites et même mon trousseau, ajoutai-je en dérision de moi-même. Comme ça, au moins, nous allons pouvoir nous marier sans dettes!

Il ne dit rien. Manifestement, il était en train de se convaincre de la vérité de mes assertions et abandonnait ses premiers soupçons. J'eus alors un geste qui m'avait été habituel dans le passé; je lui passai un bras autour du cou pendant qu'il conduisait et l'embrassai très fort au-dessous de l'oreille en lui chuchotant :

— Pourquoi es-tu jaloux? Tu le sais bien qu'il n'y a que toi dans ma vie!

Nous arrivâmes à la villa. Gino fit entrer la voiture dans le jardin, referma la grille et se dirigea avec moi vers le portillon de service. C'était le crépuscule : déjà les premières lumières brillaient aux fenêtres des maisons voisines; elles semblaient rouges dans la brume bleue de cette soirée d'hiver. Dans le couloir du sous-sol, il faisait presque noir et ça sentait une odeur d'évier et de renfermé. Je m'arrêtai et lui dis :

— Ce soir, je ne veux pas aller dans ta chambre!

— Pourquoi?

— Je veux que nous fassions l'amour dans la chambre de ta patronne.

— Mais tu es folle! s'écria-t-il, scandalisé.

Nous étions souvent allés dans les pièces d'en haut, mais l'amour, nous l'avions toujours fait dans sa chambre, au sous-sol.

– C'est un caprice... Qu'est-ce que ça peut te faire? lui dis-je.

– Ça me fait beaucoup... quelque chose peut se casser... est-ce que je sais? Alors, s'ils s'en aperçoivent, qu'est-ce que je ferai?

– Le beau désastre! m'écriai-je d'un air insouciant. Ils te renverront, c'est tout!

– Voilà comment tu dis ça?

– Comment devrais-je le dire? Si tu m'aimais pour de bon, tu n'y réfléchirais pas une minute.

– Je t'aime, mais ne me demande pas ça; il ne peut même pas en être question : je ne veux pas d'embêtements, moi!

– Mais nous ferons attention... ils ne pourront pas s'en apercevoir!

– Non! non!

Je me sentais parfaitement calme. Continuant de feindre des sentiments que je n'éprouvais pas, je m'écriai :

– Alors, moi qui suis ta fiancée, je te demande de me faire ce plaisir, et toi, de peur que je mette mon corps là où ta patronne met le sien et que j'appuie ma tête là où elle appuie la sienne, tu me le refuses? Mais qu'est-ce qui te passe par la tête? Tu crois qu'elle vaut mieux que moi?

– Non, mais...

– J'en vaux dix, des femmes comme elle, continuai-je. Tant pis pour toi! Tu n'as qu'à faire l'amour avec les draps et l'oreiller de ta patronne... Moi, je m'en vais!

Je l'ai déjà fait observer : le respect et la timidité que lui inspiraient ses patrons étaient très forts : il était niaisement fier d'eux comme si, en quelque sorte, leurs richesses étaient les siennes; toutefois, quand il m'entendit parler de cette façon et me vit partir impétueusement, avec une décision tout à fait nouvelle et à laquelle je ne l'avais guère habitué, il perdit la tête et courut derrière moi en criant :

– Mais attends... où vas-tu? Je parlais pour parler... montons si ça te fait plaisir!

Je me fis encore un peu prier, en prenant des airs

offensés, puis j'acceptai. C'est ainsi qu'enlacés et nous arrêtant de temps en temps sur les marches pour nous embrasser, absolument comme la première fois, mais dans un esprit bien différent, tout au moins en ce qui me concernait, nous montâmes à l'étage supérieur. Une fois dans la chambre de sa patronne j'allai droit au lit et défis la couverture. La peur le reprit et il m'objecta :

– Tu ne veux tout de même pas entrer dans les draps ?

– Et pourquoi pas ? répondis-je tranquillement. Je n'ai pas envie de prendre froid, moi !

Il se tut, visiblement décontenancé. Moi, après avoir préparé le lit, je passai dans la salle de bains, allumai le chauffe-bains et ouvrit le robinet d'eau chaude, tout doucement, de manière que la vasque ne se remplît pas trop vite. Gino me suivait, inquiet et mécontent. Il protesta de nouveau :

– Le bain aussi ?

– Ils ne prennent pas un bain quand ils ont fait l'amour, eux ?

– Est-ce que je le sais, ce qu'ils font ? me répondit-il en haussant les épaules.

Je voyais que, dans le fin fond, ces audaces ne lui déplaisaient pas véritablement : seulement, il avait peine à les accepter. C'était un homme peu courageux qui aimait se sentir en règle. Mais les infractions aux règles l'attiraient d'autant plus qu'il se les permettait plus rarement.

– Après tout, tu as raison, me dit-il au bout d'un moment avec un sourire à la fois mortifié et tenté, tout en tâtant le matelas. On est bien ici, mieux que dans ma chambre !

Nous nous assîmes ensemble au bord du lit.

– Gino, lui dis-je en lui jetant les bras autour du cou, songe comme ce sera beau quand nous aurons une maison pour nous deux... Ce ne sera pas une maison comme celle-ci, mais ce sera la nôtre.

Je ne sais pas pourquoi je parlais de la sorte. Probablement parce que je savais désormais de façon certaine que toutes ces choses étaient impossibles et que ça me faisait plaisir de me picoter là où l'âme me faisait le plus mal.

— Oui, oui, dit-il en m'embrassant.

— Moi, je sais la vie qui me plaît, continuai-je avec le sentiment cruel de peindre une chose à jamais perdue. Pas besoin d'une belle maison comme ça. Il me suffirait de deux chambres et d'une cuisine, mais avec tout ce qu'il faut, et propre comme un miroir. Vivre tranquilles là-dedans, aller se promener ensemble le dimanche, manger ensemble, dormir ensemble... Réfléchis un peu comme ce sera bon, Gino !

Il ne dit rien. A vrai dire, en parlant de cette façon-là, je n'éprouvais pas la moindre émotion. J'avais l'impression de jouer un rôle; j'étais sur les planches. Mais cela me semblait d'autant plus amer. Ce rôle si froid, si extérieur, qui ne suscitait pas de ma part la plus lointaine participation, ç'avait été moi dix jours avant. Entre-temps, pendant que je parlais, Gino me déshabillait impatiemment, et je m'aperçus, une fois de plus, comme au moment où j'étais montée en voiture, qu'il me plaisait toujours, ce qui me fit penser avec tristesse et dépit que c'était peut-être bien mon corps, toujours prêt à accepter la jouissance, plutôt que mon esprit, désormais loin de lui, qui me rendait si débonnaire et toute disposée au pardon. Il me caressait et m'embrassait et, sous ces caresses et ces baisers, je sentais mon cerveau se brouiller : le plaisir des sens l'emportait sur la révolte du cœur.

— Tu me fais mourir, lui chuchotai-je sincèrement en me renversant sur le lit.

Plus tard, j'enfonçai mes jambes entre les draps; il fit de même et nous restâmes ainsi couchés avec le couvre-pieds piqué de ce lit luxueux tiré presque sous le menton. Une sorte de baldaquin était suspendu au-dessus de nos têtes et laissait retomber autour du traversin plusieurs épaisseurs d'un voile blanc vaporeux. Toute la chambre était blanche, avec de longs rideaux légers aux fenêtres, de beaux meubles bas le long des murs et des objets brillants de verre, de marbre et de métal. Les draps fins et soyeux semblaient caresser tout mon corps, le matelas cédait doucement à chacun de mes mouvements, suscitant dans mes membres un profond désir de sommeil et de repos. De la salle de bains, par la porte ouverte, le bruit de l'eau tombant dans la vasque venait jusqu'à moi, babillard et tranquille. J'éprouvais le plus grand bien-être et ne me sentait plus la moindre rancune contre Gino. Le moment me sembla propice pour lui dire que je savais tout, parce que j'étais sûre que je le lui dirais gentiment, sans ombre de ressentiment.

– Alors, Gino, lui dis-je d'une voix caressante, après un long silence, ta femme s'appelle Antoinette Partini ?

Il devait sommeiller, parce qu'il eut un violent soubresaut, comme si quelqu'un lui eût brusquement secoué l'épaule.

– Mais qu'est-ce que tu dis ? me demanda-t-il.

– Et ta fille s'appelle Marie, n'est-ce pas ?

Il aurait voulu protester de nouveau, mais il me regarda dans les yeux et comprit que ce serait inutile. Nous avions la tête sur le même oreiller, nos visages côte à côte, je lui parlais presque sur la bouche.

– Pauvre Gino ! continuai-je. Pourquoi m'as-tu dit tant de mensonges ?

– Parce que je t'aimais ! me répondit-il avec violence.

– Si tu m'avais réellement aimée, tu aurais dû penser que, lorsque je découvrirais la vérité, je souffrirais beaucoup... mais tu n'as pas pensé à ça, n'est-ce pas, Gino ?

– Je t'aimais, dit-il, alors, j'ai perdu la tête...

– Cela suffit, l'interrompis-je; au moment même, cela m'a fait beaucoup de peine... je ne pensais pas que tu fusses capable... Mais maintenant c'est fini... n'en parlons plus... Pour l'instant, je vais prendre un bain.

Je me dégageai des draps, me levai et passai dans la salle de bains. Gino resta là où il était.

La baignoire était pleine d'une eau bouillante et bleutée, agréable à voir au milieu de toute cette céramique blanche et de cette robinetterie scintillante. Je me mis debout dedans et, petit à petit, entrai dans le liquide bouillant. Une fois étendue au fond de la baignoire, je fermai les yeux. Aucun bruit ne venait de la pièce à côté. Gino ruminait certainement ma déclaration et tâchait d'ébaucher un plan pour ne pas me perdre. Je souris en pensant à lui, perdu dans ce grand lit « à deux », avec cette nouvelle reçue en pleine figure, comme une gifle. Mais je souriais sans méchanceté, comme on sourit d'une chose comique qui ne nous regarde pas du tout, parce que, je l'ai dit, je ne sentais plus contre lui la moindre rancune. Bien mieux, le connaissant désormais pour ce qu'il était en réalité, j'avais presque l'impression de nourrir pour lui une espèce d'affection. Ensuite, je l'entendis marcher dans la pièce; il devait s'habiller. Au bout d'un moment, il se présenta à la porte de la salle de bains et me regarda avec des yeux de chien battu, comme s'il n'osait pas entrer.

– Alors, nous ne nous verrons plus?... dit-il à voix basse, après un long silence.

Je compris qu'il m'aimait réellement, quoique à sa façon, sans répugner à me mentir et à m'attirer dans un traquenard. Je me souvins d'Astarite et pensai qu'Astarite aussi m'aimait – quoique à sa façon, lui aussi. Je lui répondis, tout en me savonnant un bras :

– Pourquoi ne nous verrions-nous plus? Si je n'avais plus voulu te voir, je ne serais pas venue aujourd'hui. Nous continuerons à nous voir... mais moins souvent qu'avant.

Ces paroles semblèrent lui redonner courage.

– Veux-tu que je te savonne? me demanda-t-il en entrant dans la salle de bains.

Je ne pus m'empêcher de songer à maman, remplie de prévenances et d'égards pour moi, elle aussi, à chacune de ses abdications. Et je lui répondis sèchement :

– Si tu veux... Le dos, parce que je ne peux pas y arriver.

Gino prit le savon et l'éponge; je me mis debout et il me savonna tout le long du dos. Je me regardais dans une glace en hauteur qui était juste en face de la baignoire, et j'avais l'impression d'être la dame à laquelle appartenaient toutes ces belles choses. Elle aussi, sûrement, devait se mettre debout comme ça, et une femme de chambre, une pauvre fille comme moi, devait la savonner et la laver en se penchant et en faisant bien attention de ne pas l'égratigner. Je pensais qu'il devait être agréable, au lieu de se servir de ses propres mains, de se faire servir par une autre personne, de rester tranquille et inerte pendant qu'une autre, pleine de respect et de sollicitude, se donne beaucoup de mal pour vous! L'idée si simple qui s'était présentée à moi la première fois que j'avais vu la villa me revint à la tête, à savoir que, toute nue, débarrassée de mes guenilles, je valais la patronne de Gino. Pourtant mon destin était différent du sien; c'était une injustice. Agacée, je dis à Gino :

– Ça suffit!

Il prit un peignoir de bains et, tandis que je sortais de la baignoire, me le posa sur les épaules pour que je pusse m'en envelopper. Il essaya de m'embrasser, peut-être pour bien voir si je le laisserais faire. Moi, debout, tout enveloppée du tissu blanc, je le laissai me baiser le cou. Ensuite, il se mit à me frictionner silencieusement tout le corps, en commençant par les chevilles et en remontant jusqu'à la poitrine, avec zèle et avec adresse, comme s'il n'avait jamais fait autre chose de sa vie; moi, je fermais les yeux en me faisant accroire de nouveau que j'étais la patronne et lui la femme de chambre. Il prit ma passivité pour une acceptation et, brusquement, je sentis qu'il cessait de me frictionner pour me caresser. Alors, je le repoussai, laissai tomber le peignoir de mon corps bien sec et repassai dans la chambre en marchant sur la pointe des pieds. Gino resta dans la salle de bains à vider l'eau de la baignoire.

Je m'habillai en hâte et tournai dans la pièce en examinant l'ameublement. Je m'arrêtai devant la coiffeuse semée d'objets en écaille et en or. Je remarquai, dans un coin, au milieu des brosses et des flacons de parfum, un poudrier en or. Je le pris et le regardai. Il était très lourd et semblait massif. Il était carré, entièrement niellé, et c'est un gros rubis qui servait de poussoir. J'eus l'impression non pas tant d'une tentation que d'une découverte; désormais, je pouvais tout faire, même voler. J'ouvris mon sac et j'y mis le poudrier que son poids fit tomber immédiatement au fond, entre la menue monnaie et les clés de la maison. J'éprouvai à le prendre une jouissance sensuelle assez semblable à celle que m'inspirait l'argent reçu de mes amants. A vrai dire, je ne savais que faire d'un poudrier aussi précieux qui ne cadrait ni avec mes toilettes ni avec la vie que je menais. J'étais bien sûre de ne jamais m'en servir. Mais, en le volant, il me semblait obéir à la logique qui déterminerait dorénavant les vicissitudes de ma vie. Je pensai qu'une fois la maison construite il faut songer à y mettre un toit.

Gino rentra dans la pièce. Avec un soin servile, il remit en état le lit et tous les objets qui lui semblaient avoir été dérangés.

— Allons ! allons ! lui dis-je avec mépris, quand je le vis, après ce travail, regarder tout autour de lui avec angoisse pour s'assurer que tout était à sa place habituelle. Allons ! ta patronne ne s'apercevra de rien. Pour cette fois, on ne te mettra pas à la porte !

Je notai qu'à ces paroles le visage de Gino eut comme une crispation de douleur, et j'éprouvai du remords de les avoir prononcées, parce qu'elles étaient méchantes et qu'elles n'étaient même pas sincères.

Nous n'ouvrîmes pas la bouche, ni en descendant l'escalier intérieur de la villa, ni dehors, au jardin, quand nous remontâmes en voiture. Il y avait déjà longtemps qu'il faisait nuit. Dès que la voiture commença de parcourir les rues tortueuses du quartier élégant, comme si je n'avais attendu que ce moment-là, je me mis à pleurer doucement. Je ne savais pas pourquoi je pleurais, mais mon amertume était grande. Je ne suis pas faite pour des rôles de femme déçue et rageuse et, pendant tout l'après-midi, j'avais eu beau m'efforcer de sembler sereine, plus d'un de mes gestes, plus d'une de mes paroles avait porté le signe de la désillusion et de la rage. Pour la première fois, à travers mes larmes, j'éprouvais une réelle rancune contre Gino, dont la trahison m'amenait à nourrir des sentiments que je n'aimais pas, qui ne convenaient pas à mon caractère. Je pensai que j'avais toujours été douce et bonne et que, peut-être bien, dorénavant, je ne le serais plus; et cette idée m'emplit de désespoir. J'aurais voulu demander à Gino : « Pourquoi as-tu fait cela ? Comment pourrais-je jamais l'oublier, n'y plus penser ? » Mais je me tus, ravalant mes larmes et secouant de temps en temps la tête pour les faire tomber de mes yeux, comme on secoue une branche pour en faire tomber les fruits les plus mûrs. Nous traversâmes à peu près toute la ville sans que je m'en rendisse presque compte. La voiture s'arrêta, je descendis et tendis la main à Gino en lui disant :

– Je te téléphonerai.

Il me regarda d'un air d'espoir qui se changea en stupeur quand il vit ma figure trempée de larmes. Mais il n'eut pas le temps de parler; je lui fis un geste d'adieu accompagné d'un sourire contraint et m'éloignai.

9

C'est ainsi que ma vie se remit à tourner toujours du même côté et avec les mêmes personnages, comme les carrousels du Luna-Park que je voyais, petite fille, des fenêtres de la maison et dont les girandoles éblouissantes me donnaient tant de joie au cœur.

Dans les carrousels aussi, il y a peu de personnages et toujours les mêmes. Au son d'une musique acidulée, tintinnabulante et geignarde, on voit défiler le cygne, le chat, l'automobile, le cheval, le trône, le dragon, l'œuf et, de nouveau, le cygne, le chat, l'automobile, le cheval, le trône, le dragon et l'œuf, et ainsi de suite pendant toute la nuit. Moi aussi, je vis tourner en rond les silhouettes de mes amants, que ce fussent des hommes que je connaissais déjà, que ce fussent de nouveaux hommes, tout à fait semblables aux premiers. Jacinthy revint de Milan, d'où il me rapporta des bas de soie et, pendant quelque temps, je le vis tous les soirs. Puis Jacinthy repartit et je recommençai à voir Gino, une ou deux fois par semaine. Les autres soirs, « j'allais » avec d'autres hommes que je trouvais dans la rue ou que Gisèle me présentait. Il y en avait de jeunes, de moins jeunes et de vieux : certains sympathiques, qui me traitaient avec gentillesse, d'autres désagréables, qui me considéraient comme un objet acheté et vendu; mais, au fond, comme j'avais décidé de ne m'attacher à personne, c'était toujours la même musique. Nous nous rencontrions dans la rue ou au café, nous allions parfois dîner ensemble, puis nous courions chez moi. Là, nous nous enfermions dans ma chambre, nous faisions l'amour, nous parlions un peu, puis l'homme payait et s'en allait, et je passais dans la grande salle où je trouvais maman qui m'attendait. Si j'avais faim, je mangeais, et ensuite je me couchais. Quelquefois, mais assez rarement, s'il était encore tôt, je sortais à nouveau et retournais en ville chercher un autre homme. Mais il y avait aussi de longs jours où je ne voyais personne et restais à la maison sans rien faire. J'étais devenue très paresseuse, d'une indolence triste et voluptueuse où semblait s'assouvir une soif de repos et de tranquillité qui n'était pas seulement la mienne, mais celle de maman et de toute ma race d'êtres toujours fatigués et toujours pauvres. Souvent, la vue du tiroir aux économies vide suffisait à me débusquer de la maison et à me faire battre les rues du centre en quête d'un compagnon; mais souvent aussi ma paresse l'emportait, et j'aimais mieux emprunter de l'argent à Gisèle ou envoyer maman acheter à crédit dans les boutiques.

Et, pourtant, je ne saurais dire que, réellement, cette vie me déplût. Je m'aperçus vite que mon inclination pour Gino n'avait rien de particulier ni d'unique, et qu'au fond presque tous les hommes, pour une raison ou pour une autre, me plaisaient. Je ne sais pas si cela arrive à toutes les femmes qui font mon métier ou bien si cela indique la présence d'une vocation particulière; ce que je sais, c'est que, chaque fois, je sentais un frisson de curiosité et d'attente qui n'était que rarement déçu. Des jeunes gens, j'aimais les corps longs, maigres, encore adolescents, les gestes maladroits, la timidité, les yeux caressants, les lèvres et les cheveux pleins de fraîcheur. Des hommes mûrs, j'aimais les bras musclés, les larges poitrines pleines, ce je ne sais quoi de massif et de puissant que la virilité met dans les épaules, dans le ventre, dans les jambes de l'homme; enfin les vieux même me plaisaient parce que l'homme n'est pas, comme la femme, esclave de l'âge; jusque dans la vieillesse, il conserve son charme ou en gagne un d'un genre particulier. Le fait de changer tous les jours d'amant me permettait de distinguer à première vue des qualités et des défauts avec cette précision, cette pénétration dans l'observation que, seule, l'expérience permet d'acquérir. Et puis le corps humain était pour moi la source inépuisable d'un plaisir mystérieux et jamais assouvi; et, plus d'une fois, je me surpris à caresser des yeux ou à toucher du bout des doigts les membres de mes compagnons d'une nuit comme si j'eusse voulu, au delà du rapport superficiel qui nous unissait, pénétrer le sens de leur prestance et m'expliquer à moi-même pourquoi je me sentais à ce point attirée par eux. Mais je tâchais de dissimuler cette attirance le plus qu'il m'était possible, parce que ces hommes, dans leur vanité toujours en éveil, auraient pu la prendre pour de l'amour et s'imaginer que j'étais éprise d'eux, alors qu'en réalité l'amour – tout au moins tel qu'ils l'entendaient – n'avait rien à faire avec mon sentiment, lequel ressemblait plutôt au respect et à la trépidation que j'avais éprouvée, jadis, quand je fréquentais l'église en accomplissant certains actes religieux.

L'argent que je gagnais de la sorte n'était pourtant pas aussi abondant qu'on pourrait le croire. Tout d'abord, je n'arrivais jamais à être avide et vénale comme Gisèle. Certes, j'entendais me faire payer, parce que, si « j'allais » avec des hommes, ce n'était pas pour m'amuser; mais ma nature me poussait à me donner plutôt par une espèce d'exubérance physique que par esprit de lucre; et je ne pensais à l'argent qu'au moment de me faire payer, c'est-à-dire trop tard. La conviction me restait toujours que la marchandise que je fournissais aux hommes ne me coûtait rien et ne se payait habituellement pas; j'avais l'impression de recevoir cet argent plutôt comme un cadeau que comme un salaire. Il me semblait que l'amour, ou ne devait pas se payer, ou bien n'était jamais assez payé; prise entre cette modestie et cette présomption, je me sentais incapable de fixer un prix qui ne me semblât pas arbitraire. Aussi, quand on me donnait beaucoup, remerciais-je avec une gratitude excessive; et, quand on me donnait peu, n'arrivais-je pas à me sentir volée et ne protestais-je pas. Ce n'est que plus tard, dressée par quelques expériences amères, que je me décidai à imiter Gisèle, qui faisait ses conditions avant d'accepter. Mais, au début, j'en rougissais, je marmonnais le chiffre entre mes dents; beaucoup ne me comprenaient pas : je devais le répéter.

Il y avait un autre motif pour rendre insuffisant l'argent que je gagnais. Regardant aux frais beaucoup moins qu'avant et m'étant permis l'emplette de plusieurs robes, de parfums, d'articles de toilette et d'autres objets semblables nécessaires à ma profession, les sommes que je recevais de mes amants ne pouvaient pas plus me suffire que celles que je gagnais jadis en étant modèle et en aidant maman dans son travail. Tout comme avant, et même plus qu'avant, il y avait des jours où on n'eût pas trouvé un sou à la maison. Comme avant, pis qu'avant, en dépit du sacrifice de mon honneur, je me sentais pauvre, je songeais avec angoisse à l'insécurité du lendemain. Je suis de nature plutôt étourdie, et aussi flegmatique; et cette inquiétude ne prenait jamais chez moi le caractère d'une obsession comme chez tant d'autres personnes moins équilibrées et moins insouciantes. Mais elle restait dans ma conscience obscure comme un ver dans les fibres d'un vieux meuble; elle m'avertissait continuellement que j'étais dépourvue de tout, que je ne pouvais ni oublier cette condition précaire et me reposer, ni l'améliorer définitivement avec la profession que j'avais choisie.

Celle qui n'éprouvait plus ou, tout au moins, ne semblait plus éprouver aucune inquiétude, c'était maman. Je l'avais tout de suite prévenue qu'il n'était plus nécessaire qu'elle gâchât sa vue en cousant toute la journée.

Comme si elle n'eût fait, toute sa vie, qu'attendre cet avertissement, elle avait immédiatement lâché la majeure partie de son travail et se bornait à l'exécution nonchalante de quelques commandes, plutôt par passe-temps que par désir de gain. C'était comme si l'effort de tant d'années, commencé du temps qu'elle était fillette et servait une famille en qualité de petite bonne, se fût brusquement effondré sans résidus et sans remède, à la façon des vieilles maisons qui, lorsqu'elles s'écroulent, s'évanouissent, rentrent en elles-mêmes, si bien qu'il n'en reste pas un seul mur debout; rien ne subsiste qu'un tas de poussière. Pour une personne comme maman, l'argent, cela voulait dire avant tout manger à satiété et se reposer à satiété. Elle mangeait plus qu'avant et s'accordait les petits luxes qui, dans son idée, distinguaient les gens riches des gens pauvres : se lever tard, dormir après déjeuner, aller se promener de temps en temps. Je dois dire que l'effet produit sur elle par ce changement d'habitudes fut peut-être le côté le plus déplaisant de ma nouvelle vie. Sans doute, ceux qui sont accoutumés à se fatiguer ne devraient-ils jamais s'interrompre : les loisirs, le bien-être, même lorsqu'ils ont une origine bonne et licite — ce n'était d'ailleurs pas le cas —, les corrompent. Aussitôt que notre situation s'améliora, maman engraissa ou, plus exactement, étant donné la rapidité avec laquelle s'évanouit sa maigreur haletante et anxieuse, elle gonfla de façon malsaine, d'une manière qui me parut significative, bien que la signification m'en fût obscure. Ses hanches pointues s'arrondirent, ses épaules creuses se remplirent, ses joues, qu'elle avait toujours eues tirées et comme à bout de souffle, enflèrent et devinrent florissantes. Mais le détail le plus triste de cet engraissement de maman, ce furent ses yeux. Jadis grands et dilatés, avec une expression éveillée et inquiète, ils rapetissèrent et prirent je ne sais quel luisant équivoque, ambigu. Elle avait engraissé, mais sans embellir ni rajeunir. Il me semblait que c'était elle qui portait sur son visage et dans son corps la marque visible de notre changement de vie; je ne pouvais jamais la regarder sans éprouver un sentiment pénible, mêlé de remords, de compassion et de répugnance. Elle augmentait mon malaise en se laissant aller à des attitudes de satisfaction gourmande et béate. En réalité, elle jubilait de ne plus trimer; et ces attitudes-là, c'étaient les attitudes d'une femme, qui pendant toute sa vie, n'a jamais suffisamment mangé ni suffisamment reposé.

Naturellement, je ne laissais pas paraître mes sentiments, pour ne pas la blesser; sans compter que je me rendais compte qu'il y avait certaines choses que j'aurais d'abord dû me dire à moi-même, avant de les lui dire à elle. Mais, de temps en temps, il m'échappait des gestes de contrariété; j'avais l'impression de moins l'aimer maintenant qu'elle était grosse et grasse et marchait en remuant les hanches que lorsqu'elle hurlait, courait et se plaignait toute la journée, échevelée et hâve. Il arrivait souvent que je me demandasse à moi-même : « Si j'avais acquis l'aisance au moyen d'un bon mariage, maman eût-elle engraissé de la même façon? » Aujourd'hui, je pense que oui; ce je ne sais quoi d'ignoble que je croyais remarquer dans sa graisse, je l'attribue maintenant au regard que je lui lançais, tout chargé, malgré moi, de clairvoyance et de remords.

Je ne dissimulai pas longtemps à Gino ma nouvelle condition. J'eus même l'occasion de la lui révéler très vite, la première fois que je le revis, une dizaine de jours après que nous avions fait l'amour à la villa. Un matin, maman vint me réveiller et, d'une voix étouffée et complice, elle me dit :

– Tu sais qui est derrière la porte et qui voudrait te parler? Gino!

– Fais-le entrer, répondis-je simplement.

Un peu déçue de cette brièveté, elle ouvrit la fenêtre et sortit. Au bout d'un moment, Gino entra, et je m'aperçus tout de suite qu'il était troublé et furieux. Il ne me dit pas bonjour, mais tourna autour du lit et me regarda, étendue et tout ensommeillée comme j'étais. Puis il me demanda :

– Ecoute un peu... l'autre jour, n'aurais-tu pas pris par erreur un objet sur la toilette de Madame?

« Nous y voilà », pensai-je. Je me rendis compte que je n'éprouvais aucun sentiment de culpabilité tandis qu'une nouvelle fois l'épouvante servile de Gino me fit peine.

– Pourquoi ? lui dis-je.

– Il a disparu un poudrier de grande valeur... en or... avec un rubis... Madame a fait un foin de tous les diables et comme, en quelque sorte, c'était à moi que la villa était confiée, on ne me le dit pas, mais je comprends bien qu'on me soupçonne... Heureusement qu'elle ne s'en est aperçue qu'hier, c'est-à-dire une semaine après son retour : comme ça il est possible que ce soit une des femmes de chambre qui l'ait volé... autrement, on m'aurait déjà mis à la porte, dénoncé, arrêté, que sais-je ?

J'eus peur de faire punir quelque innocent et demandai :

– Mais les femmes de chambre, on ne leur a rien fait ?

– Non, répondit-il, très nerveux, mais on a demandé un commissaire qui nous a interrogés; voilà deux jours que nous ne vivons plus.

J'hésitai un instant, puis déclarai :

– Le poudrier, c'est moi qui l'ai pris.

Il écarquilla les yeux, avec une vilaine grimace de tout le visage :

– C'est toi qui l'as pris... et c'est comme ça que tu me le dis ?

– Comment devrais-je te le dire ?

– Mais ça s'appelle voler !

– Oui.

Il me regarda et se mit brusquement en colère; peut-être avait-il peur des conséquences de mon acte, ou bien pressentait-il d'une manière obscure que, la responsabilité première de ce vol, je la lui attribuais à lui.

– Dis-moi un peu, cria-t-il, qu'est-ce qui te prend ? Ah ! c'est pour ça que tu as voulu aller dans la chambre de Madame... je comprends maintenant ! Mais moi, ma petite, je ne veux pas être mêlé à ça. Si tu veux voler, fais-le où bon te semble, mais pas dans la maison où je travaille... Une voleuse! j'aurais été frais si je t'avais épousée... j'aurais épousé une voleuse!

Je le laissai donner libre cours à sa rage en l'observant attentivement. Je me sentais étonnée d'avoir pensé si longtemps qu'il était parfait. Ah! oui, parfait! Quand il me parut avoir épuisé tous ses reproches, je finis par lui dire :

– Pourquoi te mets-tu dans cette colère-là, Gino? On ne t'accuse pas de l'avoir volé, toi... On va en parler encore pendant quelque temps, et puis ce sera de la vieille histoire. Dieu sait tous les poudriers qu'a ta patronne!

– Mais, toi, pourquoi l'as-tu volé? demanda-t-il.

Il était clair qu'il voulait m'entendre dire ce qu'il devinait obscurément.

– Comme ça! lui répondis-je.

– Comme ça n'est pas une réponse.

– Alors, si tu veux réellement le savoir, dis-je tranquillement, je l'ai volé non pas parce qu'il me faisait envie, ni parce que j'en avais besoin, mais parce que, désormais, je peux très bien voler.

– Qu'est-ce que ça signifie? dit-il.

Mais je ne le laissai pas continuer.

– Le soir, lui expliquai-je, je vais dans la rue, je cherche un homme, je l'amène ici et il me paie. Si je fais ça, je peux tout aussi bien voler, n'est-ce pas?

Il comprit, et sa réaction fut caractéristique.

– Tu fais aussi ça?... Mais c'est parfait!... J'aurais été frais si je t'avais épousée!

– Je ne le faisais pas, lui dis-je. Je l'ai fait à partir du moment où j'ai appris que tu avais femme et enfant.

Il avait attendu tout le temps cette phrase-là.

– Non, ma petite, me répondit-il. Ne rejette pas maintenant la responsabilité sur mon dos. Ne devient putain et voleuse que celle qui le veut bien.

– Alors, c'est que je l'étais sans le savoir, lui dis-je. Et toi, tu n'as fait que me fournir l'occasion de le devenir.

Mon calme lui fit comprendre qu'il était inutile de discuter. Il changea donc de tactique.

– Bon... ce que tu es et ce que tu fais ne me regarde

pas... mais, ce poudrier, il faut que tu me le rendes... autrement, tôt ou tard, je perdrai ma place... il faut que tu me le rendes, et alors je ferai semblant de l'avoir retrouvé... Dans le jardin, par exemple.

– Pourquoi ne me le disais-tu pas tout de suite ? lui répondis-je. Si c'est pour ne pas perdre ta place... tu peux le prendre... il est là, dans le premier tiroir de l'armoire.

Tout de suite, d'un air soulagé, il se précipita sur l'armoire, ouvrit le tiroir, prit le poudrier et le mit dans sa poche. Puis il me regarda d'un œil déjà changé où pointait dorénavant comme une disposition à la mortification et à la conciliation. Mais je n'eus pas le courage d'affronter la scène embarrassante que ce regard m'annonçait.

– As-tu la voiture ? lui demandai-je.

– Oui.

– Eh bien ! il est tard, il est inutile que tu t'attardes; nous reparlerons de tout la prochaine fois que nous nous verrons.

– Tu m'en veux ?

– Non, je ne t'en veux pas.

– Si, tu m'en veux.

– Je te dis que non.

Il soupira, se pencha sur mon lit, et je me laissai embrasser.

– Mais tu me téléphoneras ? insista-t-il de la porte.

– Sois tranquille.

C'est de cette façon que Gino apprit mon nouveau genre de vie. Mais le jour où nous nous revîmes, nous ne parlâmes absolument pas, ni du poudrier ni de mon métier, comme si c'eût été là désormais choses paisibles et dénuées d'intérêt, dont l'unique importance avait été leur nouveauté. Il se comporta, en somme, à peu près comme maman; sauf qu'il ne sembla pas avoir éprouvé un seul instant l'épouvante manifestée par elle le premier soir où j'avais amené Jacinthy à la maison, et qu'il me paraissait parfois sentir percer encore sous sa satisfaction, voire sous son embonpoint malsain. L'essentiel du caractère de Gino, c'était au contraire une sorte de finasserie niaise et à courte vue. J'imagine que, lorsqu'il apprit les changements apportés dans ma vie par sa trahison, il haussa les épaules en se disant : « Bah ! j'ai fait d'une pierre deux coups ! Comme ça, elle n'a plus rien à me reprocher, et je reste tout de même son amant. » Il y a des hommes qui considèrent que c'est une chance de conserver ce qu'ils possèdent, depuis leur argent ou leur femme, jusqu'à leur vie – fût-ce au prix de leur dignité. Gino était de ceux-là.

Je continuai de le voir parce que, je l'ai dit, il me plaisait encore malgré tout, et parce que je n'avais personne qui me plût davantage que lui. Et aussi parce que, bien que pensant que, désormais, tout était fini entre nous, je ne voulais pas que cette fin fût brusque et désagréable. Je n'ai jamais aimé les coupures nettes, les interruptions brusques. J'estime que les choses de la vie doivent mourir d'elles-mêmes, comme elles sont nées, par indifférence ou par habitude, l'habitude étant une variété d'ennui fidèle; et j'aime les sentir mourir ainsi, naturellement, sans que ce soit ma faute, ni la faute d'autrui, et les voir petit à petit céder la place à d'autres. Après tout, ces changements clairs et précis n'existent pas dans la vie; quand on veut changer précipitamment, on court le risque de voir repousser, vivaces et tenaces, au moment où on s'y attend le moins, les vieilles habitudes qu'on avait l'illusion d'avoir extirpées d'un seul coup et d'une manière définitive. Je voulais que les caresses mêmes de Gino finissent par me laisser aussi indifférente que ses paroles; je craignais, si je ne laissais pas le temps agir, de le voir ressusciter à chaque instant dans ma vie et m'obliger, malgré moi, à renouer nos anciennes relations.

Une autre personne qui fit, à ce moment-là, sa rentrée dans ma vie fut Astarite. Avec lui, tout fut encore plus simple qu'avec Gino. Gisèle le voyait en cachette, et je suppose qu'il faisait l'amour avec elle uniquement pour avoir l'occasion de s'entretenir de moi. Quoi qu'il en fût, Gisèle épiait le moment favorable pour me parler de lui; quand il lui parut qu'il s'était écoulé assez de temps et que je m'étais suffisamment adoucie, elle me prit à part pour me dire, avec beaucoup de précautions, qu'elle avait rencontré Astarite et qu'Astarite lui avait demandé de mes nouvelles.

– Il ne m'a rien dit de précis, ajouta-t-elle, mais j'ai bien senti qu'il est encore amoureux de toi... A vrai dire, il m'a fait peine... il semble réellement malheureux... Il ne m'a rien dit, je te le répète, mais je n'en ai pas moins compris qu'il aurait grande envie de te revoir... Maintenant, après tout...

Je l'interrompis pour lui dire :

– Ecoute, il est inutile de continuer à parler de cette façon.

– De quelle façon ?

– Avec tant de précautions ! Dis plutôt franchement que c'est lui qui t'envoie, qu'il veut me revoir, et que tu t'es engagée à lui porter ma réponse.

– Mettons que ce soit vrai, admit-elle, déconcertée. Alors ?

– Alors ? répondis-je tranquillement, tu peux lui dire que je n'ai rien qui m'empêche de le voir... mais comme je vois les autres, bien entendu, comme ça, de temps en temps, sans aucun engagement.

Elle fut absolument stupéfaite de mon calme; elle était convaincue que je haïssais Astarite et ne consentirais jamais à le revoir. Elle ne comprenait pas que la haine et l'amour n'existaient plus pour moi. Comme d'habitude, elle pensa que je cachais quelque intention secrète.

– Tu as raison, dit-elle au bout d'un instant, d'un air roublard et réfléchi; je ferais de même à ta place... Il y a des cas où il faut savoir passer sur les antipathies. Astarite t'aime réellement. Il serait capable de faire annuler son mariage pour t'épouser... Tu n'es pas bête, toi ! Et moi qui te croyais naïve !

Gisèle ne m'avait jamais comprise; je savais par expérience que c'eût été peine perdue que d'essayer de lui ouvrir les yeux; c'est pourquoi j'affectai un air désinvolte et lui répondis : « C'est comme ça ! », la laissant dans un état d'âme où l'envie se mêlait à la plus injurieuse admiration.

Elle communiqua ma réponse à Astarite, et je revis celui-ci dans la même pâtisserie où j'avais rencontré pour la première fois Jacinthy. Gisèle avait raison; il continuait de m'aimer frénétiquement : aussitôt qu'il me vit, il devint pâle comme un mort, perdit toute son assurance et n'ouvrit pas la bouche. Ça devait être plus fort que lui. Je pense que certaines femmes du peuple toutes simples, comme maman, ont raison quand, en racontant des histoires d'amour, elles déclarent que certains hommes ont été ensorcelés par leur maîtresse. Sans le vouloir, et sans m'en rendre compte, j'avais jeté sur lui une manière de sortilège; bien qu'il en eût conscience et tâchât de s'en délivrer à toute force, il n'y parvenait pas. J'en avais fait une fois pour toutes un inférieur, un subordonné, un sujet; une fois pour toutes, je l'avais désarmé, paralysé et réduit à merci. Il m'expliqua plus tard que, parfois, quand il était seul, il s'entraînait au rôle de personnage froid et dédaigneux qu'il eût voulu jouer avec moi, allant jusqu'à apprendre des mots par cœur; mais qu'aussitôt qu'il me voyait, son sang fuyait son visage, une sorte d'angoisse oppressait sa poitrine, son esprit se vidait, sa langue se refusait à parler. Il avait l'impression de ne pas pouvoir supporter mon regard, il perdait la tête, il éprouvait un désir irrésistible de se jeter à genoux devant moi et de me baiser les pieds.

Réellement, il n'était pas comme les autres hommes; je veux dire qu'il donnait l'impression d'un obsédé. Le soir de notre rencontre, après que nous eûmes dîné ensemble au restaurant dans un silence tendu, crispé, à peine fûmes-nous chez moi qu'il me conjura de lui raconter en détails, sans rien omettre, toute ma vie, depuis le jour de la promenade de Viterbe jusqu'à ma rupture avec Gino.

– Mais pourquoi cela t'intéresse-t-il tant ? lui demandai-je, très étonnée.

– Comme ça ! me répondit-il. Pour rien. Mais toi aussi, qu'est-ce que ça te fait ? Ne t'occupe pas de moi, raconte !

– En ce qui me concerne !... lui dis-je en haussant les épaules. Si vraiment ça te fait plaisir !

Et minutieusement, comme il m'avait recommandé de le faire, je lui racontai tout ce qui s'était passé depuis la promenade : comment j'avais eu une explication avec Gino, comment j'avais suivi les conseils de Gisèle, comment j'avais rencontré Jacinthy. Je passai uniquement sous silence l'histoire du poudrier, je ne sais pas très bien pourquoi moi-même, peut-être pour ne pas le mettre dans l'embarras, étant donné sa profession de policier. Il me posa beaucoup de questions, particulièrement sur ma rencontre avec Jacinthy. Il ne semblait jamais posséder assez de détails; on eût dit qu'il ne voulait pas tellement savoir les choses que les voir, réellement, les voir et les toucher, y participer, en somme. Je ne saurais dire combien de fois il m'interrompit pour me demander :

– Et toi, qu'est-ce que tu as fait ?

Ou encore :

– Mais lui, qu'est-ce qu'il a fait ?

Quand j'eus fini, il m'embrassa en bégayant :

– Tout ça, c'est ma faute !

– Mais non, répondis-je, un peu contrariée, ce n'est la faute de personne.

– Si ! c'est ma faute ! C'est moi qui t'ai détruite ! Si je ne m'étais pas comporté comme je l'ai fait à Viterbe, tout se serait passé différemment !

– Pour ça, tu te trompes ! lui dis-je vivement. Si quelqu'un est fautif, c'est Gino : tu n'as rien à voir là-dedans ! A Viterbe, mon cher, tu as voulu m'avoir de force. Les choses qu'on obtient par force ne comptent pas ! Si Gino ne m'avait pas trompée de la sorte, je l'aurais épousé; ensuite je lui aurais raconté le fait et tout aurait été comme si je ne t'avais jamais connu !

– Non, c'est ma faute ! En apparence, peut-être, ç'a été la faute de Gino... mais, au fond, c'est ma faute, à moi !

Il semblait tenir énormément à cette idée de sa culpabilité; mais je crus comprendre que, loin d'en éprouver du remords, il avait plaisir à penser qu'il m'avait corrompue et dévoyée. Il avait plaisir... c'est trop dire ! Cela l'excitait. Et peut-être était-ce là le motif principal de sa passion pour moi. Je compris cela par la suite, lorsque je m'aperçus que souvent, pendant nos rencontres, il insistait pour que je lui racontasse en détail ce qui avait lieu entre mes amants de passage et moi. Au cours de ces récits, il prenait un visage altéré, tendu, attentif, qui me gênait et me faisait rougir. Immédiatement après, il se jetait sur moi et, tout en me prenant, me répétait avec une passion intense des paroles injurieuses, brutales, obscènes, que je ne veux pas répéter et qui sembleraient offensantes à la femme la plus dépravée. Comment cette bizarre attitude pouvait s'accorder avec son adoration pour moi, je ne l'ai jamais compris; de mon point de vue, il est impossible d'aimer une femme sans la respecter; mais, chez lui, l'amour et la cruauté semblaient se mêler, l'un prêtant à l'autre sa couleur et sa force. Quelquefois j'ai pensé que cette singulière volupté qu'il éprouvait à me croire dégradée par sa faute lui était suggérée par son métier de policier politique, lequel consistait précisément, comme je le compris, à chercher le point faible des accusés, à les corrompre et à les avilir de manière à les rendre à jamais inoffensifs. Il lui arriva de me dire lui-même, je ne sais plus à quel propos, que chaque fois qu'il parvenait à faire avouer ou à dompter d'une façon ou d'une autre un accusé il en ressentait une satisfaction particulière, presque physique, analogue à celle de la possession amoureuse. « L'accusé est comme une femme, m'expliqua-t-il. Tant qu'il résiste, il a la tête haute. Mais, quand il a cédé une seule fois, ce n'est plus qu'une loque et on peut le rattraper quand et comme on veut. » Pourtant, il me paraît plus probable que son caractère cruel et voluptueux était en lui chose innée et que, s'il avait choisi cette profession, c'est parce qu'il avait ce caractère, et non point le contraire.

Astarite n'était pas heureux; bien plus, son infélicité m'a toujours paru la plus complète et la plus irrémédiable que j'aie jamais vue, parce qu'elle ne provenait pas de quelque motif extérieur, mais d'une incapacité, d'une infirmité que je ne réussissais pas à saisir. Quand il ne me faisait pas raconter mes expériences professionnelles, il avait coutume de s'agenouiller devant moi, de poser la tête sur mes genoux et de rester immobile dans cette posture, parfois une heure. Je ne devais rien faire d'autre que de lui passer de temps en temps la main sur la tête, légèrement, comme les mères font à leurs enfants. De temps en temps, il gémissait, peut-être même pleurait-il. Je n'ai jamais aimé Astarite mais, dans ces moments-là, il m'inspirait la plus grande compassion, parce que je comprenais qu'il souffrait et qu'il n'existait aucun moyen d'alléger ses souffrances.

C'est avec la plus grande amertume qu'il parlait de sa famille : de sa femme qu'il haïssait, de ses petites filles qu'il n'aimait pas, de ses parents qui lui avaient fait une enfance difficile puis, lorsqu'il était encore sans expérience, l'avaient contraint à un mariage désastreux. Pour son métier, il n'y faisait presque pas allusion. Il lui arriva bien une fois de me dire, avec une grimace particulière :

– Dans les maisons, il y a bien des objets qui ne sont pas propres, mais qui sont utiles... Moi, je suis un de ces objets... Je suis la poubelle.

Mais, d'une manière générale, j'eus l'impression qu'il considérait sa profession comme parfaitement honorable. Il avait un grand sentiment du devoir, et je crus comprendre, lors de la visite que je lui fis à son ministère, et par certains de ses propos, qu'il était un fonctionnaire modèle : zèlé, secret, perspicace, incorruptible, rigide. Bien qu'il appartînt à la police politique, il faisait profession de ne rien comprendre à la politique.

– Je suis la roue d'un engrenage, qui tourne avec les autres roues du rouage, me dit-il un autre jour. Ce n'est pas moi qui commande : j'exécute !

Astarite eût voulu me voir tous les soirs, mais, outre le fait que je ne voulais, comme je l'ai dit, me lier à aucun homme, il m'ennuyait et me mettait mal à l'aise avec sa gravité convulsive et ses bizarreries, si bien que, malgré la compassion qu'il m'inspirait, je ne pouvais retenir un soupir de soulagement quand il me quittait. J'essayais donc de ne le voir que rarement, pas plus d'une fois par semaine. Cette réduction de nos rapports au minimum contribua certainement à maintenir la vie et l'ardeur de sa passion pour moi; peut-être bien, si j'avais accepté de vivre avec lui comme il ne cessait de me le proposer, se fût-il lentement habitué à ma présence et eût-il fini par me voir telle que j'étais en réalité : une pauvre fille comme il y en a tant. Il me donna le numéro du téléphone qu'il avait sur sa table, au ministère. C'était un numéro secret : les seuls à le connaître étaient le préfet de police, le chef du gouvernement, le ministre et un petit nombre d'autres personnages importants. Quand je téléphonais, il répondait immédiatement mais, dès qu'il comprenait que c'était moi, sa voix, un moment avant limpide et tranquille, se troublait et il commençait à balbutier. Il était véritablement soumis, subjugué comme un esclave. Je me souviens qu'une fois, un peu distraitement, je lui caressai le visage, sans qu'il me l'eût demandé. Il me saisit tout de suite la main pour la baiser avec ferveur. Il lui arriva, par la suite, de me demander de lui refaire spontanément cette caresse, mais les caresses ne se font pas sur commande.

Souvent, je l'ai dit, je n'avais pas envie d'aller chercher des hommes dans la rue et ne quittais pas la maison. Je n'avais pas envie non plus de rester avec maman parce que, bien qu'il y eût entre nous comme une entente tacite pour passer mon métier sous silence, la conversation finissait toujours par tourner autour, gênée et remplie d'allusions; j'eusse presque préféré en parler sans voiles! Je m'enfermais donc dans ma chambre, en recommandant à maman de ne pas me déranger, et m'étendais sur mon lit. Ma chambre donnait sur la cour, à travers une fenêtre close; aucun bruit n'arrivait de l'extérieur. Je somnolais pendant quelque temps, puis me levais et tournais dans la pièce, m'absorbant dans quelque petite tâche comme de mettre des objets en ordre ou d'épousseter les meubles. Ces occupations me servaient de stimulant pour déclencher le mécanisme de ma pensée et pour créer autour de moi une atmosphère d'intimité concentrée et bien retranchée. Je réfléchissais avec une profondeur croissante, puis finissait par ne plus réfléchir du tout; après un tel éparpillement, tant d'angoissantes habitudes, il me suffisait de me sentir vivre.

Pendant ces heures de solitude, un moment venait toujours où j'étais prise d'un immense égarement; il me semblait tout à coup voir avec une clairvoyance glaciale toute ma vie et moi-même, de tous les côtés et tout à la fois. Les choses que je faisais se dédoublaient, dépouillaient leur signification comme une pulpe, se ramenaient à de simples apparences absurdes et incompréhensibles. Je me disais : « J'amène souvent ici un homme qui m'a attendue dans la nuit sans me connaître... Nous luttons enlacés sur ce lit comme deux ennemis... puis il me donne une feuille de papier imprimée et coloriée... Le lendemain, j'échange ce papier contre des aliments, des vêtements et d'autres choses semblables. » Mais ces énoncés n'étaient qu'un premier pas dans la voie d'un égarement plus profond. Ils servaient à me débarrasser l'esprit du jugement qui ne cessait d'y couver relativement à mon métier; ils me montraient ce métier même comme un ensemble de gestes privés de sens, tout à fait équivalents à d'autres gestes de métiers différents. Aussitôt après, un bruit lointain arrivant de la ville ou le craquement d'un meuble de ma chambre me donnaient de ma présence un sentiment absurde et quasi délirant. Je me disais : « Je suis ici et je pourrais être autre part... Je pourrais être il y a mille ans ou dans mille ans... Je pourrais être une négresse ou une vieille femme, ou bien blonde, ou bien petite... » Je pensais que j'étais sortie d'une obscurité également illimitée, et que mon bref passage ne serait marqué que par des gestes absurdes et fortuits. Alors je comprenais que mon angoisse n'était pas due aux choses que je faisais mais, plus profondément, au seul fait de vivre, qui n'était ni bon ni mauvais, mais simplement douloureux et déraisonnable.

Pendant quelques instants, cet égarement me donnait la chair de poule; je frissonnais de tout mon corps et sentais tous mes cheveux se dresser avec des fourmillements à la racine. J'avais tout à coup l'impression que les murs de ma maison, la ville et jusqu'au monde s'évanouissaient, que je me trouvais suspendue dans un espace vide, noir et sans limites et, par surcroît, suspendue avec mes frusques, mes souvenirs, mon nom, ma profession. Une fille du nom d'Adrienne suspendue dans le néant. Il me semblait que ce néant était une chose solennelle, terrible et incompréhensible, et que l'aspect le plus triste de toute la question, c'était précisément de me présenter à ce néant avec les façons et les apparences que j'avais le soir pour me présenter dans la pâtisserie où m'attendait Gisèle. Je n'étais pas consolée par l'idée que les autres remuaient et agissaient d'une manière tout aussi frivole et inadéquate sous ce néant, dans ce néant, entourés de ce néant. Je m'étonnais seulement qu'ils n'en eussent pas conscience, et comme il arrive quand plusieurs personnes découvrent, ensemble, le même fait, ne se communiquassent point leurs observations et n'en parlassent pas plus fréquemment.

Il m'arrivait, dans ces moments-là, de me jeter à genoux et de prier, plutôt, peut-être, en raison d'une habitude de mon enfance que par une volonté claire et consciente. Mais je ne priais pas en employant les expressions des prières habituelles; elles me paraissaient trop longues pour la soudaineté de mon état d'âme. Je me jetais à genoux avec une telle violence qu'ensuite, parfois, les jambes me faisaient mal pendant plusieurs jours, et je priais comme ça, brièvement, tout fort, d'une voix désespérée : « Christ! disais-je, ayez pitié de moi! » Ce n'était pas une vraie prière, mais une sorte de formule magique par laquelle j'espérais dissiper mon épouvante de retrouver la réalité habituelle. Après avoir crié de telle façon, impétueusement, de toute la force de mon corps, je restais longtemps absorbée, la figure entre les mains. A la fin je m'apercevais que je ne pensais plus à rien, que je m'ennuyais, que je restais l'Adrienne de toujours, que je me trouvais dans ma chambre. Je touchais mon corps en m'étonnant de le retrouver intact et présent, je me relevais et j'allais me coucher. Je me sentais très lasse et tout endolorie, comme si j'avais roulé le long d'un talus pierreux. Et je m'endormais tout de suite.

Ces états d'âmes, toutefois, n'exerçaient aucune influence sur ma vie habituelle. Je continuais d'être l'Adrienne de toujours, avec son caractère de toujours, qui amenait des hommes chez elle pour de l'argent, qui fréquentait Gisèle, et qui parlait de choses sans importance avec sa mère et avec tous les autres. Parfois, il me semblait étrange d'être si différente dans la solitude et en société, dans mes rapports avec moi-même et dans ceux que j'avais avec les autres. Mais je n'imaginais pas être la seule à éprouver des sentiments aussi violents, aussi désespérés. Je pensais que cela devait arriver à chacun de nous, au moins une fois par jour, de sentir sa vie se réduire à un seul point d'angoisse, ineffable et absurde. Et chez les autres aussi, cette conscience ne produisait pas d'effet visible. Tout de suite après, sortant de chez eux, ils partaient faire leur petit tour en jouant avec sincérité un rôle insincère. Cette idée me confirmait dans ma conviction que tous les hommes, sans exception, sont dignes de compassion, ne fût-ce que parce qu'ils vivent.

DEUXIÈME PARTIE

1

Avec Gisèle, désormais, plus encore qu'amies, nous étions associées. Nous ne tombions pas d'accord, c'est vrai, sur les endroits à fréquenter, Gisèle préférant les restaurants et les locaux de luxe, et moi les cafés de troisième ordre ou simplement la rue. Mais, en raison même de cette différence de goûts, nous avions conclu une sorte de pacte : chacune de nous, tour à tour, accompagnait l'autre dans ses lieux préférés. Un soir, après un infructueux dîner au restaurant, nous rentrions ensemble, quand je m'aperçus qu'une automobile nous suivait. J'en avertis Gisèle et me risquai à lui dire que nous pourrions peut-être nous laisser aborder. Elle était de très mauvaise humeur ce soir-là, parce qu'il lui avait fallu payer son dîner sans aucun profit et qu'elle avait de grosses difficultés d'argent.

– Vas-y si tu veux! me répondit-elle d'un ton désagréable. Moi, je vais me coucher!

Cependant, la voiture s'était rapprochée du trottoir et nous suivait pas à pas. Gisèle était du côté des maisons; moi, du côté de la chaussée. Je regardai l'automobile sans en avoir l'air et vis qu'il s'y trouvait deux hommes. Je demandai à Gisèle à mi-voix :

– Que faut-il faire? Si tu ne viens pas, moi je ne bouge pas!

Elle lança également un coup d'œil de côté sur la voiture qui continuait à nous suivre lentement, puis sembla se résigner tout à coup et me répondit :

– C'est bon! mais n'aie l'air de rien et ne brusquons pas... Ici, sur le cours, je n'aime guère...

Nous fîmes encore une cinquantaine de mètres, toujours suivies par l'automobile, puis Gisèle tourna et nous enfilâmes une étroite et sombre rue transversale avec un trottoir minuscule bordant un vieux mur tapissé d'affiches. Nous entendîmes la voiture tourner aussi dans la rue transversale, après quoi les phares projetèrent sur nous un faisceau de lumière blanche. Nous eûmes l'impression que cette lumière nous déshabillait et nous clouait toutes nues sur ce mur humide, avec ces affiches déteintes et en loques... Nous nous arrêtâmes. Gisèle, irritée, me dit à mi-voix :

– En voilà des façons ! Comme s'ils ne nous avaient pas suffisamment regardées sur le cours. J'ai presque envie de rentrer chez moi !

– Non, non ! dis-je bien vite, d'une voix suppliante.

Je ne sais pourquoi, j'avais une envie extraordinaire de connaître les deux hommes de l'auto.

– Qu'est-ce que ça peut te faire ? continuai-je. Ils font tous comme ça !

Elle leva les épaules et, au même instant, les phares virèrent et s'éteignirent; puis l'auto vint s'arrêter près du trottoir, devant nous. Le conducteur passa par la portière une tête blonde et rose et nous dit d'une voix sonore :

– Bonsoir !

– Bonsoir ! répondit Gisèle, d'un air digne.

– Où allez-vous ainsi, seulettes ? continua le conducteur. Pouvons-nous vous tenir compagnie ?

Malgré l'intonation ironique, comme celle de quelqu'un qui se croirait très spirituel, c'étaient là deux phrases rituelles que j'ai bien dû entendre des centaines de fois. Toujours digne, Gisèle répondit :

– Ça dépend !

Elle aussi disait constamment la même chose.

– Allons donc ! insista l'homme de l'automobile. Ça dépend de quoi ?

– Combien voulez-vous nous donner ? demanda Gisèle en s'approchant et en posant la main sur la portière.

– Combien voulez-vous ?

Gisèle dit un chiffre.

– Vous êtes chères, chantonna le jeune homme. Vous êtes vraiment chères !

Mais il semblait disposé à accepter. L'autre homme, dont je ne voyais pas le visage, se pencha vers lui et lui dit quelque chose à l'oreille. Le blond haussa les épaules et, s'adressant à nous, ajouta :

– C'est bon... alors, montez!

Son compagnon ouvrit la voiture, descendit, s'assit à l'arrière puis, de l'arrière, ouvrit l'autre portière et m'invita d'un geste à monter. Gisèle prit place à côté du blond, qui se tourna vers elle et lui demanda :

– Où allons-nous?

– Allons chez Adrienne, dit Gisèle.

Et elle donna mon adresse.

– Très bien! approuva le blond. Allons chez Adrienne!

D'habitude, quand je me trouvais avec des hommes que je ne connaissais pas encore, soit en voiture, soit ailleurs, je restais immobile et silencieuse en attendant leurs paroles ou leurs gestes. Je savais par expérience qu'ils sont impatients de prendre l'initiative et n'ont aucunement besoin d'encouragements. Donc, cette nuit encore, je restai muette et immobile, tandis que la voiture parcourait rapidement les rues de la ville. De mon voisin, que la disposition des places dans l'automobile désignait comme mon amant de la nuit, je ne voyais que les deux longues mains blanches posées sur les genoux. Lui non plus ne parlait pas, ne bougeait pas et gardait la tête en arrière, dans l'ombre. Je pensai qu'il était timide et me sentis tout à coup de la sympathie pour lui; moi aussi, j'avais été timide, et toute timidité me donnait de l'émotion parce qu'elle me rappelait ce que j'avais été avant de connaître Gino. Gisèle, au contraire, parlait. Dans toute la mesure du possible, elle aimait deviser avec ses clients d'un air détaché et bien élevé, comme une dame en compagnie d'hommes qui la respectent. A un certain moment, je l'entendis demander :

– Elle est à vous, cette voiture?

– Oui, lui répondit son compagnon; je ne l'ai pas encore mise au clou. Elle te plaît, hein?

– Elle est très confortable, répondit Gisèle avec suffisance; mais j'aime mieux les Lancia. Elles peuvent aller plus vite et elles sont mieux suspendues. Mon fiancé a une Lancia.

C'était réel, Richard possédait une Lancia. Seulement Richard n'avait jamais été le fiancé de Gisèle, qu'il ne voyait plus depuis bien longtemps. Le blond se mit à rire et déclara :

– C'est la Lancia à deux roues qu'il doit avoir, ton fiancé ?

Gisèle était pointilleuse et prenait ombrage de tout. Elle lui demanda d'un ton vexé :

– Dites donc, pour qui nous prenez-vous ?

– Je ne sais pas, dit le blond. Dites-le-moi, qui vous êtes. Je ne voudrais pas faire un faux pas.

Une autre idée fixe de Gisèle, c'était de se faire passer auprès des amants d'occasion pour ce qu'elle n'était pas; danseuse, dactylo, dame « bien convenable », sans se rendre compte que ces prétentions ne cadraient pas du tout avec le fait qu'elle se laissait aborder le plus facilement du monde et mettait tout de suite sur le tapis la question d'argent.

– Nous sommes deux danseuses de la troupe Caccini, déclara-t-elle d'un air très digne. Nous ne sommes pas du tout habituées à nous laisser inviter par les premiers venus... Comme la troupe n'est pas encore au complet, nous étions en train de nous promener... Moi, d'ailleurs, je ne voulais pas accepter, mais ma camarade a insisté en disant que vous aviez l'air de deux personnes distinguées... Si mon fiancé le savait, ce serait du joli !

Le blond rit de nouveau :

– Nous, nous sommes certainement deux personnes très distinguées... mais vous, vous êtes deux filles de trottoir. Quel mal y a-t-il à ça ?

Alors, pour la première fois, mon voisin parla.

– Arrête, Jean-Charles, lui dit-il d'un ton tranquille.

Moi, je ne dis rien. Ça ne me faisait pas plaisir de m'entendre qualifier ainsi, surtout avec l'intonation méchante qu'avait eue Jean-Charles; mais, après tout, c'était la vérité.

– D'abord, ce n'est pas vrai, répondit Gisèle. Et puis vous n'êtes qu'un mufle !

Le blond ne dit rien. Mais, aussitôt, il ralentit son allure, puis arrêta la voiture près du trottoir. Nous étions dans une rue d'importance secondaire, déserte et fort mal éclairée, entre deux rangées de maisons. Le blond se tourna vers Gisèle :

– Dis un peu... Et si je te jetais hors de ma voiture ?

– Essayez ! dit Gisèle en se rencognant.

Elle était extrêmement belliqueuse et n'avait peur de personne.

Alors mon voisin se pencha vers les places avant, et je vis sa figure. Il était brun, avec des cheveux en désordre sur un front haut, de grands yeux à fleur de tête, sombres et brillants, un nez bien dessiné, une bouche sinueuse et un vilain menton fuyant. Il était très maigre : la pomme d'Adam faisait saillie sur son cou. Il demanda au blond : « Vas-tu en finir, oui ou non ? » avec force, mais sans exaspération, à ce qu'il me parut, ni participation réelle. Comme quelqu'un qui se mêle, parce qu'il le veut bien, d'une affaire qui ne le regarde pas et n'a pas d'importance pour lui. Sa voix n'était ni très forte ni très mâle et devait fréquemment tourner au fausset.

– Est-ce que ça te regarde, toi ? dit l'autre en se retournant.

Mais il dit cela d'un ton particulier, comme s'il se repentait déjà de sa brutalité et n'était pas mécontent de l'intervention de son ami.

– Qu'est-ce que c'est que ces façons ? reprit ce dernier. Diable ! Nous les invitons; elles se fient à nous, elles viennent et nous leur disons des insolences !

Il s'adressa à Gisèle et lui dit avec un mélange de gentillesse et d'autorité :

– N'y faites pas attention, mademoiselle. Il a peut-être un peu trop bu. Je peux vous garantir qu'il ne voulait pas vous froisser !

Le blond esquissa un geste de protestation, mais l'autre l'arrêta en lui mettant la main sur le bras et en lui disant d'un ton péremptoire :

– Je te dis que tu as bu et que tu n'avais pas l'intention de la froisser... Et maintenant partons !

– Je ne suis pas venue pour me faire dire des insolences ! commença Gisèle d'une voix mal assurée.

Le brun lui donna tout de suite raison.

– C'est naturel. Aucun de nous n'aime s'entendre dire des insolences. C'est naturel !

Le blond les regardait avec une figure ébahie. Il avait une face rouge couverte de boursouflures irrégulières – on eût dit des meurtrissures –, avec des yeux bleu clair tout ronds et une grande bouche rouge d'une expression gourmande et lascive. Il regarda son ami, qui tapait gentiment sur l'épaule de Gisèle, regarda Gisèle, puis éclata de rire :

– Je n'y comprends rien... parole d'honneur ! s'écria-t-il. Mais où sommes-nous ? Pourquoi est-ce que nous nous querellons ? Je ne me rappelle même pas comment ça a commencé. Au lieu de nous donner du bon temps, voilà que nous nous querellons ! Il y a de quoi devenir dingo, parole d'honneur !

Il riait de bon cœur. Sans cesser de rire, il se tourna vers Gisèle et lui dit :

– Allons, ma jolie ! Ne me regarde pas de travers... Au fond, nous sommes faits l'un pour l'autre !

Gisèle essaya de sourire et déclara :

– Réellement, moi aussi, j'avais l'impression...

Le blond continua d'une voix éclatante en riant à se décrocher les mâchoires :

– J'ai le meilleur caractère du monde, n'est-ce pas, Jacques ? Une très bonne pâte... Il faut savoir me prendre... voilà tout... Alors, tu me donnes un bécot ?

Il se pencha vers Gisèle et lui passa le bras autour de la taille. Elle détourna un peu son visage et lui dit :

– Attends !

Elle tira de son sac un mouchoir, se le passa sur la bouche pour enlever son rouge puis, avec componction, déposa sur ses lèvres un baiser bien sec. Tandis qu'elle l'embrassait, le blond faisait comiquement semblant de nager des mains et de suffoquer. Ils se séparèrent presque immédiatement, et le blond remit le moteur en marche avec des gestes emphatiques.

– A la bonne heure ! Je vous jure que, dorénavant,

vous n'aurez plus aucun motif de vous plaindre de moi... Je serai très sérieux, très bien élevé, très distingué... Je vous autorise à me donner une bonne tape sur la tête si je ne me tiens pas bien.

La voiture repartit.

Pendant le reste du trajet, il ne cessa de parler et de rire très fort; parfois même, nous mettant en danger, il lâchait le volant des deux mains pour gesticuler. Mon compagnon, au contraire, après sa brève intervention, était rentré dans l'ombre et le silence. J'éprouvais à présent pour lui une forte sympathie, de la curiosité et de l'attirance; maintenant que j'y repense après si longtemps, je me rends compte que c'est à ce moment que je m'épris de lui ou, tout au moins, commençai à rattacher à sa personne toutes les choses que j'aimais et qui m'avaient jusqu'alors manqué. Après tout, l'amour ne peut pas être une pure satisfaction des sens, il doit être complet; et j'étais toujours en quête de cette perfection qu'il m'avait semblé naguère pouvoir attribuer à Gino. Peut-être était-ce la première fois, non seulement depuis que je faisais ce métier, mais de toute ma vie, que je rencontrais une personne comme lui, avec des manières et une voix semblables. Le gros peintre pour lequel j'avais posé la première fois lui ressemblait en un certain sens, c'est vrai, mais il était plus froid et plus sûr de lui; du reste, pour peu qu'il l'eût voulu, je me serais également éprise de lui. Bien que d'une autre manière, la voix et les attitudes de ce garçon suscitaient dans mon âme les sentiments que j'avais éprouvés lors de ma première visite à la villa des patrons de Gino. De même qu'alors j'avais singulièrement apprécié l'ordre, le luxe, la propreté de la villa, et que j'avais eu l'impression que ce n'était pas la peine de vivre si on ne vivait pas dans des maisons comme celle-là; de même, à présent, la voix et les gestes de ce jeune homme, si gentils et si raisonnables, et ce qu'ils me laissaient supposer de lui m'inspiraient je ne sais quelle attirance passionnée et convaincue. Je ressentais en même temps un violent désir sensuel; il me tardait d'être caressée par ces mains, embrassée par cette bouche, et je me rendais compte qu'il venait de se produire en moi, je ne savais à quel instant, ce mélange ineffable et véhément d'anciennes aspirations et de plaisir actuel qui est le propre de l'amour et en révèle infailliblement la naissance. Mais j'avais aussi grand-peur qu'il ne s'aperçut de ces sentiments et se dérobât. Sous l'emprise de cette crainte, j'allongeai ma main vers la sienne et tentai de me la faire serrer. Mais sous mes doigts qui, gauchement, essayaient de s'insérer entre les siens et de s'entrelacer à eux, ses mains restaient immobiles. Un très grand embarras me prit; je ne voulais pas retirer ma main mais, en même temps, devant son immobilité, sentais que j'aurais dû le faire. En tournant brusquement au coin d'une rue, l'automobile nous lança l'un contre l'autre; alors je feignis de perdre l'équilibre et me laissai tomber le front sur ses genoux. Il tressaillit, mais ne broncha pas. Je sentais avec plaisir la voiture rouler à toute vitesse, je fermai les yeux et fis comme font les chiens : je poussai mon visage entre ses mains pour les séparer, les lui baisai et tâchai de me les passer sur la figure dans une caresse que j'eusse voulue affectueuse et spontanée. Je comprenais que je perdais la tête et m'étonnais obscurément que quelques mots gentils eussent provoqué un tel trouble chez moi. Mais il ne m'accorda pas la caresse quêtée avec une telle humilité et retira ses mains au bout d'un moment. Presque au même instant, la voiture s'arrêta.

Le blond sauta à terre et aida Gisèle à descendre avec une galanterie goguenarde. Nous descendîmes aussi, j'ouvris la porte cochère et nous entrâmes. Dans l'escalier, le blond et Gisèle passèrent devant nous. Le blond était court et trapu, il semblait faire éclater ses vêtements, et pourtant il n'était pas gros. Gisèle était plus grande que lui. Au milieu de l'escalier, il resta d'une marche en arrière, empoigna la robe de Gisèle et la lui releva, découvrant ses cuisses blanches serrées dans ses jarretières ainsi qu'une partie des fesses, qu'elle avait petites et maigres.

– Le rideau se lève! cria-t-il avec un éclat de rire.

Gisèle se borna à rabattre sa robe d'un revers de main. Je pensai que ce geste canaille devait déplaire à mon compagnon et voulus lui faire comprendre qu'il me déplaisait aussi.

– Il est bien gai, votre ami ! lui dis-je.

– Oui, répondit-il brièvement.

– On voit que tout doit bien marcher pour lui !

Nous pénétrâmes dans l'appartement sur la pointe des pieds et je les fis entrer directement dans ma chambre. Quand j'eus refermé la porte, nous restâmes un moment debout tous quatre : comme la pièce n'était pas grande, nous avions l'air d'être plus de quatre. Le blond fut le premier à rompre la glace en s'asseyant sur le lit et en commençant tout tranquillement à se déshabiller, comme s'il eût été seul. Tout en se dévêtant, il ne cessait de rire et de bavarder. Il parlait de chambres d'hôtel et de domiciles privés et racontait une aventure récente :

– Elle me dit :

» – Je suis une honnête femme; je ne veux pas aller à l'hôtel.

» Alors, moi, je lui dis :

» – Les hôtels en sont pleins, d'honnêtes femmes !

» – Mais moi, qu'elle dit, je ne veux pas donner mon nom !

» Alors, moi, je lui dis :

» – Je te ferai passer pour ma femme : une de plus ou de moins !...

» Enfin nous allons à l'hôtel; mais, quand il s'agit d'en venir au fait, elle commence à faire des tas d'histoires... à prétendre qu'elle avait des remords, qu'elle ne voulait plus, qu'elle était réellement une honnête femme... Alors, moi, je perds patience et je veux employer la manière forte... Mauvaise idée ! elle ouvre la fenêtre et me menace de se jeter dans la rue...

» – Bon, lui dis-je, je comprends, c'est ma faute, je n'aurais pas dû t'amener ici !

» Elle s'assied sur le lit et commence à pleurnicher... Elle me raconte une longue histoire, très longue, très émouvante, à vous briser le cœur... Si je devais vous la répéter, je n'en serais pas capable, parce que je l'ai oubliée... mais je me rappelle qu'à la fin je me sentais tout attendri et que j'aurais été capable de me jeter à ses genoux pour lui demander pardon d'avoir cru qu'elle était ce qu'elle n'était pas...

» – C'est entendu, lui dis-je, nous ne ferons rien du tout : nous allons nous coucher et dormir chacun de notre côté !

» Aussitôt dit, aussitôt fait; et moi, je m'endors tout de suite; mais, au milieu de la nuit, je me réveille, je regarde de son côté; elle a disparu. Alors je jette un coup d'œil du côté de mes vêtements et je m'aperçois qu'ils sont en désordre; je vais les fouiller... mon portefeuille a disparu... une honnête femme !

Il éclata de rire avec une gaieté réellement irrésistible et contagieuse qui me fit rire moi aussi et sourire Gisèle. Il avait ôté son costume, sa chemise, ses chaussettes et ses souliers, il était resté en caleçon collant de laine, un caleçon long, couleur tourterelle, le couvrant de la cheville jusqu'au cou, qui lui donnait l'air d'un équilibriste ou d'un danseur en maillot. Ce sous-vêtement, que ne portent, en général, que les hommes âgés, augmentait le comique de sa silhouette. A ce moment, j'oubliai sa brutalité et j'éprouvai presque de la sympathie pour lui, parce que j'ai toujours aimé les gens gais et me sens moi-même plus d'inclination pour la gaieté que pour la tristesse. Il se mit à tourner dans la chambre en faisant mille farces et mille blagues : petit, rebondi, plastronnant, fier de son caleçon comme d'un uniforme. Puis, du coin de la commode, il fit un bond soudain, vint retomber sur le lit, juste sur Gisèle, qui poussa un cri de surprise, et la renversa sur le dos comme pour l'étreindre. Mais tout à coup, comiquement, il eut l'air frappé d'une idée subite, tout en restant suspendu à quatre pattes au-dessus de Gisèle, leva sa figure rouge et libidineuse, jeta un regard en arrière dans notre direction à tous deux, comme les chats font avant de commencer à manger, et nous demanda :

– Et vous autres, qu'est-ce que vous attendez ?

Je regardai mon compagnon et lui demandai :

– Veux-tu que je me déshabille ?

Il avait encore le col de son manteau relevé sur les oreilles. Il tressaillit et me répondit :

– Non... après eux.

– Veux-tu que nous allions dans l'autre pièce ?

– Oui.

– Faites un tour en voiture ! cria le blond, toujours à quatre pattes au-dessus de Gisèle. Les clefs sont restées au contact !

Mais son compagnon ne parut pas entendre cette invite et sortit de la pièce.

Nous passâmes dans l'antichambre; je fis signe au jeune homme de m'attendre et pénétrai dans la grande salle. Maman était assise à la table centrale, occupée à faire une patience. Dès qu'elle me vit, sans attendre que je m'expliquasse, elle se leva et sortit du côté de la cuisine. Alors je revins sur le pas de la porte et dis au jeune homme qu'il pouvait entrer.

Je refermai la porte et j'allai m'asseoir sur le canapé, dans le coin près de la fenêtre. J'eusse voulu qu'il s'assît à côté de moi et me caressât; c'est ce que faisaient toujours les autres. Mais il ne remarqua pas l'existence du canapé et se mit à marcher de long en large dans la grande salle, tout autour de la table, les mains dans ses poches. Je pensai qu'il était contrarié d'attendre et lui dis :

– Je m'excuse, mais je ne dispose que d'une seule chambre à coucher.

Il s'arrêta pour me regarder d'un air un peu froissé, mais gentil :

– T'ai-je dit que je voulais une chambre ? me demanda-t-il.

– Non, mais je croyais...

Il fit encore quelques pas dans la pièce; alors je n'y tins plus et, lui montrant la place à côté de moi, sur le canapé :

– Pourquoi ne t'assieds-tu pas ici près de moi ? lui demandai-je.

Il me regarda, sembla se décider, vint s'asseoir à côté de moi et me demanda :

– Comment t'appelles-tu ?

– Adrienne.

– Moi, je m'appelle Jacques, me dit-il en me prenant la main.

C'étaient là des manières insolites. De nouveau, je pensai qu'il était timide. Je le laissai me prendre la main et lui souris pour l'encourager. Mais lui me demanda encore :

– Alors, dans un moment, il nous va falloir faire l'amour ?

– Oui.

– Mais si je n'en avais pas envie ?

– Alors, nous ne ferions rien, répondis-je en l'air, dans l'idée qu'il plaisantait.

– Eh bien ! s'écria-t-il d'un ton emphatique, je n'en ai pas envie ! Je n'en ai absolument pas envie !

– C'est bon ! lui dis-je.

En réalité, son refus me paraissait tellement bizarre que je n'en étais pas encore convaincue.

– Ça ne te vexe pas ? Les femmes n'aiment pas se voir dédaignées.

Je finis par comprendre. Incapable de parler, je hochai la tête en signe de dénégation. Donc il ne voulait pas de moi. Brusquement, je me sentis désespérée, prête à fondre en larmes.

– Je ne suis pas vexée réellement, balbutiai-je. Puisque tu n'en as pas envie, tu vas attendre que ton ami ait fini et tu t'en iras.

– Je ne sais pas, insista-t-il... Je te fais perdre ta soirée... Tu aurais pu gagner de l'argent avec un autre.

Je pensai que ce n'était pas qu'il ne voulût pas, mais qu'il ne pouvait pas, et lui proposai, pleine d'espoir :

– Si tu n'as pas de sous, ça ne fait rien... tu me les donneras une autre fois.

– Tu es une brave fille, me dit-il, mais l'argent je l'ai... Au contraire, nous allons faire comme ça : je te donne tout de même l'argent et ainsi tu n'as pas l'impression d'avoir perdu ta soirée.

Il mit la main dans la poche de son veston, en tira un rouleau de billets qui semblait préparé d'avance et alla le poser sur la table, loin de moi, d'un geste à la fois maladroit et curieusement élégant et dédaigneux.

– Non, non, protestai-je, pourquoi ça? Il n'est pas question de ça!

Mais je dis cela mollement parce qu'au fond j'étais contente de recevoir cet argent; c'était un lien comme un autre; et, puisque je contractais une dette envers lui, je pouvais espérer m'acquitter. Il interpréta mon vague refus comme l'acceptation qu'il était, en fait, et ne reprit pas cet argent, qui resta sur la table. Il revint s'asseoir sur le canapé; et moi, bien qu'ayant l'impression de faire un geste pataud et nigaud, j'allongeai la main et pris la sienne. Nous nous regardâmes un moment; puis, de ses longs doigts maigres, il saisit brusquement mon petit doigt et le tordit très fort.

– Aïe! dis-je, un peu froissée. Qu'est-ce qui te prend, maintenant?

– Excuse-moi, me dit-il d'un air de confusion si marqué que je regrettai la sécheresse de mon reproche et lui expliquai :

– Tu m'as fait mal, tu sais!

– Excuse-moi, répéta-t-il.

Pris d'une agitation subite, il se leva et se remit à marcher dans la pièce :

– Est-ce que nous sortons? me proposa-t-il. Cette façon d'attendre m'agace réellement

– Mais où veux-tu aller?

– Je ne sais pas. Veux-tu que nous fassions un tour en voiture?

Je me rappelai toutes les promenades que j'avais faites ainsi avec Gino et répondis vivement :

– Non, pas en voiture!

– Nous pouvons aller au café. Y a-t-il des cafés par ici?

– Pas par ici mais, tout de suite après la porte, je crois qu'il y a un débit...

– Alors, allons-y.

Je me levai, et nous sortîmes de la grande salle. Dans l'escalier, je lui dis, en affectant de plaisanter :

– Fais attention que cet argent que tu m'as donné

te donne le droit de venir me trouver quand tu voudras. C'est bien entendu?

– C'est bien entendu.

C'était une nuit d'hiver douce, humide et noire. Il avait plu toute la journée d'avant et la chaussée était semée de larges flaques noires où se réflétait la lueur tranquille de quelques becs de gaz. Au-dessus des remparts, le ciel était serein mais sans lune, et les rares étoiles qu'on y voyait étaient voilées de brume. De temps en temps, des tramways invisibles passaient derrière les fortifications en faisant jaillir de leurs fils de courts éclairs violents qui illuminaient un instant le ciel, les tours démantelées, les contreforts ruisselants de verdure. Une fois dans la rue, je me souvins qu'il y avait des mois que je n'étais pas allée du côté du Luna-Park. Habituellement, je prenais à gauche, dans la direction de la place où Gino m'attendait. Je me rappelai que je n'étais pas retournée du côté du Luna-Park depuis le temps où, petite fille, je me promenais avec maman, où nous remontions le grand boulevard au-dessous des remparts et où nous allions profiter des illuminations et de la musique sans oser pénétrer dans l'enceinte parce que nous n'avions pas d'argent. C'est de ce côté-là du grand boulevard que se trouvait le pavillon à tourelle où j'avais vu, par la fenêtre ouverte, cette famille à table, cette petite villa qui m'avait fait rêver de me marier, d'avoir une maison, de mener une vie normale. Le désir me vint de parler à mon compagnon de ce temps, de cet âge, de ces aspirations; et cela pas seulement par impulsion sentimentale, mais également par calcul, je dois l'avouer. J'aurais voulu qu'il ne me jugeât pas sur les apparences, qu'il me vît sous une lumière différente et meilleure, que je considérais plus vraie. Pour recevoir des personnages importants, certains mettent leur costume du dimanche et ouvrent les plus belles pièces de la maison; pour moi, ce que j'avais été, ce que j'avais rêvé d'être, ce que j'aurais voulu être, c'était ma « robe du dimanche », ma « chambre à donner », et je comptais sur ces souvenirs si mesquins, si dénués d'intérêt, pour le faire changer d'idée à mon égard et le rapprocher de moi.

– Cette partie du boulevard, dis-je tout en marchant, personne n'y passe jamais. Mais, en été, tous les gens du quartier viennent s'y promener... Moi aussi, je venais m'y promener... mais il y a si longtemps! Il fallait vraiment que ce soit toi pour m'y faire retourner...

Il m'avait prise sous le bras pour m'aider à marcher dans cette rue pleine de flaques.

– Avec qui t'y promenais-tu ? me demanda-t-il.

– Avec maman.

Il se mit à rire d'un rire déplaisant qui m'étonna.

– Avec mmamman ! répéta-t-il en s'attardant sur les *m*. Il y a toujours une maman ! Qu'est-ce que va dire maman ? Qu'est-ce que va faire maman ? Mmamman !

J'imaginai que, pour quelque motif à lui, il nourrissait de la rancune contre sa propre mère et je lui demandai :

– Ta mère t'a donc fait quelque chose ?

– Elle ne m'a rien fait ! me répondit-il. Les mamans ne font jamais rien. Qui n'a pas une maman ? Et tu l'aimes, ta maman ?

– Bien sûr ! Pourquoi ?

– Pour rien ! dit-il bien vite. Ne t'occupe pas de moi... Continue... Alors, tu te promenais avec ta maman...

Son ton n'était ni très rassurant ni très engageant. Et cependant, moitié par calcul, moitié par sympathie, je me sentais poussée à continuer mes confidences.

– Oui, dis-je, nous nous promenions ensemble, en été surtout, parce que, chez nous, en été, on ne respire pas... Justement... tiens... regarde... Tu vois cette petite villa ?

Il s'arrêta et regarda. Mais les fenêtres de la villa n'étaient pas ouvertes; la maison paraissait même inhabitée. Serrée contre deux longues bâtisses basses du chemin de fer, elle me parut encore plus petite qu'elle ne l'était dans mon souvenir, et plutôt laide et maussade.

– Eh bien ? me demanda-t-il. Qu'y avait-il dans cette villa ?

Maintenant, je rougissais de ce que j'allais dire. Je continuai avec effort :

– Je passais tous les soirs au-dessous de ce petit pavillon; comme c'était l'été, les fenêtres étaient ouvertes... Je voyais toujours une famille se mettre à table à cette heure-ci...

Je m'arrêtai et me tus, brusquement gênée.

– Et alors ?

– Ces choses-là ne peuvent pas t'intéresser, dis-je.

Et j'eus l'impression que ma pudeur était à la fois sincère et fausse.

– Pourquoi ? Tout m'intéresse.

– Bon... finis-je en hâte. Je m'étais mis dans la tête qu'un jour, moi aussi, j'aurais une petite villa comme ça et que je ferais toutes les choses que je voyais faire à cette famille.

– Ah ! je comprends, dit-il. Un petit pavillon comme ça... Tu te contentais de peu !

– A côté de la maison où nous habitons, dis-je, il n'est pas tellement laid. Et puis, tu sais, à cet âge-là, on pense tant de choses !

Il m'entraîna par le bras près de la petite villa en me disant :

– Allons voir si cette famille y est toujours.

– Qu'est-ce qui te prend ? protestai-je en lui résistant. Elle y est certainement.

– Bon. Voyons ça !

Nous étions devant. Le jardin étroit et touffu était noir, noires les fenêtres, noire la tourelle. Il s'approcha de la grille et remarqua :

– Il y a même une boîte aux lettres ! Sonnons, nous verrons bien s'il y a quelqu'un. Mais ta villa semble inhabitée.

– Non ! dis-je en riant. Laisse ! Qu'est-ce qui te prend ?

– Essayons, répondit-il.

Il leva le bras et appuya sur le bouton de la sonnette. J'eus envie de me sauver, tant j'avais peur que quelqu'un se présentât.

– Allons ! allons ! le suppliai-je, quelqu'un va venir, et alors de quoi aurons-nous l'air ?

– Qu'est-ce que maman va dire? répéta-t-il comme une ritournelle en me laissant l'entraîner. Qu'est-ce que maman va faire?

– Tu en veux vraiment à maman! observai-je en m'en allant bien vite.

Nous arrivâmes au Luna-Park. Je me rappelais, la dernière fois que j'y étais venue, la grande foule qui s'y pressait, les festons d'ampoules électriques multicolores, les comptoirs avec leurs lampes à acétylène, la décoration des baraques, la musique, le bourdonnement des voix. Je fus un peu déçue de ne rien retrouver de tout cela. La palissade du Luna-Park ne semblait plus entourer un parc d'attractions, mais un dépôt de matériaux de construction noir et abandonné. Au-dessus des pointes de la palissade, on voyait se dresser les arceaux des huit balançoires, avec leurs petites carrosseries suspendues des deux côtés comme des insectes ventrus arrêtés en plein vol par une brusque paralysie. Sans éclairage, froncés et bas, les toits pointus des pavillons donnaient une impression de sommeil. Tout paraissait noir, et c'était normal, puisqu'on était en hiver. L'esplanade qui se trouve devant le Luna-Park était déserte et semée de flaques : un unique bec de gaz l'éclairait faiblement.

– Ici, dis-je, en été, il y a le Luna-Park, il y a toujours une grande foule... mais, en hiver, il ne fonctionne pas... Où veux-tu que nous allions?

– Dans le café en question, non?

– A vrai dire, c'est un bistrot.

– Alors, allons au bistrot.

Nous passâmes sous la voûte de la Porte; juste en face, il y avait une rangée de maisons et, à un rez-de-chaussée, on voyait de la lumière derrière une porte vitrée. Ce n'est qu'une fois entrée que je me rendis compte que c'était le même bistrot où, si longtemps avant, j'avais dîné avec Gino et maman, et où Gino avait remis à sa place l'ivrogne insolent. Il ne s'y trouvait pas plus de trois ou quatre personnes qui mangeaient sur le marbre des victuailles enveloppées de papier journal en buvant le vin du bistrot. Il faisait plus froid que dehors, l'air était imprégné d'une odeur de pluie, de vin et de sciure; on ne pouvait s'empêcher de penser que les fourneaux étaient éteints. Nous prîmes place dans un coin, et il commanda un litre de vin.

– Qui va boire ce litre ? lui demandai-je.

– Pourquoi ? Tu ne bois pas ?

– Pas beaucoup.

Il se versa un verre débordant et l'avala d'un coup, mais avec effort et sans plaisir. Je l'avais déjà remarqué, ce geste me le confirma : il faisait les choses par volonté, de l'extérieur, sans participation, comme s'il eût joué un rôle. Nous restâmes quelque temps en silence; lui me regardait fixement avec ses yeux intenses et brillants; et moi, j'examinais ce que j'avais autour de moi. Le souvenir de cette lointaine soirée où j'étais venue dans ce même endroit avec maman et Gino me revenait à la mémoire; je ne sais pas si j'éprouvais du regret ou de la contrariété en y pensant. J'étais alors très heureuse, c'est vrai, mais quelles illusions je me faisais ! Je tranchai dans mon for intérieur que c'était exactement comme lorsqu'on ouvre un tiroir resté longtemps fermé, et qu'au lieu des belles choses qu'on espérait y trouver on n'y voit que quelques guenilles, de la poussière et des mites. Tout était fini. Non seulement mon amour pour Gino, mais mon adolescence et ses rêves trahis. Qu'il en fût bien ainsi, le fait que j'eusse pu me servir par calcul et sciemment de mes souvenirs dans le but d'émouvoir mon compagnon suffisait à le démontrer. Je dis au hasard :

– Ton ami, tout d'abord, m'était antipathique... Mais, maintenant, j'éprouve presque de la sympathie pour lui... Il est tellement gai !

Il me répondit d'un air brusque :

– D'abord, ce n'est pas mon ami. Et puis il n'est pas sympathique le moins du monde !

La violence de son ton me stupéfia. Je dis mollement :

– Tu trouves ?

Il but et continua :

– Les personnes qui font de l'esprit, on devrait s'en garder comme de la peste ! D'habitude, sous cet esprit-là, il n'y a absolument rien... Si tu le voyais à son bureau... je t'assure qu'il n'y fait pas d'esprit !

– Dans quel bureau est-il ?

– Je ne sais pas... une affaire de brevets.

– Il gagne beaucoup d'argent ?

– Enormément.

– Il a de la chance !

Il me versa du vin et je lui demandai :

– Mais toi, s'il te paraît tellement antipathique, pourquoi sors-tu avec lui ?

– C'est un ami d'enfance, me répondit-il avec une moue. Nous avons fait nos études ensemble... Les amis d'enfance sont tous comme ça.

Il but et ajouta :

– Pourtant, dans un certain sens, il vaut mieux que moi.

– Pourquoi ?

– Parce que lui, quand il fait une chose, il la fait sérieusement; tandis que moi, je commence par vouloir la faire et puis (là-dessus, il prit une voix de fausset qui me fit tressaillir)... une fois le moment venu, je ne la fais pas... Ce soir, par exemple, quand il m'a téléphoné pour me demander d'aller avec lui courir la petite femme comme on dit, j'ai accepté. Quand nous vous avons rencontrées, j'ai réellement désiré faire l'amour avec toi... Mais ensuite, dès que j'ai été chez toi, je n'en ai plus eu envie du tout...

– Tu n'en as plus eu envie du tout ? répétai-je en le regardant.

– Non... pour moi, tu n'étais plus une femme, mais un objet, je ne sais pas... une chose... Tu as fait attention quand je t'ai tordu le doigt et que je t'ai fait mal ?

– Oui.

– Eh bien, je l'ai fait pour me rendre compte si tu existais réellement... comme ça... au risque de te faire souffrir.

– Oui, j'existais, et tu m'as fait très mal, dis-je en souriant.

Je commençais maintenant à comprendre avec soulagement que ce n'était pas par antipathie qu'il n'avait pas voulu de moi. D'ailleurs, il n'y a jamais rien de bizarre chez les gens. Dès qu'on cherche à les pénétrer, on saisit que leur conduite, si insolite qu'elle paraisse, est toujours due à quelque motif parfaitement plausible...

— Alors je ne t'ai pas plu? lui demandai-je.

Il nia de la tête.

— Ce n'est pas tout à fait ça... Toi ou une autre... c'eût été la même chose!

Je lui demandai après une minute d'hésitation :

— Dis-moi un peu... ne serais-tu pas impuissant, par hasard?

— Pas le moins du monde.

Maintenant, j'éprouvais un grand désir de « faire de l'intimité » avec lui, de franchir la distance qui nous séparait, de l'aimer et d'être aimée de lui. Je lui avais dit que je n'étais pas vexée de son refus; en réalité, si je n'en étais pas, à proprement parler, vexée, j'en étais mortifiée, piquée dans mon point d'honneur. J'avais la certitude d'être belle et séduisante : il ne me semblait pas qu'il eût aucune raison valable de ne pas me désirer.

— Ecoute, lui proposai-je avec simplicité, finissons de boire et puis nous irons faire l'amour à la maison.

— Non, c'est impossible.

— Alors, ça veut dire que je ne t'ai pas plu même la première fois, quand tu m'as vue dans la rue.

— Si, tâche de me comprendre...

Je savais qu'il n'y a pas d'homme qui résiste à certains arguments. Je répétai avec calme et avec une feinte amertume : « On voit que je ne te plais pas! » Et, en même temps, je tendis la main et lui en entourai le visage. J'ai la main longue, grande et chaude : s'il est vrai que le caractère se lit dans la main, mon caractère ne doit rien avoir de vulgaire, à l'opposé de celui de Gisèle, dont la main est rouge, rude et informe. Je commençai à lui caresser tout doucement la joue, la tempe, le front au-dessous des cheveux, en le regardant avec une douceur insistante et pleine de désir. Je me souvins qu'Astarite, au ministère, avait eu le même geste avec moi, et je compris, une fois de plus, que j'étais réellement amoureuse de ce garçon, car il n'y avait aucun doute qu'Astarite m'aimât et que ce fût là un geste d'amour. Sous cette caresse, il resta d'abord impassible, puis son menton se mit à trembler, ce qui était chez lui signe de trouble, comme je pus l'observer par la suite, et tout son visage prit une expression de bouleversement extraordinairement juvénile, presque enfantine. Il m'inspira de la compassion et je fus contente qu'il m'inspirât de la compassion parce que cela voulait dire que je me rapprochais de lui.

– Mais que fais-tu ? me demanda-t-il, tout à fait comme un gamin qui a honte; nous sommes dans un endroit public !

– Que m'importe ? lui répondis-je tranquillement.

Je me sentais les joues en feu malgré le froid qu'il faisait au bistrot, je m'étonnais presque de voir à chacun de nos souffles un petit nuage de vapeur se former devant nos bouches.

– Donne-moi ta main ! lui dis-je.

Il se la laissa prendre, quoique à contrecœur, et je la portai à ma figure en ajoutant :

– Tu sens comme mes joues brûlent ?

Il ne dit rien; il se bornait à me regarder, et son menton tremblait. Quelqu'un fit tinter les vitres de la porte en entrant, et je retirai ma main. Il poussa un soupir de soulagement et se versa à boire. Mais moi, dès que le client eut passé devant nous, j'allongeai de nouveau ma main, l'introduisis sous le revers de son veston et, déboutonnant sa chemise, la poussai sur sa poitrine nue dans la direction du cœur.

– Je veux me réchauffer la main, lui dis-je. Et puis je veux sentir comment ton cœur bat.

Je tournai ma main une première fois du côté du dos puis, de nouveau, du côté de la paume.

– Elle est froide, ta main ! dit-il en me regardant.

– Elle va se réchauffer, répondis-je en souriant.

Je gardai le bras tendu et, tout doucement, je passai la main sur sa poitrine et ses côtes maigres. Je ressentais une grande joie parce que je le sentais près de moi et parce que j'étais si remplie d'amour pour lui que je pouvais me dispenser du sien. Je le regardai et lui dis, d'un ton de plaisante menace :

– Je sens que, d'ici peu, le moment viendra où je vais t'embrasser.

– Non, non, répondit-il en s'efforçant de plaisanter lui aussi, mais épouvanté dans le fond. Cherche à te dominer.

– Alors, allons-nous-en d'ici !

– Allons-nous-en si tu veux.

Il paya le litre qu'il n'avait pas fini de boire et quitta le café avec moi. Maintenant, lui aussi semblait excité à sa façon; non, comme moi, par amour, mais en raison de je ne sais quelle ébullition que les événements de la nuit avaient déterminée dans son esprit. Plus tard, quand je le connus mieux, je m'aperçus que cette excitation lui venait chaque fois qu'une cause quelconque lui permettait de découvrir un aspect ignoré de son caractère ou d'en recevoir la confirmation. Car il était fort égoïste, bien que d'une manière aimable, ou mieux, fort préoccupé de lui-même.

– Ça m'arrive constamment, se mit-il à dire, comme s'il se fût parlé à lui, tandis que je le ramenais chez moi presque en courant... Je suis pris d'un grand désir de faire une chose, d'un grand enthousiasme, tout me semble parfait, je suis sûr que j'agirai comme j'ai l'intention d'agir, et puis, au moment d'agir pour de bon, tout s'écroule... je cesse d'exister, pour ainsi dire... ou plutôt il n'existe plus de moi que les pires parties de moi-même : je deviens froid, oisif, cruel... comme quand je t'ai tordu le doigt.

Il tenait ce monologue d'un air concentré et peut-être bien non sans une sorte d'amère satisfaction. Moi, je ne l'écoutais pas parce que j'étais pleine de joie; mes pieds volaient parmi les flaques. Je lui répondis allégrement :

– Tu me les as déjà dites, ces choses-là... mais moi, de mon côté, je ne t'ai pas raconté ce que j'éprouve. Moi, j'éprouve le désir de te serrer bien fort, bien fort, de te réchauffer contre moi, de te sentir près de moi et de te faire faire ce que tu ne veux pas faire... je ne serai pas contente tant que tu ne l'auras pas fait !

Il ne me répondit rien. Ce que je lui disais ne paraissait même pas lui effleurer l'oreille, tant il était occupé à ruminer ce qu'il m'avait dit, lui. Soudain, je lui passai le bras autour de la taille et lui demandai :

– Serre ton bras autour de ma taille... veux-tu ?

Il ne sembla pas m'avoir entendue... Alors je pris son bras et m'arrangeai tant bien que mal pour me le passer autour de la taille, à peu près comme on fait quand on enfile un manteau. Nous recommençâmes à marcher, bien engoncés parce que nous avions tous deux d'épais vêtements d'hiver et qu'ainsi ses bras arrivaient à peine à faire le tour de mon dos.

Quand nous passâmes au pied de la villa à tourelle, je m'arrêtai et je lui dis :

– Donne-moi un baiser !

– Plus tard.

– Donne-moi un baiser !

Il se retourna et je l'embrassai violemment, en lui passant les bras autour du cou. Il gardait les lèvres fermées, mais j'introduisis ma langue entre ses lèvres, puis entre ses dents, qui finirent par se desserrer. Je n'eus pas la certitude qu'il me rendit mon baiser; mais, comme je l'ai dit, peu m'importait. Nous nous séparâmes et je lui vis, autour de la bouche, une grosse tache de rouge, posée de biais, qui paraissait bizarre et quelque peu comique sur sa figure grave. J'éclatai de rire, tout heureuse.

– Pourquoi ris-tu ? murmura-t-il.

J'hésitai, puis préférai passer la vérité sous silence, parce que ça m'amusait de le voir courir à côté de moi, très grave, avec cette tache sur la figure, qu'il ne soupçonnait pas.

– Pour rien ! lui dis-je. Parce que je suis contente... Ne t'occupe pas de moi.

Là-dessus, au comble du bonheur, je déposai rapidement sur ses lèvres un autre baiser.

Arrivés devant ma porte, nous ne vîmes plus l'automobile.

– Jean-Charles est parti ! dit-il d'un air de mauvaise

humeur. Dieu sait ce que je vais avoir à marcher pour rentrer chez moi!

Je ne me froissai pas de ce ton peu gentil, parce que, désormais, je ne pouvais plus me froisser de rien. Ses défauts, comme il advient lorsqu'on est amoureux, se présentaient à moi sous un jour particulier qui me les rendait aimables. Je lui dis, en haussant les épaules :

– Il y a des trams, la nuit! D'ailleurs, si tu veux, tu peux coucher chez moi.

– Non, pas ça! répondit-il en hâte.

Nous entrâmes dans la maison et montâmes l'escalier. Quand nous fûmes dans le vestibule, je le poussai dans ma chambre et me présentai sur le seuil de la grande salle. Elle était noire, sauf près de la fenêtre, où la lueur d'un bec de gaz de la rue éclairait la machine à coudre et la chaise. Maman devait être allée se coucher. Qui sait si elle avait vu Jean-Charles et Gisèle et si elle avait parlé avec eux? Je refermai la porte et j'entrai dans ma chambre. Je trouvai Jacques qui rôdait nerveusement entre le lit et la commode.

– Ecoute, commença-t-il, il vaut mieux que je m'en aille!

Feignant de ne pas l'avoir entendu, j'ôtai mon manteau et l'accrochai au portemanteau. Je me sentais si contente que je ne pus m'empêcher de lui demander avec une vanité de propriétaire :

– Quelle impression te fait cette chambre? N'est-ce pas qu'elle est confortable?

Il regarda autour de lui et fit une grimace que je ne compris pas. Je le pris par la main, le fis asseoir sur le lit et lui dis :

– Maintenant, laisse-moi faire.

Je lui ôtai son pardessus bien gentiment, puis lui enlevai sa jaquette et la suspendis avec le pardessus au portemanteau. Sans hâte, je lui dénouai son nœud de cravate, puis lui ôtai à la fois chemise et cravate et les disposai sur une chaise. Ensuite, je m'agenouillai et, prenant son pied dans mon giron, comme font les cordonniers, je lui enlevai souliers et chaussettes et lui baisai les pieds. J'avais commencé d'agir avec méthode et sans hâte, mais, à mesure que je lui ôtais ses vêtements, je ne sais quel délire d'humilité et d'adoration croissait en moi. Peut-être était-ce le même sentiment que j'avais parfois en me prosternant à l'église. C'était la première fois que je l'éprouvais pour un homme, et j'en étais heureuse, parce que je sentais que c'était là du véritable amour, éloigné de toute sensualité et de tout vice. Quand il fut nu, je m'agenouillai entre ses jambes, pris son sexe entre mes paumes, comme une fleur brune et, pendant un instant, le pressai sur mes joues et mes cheveux, fort, en fermant les yeux. Il me laissait faire avec une expression égarée sur son visage, qui me plaisait. Puis je me levai, passai derrière le lit et me déshabillai en hâte, laissant tomber mes vêtements à terre et les foulant aux pieds. Il restait frileusement assis au bord du lit et regardait à terre. J'arrivai derrière lui, animée de je ne sais quelle violence allègre et cruelle, le saisis et le renversai sur le dos, la tête sur l'oreiller. Il avait le corps long, maigre et blanc; les corps ont leur expression, comme les visages; le sien avait une expression chaste et juvénile. Je m'étendis à côté de lui, mon corps contre le sien et, à côté de sa maigreur, de sa gracilité, de sa froideur et de sa blancheur, j'eus l'impression d'être très ardente et très brune, très charnue et très forte. Je me serrai violemment contre lui, pressai mon ventre contre les os de ses hanches, jetai mes bras en travers de sa poitrine, mis mon visage contre le sien, écrasai mes lèvres contre son oreille. Il me semblait que je voulais non pas tant l'aimer que l'envelopper de mon corps comme d'une chaude couverture et lui communiquer mon ardeur. Il était couché sur le dos, mais gardait la tête un peu relevée et les yeux ouverts, comme s'il eût voulu observer tout ce que je faisais. Son regard attentif rasait mon dos et m'inspirait je ne sais quel malaise et quelle gêne. Cependant, toute à ma première impulsion, je continuai quelque temps à n'y pas faire attention. Tout à coup, je lui chuchotai :

– Tu ne te sens pas mieux, à présent ?

– Si, me répondit-il d'un ton neutre et lointain.

– Attends ! lui dis-je.

Mais au moment où j'allais l'étreindre encore avec un renouveau d'ardeur, je sentis pour la seconde fois son regard fixe et froid tendu sur mon dos, comme un fil de fer mouillé et, tout à coup, je fus éperdue et honteuse. Mon ardeur tomba; lentement, je me dégageai et m'affaissai sur le dos, loin de lui. J'avais fait un grand effort d'amour; j'avais mis dans cet effort tout l'élan d'un innocent, d'un ancien désespoir; le brusque sentiment de la vanité de cet effort remplit mes yeux de larmes, et je posai mon bras sur mon visage pour lui cacher que je pleurais. Il me semblait que je m'étais trompée, que je ne pouvais ni l'aimer ni être aimée de lui. Et je pensais, de plus, qu'il me voyait et me jugeait sans illusions, telle que j'étais en réalité. Maintenant, je savais que je vivais dans une espèce de brume que je m'étais créée à moi-même pour ne pas me mirer dans ma conscience. Lui, par ses regards, avait dissipé cette brume et soumis de nouveau le miroir à mes yeux. Et je me voyais telle que j'étais vraiment ou, mieux telle que je devais être pour lui, parce que, de moi-même, je ne pensais et ne savais rien, je l'ai déjà expliqué : j'avais presque peine à croire à mon existence. Je finis par lui dire :

– Va-t'en.

– Pourquoi ? dit-il en se redressant sur son coude et en me regardant d'un air embarrassé. Qu'y a-t-il ?

– Il vaut mieux que tu t'en ailles ! dis-je avec calme, sans enlever mon bras de mon visage. Ne crois pas que je t'en veuille... mais je sens que tu n'éprouves rien pour moi, et alors...

Je ne finis pas, mais je hochai la tête.

Il ne répondit pas; je le sentis remuer et se lever à côté de moi; il s'habillait. Je ressentis alors une peine aiguë, comme si on m'eût blessée profondément et qu'on eût tourné et retourné dans la plaie une lame mince et coupante. Je souffrais de l'entendre s'habiller; je souffrais à l'idée que, dans un moment, il allait partir pour toujours et que je ne le reverrais plus jamais; je souffrais de souffrir.

Il s'habilla lentement, attendant peut-être que je le rappelasse. Je me souvins qu'un moment j'espérai le retenir en excitant son désir. En m'étendant à côté de lui, j'avais tiré la couverture sur moi. Avec une coquetterie dont je sentais la tristesse et le désespoir, je remuai la jambe de façon que la couverture me glissât le long du corps. Je ne m'étais jamais offerte de cette façon. Pendant un instant, couchée sur le dos, les jambes écartées et le bras sur les yeux, j'eus comme l'illusion physique de ses mains sur mes épaules et de son souffle sur ma bouche. Mais, presque immédiatement, j'entendis la porte se refermer.

Je restai comme j'étais, étendue sur le dos, immobile. Je crois que je passai sans m'en apercevoir de la douleur à une sorte de demi-sommeil, puis au sommeil. Je me réveillai tard dans la nuit et commençai alors à me rendre compte que j'étais seule. Au cours de ce premier sommeil, malgré l'amertume de la séparation, le sentiment de sa présence m'était resté. Je ne sais comment je me rendormis.

2

Le lendemain, je fus surprise de me sentir alanguie, mélancolique, aboulique, comme si je sortais d'une maladie d'un mois. J'ai le caractère gai, et comme, chez moi, la gaieté vient de la santé et de la robustesse du corps, elle a toujours été plus forte que toutes les adversités, si bien qu'il m'est arrivé parfois de me sentir gaie malgré moi, à mon grand déplaisir, alors que les circonstances auraient dû s'y opposer. Ainsi, chaque jour, aussitôt levée, il était rare que je n'eusse pas envie de chanter ou de raconter quelque blague à maman. Mais, ce matin-là, même cette gaieté involontaire me faisait entièrement défaut; je me sentais éteinte et dolente, sans rien de mon habituel appétit des douze heures de vie que m'offrait la journée. Comme maman s'aperçut immédiatement de cette humeur insolite, je lui dis que j'avais mal dormi.

C'était vrai, si ce n'est que je donnais comme cause

un des nombreux effets de la profonde mortification apportée dans mon âme par le refus de Jacques. Je l'ai déjà dit; il y a beau temps qu'il ne m'importait plus d'être ce que j'étais : en face de moi-même, je ne trouvais aucune raison de ne pas être cela. Mais j'avais espéré aimer et être aimée; or, le refus de Jacques, malgré les raisons compliquées qu'il m'en avait données, me semblait devoir être, en définitive, attribué à mon métier; lequel, pour ce motif, me devenait brusquement odieux, intolérable.

L'amour-propre est une curieuse bête, qui peut dormir sous les coups les plus cruels et puis s'éveille, blessée à mort par une simple égratignure. Il y avait un souvenir entre tous qui me navrait, me remplissait d'amertume et de honte : celui d'une phrase que j'avais prononcée la veille au soir en suspendant son pardessus au portemanteau : « Quelle impression te fait cette chambre ? lui avais-je demandé. N'est-ce pas qu'elle est confortable ? »

Je me souvenais qu'il n'avait pas répondu, mais regardé tout autour de lui avec une grimace qu'au moment même je n'avais pas comprise. Maintenant je me rendais compte que c'était une grimace de dégoût. Il avait certainement pensé : la chambre d'une fille de trottoir ! Quand j'y resongeais, ce qui me cuisait le plus, c'était d'avoir prononcé cette phrase avec une si naïve satisfaction. J'aurais dû penser que sur une personne telle que lui, aussi raffinée, aussi sensible, ma chambre devait faire l'impression d'un antre sordide, doublement laid de par ses meubles, réellement fort modestes, et de par l'usage que j'en faisais.

J'aurais bien voulu ne l'avoir jamais prononcée, cette malheureuse phrase; mais, désormais, elle m'avait échappé. Rien à faire ! Elle me faisait l'effet d'une prison dont je ne pouvais sortir à aucun prix. Bien mieux, cette phrase, c'était moi-même, inaltérable, désormais, telle que je m'étais faite de par ma volonté. L'oublier ou me donner l'illusion de ne l'avoir jamais dite, c'eût été m'oublier moi-même ou me donner l'illusion que je n'existais pas.

Ces réflexions m'intoxiquaient comme un poison lent

qui, tout doucement, eût suivi son chemin néfaste dans le meilleur sang de mes veines. Habituellement, le matin, j'avais beau m'évertuer à prolonger mon oisiveté, le moment venait où mes couvertures me répugnaient et où mon corps, obéissant à une sorte de volonté indépendante, s'en dégageait en sautant hors du lit. Mais, ce jour-là, c'est le contraire qui arriva : toute la matinée passa, l'heure du déjeuner arriva, et j'avais beau m'inciter moi-même à me lever, je n'avais pas encore bougé. Je me sentais ankylosée, inerte, impuissante, torpide et, en même temps, tout endolorie, comme si cette immobilité m'eût causé une fatigue désespérée. J'avais l'impression d'être une de ces barques pourries qui restent amarrées dans quelque baie marécageuse, le ventre plein d'une eau noire et fétide : si quelqu'un y monte, les planches pourries cèdent aussitôt, et la barque, qui était peut-être là depuis des années, coule en un instant. Je ne sais combien de temps je restai dans cet état, enveloppée de travers dans mes couvertures, les yeux dans le vide, le drap tiré jusque sous le nez. J'entendis sonner les cloches de midi, puis le coup d'une heure, puis deux heures, trois heures, quatre heures. J'avais fermé la porte à clef; de temps en temps, maman, inquiète, venait frapper. Je lui répondais que je n'allais pas tarder à me lever et la priais de me laisser tranquille.

Quand la lumière commença de baisser, je tâchai d'être courageuse, fis un effort qui me sembla surhumain, rejetai les couvertures et sortis de mon lit.

Je me sentais les membres gonflés d'inertie et d'écœurement. Je me lavai et m'habillai en me traînant plutôt qu'en marchant de côté et d'autre à travers ma chambre. Je ne pensais à rien; je savais seulement, non pas dans mon esprit mais dans tout mon corps, que ce jour-là, tout au moins, je n'avais réellement pas envie de me livrer à ma chasse aux amants coutumière. Une fois que je fus habillée, j'allai trouver maman et lui dis que nous passerions la soirée ensemble. Nous nous promènerions dans les rues du centre et, le soir, nous irions prendre l'apéritif dans un café.

La joie de maman, que je n'avais pas habituée à ce

genre d'invitation, m'irrita, je ne sais pourquoi : une fois de plus, j'eus l'occasion d'observer comme ses joues étaient flasques et boursouflées et comme ses yeux, rapetissés, avaient un luisant équivoque et faux. Mais je refoulai la tentation de lui décocher quelque impolitesse qui eût détruit sa joie et j'allai m'asseoir à la table de la grande pièce noire en attendant qu'elle s'habillât. La lumière blanche du réverbère pénétrait par les croisées sans rideaux, éclairait la machine à coudre et s'allongeait le long d'un mur. Je baissai les yeux vers la table et j'entrevis, alignées dans l'ombre, les figures à couleurs vives du jeu de patience avec lequel maman trompait l'ennui de ses longues soirées. Alors, brusquement, j'éprouvai un sentiment extraordinaire : il me semblait que c'était moi qui étais maman, maman en chair et en os, attendant que sa fille Adrienne, dans la chambre à côté, en eût fini avec son amant de passage. Cette impression provenait sans doute de ce que je m'étais assise sur sa chaise, à sa table, devant ses cartes. Les lieux ont, parfois, de ces suggestions; plus d'un, en visitant une prison, éprouve le froid, le désespoir, le sentiment d'isolement du prisonnier qui, jadis, y languit. Mais la grande pièce n'était pas une prison, et maman n'endurait pas d'aussi massives douleurs, faciles à imaginer. Elle ne faisait que vivre comme elle avait toujours vécu. Toutefois, peut-être bien parce qu'un instant plus tôt j'avais senti contre elle un mouvement d'hostilité, cette perception de sa vie suffit pour opérer en moi une sorte de réincarnation. Les bonnes gens, pour excuser quelque acte blâmable, disent parfois : « Mets-toi à sa place. » Eh bien ! je venais de me mettre à la place de ma mère au point d'avoir l'impression d'être moi-même ma mère.

Je l'étais... mais avec la conscience de l'être, chose qui n'existait pas chez elle, sans quoi elle se fût révoltée d'une manière ou d'une autre. Brusquement je me sentis flasque, avachie, ridée; je compris ce qu'est la vieillesse, qui ne change pas seulement l'aspect du corps, mais le rend inapte et inerte. Comment était-elle, maman ? Parfois, je l'avais vue quand elle se déshabillait, et j'avais remarqué, sans y penser davantage, ses mamelles rabougries, noirâtres et flétries, son ventre jaune et distendu. Maintenant, ces mamelles qui m'avaient allaitée, ce ventre dont j'étais sortie, je me les sentais, j'aurais pu les toucher sur moi, je croyais éprouver le regret, la peine impuissante que devait ressentir maman en voyant le changement de son corps. La jeunesse et la beauté rendent la vie supportable et même gaie. Mais, quand elles ne sont plus là ? Je frémis d'effroi, m'éveillai un instant de ce cauchemar et me félicitai d'être, en réalité, la belle et jeune Adrienne et non sa mère, qui n'était ni jeune ni belle et ne le serait jamais plus.

Mais en même temps, comme un mécanisme arrêté qui recommence doucement à se mouvoir, voilà que fourmillèrent dans mon esprit toutes les idées qui devaient lui passer par la tête quand elle attendait mon apparition, seule dans la grande salle. Il n'est pas difficile d'imaginer ce que peut penser une personne comme maman en semblables circonstances; seulement, chez la plupart des gens, ce fait d'imaginer naît de la réprobation et du mépris, si bien qu'au lieu d'imaginer ils construisent un fantoche sur lequel déverser leur hostilité. Mais, moi qui aimais maman et ne me mettais à sa place que par amour, je savais qu'à ces moments-là ses pensées n'étaient ni intéressées, ni apeurées, ni honteuses, ni en relation, d'aucune façon, avec ce que j'étais et avec ce que je faisais. Je savais, au contraire, que ses idées étaient occasionnelles et insignifiantes, comme il était normal qu'il en vînt à une personne comme elle, vieille, pauvre et ignorante, qui, de toute sa vie, n'avait pu penser deux jours de suite de la même façon sans recevoir, de la nécessité, le plus péremptoire démenti. Les grandes idées et les grands sentiments – fussent-ils tristes et négatifs – ont besoin de durée et de protection; ce sont des plantes délicates, qui mettent longtemps à prendre racine et à se fortifier. Maman n'avait jamais pu cultiver dans son esprit ni dans son cœur autre chose que les mauvaises herbes éphémères des réflexions, des préoccupations, des ressentiments quotidiens. C'est ainsi que je pouvais, comme je le faisais, me donner dans ma chambre pour de l'argent; dans la grande pièce à côté, maman, devant sa « patience », continuait à rouler dans sa tête les mêmes imbécillités (s'il est juste d'appeler ainsi les choses dont elle avait vécu tant d'années : depuis son enfance jusqu'à maintenant). Le prix de la nourriture, la peur d'être patraque, la couture à faire et autres inepties semblables. Tout au plus, à présent, tendait-elle parfois l'oreille au son des cloches de l'église voisine et pensait-elle sans y attacher d'autre importance : « Cette fois-ci, Adrienne met plus de temps que d'habitude. » Ou bien, quand elle m'entendait ouvrir la porte et parler dans l'antichambre : « Adrienne a fini. » Quoi de plus ? Maintenant, avec ces idées dans la tête, j'étais maman tout entière : corps et âme. Et, justement parce que je parvenais à être maman d'une manière si vraie et si dépouillée, j'avais l'impression de l'aimer de nouveau, et plus encore qu'avant.

Je fus tirée de ce rêve par le bruit que fit la porte en s'ouvrant. Maman tourna le bouton de l'électricité et me demanda :

– Que fais-tu donc comme ça, dans le noir ?

Tout éblouie, je me levai et la regardai. Elle avait complètement changé de vêtements; je m'en aperçus au premier coup d'œil. Elle n'avait pas mis de chapeau parce qu'elle n'en a jamais porté, mais elle avait revêtu une robe noire de façon compliquée. Elle tenait sous son bras un grand sac de cuir noir à charnière de métal jaune et portait autour du cou une fourrure de peau de chat. Elle avait mouillé ses cheveux gris et les avait coiffés avec soin en les tirant beaucoup et en les réunissant au sommet de la tête en un petit chignon criblé d'épingles. Elle avait même passé de la poudre rose sur ses joues arides et maigres et maintenant florissantes. Malgré moi, je souris presque de la voir attifée de la sorte et si solennelle. Ce fut avec mon ton affectueux de toujours que je lui dis, en me mettant en marche :

– Allons-y !

Je savais que maman aimait se promener lentement, à l'heure où le trafic est le plus fort, dans les rues

Nous passâmes de la vitrine du marchand de sacs à un étalage de joaillerie. Maman s'arrêta pour contempler les bijoux et me dit d'un air extasié :

– Regarde cette bague... Dieu sait ce qu'elle doit coûter !... Et ce bracelet... tout en or massif ! Moi, je n'ai pas la passion des bagues ni des bracelets... mais les colliers, si ! J'avais bien un collier de corail... mais j'ai dû le vendre !

– Quand cela ?

– Oh ! il y a des années !

Je ne sais pourquoi, l'idée me vint qu'avec le gain de ma profession je n'avais pas encore pu m'acheter la plus misérable petite bague. Et je déclarai à maman :

– Tu sais... j'ai décidé que, dorénavant, je n'amènerai plus personne à la maison. C'est fini.

C'était la première fois avec maman que je faisais une allusion explicite à mon métier. Elle prit une figure que je ne pus pas m'expliquer sur le moment et me répondit :

– Je te l'ai dit bien souvent... tu feras ce que tu voudras. Si tu es contente, moi je serai contente aussi.

Elle ne semblait pourtant guère satisfaite.

– Il nous faudra recommencer la vie d'avant, continuai-je. Tu seras obligée de te remettre à couper et à piquer tes chemises.

– Je l'ai fait tant d'années ! dit-elle.

– Nous n'aurons plus de l'argent comme à présent, insistai-je un peu cruellement. Nous avions fini par mener une trop bonne vie. Pour moi, je ne sais pas ce que je ferai.

– Que vas-tu faire ? me demanda maman avec une expression d'espoir.

– Je ne sais pas, répondis-je. Je recommencerai à être modèle... ou bien je t'aiderai à tes chemises...

– Oh ! comment pourrais-tu m'aider ?... dit-elle d'un ton découragé.

– Ou bien je me placerai comme bonne, continuai-je. Que veux-tu que je fasse ?

Maintenant maman avait une figure amère et triste

comme si elle eût senti brusquement toute la graisse des dernières années la lâcher à la manière des feuilles mortes qui se détachent des arbres aux premiers froids de l'automne. Elle n'en dit pas moins avec conviction :

– Tu feras ce que tu voudras, je te le répète. Pourvu que tu sois contente !

Je comprenais que deux sentiments opposés combattaient en elle : son amour pour moi et son attachement à une vie confortable. Elle me fit peine : j'eusse préféré qu'elle eût la force de sacrifier délibérément un des deux et fût tout amour ou tout intérêt. Mais il est rare que cela se produise : nous passons notre vie à annuler par l'effet de nos vices l'effet de nos vertus.

– Je n'étais pas contente avant, lui déclarai-je, et je ne serai pas plus contente maintenant. Seulement je n'ai plus le courage de continuer cette vie-là.

Après ces paroles, nous ne dîmes plus rien. Maman avait une figure toute grise et toute battue; sa maigreur d'antan, sa peau tirée semblaient déjà se dessiner à nouveau sous sa mine de prospérité. Elle examinait les étalages avec le même soin minutieux, les mêmes longues contemplations, mais sans joie, sans curiosité, machinalement et comme si sa pensée était ailleurs. Peut-être ne voyait-elle rien de ce qu'elle regardait ou, mieux, ne voyait-elle pas les objets en vitrine, mais une machine à coudre, avec une pédale infatigable et une aiguille qui monte et descend comme une folle, des tas de chemises mi-confectionnées sur une table d'atelier, la pièce de lustrine noire dans laquelle on enveloppe le travail fini pour le porter en ville aux clients. Pour ma part, ces fantômes ne s'interposaient pas entre les vitrines et mes yeux. J'y voyais fort bien, et je pensais de façon claire. Je discernais un à un tous les objets des étalages avec l'étiquette du prix, et je me disais que je pouvais bien ne plus vouloir faire mon métier (comme, en effet, je ne voulais plus le faire), mais qu'en réalité je ne pouvais rien faire d'autre. Une grande partie des objets exposés dans ces vitrines, j'aurais pu, en me limitant un peu, en faire l'emplette; le jour où je reviendrais à mon ancien métier de modèle ou à tout autre travail semblable, il m'y faudrait renoncer pour toujours; il nous faudrait recommencer, maman et moi, notre vie d'autrefois, avare, inconfortable, pleine de convoitises refoulées, de sacrifices inutiles et d'économies sans résultats. Actuellement, je pouvais aspirer à un bijou, si je trouvais quelqu'un pour m'en faire cadeau. Mais, si je faisais retour à ma vie de naguère, les bijoux deviendraient pour moi aussi inaccessibles que les étoiles du ciel. Je fus prise d'un violent dégoût pour mon existence d'autrefois, qui me parut stupidement maussade et désespérante, et ressentis un vif sentiment d'absurdité en songeant aux motifs qui me poussaient à changer de vie. Parce qu'un étudiant dont je m'étais toquée n'avait pas voulu de moi ! Parce que je m'étais fourré dans la tête qu'il me méprisait ! En somme, parce que j'aurais voulu ne pas être ce que j'étais. Je me dis que c'était uniquement de l'orgueil et que je ne pouvais pas, par simple orgueil, me remettre et surtout remettre maman dans notre misérable situation d'avant. Je vis brusquement la vie de Jacques, qui s'était rapprochée de la mienne et fondue avec elle, diverger dans une direction différente, et la mienne continuer dans la voie où j'étais entrée. Si je trouvais quelqu'un qui m'aimât et qui m'épousât, alors oui, pensai-je, même s'il est pauvre ! Mais, pour une lubie, ça n'en vaut pas la peine ! A cette idée, un grand calme remplit mon âme, fait d'un double sentiment de délivrance et de douceur. C'est une impression que j'ai souvent éprouvée par la suite chaque fois que j'ai non seulement accepté le destin que la vie semblait m'imposer, mais marché à sa rencontre. J'étais celle que j'étais; je devais être celle que j'étais, et rien d'autre. Je pouvais être une bonne épouse, si étrange que cela paraisse, ou bien une femme qui se donne pour de l'argent, mais pas une pauvre malheureuse qui s'évertue à mener une vie de misère pour la seule satisfaction de son orgueil. Réconciliée enfin avec moi-même, je souris.

Nous étions devant un magasin de nouveautés pour dames exposant des soieries et des lainages. Maman me dit :

– Regarde ce beau « carré ». C'est un carré comme ça qu'il me faudrait.

Tranquille et rassérénée, je levai les yeux pour regarder le fichu que maman m'indiquait. C'était en effet un joli fichu, noir et blanc, avec des ramures et des oiseaux. La porte du magasin était ouverte; on pouvait voir le comptoir et, sur le comptoir, une boîte à compartiments avec une grande quantité de fichus semblables, en vrac, non pliés. Je demandai à maman :

– Il te plaît, ce carré?

– Oui. Pourquoi?

– Tu l'auras, mais commence par me donner ton sac et prendre le mien.

Elle ne comprenait pas pourquoi et me regarda bouche bée. Sans mot dire, je lui pris son grand sac de cuir noir et lui mis dans les mains le mien, qui était beaucoup plus petit. J'ouvris la charnière de son sac, la maintins de deux doigts et, lentement, du pas d'une personne qui veut acheter, j'entrai dans le magasin. Maman me suivit. Elle continuait à ne pas comprendre, mais n'osait rien me demander.

– Nous voudrions voir des carrés, dis-je à la vendeuse, en m'approchant du casier à compartiments.

– Ceux-ci sont en soie, ceux-ci en cachemire, ceux-ci sont en laine... ça, c'est du coton... commença la vendeuse en m'étalant les carrés sous les yeux.

Je m'approchai tout près du comptoir, mon sac au niveau du ventre, et me mis à examiner d'une seule main les carrés que j'ouvrais et plaçais à la lumière pour en voir le dessin et les coloris. Ces carrés blancs et noirs, il y en avait au moins une douzaine, tous pareils. Je m'arrangeai pour en laisser retomber un sur le rebord du casier de façon qu'une grande partie pendît du comptoir. Puis je déclarai à la vendeuse :

– A vrai dire, j'aurais préféré des tons plus vifs.

– Il y a un article plus fin, mais plus cher! me dit la vendeuse.

– Faites-moi voir.

La vendeuse se retourna pour tirer une boîte des rayonnages. J'étais prête; je m'écartai légèrement du comptoir et ouvris le sac. Tirer sur le pan du carré et rapprocher mon ventre du comptoir fut l'affaire d'un instant.

Cependant, la vendeuse avait extrait la boîte-tiroir du rayonnage. Elle la posa sur le comptoir et me présenta d'autres carrés plus grands et plus beaux. Je les examinai longuement en faisant mes observations sur les couleurs et sur les dessins et en les montrant à maman avec des appréciations auxquelles elle, qui avait tout vu et semblait plus morte que vive, ne répondait que par des signes de tête.

– Combien valent-ils ? finis-je par demander.

La vendeuse me dit leur prix, et je répondis, d'un ton de regret :

– Vous aviez raison; ils sont trop chers... pour moi tout au moins. Merci tout de même.

Nous sortîmes du magasin, et je me dirigeai en hâte vers une église proche, parce que je craignais que la vendeuse pût s'apercevoir du vol et ne nous poursuive à travers la foule. Maman, qui me donnait le bras, regardait tout autour d'elle d'un air égaré et craintif, comme un ivrogne qui se demande si ce ne sont pas les objets qui sont ivres parce qu'il les voit vaciller et se brouiller. Je ne pus m'empêcher de sourire de son trouble. Je ne savais pas pourquoi je venais de voler ce fichu; la chose, du reste, n'avait pas d'importance, puisque j'avais déjà volé le poudrier chez Gino et qu'en pareille matière, il n'y a que le premier pas qui compte. Mais j'avais éprouvé le même plaisir sensuel que la première fois et je commençais à comprendre pourquoi il y a tant de gens qui volent. Quelques pas nous amenèrent à l'église dans une rue perpendiculaire; je dis alors à maman :

– Est-ce que nous entrons un instant à l'église ?

– Comme tu voudras ! me répondit-elle à voix basse.

Nous entrâmes dans l'église; une petite église blanche, de forme ronde, à laquelle une colonnade disposée tout autour du pavement donnait l'aspect d'une salle de bal. Il s'y trouvait deux rangées de bancs polis par l'usage sur lesquels la lanterne de la coupole faisait crachoter un éclairage blafard. Je levai les yeux et vis que la coupole était pleine de fresques représentant des anges, les ailes grandes ouvertes. Je me sentis sûre que ces beaux anges forts me protégeaient et que la vendeuse ne s'apercevrait du vol que le soir. Le silence, l'odeur de l'encens, l'ombre, le recueillement de l'église me rassuraient aussi, après le tumulte et la lumière violente de la rue. J'étais entrée très vite, en bousculant un peu maman, mais je me calmai tout de suite et sentis toute peur s'évanouir. Maman fit le geste de fouiller dans mon sac, qu'elle avait encore dans les mains. Je le remplaçai par le sien en lui disant à mi-voix :

– Mets le fichu !

Elle ouvrit son sac et arrangea sur sa tête le carré volé. Nous trempâmes nos doigts dans le bénitier et allâmes nous asseoir dans la première rangée de bancs, devant le maître-autel. Je m'agenouillai, tandis que maman restait assise, les mains sur ses genoux, le visage obscurci par le carré trop grand. Je comprenais qu'elle était troublée et ne pus m'empêcher de comparer mon calme à son agitation. Je me trouvais dans une disposition d'esprit douce et conciliante; je n'éprouvais pas de remords et me sentais beaucoup plus proche de la religion que lorsque je ne commettais aucun acte blâmable et travaillais en serrant les dents pour gagner ma vie. Je me souvins du frisson d'égarement qui m'avait prise un moment avant en regardant la rue pleine de gens, et me sentis réconfortée à l'idée qu'il y avait un Dieu qui voyait clair en moi : il constatait qu'il ne s'y trouvait rien de mal, que, par le seul fait que je vivais, j'étais innocente, comme tous les hommes, du reste. Je savais que ce Dieu n'était pas là pour me juger et me condamner, mais pour justifier mon existence, qui ne pouvait être que bonne, puisqu'elle dépendait directement de lui. Tout en priant machinalement, en employant les paroles de la prière, je regardais l'autel sur lequel, derrière la petite flamme des cierges, j'entrevoyais dans un tableau une image obscure qui me semblait être la Vierge; et je sentais qu'entre la Vierge et moi la question n'était pas de savoir si je devais me conduire de telle ou telle façon mais, bien plus radicalement, si je devais me considérer comme encouragée à vivre ou non. Et, brusquement, j'eus l'impression que cet encouragement partait de la silhouette obscure derrière les cierges de l'autel sous forme d'une brusque chaleur qui m'enveloppa tout le corps. Oui, j'étais encouragée à vivre, bien que je ne comprisse rien à la vie non plus qu'aux raisons pour lesquelles on vivait.

Maman restait là toute penaude et toute ahurie, avec son fichu neuf qui lui faisait un bec sur le nez. Quand je l'aperçus, en me retournant, je ne pus me tenir de lui sourire avec affection.

— Prie un peu, murmurai-je, ça te fera du bien.

Elle tressaillit profondément, hésita, puis s'agenouilla et joignit les mains comme à contrecœur. Je savais qu'elle ne voulait plus croire à la religion, qui lui semblait une fallacieuse consolation destinée à la faire rester bien sage et à lui permettre d'oublier les duretés de la vie. Je ne l'en vis pas moins remuer machinalement les lèvres, et sa figure pleine de méfiance et de mauvaise humeur me fit sourire à nouveau. J'aurais voulu la rassurer, lui dire que j'avais changé d'idée, qu'il ne fallait pas avoir peur, qu'elle ne serait pas obligée de se remettre à coudre comme avant. Il y avait quelque chose d'enfantin dans la mauvaise humeur de maman; c'était la mauvaise humeur d'un enfant à qui on refuse un gâteau qu'on lui a promis, et cet aspect me paraissait l'aspect fondamental de sa conduite envers moi. S'il en eût été autrement, j'aurais dû penser qu'elle comptait sur mon métier pour jouir de son confort; et je savais, au fond, que ce n'était pas vrai.

Quand elle eut fini de prier, elle se signa, mais d'un air sec et dépité, afin de souligner qu'elle le faisait uniquement pour me complaire. Je me levai et lui fis signe de sortir. Sur le seuil, elle ôta son carré, le replia soigneusement et le mit dans son sac. Nous retournâmes rue Nationale et je me dirigeai vers une pâtisserie.

— Nous allons prendre un vermouth! déclarai-je.

— Non, non, ce n'est pas la peine! répondit aussitôt maman d'une voix où l'appréhension se mêlait au plaisir.

Elle faisait toujours de même : en vertu d'une vieille habitude, elle avait constamment peur que je ne fisse des frais excessifs.

– La belle histoire ! lui dis-je. Pour un vermouth !

Elle se tut et me suivit dans la pâtisserie.

C'était un local vieillot avec un comptoir et des plinthes d'acajou luisant, et de nombreuses vitrines remplies de belles boîtes de bonbons. Nous nous assîmes dans un coin, et je demandai deux vermouths. Le garçon intimidait maman, qui baissait les yeux, immobile et gênée, pendant que je commandais les consommations. Quand il eut apporté les deux vermouths, elle prit son petit verre, y trempa les lèvres, le replaça sur la table, me regarda et prononça gravement :

– C'est bon.

– C'est du vermouth, dis-je.

Le garçon avait apporté une grande boîte de verre et de métal, avec des gâteaux. Je l'ouvris et dis à maman :

– Prends un petit gâteau !

– Non, non, je t'en prie...

– Prends-en donc un !

– Ça me couperait l'appétit.

– Pour un petit gâteau !

Je regardai dans cette sorte de boîte, choisis un gâteau de pâte feuilletée avec de la crème et le lui offris en lui disant :

– Mange celui-ci, c'est léger.

Elle le prit et le grignota avec componction, en le regardant chaque fois à l'endroit qu'elle avait mordu.

– Il est vraiment bon ! dit-elle à la fin.

– Prends-en un autre, lui dis-je.

Cette fois, elle ne se fit plus prier et prit un deuxième gâteau. Notre vermouth avalé, nous restâmes silencieuses, nous contentant de regarder le va-et-vient des clients dans la pâtisserie. Je comprenais que maman était contente d'être assise dans ce coin avec un vermouth et deux gâteaux dans l'estomac, que les allées et venues des gens piquaient sa curiosité et l'amusaient et qu'elle n'avait rien à me dire. C'était probablement la première fois qu'elle se trouvait dans un local semblable, et la nouveauté de l'expérience lui interdisait toute réflexion.

Une jeune femme entra. Elle tenait par la main une petite fille avec un col bouffant de mongolie blanche, une robe courte, des bas et des gants de fil blanc. La mère choisit un gâteau dans la vitrine posée sur le comptoir et le donna à la petite. Je dis à maman :

– Quand j'étais petite fille, tu ne me menais jamais dans une pâtisserie !

– Comment l'aurais-je pu ? me répondit-elle.

– Maintenant, achevai-je tranquillement, c'est moi qui t'y mène.

Elle se tut un moment, puis me dit d'un air penaud :

– Voilà que tu me reproches d'être venue ici... mais, moi, je ne voulais pas venir !

Je posai ma main sur la sienne et lui dis :

– Je ne te reproche absolument rien. Au contraire, je suis contente de t'y avoir amenée... Grand-mère ne t'y menait jamais dans les pâtisseries ?

Elle hocha la tête et répondit :

– Jusqu'à dix-huit ans, je ne suis jamais sortie du quartier.

– Alors, tu vois, lui dis-je. Dans une famille, il faut bien qu'il y en ait un qui fasse certaines choses, un jour ou l'autre. Tu ne les as pas faites et ta mère non plus, ni, probablement, la mère de ta mère... alors c'est moi qui les fais... Ça ne peut tout de même pas continuer éternellement de la même façon.

Elle ne dit rien et nous passâmes encore un quart d'heure à regarder les gens. Puis j'ouvris mon sac, tirai mon étui à cigarettes, allumai une cigarette. Il est fréquent que les femmes comme moi fument dans les endroits publics pour attirer l'attention des hommes. Mais moi, à ce moment-là, je ne pensais pas à chercher des amants; bien mieux, j'avais décidé de n'en rien faire. Je voulais fumer, c'est tout. J'introduisis ma cigarette entre mes lèvres, en tirai une bouffée de fumée et la rejetai par le nez et par la bouche, tout en gardant la cigarette entre deux doigts et en examinant les gens.

Mais il dut y avoir malgré moi, dans mon geste, quelque chose de provocant, parce que je vis aussitôt quelqu'un, qui se trouvait près du comptoir et tenait à la main une tasse de café qu'il s'apprêtait à boire, arrêter son geste à mi-chemin et me regarder fixement. C'était un homme d'une quarantaine d'années, court, avec des cheveux frisés sur un front lourd, des yeux saillants, la mâchoire pesante. Il avait la nuque si massive qu'on l'aurait cru sans cou. Comme un taureau qui voit une étoffe rouge et s'arrête net avant de charger la tête basse, il avait laissé sa tasse en suspens et me regardait. Il était bien vêtu, quoique sans élégance, avec un pardessus ajusté mettant en valeur ses larges épaules. Je baissai les yeux; pendant un instant, au sujet de cet homme, ma cigarette entre les lèvres, je pesai le pour et le contre. Je savais qu'avec ce tempérament-là il suffisait d'un regard de moi pour que les veines de son cou gonflent et que sa figure devienne cramoisie. Mais je n'étais pas bien sûre qu'il me plût. Puis je sentis comme une sève secrète sortant d'une écorce rugueuse sous forme de mille petits germes tendres; le désir de l'exciter m'émoustillait tout le corps et me contraignait de quitter mon attitude réservée. Cela juste une heure après que j'avais décidé de lâcher le métier. Je pensai qu'il n'y avait réellement rien à faire... c'était plus fort que moi! mais je le pensai gaiement. Depuis que j'étais sortie de l'église, je m'étais réconciliée avec mon sort, quel qu'il fût, et sentais que cette acceptation valait mieux pour moi que n'importe quel noble refus. C'est ainsi qu'après un moment de réflexion je levai les yeux sur l'homme. Il était encore là, transformé en bête, la petite tasse dans sa grosse main poilue, ses yeux bovins fixés sur moi. Alors je pris, pour ainsi dire, mon élan, avec toute la malice dont j'étais capable, et lui décochai un long regard câlin et souriant. Il le reçut en pleine figure et, comme je l'avais prévu, se congestionna. Il avala son café, reposa sa tasse sur le comptoir et, tout raide et plastronnant dans son pardessus ajusté, s'en fut, à petits pas, payer à la caisse. Sur le seuil, il se retourna et me fit clairement, impérieusement, un signe d'intelligence. Il sortit et je dis à maman :

— Je te laisse... reste, toi! De toute façon, je ne pourrais pas t'accompagner.

Elle était en train de se repaître du spectacle de la pâtisserie. Elle tressaillit d'effroi :

– Pourquoi ? Où vas-tu ?

– J'ai quelqu'un qui m'attend dehors, lui dis-je en me levant... Voilà l'argent : paie et rentre à la maison... D'ailleurs, je rentre avant toi... mais pas seule.

Elle me regarda d'un air apeuré où je crus voir une sorte de remords. Mais elle ne dit rien. Je lui fis un signe de salut et m'en allai. L'homme m'attendait dans la rue. J'avais à peine eu le temps de sortir que, déjà, il fonçait sur moi et me serrait violemment le bras :

– Où allons-nous ?

– Nous allons chez moi.

C'est ainsi qu'après quelques heures d'angoisse je renonçai à lutter contre ce qui paraissait mon destin et l'embrassai même avec plus d'amour, comme on étreint un ennemi qu'on ne peut abattre. Et je me sentis délivrée. D'aucuns vont penser qu'il est bien commode d'accepter un sort ignoble, mais fructueux, au lieu de le refuser. Moi, je me suis souvent demandé pourquoi la tristesse et la rage habitent si souvent l'âme de ceux qui veulent vivre selon certains préceptes et se conformer à certains idéaux, tandis que ceux qui acceptent leur vie, qui est avant tout nullité, obscurité, faiblesse, sont si fréquemment insouciants et gais. Dans ces cas-là, du reste, chacun obéit non pas à des préceptes, mais à son tempérament, qui prend l'aspect du destin. Le mien, comme je l'ai dit, c'était d'être à tout prix joyeuse, douce et tranquille, et je l'acceptais.

3

Je renonçai complètement à Jacques et décidai de n'y plus penser. Je sentais que je l'aimais, que s'il fût revenu j'en aurais été heureuse et l'eusse aimé plus que jamais, mais je sentais aussi que je ne me laisserais jamais plus humilier par lui. S'il était revenu, je serais restée en face de lui, enfermée dans ma vie comme dans une forteresse qui, tant que je serais décidée à n'en point sortir, serait véritablement inexpugnable. Je lui dirais : « Je suis une fille de trottoir et rien d'autre. Si tu me veux, il faut que tu m'acceptes telle que je suis. » J'avais compris que ma force n'était pas de désirer être ce que je n'étais pas, mais d'accepter ce que j'étais. Ma force, c'était ma pauvreté, mon métier, maman, ma vilaine maison, mes vêtements modestes, mon humble origine, mes malheurs et, plus intimement, le sentiment qui me faisait accepter toutes ces choses, profondément enfoncé dans mon âme comme une pierre précieuse dans la terre. Toutefois j'étais sûre que je ne le reverrais plus jamais; et cette certitude me le faisait aimer d'une manière nouvelle pour moi, impuissante et mélancolique, mais non privée de douceur, comme on aime ceux qui sont morts et ne reviendront plus.

Au cours de ces jours-là, je rompis avec Gino. Comme je l'ai déjà dit, je n'aime pas les interruptions brusques; je veux que les choses vivent et meurent de leur vie et de leur mort. Mes relations avec Gino sont un bon exemple de cette volonté. Elles cessèrent parce que la vie qui les animait s'éteignit, et non pas par ma faute ni, en un certain sens, par celle de Gino. Elles cessèrent de manière à ne me laisser ni regrets ni remords.

J'avais continué à le voir de temps en temps, deux ou trois fois par mois. Il me plaisait, comme je l'ai dit, bien que j'eusse perdu toute estime pour lui. Un de ces jours-là, il me donna, téléphoniquement, rendez-vous dans une crémerie, et je lui répondis que j'irais.

C'était une crémerie de mon quartier. Gino m'attendait dans la petite salle du fond, une sorte de grand cabinet sans fenêtre aux murs entièrement revêtus de carreaux de céramique. Quand j'entrai, je m'aperçus qu'il n'était pas seul. Quelqu'un était assis avec lui et me tournait le dos. Je vis seulement qu'il portait un imperméable vert et qu'il avait des cheveux blonds, coupés en brosse. Je m'approchai. Gino me dit :

– Je te présente mon ami, Sonzogne.

Alors l'autre aussi se leva; je le regardai et lui tendis

la main. Mais, quand il me la serra, j'eus l'impression d'être prise dans des tenailles et poussai un cri de douleur. Il desserra tout de suite son étreinte; je m'assis en souriant et je lui dis :

– Savez-vous que vous faites mal? Est-ce que vous serrez toujours la main comme ça?

Il ne répondit rien et ne sourit même pas. Il avait le visage blanc comme du papier, le front dur et saillant, de petits yeux bleu clair, le nez camus et la bouche comme une coupure. Ses cheveux blonds, raides et d'un ton délavé, étaient coupés court sur des tempes aplaties, mais la base du visage était large, avec de grosses mâchoires disgracieuses. Il semblait toujours serrer les dents comme s'il avait quelque chose à broyer et, tout le temps, sous la peau de sa joue, on voyait frémir et glisser comme un nerf. Gino, qui paraissait le considérer avec une amitié respectueuse et adulatrice, me dit en riant :

– Mais ça, ce n'est rien... Si tu savais comme il est fort! Il a le coup de poing interdit!

J'eus l'impression que Sonzogne le regardait avec hostilité. Il finit par dire d'une voix sourde :

– Ce n'est pas vrai que j'ai le coup de poing interdit... mais je pourrais l'avoir!

Je demandai :

– Qu'est-ce que c'est, le coup de poing interdit?

Sonzogne me répondit brièvement :

– Quant on peut tuer un homme d'un coup de poing, alors on n'a pas le droit d'employer le poing. C'est comme faire usage du revolver.

– Mais sens comme il est fort! insista Gino, excité et désireux, semblait-il, de se concilier Sonzogne. Allons... lui demanda-t-il, fais-lui tâter ton bras!

J'hésitai, mais on eût dit que Gino y tenait et que son ami aussi s'attendait à ce geste. Je tendis la main, mollement, pour lui palper le bras. Il replia l'avant-bras pour tendre ses muscles, mais sérieusement, d'un air presque sombre. Alors, à ma grande surprise, parce qu'à le voir il faisait l'effet d'un gringalet, mes doigts sentirent, à travers la manche, comme un paquet de câbles d'acier. Je retirai la main avec une exclamation dont je ne sais trop si c'était de l'étonnement ou de la répugnance. Sonzogne me regarda d'un air satisfait, un léger sourire sur les lèvres. Gino déclara :

– C'est un vieil ami... N'est-ce pas, Primo, que nous nous connaissons depuis bien longtemps ? Nous sommes comme deux frères !

Et il donna une tape sur l'épaule de Sonzogne en ajoutant :

– Ce vieux Primo !

Mais l'autre leva les épaules pour en éloigner la main de Gino et répondit :

– Ni amis ni frères... Nous avons travaillé dans le même garage, voilà tout !

Gino ne perdit pas contenance.

– Eh ! je le sais que tu ne veux être ami de personne ! Toujours seul... toujours pour ton compte... ni hommes ni femmes !

Sonzogne le regarda. Il avait un regard fixe, d'une immobilité et d'une insistance incroyables, et Gino détourna les yeux sous son regard.

– Qui t'a raconté ces histoires-là ? lui dit Sonzogne. Je vais avec qui me plaît, hommes et femmes.

– Je parlais pour parler, s'excusa Gino, qui paraissait perdre toute son assurance. Pour mon compte, il est certain que je ne t'ai jamais vu avec personne.

– Tu n'as jamais connu mes affaires.

– Bah ! moi qui te voyais tous les jours, matin et soir !

– Tu me voyais tous les jours... Et alors ?

– Bon ! insista Gino, déconcerté. Comme je te voyais toujours seul, j'ai pensé que tu ne fréquentais personne. Quand un homme a une femme ou un ami, on arrive toujours à le savoir !

L'autre lui dit brutalement :

– Ne fais pas le crétin !

– Voilà ! maintenant tu me traites encore de crétin ! dit Gino tout rouge, en affectant de croire à une saute d'humeur inoffensive.

Mais on sentait qu'il avait peur.

Sonzogne répéta :

– Oui, ne fais pas le crétin; autrement, je te casse la figure!

Brusquement, je compris que non seulement il était capable de le faire, mais qu'il avait l'intention de le faire. Je lui posai la main sur le bras et lui dis :

– Si vous avez l'intention de vous battre, je vous prie de le faire quand je n'y serai pas... Je ne peux pas supporter la violence.

– Je te présente une demoiselle de mes amies, dit Gino tout penaud, et voilà que tu l'épouvantes avec tes façons... Elle va penser que nous sommes deux ennemis.

Sonzogne se tourna vers moi et, pour la première fois, sourit. Quand il souriait, il clignait des yeux, plissait le front d'une manière irrégulière et ne montrait pas seulement ses dents, qu'il avait petites et laides, mais encore ses gencives.

– La demoiselle, dit-il, n'est pas épouvantée, n'est-ce pas?

Je lui répondis sèchement :

– Je ne suis pas épouvantée le moins du monde mais, comme je viens de le dire, je n'aime pas les violences.

Il y eut un long silence. Sonzogne restait immobile, les mains dans les poches de son imperméable; il faisait frétiller les nerfs de sa mâchoire et regardait dans le vide. Gino fumait, la tête basse, et la fumée qui lui sortait de la bouche lui montait le long du visage et des oreilles, encore écarlates. Enfin Sonzogne se leva et dit :

– Allons, je m'en vais.

Gino sauta sur ses pieds et lui tendit la main d'un air prévenant en lui disant :

– Alors, sans rancune, hein! Primo?

– Sans rancune! répondit l'autre, les dents serrées.

Il me serra la main, cette fois sans me faire mal, et s'en alla. Il était maigre et de petite taille; réellement, on ne comprenait pas d'où lui venait cette force.

A peine fut-il sorti que je dis plaisamment à Gino :

– Vous êtes peut-être amis et même frères... mais il t'a dit de ces choses!

Gino avait repris son assurance. Il hocha la tête et m'expliqua :

– Il est fabriqué comme ça... mais il n'est pas méchant... Et puis j'ai intérêt à rester en bons rapports avec lui... il m'a été utile.

– De quelle façon ?

Je m'aperçus que Gino était excité et qu'il brûlait d'envie de me révéler je ne savais quoi. Il avait pris tout à coup une figure hilare et comme gonflée d'impatience.

– Tu te souviens, me demanda-t-il, de ce poudrier de ma patronne ?

– Oui... eh bien ?

Les yeux de Gino brillaient de joie. Il baissa la voix et me dit :

– Eh bien ! ensuite, j'y ai repensé et je ne l'ai pas rendu.

– Tu ne l'as pas rendu ?

– Non. J'ai réfléchi qu'après tout Madame était riche et qu'un poudrier de plus ou de moins n'avait pas d'importance pour elle. D'autant plus que le coup était fait, ajouta-t-il avec une réserve caractéristique, et qu'au fond ce n'était pas moi le voleur.

– C'était moi la voleuse, dis-je tranquillement.

Il fit comme s'il ne m'avait pas entendue et continua :

– Mais, ensuite, pour le vendre, c'était un problème... C'est un objet voyant, facile à reconnaître... je n'avais pas confiance... Je l'ai donc gardé longtemps dans ma poche... puis j'ai rencontré Sonzogne et je lui ai raconté l'histoire.

– Tu lui as parlé de moi ? lui demandai-je.

– Non, pas de toi... Je lui ai dit que c'était une amie qui me l'avait donné, sans nommer personne... Et lui... imagine un peu qu'en trois jours, je ne sais pas comment il s'y est pris, mais il l'a vendu, et il m'a apporté l'argent en prenant sa part comme nous en avions convenu, bien entendu.

Il tremblait de joie. Il regarda un moment autour de lui, puis tira de sa poche un rouleau de billets.

Je ne sais pas pourquoi, j'éprouvai à ce moment

contre lui une violente antipathie. Je ne crois pas que je le désapprouvasse; je n'en avais certes pas le droit. Mais son ton exultant m'agaçait. Et puis j'avais l'impression qu'il ne m'avait pas tout dit; et ce qu'il m'avait tu était certainement le pire. Je lui dis sèchement.

– Tu as bien fait.

– Tiens! continua-t-il en défaisant le rouleau de billets. Ça, c'est pour toi. J'ai compté.

– Non, non! dis-je sur-le-champ. Je ne veux rien, absolument rien.

– Mais pourquoi?

– Je ne veux rien.

– Tu tiens à me vexer! me dit-il.

Une ombre de tristesse et de méfiance passa sur sa figure et je craignis vraiment de l'avoir blessé. Je fis donc un effort et lui dis en posant ma main sur la sienne :

– Si tu ne me l'avais pas offert, je me serais, je ne dis pas formalisée, mais étonnée. Maintenant, ça va bien comme ça. Je ne veux pas de cet argent parce que, pour moi, maintenant, c'est une chose finie, voilà tout... mais je suis contente que tu l'aies.

Il me regardait sans me comprendre, avec une expression soupçonneuse, comme s'il eût voulu découvrir le motif secret qui se cachait sous mes paroles. Souvent, par la suite, en repensant à lui, je me suis rendu compte qu'il ne pouvait pas me comprendre, parce qu'il vivait dans un monde différent du mien, conformément à des idées et à des sentiments différents des miens. Je ne sais pas si ce monde était pire ou meilleur que le mien; je sais seulement que certains mots n'avaient pas pour lui le sens qu'ils avaient pour moi et qu'une grande partie de ses actions, qui me semblaient répréhensibles, il les considérait comme licites et même de rigueur. Il semblait, en particulier, attacher la plus grande importance à l'intelligence qui, pour lui, se réduisait à la roublardise. Il divisait les hommes en malins et en nigauds, en s'efforçant en toute occasion et à tout prix d'appartenir à la première catégorie. Or, moi, je ne suis pas roublarde, peut-être même ne suis-je pas intelligente, et n'ai jamais compris comment un acte mauvais, par le seul fait qu'il est adroitement commis, peut devenir je ne dis pas même admirable, mais simplement excusable.

Brusquement, sa méfiance parut se dissiper et il s'écria :

– Je comprends ! tu ne veux pas de cet argent parce que tu as peur... tu as peur qu'on ne découvre le vol... Dans ce cas-là, tu n'as rien à craindre... tout est réglé !

Je n'avais pas peur, mais ne me souciai pas de le lui faire savoir, parce que la seconde partie de sa phrase me semblait obscure.

– Tout est réglé ? lui demandai-je. Qu'est-ce que tu veux dire ?

– Oui, tout est réglé, me répondit-il. Te souviens-tu que je t'avais dit qu'à la maison on soupçonnait une femme de chambre ?

– Oui.

– Bon ! J'en voulais à cette femme de chambre parce qu'elle disait du mal de moi derrière mon dos... Quelques jours après le vol, je me rendis compte que les choses prenaient une mauvaise tournure pour moi. Le commissaire était revenu deux fois, et j'avais l'impression qu'on me surveillait. Note bien qu'on n'avait encore fait aucune perquisition. Alors j'ai eu une idée : provoquer la perquisition par un autre vol et m'arranger pour que la culpabilité du nouveau et de l'ancien retombe sur cette femme.

Je ne soufflai mot. Il me regarda un moment avec des yeux brillants et dilatés pour voir si j'admirais son astuce et continua :

– Ma patronne avait des dollars dans une cachette ; j'ai pris les dollars et suis allé les cacher dans la chambre à coucher de la femme de chambre, à l'intérieur d'une vieille valise. Cette fois-là, naturellement, on a fait une perquisition, on a découvert les dollars et on l'a arrêtée. Maintenant, bien entendu, elle jure qu'elle est innocente, mais qui pourrait la croire, puisqu'on a retrouvé les dollars dans sa chambre ?

– Où est-elle, cette femme ?

– Elle est en prison et elle ne veut pas avouer. Mais tu sais ce qu'il a dit, le commissaire, à ma patronne ?

« Soyez bien tranquille, madame, elle finira par avouer ! De gré ou de force ! » Tu te rends compte, hein ? Passage à tabac !

Je le regardais, glacée d'effroi de le voir tout fier et tout excité. Je lui demandai au hasard :

– Comment s'appelle-t-elle, cette femme ?

– Louise Féligny... C'est une femme qui n'est pas de la première jeunesse. Très orgueilleuse. A l'entendre, c'était par hasard qu'elle était femme de chambre, et il n'y avait personne aussi honnête qu'elle.

Là-dessus il rit, amusé de la coïncidence. Je fis un grand effort, comme quelqu'un qui a peine à respirer, et je lui demandai :

– Te rends-tu compte que tu es un lâche ?

– Comment ? Pourquoi ? me demanda-t-il, surpris.

Maintenant que je l'avais traité de lâche, je me sentais plus libre et plus dégagée. J'avais conscience que mes narines se fronçaient de fureur. Je repris aussitôt :

– Et tu voulais que je prisse cet argent ? Mais, moi, je le sentais bien que c'était là de l'argent que je ne pouvais pas prendre !

– La belle affaire ! dit-il en s'efforçant de ne pas perdre contenance. Elle n'avouera pas, et on la relaxera.

– En attendant, tu dis toi-même qu'elle est en prison et qu'on la frappe.

– J'ai dit ça pour parler.

– Peu importe... tu fais emprisonner une innocente et tu as encore le front de venir me le raconter. Tu es un beau lâche !

Brusquement, il se mit en colère, devint pâle et me saisit la main.

– Toi, tu vas en finir, de me traiter de lâche !

– Pourquoi ça ? Je pense que tu es un lâche et je te le dis.

Il perdit son sang-froid et eut un geste de violence étrange. Il fit tourner ma main dans la sienne, comme s'il voulait me la briser puis, tout à coup, baissa la tête et me la mordit fortement. D'une secousse, je dégageai ma main et me levai :

– Mais tu es complètement idiot ! lui dis-je.

Qu'est-ce qui te prend? Tu mords, maintenant? C'est inutile. Lâche tu es, lâche tu resteras!

Il ne répondit pas, mais prit sa tête entre ses deux mains, comme s'il voulait s'arracher les cheveux.

J'appelai le garçon et payai toutes les consommations : la mienne, la sienne et celle de Sonzogne. Puis je dis à Gino :

– Je m'en vais, mais je dois te dire qu'entre nous deux c'est fini... Ne te fais plus revoir, ne me cherche pas, ne viens pas, je ne te connais plus!

Il ne parla ni ne leva la tête, et je sortis.

La crémerie était à l'entrée de la rue, à peu de distance de chez moi. Je me mis à marcher lentement, du côté opposé aux fortifications. Il faisait nuit, le ciel était nuageux, il tombait une pluie plus fine qu'une poussière d'eau dans un air immobile et tiède. Comme d'habitude, les fortifications étaient dans le noir, à part quelques réverbères très espacés. Mais, aussitôt que je sortis de la crémerie, je vis un homme quitter un de ces réverbères et suivre les fortifications dans la même direction que moi en m'emboîtant le pas. A son imperméable serré à la taille et à sa tête blonde et presque rasée, je reconnus Sonzogne. Sous les remparts, il paraissait petit : de temps en temps, il disparaissait dans l'ombre, puis reparaissait à la lueur d'un réverbère. Pour la première fois, peut-être, tous les hommes me répugnèrent, tous les hommes, pendus à mes jupes comme des chiens courant derrière une chienne. Je me sentais encore vibrante de colère et, quand je pensais à cette femme que Gino avait fait mettre en prison, je ne pouvais m'empêcher d'éprouver des remords parce que, somme toute, le poudrier, c'était moi qui l'avais volé! Mais peut-être bien, plus que du remords, était-ce un sentiment de révolte et d'irritation. Tout en me révoltant contre l'injustice et en haïssant Gino, je détestais le détester et savoir qu'une injustice avait été commise. Réellement, je ne suis pas faite pour ces choses. J'éprouvais un malaise violent; j'avais l'impression de ne plus être moi-même. Je marchais en hâte, désireuse d'atteindre ma maison avant que Sonzogne m'abordât, comme il semblait en avoir l'intention.

Mais j'entendis dans mon dos la voix de Gino qui m'appelait, tout essoufflé :

– Adrienne, Adrienne!

Je feignis de ne pas entendre et pressai le pas. Il me prit par le bras :

– Adrienne... nous avons toujours été ensemble... nous ne pouvons pas nous quitter de cette façon-là!

D'une secousse, je me dégageai et continuai mon chemin. De l'autre côté, sous les remparts, la petite silhouette claire de Sonzogne était sortie de l'obscurité pour entrer dans le cercle de lumière d'un réverbère.

– Mais je t'aime, Adrienne! reprit Gino en courant à mes côtés.

Il m'inspirait un mélange de pitié et de haine; et ce mélange m'était désagréable au-delà de toute expression. Je m'efforçai donc de penser à autre chose. Tout à coup, je ne sais comment, j'eus une sorte d'illumination. Je me souvins d'Astarite, de la façon dont il m'avait toujours offert son aide, et je songeai qu'il avait presque sûrement le moyen de faire sortir de prison cette pauvre femme. Cette idée produisit tout de suite sur moi un effet bienfaisant; mon âme fut allégée du poids qui l'oppressait, j'eus même l'impression de ne plus haïr Gino, de ne plus éprouver pour lui que de la compassion. Je m'arrêtai et lui dis tranquillement :

– Pourquoi ne t'en vas-tu pas, Gino?

– Mais je t'aime.

– Moi aussi, je t'ai aimé, mais maintenant c'est fini; va-t'en, ce sera mieux pour toi et pour moi.

Nous étions dans un endroit obscur du boulevard, où il n'y a ni réverbères ni magasins. Il me prit par la taille et voulut m'embrasser. J'aurais très bien pu me dégager toute seule parce que je suis forte et que personne ne peut embrasser une femme malgré elle. Au lieu de cela, je ne sais quel malin esprit me suggéra d'appeler Sonzogne, qui s'était arrêté de l'autre côté du boulevard, et nous regardait, immobile, les mains dans les poches de son imperméable. Je pense que si je l'ai appelé c'est parce qu'ayant trouvé le moyen de remédier à la mauvaise action de Gino je laissais la coquetterie et la curiosité affleurer de nouveau dans mon esprit. Je criai à deux reprises :

– Sonzogne ! Sonzogne !

Immédiatement, il traversa le boulevard. Gino, déconcerté, me lâcha.

– Dites-lui un peu, proférai-je avec calme, dès que Sonzogne se fut approché, qu'il doit me laisser tranquille, puisque je ne veux plus de lui... Il refuse de m'écouter, mais peut-être bien qu'il vous écoutera, vous qui êtes son ami.

– Tu entends ce que dit cette demoiselle ? dit Sonzogne.

– Mais, moi... commença Gino.

Je pensais qu'ils allaient continuer à discuter un petit moment et qu'à la fin Gino se résignerait et s'en irait. Mais, tout à coup, je vis Sonzogne faire un geste que je ne compris pas, Gino le regarder un instant, abasourdi, puis, sans un mot, s'écrouler et rouler du trottoir dans le ruisseau. Peut-être même n'ai-je vu que la chute de Gino et reconstruit le geste de Sonzogne d'après cette chute, car le geste avait été si rapide et tellement silencieux qu'il me fit l'effet d'une hallucination. Je hochai la tête et regardai mieux : Sonzogne était devant moi, les jambes écartées, considérant son poing encore fermé. Gino, par terre, le dos tourné vers nous, revenait à lui et, le coude dans le ruisseau, relevait lentement la tête. Mais il n'avait pas l'air de vouloir se remettre debout; il semblait regarder fixement un vieux papier dont on distinguait la blancheur dans la boue du ruisseau. Puis Sonzogne me dit :

– Partons.

La tête un peu brouillée, je m'acheminai avec lui dans la direction de ma maison.

Il marchait en me serrant le bras et sans rien dire. Il était plus petit que moi, et je sentais sa main faire autour de mon bras comme une prise métallique. Au bout d'un moment, je lui dis :

– Vous avez eu tort de donner ce coup de poing à Gino... Il serait parti même sans le coup de poing.

– Comme ça, il ne vous ennuiera plus, me répondit-il.

– Mais comment faites-vous ? lui demandai-je. Je n'ai rien vu... J'ai vu tomber Gino et c'est tout.

– C'est une question d'habitude, me répondit-il.

Il parlait comme s'il mâchonnait les mots avant de les prononcer ou, mieux, comme s'il en éprouvait la consistance entre ses dents, qu'il gardait serrées et que j'imaginais enchâssées les unes dans les autres comme celles des félins. Maintenant, j'éprouvais le plus grand désir de lui palper le bras et de sentir à nouveau sous ma main ces muscles durs et tendus. Il m'inspirait plus de curiosité que d'attirance. Et pourtant, il me faisait peur. Mais la peur, tant qu'on n'en a pas tiré le motif au clair, peut être un sentiment agréable et, en quelque sorte, excitant.

– Qu'avez-vous donc dans les bras ? lui demandai-je. Je ne peux pas encore y croire.

– Pourtant je vous l'ai fait toucher, me dit-il avec une nuance de vanité tellement sérieuse qu'elle paraissait sinistre.

– Pas très bien... il y avait Gino... Faites-moi retoucher.

Il s'arrêta et plia le bras en me regardant de côté, grave et naïf en même temps, mais d'une naïveté qui n'avait rien d'enfantin. Je tendis la main et descendis de son épaule tout le long de ses bras pour palper ses muscles. C'était pour moi une bizarre sensation de les sentir si vivants et si durs. J'articulai d'une voix blanche :

– Vous êtes réellement fort.

– Oui, je suis fort, confirma-t-il avec une sombre conviction.

Et nous recommençâmes à marcher.

Maintenant, je me repentais de l'avoir appelé. Il ne me plaisait pas; et, de plus, cette gravité, ces façons qu'il avait me faisaient peur. C'est ainsi qu'en silence nous arrivâmes en face de chez moi. Je tirai ma clef de mon sac.

– Alors, merci de m'avoir accompagnée, lui dis-je en lui tendant la main.

Il se rapprocha de moi et me dit :

– Je monte.

J'aurais voulu lui répondre que non. Mais, avec cette manière qu'il avait de vous regarder fixement avec une incroyable insistance, il me subjugua et me fit perdre pied.

– Si tu veux, dis-je.

Et, après avoir dit cela, je me rendis compte que je le tutoyais.

– N'aie pas peur, reprit-il, interprétant mon épouvante à sa façon. J'ai de l'argent... je te donnerai le double de ce que te donnent les autres.

– Ça n'a rien à voir... dis-je. Ce n'est pas du tout pour l'argent.

Mais il faisait une drôle de figure, comme si quelque effrayant soupçon lui traversait l'esprit...

– Seulement, je me sentais un peu fatiguée, ajoutai-je.

Il me suivit dans l'antichambre.

Quand il fut dans la chambre, il se déshabilla avec des gestes précis d'homme ordonné. Il avait un foulard autour du cou; il le déroula avec soin, le replia et le mit dans la poche de son imperméable. Il déposa sa veste sur le dossier de la chaise et disposa son pantalon de façon à ne pas en effacer le pli. Il plaça ses deux souliers l'un à côté de l'autre, sous la chaise et ses chaussettes dans les souliers. Je remarquai qu'il était habillé de neuf de la tête aux pieds; les étoffes qu'il portait n'étaient pas fines, mais solides et de bonne qualité. Il faisait ces choses en silence, ni vite ni lentement, avec une régularité systématique et pondérée, sans s'occuper de moi qui, entre-temps, m'étais déshabillée et couchée nue sur le lit. S'il me désirait, il ne le montrait certes pas, à moins que ce frétillement continuel des muscles de la mâchoire sous la peau dénotât du trouble; mais cela ne pouvait être, car il l'avait même avant, quand il ne semblait pas encore penser à moi. J'ai déjà dit que l'ordre et la propreté me plaisent et me semblent indiquer des qualités correspondantes de l'âme. Mais ce soir-là, l'ordre et la propreté de Sonzogne suscitèrent en moi des sentiments tout différents, mêlés de peur et d'horreur. C'est de cette façon, pensais-je, que les chirurgiens se préparent dans les hôpitaux quand ils se disposent à faire quelque opération sanglante. Ou, pis encore, les bouchers, sous les yeux mêmes du chevreau qu'ils vont égorger. Etendue sur le lit, je me sentais sans défense et impuissante, comme un corps inanimé qui va subir quelque expérience. Et son silence et son indifférence me laissaient un doute sur ce qu'il voulait me faire, dès qu'il aurait fini de se déshabiller. Si bien que quand, tout nu, il s'approcha de mon chevet et, bizarrement, me saisit à deux mains par les épaules, comme s'il eût voulu me maintenir immobile, je ne pus retenir un frisson d'épouvante. Il s'en aperçut et me demanda entre ses dents :

– Qu'as-tu ?

– Rien, lui répondis-je. Tu as les mains glacées.

– Je ne te plais pas, hein ? dit-il en me maintenant toujours par les épaules, debout près du traversin. Tu préfères les gens qui te paient, hein ?

Tout en parlant, il me fixait d'un regard véritablement intolérable.

– Pourquoi ? dis-je. Tu es un homme comme les autres. Et toi-même tu m'as dit que tu voulais me payer double.

– Je sais ce que je veux dire, répondit-il. Tes pareilles et toi, vous aimez les gens riches, les gens distingués... Moi, je suis quelqu'un comme toi, et vous, les putains, vous n'aimez que « les gros ».

Je reconnus dans son ton le même funeste, inflexible penchant à chercher querelle qui, peu avant, l'avait fait insulter Gino sous le plus futile des prétextes. J'avais cru alors qu'il nourrissait contre Gino une rancune particulière. Je comprenais maintenant que sa sombre et imprévisible susceptibilité le rendait toujours prêt à se fâcher quand cette sorte de démon le dominait : quelle que fût la manière dont on se comportait avec lui, on se trompait toujours. Légèrement vexée, je lui répondis :

– Pourquoi vas-tu chercher des choses blessantes, à présent ? Je t'ai déjà dit que, pour moi, tous les hommes sont pareils.

– Si c'était vrai, tu ne ferais pas cette figure. Je ne te plais pas, hein ?

— Mais puisque je te dis...

— Je ne te plais pas, hein? continua-t-il. Je le regrette, mais il faudra bien que je te plaise!

— Oh! laisse-moi tranquille, m'écriai-je, brusquement irritée.

— Tant que je t'ai été utile pour te débarrasser de ton marlou, tu as bien voulu de moi... mais ensuite tu aurais aimé me renvoyer... Seulement, moi, je suis monté. Et je ne te plais pas, hein?

Maintenant, j'avais vraiment peur. Ses paroles pressantes, sa voix impitoyable et calme, le regard fixe de ses yeux qui, de bleus, semblaient devenir rouges, tout semblait le porter directement à je ne sais quel effroyable but. Désormais je me rendais compte, mais trop tard, que l'arrêter dans cette voie était une entreprise aussi désespérée que d'arrêter un bloc roulant le long d'une pente vertigineuse. Je me bornai à hausser violemment les épaules.

— Je ne te plais pas, hein? continua-t-il. Tu fais une figure dégoûtée quand je te touche... Mais maintenant, mon amour, je vais te faire changer de tête!

Et il leva la main pour me gifler. Je commençais à m'attendre à un geste semblable et cherchai à me protéger du bras. Mais il n'en arriva pas moins à me frapper avec une outrageante dureté, d'abord sur une joue puis, tandis que je détournais le visage, sur l'autre joue. C'était la première fois de ma vie qu'il m'arrivait une chose semblable. Malgré la brûlure des coups, je fus un moment plus surprise que peinée. J'ôtai mon bras de mon visage et je lui dis :

— Sais-tu ce que tu es? Tu n'es qu'un malheureux!

Cette phrase parut le frapper. Il s'assit au bord du lit et, saisissant à deux mains le matelas, se dandina pendant un moment. Après quoi, il dit, sans me regarder :

— Nous sommes tous des malheureux!

— Il faut vraiment avoir du courage pour frapper une femme! lui dis-je encore.

Brusquement, il me fut impossible de continuer, et mes yeux se remplirent de larmes. Mais ce n'était pas tant les gifles que l'énervement de toute cette soirée remplie d'événements désagréables et déplaisants... Je crus revoir Gino projeté dans la boue, je me souvins que je ne m'étais aucunement souciée de lui, mais m'en étais allée allégrement avec Sonzogne, uniquement préoccupée de palper ses muscles extraordinaires; je sentis soudain du remords, de la pitié pour Gino et du dégoût pour moi-même; et je compris que j'étais punie de mon insensibilité et de ma sottise par la même main qui avait abattu Gino. Je m'étais complue à la violence et, maintenant, cette même violence se retournait contre moi. A travers mes larmes, je regardai Sonzogne. Il restait assis au bord du lit, nu, sans poils, le dos un peu rond, laissant pendre ces bras extraordinaires qui ne trahissaient pas du tout leur force. J'éprouvai un brusque désir de supprimer la distance qui nous séparait et lui dis, non sans effort :

– Mais pourrait-on savoir au moins pourquoi tu m'as frappée ?

– Tu faisais une de ces figures !

Il avait l'air de réfléchir; la peau de sa mâchoire frémissait.

Je compris que, si je voulais l'amener près de moi, je devais, avant tout, lui dire ce que je pensais, ne rien lui cacher.

– Tu croyais que tu ne me plaisais pas, lui dis-je, eh bien ! tu te trompes.

– C'est possible.

– Tu te trompes. En réalité, je ne sais pas pourquoi, mais tu me fais peur. Voilà pourquoi je faisais cette figure.

A ces mots, il se retourna brusquement vers moi et me scruta d'un air soupçonneux. Mais il se tranquillisa aussitôt et me demanda, non sans vanité :

– Je te faisais peur ?

– Oui.

– Et, maintenant, je te fais encore peur ?

– Non; maintenant, tu peux bien me tuer... ça m'est égal.

Je disais la vérité, bien mieux, à ce moment-là, je désirais presque qu'il me tuât parce que, tout à coup, je n'avais plus envie de vivre. Mais il s'irrita et me dit :

– Qui parle de te tuer ? Et puis pourquoi est-ce que je te faisais peur ?

– Je ne sais pas... tu me faisais peur... ce sont des choses qui ne s'expliquent pas.

– Gino te faisait peur ?

– Pourquoi m'aurait-il fait peur ?

– Et alors pourquoi est-ce que je te fais peur, moi ?

Maintenant il n'y avait plus chez lui la moindre vanité, mais on sentait de nouveau dans sa voix une fureur obscure.

– Bah ! dis-je pour l'apaiser, tu me faisais peur parce qu'on sent que tu serais capable de n'importe quoi !

– Tout ça revient à dire que, maintenant, je dois me rhabiller et m'en aller ?

Je le regardai et compris qu'il était de nouveau au comble de la colère et qu'un refus de ma part m'attirerait quelque nouvelle violence, peut-être pire. Il fallait accepter. Mais je pensai à ses yeux clairs et j'éprouvai de la répugnance à l'idée de les voir regarder fixement les miens pendant l'amour. Je lui dis mollement :

– Non... reste si tu veux... mais éteins la lumière.

Il se leva, petit, blanc, extraordinairement bien proportionné, à part le cou, qu'il avait un peu court, et il alla sur la pointe des pieds tourner l'interrupteur près de la porte. Mais je compris aussitôt que cela n'avait pas été une bonne idée que de lui faire éteindre la lumière, parce qu'aussitôt que la pièce fut dans les ténèbres, la peur dont je croyais m'être débarrassée, s'empara à nouveau de moi, incoercible. C'était vraiment comme si j'avais eu dans la pièce non pas un homme, mais un léopard ou quelque autre bête féroce capable soit de s'accroupir dans un coin pour me guetter, soit de bondir sur moi et me mettre en pièces. Peut-être s'attarda-t-il dans le noir à chercher le chemin du lit, au milieu des chaises et des autres meubles ; peut-être aussi fut-ce mon effroi qui me fit paraître le délai long. Toujours est-il que j'eus l'impression d'un temps infini avant qu'il atteignît le lit ; et, quand je sentis ses mains sur moi, je ne pus réprimer un nouveau soubresaut plus fort encore que le premier. J'espérais qu'il ne s'en apercevrait pas, mais il avait l'instinct très fin – exactement comme les animaux – et j'entendis presque aussitôt, tout près de moi, sa voix me demander :

– Tu as encore peur ?

Certainement, dans ce noir, mon ange gardien devait être présent. Je ne sais quelle nuance, dans sa voix, me fit deviner qu'il avait levé le bras et qu'il attendait ma réponse pour décider s'il allait frapper ou non. Je compris qu'il savait qu'il faisait peur et qu'il eût voulu ne pas faire peur et qu'on l'aimât comme les autres hommes. Mais, pour arriver à ce but, il ne trouvait d'autre moyen que d'inspirer une nouvelle peur, plus forte. J'étendis la main, feignis de lui caresser le cou et l'épaule droite, m'assurai qu'ainsi que je l'avais imaginé il avait le bras levé, prêt à me frapper la figure, et dis avec effort, en m'efforçant de donner à ma voix son intonation habituelle, douce et tranquille :

– Non... cette fois, c'est réellement le froid... Mettons-nous sous les couvertures.

– C'est bien ! dit-il.

Ce « c'est bien ! » où subsistait un reste de menace confirma ma crainte, si besoin était. Alors, tandis que sous les couverture il m'enserrait, et m'étreignait, je passai un moment d'angoisse aiguë, un des pires de ma vie. La peur raidissait tous mes membres qui, malgré moi, se rétractaient et frissonnaient au contact de son corps singulièrement lisse, glissant et serpentin. En même temps, je me disais qu'il était absurde d'avoir peur de lui en un moment semblable, et je cherchais de toute la force de mon âme à dominer ma peur et à m'abandonner à lui sans crainte, comme à un amant bien-aimé. Je sentais cette peur non pas tant dans mes membres, qui m'obéissaient encore, quoique avec une grande répugnance, qu'au fond de mes entrailles, qui paraissaient se refermer, et refuser l'étreinte avec horreur. Il finit par me prendre, et je sentis une jouissance que l'épouvante rendait noire et atroce. Je ne pus me retenir d'émettre un grand cri, long et lamentable, dans cette obscurité, comme si la prise finale n'eût pas été celle de l'amour, mais celle de la mort, comme si ce cri eût été celui de ma vie qui partait, ne laissant derrière elle qu'un corps inanimé et martyrisé.

Puis nous restâmes un bon moment dans le noir, sans parler. Mais j'étais à bout de souffle et m'endormis presque aussitôt. Je ressentis bientôt l'impression d'un énorme poids sur ma poitrine, comme si Sonzogne s'y fût accroupi, ramassé sur lui-même, nu comme il était, les genoux entre ses bras et la figure sur ses genoux. Il était assis sur ma poitrine, ses fesses dures et nues pressant mon cou, ses pieds pesant sur mon estomac. Au fur et à mesure que je m'endormais, son poids augmentait et, tout en dormant, je remuais de côté et d'autre pour essayer de m'en débarrasser ou, tout au moins, de le déplacer. Enfin, j'eus l'impression de suffoquer et voulus crier. Je criais sans voix, et ma voix séjourna longtemps dans ma poitrine, un temps qui me parut infini; enfin je parvins à l'émettre et je me réveillai en me plaignant à haute voix.

La lampe de la table de chevet était allumée, et Sonzogne me regardait, appuyé sur un coude.

– Ai-je beaucoup dormi ? lui demandais-je.

– Une demi-heure, dit-il entre ses dents.

Je lui lançai un bref coup d'œil où devait persister la terreur de mon cauchemar, parce qu'il me demanda avec un curieux accent, comme pour entamer une conversation :

– Et maintenant, tu as toujours peur ?

– Je ne sais pas.

– Si tu savais qui je suis, me dit-il, tu aurais plus peur qu'avant.

Tous les hommes, après l'amour, sont enclins à parler d'eux-mêmes et à faire des confidences. Sonzogne ne semblait pas faire exception à cette règle. Son ton, contrairement à son habitude, était léger, langoureux et presque affectueux, avec une pointe de vanité et de fatuité. Mais je m'effrayai de nouveau terriblement, et mon cœur commença de sauter dans ma poitrine comme s'il allait se briser.

– Pourquoi ? demandai-je. Qui es-tu ?

Il me regarda, non pas tant parce qu'il hésitait que

parce qu'il savourait l'effet visible de ses paroles sur moi. Il finit par dire, lentement :

– Je suis celui de la rue Palestro; voilà qui je suis.

Il ne pensait pas qu'il fût nécessaire d'expliquer ce qui s'était passé rue Palestro et, cette fois, sa vanité ne se trompait pas. Quelques jours plus tôt, un crime horrible avait été commis dans un immeuble de cette rue; tous les journaux en avaient parlé, et les petites gens qui se passionnent pour ce genre de choses l'avaient beaucoup commenté. Maman, qui passait une grande partie de sa journée à collectionner les faits divers, avait été la première à m'en parler. Un orfèvre avait été tué dans l'appartement où il vivait. A ce qu'il semblait, l'arme dont s'était servi Sonzogne – puisque je savais désormais que c'était lui l'assassin – avait été un lourd presse-papier de bronze. La police n'avait pas trouvé d'indices utiles. L'orfèvre paraissait avoir été également receleur; on supposait donc – à juste titre comme on le verra – qu'il avait été tué au cours de quelque marché illicite.

J'ai souvent noté que, lorsqu'une nouvelle nous remplit de stupeur ou d'horreur, notre tête se vide et notre attention se fixe sur un objet quelconque, le premier qui nous tombe sous les yeux, mais d'une manière particulière, comme si elle voulait en transpercer la surface pour arriver à je ne sais quel secret qui s'y cache. C'est ce qui m'arriva ce soir-là après que Sonzogne eut fait sa révélation. Je gardais les yeux grands ouverts et mon esprit s'était vidé d'un seul coup, comme un récipient contenant un liquide ou une poudre très fine lorsqu'il est percé; seulement je sentais mon esprit, quoique vide, tout prêt à contenir d'autre matière, et cette sensation était douloureuse parce que j'aurais voulu remplir ce vide et n'y parvenais pas. En attendant, je fixais les yeux sur le poignet de Sonzogne étendu à côté de moi, son coude sur le lit. Il avait un bras blanc, lisse, rond, sans poils, où rien n'indiquait ses muscles extraordinaires. Le poignet aussi était rond et blanc; à ce poignet, le seul objet que Sonzogne eût conservé dans sa nudité : un bracelet de cuir, semblable à un bracelet-montre, mais sans montre. La couleur de ce bracelet, d'un noir gras, semblait donner un sens non seulement au bras, mais à tout le corps blanc et nu, et ce sens me distrayait sans que je pusse me l'expliquer. C'était un sens de couleur sombre; cela suggérait l'anneau d'une chaîne de forçat. Mais il y avait aussi quelque chose de gracieux et de cruel dans ce simple bracelet noir, sorte d'ornement confirmant le caractère brusque et félin de la férocité de Sonzogne. Ma distraction ne dura qu'un instant. Tout à coup, mon esprit se remplit d'une troupe de pensées tumultueuses qui s'y agitèrent comme des oiseaux dans une cage étroite. Je me souvins que j'avais eu peur de Sonzogne dès le premier moment. Je songeai que j'avais fait l'amour avec lui, je compris qu'en cédant à son étreinte, dans ce noir, mon corps horrifié avait appris avant mon esprit ignare ce qu'il me cachait – et que c'était pour cela que j'avais crié de la sorte.

Je finis par lui dire la première chose qui me vint à l'esprit.

– Pourquoi as-tu fait ça ?

– J'avais un objet de valeur à vendre, me répondit-il (et ses lèvres remuaient à peine quand il parlait). Je savais que ce commerçant était une charogne, mais je n'en connaissais pas d'autre... Il m'a proposé un prix ridicule... Moi, je le détestais déjà parce qu'il m'avait volé une autre fois... je lui ai dit que je gardais l'objet et qu'il n'était qu'un escroc... Alors il m'a répondu une chose qui m'a fait perdre patience.

– Quoi donc ? lui demandai-je.

Je m'apercevais maintenant avec stupeur qu'à mesure que Sonzogue racontait le fait, ma peur commençait à diminuer; malgré moi, une impression de participation me réchauffait l'âme. Au moment où je lui demandai ce que lui avait dit l'orfèvre, je sentis que j'espérais presque une chose atroce, propre à excuser le crime sinon à le justifier. Il me répondit brièvement :

– Il a dit que, si je ne m'en allais pas, il allait me dénoncer. En somme, j'ai pensé : en voilà assez ! Et, quand il s'est retourné...

Il n'acheva pas et me regarda.

– Mais comment était-il ? lui demandai-je.

Au moment même, il me sembla que ma curiosité était sans motif et sans but. Il me répondit avec précision :

– Chauve, plutôt petit, avec une figure finaude... une tête de lièvre.

Il dit cela avec une intonation de tranquille antipathie qui me le fit voir et même haïr, ce maître-chanteur à tête de lièvre, tandis qu'il soupesait d'un air méfiant et faux l'objet que lui offrait Sonzogne. Maintenant, je n'avais plus du tout peur; je sentais que Sonzogne était arrivé à me communiquer sa rancœur contre l'assassiné; et je n'étais même plus tout à fait sûre que je le condamnais. En vérité, j'avais l'impression de si bien saisir ce qui s'était passé qu'il me semblait que, moi aussi, j'aurais presque pu le commettre, ce crime. Comme je comprenais sa phrase : « Il m'a répondu une chose qui m'a fait perdre patience »! Il avait perdu patience une première fois avec Gino et une seconde avec moi; seul le hasard avait voulu que nous ne fussions tués ni Gino ni moi. Je le comprenais si bien, je le pénétrais si bien que non seulement je n'avais plus peur de lui, mais j'éprouvais pour lui une sorte de sympathie horrifiée. Cette sympathie qu'il n'avait pas su m'inspirer tant que j'avais ignoré son crime et tant qu'il n'avait été qu'un amant entre les autres.

– Mais tu ne le regrettes pas? lui demandai-je encore. Tu n'as pas de remords?

– Maintenant, c'est fait, dit-il.

Je le regardais intensément. A cette réponse, je me surpris à approuver, malgré moi, de la tête. Et alors je me souvins de Gino, qui était, lui aussi, selon le terme de Sonzogne, une charogne, mais qui n'en était pas moins un homme qui m'avait aimée et que j'avais aimé. Je pensai que demain je pourrais approuver de la même façon le meurtre de Gino. Je pensai que l'orfèvre n'était ni meilleur ni pire que Gino, qu'il n'y avait pas de différences entre eux deux, sinon que je ne connaissais pas l'orfèvre et que, s'il me paraissait juste qu'il eût été tué, c'est uniquement parce que j'avais entendu dire sur un certain ton qu'il avait une figure de lièvre – et j'en sentis du remords et de l'horreur... Non pas de l'horreur pour Sonzogne, qui était ainsi fait et qu'on devait comprendre pour le juger, mais de moi, qui n'étais pas faite comme Sonzogne et, pourtant, me laissais prendre à la contagion de la haine et du sang. Je fus saisie d'une sorte d'agitation et, d'un bond, m'assis sur le lit :

– Oh ! mon Dieu ! répétai-je. Oh ! mon Dieu ! pourquoi as-tu fait cela ? Et pourquoi me l'as-tu raconté ?

– Tu avais tellement peur de moi, me répondit-il avec simplicité, et pourtant tu ne savais rien; cela m'a paru bizarre et je te l'ai dit... Heureusement, ajouta-t-il, amusé de sa propre réflexion, tout le monde n'est pas comme toi; je serais déjà découvert !

– Il vaut mieux que tu t'en ailles et que tu me laisses seule, lui dis-je. Va-t'en.

– Qu'est-ce qui te prend maintenant? me répondit-il.

Je reconnus le ton qu'il avait quand il se mettait en fureur. Mais il me sembla discerner dans ce ton je ne sais quelle douleur de se découvrir seul, condamné même par moi qui, quelques instants avant, m'étais donnée à lui. Et j'ajoutai en hâte :

– Ne crois pas que j'aie peur de toi, je n'ai pas du tout peur... mais je dois m'habituer à l'idée... Il faut que j'y pense... ensuite tu reviendras et je serai différente.

– A quoi veux-tu penser? dit-il. Tu n'as pas l'intention de me dénoncer ?

Ces mots me donnèrent la même impression que Gino m'entretenant de la façon dont il avait trahi la femme de chambre : celle de gens vivant dans un monde différent du mien. Je fis un grand effort sur moi-même et répondis :

– Mais puisque je te dis que tu peux revenir ! Sais-tu ce qu'une autre femme t'aurait déclaré ? Je ne veux plus entendre parler de toi, je ne veux plus te voir... voilà ce qu'elle t'aurait dit !

– Mais, en attendant, tu veux que je m'en aille !

– Je croyais que tu voulais t'en aller... alors, un moment de plus ou de moins... Mais, si tu veux rester, reste ! Veux-tu coucher ici ? Si tu veux, tu peux passer la nuit ici avec moi et ne repartir que demain matin... Veux-tu ?

A vrai dire, je lui faisais ces offres d'une voix égarée, blanche et triste, mais je les lui faisais et j'étais contente de les lui faire. Il m'adressa un regard où je crus découvrir une lueur de gratitude (peut-être me trompais-je), puis il hocha la tête :

– Je parlais pour parler, dit-il. Réellement, je dois m'en aller.

Il se leva et s'approcha de la chaise sur laquelle il avait installé ses vêtements.

– Comme tu veux, lui dis-je. Mais, si tu veux rester, tu peux rester. Et, si un de ces jours tu as besoin de coucher ici, ajoutai-je avec effort, tu peux venir.

Il ne dit rien; il s'habillait. Je me levai à mon tour et passai un peignoir. Tandis que je le passais, je ressentais une impression de folie, comme si la chambre eût été remplie de voix me chuchotant à l'oreille des paroles intenses et démentielles. Et peut-être fut-ce cette impression de folie qui me fit accomplir un geste dont, tout d'abord, je ne compris pas le pourquoi. Tandis que je tournais dans la pièce en faisant des mouvements lents avec un sentiment de frénésie, je le vis se baisser pour lacer ses souliers. Alors, je m'agenouillai devant lui et lui dis :

– Laisse-moi faire.

Il parut étonné, mais ne protesta pas. Je pris son pied droit, le mis dans mon giron, fis un double nœud au lacet du soulier droit, et la même chose pour le pied gauche. Il ne me remercia pas, ne dit rien; nous étions probablement deux dans la chambre à ne pas comprendre pourquoi j'avais fait ce geste. Il enfila sa veste, tira son portefeuille de sa poche et fit mine de me donner de l'argent.

– Non, non ! fis-je avec une nervosité involontaire dans la voix. Non, non... ne me donne rien... ce n'est pas nécessaire...

– Pourquoi ça ? Mon argent ne vaut pas celui des autres ? me demanda-t-il d'une voix déjà troublée par la fureur.

Il me parut bizarre qu'il ne saisît pas ma répugnance

pour cet argent tiré peut-être de la poche encore chaude du mort. Mais peut-être comprenait-il et voulait-il me compromettre par une sorte de complicité en même temps que se rendre compte de mes véritables sentiments pour lui.

– Ce n'est pas ça, lui objectai-je... je... mais je ne pensais pas du tout à l'argent quand je t'ai appelé... Laisse aller...

Il sembla s'apaiser.

– C'est bon ! dit-il. Mais tu accepteras bien un souvenir.

Il tira de sa poche un objet qu'il posa sur le marbre de la table de nuit.

Je regardai l'objet sans le prendre et reconnus le poudrier volé par moi quelques mois plus tôt chez la patronne de Gino.

– Qu'est-ce que c'est ? balbutiai-je.

– C'est Gino qui me l'a donné... c'est l'objet que je devais vendre... Cet individu voulait l'avoir pour rien... mais je crois qu'il a une certaine valeur : c'est de l'or.

Je me dominai et lui dis :

– Merci.

– De rien, me répondit-il.

Il avait enfilé son imperméable dont il serrait la ceinture autour de sa taille.

– Alors, au revoir ! me fit-il du seuil.

Au bout d'un moment, j'entendis au fond de l'antichambre la porte de l'appartement se refermer.

Restée seule, je m'approchai de la table de chevet et pris le poudrier. Je me sentais égarée et j'étais en proie à un sombre étonnement. Le poudrier brillait dans ma main, et le rubis rond et rouge enchâssé dans le fermoir me parut tout à coup s'élargir dans ma main jusqu'à recouvrir l'or. J'avais dans la main une tache de sang ronde et brillante qui pesait tout le poids de l'objet. Je secouai la tête; la tache rouge disparut; je revis le poudrier d'or avec un rubis au fermoir. Alors je le posai sur la table de chevet, m'étendis sur mon lit, le corps enveloppé de mon peignoir, éteignis la lumière et me mis à réfléchir.

Je pensai que, si on m'avait raconté l'histoire du poudrier, j'en aurais ri comme on rit au récit d'un cas extraordinaire et presque invraisemblable. C'était une de ces histoires qui font crier : « Voyez un peu cette coïncidence ! » Et ensuite les bonnes femmes du genre de ma mère tirent de là des indications de chiffres pour la loterie : le mort, c'est tel chiffre; l'or, tel autre; le voleur, tel autre. Mais, cette fois-là, c'est à moi que l'histoire était arrivée; et je me rendais compte, à mon grand étonnement, de la différence qu'il y a à se trouver en dehors des choses ou dedans. En fait, il m'était arrivé ce qui arriverait à quelqu'un qui, ayant enterré une graine, la retrouverait longtemps après, transformée en plante vigoureuse, chargée de feuilles et couverte de boutons prêts à s'ouvrir. Mais quelle graine, quelle plante et quels boutons ! Je remontais d'une chose à l'autre, sans arriver au commencement. Je m'étais donnée à Gino parce que j'espérais qu'il m'épouserait, mais il m'avait bernée, et moi, par colère, j'avais pris le poudrier. Puis je lui avais révélé le vol; il s'était effrayé et, pour lui éviter d'être congédié, je lui avais rendu l'objet afin qu'il le restituât à sa patronne. Mais, au lieu de le rendre, il l'avait gardé et, de crainte qu'on l'accusât du vol, avait fait mettre en prison la femme de chambre, et la femme de chambre était innocente et, en prison, on la battait ! En attendant, Gino avait donné le poudrier à Sonzogne, pour qu'il le vendît, et Sonzogue était allé chez l'orfèvre, et celui-ci avait froissé Sonzogne, et Sonzogne, saisi de fureur, l'avait tué, et ainsi l'orfèvre étant mort, Sonzogne était devenu un assassin ! Je comprenais que je ne pouvais faire remonter la faute jusqu'à moi, autrement il me fallait penser que la cause première de tant de malheur, ç'avait été mon désir de me marier et de me faire une famille, mais pourtant, je n'arrivais pas à me débarrasser d'un sentiment de remords et de consternation. Enfin, à force d'y réfléchir, l'idée me vint qu'en fin de compte la culpabilité de tout retombait entièrement sur mes jambes, ma poitrine, mes hanches, en résumé, sur ma beauté, dont ma mère était si fière et qui n'avait en soi rien de coupable, comme toutes les choses qui viennent de la nature. Mais, si je pensai cela, ce fut par irritation et par désespoir, comme on pense une chose absurde pour en résoudre d'autres cent fois plus absurdes. Au fond, je savais que personne n'était coupable, que tout était comme tout devait être, bien que tout fût insupportable, et que si, réellement, on voulait qu'il y eût quelque faute et quelque innocence, alors tout le monde était à la fois innocent et coupable.

Cependant, lentement, l'obscurité entrait en moi, comme l'eau d'une inondation montant du rez-de-chaussée jusqu'aux étages supérieurs d'une maison. La première chose engloutie, ce fut assurément ma faculté de juger. Jusqu'à la fin, mon imagination, fascinée, se reput du crime de Sonzogne. Mais détachée de toute réprobation et de toute horreur, comme d'un acte incompréhensible et par conséquent, dans son genre, étrangement attirant. Je croyais voir Sonzogne rôder dans la rue Palestro, les mains dans les poches de son imperméable, puis pénétrer dans la maison, attendre debout dans le petit salon de l'orfèvre. Je croyais voir l'orfèvre entrer et serrer la main de Sonzogne. Il était derrière son bureau. Sonzogne lui tendait le poudrier, qu'il examinait avec des hochements de tête fallacieux pour indiquer son mépris. Puis il relevait son faciès de lièvre et prononçait un chiffre dérisoire. Sonzogne le regardait fixement, les yeux déjà pleins de fureur, et lui arrachait violemment l'objet des mains. Puis il l'accusait de vouloir l'escroquer. L'autre le menaçait de le dénoncer et lui intimait l'ordre de s'en aller. Puis il se retournait, ou bien se baissait, en homme qui ne veut plus discuter. Sonzogne prenait le presse-papier de bronze et le frappait sur la tête une première fois. L'autre tentait de fuir, et alors Sonzogne fonçait sur lui et lui portait de nouveaux coups jusqu'à ce qu'il fût sûr de l'avoir tué. Puis Sonzogne le poussait à terre, ouvrait les tiroirs, s'emparait de l'argent et fuyait. Mais, avant de sortir, je l'avais lu dans les journaux, dans un retour de fureur, il frappait encore d'un coup de talon la figure du mort étendu à terre.

Je m'attardais passionnément sur tous les détails du crime. Je suivais Sonzogne comme si je caressais ses gestes; j'étais sa main qui tendait le poudrier, qui empoignait le presse-papier, qui frappait l'orfèvre; j'étais son pied furieux qui finissait par massacrer la figure du mort. Il n'entrait dans ces représentations pas la moindre horreur, pas le moindre blâme, comme je l'ai dit, mais pas d'approbation non plus. J'éprouvais, tout au plus, la délectation singulière que me donnaient, étant enfant, les contes de maman : on est au chaud, pelotonnée près de sa mère, et l'imagination suit avec ravissement les aventures des personnages du conte. Seulement, mon conte était sombre et sanglant, le héros en était Sonzogne, mon ravissement se mêlait d'une impuissante et morne tristesse. Comme si j'eusse voulu saisir le sens caché du conte, je recommençais, revivais encore les phases du crime, resavourais encore un obscur plaisir et me retrouvais de nouveau en face du mystère. Comme un homme qui saute d'un bord à l'autre d'un précipice mesure mal son saut et tombe dans le vide, au cours d'une de ces ruminations, je m'endormis.

Je dormis peut-être deux heures, et je me réveillai; ou, mieux, mon corps commença de se réveiller tandis que mon esprit, plongé dans une sorte de torpeur, continuait de dormir. C'est avec les mains que je commençai à me réveiller; je les tendais dans les ténèbres comme des mains d'aveugle, sans arriver à reconnaître le lieu où je me trouvais. Je m'étais endormie étendue sur mon lit; et, maintenant, j'étais debout, dans un lieu très étroit, entre des parois verticales hermétiques et lisses. L'idée me vint immédiatement d'une cellule de prison; et, en même temps, le souvenir de la femme de chambre que Gino avait fait emprisonner à tort. J'étais la femme de chambre, et mon âme souffrait toute la douleur de l'injustice subie. Cette douleur me donnait la sensation physique de n'être plus moi, mais la femme de chambre; je sentais que cette douleur me transformait, m'enfermait dans le corps de cette femme, m'imposait son visage, m'obligeait à ses gestes. Je portais mes mains à ma figure, je pleurais, je pensais qu'on m'avait enfermée injustement dans une cellule et qu'il m'était tout à fait impossible d'en sortir. Mais, en même temps, je sentais que j'étais encore

Adrienne à qui on n'avait fait aucune injustice et qui n'avait pas été emprisonnée. Et je comprenais qu'il me suffirait d'un geste pour me libérer et ne plus être la femme de chambre. Cependant, je ne réussissais pas à deviner quel pouvait être ce geste, tout en souffrant et désirant indiciblement sortir de ma prison d'angoisse et de pitié. Puis, tout à coup, entouré de cette même lumière faite de spasmes et de ténèbres, dont l'œil est ébloui quand il reçoit un coup violent, le nom d'Astarite resplendit, dans mon esprit. « J'irai trouver Astarite et la ferai délivrer! » pensai-je. Je tendis de nouveau les mains et découvris aussitôt que les murs de ma cellule s'étaient disjoints, laissant une étroite fissure verticale par où je pouvais m'échapper. Je fis quelques pas dans le noir, mes doigts rencontrèrent l'interrupteur. Je le tournai avec une fièvre d'hystérique. La chambre s'éclaira. J'étais près de la porte, nue, haletante, le corps et le visage ruisselant d'une sueur abondante et froide. La cellule dans laquelle il m'avait semblé être enfermée n'était que l'espace compris entre l'armoire, le coin de la pièce et la commode : espace restreint qu'effectivement les murs et les deux meubles ferment presque. Dans mon sommeil, je m'étais levée, j'avais marché, j'étais allée me fourrer là-dedans.

J'éteignis de nouveau la lumière et revins dans mon lit à pas mesurés. Avant de me rendormir, je pensai que je ne pouvais certes pas ressusciter l'orfèvre, mais que je pouvais sauver ou tout au moins m'efforcer de sauver la femme de chambre : c'était la seule chose qui comptât. Je devais d'autant plus le faire que je venais de découvrir que je n'étais pas aussi bonne que je l'avais toujours cru. Tout au moins ma bonté n'excluait pas le goût du sang, l'admiration de la violence et la sympathie pour le crime.

4

Le lendemain matin, je m'habillai avec soin, mis le poudrier dans mon sac pour téléphoner à Astarite. Je me sentais bizarrement joyeuse. L'angoisse que la révélation de Sonzogne m'avait inspirée le soir précédent avait complètement disparu. Et puis j'ai observé plusieurs fois au cours de ma vie que la vanité est la pire ennemie de la charité et de la réprobation morale. Plus que de l'horreur et de la peur, j'éprouvais à présent un sentiment de vanité à la pensée que j'étais la seule de toute la ville à savoir comment avait eu lieu le crime et qui en était l'auteur. « Je sais qui a tué l'orfèvre », me disais-je, et j'avais l'impression de regarder les hommes et les choses avec d'autres yeux que la veille. Il me semblait qu'il y avait quelque chose de changé, même dans ma physionomie, et je craignais presque qu'on ne déchiffrât clairement le secret de Sonzogne dans l'expression de mon visage. En même temps, j'éprouvais un désir doux, agréable, irrésistible, de raconter à quelqu'un ce que je savais. Comme une eau trop abondante dans un vase de contenance restreinte, le secret débordait de mon âme, et j'étais tentée de le déverser dans une autre. Je suppose que c'est là le principal motif pour lequel tant de criminels confient à leur maîtresse ou à leur femme les méfaits qu'ils ont commis, et celles-ci les racontent à quelque ami plus intime, et celui-ci à un autre, jusqu'à ce que le renseignement arrive aux oreilles de la police, provoquant ainsi la perte de tous. Mais je pense aussi que, lorsqu'ils confient leurs scélératesses, les criminels cherchent à se décharger en partie d'un poids qui leur paraît intolérable en le faisant porter aussi à d'autres. Comme si le crime était un fardeau qu'on pût partager et répartir entre plusieurs épaules jusqu'à le rendre négligeable. Comme s'il n'était pas, au contraire, une charge inaliénable dont le poids ne diminue pas parce qu'il est imposé à plusieurs personnes, mais se multiplie par le nombre de ceux qui acceptent de s'en charger !

En parcourant les rues pour tâcher de trouver un téléphone public, j'achetai deux journaux et cherchai dans la chronique de la ville des informations sur le crime de la rue Palestro. Mais plusieurs jours s'étaient désormais écoulés : je n'y vis que quelques lignes exprimant la déception sous ce titre : « Aucune lumière sur l'assassinat de l'orfèvre. » Je me rendis compte qu'à moins de quelque erreur grossière de sa part Sonzogne pouvait être sûr qu'on ne le découvrirait jamais. Le caractère illicite du trafic de la victime rendait par lui-même extrêmement difficiles les recherches de la police. L'orfèvre, comme le disaient les journaux, entrait souvent en contact, secrètement et pour des motifs inavouables, avec des personnes de toutes les classes sociales et de toutes les conditions; l'assassin pouvait fort bien être quelqu'un qui ne l'avait jamais vu auparavant et l'avait tué sans préméditation. Cette hypothèse était très proche de la vérité. Mais, précisément parce qu'elle était parfaitement juste, elle laissait voir que la police avait renoncé à découvrir le coupable.

Je trouvai un téléphone public dans un restaurant et fis le numéro d'Astarite. Il y avait bien six semaines que je ne lui avais pas téléphoné; je dus le prendre au dépourvu, parce qu'il ne reconnut pas immédiatement ma voix et me répondit d'abord du ton expéditif qu'il employait dans son bureau. Pendant un instant, j'eus vraiment l'impression qu'il ne voulait plus entendre parler de moi, et j'avoue que je sentis un coup au cœur en pensant à la femme de chambre dans sa prison et à la fatalité qui voulait qu'Astarite cessât de m'aimer juste au moment où son intervention devenait nécessaire pour sauver cette malheureuse. Toutefois, ma propre épouvante me fit plaisir, parce qu'elle me redonna le sentiment perdu de ma bonté, me fit comprendre que la libération de cette femme me tenait vraiment à cœur et qu'en somme, nonobstant mes relations avec Sonzogne, l'assassin, je restais la douce et compatissante Adrienne que j'avais toujours été.

Epouvantée, je dis mon nom à Astarite et j'entendis avec soulagement sa voix changer immédiatement de ton et bredouiller, tandis que son débit s'accélérait. Je dois confesser que je me sentis un élan d'affection pour lui, parce qu'un tel amour (toujours flatteur pour une femme d'ailleurs) me rassurait à ce moment et m'emplissait de gratitude. Je lui fixai rendez-vous d'une voix caressante; il promit de venir sans faute, et je sortis du restaurant.

Toute cette nuit que j'avais passée dans des cauchemars, il avait plu à verse; à plusieurs reprises, j'avais entendu, dans mon sommeil, le bruissement de la pluie, mêlé aux sifflements du vent, former comme un mur de mauvais temps autour de la maison, augmentant la solitude et la réclusion des ténèbres dans lesquelles je me débattais. Mais, vers l'aube, la pluie avait cessé, et les derniers souffles du vent avaient trouvé la force de balayer les nuages, laissant le ciel limpide, l'air immobile et lavé. Après avoir téléphoné à Astarite, je me mis à marcher le long d'une allée de platanes, dans le premier soleil du matin. De mon sommeil pénible et fréquemment interrompu, il ne me restait plus qu'un léger étourdissement que l'air froid me fit vite passer. La beauté de la journée me donnait une grande joie, et tous les objets sur lesquels mes yeux se posaient me semblaient doués d'une séduction qui charmait mes yeux et me ravissait. J'aimais les petites bordures d'humidité autour des dalles désormais sèches. J'aimais les troncs des platanes avec les écailles superposées de leur écorce : blanches, vertes, jaunes, brunes, et qui, de loin, semblaient de l'or; j'aimais les façades des maisons où de grandes taches mouillées gardaient la trace de leur lavage nocturne; j'aimais les passants du matin : des hommes qui vont en hâte à leur travail, des servantes, le panier au bras, des petites filles et des petits garçons dont les parents ou les grands frères portaient les cartables et les livres. Je m'arrêtai pour faire l'aumône à un vieux mendiant et, tandis que je cherchais de l'argent dans mon porte-monnaie, mes yeux se portèrent avec attendrissement sur sa vieille capote militaire et commencèrent à ressentir de la sympathie pour les pièces dont elle était tapissée aux coudes et près du col. C'étaient des pièces grises, marron, jaunes, ou d'un vert moins déteint que l'ensemble; je me rendis compte du plaisir que j'éprouvais à observer leur couleur et la façon dont elles étaient solidement cousues au fil noir, à gros points visibles; et je me surpris à penser au travail qu'il avait dû faire un matin pour couper aux ciseaux la partie usée, trouver la pièce dans quelque vieux haillon, l'ajuster sur le trou et la coudre avec amour. J'aimais ces pièces comme l'affamé aime la vue du pain sortant du four; en m'éloignant, je ne pus m'empêcher de me retourner plusieurs fois pour les regarder. Alors, tout à coup, je pensai qu'il eût été beau d'avoir une vie semblable à ce matin-là, aussi limpide, aussi nette, aussi agréable. Une vie qui eût été lavée de tous ses aspects ternes et permît de tout regarder avec amour, même les choses les plus humbles. A ce moment, je sentis de nouveau le désir, depuis si longtemps endormi et muet, d'une vie normale, avec un seul homme, dans une maison neuve, ordonnée, claire et propre. Je m'aperçus que mon métier ne me plaisait pas, bien que, par une contradiction singulière, ma nature m'y portât. Je pensai que ce n'était pas un métier propre, qu'il y avait toujours autour de moi, sur mon corps, sur mes doigts, dans mon lit, comme une impression de sueur, de sperme, de chaleur impure, de moiteur gluante qui semblait persister même après que je m'étais lavée et avais remis la chambre en ordre. Je pensai aussi que cette histoire de me déshabiller et de me rhabiller presque tous les jours, sous les yeux d'hommes toujours différents, m'empêchait de considérer mon corps avec le sentiment de plaisir et d'intimité que j'aurais aimé et que je me souvenais avoir éprouvé, toute jeune fille, quand je me regardais au miroir ou que je prenais un bain. C'est une belle chose que de pouvoir observer son propre corps comme une chose neuve et inconnue qui pousse, prend vigueur et s'embellit toute seule; or, moi, pour donner chaque fois cette impression de nouveauté à mes amants, je me l'étais ôtée à moi-même pour toujours.

A la lumière de ces réflexions, le crime de Sonzogne, la perversité de Gino, le malheur de la femme de chambre et toutes les autres intrigues dans lesquelles je me débattais m'apparaissaient comme autant de conséquences du dérèglement de ma vie. Conséquences, toutefois, privées de sens particuliers, qui ne me donnaient aucune impression de faute et ne pouvaient être supprimées que si je réussissais à satisfaire mes anciennes aspirations à une vie normale. Je fus prise d'une grande envie d'être en règle dans tous les sens. En règle avec la morale, qui ne voulait pas qu'on fît un métier comme le mien, en règle avec la nature, qui voulait qu'à mon âge une femme eût des enfants, en règle avec le goût, qui voulait qu'on vécût au milieu de beaux objets, qu'on portât des vêtements jolis et fréquemment renouvelés, qu'on habitât des maisons lumineuses, propres et commodes. Seulement, ces choses-là s'excluaient l'une l'autre; si j'avais pu être en règle avec la morale, je n'aurais pas pu être en règle avec la nature; et le goût contredisait à la fois la morale et la nature. A cette idée, j'éprouvai le dépit qui m'était habituel, aussi vieux que ma vie, de me savoir toujours en dette avec la nécessité, et dans l'incapacité de m'acquitter autrement que par le sacrifice de mes aspirations les meilleures. Mais je m'apercevais aussi, une fois de plus, que je n'avais pas encore entièrement accepté mon sort; et cela me redonna confiance, parce que je pensai qu'aussitôt que l'occasion se présenterait pour moi de changer de vie je ne serais pas prise au dépourvu, mais en profiterais avec clairvoyance et décision.

J'avais donné rendez-vous à Astarite pour midi, à sa sortie du bureau; j'avais encore quelques heures à perdre; ne sachant que faire, je décidai d'aller trouver Gisèle. Il y avait quelque temps que je ne l'avais vue; je soupçonnais que quelqu'un d'autre occupait, dans sa vie, l'ancienne place de Richard : mi-fiancé, mi-amant. Gisèle, aussi bien que moi, espérait se mettre en règle; je suppose que c'est là un espoir commun à toutes les femmes de mon espèce. Mais j'y étais portée par une inclination native, tandis que pour Gisèle, qui accordait une grande importance à la considération, c'était surtout histoire de décorum. Elle rougissait qu'on pensât d'elle qu'elle était ce qu'elle était, voilà tout; bien qu'elle fût portée à l'être par une vocation beaucoup plus profonde que la mienne. Moi, au contraire, je n'avais pas le moindre sentiment de honte, mais, à certains moments, une impression de servitude et de vie contre nature.

Arrivée à la maison de Gisèle, je me disposais à monter l'escalier quand la voix de la concierge m'arrêta :

– Vous allez chez Mlle Gisèle ? Elle n'habite plus ici.

– Où est-elle allée ?

– Rue Casablanca, au numéro 7.

La rue Casablanca était une rue neuve située dans un quartier neuf.

– Un monsieur blond est venu en auto; ils ont pris les affaires et ils sont partis.

Je me rendis compte aussitôt que, si j'étais venue, c'était justement pour m'entendre dire cela, qu'elle était partie avec quelqu'un. Je ne sais pourquoi, j'éprouvai une brusque impression de fatigue; mes jambes se dérobèrent sous moi, et je dus m'appuyer au chambranle de la porte pour ne pas tomber. Mais je me repris et, après y avoir réfléchi, décidai d'aller trouver Gisèle à sa nouvelle adresse. Je montai dans un taxi et dis au chauffeur de me conduire rue Casablanca.

Plus le taxi avançait, plus nous nous éloignions du centre de la ville et de ses vieilles maisons, alignées dans des ruelles étroites et adossées les unes aux autres. Les rues s'élargissaient, bifurquaient, confluaient pour former des places et devenaient de plus en plus larges; les maisons étaient neuves et, entre deux constructions, on entrevoyait de temps en temps une bande verte qui était la campagne. Je me rendis compte que mon voyage avait un sens caché, extrêmement pénible, et devins de plus en plus triste. Je me rappelai soudain tous les efforts faits par Gisèle pour m'enlever mon innocence et me rendre semblable à elle; et, malgré moi, d'une façon aussi naturelle qu'une blessure se met à saigner, je me mis à pleurer.

Quand je descendis du taxi, à la fin de ma course, j'avais les yeux brillants, les joues trempées de larmes.

– Il ne faut pas pleurer, mademoiselle, me dit le chauffeur.

Je me bornai à hocher la tête et m'acheminai vers la porte de la maison de Gisèle.

Cette maison était entièrement blanche, de style

moderne, de construction tout à fait récente, ainsi qu'en témoignaient des tonneaux, des poutres, des pelles entassés dans un petit jardin dépouillé, et les éclaboussures de chaux qui tachaient les barreaux de la grille. J'entrai dans un hall blanc parfaitement nu; l'escalier aussi était blanc, avec des fenêtres à vitres opalines filtrant une lumière tranquille. Le portier, solide jeune homme au poil roux, en salopette d'ouvrier, bien différent des portiers vieux et sales qu'on a l'habitude de voir, me fit entrer dans l'ascenseur; je pressai le bouton, et l'ascenseur commença sa montée. Il exhalait une agréable odeur de bois neuf verni à l'alcool. Dans son bourdonnement aussi, on avait l'impression de percevoir quelque chose de nouveau comme dans un moteur récemment rodé. L'ascenseur monta jusqu'au dernier étage : à mesure qu'il montait, la lumière augmentait, comme s'il n'eût pas existé de plafond et comme s'il eût monté droit au ciel. Enfin, il s'arrêta, je sortis et me trouvai dans une clarté lumineuse, sur un palier d'une blancheur éblouissante, devant une belle porte de bois clair avec des poignées de cuivre astiquées. Je sonnai : une petite bonne brune et maigre vint m'ouvrir : elle avait une gentille figure, une coiffure de dentelle et un tablier brodé.

– Mlle de Santis? lui dis-je. Annoncez-lui qu'Adrienne est là.

Elle me laissa pour aller au fond du corridor, près d'une porte vitrée de carreaux opalins comme les fenêtres de l'escalier. Le corridor était aussi blanc et nu que le reste de la maison; je jugeai que l'appartement devait être petit, quatre pièces au plus. Il était chauffé; la tiédeur du radiateur ravivait l'odeur pénétrante de la chaux fraîche et des peintures neuves. La porte vitrée s'ouvrit au fond du corridor; la petite bonne reparut et me dit que je pouvais entrer.

En entrant, tout d'abord, je ne vis rien, parce qu'à travers une vaste verrière, qui semblait tenir tout le mur en face de la porte, le soleil de l'hiver entrait en flots éblouissants. C'était le dernier étage : à travers ces verrières, on ne voyait que le ciel bleu, tout resplendissant de soleil. J'oubliai un instant ma visite. En fermant les yeux dans ce soleil chaud et doré comme une vieille liqueur, je ressentis une impression de bien-être. Mais la voix de Gisèle me fit tressaillir. Elle était assise devant la verrière et, par-dessus une petite table semée de flacons, tendait ses doigts à un petit bout de femme à cheveux gris : la manucure.

— Oh! Adrienne! Assieds-toi un moment, me dit Gisèle avec la fausse aisance qui lui était particulière.

Je m'assis à côté de la porte et regardai autour de moi. La pièce, dans le sens de la fenêtre, était longue et étroite. A vrai dire, il ne s'y trouvait que peu de meubles : une table, un buffet, quelques chaises de bois clair; mais tout était neuf, et puis il y avait le soleil. Ce soleil avait véritablement quelque chose de luxueux. « Il n'y a que dans une maison riche, ne pus-je m'empêcher de penser, qu'on puisse avoir un soleil semblable. » Je fermai les yeux sous cette douceur, goulûment, et pendant un moment, ne pensai plus à rien. Puis je sentis quelque chose de lourd et de moelleux tomber sur mes genoux; j'ouvris les yeux et vis que c'était un énorme chat, d'une espèce que je n'avais jamais vue, avec un poil extrêmement long, doux comme de la soie, d'un gris presque bleu, et une large face d'une expression furieuse et majestueuse qui ne me plut pas. Le chat commença à se frotter contre moi, à lever tout droit le panache de sa queue et à pousser des miaulements rauques. Puis il se pelotonna sur mes genoux et se mit à ronronner.

— Quel beau chat! dis-je. De quelle race est-il?

— C'est un persan, me répondit fièrement Gisèle. C'est une race très appréciée. Ces chats-là se paient jusqu'à mille francs.

— Je n'en avais jamais vu, dis-je en passant la main sur le dos du chat.

— Vous savez quelqu'un qui a un chat comme celui-là? dit la manucure. Mme Radaelli. Si vous saviez comme elle le gâte! Plus qu'un chrétien! L'autre jour, avec son vaporisateur, elle l'avait parfumé... Alors, je ne mets pas une seconde couche aux ongles des pieds?

— Non, Marthe, ce n'est pas la peine, ça suffit pour aujourd'hui, dit Gisèle.

La manucure rangea ses menus instruments d'acier et ses petites bouteilles dans une valisette, me salua et sortit de la pièce.

Une fois seules, nous nous regardâmes. Gisèle aussi me parut toute neuve, comme la maison. Elle portait un beau tricot d'angora rouge avec une jupe havane que je ne lui avais jamais vus. Elle avait engraissé, il y avait sous le tricot plus de poitrine et sous la jupe plus de hanches que dans mon souvenir. Je notai aussi qu'elle avait les paupières un peu gonflées, comme les gens qui mangent bien, dorment beaucoup et n'ont pas de soucis. Ces paupières lui donnaient un aspect légèrement sournois. Elle regarda un instant ses ongles et me demanda, comme elle eût dit n'importe quoi :

– Qu'en dis-tu ? Mon appartement te plaît-il ?

Je ne suis pas du tout envieuse. Mais, à ce moment, peut-être bien pour la première fois de mon existence, je sentis la morsure de l'envie; et je m'étonnai qu'il y eût des gens capables de couver toute leur vie dans leur âme un sentiment semblable, parce qu'il me sembla désagréable et douloureux au plus haut point. Je me sentais dans le visage une sorte de tiraillement, comme si j'avais brusquement maigri, et cela me mettait dans l'impossibilité de sourire et de débiter quelques phrases gentilles à Gisèle, comme je l'aurais voulu. J'éprouvais pour elle une aversion acharnée. J'aurais voulu lui dire quelque méchanceté : la blesser, l'offenser, l'humilier, faire en sorte de lui empoisonner sa joie. « Qu'est-ce qui m'arrive ? » pensai-je, tout éperdue, sans arrêter de caresser le dos du chat. Ne suis-je plus moi ? Heureusement que ce sentiment ne dura pas longtemps. Déjà, dans le fond de mon âme, toute la bonté dont je suis capable se révoltait et partait en guerre contre cette envie. Je pensai que Gisèle était mon amie, que sa bonne chance devait être aussi la mienne et qu'il me fallait être contente pour elle. Je me représentai Gisèle entrant pour la première fois dans son appartement tout neuf et battant des mains de joie; au même instant, le froid, l'ankylose de l'envie quittèrent mon visage, et je me sentis de nouveau réchauffée par ce bon soleil de la pièce, mais d'une manière plus intime, comme si le soleil me fût entré dans l'âme.

– Tu me le demandes? lui dis-je. Une maison aussi belle, aussi gaie? Comment est-ce arrivé?

J'eus l'impression d'avoir prononcé ces paroles avec sincérité et je souris : plus à moi-même, comme une récompense, qu'à Gisèle. Elle me répondit, sur le ton d'une confidence et d'un air de familiarité :

– Tu te rappelles Jean-Charles, ce blond avec lequel je m'étais tout de suite querellée ce soir-là? Eh bien! peu de temps après, il est revenu me voir... il était beaucoup « mieux » qu'il ne semblait à première vue... Ensuite nous nous sommes revus... à différentes reprises... Il y a quelques jours, voilà qu'il me déclare : « Viens avec moi, je veux te faire une surprise... » Moi, tu sais, je pensais qu'il voulait me faire un cadeau : un sac, un parfum... Au lieu de ça, il m'emmène en voiture, il me conduit ici, il me fait entrer... La maison était complètement vide... J'ai pensé que c'était pour lui... Il me demande si ça me plaît, je lui dis que oui, mais sans rien imaginer, bien sûr. Alors il me dit : « Cet appartement, je l'ai loué pour toi! » Tu penses si j'ai été surprise!

Elle sourit d'un air digne et satisfait en jetant un regard autour d'elle. Impulsivement, je me levai, j'allai à elle et l'embrassai en lui disant :

– Ça me fait tellement plaisir! Tellement plaisir! Vraiment, je suis bien contente!

Ce geste acheva de dissiper dans mon esprit tout sentiment hostile. J'appuyai mon visage contre la fenêtre et regardai dehors. La maison s'élevait sur une espèce de promontoire au-dessous duquel s'étendait un paysage immense. C'était une plaine cultivée, parcourue par un cours d'eau sinueux, parsemée çà et là de bois, de fermes, d'accidents de terrain rocailleux. On n'apercevait de la ville, dans un coin du panorama, qu'un petit nombre de constructions blanches, dernier prolongement d'un faubourg. A l'horizon, une file de montagnes bleues se dessinait clairement sur le ciel lumineux. Je me retournai vers Gisèle et lui dis :

– Sais-tu que tu as une vue magnifique?

— N'est-ce pas ? me répondit-elle.

Elle alla au buffet, en tira deux petits verres et une bouteille à panse rebondie :

— Prendras-tu un verre de liqueur ? me demanda-t-elle d'un air négligent.

Il était clair que tous ses gestes de maîtresse de maison la remplissaient de satisfaction.

Nous nous assîmes devant la table et bûmes la liqueur en silence. Je sentais que Gisèle était embarrassée. Je voulus aller au-devant d'elle et lui dis avec douceur :

— Seulement... tu ne t'es pas bien conduite avec moi ! Tu aurais pu me le dire !

— Je n'en ai pas eu le temps, me répondit-elle vivement. Avec le déménagement, tu sais... Et puis j'ai eu tellement à faire pour acheter l'indispensable : les meubles, le linge, la vaisselle... Je n'ai pas eu un moment pour souffler... C'est quelque chose, de monter une maison !

Elle parlait en pinçant les lèvres, comme certaines dames distinguées.

— Je comprends, dis-je sans ombre de méchanceté ni d'amertume, absolument comme s'il se fût agi d'une chose qui ne me concernait pas. Maintenant que tu es installée et que tes affaires vont mieux, cela te contrarie de me voir... tu as honte de moi.

— Je n'ai pas du tout honte de toi, rétorqua-t-elle avec une légère irritation, plus froissée, semblait-il, de mon ton raisonnable que de mes paroles. Si tu penses ça, tu es tout à fait stupide. Seulement, dorénavant, nous ne pourrons plus nous voir comme autrefois... Je veux dire nous ne pourrons plus sortir ensemble et tout le reste... S'il venait à le savoir, je serais fraîche !

— Sois tranquille, lui dis-je avec douceur ; tu ne me reverras plus. Aujourd'hui, je suis venue uniquement pour savoir ce qui t'était arrivé.

Elle feignit de ne pas entendre, confirmant ainsi mes suppositions. Il y eut un moment de silence. Puis elle me demanda, d'un air de fausse sollicitude :

— Et toi ?

Tout de suite, avec une spontanéité qui m'épouvanta, je pensai à Jacques. Je lui répondis d'une voix étouffée :

– Moi ? Tout est comme d'habitude.

– Et Astarite ?

– Je le vois quelquefois.

– Et Gino ?

– Avec lui, c'est fini.

Le souvenir de Jacques m'avait serré le cœur. Mais Gisèle interpréta à sa façon la mortification intense que mon visage laissait transparaître; elle pensait peut-être que j'étais aigrie par sa chance et son attitude dédaigneuse. Elle dit donc avec une prévenance affectée :

– Pourtant, personne ne m'ôtera de la tête qu'il suffirait que tu le veuilles pour qu'Astarite te mette dans tes meubles.

– Mais je ne veux ni Astarite ni aucun autre, lui répondis-je tranquillement.

Je lui vis un visage déconcerté.

– Pourquoi ? me demanda-t-elle. Tu n'aimerais pas avoir une maison comme celle-là ?

– La maison est belle, répondis-je, mais je tiens surtout à ma liberté.

– Je suis libre, me dit-elle, piquée; plus libre que toi... j'ai toute la journée pour moi.

– Ce n'est pas de cette liberté-là que je veux parler.

– Alors, de laquelle ?

Je compris que je venais de la froisser, ne fût-ce que parce que je ne montrais pas suffisamment d'admiration pour cette maison dont elle était si fière. Lui expliquer toutefois que je ne la dédaignais nullement, mais qu'en réalité je ne voulais me lier, sans amour, avec aucun homme, eût été la froisser de nouveau et plus qu'avant. Je préférai changer de conversation et lui dis bien vite :

– Fais-moi voir la maison... Combien de pièces as-tu ?

– Que t'importe la maison, dit-elle avec un désappointement naïf, puisque tu dis toi-même que tu ne voudrais pas d'une maison comme celle-ci ?

– Ce n'est pas ça que je dis, répondis-je avec calme.

Ta maison est très belle. Je serais bien trop contente d'en avoir une comme ça !

Elle ne dit rien. Elle baissait les yeux d'un air mortifié.

– Alors, repris-je mollement, au bout d'un instant, tu ne veux pas me la faire voir ?

Elle leva les yeux et je m'aperçus avec stupeur qu'ils étaient pleins de larmes.

– Tu n'es pas pour moi l'amie que je croyais ! s'écria-t-elle. Tu... tu... tu es remplie de jalousie... Tu fais exprès de déprécier ma maison pour me faire de la peine.

Elle parlait dans le vide, le visage tout trempé de larmes. C'étaient des larmes de dépit; et l'envieuse, cette fois, c'était elle : elle souffrait d'une envie privée d'objet et rougissait sans le savoir de mon amour désespéré pour Jacques et du détachement amer que cet amour me donnait. Mais, tout en la comprenant si bien, et précisément parce que je la comprenais, j'eus pitié d'elle. Je me levai, m'approchai d'elle, lui posai la main sur l'épaule.

– Pourquoi dis-tu ça ? Je ne suis pas jalouse... ce sont d'autres choses que j'aurais envie, voilà tout. Mais je suis heureuse que tu sois heureuse. Alors, fais-moi voir les autres pièces, conclus-je en l'embrassant.

Elle se moucha et parut avoir envie de le faire :

– Il n'y en a que quatre en tout, me dit-elle, et elles sont presque vides.

– Allons ! montre-les-moi.

Elle se leva, me précéda dans le corridor, ouvrit plusieurs portes et me fit voir une chambre à coucher où il n'y avait qu'un lit et un fauteuil au pied du lit, une pièce vide où elle avait l'intention de mettre un autre lit « pour les invités » et la chambrette de la bonne, qui n'était qu'un réduit. Elle me fit visiter ces trois pièces avec une espèce de dépit, en m'en expliquant brièvement l'usage et sans prendre plaisir à ces explications. Mais sa vanité l'emporta sur sa mauvaise humeur quand elle me montra la salle de bains et la cuisine, toutes deux revêtues de carreaux de céramique avec des engins électriques tout neufs et une robinetterie étincelante... Elle m'expliqua la manière de faire fonctionner ces machines, leur supériorité sur les appareils à gaz, leur propreté et leur rendement; et, bien que je n'eusse pas l'esprit à cela, je feignis cette fois de m'y intéresser avec les exclamations de rigueur d'admiration et de surprise. Elle fut si contente de mon attitude qu'elle me dit, une fois la visite finie :

– Retournons là-bas... prenons encore un petit verre.

– Non, non, lui répondis-je; je dois m'en aller.

– Pourquoi cette hâte? Attends un moment.

– Je ne peux pas.

Nous étions dans le corridor. Elle hésita un moment, puis me déclara :

– Il faut que tu reviennes. Sais-tu ce que nous pouvons faire? C'est souvent qu' « il » s'éloigne de Rome... Je te le fais savoir un de ces jours, tu amènes deux de tes amis et nous passons un bon moment.

– Mais s' « il » l'apprend?

– Pourquoi devrait-il l'apprendre?

– C'est bon, dis-je. C'est entendu.

J'hésitai à mon tour, puis lui dis courageusement :

– A propos, dis-moi un peu... « il » ne t'a jamais parlé de l'ami qui était avec lui ce soir-là?

– L'étudiant? Pourquoi? Il t'intéressait?

– Non, c'est uniquement pour savoir...

– Nous l'avons encore vu hier soir.

Je ne pus lui dissimuler mon trouble.

– Ecoute, lui dis-je d'une voix mal assurée... si tu le vois, dis-lui de venir me trouver... mais dis-lui ça sans y attacher d'importance.

– C'est bon, me répondit-elle, je le lui dirai.

Mais elle me scrutait d'un air soupçonneux, et moi, sous son regard, je perdais contenance, parce qu'il me semblait que mon amour pour Jacques était écrit sur mon visage en lettres visibles. Au ton de sa réponse, je compris qu'elle ne ferait pas ma commission. Désespérée, j'ouvris la porte, pris congé d'elle et descendis vivement l'escalier sans me retourner. Au second étage, je m'arrêtai et m'appuyai au mur en regardant en l'air.

« Pourquoi le lui ai-je dit ? pensai-je. Qu'est-ce qui m'a pris ? » Je continuai à descendre, la tête basse.

J'avais donné rendez-vous à Astarite chez moi. Quand j'arrivai, j'étais à bout de forces; je n'étais plus habituée à sortir le matin; tout ce soleil et toutes ces allées et venues m'avaient fatiguée. Je ne me sentais même pas triste; ma visite à Gisèle, je l'avais expiée à l'avance, en pleurant dans le taxi qui m'amenait dans sa maison neuve. C'est maman qui vint m'ouvrir, en me disant qu'il y avait quelqu'un qui m'attendait depuis près d'une heure dans ma chambre. Je m'y rendis directement et m'assis sur le lit, sans m'occuper d'Astarite qui, debout devant la fenêtre, semblait regarder dans la cour. Je restai un moment immobile, la main sur le cœur, tout essoufflée tant j'avais été vite pour monter l'escalier. Je tournais le dos à Astarite et considérais d'un œil absent la porte de la chambre. Il m'avait dit bonjour, mais je ne lui avais pas répondu. Il vint s'asseoir près de moi et me passa le bras autour de la taille, en me regardant fixement.

Au milieu de toutes mes préoccupations, j'avais oublié sa folle sensualité, toujours en éveil, toujours aux aguets. Elle me parut intolérable.

— Alors, tu en as toujours envie ? lui dis-je lentement, d'un ton désagréable, en me reculant.

Il ne dit rien, mais prit ma main et la porta à ses lèvres avec un regard en dessous.

— Tu en as toujours envie ? repris-je. Même le matin ? Après avoir travaillé toute la matinée ? A jeun ? Avant déjeuner ? Sais-tu bien que tu es extraordinaire ?

Je vis ses lèvres trembler et ses yeux s'écarquiller.

— Mais je t'aime, dit-il.

— Tout de même... lui dis-je, il y a une heure pour l'amour et une heure pour le reste. Je te donne rendez-vous à une heure de l'après-midi justement pour te faire comprendre que ce n'est pas d'amour qu'il s'agit, et toi, au contraire... Tu n'as pas honte ?

Il me regardait fixement sans rien dire. Brusquement, j'eus l'impression de trop le comprendre. Il était amoureux de moi, et ce rendez-vous, il y avait je ne sais combien de mois qu'il l'attendait. Tandis que je me débattais au milieu de mille difficultés, lui n'avait fait autre chose que penser à mes jambes, à ma poitrine, à mes hanches, à ma bouche!

– Alors, lui dis-je, un peu radoucie, si je me déshabillais...

Il fit, de la tête, signe que oui. J'eus envie de rire, sans méchanceté, mais non sans dépit.

– Et l'idée, lui dis-je, ne te passera jamais par la tête que je peux me sentir triste ou simplement très loin de ces choses-là? Que je peux avoir faim, être fatiguée... ou bien avoir d'autres préoccupations... Ça ne te viendra jamais à l'esprit, non?

Il me regardait. Tout à coup, il se jeta sur moi, me serra très fort contre lui et nicha sa tête dans le creux de mon épaule. Il ne m'embrassait pas, il se contentait d'appuyer sa figure contre ma chair afin d'en sentir la tiédeur. Il respirait fortement et, de temps en temps, poussait un soupir. Maintenant, je ne me sentais plus irritée contre lui; ses gestes ne suscitaient plus en moi que la compassion et la consternation dont j'étais coutumière : je ne me sentais plus que triste. Quand je trouvai qu'il avait suffisamment soupiré, je le repoussai et lui dis :

– Je t'ai fait venir pour une chose sérieuse.

Il me regarda, me prit la main et se mit à la caresser. Il était tenace. Réellement, pour lui, rien n'existait que son désir.

– Tu es de la police, n'est-ce pas? lui demandai-je.

– Oui.

– Eh bien! fais-moi arrêter, mets-moi en prison!

Je lui dis cela d'un ton résolu. Au moment même, je désirais réellement qu'il le fît.

– Mais pourquoi? Qu'est-ce qui arrive?

– Il arrive que je suis une voleuse! lui dis-je avec force. Il arrive que j'ai volé et qu'on a arrêté une innocente à ma place... il faut donc me faire arrêter; j'irai en prison de bon cœur; c'est ce que je veux.

Il ne parut pas étonné, mais simplement contrarié. Il fit la grimace et me dit :

– Doucement... que s'est-il passé? Explique-toi!

– Je viens de te le dire, je suis une voleuse.

En quelques mots, je lui racontai le vol et lui expliquai comment c'était la femme de chambre qu'on avait arrêtée. Je parlai du stratagème de Gino, mais sans le nommer; je dis seulement : « un domestique ». Mais j'éprouvais un violent désir de lui parler de Sonzogne et de son crime; j'eus toutes les peines du monde à m'en retenir. Et je conclus :

– Tu vas choisir; ou bien tu fais sortir cette femme-là de prison... ou bien je vais au commissariat me constituer prisonnière aujourd'hui même.

– Doucement! répéta-t-il en levant la main. Il n'y a rien d'urgent. Cette femme est en prison, mais elle n'a pas été condamnée. Attendons.

– Non... je ne peux pas attendre. Elle est en prison, et il paraît qu'on la frappe... Je ne peux pas attendre... c'est maintenant que tu dois décider...

Mon ton lui fit comprendre que je parlais sérieusement. Il se leva, avec une expression très mécontente, et fit quelques pas dans la pièce. Puis il dit, comme s'il se parlait à lui-même :

– En attendant, il y a l'histoire des dollars.

– Mais puisqu'elle a toujours nié... puisqu'on a retrouvé les dollars... nous pourrons dire que c'était une vengeance de quelqu'un qui la détestait.

– Et le poudrier, tu l'as?

– Le voilà! lui dis-je en tirant l'objet de mon sac et en le lui tendant.

Mais il le refusa :

– Non, non, me dit-il; ce n'est pas à moi que tu dois le donner.

Il parut hésiter un instant, puis il ajouta :

– Je peux la faire sortir de prison, cette femme, mais il faudrait qu'en même temps la police eût la preuve de son innocence... ce poudrier, précisément...

– Eh bien! prends le poudrier et restitue-le à sa propriétaire.

Il eut un rire désagréable.

– Comme on se rend compte que tu ne comprends rien à ces choses-là! me dit-il. Si c'est toi qui me donnes le poudrier, je suis moralement obligé de te faire arrêter... Autrement on dirait : comment se fait-il qu'Astarite a eu l'objet volé, par qui l'a-t-il eu et comment ? etc. Non, tu dois t'arranger pour faire parvenir le poudrier au commissariat, mais sans te dévoiler.

— Je pourrais l'envoyer par la poste ?

— Non, pas par la poste.

Il fit encore quelques pas à travers la pièce, puis vint s'asseoir à côté de moi et me dit :

— Voici ce que tu dois faire... Connais-tu quelque religieux ?

Je me souvins du moine français à qui je m'étais confessée le jour de la promenade à Viterbe.

— Oui, lui répondis-je, mon confesseur.

— Tu te confesses encore ?

— Je me confessais.

— Bon... va trouver ton confesseur et raconte-lui le fait, comme tu viens de me le raconter... prie-le de prendre le poudrier et de le remettre de ta part au commissariat... aucun confesseur ne peut refuser cela... il n'a pas l'obligation de fournir le moindre renseignement, parce qu'il est lié par le secret de la confession. Un jour après, deux jours après, je téléphonerai, j'agirai... enfin ta femme de chambre sera remise en liberté.

J'éprouvai une grande joie et ne pus me retenir de lui jeter les bras autour du cou et de l'embrasser. Il continua d'une voix déjà tremblante de volupté :

— Mais toi, il ne faut plus faire ces choses-là. Quand tu auras besoin d'argent, tu n'as qu'à m'en demander...

— Puis-je aller aujourd'hui même trouver le confesseur ?

— Oui, bien sûr !

J'avais toujours le poudrier en main. Je restai longtemps immobile à regarder fixement devant moi. J'éprouvais un profond soulagement, comme si j'étais moi-même cette femme de chambre. Réellement, j'avais l'impression d'être elle en pensant au soulagement qu'elle-même éprouverait, tellement plus grand que le mien, quand on la remettrait en liberté ! Je ne me sentais plus ni triste, ni fatiguée, ni écœurée. Cependant Astarite, fourrageant des doigts autour de mon poignet, tâchait de remonter le long du bras, sous la manche. Je me retournai et lui dis en le regardant avec douceur et d'une voix caressante :

– Alors, tu y tiens vraiment tant ?

Incapable de parler, il fit signe que oui de la tête.

– Et tu ne te sens pas fatigué ? continuai-je d'une voix tendre et cruelle. Tu ne penses pas qu'il est trop tard, qu'il vaudrait mieux attendre un autre jour ?

Je le vis, de la tête, faire signe que non.

– Tu m'aimes donc tant ? lui demandai-je.

– Tu le sais bien que je t'aime, me répondit-il à voix basse.

Et il fit mine de m'embrasser. Je me dégageai et lui dis :

– Attends !

Il se calma tout de suite parce qu'il comprenait que j'acceptais. Je me levai, me dirigeai lentement vers la porte et tournai la clef dans la serrure. Puis j'allais à la fenêtre, l'ouvris, tirai les persiennes à moi et fermai les battants. Il me suivait des yeux tandis que j'évoluais à travers la pièce dans des attitudes pleines de complaisance, de paresse et de majesté. Je sentais ses regards sur moi et comprenais à quel point mon acceptation inespérée devait lui être agréable. Aussitôt les persiennes poussées, je me mis à chantonner en sourdine, d'une voix intime et joyeuse. Tout en chantant, j'ouvris l'armoire, ôtai mon manteau et l'y suspendis. Puis, sans cesser de chanter à voix basse, je me regardai dans la glace. J'eus l'impression de n'avoir jamais été aussi belle, avec des yeux qui scintillaient profondément et doucement, les narines froncées, la bouche entrouverte sur mes dents régulières et blanches. Je compris que j'étais belle parce que j'étais contente de moi-même et parce que je me sentais bonne. Je chantai un peu plus fort et me mis à déboutonner mon corsage de bas en haut. Je chantais une chanson tout à fait idiote qui était à la mode à ce moment-là et qui disait :

Je chante le petit refrain qui me plaît tant,
Qui fait doudou, doudou, doudou.

Cette ritournelle nigaude me semblait la vie même,

absurde sans doute mais, parfois aussi, douce et séduisante. Brusquement, alors que j'avais déjà la poitrine nue, quelqu'un frappa à la porte.

– Plus tard, dis-je. Je ne peux pas.

– C'est pour une chose urgente, répondit la voix de maman.

Un soupçon me vint, j'allai à la porte, l'ouvris et me présentai sur le seuil.

Maman me fit signe de sortir et de refermer la porte. Puis elle me chuchota :

– Il y a dans la salle quelqu'un qui veut absolument te parler.

– Qui est-ce ?

– Je ne sais pas. Un jeune homme brun.

J'ouvris tout doucement la porte de la grande pièce et regardai. Je vis un homme qui me tournait le dos, appuyé contre la table. A sa nuque, je reconnus Jacques aussitôt et refermai bien vite la porte. Puis je recommandai à maman :

– Dis-lui que je viens tout de suite... ne le laisse pas sortir de la pièce.

Elle m'assura qu'elle le ferait, et je rentrai dans ma chambre. Astarite était encore assis sur le lit comme je l'avais laissé :

– Vite, vite ! lui dis-je. Je le regrette, mais il faut que tu partes.

Il se troubla et se mit à balbutier je ne sais quelle protestation. Je ne le laissai pas finir et continuai :

– Ma tante vient de se trouver mal, au milieu de la rue, il faut que nous allions à l'hôpital, maman et moi... Vite, vite !

C'était un mensonge un peu gros mais, au moment même, je ne fus pas capable de trouver autre chose. Il me regardait d'un air hébété, comme s'il ne croyait pas à son malheur. Je m'aperçus qu'il avait ôté ses souliers et que ses pieds déchaussés étaient couverts de chaussettes rayées de couleur.

– Allons ! pourquoi me regardes-tu comme ça ! Il faut que tu t'en ailles, insistai-je, exaspérée.

– Ça va, dit-il, je m'en vais.

Et il se baissa pour remettre ses souliers. Debout

devant lui, je lui tendais déjà son manteau. Je compris pourtant qu'il me fallait lui faire quelque promesse si je voulais qu'il intervînt en faveur de la femme de chambre.

– Ecoute, ajoutai-je en l'aidant à passer les manches de son pardessus, je suis réellement vexée... mais reviens demain soir... après dîner... nous pourrons rester tranquillement ensemble... d'ailleurs, aujourd'hui, j'aurais été obligée de te renvoyer presque tout de suite... Il vaut mieux que ça ait fini comme ça.

Il ne dit rien et je l'accompagnai jusqu'à la porte en le conduisant par la main comme si c'eût été la première fois qu'il venait chez moi, tant j'avais peur qu'il n'entrât dans la grande salle et ne vît Jacques.

– Fais attention, lui dis-je, que, pour le confesseur, je vais le trouver aujourd'hui même.

Il répondit d'un signe de tête comme pour dire que c'était convenu. Il avait un visage fâché et congelé. Dans mon impatience, je n'attendis même pas qu'il prît congé et lui fermai la porte au nez.

5

Tandis que je m'approchais de la porte de la grande salle et mettais la main sur la poignée, voilà que je compris tout à coup qu'à moins d'un miracle, je risquais de créer entre Jacques et moi les lamentables rapports qui existaient entre Astarite et moi. Voilà que je m'aperçus que le sentiment de timidité, de crainte et de désir aveugle, que j'inspirais à Astarite, Jacques me l'inspirait à moi ! Tout en me rendant compte que j'eusse dû, si je voulais me faire aimer, me comporter d'une façon différente, je me sentais invinciblement poussée à me mettre, avec lui, dans une position de dépendance, d'anxiété, de sujétion. Quels pouvaient être les motifs de ma position d'infériorité, je n'aurais su le dire : si je les avais connus, cette position eût cessé d'exister. Mon instinct m'avertissait seulement que nous étions faits de matières différentes et que la mienne était plus résistante que celle d'Astarite, mais plus fragile que celle de Jacques; que, de même qu'il y avait quelque chose qui m'empêchait d'aimer Astarite, il y avait quelque chose qui empêchait Jacques de m'aimer; qu'aussi bien que l'amour d'Astarite pour moi, mon amour pour Jacques était né dans de mauvaises conditions et finirait encore plus mal. Mon cœur sautait dans ma poitrine, et j'avais le souffle coupé avant de le voir et de lui parler. J'avais grand-peur de faire quelque faux pas, de lui laisser voir mon anxiété et le désir que j'avais de lui plaire et de le reperdre ainsi, pour toujours. Telle est assurément la pire malédiction de l'amour; il n'est jamais payé de retour; quand on aime, on n'est pas aimé et, quand on est aimé, on n'aime pas. Il n'arrive jamais que deux amants aient égalité de désir et de sentiment, bien que ce soit là l'idéal auquel tous les hommes tendent, chacun pour son compte. Je savais avec certitude que, du moment que j'étais amoureuse de Jacques, lui n'était pas amoureux de moi. Et je savais aussi, sans vouloir me l'avouer, que j'aurais beau faire, je ne le rendrais jamais amoureux de moi. Tout cela me passa dans l'esprit pendant que j'attendais, mortellement troublée, derrière la porte de la grande pièce. Je me sentais tout étourdie, prête à commettre les pires sottises, et cela m'irritait au plus haut point. Je finis par prendre courage et j'entrai.

Il était encore dans l'attitude que je lui avais vue à travers l'entrebâillement de la porte, appuyé à la table, adossé à la porte. En m'entendant entrer, il se retourna, me regarda d'un air hésitant, attentif et critique, et me dit :

— Je passais en bas de chez toi, alors j'ai eu l'idée de te faire une visite; peut-être ai-je eu tort ?

Je m'aperçus qu'il parlait lentement, comme s'il voulait bien m'observer avant de se livrer par des paroles, et je me troublai à l'idée que, peut-être, je lui semblais autre et moins séduisante que le souvenir qui le poussait à venir me chercher après si longtemps. Je repris courage en me rappelant qu'un moment plus tôt, lorsque je m'étais regardée dans la glace, je m'étais trouvée belle. Je lui répondis, toute haletante :

– Pas du tout. Tu as très bien fait... j'allais sortir pour aller déjeuner... Nous allons déjeuner ensemble!

– Mais tu me reconnais? me demanda-t-il (peut-être bien avec ironie). Tu sais qui je suis?

– Si je te reconnais! dis-je sottement.

Et, avant que ma volonté contraire eût pu influencer mes gestes, je lui avais déjà pris la main et je l'avais portée à mes lèvres en le regardant avec amour. Il perdit contenance et cela me fit plaisir.

– Pourquoi ne m'as-tu pas donné signe de vie, vilain que tu es! lui dis-je d'une voix anxieuse et tendre.

Il hocha la tête et me répondit :

– J'ai eu beaucoup à faire.

J'avais complètement perdu la tête. De mes lèvres, je portai sa main à mon cœur, sous mon sein, en lui disant :

– Sens comme mon cœur bat!

Mais, en même temps, je me traitais d'idiote parce que je pensais que je n'aurais pas dû faire ce geste ni dire cela. Il fit une grimace un peu gênée; alors épouvantée, j'ajoutai en hâte :

– Je vais mettre mon manteau. Je reviens tout de suite. Attends-moi.

Je me sentais tellement égarée et j'avais si peur de le perdre qu'une fois dans l'antichambre je fermai rapidement à clé la porte de la rue et retirai la clé de la serrure. S'il voulait profiter du moment où je m'habillais pour se sauver, il lui serait impossible de sortir. Ensuite, j'entrai dans ma chambre, me mis devant la glace de l'armoire et me servis du coin de mon mouchoir pour me démaquiller les yeux et la bouche. Après quoi, je pris le rouge à lèvres et m'en mis de nouveau, mais très légèrement. J'allai près du portemanteau, cherchai mon manteau, ne le trouvai pas, et me sentis pendant un moment complètement perdue; puis, je me rappelai que je l'avais pendu dans l'armoire, l'en tirai et l'enfilai. Je me regardai dans la glace et j'eus l'impression que ma coiffure attirait trop l'attention. A toute vitesse, je la démolis à coups de peigne et j'arrangeai mes cheveux de la même manière qu'à l'époque où j'étais la fiancée de Gino. Mais, tout en me coiffant, je me jurais solennellement que, dorénavant, je réfrénerais les impulsions irréfléchies de ma passion et contrôlerais sévèrement mes gestes et mes paroles. Enfin je fus prête. Je passai dans l'antichambre et me présentai au seuil de la grande pièce pour appeler Jacques.

Mais, au moment où nous sortions, la porte de la maison, que j'avais oubliée de rouvrir après l'avoir fermée à clé, lui révéla mon subterfuge.

– Tu avais peur que je me sauve! murmura-t-il tandis que, toute confuse, je cherchais la clé dans mon sac.

Il me prit la clé de la main, et c'est lui-même qui ouvrit la porte en me regardant avec un hochement de tête qui semblait exprimer une affectueuse sévérité. Mon cœur se remplit de joie et je courus derrière lui dans l'escalier pour lui prendre le bras et lui demander, tout essoufflée :

– Ça ne te contrarie pas, n'est-ce pas?

Il ne me répondit pas.

Dans la rue, nous commençâmes à cheminer dans le soleil, bras dessus, bras dessous, le long des portes et des boutiques. J'étais si heureuse de marcher à côté de lui que j'oubliai complètement mes serments et, quand nous passâmes devant le petit pavillon à tour, ce fut comme si quelqu'un prenait ma main et la forçait à serrer la sienne. Je m'aperçus en même temps que je me penchais en avant pour mieux le regarder en face et que je lui disais :

– Tu sais que je suis bien contente de te voir?

Il fit son habituelle grimace embarrassée et me répondit :

– Moi aussi, je suis content – mais d'un ton qui n'indiquait pas précisément le contentement.

Je me mordis les lèvres jusqu'au sang et dégageai mes doigts des siens. Il ne parut pas s'en apercevoir; il regardait autour de lui et semblait distrait. A la porte des fortifications, il s'arrêta et prononça d'une voix réticente :

– Ecoute, je dois te dire quelque chose.

— Dis !

— C'est réellement par hasard que je suis venu te voir... Par le même hasard, je n'ai pas un sou en poche. C'est pourquoi il vaut mieux que nous nous quittions.

Et, ce disant, il me tendit la main.

Je commençai par éprouver une grande épouvante : « Il me quitte », pensai-je, et dans mon égarement je ne vis d'autre remède que de me suspendre à son cou en pleurant et en le suppliant. Mais mon second mouvement me fit trouver dans le prétexte même qu'il mettait en avant pour m'abandonner une solution facile, et je changeai de sentiment. Je pensai que je pouvais payer le repas, et l'idée de payer pour lui comme tout le monde payait pour moi me séduisit. J'ai déjà parlé du plaisir sensuel que je ressentais chaque fois que je recevais mon salaire. Je découvrais maintenant qu'il y avait, à payer, un plaisir aussi grand; et que le mélange de l'amour et de l'argent — que l'argent soit donné ou reçu — n'est pas seulement question de profit. Impétueusement, je m'écriai :

— Mais ne pense pas à ça ! C'est moi qui paierai ! Regarde : j'ai de l'argent.

J'ouvris mon sac et lui fis voir quelques billets que j'y avais mis la veille au soir.

Il dit avec une nuance de déception :

— Ça ne se fait pas !

— Quelle importance est-ce que ça a ? Tu reviens : il est juste que je fête ton retour !

— Non, non, il vaut mieux pas !

De nouveau, il fit mine de me tendre la main et de s'en aller. Mais, cette fois, je le pris par le bras, en lui déclarant :

— Vite ! allons ! n'en parlons plus !

Et je me dirigeai vers le restaurant.

Nous nous assîmes à la même table que la première fois. Tout était comme alors, à part un rayon de soleil hivernal qui pénétrait par le vitrage de la porte, éclairant les tables et le mur. Le patron nous apporta la carte, et je fis la commande d'un ton sûr et protecteur, semblable à celui qu'employaient avec moi mes amants. Pendant que je commandais le repas, il gardait le silence, les yeux baissés. J'avais oublié de demander du vin parce que je n'en bois pas; mais, ensuite, je me rappelai que, la première fois, il en avait bu, rappelai le patron et lui commandai un litre.

Dès que le traiteur se fut éloigné, j'ouvris mon sac, en tirai un billet de cent francs, le pliai en quatre, regardai autour de moi et le tendis sous la table à mon compagnon.

Il me regarda d'un air interrogatif.

– C'est l'argent, dis-je à voix basse. Comme ça, tout à l'heure, tu pourras payer.

– Ah ! l'argent, dit-il lentement.

Il prit le billet, le déplia sur la table, le regarda, puis le replia, ouvrit mon sac et l'y remit, avec un sérieux légèrement ironique.

– Tu veux que ce soit moi qui paie ? lui demandai-je, déconcertée.

– Non, me répondit-il tranquillement. Je paierai.

– Mais alors, pourquoi m'as-tu dit que tu n'avais rien ?

Il hésita, puis répondit avec une sincérité pleine d'amertume :

– Ce n'est pas par hasard que je suis venu te voir... En vérité, voici environ un mois que je pensais venir. Mais, quand je me suis trouvé devant toi, j'ai eu envie de m'en aller de nouveau. Alors l'idée m'est venue de te dire que je n'avais pas d'argent; j'espérais que tu m'enverrais au diable.

Il sourit, se passa la main sur le menton :

– Je m'étais trompé, à ce qu'il semble, ajouta-t-il.

C'était donc une espèce d'expérience qu'il avait faite sur moi. Mais il ne me désirait pas. Ou, plus exactement, l'attirance qu'il sentait pour moi combattait dans son esprit contre une aversion au moins aussi forte. Par la suite, je devais reconnaître dans cette faculté de mentir et de jouer un rôle pour faire une expérience un de ses caractères principaux. Au moment même, je me sentis tout à fait troublée et me demandai si je devais me plaindre ou me féliciter de son astuce et de sa défaite.

– Pourquoi voulais-tu t'en aller? lui demandai-je machinalement.

– Parce que je m'étais aperçu que je n'éprouvais aucun sentiment pour toi... ou, plus exactement, un désir comme celui que cet ami pouvait éprouver pour ta camarade.

– Tu sais qu'ils se sont mis ensemble? lui dis-je.

– Oui, me répondit-il d'un air de mépris; ils sont vraiment faits l'un pour l'autre.

– Tu n'éprouvais aucun sentiment pour moi, repris-je, et tu es venu?

Dans mon amour déçu (je prévoyais cette déception, du reste), j'avais plaisir à lui faire remarquer son inconséquence.

– Oui, répondit-il, parce que je suis ce qu'on appelle communément un caractère faible.

– Tu es venu, ça me suffit, lui dis-je cruellement.

J'allongeai la main sous la table et la lui posai sur les genoux tout en le regardant. A ce contact, je le vis se troubler et je notai que son menton tremblait. J'eus plaisir à le voir troublé; je compris que, bien qu'il me désirât beaucoup, comme il venait de le dire quand il m'avait avoué avoir songé pendant un mois à venir me trouver, il y avait une partie de lui-même qui m'était hostile, et que c'était contre cette partie-là que je devais faire porter mes efforts afin de l'humilier et de la détruire. Il me souvint de son regard passant comme un fil sur mon dos nu la première fois que nous avions été ensemble; je me dis que, ce jour-là, j'avais eu tort de me laisser glacer par ce regard, que si j'avais persisté dans mes efforts de séduction ce regard se serait éteint de la même façon qu'en ce moment la dignité convulsée de son visage tombait et s'évanouissait.

Tout en me penchant sur la table comme si j'eusse voulu lui parler à mi-voix, je le caressais et j'épiais du regard – un regard que je sentais joyeux et satisfait – l'effet de ma caresse sur son visage. Il me regardait d'un air interrogatif et froissé, de ses immenses yeux noirs brillants, aux longs cils de femme. Il finit par me dire :

– Si ça te suffit de me plaire de cette façon-là, tu peux continuer !

Je me redressai sur-le-champ. Presque au même instant, le patron apporta les couverts et le plat. Nous nous mîmes à manger tous deux, sans appétit.

– A ta place, je tâcherais de me faire boire, reprit-il.

– Pourquoi ?

– Parce que, quand je suis ivre, je fais plus facilement la volonté des autres.

La phrase qu'il avait déjà prononcée : « Si ça te suffit de me plaire de cette façon-là, tu peux continuer ! » m'avait froissée. Ce qu'il disait là du vin me convainquit de l'inutilité de mes efforts. Désespérée, je lui répondis alors :

– Je veux que tu ne fasses que ce que tu as envie de faire. Si tu veux t'en aller, tu n'as qu'à t'en aller... voilà la porte.

– Pour m'en aller, dit-il d'un ton badin, il faudrait que je fusse sûr de le désirer !

– Veux-tu que ce soit moi qui m'en aille ?

Nous nous regardâmes. J'étais résolue dans ma douleur. Cette résolution sembla le troubler autant que les caresses d'avant :

– Non, me dit-il avec effort : reste.

Nous nous remîmes à manger en silence. Puis je le vis se verser un grand verre de vin et le vider d'un trait.

– Tu vois, me dit-il, je bois.

– Je le vois.

– Dans un moment, je vais être ivre. Alors je serai bien capable de te faire une déclaration !

Ses paroles me perçaient le cœur. J'eus l'impression que je ne pouvais pas continuer à souffrir de la sorte.

– Ecoute, lui dis-je humblement, cesse de me tourmenter !

– Je te tourmente ?

– Oui, tu me tournes en dérision. Moi, je ne te demande pas autre chose que de ne plus t'occuper de moi. J'ai pris un béguin pour toi... ça passera... Mais, en attendant, laisse-moi tranquille.

Il ne dit rien et but un second verre de vin. Je craignais de l'avoir blessé et lui demandai :

– Qu'as-tu ? Tu m'en veux ?

– Moi ? Au contraire.

– Si ça te fait plaisir de te moquer de moi, tu es libre; ce que j'en disais, c'était pour parler.

– Mais je ne me moque pas de toi.

– Et si ça te fait plaisir de me dire des méchancetés, insistai-je, prise de je ne sais quel désir de me montrer soumise avec lui, sans manœuvres ni calculs, tu peux les dire... je ne t'en aimerai pas moins; bien mieux, je t'en aimerai davantage ! Si tu me frappais, je baiserais la main qui m'aurait frappée.

Il me regardait avec attention et semblait extraordinairement embarrassé. Evidemment, ma passion le déconcertait. Il finit par dire :

– Est-ce que nous partons ?

– Où cela ?

– Chez toi.

J'étais tellement désespérée que j'avais presque oublié le motif de mon désespoir. A une invite aussi inattendue, alors que nous n'avions même pas mangé le premier plat, que la moitié du vin était encore dans le pichet, j'éprouvai plus de stupéfaction que de plaisir. Je pensai, à juste titre, que ce n'était pas l'amour mais l'embarras que lui causaient mes propos qui le poussait à interrompre notre repas, et je lui dis :

– Tu brûles d'en finir avec moi, n'est-ce pas ?

– Comment as-tu fait pour le comprendre ? me demanda-t-il.

Cette réponse, trop cruelle pour être vraie, me redonna inopinément courage. Je lui répondis en baissant les yeux :

– Comme ça... il y a des choses qu'on comprend ! Non, finissons de manger; nous partirons après !

– Comme tu veux... mais je vais me saouler.

– Saoule-toi... Pour ce qui est de moi !...

– Mais je me saoulerai au point que ça me fera mal... et alors, au lieu d'un amant à aimer, tu n'auras qu'un malade à soigner.

J'eus la naïveté de laisser voir ma crainte. Je tendis la main vers le pot et lui dis :

– Alors ne bois pas.

Il éclata de rire et dit :

– Tombée dans le panneau !

– Quel panneau ?

– Ne crains rien, je ne suis pas si facilement malade !

– Je le faisais pour toi, lui dis-je, humiliée.

– Pour moi ? oh ! oh !

Il continuait à me taquiner. Mais il gardait, dans ses taquineries, la gentillesse qui lui était propre, si bien que cela ne me contrariait pas trop.

– Mais toi, plutôt, pourquoi ne bois-tu pas ? reprit-il.

– Je n'aime pas. D'ailleurs, moi, il me suffit d'un verre pour m'enivrer.

– Qu'est-ce que ça peut te faire ? Nous serons gris tous les deux.

– C'est laid, une femme qui s'enivre; je ne veux pas que tu me voies ivre !

– Pourquoi ? Qu'est-ce que ça a de laid ?

– Je ne sais pas. C'est laid de voir une femme trébucher, dire des bêtises, faire des gestes inconvenants... C'est triste. Moi, je suis déjà une malheureuse, je le sais bien, et je sais aussi que tu le penses de moi, que je ne suis qu'une malheureuse. Mais, si je buvais et si tu me voyais ivre, tu ne pourrais plus me regarder en face.

– Et si je te l'ordonnais, de boire ?

– Tu veux vraiment m'avilir ! lui dis-je en y réfléchissant. La seule bonne chose que j'aie, c'est que je ne suis pas ignoble... Tu tiens réellement à ce que je perde même cette qualité ?

– Oui, je le veux ! dit-il avec emphase.

– Je ne sais pas quel plaisir ça peut te donner ! Mais si vraiment tu y tiens, bon, donne-moi du vin ! lui dis-je.

Et je tendis mon verre.

Il regarda le verre, me regarda puis, de nouveau, il éclata de rire :

– Je plaisantais, dit-il.

– Tu n'arrêtes pas de plaisanter !

– Alors, tu n'es pas ignoble ? reprit-il au bout d'un moment en me regardant en silence.

– C'est ce qu'on dit, à tout le moins.

– Crois-tu que je le pense aussi ?

– Qu'est-ce que je peux savoir de ce que tu penses !

– Voyons... que crois-tu que je pense de toi et éprouve pour toi ?

– Je ne sais pas, dis-je lentement, remplie d'effroi. Bien certainement, tu ne m'aimes pas comme je t'aime, moi. Peut-être que je te plais comme une femme peut plaire à un homme quand elle n'est pas tout à fait laide ?

– Ah ! Alors, tu penses que tu n'es pas tout à fait laide ?

– Pour ça, oui, dis-je avec fierté. Je sais même que je suis belle. Mais à quoi me sert ma beauté ?

– La beauté ne doit servir à rien.

En attendant, nous avions fini de manger et nous avions vidé presque deux cruches de vin.

– Comme tu peux le voir, me dit-il, j'ai bu et je ne suis pas saoul.

Mais ses yeux brillants et l'agitation de ses mains me semblaient contredire ses paroles. Je le regardai – peut-être bien d'un air d'espoir.

– Tu veux rentrer à la maison ? me dit-il. C'est Vénus tout entière à sa proie attachée.

– Que dis-tu ?

– Rien. C'est un vers français. Hep ! patron !

Il était toujours légèrement emphatique, mais d'une manière burlesque. Et c'est d'une manière burlesque qu'il interpella le traiteur et lui mit l'argent sous le nez en y ajoutant un pourboire excessif et en déclarant :

– Cette somme est pour vous !

Là-dessus, il but le restant du vin et me rejoignit devant le bistrot.

Dans la rue, je me sentis la plus grande hâte d'être à la maison. Je savais que c'était à contrecœur qu'il était retourné chez moi; je savais qu'il méprisait et détestait le sentiment qui me l'avait ramené malgré lui. Mais j'avais la plus grande confiance dans ma beauté et dans mon amour pour lui; et j'étais impatiente d'affronter son hostilité avec ces armes-là. Je me sentais de nouveau une volonté agressive et joyeuse; je pensais que mon amour serait plus fort que son aversion, qu'à l'ardeur de ma flamme son métal dur et désagréable finirait par fondre et qu'il m'aimerait à son tour.

Tout en marchant à son côté dans le grand boulevard, désert à ces premières heures de l'après-midi, je lui dis :

– Seulement, tu dois me promettre qu'une fois que nous serons à la maison tu ne chercheras plus à t'en aller.

– Je te le promets.

– Tu dois me promettre encore une autre chose.

– Laquelle ?

J'hésitai, puis lui dis :

– L'autre fois, tout aurait bien marché si tu ne t'étais pas mis, à un certain moment, à me regarder d'une façon qui m'a fait honte. Tu dois me promettre de ne plus me regarder de cette façon-là.

– De quelle façon ?

– Je ne sais pas... d'une façon méchante.

– On ne commande pas aux regards, dit-il. Si tu veux, je ne te regarderai pas du tout, je fermerai les yeux. Ça te va ?

– Non, ça ne me va pas ! insistai-je avec obstination.

– Mais de quelle façon veux-tu que je te regarde ?

– Comme je te regarde, moi, lui répondis-je.

Sans m'arrêter de marcher, je lui pris le visage par le menton et lui montrai la façon dont il devait me regarder.

– Comme ça, avec douceur.

– Ah ! ah ! avec douceur !

Quand nous fûmes dans l'escalier de chez moi, sale et lugubre, je ne pus m'empêcher de me rappeler la maison de Gisèle, blanche, propre et limpide. Et je dis, comme si je me parlais à moi-même :

– Si je n'habitais pas cette sale maison, si je n'étais pas la malheureuse que je suis, je te plairais sûrement davantage !

Il s'arrêta inopinément, me prit des deux mains par la taille et me dit d'un ton sincère :

– Si tu penses ça, tu peux être certaine que ce n'est pas vrai.

Il me sembla voir dans ses yeux quelque chose qui

ressemblait beaucoup à de l'affection. En même temps, il se pencha et chercha ma bouche. Son haleine sentait fortement le vin. Je n'ai jamais pu supporter l'odeur du vin; mais, à ce moment, dans sa bouche, elle me sembla aimable et naïve, presque émouvante, comme elle eût été émouvante dans la bouche d'un enfant sans expérience. Je compris que mes paroles avaient, sans que je l'eusse cherché, touché en lui un point sensible. Il me parut, à ce moment, comme je le dis, avoir fait naître, dans son âme, l'étincelle de l'affection. Ensuite, je me suis rendu compte qu'il s'agissait tout au plus d'un point d'honneur et qu'en m'embrassant il n'obéissait pas tant à un élan d'amour qu'il ne subissait, à sa façon, une sorte de chantage moral. Plus tard, je le fis chanter plusieurs fois de la même manière en l'accusant de me mépriser à cause de ma pauvreté et de ma profession. J'obtins toujours le même résultat favorable à mes désirs en même temps qu'augmentait ma connaissance de lui – une connaissance singulièrement humiliante et décevante.

Mais, ce jour-là, je ne le connaissais pas encore comme je le connus par la suite. Et ce baiser m'inspira une grande joie, comme une victoire définitive. Satisfaite du geste, je me contentai d'effleurer ses lèvres, le pris par la main, lui dis : « Allons! allons! courons là-haut! » et le traînai gaiement et fougueusement de l'avant-dernier au dernier étage. Il se laissa hisser sans dire un mot.

J'entrai dans ma chambre presque au pas de course en le cognant comme un pantin contre le mur du vestibule. J'entrai violemment et, plutôt que je ne l'accompagnai vers le lit, je l'y jetai. Alors seulement je m'aperçus qu'il n'était pas seulement ivre, ainsi que je l'avais prévu, mais prêt à se trouver mal. Il était extrêmement pâle, se passait la main sur le front comme s'il avait des vertiges, et ses yeux luisaient d'une lumière trouble et vacillante. Cela, je le remarquai d'un clin d'œil; et, tout de suite, j'eus peur qu'il ne s'évanouît réellement, si bien que, pour la seconde fois, notre rencontre n'aboutirait à rien. Un instant, tout en allant et venant à travers la chambre pour me débarrasser de mes vêtements, j'éprouvai un vif remords, comme du désespoir de ne pas l'avoir empêché de boire. Mais il est remarquable que l'idée ne me vint même pas de renoncer à cet amour si désiré. Je n'eus qu'un espoir : qu'il ne se sentît pas assez mal pour ne plus être en mesure de m'aimer ou que si, véritablement, son indisposition était très marquée, ses effets se fissent sentir après et non pas avant la satisfaction de mon désir. J'étais réellement amoureuse de lui; mais j'avais tellement peur de le perdre que mon amour ne dépassait pas les limites de l'égoïsme.

Je fis donc comme si je ne m'apercevais pas de son ivresse et, quand je fus déshabillée, m'assis près de lui sur le lit. Il avait encore son pardessus comme au moment où il était entré. Je l'aidai à se dévêtir. Tout en l'aidant, je lui parlais pour le distraire et l'empêcher de songer à s'en aller.

– Tu ne m'as pas encore dit ton âge? lui demandai-je tout en tirant sur les manches de son pardessus, tandis qu'il levait docilement les bras pour m'aider à le lui ôter.

Il répondit au bout d'un moment :

– J'ai dix-neuf ans.

– Tu as deux ans de moins que moi.

– Tu en as vingt et un?

– Oui, bientôt vingt-deux.

Mes doigts se prenaient dans son nœud de cravate. Lentement, et comme laborieusement, il me repoussa et défit le nœud. Puis il laissa retomber ses bras et j'ôtai la cravate.

– Elle est usée, ta cravate, lui dis-je; je t'en achèterai une. Quelle couleur veux-tu?

Il se mit à rire. J'aimais le voir rire, parce qu'il avait un rire aimable et gentil.

– Tu veux absolument m'entretenir! dit-il. D'abord, tu voulais payer mon déjeuner, et maintenant tu veux me donner une cravate?

– Gros bêta! lui dis-je avec une affection intense, qu'est-ce que ça peut te faire? Moi, ça me fera plaisir de te donner une cravate : ça ne doit pas te contrarier!

En attendant, je lui avais ôté sa veste et son gilet, et il était assis sur le bord du lit, en chemise.

– Ça se voit que j'ai dix-neuf ans ? me demanda-t-il.

Il avait toujours plaisir à parler de lui; j'eus vite fait de le découvrir.

– Oui et non, dis-je avec une hésitation dont je me rendais compte qu'elle le flattait. Ça se voit surtout à tes cheveux, ajoutai-je en lui caressant la tête. Un homme a moins de vie dans les cheveux. A la figure, non.

– Quel âge me donnerais-tu ?

– Vingt-cinq ans.

Il se tut, et je lui vis fermer les yeux comme s'il sombrait dans l'ivresse. J'eus peur à nouveau qu'il se sentît mal et me hâtai de lui ôter sa chemise en ajoutant :

– Parle-moi encore de toi. Tu es étudiant ?

– Oui.

– Quelles études fais-tu ?

– Du droit.

– Tu habites avec ta famille ?

– Non, ma famille est en province, à S...

– Tu es dans une pension ?

– Non, j'ai une chambre meublée, me répondit-il mécaniquement, les yeux fermés. Rue Cola di Rienzo, n° 20, appartement 8, chez la veuve Medolaghi, Amélie Medolaghi.

Il avait le torse nu. Je ne pus m'empêcher de lui passer goulûment la main sur la poitrine et sur le cou en lui disant :

– Pourquoi rester ainsi ? Tu n'as pas froid ?

Il leva la tête et me regarda. Puis il rit et me dit d'une voix un peu grinçante :

– Est-ce que tu crois que je ne m'en aperçois pas ?

– De quoi ?

– Que tu me déshabilles, mine de rien ? Je suis ivre, mais tout de même pas à ce point.

– Eh bien ! lui répondis-je, déconcertée, quand cela serait, quel mal y a-t-il à cela ? Tu devrais le faire de toi-même, mais comme tu ne le fais pas, je t'aide.

Il ne paraissait pas m'entendre.

– Je suis ivre, continua-t-il en hochant la tête, mais je sais très bien ce que je fais et pourquoi je me trouve ici. Je n'ai pas besoin d'aide... Regarde !

Brusquement, avec des gestes violents que la maigreur de ses bras rendait comme des gestes de pantin, il dégrafa sa ceinture et fit voler au loin son pantalon et tout ce qu'il avait encore sur lui :

– Et je sais même ce que tu attends de moi ! ajouta-t-il en m'empoignant aux hanches des deux mains.

Ces mains, fortes et nerveuses, me serraient et, dans ses yeux, l'ivresse semblait avoir cédé la place à une espèce de malice énergique. Cette malice, je la lui ai retrouvée même dans les moments où il semblait s'abandonner le plus. C'était un clair indice de cette lucidité de conscience qu'il gardait toujours, quelque chose qu'il fît, et qui, je dus le découvrir plus tard avec douleur, l'empêchait de participer et d'aimer réellement.

– C'est ça que tu veux, n'est-ce pas ? ajouta-t-il sans me lâcher, en m'enfonçant les ongles dans la chair. Et puis ça, ça, ça ?

Chaque fois qu'il disait « ça », il faisait un geste d'amour, m'embrassant, me mordant et me pinçant traîtreusement des deux mains là où je m'y attendais le moins. Je riais, je me défendais, je me débattais, j'étais trop heureuse de le voir se réveiller pour noter ce qu'il y avait de forcé et de voulu dans sa conduite. Il me faisait réellement mal, comme si mon corps eût été pour lui objet de haine et non d'amour. On eût cru voir briller dans ses yeux, plutôt que le désir, une espèce de colère. Puis sa frénésie cessa comme elle avait commencé, tout à coup. D'une manière curieuse, inexplicable, peut-être bien parce qu'il était dominé par son ivresse, il se laissa tomber sur le dos de toute sa longueur dans le lit, et je le trouvai à côté de moi avec la bizarre impression qu'il n'avait pas bougé, qu'il n'avait pas parlé, qu'il ne m'avait jamais ni touchée, ni embrassée. Comme si tout était encore à commencer.

Je restai longtemps immobile, agenouillée sur le lit devant lui, les cheveux dans les yeux, le regardant et, de temps en temps, effleurant timidement du bout des doigts son beau corps allongé, maigre et pur. Il avait une peau blanche sous laquelle les os faisaient saillie, les épaules larges et maigres, les hanches étroites et les jambes longues; il n'avait pas de poils, sauf quelques-uns sur la poitrine; sa position sur le dos lui tendait le ventre, si bien que le pubis semblait offert et soulevé. En amour, je n'aime pas la violence; c'est pour cela qu'il me semblait que rien n'était arrivé entre nous, que tout était encore à commencer. Je laissai donc le silence et le calme se rétablir, après ce tumulte ironique et factice et, quand je me sentis de nouveau dans l'état d'âme serein et passionné qui m'est propre, lentement, de même que, par certains temps lourds, on descend lentement dans l'eau délicieuse d'une mer immobile, je m'étendis à côté de lui, enlaçai mes jambes aux siennes, lui entourai le cou de mes bras et me pressai contre lui. Cette fois, il ne bougea plus et ne parla plus jusqu'à la fin. Je l'appelais des plus doux noms, haletais sur sa figure, l'enveloppais du réseau serré et chaud de mes caresses, et lui, comme s'il était mort, gisait sur le dos, immobile. Ensuite, j'ai su que cette passivité sans participation était la plus grande preuve d'amour qu'il pût donner.

Bien plus tard, dans la nuit, je me soulevai sur mon coude et le contemplai avec une intensité dont il me reste, après si longtemps, un souvenir extraordinairement précis et douloureux. Il dormait, le visage enfoncé de profil dans l'oreiller. Cet air de dignité vacillante qu'il semblait vouloir conserver à tout prix l'avait abandonné. Dans ses traits, que le sommeil rendait sincères, il ne restait que son jeune âge, plutôt comme une fraîcheur et une ingénuité impossibles à définir que comme une expression reflétant quelque qualité ou quelque inclination particulière de l'âme. Mais je me souvenais que je l'avais vu tour à tour malicieux, hostile, indifférent, cruel et plein de désir, et j'éprouvais une insatisfaction triste et anxieuse, parce que je pensais que cette malice, cette hostilité, cette indifférence, ce désir, toutes ces choses qui étaient lui et le distinguaient de moi et des autres, partaient d'un centre profond qui restait pour moi lointain et secret.

Je ne désirais pas qu'il m'expliquât ces attitudes en les démontant et en les analysant par des mots, comme on démonte et comme on examine les pièces d'une machine. J'aurais voulu les connaître dans leurs racines les plus menues par un simple acte d'amour, et je n'y étais point parvenue. Le peu qui m'échappait de lui était tout lui, et le beaucoup qui ne m'échappait pas n'avait point d'importance; je ne savais qu'en faire. Gino, Astarite et même Sonzogne étaient plus proches de moi, m'étaient mieux connus. Je le regardais et sentais la partie la plus profonde de moi-même souffrir de n'avoir pu s'unir avec le plus profond de lui, comme venaient de s'unir nos corps. Elle était veuve et pleurait amèrement cette occasion perdue. Peut-être, pendant que nous nous aimions, y avait-il eu un moment où il s'était livré et où il eût suffi d'un geste ou d'un mot pour que je pusse entrer en lui et y rester à tout jamais. Mais je n'avais pas su saisir ce moment et, maintenant, il était trop tard; il dormait et s'était, de nouveau, éloigné de moi.

Tandis que je le contemplais ainsi, il ouvrit les yeux, sans bouger, le visage enfoncé de profil dans l'oreiller; et il me demanda :

– Toi aussi, tu as dormi ?

Sa voix me parut changée, plus confiante et plus proche. J'espérai tout à coup que, mystérieusement, pendant son sommeil, notre intimité avait augmenté.

– Non... je te regardais.

Il garda un instant le silence, puis reprit :

– J'ai un service à te demander... mais puis-je compter sur toi ?

– Quelle question !

– Il faudrait que tu me rendisses le service de garder quelques jours chez toi un paquet que je te donnerai. Je viendrai le reprendre, en t'en apportant peut-être un autre.

En toute autre occasion, cette histoire de paquets eût piqué ma curiosité. Mais à ce moment, ce qui m'intéressait, c'était lui et nos relations. Je pensai que c'était là une occasion de plus pour nous revoir, que je devais lui faire plaisir le plus que je pourrais et que, si je lui posais des questions, il pourrait avoir des regrets et revenir sur son offre. Je répondis d'un air léger :

– Si tu ne veux que ça...

Il se tut encore longtemps. Il semblait réfléchir. Puis il insista :

– Alors, tu acceptes ?

– Je t'ai dit que oui.

– Et ça ne t'intéresse pas de savoir le contenu de ces paquets ?

– Si tu ne veux pas me le dire, répondis-je en m'efforçant de paraître détachée, c'est que tu as des raisons pour cela ! Je ne te les demande pas.

– Mais cela pourrait être quelque chose de dangereux; qu'en sais-tu ?

– Eh bien ! tant pis !

– Cela pourrait être cruel, continua-t-il en s'étendant sur le dos, tandis que ses yeux brillaient d'une lueur amusée et naïve à la fois. Je pourrais être un voleur.

Je me souvins de Sonzogne, qui n'était pas seulement un voleur, mais un assassin, et je me rappelai mes vols : le poudrier et le carré de soie. Cela me parut une curieuse coïncidence qu'il voulût paraître un voleur aux yeux d'une personne comme moi, voleuse pour de bon et vivant au milieu de voleurs. Je lui fis une caresse et lui dis doucement :

– Non, tu n'es sûrement pas un voleur.

Il se rembrunit. Son amour-propre était perpétuellement en éveil et prenait ombrage des choses les plus bizarres et les plus imprévues.

– Pourquoi ? me dit-il. Je pourrais en être un.

– Tu n'en as pas la figure. Tout est possible... mais, réellement, tu n'en donnes pas l'impression.

– Pourquoi ? Quelle figure ai-je ?

– Tu as la figure de ce que tu es... un garçon de bonne famille, un étudiant...

– C'est moi qui t'ai dit que j'étais étudiant... je pourrais bien être quelque chose d'autre encore... et c'est la réalité.

Je ne l'écoutais plus. Je pensais que moi non plus je n'avais pas une figure de voleuse et, pourtant, j'étais une voleuse et j'avais le plus grand désir de le lui dire. Son attitude curieuse entrait en partie dans cette tentation. J'avais toujours pensé que voler était un acte blâmable. Et voilà quelqu'un qui non seulement ne semblait pas blâmer un acte pareil, mais paraissait y trouver un aspect positif qui, pour moi, restait mystérieux. J'hésitai un moment, puis lui dis :

– Tu as raison. Je pense que tu n'es pas un voleur parce que je suis convaincue que tu n'en es pas un; mais, pour ce qui est de la figure, tu pourrais très bien en être un. On n'a pas toujours la figure de ce qu'on est. Moi, par exemple... ai-je la figure d'une voleuse?

– Non, répondit-il sans me regarder.

– Et pourtant j'en suis une, achevai-je tranquillement.

– Tu en es une?

– Oui.

– Et qu'as-tu volé?

J'avais posé mon sac sur la table de nuit. Je le pris, j'en tirai le poudrier et je le lui montrai.

– Ça, dans une maison où je me trouvais voici quelque temps, et l'autre jour, dans un magasin, un mouchoir de soie que j'ai donné à maman.

Il ne faut pas croire que je faisais ces révélations par vanité. En réalité, ce qui me poussait à les faire, c'était un désir d'intimité, de complicité sentimentale : faute de mieux, l'aveu d'un délit peut rapprocher et faire aimer. Je le vis devenir grave et me regarder d'un air concentré; et, tout à coup, je craignis qu'il ne me jugeât mal et pût prendre la décision de ne plus me revoir. J'ajoutai en hâte :

– Mais ne va pas croire que je sois contente d'avoir volé. Au contraire, le poudrier, j'ai décidé de le rendre... je le restitue aujourd'hui même. Le mouchoir, je ne peux pas le rendre... mais j'en ai du remords et j'ai décidé de ne plus faire ça.

A ces paroles, je vis briller dans ses yeux sa malice habituelle. Il me regarda et se mit brusquement à rire. Puis il m'empoigna par les épaules, me jeta sur le lit et recommença à me houspiller et à me pincer traîtreusement en répétant :

– Voleuse, tu n'es qu'une voleuse, une petite voleuse, une grosse voleuse, une grande voleuse, une sale voleuse... avec une sorte d'affection sarcastique dont je ne savais pas si je devais être flattée ou me vexer.

En un certain sens, son impétuosité m'excitait et me plaisait. Elle valait mieux que son habituelle, que sa mortelle passivité. Je riais donc, et tout mon corps se contorsionnait d'autant plus que je suis chatouilleuse et que, méchamment, il me chatouillait sous les aisselles. Mais, tout en me tortillant et en riant aux larmes, je voyais son visage, penché sur moi avec une sorte de cruauté, ne pas se départir d'une expression fermée et concentrée. Son rire cessa aussi brusquement qu'il avait commencé. Il se laissa retomber sur le dos et me dit :

– Moi, au contraire, je ne suis pas un voleur... réellement non. Ces paquets à garder ne constituent pas du tout du recel.

Je m'aperçus qu'il avait grande envie de dire ce qu'il y avait dans ces paquets. Et je comprenais que, contrairement à ce qui se passait pour moi, c'était surtout, chez lui, question de vanité. Une vanité assez semblable, au fond, à celle qui avait poussé Sonzogne à me révéler son crime. Malgré toutes leurs différences, les hommes ont bien des choses en commun; en présence d'une femme qu'ils aiment ou avec laquelle ils ont, à tout le moins, des rapports d'amour, ils tendent toujours à faire étalage de leur virilité sous formes d'actes énergiques et dangereux qu'ils ont faits ou qu'ils vont faire. Je fis remarquer à Jacques, avec douceur :

– Au fond, tu meurs d'envie de me dire ce qu'il y a dans ces paquets.

– Tu es une idiote, me dit-il, froissé. Je n'y tiens pas du tout. Seulement, je dois te mettre au courant de leur contenu pour que tu puisses décider si tu me rends ce service ou non... Eh bien! ils contiennent du matériel de propagande.

– Qu'est-ce que ça veut dire?

– Je fais partie d'un groupe de personnes qui n'aiment pas beaucoup, dirons-nous, le gouvernement actuel, ou mieux, qui l'ont en horreur et voudraient qu'il cessât au plus vite. Ces paquets contiennent justement des tracts imprimés à la main dans lesquels nous expliquons aux gens pourquoi ce gouvernement n'est pas un bon gouvernement et la manière dont il faut s'y prendre pour s'en débarrasser.

Je ne m'étais jamais occupée de politique. Pour moi, comme pour beaucoup de personnes, me semble-t-il, la question du gouvernement ne se posait même pas. Toutefois, je me souvins d'Astarite et des allusions que, de temps en temps, il faisait à la politique. Je m'écriai donc, tout alarmée :

– Mais c'est défendu ! C'est dangereux !

Il me regarda avec une satisfaction visible. Je lui disais enfin quelque chose qui lui faisait plaisir et qui flattait son amour-propre. Il confirma avec une gravité excessive et légèrement emphatique :

– En effet, c'est dangereux... Maintenant, c'est à toi de décider si tu veux ou si tu ne veux pas me rendre ce service.

– Ce n'est pas pour moi que je dis ça, répliquai-je vivement, c'est pour toi que je le dis. Pour moi, j'accepte.

– Fais attention que c'est réellement dangereux, me prévint-il encore. Si on te découvre, tu vas en prison.

Je le regardai et, brusquement, ressentis pour lui un trop-plein d'affection impossible à refouler – pour lui ou je ne sais quoi d'autre. Mes yeux se remplirent de larmes et je balbutiai :

– Tu ne comprends donc pas que ça ne me fait absolument rien ? J'irai en prison... et après ?

Je hochai la tête et des larmes roulèrent sur mes joues.

Etonné, il me demanda :

– Pourquoi pleures-tu, maintenant ?

– Pardonne-moi, lui dis-je, je suis une imbécile... Moi-même, je ne sais pas pourquoi. Peut-être parce que je voudrais que tu te rendisses compte que je t'aime et que je suis prête à faire n'importe quoi pour toi.

Je n'avais pas encore appris que je ne devais pas lui parler de mon amour. A mes paroles, je le vis faire ce que je lui vis faire tant de fois par la suite : son visage se remplit d'embarras et prit une expression vague et distante. Il détourna les yeux et me dit bien vite :

– Alors, c'est bon ! Dans deux jours, je t'apporterai le paquet. C'est entendu. Maintenant il est tard; il faut que je m'en aille.

Ce disant, il sauta à bas du lit et commença à se rhabiller en toute hâte. Je restai là où j'étais, sur mon lit, avec mon émotion et mes larmes, nue et quelque peu honteuse, sans savoir si c'était d'être nue ou d'avoir pleuré.

Il ramassa ses vêtements par terre, où ils étaient tombés, et les remit. Il alla au portemanteau, y reprit son pardessus, l'enfila et s'approcha de moi.

– Touche ! me dit-il avec ce sourire naïf et gracieux qui me plaisait tant chez lui.

Je regardai et vis qu'il m'indiquait une des poches de son pardessus. Il s'était approché du lit pour que je pusse allonger la main sans effort. Je sentis sous l'étoffe un objet dur.

– Qu'est-ce que c'est ? lui demandai-je sans comprendre.

Il sourit, satisfait, introduisit sa main dans la poche, me regarda dans les yeux, en tira doucement, mais à moitié seulement, un gros revolver noir.

– Un revolver ? m'écriai-je. Qu'en fais-tu ?

– On ne sait jamais, me répondit-il. Ça peut toujours servir.

Je restai incertaine, ne sachant que penser; d'ailleurs il ne me laissa pas le temps de penser. Il renfonça l'arme dans sa poche, se pencha, effleura mes lèvres des siennes et me dit :

– Nous sommes d'accord, n'est-ce pas ? Je viens dans deux jours.

Avant que je fusse revenue de ma surprise, il était sorti.

Plusieurs fois, par la suite, en repensant à cette première rencontre d'amour, je me suis cruellement reproché de ne pas avoir su prévoir les dangers auxquels l'exposait sa passion politique. Il est vrai que je n'avais et n'eus jamais aucune influence sur lui. Mais, au moins, si j'avais su alors ce que j'ai appris par la suite, j'aurais pu le conseiller; et, quand les conseils ne pouvaient plus servir, être à ses côtés en pleine connaissance de cause et en toute décision. Ce fut certainement ma faute ou, mieux, la faute de mon ignorance, dont je n'étais pas coupable, mais qui était due à ma condition. Comme je le dis, je ne m'étais jamais occupée des choses politiques. Je n'y comprenais rien et je les sentais étrangères à mon destin; c'était comme si elles se déroulaient non pas autour de moi, mais dans une autre planète. Quand je lisais un journal, je sautais la première page, dont les nouvelles politiques ne m'intéressaient pas, et parcourais les faits divers où certains événements et certains crimes fournissaient à mon esprit matière à réflexion. En réalité, ma condition ressemblait beaucoup à celle de ces petits animaux transparents qui vivent, à ce qu'on dit, au fond de la mer, presque dans le noir, et ne savent rien de ce qui se produit à la surface, à la lumière du soleil. La politique, comme, du reste, nombre de choses auxquelles les hommes semblent attribuer tant d'importance, me venait d'un monde supérieur, inconnu – plus éteinte, plus incompréhensible que la lumière du jour ne l'est pour ces simples animalcules, au fond de leurs retraites sous-marines.

Mais ce ne fut pas seulement ma faute et la faute de mon ignorance; ce fut sa faute aussi, celle de sa légèreté et de sa vanité. Si j'avais senti en lui quelque chose qui dépassait la vanité – et ce quelque chose existait –, j'aurais peut-être agi différemment; je ne sais pas quel eût été le résultat, mais je me serais efforcée de comprendre et de connaître tout ce que j'ignorais. Ici, je veux noter un autre élément qui a certainement contribué à ma conduite insouciante : le fait que Jacques semblait, plutôt qu'agir sérieusement, jouer un rôle, et d'une façon presque burlesque. On eût dit qu'il s'était monté pièce par pièce un personnage idéal auquel il ne croyait que jusqu'à un certain point, et qu'il s'efforçait tout le temps, quasi machinalement, d'harmoniser ses actes avec ce personnage. Cette comédie continuelle donnait l'impression d'un jeu dont il était, dans un certain sens, parfaitement maître; mais, comme il arrive pour les jeux, une impression semblable ôtait une grande part de sérieux à tout ce qu'il faisait, et suggérait aussi la fausse certitude qu'il n'y avait, pour lui, rien d'irréparable et qu'au dernier moment son adversaire au jeu lui rendrait ses mises et lui tendrait la main. Peut-être bien, comme il en est des enfants pour qui tout est jeu, s'amusait-il réellement; mais son adversaire était sérieux, cela se vit par la suite. C'est ainsi que, la partie finie, il se trouva pris au dépourvu et désarmé, exclu de toute possibilité de continuer le jeu, et pris dans une étreinte mortelle.

Ces choses-là, et beaucoup d'autres encore plus tristes, hélas! et non moins raisonnables, je n'y ai pensé que plus tard, en réfléchissant sur les faits. Mais alors, ainsi qu'il me paraît l'avoir fait comprendre, le soupçon que cette affaire de paquets pût influer sur nos relations ne m'effleura même pas l'esprit. J'étais contente qu'il fût revenu, j'étais contente de pouvoir lui rendre service et n'allais pas au-delà de cette double satisfaction. Je me souviens que, me surprenant à songer vaguement et comme en rêve à ce singulier service qu'il m'avait demandé, je hochai la tête comme pour dire : des enfantillages! et pensai à autre chose. Du reste, je me trouvais dans un état d'âme heureux, à tel point que, même si je l'avais voulu, je n'aurais pas pu appliquer mon attention à quelque fait préoccupant.

6

Tout me paraissait tourner pour le mieux. Jacques était revenu et, en même temps, j'avais trouvé le moyen de faire sortir de prison la femme de chambre accusée à tort, sans être obligée de prendre sa place. Ce jour-là, après le départ de Jacques, je passai deux heures à bercer mon bonheur, comme on berce parfois un joyau, un objet précieux dont la possession est encore toute neuve, à savoir avec un peu d'ahurissement, d'incompréhension, de nigauderie, qui n'exclut aucunement une profonde jouissance. Les cloches des vêpres me firent sortir de cette voluptueuse contemplation. Je me souvins du conseil d'Astarite et de l'urgence qu'il y avait à secourir cette pauvre femme emprisonnée. Je m'habillai et sortis en hâte.

C'est chose douce, l'hiver, quand on est restée toute la matinée et les premières heures de l'après-midi chez soi, seule avec ses pensées, que de sortir et de parcourir les rues du centre de la ville, là où le trafic est le plus serré, la foule des passants la plus nombreuse, les boutiques le mieux éclairées. Dans l'air pur et froid, au milieu du tapage, du mouvement et du scintillement de la vie citadine, la tête s'éclaircit, l'esprit se dégage et l'on éprouve une excitation hilare, une ivresse joyeuse, comme si toutes les difficultés s'aplanissaient et comme s'il ne restait réellement autre chose à faire que flâner parmi la foule, légère et sans souci, heureuse de suivre tantôt l'une, tantôt l'autre des impressions fugaces que le spectacle des rues suggère à l'oisiveté. Réellement, on dirait alors pour quelques instants que nos dettes, comme dit la prière chrétienne, nous sont remises sans que nous y ayons aucun mérite, sans que nous les ayons payées, mais uniquement en raison d'une bienveillance générale et mystérieuse. Il est entendu qu'il faut se trouver dans un état de bonheur ou tout au moins de contentement car, dans le cas contraire, la vie de la ville peut donner l'angoissante impression d'une agitation absurde et vaine. Mais, ce jour-là, comme je l'ai dit, j'étais heureuse, et je me rendis tout particulièrement compte que je l'étais une fois arrivée dans le centre, lorsque je commençai d'arpenter les trottoirs, au milieu de la foule des passants.

Je savais que je devais aller à l'église pour faire la confession que j'avais décidé de faire. Mais c'est peut-être justement parce que je m'étais proposé ce but que je n'avais aucune hâte d'y arriver et n'y pensais même pas. J'allai donc lentement d'une rue à l'autre, en m'arrêtant de temps en temps pour examiner les objets exposés dans les vitrines. Si ceux qui me connaissaient m'avaient vue, ils auraient certainement pensé que je tâchais d'aguicher les passants. En réalité, rien n'était plus loin de mon esprit. J'aurais peut-être pu me laisser arrêter par un homme qui m'aurait plu, mais pas pour de l'argent, par simple élan d'allégresse, par exubérance de vie. Les quelques hommes qui me virent immobile devant les vitrines et m'abordèrent avec leurs phrases habituelles et leurs propositions de m'accompagner ne me plaisaient pas. Je ne répondis donc point, ne les regardai même pas et continuai de marcher sur le trottoir comme s'ils n'existaient pas, avec ma démarche accoutumée, indolente et majestueuse.

La vue de l'église dans laquelle je m'étais confessée la dernière fois, après la promenade de Viterbe, me prit au dépourvu, dans cet état d'âme heureux et distrait. Entre les affiches du cinéma et la vitrine du cordonnier, toutes rutilantes de lumière, sa façade baroque plongée dans le noir, disposée à la façon d'un paravent dans un rentrant de la rue, avec son haut fronton surmonté de deux anges jouant de la trompette et les bigarrures violettes que projetait sur elle l'enseigne lumineuse d'une maison contiguë, me donna l'impression du visage obscur et ridé d'une vieille femme abritée d'un châle désuet, qui m'eût fait un signe d'appel familier au milieu des faces illuminées des passants. Je me souvins du beau confesseur français, le P. Elie, et j'eus l'impression que nul ne se tirerait mieux que lui, homme du monde et homme jeune, de cette corvée de restituer le poudrier. De plus le P. Elie me connaissant, dans un certain sens, j'aurais moins de difficulté à lui confesser les choses terribles et honteuses qui pesaient sur mon âme.

Je gravis les degrés, j'écartai la couverture capitonnée qui obstruait la porte et j'entrai après m'être étalé sur la tête un mouchoir de poche. Tandis que je trempais mes doigts dans l'eau bénite, je remarquai une figure sculptée autour du bénitier : une femme nue, les cheveux au vent et les bras levés, qui fuyait, poursuivie par un répugnant dragon à bec de perroquet dressé sur ses pattes de derrière comme un homme. Je crus me reconnaître dans cette femme, je songeai que je fuyais, moi aussi, un dragon semblable, mais ma fuite, comme celle de cette femme, était une fuite circulaire; il m'arrivait parfois de tourner en rond, non pour fuir, mais pour suivre ardemment, joyeusement, le vilain dragon. Je quittai le bénitier et, me signant, je me tournai vers l'intérieur de l'église. Il me sembla qu'elle avait gardé le même désordre, la même obscurité, la même désolation que la dernière fois où je l'avais vue. Comme alors, elle était plongée dans les ténèbres, sauf le maître-autel, dont les cierges, allumés autour du crucifix, faisaient luire confusément des candélabres de cuivre et des vases d'argent. La chapelle dédiée à la Madone, dans laquelle j'avais prié avec une si profonde et si vaine conviction, était éclairée elle aussi; grimpés sur des échelles, deux sacristains accrochaient à l'architrave des rideaux rouges frangés d'or. Je vis que le confessionnal du P. Elie était occupé et j'allai m'agenouiller devant le maître-autel, sur une des chaises de paille en désordre. Je n'éprouvais aucune émotion, mais seulement quelque impatience d'expédier l'affaire du poudrier. Une impatience d'un genre particulier, hilare, impétueuse, heureuse, et point exempte de vanité : celle qu'on éprouve, précisément, quand on se prépare à faire une bonne action dont on a longtemps rêvé. J'ai noté souvent que cette impatience qui vient du cœur et paraît vouloir ignorer toutes les suggestions de l'intelligence finit par compromettre la bonne action et faire parfois plus de mal qu'une conduite plus réfléchie.

A peine vis-je la personne qui se confessait se lever et s'éloigner, j'allai droit au confessionnal, m'agenouillai et, sans attendre que le confesseur me parlât, je lui dis en hâte :

— Père Elie, je ne viens pas me confesser comme on se confesse d'habitude... je viens vous dire une chose extrêmement grave et vous demander un service que vous ne me refuserez pas, j'en suis sûre.

De l'autre côté de la grille, la voix du confesseur, extrêmement basse, m'invita à parler. J'étais si convaincue que c'était le P. Elie qui se trouvait de l'autre côté de la grille qu'il me semblait presque voir son beau visage serein, non pas derrière, mais devant la sombre plaque perforée. Alors, pour la première fois depuis que j'étais entrée, j'éprouvai un élan d'émotion confiante et religieuse. Ce fut comme une impulsion de mon esprit qui le poussait à se dégager de mon corps et à s'agenouiller, tout nu, avec ses taches bien en évidence, sur ces marches, devant cette grille. Véritablement j'eus, pendant un moment, l'impression d'être une âme sans chair, libre, faite d'air et de lumière, comme on dit que cela arrive après la mort. Et je crus sentir le P. Elie aussi, avec son âme tellement plus lumineuse que la mienne, se dégager de sa prison corporelle, faire disparaître la grille, les murs, le noir du confessionnal et être devant moi en personne, éblouissant et consolant. Peut-être est-ce là le sentiment qu'on devrait éprouver chaque fois qu'on s'agenouille pour se confesser. Mais je ne l'avais jamais éprouvé d'une manière aussi profonde.

Je me mis alors à parler, les yeux fermés, en appuyant mon front contre la grille, et je dis tout. Je dis mon métier, je parlai de Gino, d'Astarite et de Sonzogne, du vol et du crime. Je dis mon nom, celui de Gino, celui d'Astarite et celui de Sonzogne. Je dis le lieu du vol, le lieu du crime, le lieu où j'habitais. Je décrivis même l'aspect physique des personnes. Je ne sais à quelle impulsion j'obéissais. Peut-être à celle de la ménagère qui finit par se décider à nettoyer sa maison après une longue négligence, et qui ne connaît pas de paix tant qu'elle n'a pas balayé le dernier grain de poussière, le dernier « mouton » logé sous les meubles ou dans les coins. Réellement, à mesure que je racontais et que je mettais en ordre tous les détails de mon récit, j'avais l'impression de déblayer mon âme et mon esprit et de me sentir plus légère et plus nette.

Je parlais toujours avec la même voix raisonnable et tranquille. Mon confesseur m'écouta jusqu'à la fin, sans mot dire, sans jamais m'interrompre. Puis j'entendis une horrible voix lente, mielleuse, rampante, prononcer ces paroles :

– Les choses que vous venez de me dire, ma fille, sont terribles, épouvantables, l'esprit se refuse à y croire; mais vous avez bien fait de vous confesser, et je ferai pour vous tout ce qu'il est en mon pouvoir de faire.

Beaucoup de temps s'était écoulé depuis la première, l'unique fois que je m'étais confessée dans cette église. Et, dans le plaisant tumulte de ma vaniteuse bonté, j'avais presque oublié un détail bien caractéristique et bien aimable : l'accent français du P. Elie. Or, celui qui me parlait n'avait aucun accent particulier de terroir, mais sa prononciation était, sans doute, italienne, avec cette nuance particulière de niaiserie qu'on note dans la bouche de bien des prêtres. Je compris brusquement mon erreur et j'éprouvai, du même coup, une impression de glace semblable à ce que doit éprouver quelqu'un qui, tendant la main pour cueillir une belle fleur, sent au bout de ses doigts la peau froide et vibrante d'un serpent. Car, à la surprise désagréable de me trouver en face d'un confesseur différent que celui que j'imaginais, s'ajouta l'horreur que me causa cette voix insinuante et sombre. Je trouvai pourtant la force de balbutier :

– Mais vous êtes réellement le P. Elie ?

– En personne, répondit le prêtre inconnu. Vous êtes déjà venue d'autres fois ?

– Une seule fois.

Le prêtre garda le silence un moment, puis reprit :

– Tout ce que vous m'avez dit mériterait d'être réexaminé point par point... Il ne s'agit pas d'une seule chose, mais de plusieurs, dont certaines vous concernent et certaines regardent d'autres personnes... En ce qui vous concerne, vous vous rendez compte que vous avez commis des péchés très graves ?

– Oui, murmurai-je, je le sais.

– Et vous vous repentez ?

– Je crois que oui.

– Si votre repentir est sincère, continua-t-il sur le ton d'un papotage confidentiel et paternel, vous pouvez certainement espérer l'absolution... Malheureusement, il n'y a pas que vous... il y a les autres, les fautes et les crimes des autres... Vous avez connaissance d'un crime épouvantable... un homme a été tué d'une manière effroyable... Votre conscience ne vous pousse-t-elle pas à dévoiler le nom du coupable afin qu'il soit puni comme il le mérite ?

Il me suggérait donc de dénoncer Sonzogne. Je ne dis pas qu'en tant que prêtre il eût tort. Mais, insinuée de cette manière avec cette voix, à ce moment, sa proposition augmenta mes soupçons et ma peur :

– Si je dis l'auteur du crime, balbutiai-je, on me mettra en prison, moi aussi.

– Les hommes, comme Dieu, reprit-il tout de suite, sauront apprécier votre sacrifice et votre repentir. La loi ne connaît pas seulement le châtiment; elle connaît aussi le pardon. En échange de quelques souffrances, tellement légères à côté de l'agonie de la victime, vous aurez contribué à rétablir la justice si horriblement offensée... Oh ! n'entendez-vous pas la voix de l'homme assassiné invoquer vainement la pitié de son meurtrier ?

Il continua ses exhortations, choisissant soigneusement ses paroles, et non sans se complaire à ce choix, pour en composer les phrases conventionnelles propres à son office. Mais moi, désormais, je n'avais plus d'autre désir que de m'en aller, un désir d'hystérique. Je lui dis en hâte :

– Pour ce qui est de la dénonciation, j'aime mieux y repenser... Je reviendrai demain et vous ferai savoir ce que j'ai décidé. Je vous trouverai ici, demain ?

– Certainement, à toute heure !

– Alors, c'est bon, lui dis-je, éperdue; pour l'instant, je vous demande seulement la remise de cet objet.

Je me tus, et lui, après une brève prière, me redemanda si je sentais un repentir sincère et, sur ma réponse affirmative, me donna l'absolution. Je me signai et sortis du confessionnal; au même moment, il ouvrait sa porte, et je l'eus devant moi. Toutes les craintes que m'avait inspirées sa voix furent confirmées sur-le-champ par l'aspect de sa personne. Il était petit, mais avec une grosse tête qu'une sorte de torticolis chronique tenait penchée de côté. Je n'eus pas le temps de bien l'observer, tant j'avais hâte de m'en aller et si grande était l'horreur qu'il m'inspirait. Mais j'entrevis un visage entre le brun et le jaune, un grand front pâle, des yeux creux perdus dans les orbites, un nez camus avec de larges narines et une grosse bouche informe, aux lèvres sinueuses et violacées. Il ne devait pas être vieux... il n'avait pas d'âge. Il me dit, d'un air affligé, en joignant les mains sur sa poitrine et en branlant la tête :

– Mais pourquoi n'être pas venue plus tôt, ma chère fille? Pourquoi? Que de choses, que de choses horribles vous auriez évitées!

J'aurais voulu lui répondre ce que je pensais, que Dieu eût voulu que je ne vinsse pas! Mais je me contins, tirai de mon sac le poudrier et le lui mis en main, en lui disant avec sincérité :

– Je vous prie d'agir vite... Je ne puis vous dire combien je suis tourmentée à l'idée que cette pauvre femme reste en prison par ma faute.

– Aujourd'hui même, me répondit-il, en serrant le poudrier sur sa poitrine et en hochant la tête d'un air douloureux et suppliant.

Je le remerciai à voix basse et, lui faisant de la tête un signe de salut, sortis rapidement de l'église. Il resta là où il était, près du confessionnal, pressant ses mains sur sa poitrine et hochant la tête.

Quand je fus dans la rue, je tâchai de réfléchir à tête reposée à ce qui venait de se passer. Maintenant, laissant de côté mes premières appréhensions confuses, je comprenais que ce dont j'avais peur, en somme, c'était que le prêtre ne respectât pas le secret de la confession; et je m'efforçais de tirer au clair, pour moi-même, les fondements de ma crainte. Je savais, comme tout le monde le sait, que la confession est un sacrement et, comme tel, inviolable. Je savais aussi qu'il était presque impossible qu'un prêtre, si corrompu qu'il fût, se rendît coupable d'une telle violation. Mais, d'autre part, son conseil de dénoncer Sonzogne me faisait redouter qu'il pût prendre sur lui, si je ne le faisais pas, de révéler à la police l'auteur du crime de la rue Palestro. C'était surtout sa voix et son aspect qui m'effrayaient et me faisaient redouter le pire. Je suis plus émotive que réfléchie, et possède, comme certains animaux, un flair instinctif du danger. Toutes les raisons que mon intelligence me donnait pour me rassurer me semblaient néant à côté de ce simple pressentiment déraisonnable. « C'est tout à fait vrai, pensai-je, le secret de la confession est inviolable. Mais, seul, un miracle pourra empêcher ce prêtre de dénoncer Sonzogne, moi et tous les autres. »

Un autre fait contribuait à me donner l'impression d'une menace de malheur imminente et mystérieuse : la substitution du second confesseur au premier. Evidemment, le moine français n'était pas le P. Elie, bien qu'il m'eût écoutée dans le confessionnal qui portait ce nom. Alors, qui était-il? Je regrettais de ne pas avoir demandé de ses nouvelles au véritable P. Elie. Mais, en même temps, je me disais que ce vilain prêtre m'aurait répondu qu'il n'en savait rien, renforçant ainsi le caractère d'apparition que la silhouette du jeune religieux prenait dans mon esprit. Réellement, il tenait du fantôme tant par son allure, si différente de celle des autres prêtres, que par la façon dont il était apparu dans ma vie et en avait disparu. J'arrivai à douter que je l'eusse jamais vu ou, mieux, que je l'eusse vu en chair et en os, et pensai un moment à une hallucination, ne serait-ce que parce que je commençais à lui trouver une indéniable ressemblance avec le Christ tel qu'on le représente habituellement dans les images saintes. Mais, s'il en était ainsi, le Christ m'était réellement apparu au moment de ma douleur et avait accueilli ma confession; le fait qu'un prêtre répugnant et sordide s'était substitué à lui était clairement de mauvais augure. Cela indiquait, tout au moins, qu'au moment de ma pire angoisse la religion m'abandonnait. C'était comme si, dans un moment de nécessité urgente, j'eusse ouvert un coffre-fort rempli de tout un trésor de pièces d'or pour n'y trouver, à la place, que de la poussière, des toiles d'araignées et des crottes de rat.

Je rentrai à la maison avec ce pressentiment d'un malheur qu'allait produire ma confession, et j'allai tout de suite me coucher, sans dîner, convaincue que ce serait là ma dernière nuit chez moi et que j'allais être arrêtée. Je dois dire, pourtant, que je n'éprouvais pas la moindre peur ni le moindre désir de fuir mon destin.

Une fois passée ma première épouvante, due à une faiblesse nerveuse commune à presque toutes les femmes, il s'y était substitué dans mon âme, non pas même de la résignation, mais une véritable volonté d'accepter le sort qui me menaçait. J'éprouvais même une sorte de volupté à me laisser tomber jusqu'au fond de ce que j'imaginais comme le dernier désespoir. J'avais l'impression de me sentir en quelque sorte, protégée par l'excès du malheur, et pensais avec un certain plaisir qu'à part la mort qui ne me faisait maintenant pas peur non plus, il ne pouvait m'arriver rien de pire.

Mais, le lendemain, c'est en vain que j'attendis cette visite de la police que je prévoyais. Toute la journée et tout le jour suivant s'écoulèrent sans que rien se produisît qui pût justifier mes appréhensions. Pendant tout ce temps, je ne sortis pas de la maison, ni même de ma chambre, et me fatiguai vite de songer aux conséquences de mon imprudence. Je me remis à penser à Jacques, et m'aperçus que je désirais le revoir, ne fût-ce qu'une fois, avant que la dénonciation du prêtre — je continuais à la considérer comme inévitable — eût obtenu son effet. Le troisième jour, vers le soir, presque sans réfléchir, je quittai mon lit, me vêtis avec soin et sortis de chez moi.

Je savais l'adresse de Jacques; en une vingtaine de minutes, je fus chez lui. Mais, au moment d'entrer dans la maison, je songeai que je ne l'avais pas averti de ma visite et fus prise d'un accès de timidité. Je craignais qu'il me reçût mal, si même il ne me mettait pas à la porte ! Je ralentis mon pas impatient et, l'âme pleine de tristesse, m'arrêtai devant un magasin en me demandant s'il ne valait pas mieux pour moi revenir sur mes pas et attendre que ce fût lui qui se décidât à venir me voir. Je comprenais que je devais montrer beaucoup de finesse et de perspicacité, particulièrement pendant cette première période de nos relations, et ne jamais lui laisser comprendre que j'étais éprise de lui au point de ne plus pouvoir vivre sans lui. D'autre part, il me semblait bien dur de revenir sur mes pas, d'autant plus que ma confession me rendait inquiète et que j'avais besoin de le voir, ne fût-ce que pour me distraire de mes préoccupations. Mes yeux tombèrent sur la vitrine du magasin en face duquel je m'étais arrêtée; c'était un magasin de chemises et de cravates; je me rappelai tout à coup que je lui avais promis une cravate neuve pour remplacer sa cravate effilochée. Quand on est amoureux, on ne raisonne pas; je me dis que la cravate pouvait servir de prétexte à ma visite, sans me rendre compte que ce don confirmait précisément le caractère inférieur et anxieux de mon sentiment pour lui. J'entrai dans la boutique et, après avoir longuement balancé, choisis une cravate grise à rayures rouges – la plus belle et la plus chère. Avec cette courtoisie un peu indiscrète des vendeurs qui prétendent influencer leurs clients, le vendeur demanda si la personne à qui la cravate était destinée était blonde ou brune. « Il est brun », répondis-je lentement; je m'aperçus que je prononçais le mot « brun » d'une voix caressante et me sentis rougir à l'idée que le commis pouvait remarquer cet accent.

La veuve Medolaghi habitait le quatrième étage d'une vieille maison triste dont les fenêtres donnaient sur le quai du Tibre. Je montai, sans ascenseur, huit demi-étages et sonnai, sans reprendre haleine, à une porte plongée dans l'ombre. La porte s'ouvrit presque immédiatement, et Jacques se montra sur le seuil.

– Ah! c'est toi? dit-il, surpris.

Evidemment, il attendait quelqu'un.

– Je peux entrer?

– Oui, oui : par ici!

Traversant une antichambre presque noire, il me précéda dans le salon. Le salon était également dans l'ombre, parce que les fenêtres avaient des verres en culs de bouteille, plombés comme ceux des églises. J'entrevis quantité de meubles noirs incrustés de nacre. Au milieu se trouvait une table ronde avec un service à liqueurs de cristal bleu d'une forme désuète. Il y avait beaucoup de tapis et une peau d'ours blanc quelque peu râpée. Tout était vieux, là-dedans, mais propre, ordonné et comme conservé par le profond silence qui semblait régner dans la maison depuis un temps immémorial. J'allai m'asseoir sur un canapé au fond du salon et demandai à Jacques :

– Tu attendais quelqu'un ?

– Non, mais pourquoi es-tu venue ?

C'étaient, réellement, des paroles peu accueillantes. Il ne paraissait pourtant pas fâché, seulement surpris.

– Je suis venue te dire adieu, lui répondis-je en souriant, parce que je crois bien que c'est la dernière fois que nous nous voyons.

– Pourquoi ?

– Je suis convaincue que demain, au plus tard, on viendra me chercher pour me mettre en prison.

– En prison ! Que diable dis-tu ?

Je perçus une altération dans sa voix et dans son visage et je compris qu'il avait peur pour lui-même. Peut-être pensait-il que je l'avais dénoncé ou compromis d'une façon ou d'une autre en révélant à quelqu'un son activité politique. Je souris encore et continuai :

– N'aie pas peur... rien qui te concerne... même de loin.

– Non, non, se hâta-t-il de dire. Mais je ne comprends pas, voilà tout. En prison ? Pourquoi ?

– Ferme la porte et viens t'asseoir ici, lui dis-je en lui indiquant une place à mon côté sur le canapé.

Il alla fermer la porte et s'assit à côté de moi. Alors, avec beaucoup de calme, je lui racontai la véritable histoire du poudrier, y compris ma confession. Il m'écoutait la tête basse, sans me regarder, en se rongeant les ongles, ce qui était chez lui un signe d'intérêt. Je finis par conclure :

– Je suis sûre que ce prêtre me jouera un mauvais tour... Qu'est-ce que tu en dis, toi ?

Il hocha la tête et me répondit, en regardant non pas dans ma direction, mais dans celle des verres plombés de la fenêtre :

– Il ne devrait pas... Moi, au contraire, je ne crois pas ça du tout. Il ne suffit pas qu'un prêtre soit laid...

– Mais si tu l'avais vu ! l'interrompis-je vivement.

– ... qu'il soit monstrueux, si tu veux, pour qu'il fasse une chose semblable. Il n'en est pas moins vrai que tout peut arriver, ajouta-t-il vivement avec un rire.

– Alors, tu dis que je ne dois pas avoir peur ?

– Oui... d'autant plus que tu n'y peux rien; ça ne dépend pas de toi !

– En voilà une manière de parler ! On a peur parce qu'on a peur... c'est plus fort que nous !

Il eut tout à coup un geste affectueux, un de ses gestes. Il me mit une main sur le cou, me secoua en riant et me dit :

– Toi, tu n'as pas peur, n'est-ce pas ?

– Mais puisque je te dis que si !

– Tu n'as pas peur ! Tu es une femme courageuse.

– Je t'assure que j'ai eu une peur terrible; c'est tellement vrai que je me suis couchée et que je ne me suis levée de deux jours.

– Oui... mais ensuite tu es venue me trouver et tu me racontes la chose avec la plus grande tranquillité... Tu ne sais pas ce que c'est que d'avoir peur !

– Et que pouvais-je faire ? lui demandai-je en souriant malgré moi. Je ne peux tout de même pas hurler de peur !

– Tu n'as pas peur !

Il y eut un moment de silence. Puis il demanda, avec un accent particulier qui me surprit :

– Et ton ami... appelons-le ainsi, ce Sonzogne, quel type est-ce ?

– C'est un type comme il y en a tant, dis-je vaguement.

A ce moment, je ne trouvai rien à dire de Sonzogne.

– Mais comment est-il ? Décris-le !

– Pourquoi ? Tu veux le faire arrêter ? lui dis-je en riant. Souviens-toi qu'on me coffrerait aussi.

Puis j'ajoutai :

– C'est un blondin... petit... large d'épaules... un visage pâle, des yeux bleus... rien de spécial, en somme. Chez lui, la seule chose remarquable, c'est qu'il est très fort.

– Très fort ?

– On ne le croirait pas à le voir. Mais, si on lui touche les bras, on dirait du fer.

Comme je voyais qu'il m'écoutait avec intérêt, je lui racontai l'incident entre Gino et Sonzogne. Il ne fit aucun commentaire mais, quand j'eus fini, il me demanda :

– Et tu crois que Sonzogne a prémédité son crime, je veux dire qu'il l'a préparé et l'a exécuté ensuite à froid ?

– Absolument pas ! lui dis-je. Il ne prémédite jamais rien. Un moment avant de projeter Gino par terre, il n'y pensait probablement pas. Ç'a dû être la même chose avec l'orfèvre.

– Alors, pourquoi l'a-t-il fait ?

– Comme ça... parce que c'est plus fort que lui. Comme un tigre... pendant un moment il est tranquille, un moment après il vous allonge un coup de patte.

Je lui racontai toute l'histoire de mes relations avec Sonzogne, la façon dont il m'avait frappée et avait sûrement eu, dans le noir, l'idée de me tuer. Et je conclus :

– Il n'y pense jamais... A un certain moment, il est dominé par quelque chose de plus fort que sa volonté... alors il vaut mieux ne pas se trouver près de lui. Je suis sûre qu'il était allé trouver l'orfèvre pour lui vendre le poudrier... L'autre l'a insulté, et il l'a tué.

– En somme, c'est une sorte de brute.

– Appelle ça comme tu voudras. Ça doit être, ajoutai-je, en essayant de tirer au clair pour moi-même le sentiment que m'inspirait la fureur homicide de Sonzogne, une impulsion semblable à celle qui me pousse à t'aimer. Pourquoi est-ce que je t'aime ? Dieu seul le sait... Pourquoi est-ce qu'à certains moments Sonzogne a l'impulsion de tuer ? C'est la même chose : Dieu seul le sait. Il me semble que, dans ce cas-là, il n'y a rien à expliquer.

Il réfléchissait, puis il leva la tête et me demanda :

– Et moi, quelle impulsion crois-tu que je sente vers toi ? Crois-tu que je sente l'impulsion de t'aimer ?

J'eus horriblement peur de l'entendre dire qu'il ne m'aimait pas. Je mis ma main devant sa bouche et le suppliai :

– Par pitié... ne me dis rien de ce que tu éprouves pour moi !

– Mais pourquoi ?

– Parce qu'il ne m'importe pas de le savoir. Je ne

sais pas ce que toi tu éprouves pour moi, et je ne veux pas le savoir. Il me suffit de t'aimer, moi.

Il hocha la tête et dit :

– Tu as tort de m'aimer... tu devrais aimer un homme comme Sonzogne.

Je fus réellement étonnée.

– Mais qu'est-ce que tu dis là ? Un criminel !

– Ça peut être un criminel... mais il sent ces impulsions que tu dis, Sonzogne. De même qu'il a l'impulsion de tuer, je suis sûr qu'il aurait l'impulsion d'aimer, comme ça, tout simplement, sans tant d'histoires... Moi, au contraire...

Je ne le laissai pas achever et protestai :

– Mais tu ne peux pas te comparer à Sonzogne. Tu es ce que tu es... l'autre est un criminel, un monstre. Et puis ce n'est pas vrai qu'il pourrait se sentir l'impulsion d'aimer... Un homme semblable ne peut pas aimer... Pour lui, c'est simplement une satisfaction des sens : moi ou une autre, c'est la même chose.

Il ne semblait pas convaincu, mais ne dit rien. Je profitai de ce moment de silence et, tendant la main, enfonçai mes doigts sous sa manche, le long du poignet, en cherchant à remonter le long du bras :

– Jacquot, lui dis-je.

Je le vis tressaillir.

– Pourquoi m'appelles-tu Jacquot ?

– C'est le diminutif de Jacques. Je n'ai pas le droit ?...

– Si... si... tu as le droit... Seulement, c'est le dimi nutif qu'on me donne dans ma famille... c'est tout.

– C'est ta mère qui t'appelle comme ça ? lui demandai-je en lâchant son poignet, en introduisant ma main sous sa cravate et en fourrageant des doigts entre les deux bords de la chemise, sur sa poitrine nue.

– Oui, ma mère me dit « Jacquot », confirma-t-il avec quelque impatience.

Et au bout d'un moment, avec un accent particulier, mi-sarcastique et mi-furieux :

– Du reste, ce n'est pas la seule chose que tu dises et que dise aussi ma mère. Au fond, vous avez la même opinion sur presque tout.

— Par exemple ? demandai-je.

J'étais troublée; c'est à peine si je l'écoutais. J'avais déboutonné sa chemise et m'efforçais d'atteindre son épaule maigre et gracieuse de garçonnet.

— Par exemple, quand je t'ai raconté que je m'occupais de politique, tu t'es tout de suite écriée avec une voix épouvantée : « Mais c'est interdit ! C'est dangereux ! » Eh bien ! ma mère aurait dit exactement la même chose, avec la même voix.

L'idée de ressembler à sa mère me flattait, d'abord parce que c'était sa mère et puis parce que c'était une femme du monde.

— Quel imbécile tu es ! lui dis-je avec tendresse. C'est parce que ta mère t'aime comme je t'aime, moi aussi. C'est tout à fait vrai qu'il est dangereux de s'occuper de politique; un jeune homme que je connais, on l'a arrêté, et voilà deux ans qu'il est en prison. Et puis à quoi cela sert-il ? Ils sont les plus forts et, dès que vous bougez, ils vous mettent en prison. Il me semble qu'on peut très bien vivre sans faire de politique.

— Ma mère ! ma mère ! s'écria-t-il, jubilant et sarcastique. Exactement ce que dit ma mère !

— Je ne sais pas ce que dit ta mère, répondis-je, mais il est bien certain que tout ce qu'elle te dit, elle le dit pour ton bien. Tu devrais laisser la politique. Tu n'es pas un politicien de profession... tu es un étudiant... les étudiants n'ont qu'à étudier.

— Etudier, passer leur doctorat et se faire une position, murmura-t-il comme s'il se parlait à lui-même.

Je ne lui répondis pas, mais approchai mon visage du sien et lui tendis les lèvres. Nous nous embrassâmes, puis nous séparâmes; il semblait fâché de m'avoir embrassée et me regardait d'un air hostile et mortifié. Je craignis de l'avoir froissé en interrompant par mon baiser ses propos sur la politique et j'ajoutai en hâte :

— Du reste, fais ce que tu veux, je ne m'occupe pas de tes affaires... Bien mieux, si tu veux, puisque je suis ici, tu peux me donner le paquet... je le cacherai comme nous en avons convenu.

— Non, non, répondit-il vivement. De grâce, ce n'est

plus le moment ! Etant donné ton amitié avec Astarite... si jamais il les trouvait...

– Pourquoi ? Astarite est tellement dangereux ?

– C'est un des pires, me répondit-il gravement.

J'éprouvai je ne sais quelle tentation malicieuse de le taquiner dans son amour-propre, mais affectueusement, sans méchanceté.

– Au fond, observai-je avec douceur, tu n'as jamais eu l'intention de me le confier, ce paquet !

– Pourquoi t'en aurais-je parlé, alors ?

– Ecoute, ne te froisse pas, mais je pense que tu m'en as parlé comme ça, pour te rendre intéressant, pour me montrer que tu faisais réellement des choses dangereuses et défendues.

Il se fâcha, et je compris que j'avais touché juste.

– Quelles bêtises ! s'écria-t-il. Tu es vraiment bête !

Puis, subitement calmé, il me demanda d'un air méfiant :

– Pourquoi ? Qu'est-ce qui te fait penser ça ?

– Je ne sais pas, répondis-je en souriant. Toute ta manière d'agir... Tu ne t'en rends peut-être pas compte, mais tu ne donnes pas l'impression de faire ces choses-là pour de bon.

Il eut un geste burlesque qui semblait dirigé contre lui-même :

– Ce sont, au contraire, des choses très sérieuses ! me dit-il.

Il se leva, étendit ses bras maigres, récita d'une voix de fausset, sur un ton emphatique : « Des armes ! Oui, des armes ! Et moi seul tomberai ! » et continua d'agiter les bras et les jambes comme une marionnette. Il était amusant.

– Que veux-tu dire ? lui demandai-je.

– Rien, me répondit-il. C'est un vers.

D'une façon bizarre, il parut passer de l'excitation à un brusque abattement; il devint sombre et méditatif, se rassit et me dit d'un ton sincère :

– Au contraire, regarde, je fais les choses tellement pour de bon que j'espère sérieusement être arrêté... Alors tout le monde le verra bien, si je fais les choses pour de bon !

Je ne dis rien : je lui fis une caresse autour de la figure, la lui pris entre mes deux mains et lui dis :

– Quels beaux yeux tu as !

C'était vrai; ses yeux étaient réellement beaux, grands et doux, avec une expression intense et naïve. De nouveau il se troubla, son menton se mit à trembler.

– Pourquoi n'allons-nous pas dans ta chambre ? murmurai-je.

– Il ne faut pas y penser. Elle est contiguë à la chambre de la veuve, qui reste toute la journée chez elle, la porte ouverte, pour surveiller le corridor.

– Alors, allons chez moi.

– Il est trop tard... tu habites loin... J'ai des amis qui doivent venir dans un moment.

– Alors, ici.

– Tu es folle !

– Avoue plutôt que tu as la frousse, insistai-je. Tu n'as pas peur de faire de la propagande politique, mais tu as peur d'être surpris dans ce salon avec la femme qui t'aime. Que peut-il t'arriver, en fin de compte ? Que la veuve te renvoie ? Que tu sois obligé de te chercher une autre chambre ?

Je savais qu'en excitant son point d'honneur on pouvait tout obtenir de lui. En effet, il parut convaincu. En fait, il devait éprouver un désir pour le moins aussi fort que le mien.

– Tu n'es qu'une folle ! répéta-t-il. Ça peut être plus contrariant de se faire renvoyer d'ici que de se faire arrêter... D'ailleurs, où nous mettre ?

– Par terre, lui dis-je doucement, avec une affection intense. Viens... je vais te faire voir comment on fait.

Il semblait si bouleversé qu'il n'avait plus la force de parler. Je me levai du canapé et, sans hâte, m'étendis par terre. La mosaïque était couverte de nombreux tapis; au milieu de la pièce, il y avait la table, avec le service à liqueurs. Je m'allongeai sur les tapis, la tête et le buste sous la table, puis tirai Jacquot par le bras et l'obligeai, malgré lui, à s'étendre sur moi. Je renversai la tête en arrière en fermant les yeux; l'odeur de poussière et de vieux duvet du tapis me parut enivrante et bonne comme si j'avais été couchée dans un pré au printemps et comme si cette odeur était celle des fleurs et des herbes, et non pas celle de la laine sale. Jacquot était sur moi, et son poids me faisait sentir la dureté délicieuse du sol; j'étais contente que ce ne fût pas lui qui la sentît et que mon corps lui servît de couche. Puis il m'embrassa dans le cou et sur les joues, et j'en éprouvai une grande joie parce qu'il ne le faisait jamais. Je rouvris les yeux, j'avais le visage tourné de côté, la joue contre la laine rude du tapis; j'apercevais, au-delà du tapis, une vaste étendue de mosaïque cirée, puis là-bas, au fond, le bas des deux battants de la porte. Je soupirai profondément et fermai les yeux.

Le premier à se relever fut Jacquot; moi, je restai un long moment comme il m'avait laissée, couchée sur le dos, un bras sur la figure, les jupes relevées, une jambe à droite et l'autre à gauche. Je me sentais heureuse et comme anéantie par mon bonheur; je sentais que j'aurais pu rester longtemps ainsi, avec cette bonne dureté du sol sur le dos, cette odeur de tapis et de poussière dans les narines. Peut-être même ai-je dormi un très court instant, d'un sommeil extasié et léger; je crus rêver que j'étais réellement dans un pré fleuri, étendue dans l'herbe, et que ce n'était pas la table, mais un ciel inondé de soleil, que j'avais au-dessus de la tête. Jacquot dut certainement penser que je me trouvais mal, parce que je sentis tout à coup qu'il me secouait et me disait à voix basse :

— Mais qu'est-ce que tu as? Qu'est-ce que tu fais? Vite, lève-toi!

J'enlevai à regret mon bras de mon visage, sortis lentement de dessous la table et me remis sur pied. Je me sentais heureuse et je souriais. Jacquot, adossé à la crédence, courbé sur lui-même, encore haletant, me regardait en silence avec une expression égarée et hostile.

— Je ne veux plus te voir! finit-il par me dire.

En même temps, son corps courbé eut une bizarre détente involontaire, comme une marionnette dont on eût brisé le ressort.

Je souris et lui répondis :

– Pourquoi ? Nous nous aimons... nous nous verrons !

Je m'approchai de lui et lui fis une caresse. Mais il détourna un visage tout blanc, tout bouleversé, en répétant :

– Je ne veux plus te voir !

Je savais que cette hostilité était surtout due au regret de m'avoir cédé. Il ne se résignait jamais à m'aimer sans beaucoup de résistance et beaucoup de remords, comme un homme qui se résout à faire une chose qu'il ne voudrait pas faire et sait qu'il ne devrait pas la faire. Mais j'étais certaine que sa mauvaise humeur ne durerait pas longtemps et que le désir qu'il avait de moi, bien qu'il le combattît et le détestât, serait plus fort, en définitive, que sa bizarre aspiration à la chasteté. Aussi ne tins-je pas compte de ses paroles. Me souvenant de la cravate que je venais de lui acheter, je m'approchai d'une console sur laquelle j'avais posé mon sac et mes gants, en lui disant :

– Allons, ne sois pas en colère comme ça... je ne reviendrai plus ici... tu es content ?

Il ne répondit rien. En même temps, la porte s'ouvrit, et une vieille femme de chambre fit entrer deux hommes. Le premier dit assez bas, mais d'une grosse voix :

– Salut, Jacques.

Je compris que ce devaient être des camarades de parti, et les regardai avec curiosité. Celui qui avait parlé était un vrai colosse : plus grand que Jacquot, avec deux larges épaules et l'aspect d'un boxeur professionnel. Il était blond, avec des cheveux ébouriffés, des yeux bleu-vert, un nez camus, une bouche rouge informe. Mais son visage avait une expression franche et qui me plut, avec un sympathique mélange de timidité et de simplicité. Bien qu'on fût en hiver, il ne portait pas de manteau, il n'avait sous sa veste qu'un gros tricot blanc à col roulé en accord avec son aspect sportif. Je fus frappée par les mains rouges et les gros poignets qui sortaient des manches retournées de son tricot. Il devait être extrêmement jeune; peut-être avait-il le même âge que Jacques. Le second paraissait, au contraire, une quarantaine d'années et, contrairement au premier, qui avait l'air d'un ouvrier ou d'un paysan, son apparence et son costume étaient d'un bourgeois. Il n'était pas grand et semblait minuscule à côté de son camarade. C'était un petit homme tout noir, le visage mangé par de grosses lunettes d'écaille. Sous ces grosses lunettes sortait un petit nez camard et sous le nez une grande bouche s'ouvrait comme une fente d'une oreille à l'autre. Les joues maigres, noircies par des poils de barbe, le faux col élimé, le costume déformé et maculé dans lequel nageait son petit corps chétif, tout, chez lui, donnait une impression de négligence agressive, de misère voulue. A vrai dire, l'aspect de ces deux hommes m'étonna, parce que Jacquot était toujours vêtu avec une certaine élégance sans apprêt, assez caractéristique, et trahissait, à bien des signes, une classe différente de la leur. Si je n'avais pas entendu ces gens dire bonjour à Jacquot et lui leur rendre leur salut, je n'aurais jamais cru qu'ils pussent être amis. D'instinct, je me sentis tout de suite de la sympathie pour le grand et de l'antipathie pour le petit. Le grand demanda avec un sourire gêné :

– Nous venons peut-être trop tôt ?

– Non, non ! répondit Jacquot en s'ébrouant.

Il semblait étourdi et ne revenait pas trop facilement à lui.

– Vous êtes ponctuels.

– L'exactitude est la politesse des rois ! dit le petit en se frottant les mains.

Et, brusquement, d'une manière imprévue, comme si cette phrase était extrêmement comique, il eut un gros éclat de rire. Puis, avec la même soudaineté désagréable, il reprit son sérieux, et je me demandai presque s'il avait ri.

– Adrienne, dit Jacquot avec effort, je te présente deux de mes amis : Tullius et Thomas.

Je remarquai qu'il ne disait pas leurs noms de famille et pensai que ce n'étaient pas leurs vrais prénoms. Je leur tendis la main en souriant. Le grand me donna une poignée de main qui me meurtrit les doigts, le petit me les humecta de sueur avec la moiteur de sa paume. Le petit me dit : « Enchanté! » avec une emphase qui me sembla burlesque. Le grand me dit : « Très heureux! » avec simplicité et, me sembla-t-il, avec sympathie. Je notai que sa voix avait une légère inflexion dialectale.

Nous nous regardâmes un moment en silence.

– Si tu veux, Jacques, si tu as à faire, dit le grand, nous pouvons nous en aller; nous reviendrons demain.

Je vis Jacquot tressaillir et le regarder; je compris qu'il allait lui dire de rester et m'inviter à partir, moi. Maintenant, je le connaissais suffisamment pour savoir que sa conduite ne pourrait pas être différente. Je me souvins que je m'étais donnée à lui quelques minutes avant; j'avais encore dans le cou la sensation de ses lèvres qui m'embrassaient; sur la chair, celle de ses mains qui me serraient. Ce qui se révolta de moi, ce ne fut pas mon âme, toujours prête à céder et à se résigner, ce fut mon corps, indigné de voir traiter ainsi sa beauté et son don. Je fis un pas en avant et dis avec violence :

– Oui, il vaut mieux que vous vous en alliez et que vous vous voyiez demain... J'ai encore beaucoup de choses à dire à Jacques.

Jacques me fit observer, d'un air désagréablement surpris :

– Mais je dois parler avec eux.

– Tu leur parleras demain.

– Bon! dit Thomas d'un air débonnaire. Décidez-vous. Si vous voulez que nous restions, dites-le; si vous voulez que nous nous en allions...

– Nous, nous ne demandons pas mieux! acheva Tullius, avec le même rire qu'avant.

Jacques hésitait encore. De nouveau, mon corps eut, malgré moi, un élan agressif.

– Ecoutez, dis-je en élevant la voix, il y a quelques minutes à peine, Jacques et moi, nous faisions l'amour par terre, sur ce tapis... Vous, à sa place, qu'est-ce que vous feriez? Vous me renverriez?

J'eus l'impression que Jacques rougissait. De toute façon, il perdit contenance, nous tourna le dos et s'approcha de la fenêtre. Thomas me regarda à la dérobée, puis il dit sans sourire :

– Je comprends. Nous partons. Au revoir, Jacques; à demain, à la même heure.

Mes paroles, au contraire, semblaient avoir bouleversé Tullius. Il me fixa bouche bée en écarquillant les yeux derrière les verres épais de ses lunettes. Il ne lui était certainement jamais arrivé d'entendre une femme parler avec cette franchise, et mille pensées malpropres devaient s'enchevêtrer dans son esprit. Mais le grand l'appela du seuil :

– Tullius... allons-nous-en!

Alors, sans quitter ma personne de ses yeux ahuris mais émerillonnés, il recula jusqu'à la porte et sortit.

J'attendis qu'ils fussent partis pour m'approcher de Jacques, resté près de la fenêtre, le dos tourné, et lui passer un bras autour du cou :

– Je parie, lui dis-je, qu'en ce moment tu ne peux plus me souffrir!

Il se retourna lentement et me regarda. Il y avait de la colère sur son visage; mais, à la vue du mien, qui devait être doux, rempli d'amour – innocent, même, à sa façon –, son regard changea; il me demanda, d'un ton raisonnable, presque triste :

– Tu es contente, maintenant? Tu as obtenu ce que tu voulais.

– Oui, je suis contente! lui dis-je en l'embrassant bien fort.

Il se laissa embrasser, puis reprit :

– Quelles sont ces choses que tu avais à me dire?

– Rien, lui répondis-je. Je voulais rester avec toi, ce soir.

– Mais moi, dit-il, dans un moment je vais aller dîner... je dîne ici, chez la veuve Medolaghi.

– Eh bien! invite-moi à dîner.

Il me regarda, et mon aplomb le fit sourire, mais insensiblement.

– C'est bon, dit-il avec condescendance, je vais la prévenir... mais comment veux-tu que je te présente?

– Comme tu voudras... comme une parente.

– Non... je te présenterai comme ma fiancée. Ça va?

Je n'osai pas lui montrer à quel point son offre me faisait plaisir. J'affectai l'indifférence et lui répondis :

– En ce qui me concerne... fiancée ou autre chose... pourvu que nous restions ensemble.

– Attends, je reviens tout de suite.

Il sortit. J'allai dans un coin du salon, remis de l'ordre dans mes vêtements, reboutonnai hâtivement ma combinaison, toute déplacée par l'amour et par l'arrivée inopinée des amis de Jacques. Dans un miroir accroché en face de moi, je vis ma jambe longue et parfaite, gainée de soie, et elle me fit un curieux effet au milieu de tous ces vieux meubles, dans cet air silencieux et renfermé. Je me souvins du jour où j'avais fait l'amour avec Gino dans la villa de sa patronne et où j'avais volé le poudrier, et ne pus me tenir de comparer ce moment désormais lointain de ma vie avec l'instant présent. J'avais éprouvé alors une impression de vide et d'amertume, et le désir de me venger sinon directement de Gino, tout au moins du monde qui, par l'entremise de Gino, m'avait si cruellement offensée. Maintenant, au contraire, je me sentais contente, libre et légère. Je compris une fois de plus que j'aimais réellement Jacquot et que peu m'importait qu'il ne m'aimât pas.

Je tapotai mes vêtements, allai devant la glace, remis ma coiffure en ordre. La porte s'ouvrit dans mon dos, et Jacques rentra.

J'espérais qu'il s'approcherait de moi et m'embrasserait par-derrière, pendant que je me regardais dans la glace. Mais il alla s'asseoir sur un canapé, au fond du salon, alluma une cigarette et me dit :

– Voilà qui est fait. On a mis un couvert de plus. Dans un moment, nous nous mettons à table.

Je quittai la glace, vint m'asseoir à côté de lui, glissai mon bras sous le sien et me serrai contre lui.

– Ces deux hommes, dis-je, c'étaient des amis politiques, n'est-ce pas ?

– Oui.

– Ils ne doivent pas être bien riches.

– Pourquoi ?

– A en juger par la façon dont ils sont ficelés.

– Thomas est le fils d'un de nos fermiers, me dit-il. L'autre est un maître d'école.

– Il ne m'est pas sympathique.

– Qui ?

– Le maître d'école. Il est malpropre. Il m'a regardée d'une drôle de façon quand j'ai dit que je venais de faire l'amour avec toi.

– On voit que tu lui plaisais.

Nous nous tûmes un long moment. Puis je dis :

– Tu rougis de me présenter comme ta fiancée. Si tu veux, je vais m'en aller.

Je savais que c'était le seul moyen de lui arracher des gestes affectueux : piquer son amour-propre en l'accusant d'avoir honte de moi. En effet, il passa aussitôt son bras autour de ma taille et me dit :

– C'est moi qui te l'ai proposé; pourquoi devrais-je rougir de toi ?

– Mais je ne sais pas... je vois que tu es de mauvaise humeur.

– Je ne suis pas de mauvaise humeur; je suis étourdi, me répondit-il d'un ton docte. Cela parce que nous avons fait l'amour. Laisse-moi le temps de me reprendre.

Je remarquai qu'il était encore très pâle et semblait fumer avec dégoût.

– Tu as raison, lui dis-je, excuse-moi. Mais tu es toujours si froid et si distant que tu me fais perdre la tête... Si tu n'avais pas été comme cela, il y a un moment, je n'aurais pas tellement insisté pour rester.

Il jeta sa cigarette et me dit :

– Ce n'est pas vrai que je suis froid et distant.

– Et pourtant...

– Tu me plais beaucoup, continua-t-il en me regardant avec attention. Et, en effet, il y a un instant, je ne t'ai pas résisté comme j'aurais voulu.

Cette phrase me fit plaisir et je baissai les yeux sans dire un mot. Il ajouta :

– Toutefois, je suppose qu'au fond tu as raison... et qu'on ne peut pas appeler cela de l'amour.

Mon cœur se serra, et je ne pus m'empêcher de murmurer :

– Qu'est-ce que c'est, pour toi, l'amour ?
– Si je t'avais aimée, me répondit-il, il y a un instant je n'aurais pas désiré te renvoyer... et, après, je ne me serais pas mis en colère quand tu as voulu rester.
– Tu t'es mis en colère ?
– Oui... et, maintenant, je causerais avec toi, je serais gai, léger, désinvolte et badin. Je te ferais des caresses et des compliments, je t'embrasserais, je ferais des projets d'avenir... Est-ce que ce n'est pas ça, l'amour ?
– Si, dis-je à voix basse. En tout cas, ce sont là les effets de l'amour.

Il se tut un long moment, puis dit sans aucune vanité, avec une humilité sèche :
– Je fais tout de la même manière, sans rien éprouver dans mon cœur... sans rien aimer ni sentir avec le cœur, en sachant seulement, par l'esprit, comment on fait les choses. Parfois, même, je les fais à froid et comme extérieurement. Je suis comme ça et je ne crois pas que je puisse me changer.

Je fis un grand effort sur moi-même et lui répondis :
– Je t'aime tel que tu es; ne te tourmente pas !

Puis je l'embrassai avec une affection intense. Presque au même instant, la porte s'ouvrit : une vieille domestique se montra et dit que le dîner était servi.

Nous sortîmes du salon et passâmes par un corridor pour aller dans la salle à manger. Je me souviens bien de tous les détails de cette pièce et des personnes parce qu'à ce moment j'étais sensible comme une plaque photographique. Je n'avais pas tant l'impression d'agir que de me voir agir avec de tristes yeux grands ouverts. Tel est peut-être bien l'effet de la révolte que nous inspire une réalité dont nous souffrons et que nous voudrions différente.

La veuve Medolaghi me parut, je ne sais pourquoi, ressembler beaucoup au mobilier de son salon d'ébène avec incrustations de nacre blanche. C'était une femme mûre, d'une stature imposante, avec une poitrine volumineuse et des hanches massives. Toute vêtue de soie noire, avec un large visage défait, d'une pâleur de nacre, justement, encadré de cheveux noirs qui semblaient teints, avec de larges cernes noirs autour des yeux. Elle se tenait debout devant une soupière décorée de fleurs et servait le potage avec une sorte de dégoût. La lampe à contrepoids, descendue au-dessus de la table, illuminait sa poitrine, comme un gros paquet noir luisant, et laissait son visage dans l'ombre. Dans cette ombre, ses yeux entourés de noirs coups de griffes paraissaient trouver son visage comme un petit masque de soie bon pour le carnaval. La table n'était pas grande et portait quatre couverts : un par côté. La fille de la dame était déjà assise à sa place et ne se leva pas quand elle nous vit entrer.

– Mademoiselle va se mettre là, dit la veuve Medolaghi... Comment s'appelle Mademoiselle ?

– Adrienne.

– Tiens, comme ma fille ! dit négligemment la dame. Nous avons deux Adrienne !

Elle parlait d'un air distingué, sans nous regarder; il était clair que ma présence ne lui faisait aucun plaisir. Comme je l'ai dit, je ne me maquillais presque pas, je ne m'oxygénais pas les cheveux, en somme, je ne trahissais mon métier par aucun signe extérieur. Mais que je fusse une fille du peuple, simple et sans éducation, cela se voyait certainement, et je n'avais aucun souci de le dissimuler.

« Quels drôles de gens vous amenez chez moi ! devait penser Mme Medolaghi. Une fille du peuple ! »

Je m'assis et considérai la jeune fille qui s'appelait comme moi. Elle était la moitié de moi, comme tête, comme poitrine... en tout. Maigre, le crâne pauvre en cheveux, un visage ovale et fin avec de grands yeux pâles, d'une expression stupéfaite. Je la regardai et la vis baisser les paupières et incliner le front sous mon regard. Je pensai qu'elle était timide et dis, pour rompre la glace :

– Vous savez que ça me semble curieux qu'une autre personne puisse s'appeler comme moi et être si différente de moi ?

J'avais dit n'importe quoi, pour engager la conversation, et ma phrase était sotte. Mais, à ma grande surprise, je ne reçus pas de réponse. La jeune fille me regarda, les yeux bien ouverts, puis, sans mot dire, pencha la tête sur son assiette et se mit à manger. Alors, brusquement, la vérité se fit jour dans mon esprit; elle n'était pas timide, mais atterrée. Et la cause de sa terreur, c'était moi. Elle était atterrée par ma beauté qui éclatait dans l'air éteint et poussiéreux de sa maison comme une rose dans une toile d'araignée, par mon exubérance qu'il était impossible de ne pas remarquer, même quand je gardais le silence et restais immobile, et surtout par ma nature de fille du peuple. Le riche n'aime certes pas le pauvre, mais il ne le craint pas non plus; il sait le tenir à distance avec orgueil et suffisance. Mais le pauvre à qui son éducation ou son origine donne une âme de riche est littéralement atterré de voir le pauvre en chair et en os, comme un homme prédisposé à une maladie devant quelqu'un qui est atteint de cette maladie. Riches, les deux Medolaghi ne l'étaient sûrement pas, sans quoi elles n'eussent pas loué des chambres. Comme elles se sentaient pauvres tout en n'admettant pas qu'elles le fussent, ma présence de pauvresse dépourvue de tout masque leur semblait une insulte et un danger. Dieu sait les idées qui passèrent dans la tête de la jeune fille quand je lui parlai : voilà celle-là qui m'adresse la parole; elle veut devenir mon amie, je n'arriverai plus à m'en débarrasser! En un clin d'œil, je compris tout cela et décidai de ne plus ouvrir la bouche jusqu'à la fin du dîner.

Mais la mère, qui avait plus d'aisance et peut-être aussi plus de curiosité, ne voulut pas renoncer à la conversation.

– Je ne savais pas que vous fussiez fiancé, dit-elle à Jacques. Depuis combien de temps?

Elle avait une voix affectée et semblait parler derrière sa poitrine énorme comme derrière un retranchement défensif.

– Depuis un mois, dit Jacquot.

C'était la vérité; il n'y avait pas plus d'un mois que nous nous connaissions.

– Mademoiselle est romaine?

– Ultra-romaine. Sept générations.

– Et quand vous marierez-vous?

– Bientôt. Aussitôt que la maison où nous devons habiter sera libre.

– Ah? vous avez déjà une maison?

– Oui, un petit pavillon avec un jardin... un pavillon avec une tour... tout à fait joli.

Ainsi donc, sur ce ton sardonique, ce qu'il décrivait, c'était la villa que je lui avais montrée, près de chez moi, sur le boulevard.

– Si nous attendons cette maison-là, dis-je avec effort, j'ai bien peur que nous ne nous mariions jamais!

– En voilà des histoires! dit Jacques, qui paraissait complètement remis – son visage même semblait plus coloré. Tu sais bien qu'elle sera libre le jour fixé.

Je n'aime pas les comédies. Aussi ne dis-je plus rien. La femme de chambre changea les assiettes.

– Les villas ont beaucoup d'agréments, monsieur Diodati, dit Mme Medolaghi; mais elles ne sont pas pratiques; elles exigent de nombreux domestiques.

– Pourquoi? demanda Jacques. Ce ne sera pas nécessaire, Adrienne sera cuisinière, femme de chambre, intendante... N'est-ce pas, Adrienne?

Mme Medolaghi me toisa du regard et déclara :

– A vrai dire, une dame a autre chose à faire qu'à s'occuper de la cuisine, à balayer les chambres et à faire les lits... mais si Mlle Adrienne y est habituée... Alors, dans ce cas...

Elle n'acheva pas sa phrase et tourna les yeux vers le plat que la femme de chambre me présentait.

– Nous ne savions pas que vous alliez venir; autrement nous aurions pu ajouter deux ou trois œufs.

J'étais fâchée contre Jacques et contre la dame. J'avais presque envie de répondre : « Non! Ce à quoi je suis habituée, c'est à faire le trottoir. » Jacquot, hilare, se versa et me versa généreusement à boire (les yeux de Mme Medolaghi suivaient la bouteille avec inquiétude), puis continua :

– Mais Adrienne n'est pas une dame. Elle ne sera jamais une dame. Adrienne a toujours fait des lits et balayé des chambres. Adrienne est une fille du peuple.

Mme Medolaghi m'observa comme si elle me voyait

pour la première fois, puis confirma avec une politesse injurieuse :

– C'est justement ce que je disais... si elle a l'habitude...

Sa fille pencha la tête sur son assiette.

– Oui, continua Jacques; elle en a l'habitude; et ce n'est sûrement pas moi qui lui ferai perdre des habitudes aussi utiles. Adrienne est la fille d'une chemisière; elle est chemisière elle-même... n'est-ce pas, Adrienne?

Il allongea le bras à travers la table, m'empoigna la main et la retourna sur le dos :

– Elle s'émaille les ongles, c'est vrai, mais sa main est une main d'ouvrière : grande, forte et simple. Comme ses cheveux... elle les fait bien friser mais, au fond, ils sont rebelles et durs.

Il lâcha mes mains et me tira les cheveux, fort, comme il eût tiré sur la crinière d'une bête.

– En somme, Adrienne est en tout et pour tout une digne représentante de notre bon peuple vigoureux et sain.

On sentait dans sa voix une manière de défi sarcastique, que personne ne releva. La fille regardait à travers ma personne comme si celle-ci eût été transparente et qu'elle eût observé un objet derrière moi. La mère ordonna à la femme de chambre de changer les assiettes, se tourna vers Jacques et lui demanda, d'une façon tout à fait inattendue :

– Et alors, monsieur Diodati, vous avez fini par aller la voir, cette comédie?

Cette manière si gauche de changer de conversation me fit presque rire. Jacques ne sembla pas déconcerté et déclara :

– Ne m'en parlez pas, une véritable idiotie!

– Nous y allons demain. On dit que les acteurs sont excellents.

Jacques répondit que, tout bien considéré, les acteurs n'étaient pas aussi remarquables que l'affirmaient les journaux. La dame s'étonna que les journaux mentissent. Jacques répondit avec calme que les journaux étaient pur et simple mensonge, de la première ligne à la dernière, et à partir de ce moment, la conversation ne roula plus que sur ces sujets-là. Aussitôt qu'un de ces thèmes conventionnels était épuisé, Mme Medolaghi en entamait un autre, avec une précipitation mal dissimulée. Jacquot, qui semblait s'amuser, entrait dans son jeu et lui donnait la réplique sans se faire prier. Ils parlèrent des acteurs, puis de la vie nocturne à Rome, des cafés, des cinémas, des théâtres, des hôtels et d'autres choses semblables. On eût dit deux joueurs de tambourin se renvoyant constamment la même balle en se gardant bien de la laisser tomber. Mais, alors que Jacquot le faisait en raison de cet amour de la comédie qui était si développé en lui, ce qui poussait la veuve Medolaghi, c'était la peur et le dégoût que je lui inspirais, moi et tout ce qui pouvait se rapporter à moi. Cette conversation de pure forme, entièrement conventionnelle, semblait signifier : « C'est ma manière de vous dire qu'il est indécent d'épouser une fille du peuple et, de toute façon, indécent de la faire venir chez Mme Medolaghi, veuve d'un haut fonctionnaire. » La fille ne soufflait mot. Atterrée, on voyait qu'elle souhaitait d'une façon tout à fait explicite que le repas prît fin et que je m'en allasse au plus vite. Pendant un moment, je me divertis à suivre le jeu d'escrime de la conversation, puis m'en fatiguai et laissai la tristesse qui me guettait le cœur s'emparer complètement de moi. Je me rendais compte que Jacques ne m'aimait pas et, malgré tout, cette constatation était amère. Et puis j'avais noté que Jacques s'était servi de mes confidences pour bâtir cette comédie de nos fiançailles; et je n'arrivais pas à comprendre s'il avait voulu se moquer de moi, se moquer de lui-même ou se moquer des deux dames. Peut-être de tous à la fois, mais surtout de lui-même. Comme si lui-même eût nourri au fond de son cœur les mêmes aspirations que moi à une vie normale et décente et que, pour des raisons différentes des miennes, il ne pût espérer les jamais satisfaire. Je comprenais, d'autre part, que l'éloge qu'il avait fait de moi en tant que fille du peuple n'avait rien de flatteur, ni pour moi ni pour le peuple; qu'il avait cherché un moyen d'être désagréable aux deux femmes, sans plus. Et ces remarques-là me faisaient reconnaître la vérité de ce qu'il avait dit un peu plus tôt : qu'il était incapable d'aimer avec son cœur. Jamais, comme à ce moment-là, je ne compris que tout est amour et que tout dépend de l'amour. Cet amour existe ou n'existe pas. S'il existe, on n'aime pas seulement son amant, mais toutes les personnes et toutes les choses; c'est ce qui m'arrivait à moi. S'il n'existe pas, on n'aime rien et personne; et c'était son cas. Et l'absence d'amour finit par amener l'incapacité et l'impuissance.

On avait desservi la table. Sur la nappe semée de miettes, dans la lumière ronde du lustre, il y avait quatre petites tasses à café, un cendrier de terre cuite en forme de tulipe et une grande main blanche maculée de taches sombres, aux doigts ornés de nombreuses bagues d'une faible valeur, serrant une cigarette fumante : la main de Mme Medolaghi. Tout à coup, une intolérance me gonfla la poitrine et je me levai :

– Jacques, je regrette bien, dis-je, exagérant à dessein ma prononciation faubourienne... mais j'ai à faire... Il faut que je m'en aille.

Il écrasa sa cigarette dans le cendrier et se leva aussi. Je lançai un « bonsoir » sonore, tout à fait « peuple », fis un léger salut auquel la veuve Medolaghi répondit avec hauteur, la fille pas du tout, et je sortis. Dans l'antichambre, je dis à Jacques :

– J'ai peur qu'après cette soirée la veuve Medolaghi te prie de chercher une autre chambre.

Il haussa les épaules.

– Je ne crois pas, dit-il. Je la paie bien, et ponctuellement.

– Je m'en vais, dis-je. Ce dîner m'a fait de la peine.

– Pourquoi ?

– Parce que je me suis réellement convaincue que tu es incapable d'aimer.

Je dis cela sans le regarder, tristement. Puis je levai les yeux et j'eus l'impression qu'il était mortifié. Peut-être était-ce l'ombre du vestibule sur sa figure pâle. Je fus prise tout à coup d'un grand remords.

– Tu es froissé ? lui demandai-je.

– Non, me dit-il avec effort. Après tout, c'est la vérité.

Mon âme se remplit d'affection. Impétueusement, je l'embrassai et je lui dis :

– Ce n'est pas vrai... je l'ai dit pour te faire enrager... et puis ça ne m'empêche pas de t'aimer... Regarde... je t'ai apporté cette cravate.

J'ouvris mon sac, en tirai la cravate et la lui tendis. Il la regarda et me demanda :

– Tu l'as volée ?

Ce n'était qu'une plaisanterie, et qui révélait en lui, je le compris plus tard, plus d'affection, peut-être qu'un remerciement chaleureux. Mais, au moment même, j'en eus le cœur percé. Mes yeux se remplirent de larmes et je balbutiai :

– Non, je l'ai achetée... au magasin en bas.

Il s'aperçut de mon humiliation et m'embrassa en me disant :

– Sotte ! Je disais ça pour rire. Du reste, elle me ferait plaisir même si tu l'avais volée. Davantage, peut-être...

– Attends que je te la mette ! lui dis-je, un peu consolée.

Il leva le menton, je lui ôtai sa vieille cravate, retournai son col et lui nouai la neuve.

– Cette vilaine cravate effilochée, je l'emporte ! lui dis-je. Tu ne dois plus la mettre !

En réalité, je voulais un souvenir de lui, quelque chose qu'il eût porté sur lui.

– Alors, nous nous verrons bientôt ? dit-il.

– Quand cela ?

– Demain, après le dîner.

– C'est bien !

Je lui pris la main et fis mine de la lui baiser. Il baissa le bras, mais ne put empêcher mes lèvres d'effleurer ses doigts. Rapidement, sans me retourner, je descendis l'escalier.

7

Après ce jour, je continuai ma vie habituelle. J'aimais réellement Jacques et, plus d'une fois, j'éprouvai le désir d'abandonner un métier tellement en opposition avec un véritable amour. Mais l'amour n'avait pas changé ma situation. Je me trouvais toujours au même point, c'est-à-dire sans argent, et dans l'impossibilité de gagner de l'argent d'une autre manière. Je ne voulais rien demander à Jacques, dont les ressources, du reste, étaient limitées, sa famille ne lui envoyant que les sommes nécessaires à son entretien. Je dois même dire ici que je me sentais continuellement le désir de payer pour lui dans tous les lieux où nous allions ensemble, cafés ou restaurants. Il refusait régulièrement mes offres, ce qui me donnait toutes les fois une désillusion et de l'amertume. Quand il finissait par ne plus avoir d'argent, il m'emmenait dans les jardins publics, et nous causions ensemble et regardions les passants, assis sur quelque banc, comme font les pauvres gens. Je lui dis un jour :

– Même si tu n'as pas d'argent, nous pouvons tout aussi bien aller dans un café; c'est moi qui paierai, qu'est-ce que ça peut te faire?

– Ce n'est pas possible.

– Mais pourquoi? Je voudrais aller boire quelque chose dans un café.

– Alors, vas-y seule.

En réalité, ce n'était pas tant d'aller au café qui m'importait que de payer pour lui. J'en avais un désir profond, tenace, lamentable. Plus encore que payer pour lui, j'aurais aimé lui donner directement l'argent, tout l'argent que je gagnais, au fur et à mesure que je le recevais de mes amants de passage. Il me semblait que ce serait pour moi la seule façon de lui prouver mon amour. Et je pensais aussi qu'en l'entretenant je le lierais à moi par un lien plus tenace que la simple affection. Une autre fois, je lui dis :

– Ça me ferait tellement plaisir de te donner de

l'argent... Et je suis sûre que toi aussi, ça te ferait plaisir de le recevoir.

Il se mit à rire et me répondit :

– Nos rapports, tout au moins en ce qui me regarde, ne sont pas fondés sur le plaisir.

– Et sur quoi, alors ?

Il hésita, puis répliqua :

– Sur ta volonté de m'aimer et sur ma faiblesse à l'égard de cette volonté... mais il n'est pas dit que ma faiblesse doive être sans limites.

– Que veux-tu dire ?

– C'est très simple, me répondit-il tranquillement. Je te l'ai expliqué bien des fois. Nous sommes ensemble parce que tu l'as voulu. Moi, au contraire, je ne l'ai pas voulu, et maintenant encore, en théorie tout au moins, je ne le voudrais pas.

– C'est bon, c'est bon, l'interrompis-je. Ne parlons pas de notre amour. J'ai tort de t'en entretenir !

Plusieurs fois, en pensant à son caractère, j'ai fini par conclure avec douleur qu'il ne m'aimait pas du tout et que je n'étais pour lui que l'objet de je ne sais quelle expérience. Réellement, il ne se préoccupait que de lui-même, mais, dans ces limites, son caractère se révélait extraordinairement compliqué. C'était, comme il me paraît l'avoir fait comprendre, le fils d'une famille provinciale aisée; un garçon délicat, intelligent, cultivé, bien élevé, sérieux. Sa famille, d'après le peu que je pus comprendre, car il n'aimait pas en parler, était exactement la famille où mes vains rêves de régularité m'eussent fait souhaiter naître. La famille traditionnelle : un père médecin, une mère encore jeune, qui vivait beaucoup à la maison et ne pensait qu'à son mari et à ses enfants, trois sœurs cadettes et un frère aîné. Il est vrai que le père, une autorité locale, était un touche-à-tout, la mère une bigote, les sœurs des jeunes filles plutôt frivoles, et le frère aîné un vrai polisson du genre de Jean-Charles. Mais ces défauts, somme toute, étaient très supportables et, pour moi, qui étais née dans une situation et au milieu de gens si différents, ce n'étaient même pas des défauts. Du reste, cette famille était très unie et tous, les frères et sœurs comme les parents, aimaient beaucoup Jacques.

Moi, j'avais l'impression qu'il avait bien de la chance d'être né dans une famille semblable. Or, au contraire, il nourrissait contre elle une aversion, une antipathie, un dégoût qui m'étaient réellement incompréhensibles. Il paraissait éprouver la même antipathie, la même aversion, le même dégoût pour lui-même, ce qu'il était et ce qu'il faisait. Mais cette haine de lui-même n'était sans doute qu'un reflet de sa haine pour sa famille. En d'autres termes, il semblait haïr en lui-même tout ce qui était resté attaché à sa famille ou avait subi, d'une manière ou d'une autre, l'influence du milieu familial. Je viens de dire qu'il était bien élevé, cultivé, intelligent, délicat, sérieux. Il méprisait son intelligence, sa bonne éducation, sa culture, sa délicatesse, son sérieux, uniquement parce qu'il soupçonnait qu'il les devait au milieu et à la famille dans lesquels il était né et avait été élevé.

— Mais, en somme, lui dis-je une fois, que voudrais-tu être ? Tout cela, ce sont de belles qualités... tu devrais remercier le ciel de les posséder.

— Bah ! répondit-il du bout des lèvres, pour ce à quoi ça me sert ! Pour mon compte, j'aurais préféré être comme Sonzogne.

L'histoire de Sonzogne l'avait beaucoup frappé, je ne sais pourquoi.

— Quelle horreur ! m'écriai-je. C'est un monstre ! Tu voudrais ressembler à un monstre ?

— Naturellement, je ne voudrais pas être en tout et pour tout comme Sonzogne, m'expliqua-t-il avec calme. Si j'ai nommé Sonzogne, c'est uniquement pour rendre ma pensée plus claire. Quoi qu'il en soit, Sonzogne est fait pour vivre dans ce monde, et moi non.

— Voudrais-tu savoir, lui dis-je alors, ce que j'aurais voulu être, moi ?

— Ecoutons.

— J'aurais voulu être, lui dis-je lentement, en savourant chacune de mes paroles dans chacune desquelles je sentais comme un rêve longtemps caressé, exactement ce que tu es toi et ce que tu es si fâché d'être...

J'aurais voulu naître dans une famille riche comme la tienne, qui m'aurait donné une bonne éducation... J'aurais voulu vivre dans une maison propre et belle comme la tienne... J'aurais voulu avoir, comme toi, de bons maîtres, des gouvernantes étrangères... J'aurais voulu passer, comme toi, l'été à la mer ou à la montagne... avoir de beaux vêtements, être invitée et recevoir... Et puis j'aurais voulu me marier avec quelqu'un qui m'eût aimée, un brave garçon qui aurait travaillé et aurait eu, lui aussi, de l'aisance... J'aurais voulu vivre avec lui et lui donner des enfants.

Nous parlions, étendus sur le lit. Tout à coup, comme cela lui arrivait souvent, il sauta sur moi, se mit à me serrer et à me houspiller et me dit plusieurs fois de suite :

– Hip ! hip ! hourra ! En somme, tu aurais voulu être comme Mme Lobianco ?

– Qui est Mme Lobianco ? lui demandai-je quelque peu froissée et déconcertée.

– Une épouvantable harpie qui m'invite souvent à ses réceptions, dans l'espoir que je m'éprenne d'une de ses horribles filles et l'épouse, parce que je suis ce que le langage mondain appelle un bon parti.

– Mais je ne voudrais pas du tout être comme Mme Lobianco.

– Tu aurais forcément été comme elle si tu avais eu toutes les choses que tu dis ! Elle aussi, Mme Lobianco, est née dans une famille riche qui lui a fait donner une excellente éducation, avec de bons maîtres et des gouvernantes étrangères, qui l'a envoyée au lycée et même, je crois, à l'Université. Elle aussi, a été élevée dans une maison propre et belle... Elle aussi, elle est allée à la mer ou à la montagne chaque été... Elle aussi a eu de belles robes, a été invitée et a fait des invitations... beaucoup d'invitations et beaucoup de réceptions... Elle aussi s'est mariée à un brave homme, l'ingénieur Lobianco, qui est un travailleur et qui « ramène » beaucoup d'argent à la maison... Enfin, elle a eu de ce mari, auquel je vais jusqu'à croire qu'elle a été fidèle, un bon nombre d'enfants, trois filles et un garçon pour préciser... Et ce n'en est pas moins, je viens de te le dire, une épouvantable harpie !

– Mais ce peut être une harpie... indépendamment de son milieu.

– Non, elle est harpie comme le sont ses amies et les amies de ses amies.

– C'est possible, dis-je en essayant de me dégager de sa sarcastique étreinte; chacun a son caractère. Il est possible que Mme Lobianco soit une harpie... mais moi, je suis sûre que, dans sa situation, j'aurais été très, très supérieure à ce que je suis.

– Tu n'aurais pas été moins horrible que Mme Lobianco.

– Pourquoi ?

– Comme ça !

– Voyons !... Ta famille aussi te paraît horrible ?

– Sans aucun doute ! absolument horrible !

– Alors, toi aussi, tu es horrible ?

– Je le suis dans tous les éléments qui me viennent de ma famille.

– Mais pourquoi ? Dis-moi pourquoi ?

– Comme ça !

– Ce n'est pas une réponse.

– C'est la réponse que te ferait Mme Lobianco si tu lui posais certaines questions.

– Quelles questions ?

– Il est inutile que je te les dise, répondit-il d'un ton léger. Pour les questions embarrassantes, un bon « comme ça », prononcé avec conviction, ferme la bouche aux plus curieux. « Comme ça !... Aucune raison... Comme ça ! »

– Je ne te comprends pas.

– Qu'importe que nous ne nous comprenions pas si nous nous aimons, comme cela est, n'est-ce pas ? conclut-il en m'embrassant avec son ironie habituelle, privée d'amour, au fond.

Et c'est ainsi que finit la discussion. De même qu'il ne s'abandonnait jamais complètement à un sentiment et paraissait toujours en garder une partie pour lui, peut-être la plus importante, de manière à ôter toute importance à ses rares élans d'affection, de même il ne m'ouvrait jamais entièrement son esprit et, chaque fois que je croyais arriver au centre de son intelligence, d'une plaisanterie, d'un geste burlesque, il me repoussait et se dérobait à mon attention. Il était véritablement fuyant, dans tous les sens du mot. Et il me traitait comme un être inférieur, une sorte d'objet d'expérience et d'étude. Mais peut-être était-ce précisément pour cela que je l'aimais d'une manière à ce point soumise et désarmée.

D'ailleurs, il me semblait parfois qu'il ne haïssait pas seulement sa famille et son milieu, mais réellement tous les hommes. Il remarqua un autre jour, je ne sais plus à quel propos :

– Les riches sont horribles... mais, bien que leurs motifs soient différents, les pauvres ne valent sûrement pas mieux !

– Tu aurais plus vite fait, lui dis-je, d'avouer franchement que tu détestes indifféremment tous les hommes.

Il se mit à rire et répondit :

– Abstraitement, quand je ne suis pas au milieu d'eux, je ne les déteste pas... je les déteste si peu que je crois à la possibilité de leur amélioration. Si je n'y croyais pas, je ne m'occuperais pas de politique. Mais, quand je me trouve avec eux, ils me font horreur... Réellement, les hommes ne valent rien, ajouta-t-il tout à coup avec douleur.

– Nous aussi, nous sommes des hommes, lui dis-je, par conséquent nous non plus, nous ne valons rien. Nous n'avons donc pas le droit de juger.

Il rit de nouveau et me répondit :

– Je ne les juge pas, je les sens ou, mieux, je les flaire, comme un chien flaire la piste d'une perdrix ou d'un lièvre... Est-ce qu'il juge, le chien ? Je les flaire mauvais, stupides, égoïstes, mesquins, vulgaires, faux, ignobles, pleins de malpropretés... Je les flaire, c'est un sentiment... Est-ce qu'on peut abolir un sentiment ?

Je ne savais que répondre. Je me bornai à lui faire observer :

– Moi, je n'ai pas ce sentiment.

Une autre fois, il me déclara :

— Du reste, que les hommes soient bons ou mauvais, je n'en sais rien, mais ils sont certainement inutiles, superflus !

— Qu'est-ce que tu veux dire ?

— Je veux dire qu'on pourrait très bien se passer de l'humanité tout entière... Ce n'est qu'une vilaine excroissance sur la face du monde... une verrue. Le monde serait beaucoup plus beau sans les hommes, leurs villes, leurs rues, leurs ports, leurs petits arrangements... Songe comme le monde serait beau s'il n'existait que le ciel, la mer, les arbres, la terre, les animaux.

Je ne pus m'empêcher de rire et m'écriai :

— Quelles bizarres idées tu as !

— L'humanité, continua-t-il, est une chose sans queue ni tête, et pourtant nettement négative... L'histoire de l'humanité n'est qu'un long bâillement d'ennui... Quel besoin en a-t-on ? Pour mon compte, je m'en passerais bien.

— Mais toi aussi, lui objectai-je, tu es compris dans cette humanité. Alors, tu te serais passé de toi-même ?

— De moi surtout !

Une autre de ses idées fixes, d'autant plus singulière qu'il ne tentait pas de la mettre en pratique et qu'elle ne servait qu'à lui gâter son plaisir, c'était celle de la chasteté. Il en faisait tout le temps l'éloge, mais particulièrement, comme pour me faire enrager, aussitôt après que nous venions de faire l'amour. Il disait que l'amour était la façon la plus sotte et la plus facile de se délivrer de tous les problèmes, en les faisant sortir en cachette, par le bas, sans que personne s'en aperçût, comme on fait sortir des hôtes embarrassants par la porte de service.

— Ensuite, déclarait-il, l'opération accomplie, on va se promener avec sa complice, femme ou maîtresse, merveilleusement disposés à accepter le monde tel qu'il est... fût-il le pire des mondes possibles.

— Je ne te comprends pas, lui dis-je.

— Pourtant, me répondit-il, ça, au moins, tu devrais le comprendre : est-ce que ce n'est pas ta spécialité ?

Je me sentis blessée et lui répliquai :

— Ma spécialité, comme tu dis, c'est de t'aimer.

Mais, si tu veux, nous ne ferons jamais plus l'amour, et je t'aimerai tout autant.

Il rit et me demanda :

– Tu en es bien sûre?

Ce jour-là, le débat n'eut pas de suite, mais il répéta la même chose à plusieurs reprises. A la fin, je n'y fis plus attention; j'acceptai la chose comme j'acceptais tant de traits de son caractère, rempli de contradictions.

Pour ce qui était de la politique, au contraire, à part quelques rares allusions, il ne m'en parlait jamais. Actuellement encore, je ne sais quel était son but, quelles étaient ses idées, à quel parti il adhérait. Cette ignorance vient en partie du secret dans lequel il laissait ce côté de sa vie, en partie du fait que je ne comprenais rien à la politique et que, mi-timidité, mi-indifférence, je ne lui demandais pas les explications susceptibles de m'éclairer. J'avais tort; Dieu sait si je m'en suis repentie par la suite! Mais il me semblait alors extrêmement commode de ne pas me mêler de choses que je considérais ne pas me regarder et de ne penser qu'à l'amour. En somme, je me comportais comme beaucoup d'autres femmes, épouses ou maîtresses, à qui il arrive d'ignorer comment leur homme gagne l'argent qu'il rapporte. Il m'advint plusieurs fois de rencontrer ses deux camarades, qu'il voyait presque tous les jours. Mais eux non plus ne parlaient pas de politique en ma présence : ils plaisantaient ou bien s'entretenaient de choses sans importance.

Pourtant, je ne parvenais pas à chasser de mon âme une appréhension constante, parce que je me rendais compte que tramer des complots contre le gouvernement était dangereux. Je craignais surtout que Jacques ne se laissât aller à quelque violence; dans mon ignorance, je ne parvenais pas à séparer l'idée de complot de l'idée des armes et du sang. Bien mieux, à ce propos, je me souviens d'un fait qui démontre que, quoique obscurément, je sentais le devoir d'intervenir pour déjouer les dangers qui le menaçaient. Je savais qu'il était interdit de porter des armes, que le port d'armes prohibées suffisait à faire emprisonner. D'autre part, on a vite fait de perdre la tête à certains moments; l'emploi de leurs armes a si souvent compromis des gens qui auraient été sauvés, sans leurs armes! Pour tous ces motifs, je pensais que le revolver dont Jacques était si fier, loin de lui être nécessaire, comme il le prétendait, serait extrêmement dangereux dans le cas où Jacques serait obligé d'en faire usage, voire dans celui où, tout simplement, on trouverait cette arme sur lui. Mais je n'osais pas lui en parler; d'ailleurs, je me rendais compte que c'eût été inutile. Je finis par décider d'agir en cachette. Il m'avait expliqué une fois comment fonctionnait l'arme. Un jour, pendant qu'il dormait, j'ôtai le revolver de la poche de son pantalon, retirai le chargeur, en arrachai les balles; après quoi, je refermai l'arme et la remis dans sa poche. Les balles, je les cachai dans un tiroir, sous du linge. Je fis tout cela en un clin d'œil et retournai dormir à son côté. Deux jours plus tard, je pris les balles dans mon sac et j'allai les jeter dans le Tibre.

Au cours d'une de ces journées, Astarite vint me trouver. Je l'avais presque oublié : quant à l'affaire de la femme de chambre, je considérais que j'avais fait tout mon devoir et ne voulais plus y penser. Astarite m'informa que le prêtre avait remis le poudrier au commissariat, qu'après cette restitution la propriétaire du poudrier, sur le conseil même du commissaire, avait retiré sa plainte, et que la femme de chambre, reconnue innocente, avait été libérée. Je dois reconnaître que cette nouvelle me fit surtout plaisir parce qu'elle dissipait l'impression de mauvais augure que m'avait laissée ma dernière confession. Je ne pensais pas à la femme de chambre désormais remise en liberté, mais à Jacques, et je me dis que, maintenant, puisque cette dénonciation que je redoutais n'avait pas eu lieu, je n'avais plus rien à craindre, ni pour moi ni pour lui. Dans mon transport, je ne pus m'empêcher d'embrasser Astarite.

— Cela te tenait tant à cœur que cette femme sortît de prison? observa-t-il avec une grimace soupçonneuse.

— Pour toi, lui dis-je hypocritement, qui envoies tous les jours d'un cœur léger Dieu sait combien d'innocents au bagne, cela peut paraître étrange! Mais, pour moi, c'était un vrai tourment.

– Je n'envoie personne au bagne, marmonna-t-il; je fais seulement mon devoir.

– Mais l'as-tu vu, le prêtre? lui demandai-je.

– Non, je ne l'ai pas vu... J'ai téléphoné... on m'a dit qu'effectivement le poudrier avait été remis par un prêtre qui l'avait reçu sous le secret de la confession... Alors, moi, j'ai recommandé de libérer la femme.

Je restai pensive sans savoir moi-même pourquoi. Puis je lui dis :

– Tu m'aimes réellement?

Ma question le troubla tout de suite. Il m'embrassa très fort et me répondit en balbutiant :

– Pourquoi me le demandes-tu? Désormais, tu devrais t'en rendre compte!

Il voulait m'embrasser. Je m'en défendis et lui répondis :

– Je te le demande parce que je voudrais savoir si tu m'aideras toujours... chaque fois que je t'en prierai, comme tu m'as aidée cette fois-ci.

– Toujours, dit-il, en tremblant de tout son corps.

Puis, approchant son visage du mien :

– Mais toi, tu seras gentille avec moi?

Maintenant que Jacques était revenu, j'avais fermement décidé de ne plus avoir jamais affaire avec Astarite. Il était différent de mes amants de passage habituels; bien que je ne l'aimasse pas et que, même, à certains moments, j'éprouvasse pour lui une réelle aversion, justement pour cela, peut-être, il me semblait que me donner à lui eût été tromper Jacques. Je fus tentée de lui avouer la vérité et de lui déclarer : « Non, je ne serai plus jamais gentille avec toi! » mais, brusquement, je me retins et changeai d'idée. Je songeai qu'il était puissant, que, tous les jours, Jacques pouvait être arrêté, que, si je voulais qu'Astarite intervînt pour le faire relaxer, il ne fallait pas le fâcher. Je me résignai et lui dis, dans un souffle :

– Oui, je serai gentille avec toi.

– Dis-moi, me demanda-t-il, ragaillardi. Dis-moi : est-ce que tu m'aimes un peu?

– Non, pour ce qui est de t'aimer, non! lui dis-je avec décision. Cela, tu le sais; je te l'ai déjà dit bien des fois.

– Et tu ne m'aimeras jamais ?

– Je crois que non.

– Mais pourquoi ?

– Il n'y a pas de pourquoi.

– Tu en aimes un autre.

– Ça n'a rien qui puisse t'intéresser.

– Mais, moi, j'ai besoin de ton amour! me dit-il, désespéré, en me regardant de ses yeux bilieux. Pourquoi... pourquoi ne veux-tu pas m'aimer un peu ?

Ce jour-là, je lui permis de rester avec moi tard dans la nuit. Il ne pouvait pas se consoler de l'impossibilité où j'étais de l'aimer et ne semblait pas convaincu que je lui disais la vérité.

– Mais je ne suis pas plus mal qu'un autre, me répétait-il; pourquoi ne pourrais-tu pas m'aimer plutôt qu'un autre ?

Réellement, il me faisait pitié; comme il m'interrogeait avec insistance sur mes sentiments pour lui et s'efforçait de trouver dans mes paroles un prétexte à quelque espérance, j'éprouvai presque la tentation de lui mentir, afin de lui laisser cette illusion à laquelle il tenait tant. Je remarquai que, cette nuit-là, il était plus mélancolique et plus découragé que d'habitude. Il semblait vouloir susciter en moi, de l'extérieur, par ses gestes et ses attitudes, l'amour que mon cœur lui refusait. Je me souviens qu'à un certain moment il me fit asseoir nue dans un fauteuil. Il s'agenouilla devant moi, mit sa tête entre mes genoux, écrasa son visage contre mon ventre et resta longtemps immobile, tandis que je devais lui passer et lui repasser la main sur la tête, en une caresse incessante et légère. Ce n'était pas la première fois qu'il m'obligeait à cette sorte de pantomime d'amour; mais, ce jour-là, il me parut plus désespéré que d'habitude. Il appuyait fortement son visage contre mon giron, comme s'il eût voulu y entrer, y être englouti, et il gémissait. Dans ces moments, il ne me faisait plus l'effet d'un amant, mais d'un enfant cherchant le noir et la chaleur des entrailles maternelles. Je pensai que beaucoup d'hommes voudraient n'être pas nés, et que ce geste, peut-être inconscient, devait exprimer son désir obscur d'être repris dans les viscères ténébreuses d'où il avait douloureusement jailli à la lumière.

Cette nuit-là, sa génuflexion dura si longtemps que le sommeil me prit; la tête renversée sur le dossier du fauteuil et la main posée sur sa tête, je m'endormis. Je sommeillai je ne sais combien de temps. A un certain moment, j'eus l'impression que je me réveillais et que j'entrevoyais Astarite non plus agenouillé à mes pieds, mais assis devant moi tout habillé et me regardant, avec ses yeux bilieux et mélancoliques. Mais peut-être bien fut-ce un rêve ou même une hallucination. Le fait est que, tout à coup, je me réveillai pour de bon et m'aperçus qu'Astarite était parti, laissant sur moi la somme d'argent habituelle, là où il avait appuyé son visage.

Ensuite il y eut une quinzaine qui compte pour la plus heureuse de ma vie. Je voyais Jacques presque tous les jours et, bien que nos rapports n'eussent pas changé, je me contentais de cette sorte d'accoutumance dans laquelle il semblait que nous eussions trouvé un point d'accord. Tacitement, il était entendu entre nous qu'il ne m'aimait pas, qu'il ne m'aimerait pas et que, de toute façon, il préférerait toujours la chasteté à l'amour. Tacitement, de même, il était convenu que, moi, je l'aimais, que je l'aimerais toujours en dépit de son indifférence et que, de toute façon, j'aimais mieux un amour incomplet et vacillant, comme celui-là, qu'aucun amour. Moi, je ne suis pas faite comme Astarite : me résignant à ne pas être aimée, je n'en trouvais pas moins un très grand plaisir à aimer. Je ne saurais jurer qu'au fond de mon cœur l'espoir ne sommeillait pas de me faire aimer de Jacques à force de soumission, de patience et d'affection. Mais je ne caressais pas du tout cette aspiration; elle était, bien plus qu'autre chose, le condiment, légèrement amer, de délices incertaines et durement gagnées.

Néanmoins, sans avoir l'air de rien, je tâchais de pénétrer dans sa vie. N'y pouvant pas entrer par la grande porte, je m'efforçais de m'y faufiler par la porte de service. En dépit de cette haine des hommes qu'il proclamait et, je crois, éprouvait, il ressentait, par une curieuse contradiction, une impulsion indomptable à prêcher et à s'efforcer de faire ce qu'il considérait le bien des gens. Presque toujours arrêté par de brusques repentirs, du sarcasme et du dégoût, il n'en était pas moins sincère. Ce fut à cette époque qu'il parut se passionner pour ce qu'il appelait, non sans une pointe d'ironie, mon éducation. Comme je l'ai dit, je cherchais à me l'attacher; aussi favorisai-je son inclination. Cette expérience, pourtant, prit fin presque tout de suite d'une manière qu'il n'est pas inutile de relater. Il vint me trouver plusieurs soirs de suite en m'apportant certains de ses livres et, après m'avoir brièvement expliqué de quoi il s'agissait, me lut un morceau ou un autre. Il lisait bien, avec une grande variété d'intonations, selon le sujet, et avec une ferveur qui lui rougissait le visage et communiquait à tous ses traits une animation insolite. Mais ce qu'il lisait le plus souvent, c'étaient des choses qu'en dépit de mes efforts, je n'arrivais pas à comprendre. Bien vite, je cessai de l'écouter, me contentant d'observer, avec un plaisir qui ne s'épuisait jamais, les diverses expressions que prenait son visage. Réellement, au cours de ces lectures, il se livrait complètement, sans crainte et sans ironie, comme quelqu'un qui se trouve dans son élément et ne craint plus de se montrer sincère. Cela me frappa parce que, jusqu'alors, j'avais pensé que c'était l'amour et non la lecture, la situation la plus favorable à l'expansion de l'âme humaine. Pour Jacques, il semblait bien que ce fût le contraire. Certainement, je ne lui vis jamais sur le visage autant d'enthousiasme, autant de candeur, même dans ses rares moments de sincère affection pour moi, que lorsqu'il élevait la voix avec de curieuses intonations caverneuses ou l'abaissait d'un ton réfléchi pour me déclamer ses auteurs préférés. Je voyais alors complètement disparaître cet air affecté, théâtral et burlesque, qui ne l'abandonnait jamais tout à fait, même dans ses moments les plus sérieux, et qui donnait l'impression qu'il jouait constamment un rôle extérieur à lui et fixé d'avance. Il arriva même plusieurs fois que ses yeux se remplirent de larmes. Il refermait son livre et me demandait d'un ton brusque :

– Tu aimes ça ?

Généralement, je répondais que j'aimais ça sans spécifier les raisons de mon plaisir; je n'aurais pu le faire car, je l'ai dit, dès le début, j'abandonnai toute tentative de saisir une matière obscure. Mais, un jour, il insista et me demanda :

– Dis-moi pourquoi ça t'a plu... explique-toi !

– A vrai dire, lui répondis-je après un instant d'hésitation, je ne peux rien t'expliquer parce que je n'ai rien compris.

– Pourquoi ne me l'as-tu pas dit ?

– Je ne comprends rien... ou presque rien, de tout ce que tu me lis.

– Et tu me laisses lire sans m'en avertir !

– Je voyais que ça te faisait plaisir de lire, et je ne voulais pas te gâcher ton plaisir. Du reste, cela ne m'a jamais ennuyée... tu es très gentil à regarder quand tu lis !

Il sauta sur ses pieds, furieux.

– Diable ! Mais tu es idiote, stupide !... Et moi qui m'époumone... Tu n'es qu'une crétine !

Il fit mine de me lancer le livre à la tête, mais se contint à temps et continua de m'injurier ainsi pendant un bon moment. Je laissai passer sa colère et lui fis observer :

– Tu dis que tu veux faire mon éducation... mais, la première chose, ce serait d'agir de telle sorte que je n'aie plus à gagner ma vie de la manière que tu sais. Pour aguicher les hommes, je n'ai vraiment pas besoin de lire des poésies ou des réflexions sur la morale. Je pourrais bien ne pas savoir lire ni écrire; ils me paieraient le même prix.

Il me répondit d'un ton sarcastique :

– Tu voudrais une belle maison, un mari, des enfants, des robes, une voiture, n'est-ce pas ? Le malheur, c'est que les Mme Lobianco ne lisent pas. Leurs motifs sont différents des tiens, mais non moins justifiables, à ce qu'il semble.

— Je ne sais pas ce que je voudrais, répondis-je, un peu irritée; mais ces livres conviennent à une condition différente de la mienne. C'est comme si tu faisais cadeau d'un chapeau de grand prix à une mendiante et que tu voulusses qu'elle le portât avec ses haillons habituels!

— C'est possible, me dit-il; mais, moi, c'est bien la dernière fois que je te lis une ligne!

Je raconte cette escarmouche parce qu'elle me semble caractéristique de sa manière de penser et d'agir. Je doute, d'ailleurs, qu'il eût continué son œuvre éducative même si je ne lui avais pas avoué mon incompréhension. Non pas tant qu'il fût inconstant, mais il avait une singulière incapacité — qu'on pourrait appeler physique — à soutenir un effort quelconque exigeant un enthousiasme continuel et sincère. Il ne m'en parla jamais d'une manière explicite, mais je compris bien que, souvent, cette atmosphère de comédie que créaient ses paroles correspondait à une disposition effective de son esprit. En somme, il lui arrivait de s'enflammer pour un objectif quelconque et, tant que durait le feu de son enthousiasme, de voir cette fin comme une chose concrète et possible. Puis, tout à coup, le feu s'éteignait pour ne plus lui laisser qu'ennui, dégoût et, surtout, un sentiment total d'absurdité. Dans ce cas, ou bien il se laissait aller à une sorte de veule et pâle indifférence, ou bien il agissait d'une manière extérieure et conventionnelle, comme si ce feu n'était pas éteint — et alors il feignait. Il m'est difficile d'expliquer ce qui lui arrivait dans ces conjonctures : probablement un brusque arrêt de vitalité, comme si, tout à coup, la chaleur du sang eût quitté son esprit, n'y laissant subsister qu'aridité et vide. C'était une interruption subite, imprévisible, totale, comparable à celle d'un courant électrique s'arrêtant brusquement et plongeant dans le noir une maison fastueusement illuminée une minute avant, ou à celle d'un moteur dont les engrenages s'arrêtent l'un après l'autre, et qui reste immobile parce que, tout à coup, l'énergie leur manque. Ces intermittences de sa vitalité la plus profonde, je les découvris tout d'abord dans l'alternance, fréquente chez lui, d'états d'enthousiasme et d'ardeur avec d'autres états d'apathie et d'inertie; mais je finis par en avoir l'entière révélation à l'occasion d'un incident curieux auquel je n'attribuai pas, tout d'abord, une grande importance, mais qui, plus tard, me sembla significatif. Il me demanda un jour, d'une manière inattendue :

– Aimerais-tu faire quelque chose pour nous ?

– Qui, « nous » ?

– Pour notre groupe. Par exemple, nous aider à répandre des tracts.

J'étais toujours aux aguets de tout ce qui pouvait me rapprocher de lui et renforcer nos liens. Je lui répondis sincèrement :

– Certainement ! Dis-moi ce que je dois faire, et je le ferai.

– Tu n'as pas peur ?

– Pourquoi devrais-je avoir peur ? Du moment que tu le fais, toi...

– Oui, dit-il; mais, auparavant, il faut que je t'explique de quoi il s'agit. Il faut d'abord que tu connaisses les idées pour lesquelles tu t'exposes à des risques.

– Eh bien ! explique-les-moi.

– Mais elles ne t'intéresseront pas.

– Pourquoi ? D'abord, elles m'intéresseront certainement. Et puis tout ce que tu fais m'intéresse, ne serait-ce que parce que tu le fais.

Il me regardait. Brusquement, d'une manière inattendue, ses yeux scintillèrent et sa figure s'enflamma.

– C'est bon, me dit-il hâtivement; aujourd'hui, il est trop tard... mais demain je t'expliquerai tout... de vive voix, puisque les livres t'ennuient. Mais fais attention que ce sera long et qu'il te faudra m'écouter et me suivre même si tu as parfois l'impression de ne pas comprendre.

– Je tâcherai de comprendre, lui dis-je.

– Tu dois comprendre, répondit-il comme se parlant à lui-même.

Et il me quitta.

Le lendemain, je l'attendis, mais il ne vint pas. Il vint

deux jours plus tard. Une fois dans ma chambre, il s'assit sans mot dire sur le fauteuil, au pied du lit :

– Alors, lui dis-je joyeusement, me voici prête. Je t'écoute!

J'avais noté son visage abattu, ses yeux ternes; toute son attitude semblait, en quelque sorte, éteinte et flétrie; mais je ne voulais pas en tenir compte. Il finit par me répondre :

– Il est inutile que tu écoutes, parce que tu n'auras rien à entendre.

– Pourquoi?

– C'est comme ça!

– Dis-moi la vérité, protestai-je. Tu me crois trop stupide ou trop ignorante pour comprendre certaines choses? Je te remercie.

– Non, me répondit-il gravement, tu te trompes.

– Alors, pourquoi?

Nous continuâmes quelque temps, moi à insister pour savoir, et lui à se défendre. Il finit par me dire :

– Tu veux savoir pourquoi? Eh bien! parce que, moi-même, je ne pourrais pas t'exposer ces idées aujourd'hui.

– Mais comment cela, puisque tu y penses continuellement?

– J'y pense continuellement, c'est vrai; mais, depuis hier soir, et pour Dieu sait combien de temps encore, ces idées ne sont plus claires dans mon esprit : bien mieux, je n'y comprends plus rien.

– Allons donc!

– Essaie de me comprendre, me dit-il. Il y a deux jours, quand je t'ai proposé de travailler pour nous, si je t'avais tout de suite exposé ces idées, je suis sûr, non seulement que je l'aurais fait avec rigueur, clarté et conviction, mais encore que tu les aurais parfaitement comprises. Aujourd'hui, au contraire, je pourrais peut-être remuer les lèvres et la langue pour prononcer des paroles données, mais ce serait un fait mécanique auquel je ne participerais pas du tout. Aujourd'hui, conclut-il en scandant ses mots, je n'y comprends plus rien.

– Tu n'y comprends plus rien?

— Non, je n'y comprends plus rien : idées, concepts, faits, souvenirs, convictions, tout s'est transformé pour moi en une espèce de bouillie... cette bouillie me remplit la tête, toute la tête (il se frappa le front du bout des doigts)... et cela me dégoûte comme si c'étaient des excréments !

Je le regardais, incertaine et incompréhensive. Un frisson d'exaspération sembla lui passer dans le corps.

— Essaie de me comprendre, répéta-t-il. Non seulement les idées mais, aujourd'hui, toute chose écrite, dite ou pensée est incompréhensible pour moi... absurde... Par exemple, sais-tu le Notre Père ?

— Oui.

— Eh bien ! récite-le.

— Notre Père qui êtes aux Cieux... commençai-je.

— Ça suffit ! m'interrompit-il. Maintenant, réfléchis un peu de combien de manières on a récité cette prière au cours des siècles, avec quelle variété de sentiments. Eh bien ! moi, je ne la comprends d'aucune manière, absolument pas... Tu pourrais la réciter à l'envers, pour moi ce serait la même chose.

Il se tut un moment, puis continua :

— Ce ne sont pas seulement les mots qui me font cet effet, mais même les choses, les personnes. Tu es à côté de moi, assise sur le bras du fauteuil; tu crois peut-être que je te vois ? Mais je ne te vois pas, parce que je ne te comprends pas. Je peux te toucher, je ne te comprendrai pas davantage. Tu vois, je te touche — il secoua mon peignoir, ce qui découvrit ma poitrine —, je touche ton sein, j'en sens la forme, la tiédeur, le contour; je vois sa couleur, son relief... mais je ne comprends pas ce que c'est. Je me dis : voilà un objet rond, chaud et moelleux... qui sert à allaiter... qu'on a plaisir à caresser... mais je n'y comprends rien... Je me dis qu'il est beau, qu'il devrait m'inspirer du désir, mais ça n'empêche pas que je n'y comprends rien. Tu saisis, maintenant ? répéta-t-il, furieux, en me serrant si bien le sein que je ne pus refréner un cri de douleur.

Il me lâcha tout de suite et remarqua au bout d'un instant, en ayant l'air de réfléchir :

— C'est probablement ce genre d'incompréhension

qui pousse tant de gens à la cruauté. Ils cherchent à retrouver le contact de la réalité dans la douleur des autres.

Il y eut un moment de silence, puis je dis :

– Si c'est vrai, alors comment t'arranges-tu quand tu dois faire certaines choses ?

– Par exemple ?

– Je ne sais pas. Tu me dis que tu distribues des tracts, que tu en rédiges toi-même. Si tu n'y crois pas, comment fais-tu pour les rédiger et pour les distribuer ?

Il eut un grand éclat de rire sarcastique.

– Je fais comme si j'y croyais, dit-il.

– Mais c'est impossible.

– Comment, c'est impossible ? Presque tout le monde fait comme ça. Sauf pour ce qui est de manger, de boire, de dormir et de faire l'amour, presque tous font les choses comme s'ils y croyaient... Tu ne t'en es pas encore aperçue ?

Il riait nerveusement.

– Moi, non, lui répondis-je.

– Toi, non, me dit-il d'une manière presque offensante, précisément parce que tu te bornes à manger, à boire, à dormir et à faire l'amour chaque fois que tu en as envie. Pour toutes ces choses-là, il ne semble pas qu'il soit nécessaire de simuler. C'est beaucoup, mais c'est aussi bien peu !

Il riait. Il m'appliqua brusquement une grande claque sur la cuisse, puis me prit dans ses bras, comme il faisait souvent, pour le plaisir de me serrer et de me secouer en répétant sans arrêt :

– Tu ne sais donc pas que notre monde est le monde du « comme si » ? Tu ne sais donc pas qu'en ce monde, depuis le roi jusqu'au mendiant, tout le monde se comporte « comme si » ?... Le monde du « comme si », du « comme si », du « comme si » !

Je le laissai faire parce que je savais que, dans ces moments-là, mieux valait ne pas se vexer, ne pas protester, mais attendre que ça lui passât. Je finis pourtant par lui dire, avec une certaine fermeté :

— Je t'aime. C'est l'unique chose que je sache, et ça me suffit.

Il se calma tout à coup et me répondit simplement :

— Tu as raison.

La soirée s'acheva comme d'habitude sans que nous reparlions ni de politique ni de son incapacité à en traiter.

Une seule fois, après beaucoup de réflexions, je conclus qu'il était possible que les choses fussent comme il disait; mais qu'il était infiniment plus probable qu'il ne me parlait pas de politique parce qu'il pensait que je ne pouvais pas le comprendre et peut-être aussi parce qu'il craignait que je pusse le compromettre par quelque indiscrétion. Non que j'imaginasse qu'il mentait; je savais par expérience qu'il peut arriver à tous d'avoir des jours où le monde entier semble voler en éclats, où, comme il le disait, on ne comprend plus rien, même le Notre Père. Moi aussi, quand je n'allais pas bien ou quand j'avais quelque motif de mauvaise humeur, il m'était arrivé d'éprouver à peu près les mêmes impressions d'ennui, de dégoût et de stupeur. Mais, évidemment, dans son refus de me faire participer à sa vie la plus secrète, il devait y avoir quelque autre motif : un manque de confiance, comme je l'ai dit, soit dans mon intelligence, soit dans ma discrétion. Par la suite, j'ai compris, trop tard, que je me trompais et que, pour lui, que ce fût l'inexpérience de son âge, que ce fût une faiblesse de caractère, ces états morbides prenaient une importance particulière.

A ce moment-là, je pensai que je devais m'effacer et ne pas l'importuner de ma curiosité. Et c'est ce que je fis.

8

Je ne sais pourquoi, je me rappelle très bien le temps qu'il faisait ces jours-là. Février, qui avait été froid et pluvieux, était fini; avec mars, ç'avaient été les premières journées douces. Un réseau serré de fins nuages blancs voilait entièrement le ciel, éblouissant les yeux dès qu'on quittait l'ombre de la maison pour sortir dans la rue. L'air était doux, mais encore tout endolori des rigueurs de l'hiver. Je marchais avec plaisir et stupeur dans cet air meurtri, maigre et somnolent. De temps en temps, il m'arrivait de ralentir le pas et de fermer les yeux, ou bien de m'arrêter, béate, à contempler les choses les plus insignifiantes : un chat blanc et noir qui se lissait les poils dans l'ombre d'une porte, une branche de laurier-rose qui pendait, cassée par le vent, mais qui fleurirait peut-être quand même, une touffe d'herbe verte poussée entre les dalles d'un trottoir. La mousse que la pluie des mois précédents avait laissée aux soubassements des maisons m'inspirait un grand sentiment de tranquillité et de confiance. Je pensais que si ce beau velours, couleur d'émeraude, pouvait pousser dans une si mince bande d'humus, ma vie — qui n'avait pas de racines plus profondes et se contentait, pour végéter, de très peu d'aliments, véritable moisissure, elle aussi, au pied d'un bâtiment — avait quelque probabilité de continuer et de fleurir. J'étais convaincue que toutes les désagréables aventures des derniers temps étaient définitivement finies, que je ne reverrais plus Sonzogne, n'entendrais plus parler de ses crimes et que, désormais, je pourrais jouir en paix de ma liaison avec Jacques. Cette idée me donna l'impression de sentir pour la première fois la vraie saveur de la vie, faite d'ennui doux, d'espoir et de disponibilité.

Je commençai même d'envisager la possibilité de changer d'existence. Au fond, mon amour pour Jacques me détachait des autres hommes, de sorte que mes rencontres de hasard avaient perdu jusqu'à l'aiguillon de la curiosité et de la sensualité. Mais je pensais qu'une vie en vaut une autre, qu'il est inutile de s'évertuer à en changer, que je n'en changerais que lorsque, sans heurts et sans coupures, par la force des choses et non de propos délibéré, je me trouverais des habitudes, des sentiments et des intérêts nouveaux, et serais totalement différente de ce que j'avais été auparavant. Je ne voyais pas d'autre manière de changer d'existence; car je ne me sentais, pour le moment, aucune envie d'augmenter ni d'améliorer matériellement ma condition et n'avais pas l'impression qu'en transformant ma vie je me serais le moins du monde améliorée moi-même.

Un jour, je fis part à Jacques de ces réflexions. Il m'écouta attentivement, puis me fit observer :

– Tu me sembles te contredire. Ne dis-tu pas toujours que tu voudrais être riche, posséder une belle maison, avoir un mari et des enfants ? Ce sont des choses légitimes; et il est encore possible que tu les obtiennes, mais tu ne les obtiendras jamais si tu raisonnes de cette façon.

– Je n'ai pas dit que je voudrais, mais que j'aurais voulu... lui répondis-je. C'est-à-dire que si j'avais pu choisir avant de naître je n'aurais sûrement pas choisi d'être ce que je suis. Mais je suis née dans cette maison-ci, de cette mère-là, dans cette situation-là, et après tout, je suis celle que je suis.

– A savoir ?

Il me paraît absurde de désirer être autre. Je désirerais être autre uniquement si, en devenant autre, je pouvais continuer d'être moi-même... c'est-à-dire si je pouvais réellement jouir de mon changement. Mais être autre pour le plaisir d'être autre, cela n'en vaut pas la peine.

– Cela vaut toujours la peine, remarqua-t-il du bout des lèvres. Sinon pour toi, pour les autres.

– Et puis, continuai-je sans relever son interruption, ce qui compte, ce sont les faits. T'imagines-tu que je n'aurais pas pu trouver, comme Gisèle, un amant riche ? Ou même me faire épouser ? Si je ne l'ai pas fait, c'est signe qu'au fond, malgré tous mes bavardages, je ne le désirais pas véritablement.

– C'est moi qui t'épouserai, dit-il plaisamment, en m'embrassant. Moi, je suis riche. A la mort de grand-mère, qui ne peut pas tarder beaucoup, j'hériterai de tas d'hectares de terre, d'une villa à la campagne et d'un appartement en ville. Nous monterons notre ménage comme il faut, tu inviteras les dames du voisinage à jours fixes, nous aurons une cuisinière, une femme de chambre, un cabriolet ou une automobile, nous découvrirons par la même occasion que nous sommes nobles et nous nous ferons appeler comtes ou marquis.

— Avec toi, on ne peut jamais parler sérieusement; tu plaisantes toujours ! lui dis-je en le repoussant.

Au cours d'un de ces après-midi, j'allai au cinéma avec Jacques. Au retour, nous montâmes dans un tram très plein. Jacques devait rentrer à la maison avec moi, et nous devions dîner au petit restaurant des fortifications. Il prit nos billets et se fraya un passage au milieu des gens qui encombraient le trottoir du tram. Je voulais le suivre, mais un remous me le fit perdre de vue. Tandis que, serrée contre un siège, je le cherchais du regard, je me sentis toucher la main. Je baissai les yeux. Alors je vis Sonzogne, assis au-dessous de moi.

J'eus le souffle coupé. Je me sentis pâlir et changer d'expression. Il me regardait avec son intolérable fixité. Se levant à demi, il me dit entre ses dents :

— Tu veux t'asseoir ?

— Merci, balbutiai-je, je descends dans un instant.

— Assieds-toi tout de même !

— Merci, répétai-je en m'asseyant.

Si je ne m'étais pas assise, peut-être bien me serais-je évanouie.

Il resta debout devant moi comme pour me surveiller, tenant d'une main mon siège et de l'autre celui qui était devant moi. Il n'avait pas du tout changé; il portait toujours le même imperméable serré à la ceinture, et sa mâchoire avait toujours le même frétillement mécanique. Je fermai les yeux et, pendant un moment, tâchai de ramener un peu d'ordre dans mes pensées. Je me souvins de ma confession et pensai que si, comme je le redoutais, le prêtre avait parlé, ma vie ne pesait pas lourd.

Cette idée ne me fit pas peur. Mais lui, debout près de moi, lui me faisait peur, certes, ou plus exactement, me fascinait, me subjuguait. Je sentais que je ne pouvais rien lui refuser; qu'entre lui et moi il y avait un lien, non pas d'amour, assurément, mais peut-être plus fort que celui qui m'unissait à Jacques. Lui aussi devait le savoir d'instinct; aussi se comportait-il en maître.

– Allons chez toi ! me dit-il au bout d'un instant.

Moi, sans hésiter, je répondis docilement :

– Comme tu voudras !

Jacques s'approcha après s'être dégagé avec beaucoup de peine de la foule qui l'entourait. Sans dire un mot, il vint se mettre juste à côté de Sonzogne en accrochant sa main au même siège que lui; bien mieux, ses longs doigts maigres effleuraient les doigts courts et trapus de Sonzogne. Une secousse du tram les jeta l'un contre l'autre, et Jacques s'excusa poliment auprès de Sonzogne de l'avoir heurté. Je commençais à souffrir de les voir l'un à côté de l'autre, si près l'un de l'autre et si ignorants l'un de l'autre; et, tout à coup, je dis à Jacques, en me tournant ostensiblement vers lui, de façon que Sonzogne ne pût croire que c'était à lui que je parlais :

– Regarde ! je me rappelle à présent que j'ai donné rendez-vous à quelqu'un ce soir; il vaut mieux que nous nous quittions.

– Si tu veux, je t'accompagne chez toi.

– Non, cette personne m'attend à l'arrêt du tram.

Ce n'était pas une innovation. Je continuais, comme je l'ai dit, d'amener des hommes chez moi, et Jacques le savait.

– Comme tu voudras, me dit-il tranquillement... Alors, nous nous verrons demain.

Je lui fis, des yeux, un signe d'assentiment et je le perdis de vue au milieu de la foule du tram.

Pendant un moment, tout en le regardant s'éloigner au milieu des voyageurs, je fus prise d'un désespoir véhément. Je pensai – sans savoir pourquoi – que c'était la dernière fois que je le voyais.

– Adieu, murmurai-je en moi-même en le suivant des yeux. Adieu, mon amour.

J'aurais voulu lui crier de s'arrêter, de revenir sur ses pas, mais aucun son ne sortit de ma bouche. Le tram s'arrêta, et j'eus l'impression de le voir descendre. Le tram repartit.

Ni Sonzogne ni moi n'ouvrîmes la bouche pendant

tout le trajet. Je me calmais et me disais qu'il n'était pas possible que le prêtre eût parlé. D'autre part, en y réfléchissant, je ne regrettais pas trop d'avoir rencontré Sonzogne. Cela me permettrait de me délivrer une fois pour toutes de mes derniers soupçons au sujet de ma confession.

Quand l'arrêt vint, je me levai, descendis du tram et fis quelques pas sans me retourner. Sonzogne marchait à côté de moi : il suffisait que je tourne un peu la tête pour l'apercevoir.

– Que veux-tu de moi ? Pourquoi reviens-tu ? finis-je par lui dire.

– C'est toi-même qui m'avais dit de revenir, me répondit-il avec quelque stupeur.

C'était vrai; dans ma peur, je l'avais oublié. Il s'approcha de moi et me prit par le bras, qu'il me serra très fort comme pour me soutenir. Malgré moi, je me mis à trembler de tout mon corps.

– Qui était cet homme ? me demanda-t-il.

– Un de mes amis.

– Et Gino ? Tu l'as revu ?

– Jamais.

Il regarda à la dérobée tout autour de lui.

– Je ne sais pourquoi, dit-il, depuis quelque temps, j'ai l'impression qu'on me suit. Il n'y a que deux personnes qui peuvent m'avoir vendu : Gino et toi.

– Pourquoi Gino ? demandai-je du bout des lèvres.

Mais mon cœur se mit à battre à grands coups.

– Il savait que je devais porter l'objet à cet orfèvre... je lui avais même dit son nom... Il ne sait pas de façon précise que c'est moi qui l'ai tué, mais il peut très bien le deviner.

– Gino n'a pas intérêt à te dénoncer; il se vendrait en même temps lui aussi.

– C'est bien ce que je pense, me dit-il entre ses dents.

– Quant à moi, continuai-je de ma voix la plus tranquille, tu peux être sûr que je n'ai rien dit... je ne suis pas une imbécile... je me ferais coffrer, moi aussi.

– Je l'espère pour toi ! me dit-il d'un ton menaçant.

Puis il ajouta :

– Gino, je l'ai revu un moment... Il m'a dit en plaisantant qu'il savait bien des choses. Je ne me sens pas tranquille... c'est une charogne.

– Ce soir-là, tu l'as vilainement traité; sûrement qu'à présent il te hait, lui dis-je.

Et je me sentis, en parlant, un vague espoir que Gino l'eût vraiment dénoncé.

– Ç'a été un beau coup ! déclara-t-il avec une sombre vanité. La main m'a fait mal pendant deux jours !

– Gino ne te dénoncera pas, dis-je en manière de conclusion. Ce n'est pas son intérêt; et puis il a trop peur de toi.

Nous parlions d'une voix sourde, en marchant l'un à côté de l'autre, sans nous regarder. C'était le crépuscule; une brume bleutée enveloppait les fortifications noiraudes, les ramures blanches des platanes, les maisons jaunâtres, la perspective lointaine du boulevard. Quand nous arrivâmes à ma porte, j'éprouvai, pour la première fois, l'impression précise que je trompais Jacques. J'aurais voulu me donner l'illusion que Sonzogne était un homme quelconque parmi tant d'autres; mais je savais que ce n'était pas vrai. J'entrai dans le vestibule, poussai la porte et là, arrêtée dans le noir, je me tournai vers Sonzogne et lui déclarai :

– Regarde... il vaut mieux que tu t'en ailles.

– Pourquoi ?

Malgré la peur qu'il m'inspirait, je voulus lui dire toute la vérité :

Parce que j'en aime un autre et que je ne veux pas le tromper.

– Qui ? Celui qui était avec toi dans le tram ?

– Non, un autre... tu ne le connais pas. Mais maintenant fais-moi le plaisir de me laisser et de t'en aller.

– Et si je ne voulais pas ?

– Tu ne comprends donc pas qu'il y a des choses qu'on ne peut pas obtenir par la force ? commençai-je.

Mais je ne pus achever. Je ne sais comment, sans que l'obscurité me permît de voir ni lui ni son geste, je reçus en pleine figure un terrible soufflet.

– Marche ! me dit-il.

Tête basse, je me dirigeai rapidement vers l'escalier.

Il m'avait empoignée de nouveau par le bras et me soutenait à chaque marche; on eût dit qu'il me soulevait de terre et me faisait voler. La joue me brûlait mais, surtout, j'avais l'effrayant sentiment d'un funeste présage. Ce soufflet, je le sentais, coupait le rythme heureux de cette dernière période : les difficultés et les épouvantes recommençaient pour moi. Je fus prise d'un grand désespoir et décidai sur-le-champ d'échapper au sort que j'entrevoyais. Je quitterais la maison le jour même; j'irais me réfugier ailleurs, chez Gisèle ou dans quelque chambre meublée.

Je songeais à cela avec une telle intensité que je ne m'aperçus même pas que j'entrais dans l'appartement en passant par le corridor et pénétrai ainsi dans ma chambre. Je me trouvai – j'allais presque dire je me réveillai – assise au bord de mon lit, tandis que Sonzogne, avec ses gestes précis et satisfaits d'homme ordonné, ôtait ses vêtements un à un et les disposait sur une chaise avec méthode. La colère lui avait passé.

– J'aurais voulu venir plus tôt, me dit-il tranquillement, mais je n'ai pas pu. Pourtant, j'ai toujours pensé à toi.

– Qu'est-ce que tu as pensé? lui demandai-je machinalement.

– Que nous sommes faits l'un pour l'autre, dit-il d'un ton singulier en cessant de se déshabiller et en gardant son gilet à la main. Je suis même venu pour te faire une proposition.

– Laquelle?

– J'ai de l'argent. Partons tous deux à Milan, où j'ai beaucoup d'amis. Je veux y monter un garage. Et, à Milan, nous pourrons nous marier.

Intérieurement, je m'écroulai. Je fus prise d'une telle faiblesse que je dus fermer les yeux. C'était la première fois, après Gino, qu'on me proposait de m'épouser; et celui qui me faisait cette proposition, c'était Sonzogne! J'avais tant désiré une vie normale, avec un mari et des enfants, et voilà qu'on me l'offrait. Mais c'était une normalité réduite à l'état d'une sorte de coquille à l'intérieur de laquelle tout était anormal, épouvantable. Je lui dis mollement :

– Pourquoi? Nous nous connaissons à peine; tu ne m'as vue qu'une fois...

Il me répondit, en s'asseyant à côté de moi et en me prenant par la taille :

– Personne ne me connaît mieux que toi... tu sais tout de moi.

L'idée me traversa l'esprit qu'il était ému et voulait me montrer qu'il m'aimait et que je devais l'aimer. Mais c'était une idée ne reposant sur rien, parce que rien, dans son attitude, ne révélait un sentiment semblable.

– Je ne sais rien de toi, lui dis-je à voix basse; je sais seulement que tu as tué cet homme.

– Et puis, continua-t-il, comme s'il se parlait à lui-même, je suis las de vivre seul... Quand on reste seul, on finit toujours par faire quelque bêtise.

Je lui dis, après un moment de silence :

– A brûle-pourpoint, comme ça, je ne peux te dire ni oui ni non... Donne-moi le temps d'y réfléchir.

A mon grand étonnement, il me répondit, les dents serrées :

– Réfléchis-y, réfléchis-y. Ce n'est pas pressé.

Puis il s'éloigna de moi et recommença à se déshabiller.

Ce qui m'avait frappé, c'était surtout sa phrase : « Nous sommes faits l'un pour l'autre. » Maintenant, je me demandais s'il n'avait pas raison, après tout. A quoi pouvais-je aspirer, désormais, sinon à un homme comme lui? D'autre part, n'était-il pas réel qu'un lien obscur, que je reconnaissais et que je redoutais, me liait à lui? Je me surpris répétant à voix basse : « Fini, fini! » et secouant désespérément la tête. Je lui dis, d'une voix claire qui me remplit la bouche de salive :

– A Milan? Mais tu n'as pas peur qu'on te recherche?

– J'ai dit cela pour parler... En réalité, ils ne savent même pas que j'existe!

Tout à coup, la veulerie qui m'alourdissait les membres disparut; je me sentis très forte et très décidée. Je me levai, j'ôtai mon manteau et j'allai l'accrocher au portemanteau. Comme j'avais l'habitude de le faire, je tournai la clé dans la serrure puis, à pas lents, j'allai à la fenêtre et tirai les volets. Debout devant le miroir, je commençai à déboutonner mon corsage de bas en haut. Mais je m'interrompis presque aussitôt et me tournai du côté de Sonzogne. Il était assis au bord du lit et se baissait pour délacer ses souliers.

– Attends un moment, lui dis-je, en affectant un ton négligent. Il y a quelqu'un qui devait venir; il vaut mieux que je prévienne maman pour qu'elle le renvoie.

Il ne répondit rien parce qu'il n'en eut pas le temps. J'étais sortie de la chambre en refermant la porte derrière moi. Je passai dans la grande salle.

Maman cousait à la machine près de la fenêtre; depuis quelque temps, pour tromper son ennui, elle s'était remise à travailler un peu. Je lui dis bien vite, à voix basse :

– Téléphone-moi chez Gisèle ou chez Zélinde, demain matin.

Zélinde était une loueuse de garnis du centre chez qui j'amenais quelquefois mes amants : maman la connaissait.

– Mais pourquoi ?

– Je m'en vais, lui dis-je. Quand cet homme-là demandera où je suis, dis-lui que tu n'en sais rien.

Maman me regardait bouche bée, tandis que je décrochais d'un portemanteau la petite jaquette de fourrure toute pelée qui lui appartenait après avoir été ma propriété.

– Surtout, ajoutai-je, ne va pas lui dire où je suis, il serait capable de me tuer !

– Mais...

– L'argent est à la même place que d'habitude... Alors, je t'en prie, ne dis rien et téléphone demain matin.

Je sortis en hâte, traversai l'antichambre sur la pointe des pieds et descendis l'escalier.

Une fois dans la rue, je me mis à courir. Je savais qu'à cette heure-là Jacques se trouvait chez lui et voulais arriver avant qu'il sortît avec ses amis comme il faisait après le dîner. Je courus jusqu'à la place, montai dans un taxi et donnai l'adresse de Jacques. Dans le taxi en marche, je compris brusquement que je ne fuyais pas tant Sonzogne que moi-même, obscurément attirée par cette violence et cette fureur. Je me souvins du cri déchirant, mi d'horreur, mi de volupté que j'avais poussé la première, l'unique fois que Sonzogne m'avait possédée; je me dis que, ce jour-là, il m'avait subjuguée une fois pour toutes comme aucun homme n'avait pu le faire jusqu'alors, pas même Jacques. « Oui, ne pus-je m'empêcher de conclure, nous étions vraiment faits l'un pour l'autre, mais comme le corps est fait pour le précipice qui fait tourner la tête, obscurcit la vue et, finalement, l'attire dans un fond vertigineux. »

Je montai l'escalier quatre à quatre, arrivai, haletante, et demandai tout de suite Jacques à la vieille domestique qui vint m'ouvrir.

Elle me regarda d'un air épouvanté, puis s'enfuit sans un mot, me laissant sur le seuil.

Je pensai qu'elle était allée prévenir Jacques, entrai dans l'antichambre et refermai la porte sur moi.

J'entendis alors une sorte de chuchotement derrière le rideau qui séparait l'antichambre du corridor. Puis le rideau se souleva, et je vis paraître la veuve Medolaghi. Depuis la première et unique fois que je l'avais vue, je l'avais oubliée. Sa massive silhouette noire, sa face blanche et mortuaire, verrouillée par le masque noir des yeux, se dressant brusquement devant moi m'inspirèrent à ce moment, je ne sais pourquoi, un sentiment d'effroi, comme si j'avais eu en face de moi une apparition terrifiante. Elle s'immobilisa et me dit tout de suite, en me parlant de loin :

– Vous cherchez M. Diodati ?

– Oui.

– On l'a arrêté.

Je ne compris pas bien. Je ne sais pourquoi il me vint à l'esprit que cette arrestation était en connexion avec le crime de Sonzogne et je balbutiai :

– Arrêté ? Mais lui n'a rien à y voir...

– J'ignore tout, me dit-elle. Je sais seulement qu'on est venu, qu'on a fait une perquisition et qu'on l'a arrêté.

A son expression fâchée, je compris qu'elle ne me dirait pas un mot, et cependant, je ne pus m'empêcher de lui demander :

– Mais pourquoi ?

– Mademoiselle, je vous ai dit que je ne savais rien.

– Mais où l'a-t-on emmené ?

– Je n'en sais rien.

– Mais dites-moi au moins s'il a laissé quelque recommandation ?

Cette fois-là, elle ne me répondit même pas; mais, se détournant avec une majesté offensée et inflexible, elle appela :

– Diomire !

La domestique âgée reparut avec sa figure épouvantée. Sa patronne lui montra la porte, souleva le rideau et, faisant mine de s'en aller :

– Accompagnez Mademoiselle, lui dit-elle.

Le rideau retomba.

Ce n'est qu'après avoir descendu l'escalier et m'être retrouvée dans la rue que je compris enfin que l'arrestation de Jacques et le crime de Sonzogne étaient deux faits distincts, indépendants l'un de l'autre. Le seul trait qui les reliât, c'était mon épouvante. Je discernais dans ce concours imprévu de malheurs les largesses d'un destin qui me comblait d'un coup de tous ses dons funestes, comme la bonne saison fait mûrir ensemble les fruits les plus divers. Il est réel que, selon le proverbe, un malheur ne vient jamais seul. Je ne le pensais pas tant que je ne le sentais, tandis que je marchais de rue en rue, baissant la tête et courbant le dos sous une grêle imaginaire.

Naturellement, la première personne à laquelle j'eus l'idée de recourir fut Astarite. Je savais par cœur le numéro de son bureau; j'entrai dans le premier café venu et formai le numéro. Le téléphone était libre, mais personne ne vint à l'appareil. Je refis plusieurs fois le numéro, puis finis par me convaincre qu'Astarite n'était pas là. Il devait être allé dîner : il reviendrait plus tard. Ces choses-là, je les savais; mais, comme il arrive, j'avais espéré que justement, cette fois, par exception, je le trouverais dans son bureau.

Je regardai ma montre. Il était huit heures du soir; Astarite ne regagnerait pas son bureau avant dix heures. Je restai debout à un coin de rue; devant moi j'avais un pont en dos d'âne, parcouru de passants qui surgissaient sans répit, noirs et hâtifs, comme des feuilles mortes poussées par une bourrasque incessante. Mais, au-delà du pont, l'alignement des maisons donnait une impression de tranquillité, avec toutes les fenêtres éclairées, et de gens qui allaient et venaient au milieu de tables et d'autres meubles. L'idée me vint que je n'étais pas loin du commissariat central, où je supposais qu'on avait emmené Jacques. Et, bien que je comprisse que l'entreprise était désespérée, je décidai d'y aller directement pour demander des renseignements. Je savais d'avance qu'on ne m'en donnerait pas; mais peu m'importait, je voulais surtout faire quelque chose pour Jacques.

Je pris des rues de traverse, marchai rapidement en rasant les murs, arrivai au commissariat, montai quelques marches et entrai. Devant la porte capitonnée du portier, un agent qui lisait le journal, vautré sur une chaise, les pieds sur une autre chaise et son képi sur la table, me demanda où j'allais. « Au Bureau des Etrangers », lui dis-je. C'était un des nombreux bureaux du commissariat; j'avais entendu une fois Astarite y faire allusion je ne sais plus à quel sujet.

Ne sachant où aller, je montai au hasard les marches d'un escalier sale et mal éclairé. Je tombais continuellement sur des employés ou des agents en uniforme qui montaient et descendaient avec des papiers plein les mains, et je me collais contre le mur, du côté le plus sombre, en baissant la tête. A tous les paliers, j'entrevoyais des corridors bas, sales et noirs, avec des gens qui allaient et venaient dans une lumière insuffisante, puis des portes ouvertes, des pièces et des pièces. Le commissariat semblait réellement une ruche affairée; mais les abeilles qui l'habitaient ne se posaient certes pas sur des fleurs; leur miel, dont je goûtais pour la première fois la saveur, était fétide, noir et bien amer. Au troisième étage, désespérée, j'enfilai au hasard un de ces corridors. Personne ne me regardait, personne ne s'occupait de moi. A droite et à gauche du corridor, de nombreuses portes s'alignaient, ouvertes pour la plupart; sur leur seuil, des agents en uniforme assis sur des chaises de paille fumaient et bavardaient. A l'intérieur des pièces, je voyais presque toujours le même spectacle; des rayonnages et des rayonnages remplis de dossiers, une table avec un agent assis devant la table, la plume à la main. Le corridor n'était pas droit; son tracé était légèrement oblique, si bien qu'assez vite je ne compris plus où je me trouvais. De temps en temps, il s'enfonçait dans un passage plus bas, et alors il fallait monter ou descendre trois ou quatre marches; ou bien il croisait d'autres couloirs entièrement semblables, avec d'autres rangées de portes ouvertes, d'autres agents assis sur le seuil, d'autres lumières. Je me sentais tout égarée : à un certain point, j'eus l'impression que je revenais sur mes pas, que je parcourais un couloir que j'avais déjà parcouru. Comme un huissier passait, je lui demandai au hasard : « Le vice-commissaire? » Sans parler, il m'indiqua un passage noir qui s'ouvrait peu loin de là, entre deux portes. J'allai à ce passage, descendis quatre marches, enfilai un petit corridor bas et très étroit. Au même moment, au fond, là où cette sorte de boyau faisait un angle droit, une porte s'ouvrit et deux hommes parurent; ils me tournaient le dos et marchaient dans la direction du coin. Un des deux tenait l'autre par le poignet et, pendant un instant, j'eus l'impression que le second était Jacques.

— Jacques? criai-je alors en m'élançant.

Je n'eus pas le temps de les rattraper, parce que quelqu'un m'empoigna par le bras. C'était un agent très jeune, au visage effilé et brun, le képi enfoncé dans une masse de cheveux noirs frisés.

— Que voulez-vous? Qui cherchez-vous? me demanda-t-il.

A mon cri, les deux autres s'étaient tournés de mon côté, et j'avais pu voir que j'étais dans l'erreur. J'expliquai d'une voix haletante :

— On a arrêté un de mes amis, je voulais savoir si on l'avait amené ici.

– Comment s'appelle-t-il ? demanda l'agent sans me lâcher, d'un air d'autorité péremptoire.

– Jacques Diodati.

– Et que fait-il ?

– Il est étudiant.

– Et quand l'a-t-on arrêté ?

Je compris brusquement qu'il me posait toutes ces questions pour se donner de l'importance, qu'il ne savait rien. Et je lui dis avec irritation :

– Mais, au lieu de me demander tant de choses, dites-moi où il se trouve.

Nous étions seuls dans le corridor. Il regarda autour de lui puis, me serrant de près, me dit d'un ton niaisement complice :

– L'étudiant, nous y penserons plus tard. En attendant, toi, tu vas me donner un baiser.

– Mais laissez-moi m'en aller ! Ne me faites pas perdre de temps ! criai-je avec rage.

Je lui donnai une bourrade, partis en courant, pénétrai dans un autre corridor, vis une porte ouverte et, derrière la porte, une pièce plus vaste que les autres avec un bureau au fond, derrière lequel était assis un homme entre deux âges. J'entrai et lui demandai d'un seul trait :

– Je voudrais savoir où on a emmené l'étudiant Diodati... On l'a arrêté cet après-midi.

L'homme leva les yeux de son bureau, sur lequel était déplié un journal, et me regarda, stupéfait :

– Vous voudriez savoir...

– Oui... où on a emmené l'étudiant Diodati, arrêté cet après-midi.

– Mais, vous, qui êtes-vous ?... Comment vous permettez-vous d'entrer ?

– Ne vous occupez pas de cela... Dites-moi seulement où il est.

– Mais qui êtes-vous ? répéta-t-il en hurlant et en tapant du poing sur la table. Comment vous permettez-vous ? Savez-vous où vous êtes ?

Je compris brusquement que je ne saurais rien et que, par compensation, je courais le danger de me faire arrêter, moi. Et alors je ne pourrais plus parler à Astarite, et Jacques resterait en prison.

– Cela n'a pas d'importance, commençai-je à dire en me retirant. C'est une erreur; excusez-moi.

Mes excuses le mirent encore plus en fureur que les questions qui les avaient précédées. Mais, désormais, j'étais près de la porte.

– On entre et on sort en faisant le salut fasciste! hurla-t-il en indiquant un écriteau suspendu au-dessus de sa tête.

Je fis un signe de tête pour confirmer qu'il avait raison, que c'était vrai, qu'on devait entrer et sortir en faisant le salut fasciste, et sortis de la pièce à reculons. Je reparcourus tout le corridor, errai un peu, finis par trouver l'escalier, et descendis en hâte. Je repassai devant la loge du concierge et débouchai en plein air.

Le seul résultat de cette incursion au siège de la police avait été de me faire passer un peu de temps. Je calculai que, si je m'acheminais très lentement vers le ministère d'Astarite, il me faudrait, pour y aller, trois quarts d'heure, peut-être même une heure. Une fois là-bas, je m'assiérais dans un café, près du ministère, et téléphonerais à Astarite au bout de vingt minutes avec quelque probabilité de le trouver.

Tandis que je marchais, l'idée me vint qu'il était possible que cette arrestation de Jacques fût une vengeance d'Astarite. Astarite avait un poste important justement dans cette police politique qui l'avait arrêté; il y avait certainement longtemps qu'on surveillait Jacques et qu'on savait ma liaison avec lui; il n'y avait rien d'improbable à ce que son dossier eût passé par les mains d'Astarite et à ce que ce fût celui-ci, piqué de jalousie, qui eût donné l'ordre d'arrêter l'étudiant. A cette idée, je fus prise d'une sorte de fureur contre Astarite. Je savais qu'il était toujours amoureux de moi; je me sentis capable, si mes soupçons étaient fondés, de lui faire expier amèrement sa mauvaise action, non sans penser aussi avec effroi que les choses ne s'étaient peut-être pas passées de cette façon-là et qu'avec mes faibles armes, je m'apprêtais à combattre un adversaire obscur et sans visage ayant plutôt les propriétés d'une machine bien agencée que celles d'un homme sensible, accessible aux passions.

Quand j'arrivai devant le ministère, je renonçai à l'idée de m'asseoir dans un café et me rendis directement au téléphone. Dès la première sonnerie, cette fois, quelqu'un décrocha le récepteur, et la voix d'Astarite me répondit :

– C'est Adrienne, dis-je impétueusement. Je veux te voir.

– Tout de suite ?

– Immédiatement... pour une chose urgente... Je suis ici à côté du ministère.

Il sembla réfléchir un moment, puis me dit que je pouvais venir. C'était la seconde fois que je montais l'escalier du ministère d'Astarite, mais dans une disposition d'esprit bien différente de la première. La première fois, j'avais peur d'un chantage d'Astarite, je redoutais qu'il fît échouer mon mariage avec Gino, je craignais la vague menace que tous les pauvres sentent suspendue au-dessus d'eux dans les milieux policiers. J'étais arrivée le cœur en déroute, l'âme tremblante. Maintenant, je venais dans un esprit agressif, décidée à me servir de n'importe quel moyen pour recouvrer Jacques et à faire chanter Astarite à mon tour. Mais mon amour pour Jacques ne suffisait pas à expliquer mon agressivité. Dans cette agressivité, il entrait également du mépris pour Astarite, pour son ministère et, dans la mesure où Jacques s'occupait de politique, pour Jacques lui-même. Je ne comprenais rien à la politique mais, peut-être bien à cause de mon ignorance, à côté de mon amour, la politique me semblait chose ridicule et sans importance. Je me souvins du bégaiement qui prenait Astarite chaque fois qu'il me voyait ou simplement m'entendait, et je pensai avec satisfaction qu'il ne bégayait sûrement pas quand il se présentait devant un de ses chefs – fût-ce Mussolini. Au milieu de ces pensées, je marchais en hâte dans les vastes corridors du ministère, et me rendais compte que je regardais avec mépris les employés que je rencontrais. J'avais envie de leur arracher les dossiers rouges ou verts qu'ils portaient sous le bras et de les jeter en l'air en éparpillant partout leurs vilaines feuilles d'interdictions et d'iniquités. Je dis impérieusement à l'huissier qui vint à ma rencontre, dans l'antichambre :

– Je dois parler à M. Astarite... tout de suite... j'ai rendez-vous et je ne peux pas attendre.

Il me regarda avec stupeur, mais n'osa pas protester et alla m'annoncer.

Dès qu'Astarite me vit, il vint à ma rencontre, me baisa la main et me conduisit vers un divan au fond de la pièce. Déjà, la première fois, il m'avait accueillie de la sorte, et je pensai qu'il faisait ainsi avec toutes les femmes qui venaient dans son bureau. Je réprimai le plus possible l'élan de fureur qui gonflait ma poitrine et lui dis :

– Fais attention que si tu as fait arrêter Jacques il faut le mettre en liberté tout de suite... autrement tu peux bien compter que tu ne me reverras plus !

Je vis son visage prendre une expression de stupeur profonde et de méditation pénible. Je compris qu'il ne savait rien.

– Un moment, que diable ! Quel Jacques ? demanda-t-il en balbutiant.

– Je croyais que tu le savais, lui dis-je.

Et, le plus brièvement possible, je lui racontai l'histoire de mon amour pour Jacquot et la façon dont il avait été arrêté chez lui dans l'après-midi. Je le vis changer de couleur quand je lui dis que j'aimais Jacques, mais je préférais dire la vérité, non seulement parce que je craignais de faire tort à Jacques en mentant, mais encore parce que j'éprouvais un violent désir de crier mon amour à tous. Maintenant que j'avais découvert qu'Astarite n'avait rien à voir avec l'arrestation, la colère qui m'avait soutenue jusqu'alors était tombée; je me sentais de nouveau faible et désarmée. C'est pourquoi, après avoir commencé mon récit d'une voix ferme et animée, je l'achevai d'un ton plaintif. Mes yeux se remplirent même de larmes quand je lui dis avec angoisse :

– Et puis je ne sais pas ce qu'ils lui feront... On dit qu'ils les battent !

Astarite m'interrompit tout de suite :

– Sois tranquille. Si c'était un ouvrier!... mais un étudiant...

– Mais je ne veux pas... je ne veux pas qu'il soit emprisonné! criai-je d'une voix pleine de larmes.

Ensuite, nous nous tûmes tous les deux. J'essayais de maîtriser mon émotion, et Astarite me regardait. Pour la première fois, il ne semblait pas disposé à me rendre le service que je lui demandais. Le désappointement de me savoir amoureuse d'un autre homme que lui devait entrer dans sa répugnance à me satisfaire. J'ajoutai, en posant ma main sur la sienne :

– Si tu le fais sortir, je te promets de faire tout ce que tu voudras.

Il me fixait d'un air irrésolu. Bien que je n'eusse guère l'esprit à cela, je me penchai vers lui et lui tendis les lèvres en lui disant :

– Alors... tu me rends ce service?

Il me regarda, partagé entre le désir de m'embrasser et la conscience du sens humiliant d'un baiser semblable, offert par pure tentative de corruption, le visage inondé de larmes. Puis il me repoussa, sauta sur ses pieds, me dit d'attendre et disparut.

Maintenant, j'avais la certitude qu'Astarite allait faire délivrer Jacques. Dans mon inexpérience de ces choses-là, je me le représentais téléphonant d'un ton courroucé à quelque commissaire bien servile et lui ordonnant de remettre immédiatement en liberté l'étudiant Diodati Jacques. Je comptais les minutes avec impatience et, quand Astarite reparut, je me levai en pensant que j'allais le remercier et m'en aller tout de suite retrouver Jacquot.

Mais Astarite avait une expression singulière, très désagréable, faite de désillusion, de rage et de malice.

– Pourquoi dis-tu qu'on l'a arrêté? articula-t-il sèchement. Il a tiré sur les agents et s'est sauvé... Un des agents est mourant à l'hôpital. Maintenant, si on le prend, et on le prendra certainement, je ne peux plus rien pour lui.

La stupeur me coupa le souffle. N'avais-je pas retiré les balles de son revolver? Il est vrai qu'il pouvait l'avoir rechargé à mon insu. Ensuite, j'éprouvai une grande joie, et cette joie provenait, je m'en aperçus tout de suite, de sentiments très différents. C'était la joie de savoir Jacques libre, mais c'était aussi la joie d'apprendre qu'il avait tué un agent, action dont je le croyais incapable et qui modifiait profondément l'idée que, jusqu'à présent, je m'étais faite de lui. Je fus étonnée de la force véhémente et combative avec laquelle mon âme, habituellement ennemie de toute violence, applaudissait l'acte désespéré de Jacques; au fond, c'était la même satisfaction irrésistible que j'avais naguère éprouvée à reconstruire en imagination le crime de Sonzogne; mais accompagnée, cette fois, d'une sorte de satisfaction morale. Ensuite, je songeais que j'aurais vite fait de le retrouver et que nous nous enfuirions ensemble pour nous cacher; qu'au besoin nous nous sauverions à l'étranger, où je savais que les réfugiés politiques étaient bien accueillis : et mon cœur se gonfla d'espoir. Je pensai encore qu'une nouvelle vie allait peut-être réellement commencer pour moi; je me dis que ce renouvellement de ma vie, je le devais à Jacques, à son courage, et j'éprouvai pour lui de la gratitude et de l'amour. En attendant, Astarite se promenait de long en large dans la pièce d'un air furieux et s'arrêtait de temps en temps pour déplacer quelque objet sur la table. Je déclarai tranquillement :

– Ça signifie qu'après son arrestation il a eu du courage : il a tiré et s'est sauvé.

Astarite s'arrêta et me regarda en faisant une vilaine grimace qui lui contractait tout le visage :

– Tu es contente, n'est-ce pas ? me dit-il.

– Il a bien fait de tuer l'agent, dis-je avec sincérité. L'agent voulait le mettre en prison... Tu aurais agi de même !

Il me répondit d'une voix désagréable :

– Moi, je ne m'occupe pas de politique, et cet agent faisait son devoir... Cet agent avait femme et enfants.

– S'il s'occupe de politique, il doit avoir ses raisons, lui dis-je. Et l'agent devait bien imaginer qu'avant de se laisser mettre au clou, un homme fait n'importe quoi... Tant pis pour lui !

Je me sentais tranquille parce qu'il me semblait voir

Jacques marcher librement dans les rues de la ville et que je jouissais à l'avance du moment où il m'appellerait du fond de sa cachette et où je le reverrais. Mon calme sembla mettre Astarite hors de lui.

– Mais nous l'aurons ! cria-t-il brusquement. Alors, tu imagines que nous ne le retrouverons pas ?

– Moi, je ne sais rien. Je suis contente qu'il se soit sauvé... voilà tout.

– Nous le retrouverons et tu peux être sûre que ça ne se passera pas comme ça.

Au bout d'un moment, je lui dis :

– Tu sais pourquoi tu es tellement furieux ?

– Je ne suis pas du tout furieux !

– Parce que tu espérais qu'on l'avait arrêté et que tu pourrais faire étalage de ta générosité avec moi et avec lui... et, au lieu de ça, il t'échappe. C'est ça qui te met en colère.

Je le vis hausser furieusement les épaules. Puis le téléphone sonna, et Astarite décrocha l'écouteur d'un air de soulagement. C'était un bon prétexte pour interrompre une discussion embarrassante. Aux premiers mots, comme un paysage qu'un rayon de soleil éclaire graduellement au cours d'une journée lumineuse, je vis son visage passer de l'expression sombre et irritée qu'il avait tout d'abord à une autre plus sereine. Et cela, sans que je susse moi-même pourquoi, me sembla de mauvais augure. Le coup de téléphone dura un bon moment; mais Astarite ne dit jamais autre chose que « oui » et « non », si bien que je ne pus comprendre de quel sujet il s'agissait.

– Je le regrette pour toi, me dit-il en raccrochant le récepteur; mais la première communication relative à l'arrestation de cet étudiant contenait une erreur. Pour plus de sûreté, la police avait envoyé des agents aussi bien chez toi que chez lui... comme cela, ils étaient sûrs de l'arrêter de toute façon. En effet, on l'a arrêté chez la veuve qui lui louait sa chambre. Chez toi, au contraire, les agents ont trouvé un homme petit, blond, avec un accent du Nord qui, dès qu'il les a vus, au lieu de leur montrer ses papiers comme ils le lui demandaient, a tiré sur eux et s'est sauvé. Au moment même, ils ont cru que c'était lui. Au lieu de ça, il s'agissait, évidemment, de quelqu'un qui avait un compte à régler avec la justice.

Je me sentis défaillir. Ainsi, Jacques était en prison, et Sonzogne était convaincu que je l'avais dénoncé. Quiconque me voyant disparaître, et les agents arriver tout de suite après, eût pensé comme lui. Jacques était en prison, et Sonzogne me cherchait pour se venger ! Je fus si étourdie par ce coup que je ne pus que murmurer : « Pauvre de moi ! » en faisant un pas vers la porte.

Je devais être devenue très pâle, parce qu'Astarite perdit tout de suite son air de triomphante et sombre satisfaction et s'approcha de moi en me disant d'un air anxieux :

– Mais assieds-toi, pour l'instant. Parlons ! Il n'y a rien d'irréparable !

Je hochai la tête et mis la main sur le bouton de la porte. Astarite m'arrêta et me dit en balbutiant :

– Ecoute, je te promets que je ferai l'impossible; je l'interrogerai moi-même et, s'il n'y a rien de grave, je le ferai relâcher au plus vite; ça va comme ça ?

– Oui, ça va, lui répondis-je d'une voix éteinte.

Et j'ajoutai avec effort :

– Quelque chose que tu fasses, tu sais que je t'en serai reconnaissante.

Maintenant, je savais qu'Astarite ferait réellement, comme il le disait, tout ce qui serait en son pouvoir pour relâcher Jacques, et je n'avais plus qu'un désir : m'en aller, sortir au plus vite de son horrible ministère. Mais, avec un scrupule de policier, Astarite reprit :

– A propos... si tu as quelque raison de craindre l'homme qu'on a trouvé chez toi, eh bien ! dis-moi son nom, cela facilitera son arrestation.

– Je ne sais pas son nom, répondis-je.

Et je fis mine de m'en aller.

– Quoi qu'il en soit, insista-t-il, il sera bon que tu te présentes spontanément au commissariat pour dire ce que tu sais. Eux, ils te demanderont de te tenir à leur disposition et ils te laisseront partir. Mais, si tu n'y vas pas... tant pis pour toi !

Je lui répondis que je le ferais et lui dis adieu. Il ne referma pas la porte tout de suite, mais resta sur le seuil à me regarder, tandis que je m'éloignais dans l'antichambre.

9

Une fois sortie du ministère, je marchai bien vite, comme si je fuyais, jusqu'à une place qui était proche. Ce n'est que lorsque je fus au milieu de la place que je me rendis compte que je ne savais où aller et pensai au lieu où j'irais me réfugier. Au premier moment, j'avais songé à Gisèle; mais sa maison était éloignée, et mon épuisement était tel que mes jambes se dérobaient sous moi. D'autre part, je n'étais pas très sûre que Gisèle me logerait volontiers. Restait Zélinde, la loueuse de garnis dont j'avais parlé à maman en me sauvant. Zélinde était une amie; de plus, sa maison était proche; je décidai d'aller chez elle.

Zélinde habitait un bâtiment jaune situé entre d'autres bâtisses semblables, qui donnaient toutes place de la Gare. Cette maison de Zélinde se distinguait, entre autres détails, par un escalier plongé, même le matin, dans une obscurité presque impénétrable. Il ne s'y trouvait pas d'ascenseur, pas de fenêtres ; on montait à peu près dans le noir en se cognant de temps en temps aux ombres obscures de gens qui descendaient et se retenaient à la même rampe que vous. Un relent de cuisine empestait l'air à perpétuité; mais c'était celui d'une cuisine éteinte depuis des années et dont les parfums avaient eu tout le temps de se décomposer dans cet air glacial et ténébreux. Je montai, les jambes molles et tout écœurée, cet escalier que j'avais grimpé tant de fois, serrée de près par quelque amant impatient. Zélinde vint m'ouvrir et je lui dis :

— J'ai besoin d'une chambre pour cette nuit.

Zélinde était une femme corpulente, qui n'était peut-être même pas mûre, mais que la graisse avait vieillie avant l'âge. Podagre, les joues maculées de taches rouges malsaines, avec des yeux bleus voilés et larmoyants, et de rares cheveux blondasses, toujours défaits et retombant en touffes de chanvre, il subsistait toutefois, dans son visage, je ne sais quelle grâce affectueuse, comme un reflet de soleil s'attarde dans une eau stagnante au moment du coucher du soleil.

– J'ai une chambre, dit-elle. Tu es seule?

– Oui, je suis seule.

J'entrai. Elle referma la porte et me précéda en trébuchant, courte et large, dans un vieux peignoir, son chignon, à demi défait, pendant sur ses épaules, avec des épingles à cheveux à moitié sorties. L'appartement était aussi gelé et aussi noir que l'escalier. Mais l'odeur de cuisine y était récente; c'était celle de mets savoureux et nets en train de cuire. Zélinde, qui louait des chambres à l'heure, m'aimait bien, je ne sais pas pourquoi. Souvent, après mes visites habituelles, elle me retenait pour bavarder avec moi et m'offrait des gâteaux et des liqueurs. Elle était vieille fille, et personne, jamais, n'avait dû l'aimer, parce qu'elle avait été déformée par la graisse dès sa jeunesse. On devinait son état de virginité à la timidité, à la curiosité et à la maladresse avec laquelle elle me demandait des nouvelles de mes amours. Sans envie ni malice, je pense qu'elle regrettait secrètement de n'avoir jamais fait ce qu'on faisait dans ses chambres, et qu'il fallait voir dans son métier de loueuse de garnis, plutôt que l'appât du gain, un désir, peut-être inconscient, de ne pas être entièrement exclue du paradis perdu des rapports amoureux.

Au fond du corridor, il y avait deux portes que je connaissais bien. Zélinde ouvrit celle de gauche et me précéda dans la pièce. Elle alluma le lustre à trois branches, terminées par des tulipes de verre blanc, et alla fermer les volets. La chambre était grande et propre. Mais la propreté accusait impitoyablement l'usure et la pauvreté du mobilier, les déchirures des descentes de lit, les reprises de la couverture de coton, les taches de rouille des miroirs, les écaillures du broc et de la cuvette. Elle vint à ma rencontre, me regarda et me demanda :

– Tu ne te sens pas bien ?

– Je me sens tout à fait bien.

– Mais pourquoi ne couches-tu pas chez toi ?

– Je n'en avais pas envie.

– Voyons si je devine, dit-elle d'un air affectueux et malin. Tu as un chagrin. Tu attendais quelqu'un qui n'est pas venu.

– C'est possible.

– Voyons encore si j'ai raison. Ce quelqu'un, c'est l'officier brun avec lequel tu es venue en dernier lieu.

Ce n'était pas la première fois que Zélinde me posait des questions semblables. La gorge serrée par l'angoisse, je lui répondis au hasard :

– Tu as raison... Et alors ?

– Rien, mais tu vois si j'ai eu vite fait de te comprendre... Au premier coup d'œil, j'ai deviné ce qui t'arrivait. Il ne faut pas t'en faire; s'il n'est pas venu, il doit avoir ses raisons. Les militaires, tu sais, ils ne sont pas libres.

Je ne dis rien. Elle me regarda un moment, puis, d'un air hésitant, affectueux et câlin :

– Veux-tu me tenir compagnie à table ? J'ai un bon dîner.

– Non, merci, répondis-je en hâte. J'ai déjà mangé.

Elle me regarda encore et me donna, en guise de caresse, une petite tape sur la joue. Puis elle me dit, avec l'expression prometteuse et mystérieuse de certaines vieilles tantes parlant à un neveu encore jeunet :

– Je vais te donner quelque chose que tu ne refuseras certainement pas.

Elle tira de sa poche un trousseau de clés, alla à la commode et ouvrit un tiroir en me tournant le dos.

J'avais entrebâillé mon manteau et, la main sur la hanche, m'appuyant par-derrière à la table, regardais Zélinde fouiller au fond de son tiroir. Je me souvins que Gisèle venait souvent dans cette chambre avec ses amants, et je me rappelai que Zélinde n'aimait pas Gisèle. Elle m'aimait parce que j'étais moi; mais elle n'aimait pas tout le monde. Je me sentis réconfortée.

« Après tout, pensais-je, il n'y a pas seulement dans le monde des polices, des ministères, des prisons et d'autres choses semblables, inanimées et cruelles. » En attendant, Zélinde avait fini de fouiller dans son tiroir. Elle le referma avec soin et vint me retrouver en me disant :

– Voilà. Ça, tu ne le refuseras certainement pas.

Elle posa quelque chose sur le tapis de la table. Je regardai et vis cinq cigarettes – des cigarettes fines, avec un bout doré –, une poignée de bonbons enveloppés de papier de couleur et quatre petites pâtes d'amandes en forme de fruits colorés.

– Ça va comme ça? me demanda-t-elle avec une nouvelle tape sur la joue.

Embarrassée, je balbutiai :

– Oui, ça va, merci!

– De rien, de rien. Et, si tu as besoin de quelque chose, tu n'as qu'à m'appeler, sans faire de façons.

Une fois seule, je me sentis toute glacée et très embarrassée. Je n'avais pas sommeil et ne voulais pas aller me coucher. D'autre part, dans cette chambre glaciale, où le froid de l'hiver semblait conservé depuis des années comme dans les églises et dans les caves, il n'y avait pas autre chose à faire. Les autres fois, ces problèmes ne s'étaient pas posés : l'homme qui m'accompagnait et moi ne désirions pas autre chose que nous fourrer sous les draps et nous réchauffer mutuellement; et, bien que je n'éprouvasse aucun sentiment pour ces amants de rencontre, l'acte d'amour m'absorbait par lui-même et me plongeait dans sa magie. Maintenant, il me paraissait incroyable d'avoir pu aimer et être aimée au milieu d'un mobilier aussi lugubre, dans un air aussi gelé. Certes, chaque fois, l'ardeur des sens nous avait trompés, mes compagnons et moi, en rendant ces objets – si paradoxalement étrangers – aimables et familiers. L'idée me vint que, si je ne pouvais pas revoir Jacques, ma vie serait comme cette pièce. A la regarder d'une manière objective, sans illusions, ma vie n'avait réellement rien de beau, ni d'intime; bien plus, comme la chambre de Zélinde, elle se composait exclusivement de choses frustes, déplaisantes et froides. Je frissonnai et me mis lentement à me déshabiller.

Les draps étaient glacés et semblaient imprégnés d'humidité. A tel point qu'en m'y étendant j'eus l'impression d'y imprimer la forme de mon corps comme dans de l'argile mouillée. Je restai longtemps absorbée, à réfléchir, tandis que, lentement, les draps se réchauffaient. Le cas de Sonzogne vint faire dévier mes pensées et je me lançai dans l'analyse des motifs et des conséquences de cette ténébreuse histoire. Maintenant, Sonzogne était certainement persuadé que je l'avais dénoncé; aucun doute que toutes les apparences ne fussent contre moi. Mais étaient-ce bien seulement les apparences? Je me souvins de sa phrase : « J'ai l'impression qu'on me suit », et me demandai si, en fin de compte, le prêtre n'avait pas parlé. Il ne semblait pas; mais, jusqu'à présent, rien ne prouvait le contraire.

Toujours en pensant à Sonzogne, je me mis à m'imaginer ce qui s'était produit à la maison après ma fuite : Sonzogne qui attendait, s'impatientait, se rhabillait, l'entrée des deux agents. De même que lorsque j'avais repensé au crime de Sonzogne, ces reconstructions imaginaires éveillaient en moi un plaisir insatiable et obscur. Mon imagination me présenta à différentes reprises la scène des coups de revolver dont je caressais les détails avec amour. Sans aucun doute, dans la lutte de Sonzogne avec les agents, de tout mon cœur je prenais parti pour Sonzogne. Je frémissais de joie en voyant l'agent blessé tomber à terre, je poussais un soupir de soulagement en voyant Sonzogne se sauver; je le suivais avec anxiété au bas de l'escalier, je ne me sentais tranquille qu'en le voyant disparaître dans les lointains obscurs du boulevard. Je finis par me fatiguer de cette sorte de cinématographe et j'éteignis la lumière.

J'avais déjà noté d'autres fois que le lit était adossé à une porte de communication conduisant dans la chambre contiguë. A peine eus-je éteint la lumière que je vis les deux battants de la porte, un peu écartés, laisser filtrer un rai de lumière vertical. Je me redressai de mes coudes sur l'oreiller, passai la tête entre les barreaux de fer de mon lit et mis l'œil contre la fissure. Je ne le faisais pas par curiosité, parce que je savais d'avance ce que je pourrais voir et entendre par l'entrebâillement; c'était plutôt la peur de mes pensées et de la solitude qui me poussait à chercher, fût-ce en espionnant, une compagnie dans la chambre voisine. Mais, pendant un long moment, je ne vis personne; devant la fente, il y avait une table ronde; la lumière du lustre pleuvait de haut sur cette table derrière laquelle, dans une ombre épaisse, j'entrevoyais le reflet d'une armoire à glace. Pourtant j'entendais parler; c'étaient les propos habituels que je connaissais si bien, les questions habituelles sur la ville natale, sur l'âge, sur le prénom. La voix de la femme était tranquille et réticente; celle de l'homme, pressante et troublée. Leurs paroles venaient d'un coin de la pièce; peut-être étaient-ils déjà couchés. A force de regarder sans rien voir, il m'était venu une forte douleur à la nuque et j'étais sur le point de m'ôter de là quand la femme m'apparut, parce qu'elle alla se mettre de l'autre côté de la table, devant la glace qui était dans l'ombre. Elle était debout, nue, et me tournait le dos, mais la table ne me permettait de la voir qu'au-dessus de la taille. Elle devait être extrêmement jeune : sous une toison de cheveux crépus, on voyait un dos maigre, dur, sans grâce, d'une blancheur anémique. Je pensai qu'elle ne devait pas avoir vingt ans, mais qu'elle avait la poitrine tombante et qu'elle était peut-être déjà mère. Je pensai que ce devait être une de ces filles affamées qui rôdent dans les bosquets des squares municipaux, aux alentours de la gare, sans chapeau, et souvent sans manteau, grossièrement maquillées et pleines d'accrocs, les pieds dans de gigantesques chaussures à semelles compensées. Je pensai que, quand elle riait, on devait lui voir les gencives. Toutes ces idées-là me vinrent spontanément, sans que je réfléchisse, parce que la vue de ce pauvre dos nu me réconfortait, et que j'avais l'impression d'aimer cette fille et de trop bien comprendre les sentiments qu'elle éprouvait à ce moment, en se regardant dans la glace de l'armoire. Mais l'homme dit d'une voix brutale :

– Pourrait-on savoir ce que tu fais ?

Et elle s'éloigna de l'armoire.

Je la vis un moment de profil, le dos rond et la poitrine chétive, tout à fait comme je l'avais imaginée. Puis elle disparut et, au bout d'un instant, la lumière s'éteignit.

Je sentis s'éteindre en même temps dans mon âme le vague sentiment que la vue de la jeune fille y avait suscité, et je me retrouvai très seule dans le grand lit encore gelé, au milieu d'une obscurité remplie d'objets usés et froids. Je pensai à ces deux-là, de l'autre côté du mur, qui s'endormiraient ensemble dans un instant, et elle se mettrait sous son compagnon, le menton sur son épaule, les jambes entrelacées aux siennes, le bras autour de la taille, la main sur l'aine, les doigts nonchalamment nichés dans les plis du ventre comme des racines cherchant la vie au fond de la terre la plus noire. Et je me sentis tout à coup absolument telle qu'une plante déracinée et jetée sur un pavage de pierre lisse où il lui va falloir s'étioler et mourir. Jacques me manquait. Si j'étendais la main, il me semblait sentir le commencement d'un grand espace gelé, inhabité, qui m'entourait de toutes parts et au milieu duquel je me blottissais sans protection ni compagnie. J'éprouvais un désir violent et lamentable de m'accrocher à lui, et il n'était pas là, et j'avais l'impression d'être veuve. Je me mis à pleurer en tendant mes bras sous les draps et en me faisant croire à moi-même que je l'étreignais. Je finis par m'endormir, je ne sais comment.

J'ai toujours eu le sommeil bon et dur; comme un appétit trouvant facilement sa nourriture et se rassasiant sans effort et sans interruption. C'est pourquoi, le lendemain matin, je m'étonnai presque, à mon réveil, de me trouver dans la chambre de Zélinde, étendue dans ce lit, avec un rayon de soleil qui passait à travers les persiennes et s'étalait sur l'oreiller et sur le mur. Je ne m'étais pas encore retrouvée quand j'entendis sonner le téléphone dans le corridor. La voix de Zélinde répondit : elle m'appela par mon nom, puis frappa. Je sautai à bas de mon lit et, en chemise comme j'étais et les pieds nus, courus à la porte.

Le corridor était vide, l'écouteur posé sur la console, Zélinde rentrée dans la cuisine. Dans le téléphone, j'entendis la voix de maman demander :

– C'est toi, Adrienne?

– Oui.

– Mais pourquoi es-tu partie? Ici, il est arrivé des choses!... Tu aurais pu au moins me prévenir! Quelle peur j'ai eue!

– Oui, dis-je rapidement; je sais tout. Il est inutile d'en parler.

– Je me faisais tellement de souci pour toi! poursuivit-elle. Et puis il y a M. Diodati.

– M. Diodati?

– Oui. Il est venu ce matin de très bonne heure et il veut absolument te voir. Il dit qu'il t'attendra ici.

– Dis-lui que je viens tout de suite. Dis-lui que, dans une minute, je suis là.

Je raccrochai l'écouteur, courus dans ma chambre et me rhabillai à toute vitesse. Je n'avais pas espéré que Jacques fût délivré si vite et me sentais moins heureuse que si j'eusse attendu sa libération quelques jours ou une semaine. Une liberté aussi rapide m'inspirait de la méfiance; je ne pouvais m'empêcher d'éprouver une vague appréhension. Tout fait a son sens : le sens d'un élargissement aussi rapide m'échappait. Mais je calmai mon inquiétude en pensant qu'après tout, il pouvait se faire qu'Astarite eût réussi à le faire relâcher immédiatement, ainsi qu'il me l'avait promis. Du reste, j'étais impatiente de le revoir, et cette impatience était tout de même un sentiment de bonheur, quoique légèrement angoissé.

J'achevai de m'habiller, mis dans mon sac, pour ne pas froisser Zélinde, les cigarettes, les bonbons et les pâtes d'amandes auxquels je n'avais pas touché la veille au soir, puis entrai dans la cuisine prendre congé de la logeuse.

– Tu es contente, maintenant, hein? me dit-elle. La mauvaise humeur t'a passé?

– J'étais fatiguée... Alors, au revoir.

– Tu crois que je ne t'ai pas entendue au téléphone ? M. Diodati... mais, attends... prends une tasse de café.

J'étais déjà hors de l'appartement qu'elle parlait encore.

Dans mon taxi, toute pelotonnée sur le bord du siège, les mains sur mon sac, je me tenais prête à descendre aussitôt que la voiture s'arrêterait, car je craignais de trouver un rassemblement devant ma porte, après les coups de revolver de Sonzogne. Je me demandai même s'il était indiqué pour moi de rentrer à la maison; Sonzogne pouvait toujours venir se venger... Je m'aperçus que ça ne me faisait rien. Si Sonzogne voulait se venger, qu'il le fît; moi, je voulais voir Jacques et j'étais décidée à ne plus jamais me cacher à cause de choses que je n'avais pas faites.

Je ne rencontrai personne devant la maison, personne dans l'escalier. Impétueusement, je fis irruption dans la grande pièce et vis maman qui cousait à la machine, assise près de la fenêtre. Le soleil entrait largement par les vitres sales; le chat de la maison, assis sur la table, se lissait les pattes. Maman s'arrêta aussitôt de coudre et me dit :

– Te revoilà enfin... mais tu aurais pu au moins me le dire, que tu allais chez les agents !

– Comment, les agents ? Qu'est-ce que tu racontes là ?

– Je serais allée avec toi. Je n'aurais pas eu si peur !

– Mais je ne suis pas sortie pour appeler les agents ! lui dis-je, irritée. Je suis sortie, voilà tout. Les agents en cherchaient un autre. Ça veut dire que celui-là avait quelque chose sur la conscience.

– Tu ne veux même pas me le dire ? me répondit-elle avec un reproche maternel dans le regard.

– Mais quoi ?

– Ce n'est pas moi qui irais le raconter. Mais tu ne vas pas me faire croire que tu es sortie comme ça pour rien. D'ailleurs, les agents sont venus juste quelques minutes après que tu étais partie.

– Mais ce n'est pas vrai ! Moi...

– Du reste, tu as bien fait. Il y a des individus qui

rôdent... Tu sais ce qu'un des agents m'a dit? « Cette figure-là n'est pas nouvelle pour moi. »

Je compris qu'il n'y aurait pas moyen de la persuader, qu'elle était convaincue que j'étais sortie pour dénoncer Sonzogne, qu'il n'y avait rien à faire.

– C'est bon, c'est bon, l'interrompis-je brusquement. Et le blessé... comment a-t-on fait pour l'emporter?

– Quel blessé?

– On m'a dit qu'il y avait un moribond.

– On t'a mal renseignée... Un des agents a eu le bras éraflé par une balle... c'est moi-même qui ai pansé la blessure... il est parti sur ses deux jambes. Mais si tu avais entendu ces coups! C'est dans l'escalier qu'ils ont tiré. Toute la maison était sens dessus dessous. Ensuite on m'a interrogée. Moi, j'ai dit que je ne savais rien.

– Où est M. Diodati?

– Là-bas... dans ta chambre.

Si je m'étais attardée un instant avec maman, c'était surtout parce que j'éprouvais maintenant une sorte de répugnance à aller trouver Jacques, comme si je pressentais quelque vilaine nouvelle. Je sortis de la pièce et me dirigeai vers ma chambre. Elle était plongée dans une obscurité complète; mais, avant même que je misse la main sur l'interrupteur, j'entendis, dans l'obscurité, la voix de Jacques qui me disait :

– Je te prie de ne pas allumer la lumière.

Je fus frappée du ton singulier de sa voix, réellement peu gaie! Je refermai la porte, m'approchai du lit à tâtons et m'assis au bord :

– Tu ne te sens pas bien? demandai-je.

– Je me sens tout à fait bien.

– Tu dois être fatigué, n'est-ce pas?

– Non, je ne suis pas fatigué.

Je prévoyais une rencontre bien différente. Mais il est vrai que la joie ne peut se séparer de la lumière. Dans ce noir, il me semblait que mes yeux ne pouvaient pas briller, que ma voix ne pouvait pas faire entendre d'exclamations joyeuses, que mes mains ne pouvaient pas s'étendre pour reconnaître les traits chéris. J'attendis un long moment; puis, me penchant sur lui, je lui murmurai :

– Que veux-tu faire ? Tu veux dormir ?

– Non.

– Tu veux que je m'en aille ?

– Non.

– Tu veux que je reste à côté de toi ?

– Oui.

– Tu veux que je m'étende sur le lit ?

– Oui.

– Veux-tu que nous fassions l'amour ? lui demandai-je au hasard.

– Oui.

Cette réponse me surprit, parce que, je l'ai dit, il n'était jamais réellement disposé à m'aimer. Je me sentis brusquement toute troublée et j'ajoutai d'une voix caressante :

– Tu aimes faire l'amour avec moi ?

– Oui.

– Tu aimeras toujours, dorénavant ?

– Oui.

– Et nous resterons toujours ensemble ?

– Oui.

– Mais tu ne veux pas que j'allume la lampe ?

– Non.

– Peu importe; je me déshabillerai dans l'obscurité.

Je commençai à me déshabiller avec le sentiment enivrant d'une victoire complète. Je pensais que cette nuit passée en prison lui avait brusquement révélé qu'il m'aimait et qu'il avait besoin de moi. Je me trompais, comme on le verra par la suite; et, bien que tombant juste en pensant qu'il y avait une corrélation entre son arrestation et cette brusque condescendance, je ne comprenais pas que ce changement d'attitude n'avait rien qui pût me flatter ou simplement me réjouir. Mon corps, comme un cheval trop longtemps bridé, me poussait impétueusement vers lui; j'étais impatiente de lui faire le joyeux, l'ardent accueil qu'un moment avant l'obscurité, jointe à son attitude, m'avait interdit.

Mais quand je m'approchai de lui et me penchai sur le lit pour m'étendre à côté de lui, je le sentis tout à coup m'entourer les genoux de ses bras et me mordre la hanche gauche jusqu'au sang. J'éprouvai une douleur aiguë et, en même temps, l'impression précise de je ne sais quel désespoir qui s'exprimait par cette morsure, comme si nous n'étions pas deux amants s'apprêtant à s'aimer, mais deux damnés que la haine, la fureur et la tristesse poussaient, au fond d'un enfer d'un nouveau genre, à se mordre l'un l'autre. La morsure me parut très longue; on eût réellement dit qu'il voulait m'arracher un morceau de chair. Enfin, bien que je voulusse presque qu'il me mordît et qu'en dépit du peu d'amour que je sentais dans cette morsure j'eusse plaisir à ce qu'il me mordît, je ne pus plus supporter la douleur et le repoussai en lui disant d'une voix basse et brisée :

– Mais non... que fais-tu ? Tu me fais mal.

C'est ainsi que prit fin, presque tout de suite, mon illusoire sentiment de victoire. Ensuite, pendant tout le temps que nous nous aimâmes, nous ne dîmes pas un seul mot; mais son attitude ne m'en révélait pas moins, obscurément, le véritable pourquoi de son abandon, qu'il devait, plus tard, m'expliquer en détail. Je compris que, jusqu'alors, ce qu'il n'acceptait pas, ce n'était pas tant moi qu'une partie de lui-même portée à me désirer; maintenant, au contraire, pour un motif à lui, il laissait cette partie de lui-même, refrénée jusqu'alors, s'assouvir librement. Je n'y étais pour rien. De même qu'il ne m'avait pas aimée avant, il ne m'aimait pas maintenant. Moi ou une autre, c'était la même chose pour lui. Maintenant comme avant, je n'étais qu'un moyen dont il faisait usage pour se punir ou se récompenser. Toutes ces choses, tandis que nous étions couchés dans l'obscurité, je ne les pensais pas; je les sentais dans ma chair et dans mon sang, de la même manière que, quelque temps auparavant, j'avais senti que Sonzogne était un monstre, tout en ne sachant encore rien de son crime. Mais j'aimais Jacques, et mon amour était plus fort que ce sentiment.

Je fus cependant frappée de la violence et de l'insatiabilité qu'il mettait dans son désir, naguère si avare. J'avais toujours pensé qu'il se modérait un peu par raison de santé, qu'il était de complexion délicate. C'est pourquoi lorsque, aussitôt après avoir joui de moi, je le vis recommencer une troisième fois, je ne pus m'empêcher de lui chuchoter :

– Pour moi, tu peux... mais fais attention de ne pas te faire mal.

J'eus l'impression qu'il riait, et j'entendis sa voix me murmurer à l'oreille :

– Désormais, rien ne peut me faire mal.

Ce « désormais » me donna une impression funèbre, si bien que même le plaisir que je trouvais dans ses embrassements fut presque supprimé et que j'attendis avec impatience le moment où je pourrais lui parler et savoir enfin ce qui lui était arrivé. Après l'amour, il sembla s'assoupir : mais peut-être ne dormait-il pas. J'attendis un temps raisonnable et, ensuite, faisant un effort tel que le cœur me manqua presque, je lui demandai à voix basse :

– Maintenant, tu vas me dire ce qui est arrivé.

– Il n'est rien arrivé.

– Pourtant, il a bien dû arriver quelque chose.

Il se tut un moment, puis dit comme s'il se parlait à lui-même :

– Après tout, je suppose que tu dois le savoir, toi aussi. Eh bien ! il est arrivé ceci que, depuis onze heures du soir, je suis devenu un traître.

Ces paroles me donnèrent une impression de froid horrible, non pas tant par elles-mêmes que par la voix avec laquelle elles étaient prononcées.

– Un traître ? balbutiai-je. Pourquoi ?

Il me répondit de son ton froid et lugubrement farceur :

– Parmi ses compagnons d'idéal politique, M. Jacques était connu pour l'intransigeance de ses opinions et la violence de ses ressentiments. Ils considéraient tout simplement M. Jacques comme un futur chef. Et M. Jacques était tellement sûr qu'il ferait brillante figure dans n'importe quelle circonstance qu'il souhaitait presque d'être arrêté et mis à l'épreuve. Oui, parce que M. Jacques pensait que l'arrestation, la prison et les autres souffrances sont nécessaires dans la vie d'un homme politique, comme sont nécessaires les longues croisières, les ouragans, les naufrages dans la vie d'un homme de mer !... Mais, à la première houle, le marin s'est senti mal au cœur comme la première petite bonne femme venue... A peine en présence d'un policier quelconque, sans même attendre d'être menacé ou passé à tabac, M. Jacques s'est mis à table... En somme, il a trahi. C'est ainsi que, depuis hier, M. Jacques a quitté la carrière politique pour entrer dans celle qu'on pourrait appeler de la délation.

– Tu as eu peur ! m'écriai-je.

Il répondit tout de suite avec calme :

– Non, je n'ai peut-être même pas eu peur. Seulement il m'est arrivé ce qui s'est déjà produit ce fameux soir avec toi, quand tu voulais que je t'explique mes idées... brusquement, ça ne m'a plus intéressé du tout. Celui qui m'interrogeait m'a presque paru sympathique. Lui, il avait intérêt à savoir certaines choses... et moi, à ce moment-là, je ne me sentais aucun intérêt à les lui cacher; alors, je les lui ai dites... comme ça... tout simplement. Ou plutôt, ajouta-t-il après une minute de réflexion, pas si simplement que ça, avec empressement, en toute hâte, je pourrais presque dire avec zèle. Un peu plus, c'était lui qui modérait mon enthousiasme !

Je songeai à Astarite et il me parut bizarre qu'il eût semblé sympathique à Jacques.

– Mais qui t'a interrogé ? lui demandai-je.

– Je ne le connais pas. Un homme jeune, avec une figure jaune, les yeux noirs, très bien habillé. Ce devait être un haut fonctionnaire.

– Et il t'a été sympathique ! ne pus-je m'empêcher de m'écrier en reconnaissant dans cette description la silhouette d'Astarite.

Dans le noir, contre mon oreille, il se mit à dire :

– Doucement... pas lui personnellement, mais sa fonction. Mais oui, quand on renonce à soi-même, ou qu'on ne sait pas être ce qu'on devrait être, ce qui sort, c'est ce qu'on est. Ne suis-je pas fils d'un riche propriétaire ? Et cet homme, en tant qu'il remplit sa fonction, ne défend-il pas mes intérêts ? Nous nous sommes reconnus de la même race... solidaires de la même cause... Que vas-tu imaginer? Que j'ai éprouvé de la sympathie pour lui personnellement? Non, non... j'ai ressenti de la sympathie pour sa fonction... J'ai senti que c'était moi qui le payais, que c'était moi qu'il défendait; tout en comparaissant devant lui en accusé, j'étais derrière lui comme son patron.

Il riait ou, mieux, toussotait avec un ricanement qui m'écorchait les oreilles. Je ne comprenais rien, si ce n'est qu'il était arrivé quelque chose de très triste et que ma vie entière était de nouveau en question. Il ajouta au bout d'un moment :

– Peut-être que je me calomnie... peut-être n'ai-je parlé ainsi que parce que je n'attachais aucun intérêt au fait de ne pas parler... Parce que, brusquement, tout m'a semblé absurde et sans importance et parce que je n'ai plus rien compris des choses auxquelles j'aurais dû croire.

– Tu n'y as plus rien compris? lui demandai-je machinalement.

– Non... ou plutôt j'ai compris les mots, comme je les comprends encore maintenant, mais pas les faits que ces mots indiquaient... Et alors... on ne peut pas souffrir pour des mots. Les mots ne sont que des sons... autant se faire mettre en prison pour le hihan d'un âne ou un grincement de roue... Les mots n'avaient plus de valeur pour moi, ils me paraissaient tous absurdes et tous pareils. Il voulait des mots, et moi je lui en ai donné autant qu'il en voulait.

– Mais alors, ne pus-je me tenir d'objecter, si ce n'étaient que des mots, qu'est-ce que ça peut te faire?

– Oui, mais, malheureusement, aussitôt prononcés, ces mots cessaient d'être de simples mots et devenaient des faits.

– Pourquoi?

– Parce que j'ai commencé à souffrir. Parce que j'ai eu du remords de les avoir dits. Parce que j'ai compris, senti, qu'en disant ces mots j'étais devenu ce qu'on désigne par le terme de traître.

– Mais, alors, pourquoi les as-tu dits?

Il me répondit lentement :

– Pourquoi parle-t-on en rêve ? Je dormais peut-être... mais, maintenant, je me suis réveillé.

Nous avions beau tourner autour du sujet, nous en revenions constamment au même point. Je me sentis au cœur un élancement atroce et je lui dis avec effort :

– Peut-être te trompes-tu ? Tu as l'impression d'avoir dit Dieu sait quoi; il est possible que tu n'aies rien dit du tout ?

– Non, je ne me trompe pas, me répondit-il brièvement.

Je me tus un moment. Puis je lui demandai :

– Et tes amis ?

– Quels amis ?

– Tullius et Thomas.

– Je ne sais rien à leur sujet, me répondit-il en affectant l'indifférence. On va les arrêter.

– Non, m'écriai-je, on ne les arrêtera pas.

Je pensai qu'Astarite n'avait certainement pas profité de ce moment de faiblesse de Jacques. Pour la première fois, pourtant, l'idée de l'arrestation des deux amis me fit entrevoir la gravité de toute cette affaire.

– Pourquoi ne les arrêterait-on pas ? dit-il. J'ai donné leurs noms. Il n'y a aucune raison pour qu'on ne les arrête pas.

– Oh ! Jacques ! ne pus-je m'empêcher de m'écrier avec angoisse. Pourquoi as-tu fait cela ?

– C'est ce que je me demande moi-même.

– Mais si on les arrête, repris-je au bout d'un moment, m'accrochant ainsi au seul espoir qui me restât, il n'y a rien d'irréparable. Ils ne sauront jamais que c'est toi...

– Non, m'interrompit-il; mais, moi, je le saurai... je le saurai toujours... Je saurai toujours que je ne suis plus comme avant, que je suis un autre personnage auquel, au moment où je parlais, j'ai donné la vie comme la mère donne la vie à son fils en le mettant au monde. Et, malheureusement, ce personnage ne me plaît pas... c'est là le malheur... Il y a des maris qui tuent leur femme parce qu'il leur est intolérable de continuer à vivre ensemble. Imagine ce que c'est que d'être deux dans le même corps quand il y en a un qui hait l'autre à mort. Pour mes amis, on va sûrement les arrêter.

Je ne pus me retenir plus longtemps et je lui dis :

– Même si tu n'avais pas parlé, tu aurais été remis en liberté. Et tes amis ne courent aucun danger.

Là-dessus, je lui racontai rapidement l'histoire de mes relations avec Astarite, mon intervention en sa faveur et la promesse qu'Astarite m'avait faite. Il m'écouta sans dire un mot, puis déclara :

– De mieux en mieux. Ainsi je dois ma liberté non seulement à mon activité de mouchard, mais encore à tes relations amoureuses avec un policier.

– Jacques ! ne parle pas ainsi !

– Du reste, ajouta-t-il au bout d'un moment, je suis content que mes amis s'en tirent; au moins je n'aurai pas ce remords-là sur la conscience.

– Tu vois ? lui dis-je vivement. Quelle différence y a-t-il entre tes amis et toi ? Eux aussi me doivent leur liberté, à moi et au fait qu'Astarite est amoureux de moi.

– Pardon, il y a une différence ! Eux n'ont pas parlé.

– Qui te le dit ?

– Je l'espère pour eux. Quoi qu'il en soit, ce ne serait pas une consolation pour moi.

– Mais, toi, tu n'as qu'à te comporter comme si rien n'était arrivé ! insistai-je à nouveau. Reviens à eux sans aucune allusion à rien... Qu'est-ce que cela peut faire ? Ça peut arriver à tout le monde d'avoir un moment de faiblesse.

– Oui, répondit-il, mais il n'arrive pas à tout le monde de mourir en restant vivant. Tu sais ce qui m'est arrivé au moment où j'ai parlé ? Je suis mort... tout simplement mort... mort à jamais.

Je devins incapable de supporter l'angoisse qui me serrait le cœur et fondis en larmes.

– Mais pourquoi pleures-tu ? me demanda-t-il.

– A cause des choses que tu me dis, répondis-je en redoublant de sanglots... que tu es mort. Cela me fait tellement peur !

– Cela te déplaît d'être à côté d'un mort ? me demanda-t-il en plaisantant. Pourtant ce n'est pas aussi terrible que ça semble... Ce n'est même pas terrible du tout... Je suis mort d'une manière particulière... en ce qui concerne mon corps, je suis bien vivant... touche si je ne suis pas vivant...

Il me prit la main et me fit toucher son corps.

— Je suis vivant, comme tu le sens...

Il tirait sur ma main, pour m'obliger à le palper; il finit par la porter à son aine, l'écrasa sur son sexe.

— Je suis partout vivant... En ce qui te concerne, comme je te le fais constater, je suis plus vivant que jamais... n'aie pas peur; si nous n'avons pas beaucoup fait l'amour tant que j'étais encore vivant, par compensation, nous allons le faire beaucoup plus souvent maintenant que je suis mort.

Avec une sorte de mépris rageur, il rejeta loin de lui ma main inerte. Je la portai avec l'autre à mon visage et donnai bruyamment cours à ma misérable douleur. J'aurais voulu pleurer toujours, continuer à pleurer sans arrêt, parce que je redoutais le moment où les pleurs cessent et où on reste vide et comme hébété devant les mêmes choses qui les ont fait couler. Pourtant, ce moment vint; j'essuyai au drap mon visage inondé et fixai mes yeux dilatés dans le vide. Alors je l'entendis me demander d'une voix affectueuse et douce :

— Voyons, d'après toi, que devrais-je faire?

Je me retournai avec violence, m'enlaçai étroitement à lui et lui dis sur la bouche :

— N'y pense plus... ne t'en occupe plus... ce qui a eu lieu est passé... Voilà ce que tu dois faire!

— Et après?

— Après, remets-toi au travail... passe ton doctorat... Après le doctorat, reviens dans ta ville, peu m'importe de ne plus te revoir pourvu que je te sache heureux... prends une occupation! Quand le moment sera venu, épouse une jeune fille de la région, de ta situation sociale, qui t'aime sincèrement... Qu'est-ce que ça peut te faire, la politique? Tu n'es pas fait pour la politique, tu as eu tort de t'en occuper... Ç'a été une erreur; il peut arriver à tout le monde de commettre des erreurs... Un jour il te semblera bizarre de t'en être occupé. Moi, je t'aime pour de bon, Jacques. Une autre femme ne voudrait pas se séparer de toi... Eh bien ! si c'est nécessaire, pars dès demain... Ne nous voyons plus s'il le faut, pourvu que tu sois heureux.

– Mais moi, me dit-il d'une voix très basse et pourtant claire, je ne serai plus jamais heureux : je suis un mouchard.

– Ce n'est pas vrai ! lui répondis-je, exaspérée, tu n'es pas le moins du monde un mouchard ! Et même, si tu en étais un, tu pourrais encore être heureux. Il y a des gens qui ont commis de véritables crimes et qui sont tout à fait heureux. Prends mon exemple. Quand on dit une fille de trottoir, Dieu sait ce qu'on imagine; or, je suis une femme comme toutes les autres. Souvent, même, je suis heureuse. Ces derniers jours, ajoutai-je avec amertume, j'étais tellement heureuse !

– Tu étais heureuse ?

– Oui, tellement ! Mais je savais bien que ça ne pouvait pas durer, et naturellement...

En disant cela, je fus prise d'une nouvelle envie de pleurer, mais je me contins et continuai :

– Tu t'étais imaginé être tout différent de ce que tu es... et ce qui est arrivé est arrivé. Maintenant, accepte d'être ce que tu es réellement... et tu verras que tout s'arrangera du coup. Au fond, tu souffres de ce qui s'est produit parce que tu en as honte et que tu crains le jugement des autres, de tes amis... Eh bien ! cesse de les fréquenter, vois d'autres gens, le monde est si grand... S'ils ne t'aiment pas suffisamment pour comprendre que ce n'a été qu'un instant de faiblesse, reste avec moi qui t'aime, qui te comprends et qui ne te juge pas... Je t'assure, m'écriai-je avec force... quand bien même tu aurais commis une action mille fois pire, tu serais toujours mon Jacquot !

Il ne dit rien, et je continuai :

– Je ne suis qu'une pauvre fille, ignorante, je le sais, mais il y a des choses que je comprends mieux que tes amis et même mieux que toi. Moi aussi, j'ai éprouvé le sentiment que tu éprouves en ce moment. La première fois que nous nous sommes vus et que tu ne m'as pas touchée, je me suis mis en tête que c'était parce que tu me méprisais et, tout à coup, j'ai perdu jusqu'au goût de la vie. Je me sentais si malheureuse! J'aurais voulu être une autre et, en même temps, je comprenais que c'était impossible et que, désormais, je resterais toujours ce que j'étais; je ressentais une honte qui collait à moi, qui me brûlait, un ennui, un désespoir... Je me sentais tout ankylosée, gelée, paralysée... par instants, je pensais que je voulais mourir. Puis, un jour, je suis sortie avec maman, je suis entrée par hasard à l'église, et là, en priant, j'ai cru comprendre qu'au fond il n'y avait pas de quoi rougir... que, si j'étais faite de cette façon-là, c'était signe que Dieu l'avait voulu, que je ne devais pas me rebiffer contre mon sort, mais l'accepter au contraire avec docilité et confiance, et que, si tu éprouvais du mépris pour moi, c'était ta faute et non la mienne... En somme, j'ai pensé bien des choses et, à la fin, toute ma mortification m'a passé et je me suis sentie de nouveau joyeuse et légère.

Il se mit à rire, de ce rire qui me glaçait, et il me dit :

– En résumé, je devrais accepter ce que j'ai fait et ne pas me révolter. Je devrais accepter celui que je suis devenu et ne pas me juger. Peut-être que, dans une église, il peut se produire certaines choses, mais en dehors d'une église...

– Eh bien! va à l'église! lui proposai-je, me rattachant à ce nouvel espoir.

– Non, je n'irai pas. Je ne suis pas croyant et l'église m'ennuie. Et puis... en voilà des propos!

Il recommença à rire puis, tout à coup, cessa de rire, me saisit aux épaules et se mit à me secouer avec violence en me criant :

– Mais tu ne comprends donc pas ce que j'ai fait? Tu ne comprends pas? Tu ne comprends pas?

Il me secouait avec une telle force que j'avais le souffle coupé. D'une dernière secousse, il me rejeta en arrière et je l'entendis sauter à bas du lit et se rhabiller dans le noir.

– N'allume pas! me dit-il d'un ton menaçant; il va falloir que je me réhabitue à me laisser regarder en face... pour l'instant, c'est encore trop tôt. Gare à toi si tu allumes!

Je n'osais pas respirer, mais je finis par lui demander :

– Tu t'en vas ?

– Oui, mais je reviendrai, me dit-il.

Et j'eus l'impression qu'il riait de nouveau.

– N'aie pas peur, je reviendrai... Je dois même te donner une bonne nouvelle : je viendrai habiter complètement avec toi.

– Ici, chez moi ?

– Oui, mais je ne te gênerai pas... tu seras libre de continuer ta vie habituelle. Du reste, ajouta-t-il, nous pourrons vivre à deux avec ce que m'envoie ma famille... Ça payait ma pension... mais, chez soi, c'est suffisant pour deux.

Cette idée qu'il venait s'installer chez moi me paraissait plus bizarre qu'agréable. Pourtant, je n'osai rien lui dire. Il finit de s'habiller en silence, dans cette obscurité complète.

– Je reviens cette nuit, me dit-il.

Je l'entendis ouvrir la porte, sortir, refermer. Je restai dans le noir, les yeux grands ouverts.

10

Le même après-midi, ainsi qu'Astarite me l'avait conseillé, je me rendis au commissariat du quartier faire une déposition sur l'histoire Sonzogne. Je n'y allai qu'avec une grande répugnance parce qu'après ce qui était arrivé à Jacques, tout ce qui était police et policiers m'inspirait un malaise mortel. Mais j'étais désormais presque résignée. Je comprenais que, pour quelque temps, la vie n'aurait plus le moindre attrait pour moi.

– Nous vous attendions ce matin, me dit le commissaire quand je lui eus exposé les motifs de ma visite.

C'était un brave homme, il y avait déjà longtemps que je le connaissais; bien qu'il fût père de famille et eût passé la cinquantaine, depuis beau temps déjà j'avais compris qu'il éprouvait pour moi plus qu'une simple sympathie. Je me souviens surtout de son nez : gros, spongieux et d'une allure mélancolique. Il avait toujours les cheveux ébouriffés et les yeux mi-clos, comme s'il venait de se lever. Ces yeux, d'un bleu intense, regardaient comme de l'intérieur d'un masque dans un visage épais, rose et gercé, faisant penser à l'écorce de certaines oranges tardives, qui sont énormes, mais ne renferment qu'un grumeau flétri.

Je lui dis qu'il m'avait été impossible de venir plus tôt. Ses yeux bleus me regardèrent un moment derrière l'écorce épaisse de sa face, puis il me demanda d'un air complice :

— Alors, comment s'appelle-t-il ?

— Qu'est-ce que j'en sais, moi ?

— Allons, vous le savez bien !

— Parole d'honneur ! dis-je en mettant ma main sur ma poitrine. Il m'a abordée dans le Corso; j'avais bien eu l'impression de quelque chose de bizarre dans son attitude, mais je n'y avais pas attaché d'importance.

— Comment se fait-il que vous ne fussiez pas chez vous, qu'il fût seul ?

— Je l'avais quitté parce que j'avais un rendez-vous urgent.

— Mais lui, il a cru que vous étiez sortie chercher les agents. Vous le savez ? Il a crié que vous l'aviez vendu.

— Oui, je le sais.

— Et qu'il vous le ferait payer.

— Tant pis.

— Mais vous ne vous rendez pas compte, ajouta-t-il en me regardant de côté, que c'est là un homme dangereux et que, demain, pour se venger de votre mouchardage imaginaire, il peut très bien tirer sur vous comme il a tiré sur les agents ?

— Bien sûr, que je m'en rends compte !

— Alors, pourquoi ne pas vouloir nous dire son nom ? Nous l'arrêtons et nous vous ôtons cette préoccupation.

— Puisque je vous dis que je ne le sais pas ! Ça, c'est pas mal !... S'il me fallait savoir le nom de tous les hommes que j'amène à la maison !

— Hé bien! nous, au contraire, affirma-t-il tout à coup d'une voix plus forte et théâtrale, en se penchant en avant, ce nom-là, nous le savons!

Je compris que c'était une ruse et lui répondis tranquillement :

— Si vous le savez, pourquoi me tourmentez-vous tant? Arrêtez-le et qu'on n'en parle plus.

Il me regarda un moment en silence; je notai que ses yeux, incertains et troublés, fixaient plutôt mon corps que mon visage, et je compris que, subitement et malgré lui, son ancien désir s'était substitué chez lui à sa ferveur professionnelle.

— Nous savons aussi autre chose, continua-t-il, c'est que, s'il a tiré et s'il s'est sauvé, il avait de bonnes raisons pour le faire!

— Ah! pour ça, moi aussi, j'en suis bien sûre!

— Mais vous les connaissez, ces raisons!

— Moi, je ne sais rien. Puisque je ne sais pas son nom, comment voulez-vous que je sache le reste?

— Nous, ce reste, nous le savons très bien, dit-il.

Il parlait dorénavant d'une façon mécanique, comme s'il pensait à autre chose; j'étais bien sûre qu'il ne lui faudrait pas longtemps pour se lever et venir près de moi.

— Nous le savons très bien et nous l'attraperons... C'est une question de jours, peut-être même d'heures.

— Tant mieux pour vous.

Il se leva, comme je l'avais prévu, fit le tour de la table, vint à côté de moi et me prit le menton dans la paume de sa main.

— Allons! allons! me dit-il. Vous savez tout et vous ne voulez pas nous le dire. De quoi avez-vous peur?

— Je n'ai peur de rien et je ne sais rien, lui répondis-je, mais, vous, tâchez d'ôter vos mains...

— Allons! allons! répéta-t-il.

Mais il revint s'asseoir derrière sa table.

— Vous avez de la chance, me dit-il, que j'aie de la sympathie pour vous et que je vous connaisse pour une brave fille. Vous savez ce qu'un autre aurait fait pour vous obliger à parler? Il vous aurait mise au violon pour un bon moment. Ou encore il vous aurait fait interner à Saint-Gallican.

Je me levai en déclarant :

– Bon ! J'ai à faire ! Si vous n'avez rien d'autre à me dire !

– Vous pouvez partir, accorda-t-il; mais faites attention à vos fréquentations... politiques et autres !

Je feignis de ne pas entendre ces dernières paroles, prononcées d'un ton plein d'allusions, et sortis en hâte des petites salles sordides du commissariat.

Chemin faisant, je songeai de nouveau à Sonzogne. Le commissaire n'avait fait que confirmer ce que je pensais déjà; Sonzogne était convaincu que je l'avais dénoncé et voulait se venger. Je fus prise d'une grande peur, non pas pour moi, mais pour Jacques. Sonzogne était un furieux; s'il trouvait Jacques avec moi, il n'hésiterait pas à le tuer lui aussi. Je dois dire que l'idée de mourir avec Jacques me souriait étrangement. Il me semblait voir la scène : Sonzogne tirait; je me jetais devant Jacques pour le protéger et recevais la balle à sa place. Mais il ne me déplaisait pas d'imaginer Jacques également frappé, et notre mort commune qui mêlait nos deux sangs. Pourtant je réfléchissais qu'être tués au même instant, par le même assassin, n'était pas aussi beau qu'un suicide commun. Se donner la mort ensemble me paraissait une conclusion digne d'un amour fort. C'était comme tuer une fleur avant qu'elle se fane, comme s'enfermer dans le silence après avoir entendu une musique sublime. J'avais souvent pensé à cette forme de suicide qui arrête le temps, avant que celui-ci corrompe et avilisse l'amour, et qui est voulu, exécuté plutôt par excès de joie que par intolérance de la douleur. Aux moments où j'avais l'impression d'aimer Jacques avec trop d'intensité, au point de redouter l'impossibilité de pouvoir, par la suite, l'aimer autant, l'idée de ce suicide à deux m'était venue tout naturellement avec la même facilité, la même spontanéité avec laquelle je l'embrassais et le câlinais. Mais je ne lui en avais jamais parlé, parce que je savais que, pour se tuer ensemble, il faut s'aimer également tous deux. Et Jacques ne m'aimait pas ou, s'il m'aimait, il ne m'aimait pas suffisamment pour désirer ne plus vivre.

Tout en marchant, la tête basse, dans la direction de chez moi, je réfléchissais intensément à tout cela. Tout à coup, voici qu'il me vint une espèce de vertige accompagné d'une grande nausée et d'un malaise mortel. J'eus à peine le temps d'entrer dans une crémerie. J'étais à quelques pas de la maison, mais je n'aurais pas eu la force de faire ce court trajet : je serais tombée à terre.

Je m'assis à une table derrière la porte vitrée et fermai les yeux, accablée par ce malaise. Je continuais d'éprouver une violente impression de nausée et de vertige, et cette sensation était aggravée par les halètements du percolateur pourtant bien éloigné, mais qui me donnaient de l'angoisse. Je percevais sur ma figure et sur mes mains la tiédeur de la salle close et chauffée, et toutefois sentais un grand froid. Le crémier, qui me connaissait, me cria de derrière son comptoir :

— Un café, mademoiselle Adrienne ?

De la tête, sans ouvrir les yeux, je fis signe que oui.

Enfin, je revins à moi et j'avalai le café que le crémier avait posé sur ma table. A vrai dire, ce n'était pas la première fois que j'éprouvais ce malaise; je l'avais déjà ressenti les derniers temps, mais toujours plus léger, presque imperceptible. Je n'y avais pas attaché d'importance, ne fût-ce que parce que des événements insolites et angoissants m'avaient empêchée d'y penser. Mais, maintenant, en y réfléchissant et en établissant une corrélation entre le malaise et une irrégularité significative constatée dans ma vie physique au cours du mois, je dus me convaincre que certains soupçons que j'avais eus ces derniers temps et toujours refoulés, et qui n'étaient jamais sortis des zones les plus obscures de ma conscience, répondaient à la réalité.

« Il ne peut y avoir aucun doute, pensai-je brusquement. J'attends certainement un enfant. »

Je payai le café et sortis de la crémerie. Ce que j'éprouvais était très compliqué : aujourd'hui encore, après un si long temps, il ne m'est pas facile de le dire. J'ai déjà remarqué que les malheurs ne viennent jamais seuls; et cette nouveauté qu'à une autre époque et dans une autre situation j'aurais accueillie avec joie, dans ces circonstances-là, je ne pouvais m'empêcher de la considérer comme un véritable malheur. Mais, d'autre part, je suis ainsi faite qu'un mouvement irrésistible et mystérieux de mon âme me pousse toujours à découvrir un aspect aimable dans les choses les plus déplaisantes. Cette fois-là, l'aspect aimable n'était pas difficile à trouver; c'était celui-là même qui remplit d'espoir et de satisfaction le cœur de toutes les femmes, lorsqu'elles apprennent qu'elles sont enceintes. Il était vrai que mon enfant naîtrait dans des conditions aussi défavorables que possible; ce n'en serait pas moins mon enfant, ce serait moi qui l'enfanterais, qui l'élèverais et qui en jouirais. « Un enfant est un enfant, pensai-je; il n'y a pas de pauvreté, ni de circonstances terribles, ni d'avenir sombre qui puissent empêcher une femme, si dépourvue et si abandonnée qu'elle soit, de se réjouir à l'idée de le mettre au monde. »

Ces réflexions me calmèrent; après une minute d'appréhension et de découragement, je me sentis aussi tranquille et confiante que d'habitude. Le jeune médecin qui m'avait visitée si longtemps auparavant, quand maman m'avait traînée à la pharmacie de nuit pour savoir si oui ou non j'avais fait l'amour avec Gino, avait son cabinet à quelques numéros de distance de la crémerie. Je décidai d'y aller et de me faire visiter. C'était de bonne heure; il n'y avait personne dans la salle d'attente; le docteur, qui me connaissait très bien, m'accueillit avec cordialité. Aussitôt que j'eus refermé la porte, je lui annonçai tranquillement :

— Docteur, je suis presque sûre d'être enceinte.

Il se mit à rire parce qu'il savait mon métier. Et il me demanda :

— Ça te contrarie ?

— Pas du tout. Je suis contente, au contraire.

— Voyons.

Après m'avoir posé quelques questions sur mon malaise, il me fit étendre sur la toile cirée de son petit lit, m'examina et me dit gaiement :

— Cette fois, nous y sommes !

Je fus heureuse d'avoir la confirmation de mes soupçons. L'esprit tranquille, sans l'ombre d'un désappointement :

– Je le savais déjà, lui dis-je; je suis venue ici pour en être sûre.

– Alors, tu peux en être tout à fait certaine.

Il se frottait les mains aussi joyeusement que si c'eût été lui le père de l'enfant, tout gai, tout plein de sympathie pour moi, en se balançant d'un pied sur l'autre. Mais un doute me tourmentait, et j'aurais voulu le résoudre.

– Depuis combien de temps ? lui demandai-je.

– Bah ! environ deux mois... un peu plus, un peu moins... Pourquoi ? Tu veux savoir qui c'est ?

– Je le sais déjà.

Je me dirigeai vers la porte.

– Si tu as besoin de n'importe quoi, tu peux venir me trouver, me dit-il en ouvrant la porte. Quand le moment sera venu, on tâchera de faire naître l'enfant dans les meilleures conditions possibles.

Il avait pour moi, comme le commissaire, une inclination très marquée. Mais, à la différence du commissaire, il me plaisait. C'était, je l'ai déjà décrit une autre fois, un beau garçon très brun, sain et vigoureux, les yeux brillants et les dents blanches, vif et gai comme un chien de chasse.

Je venais souvent me faire visiter par lui. Au moins une fois tous les quinze jours. Et deux ou trois fois, par gratitude, j'avais consenti à faire l'amour avec lui, sur ce même petit lit de toile cirée sur lequel il venait de me faire étendre. Mais il était discret et se contentait de quelques petites plaisanteries affectueuses sans jamais m'imposer ses désirs. Il me donnait des conseils, et j'imagine qu'à sa façon il était un peu amoureux de moi.

J'avais dit au docteur que je connaissais le père de mon enfant. En réalité, au moment où je disais cela, je n'avais guère qu'un soupçon, et plus par instinct que par calcul matériel. Mais, chemin faisant, quand je comptai les jours et révisai mes souvenirs, ce soupçon devint certitude. Je me souvins du mélange d'attirance et de terreur qui m'avait arraché, presque exactement deux mois plus tôt, un long cri lamentable d'agonie et de plaisir, et fus tout à fait sûre que le père ne pouvait être que Sonzogne. Il était certes horrible de penser que j'allais avoir un enfant d'un assassin insensible et monstrueux comme Sonzogne; je pouvais redouter que l'enfant ressemblât au père et rappelât son caractère. D'autre part, je ne pouvais m'empêcher de trouver quelque justice dans cette paternité. Parmi tant d'hommes qui m'avaient aimée, Sonzogne était le seul qui m'eût réellement possédée, en dehors de tout sentiment d'amour, dans le fond le plus obscur et le plus secret de ma chair. Le fait que je n'éprouvasse pour lui qu'épouvante et horreur et que j'eusse dû me donner à lui malgré moi ne démentait pas, mais confirmait la profondeur et l'intégrité de cette possession. Ni Gino, ni Astarite, ni même Jacques, pour qui j'éprouvais une passion d'un genre tout différent, n'avaient suscité chez moi le sentiment d'une possession aussi légitime, quoique détestée. Tout cela me paraissait à la fois étrange et effrayant, mais il en était ainsi : les sentiments sont la seule chose qu'on ne puisse ni refuser, ni démentir, ni même analyser, dans un certain sens. Je finis par conclure que l'amour veut certains hommes, et la procréation d'autres hommes; et que, s'il était juste que j'eusse un fils de Sonzogne, il n'était pas moins juste de ma part de le détester, de le fuir et d'aimer Jacques comme je l'aimais.

Je montai lentement mon escalier en songeant au fardeau vivant que je portais désormais dans mon ventre. Quand je fus dans l'antichambre, j'entendis parler dans la grande salle. Je franchis le seuil et vis avec surprise Jacques, assis au bout de la table, en train de discourir paisiblement avec maman, assise à coudre auprès de lui. Seule la lampe centrale était allumée : une lampe à contrepoids. Une grande partie de la pièce restait dans le noir.

— Bonsoir, dis-je mollement en m'approchant.

— Bonsoir, bonsoir, me dit Jacques d'une voix hésitante et désagréable.

Je le regardai en face, je lui vis les yeux luisants et

j'eus la certitude qu'il était ivre. Au bout de la table, il y avait une petite nappe et deux couverts; comme maman mangeait toujours seule à la cuisine, je compris que le second couvert était pour Jacques.

— Bonsoir, répéta-t-il. J'ai apporté mes valises. Elles sont dans la chambre. J'ai même fait amitié avec ta mère... N'est-ce pas, madame, que nous nous entendons à merveille ?

Je me sentis au cœur une sorte de faiblesse en entendant cette voix sarcastique et lugubrement plaisantine. Je me laissai tomber de tout mon poids sur une chaise et fermai les yeux. J'entendis maman lui répondre :

— Vous dites que nous nous entendons... Si vous parlez mal d'Adrienne, nous ne nous entendrons jamais.

— Mais qu'ai-je dit ? s'écria Jacques avec un ton faussement étonné. Qu'Adrienne est faite pour la vie qu'elle mène... qu'Adrienne se trouve tout à fait bien dans la vie... Quel mal y a-t-il ?

— Ce n'est pas vrai, rétorqua maman. Au contraire, Adrienne n'est pas faite pour la vie qu'elle mène. Avec sa beauté, elle méritait mieux, beaucoup mieux. Vous ne savez pas, vous, qu'Adrienne est une des plus belles filles du quartier, pour ne pas dire de Rome ? Je vois tellement d'autres filles faire fortune, beaucoup plus laides qu'elle, alors qu'Adrienne, qui est belle comme une reine n'a rien. Mais je sais bien pourquoi !

— Pourquoi ?

— Parce qu'elle est trop bonne, voilà pourquoi ! Parce qu'elle est belle et bonne. Si elle était belle et méchante, vous verriez comme les choses seraient différentes !

— Allons ! allons ! dis-je, agacée de cette discussion et surtout du ton de Jacques, qui semblait se moquer de maman. Moi, j'ai une faim ! Est-ce que le dîner n'est pas encore prêt ?

— Ça va être prêt, dit maman, posant son ouvrage sur la table et sortant vivement.

Je me levai et la suivis à la cuisine.

— Est-ce que nous montons une pension ? grommela-t-elle dès que je fus près d'elle. Il est venu en maître... il a mis ses valises dans ta chambre, il m'a donné l'argent des commissions...

– Alors, tu n'es pas contente ?

– Je préférais avant.

– Bon ! Considère que nous sommes fiancés. Et puis c'est provisoire; c'est une question de jours; il ne va pas rester toujours ici.

J'ajoutai d'autres choses du même genre pour l'adoucir, l'embrassai et retournai dans la grande pièce.

Je me rappellerai longtemps ce premier dîner de Jacques à la maison, avec maman et moi. Il plaisantait continuellement, tout en mangeant de bon appétit. Mais, moi, ses plaisanteries me semblaient plus froides que la glace et plus acides que du citron. Il était clair qu'il n'avait qu'une idée, que cette idée était enfoncée dans sa conscience comme une épine dans la chair et que ces plaisanteries ne faisaient que remuer et faire pénétrer plus profondément cet aiguillon en lui de façon à raviver sa douleur. C'était l'idée de ce qu'il avait dit à Astarite. Jamais, véritablement, je ne vis personne se repentir à ce point d'une faute commise. Seulement, à la différence de ce que les prêtres m'enseignaient quand j'étais petite, que le repentir lave la faute – ce repentir-là semblait n'avoir ni fin, ni issue, ni le moindre effet bienfaisant. Je comprenais que Jacques souffrait horriblement et je souffrais pour lui dans la même mesure, et davantage, peut-être, parce que je ne souffrais pas seulement de sa souffrance, mais de mon impuissance à la lui enlever, à la lui alléger, tout au moins.

Nous mangeâmes en silence le premier plat. Puis maman, tout en nous servant debout, dit je ne sais quoi sur le prix de la viande, et alors Jacques leva la tête et lui répondit :

– N'ayez pas peur, madame. Dorénavant, c'est moi qui penserai à tout : je vais avoir une bonne place.

A cette annonce, je ressentis presque de l'espoir.

– Quelle place ? demanda maman.

– Une place dans la police, lui répondit Jacques avec une gravité outrée et comme contrite; c'est un ami d'Adrienne qui me la procure... M. Astarite.

Je posai mon couteau et ma fourchette et le regardai avec intensité.

– On a découvert, continua-t-il, que je possède d'excellentes qualités pour entrer dans la police.

– C'est possible, dit maman; mais, moi, les policiers, je ne les ai jamais aimés... Le fils de la blanchisseuse qui habite au-dessous de chez nous s'est fait agent, lui aussi; eh bien! savez-vous ce que lui ont dit les jeunes gens qui travaillent à l'entrepôt de ciment, à côté? « Tu peux prendre le large, parce que, nous, nous ne te connaissons plus! » Et puis ils sont mal payés.

Elle fit la grimace, lui changea son assiette et lui présenta le plat de viande.

– Mais il ne s'agit pas de cela, répliqua Jacques en se servant; il s'agit d'un poste important, délicat, secret... Que diable! Je n'ai pas fait des études pour rien! j'ai presque mon doctorat, je sais plusieurs langues. Il n'y a que les pauvres diables qui deviennent agents, pas des personnes comme moi.

– C'est possible, répéta maman. Prends ça! ajouta-t-elle en poussant dans mon assiette le plus gros morceau de viande.

– Ce n'est pas possible, dit Jacques; cela est certain!

Il se tut un instant, puis reprit :

– Le gouvernement sait qu'il y a des malintentionnés partout... Non seulement dans les classes pauvres, mais encore chez les riches... Pour surveiller les riches, il faut des personnes bien élevées, qui parlent comme eux, s'habillent comme eux, aient les mêmes manières qu'eux... qui sachent leur inspirer confiance, en somme... C'est cela que je ferai... J'aurai de bons appointements, j'habiterai dans des hôtels de premier ordre, je voyagerai en wagon-lit, je prendrai mes repas dans les meilleurs restaurants, je m'habillerai chez un tailleur en vogue, je fréquenterai les plages de luxe, les stations de montagne les plus fameuses... Que diable! Pour qui me prenez-vous?

Maman, maintenant, le regardait bouche bée. Toutes ces splendeurs l'éblouissaient.

– Dans ce cas, déclara-t-elle, je n'ai plus rien à dire.

J'avais fini de manger. Tout à coup, il me fut impossible d'assister plus longtemps à cette lugubre conversation.

– Je suis lasse, dis-je brusquement, je vais dans ma chambre.

Je me levai et sortis de la pièce.

Une fois dans ma chambre, je m'assis sur mon lit et, pelotonnée sur moi-même, commençai à pleurer en silence entre mes doigts écartés. Je pensais à la douleur de Jacques et à l'enfant qui allait naître; et j'avais l'impression que les deux choses, la douleur et l'enfant, grandissaient pour leur compte, en raison d'une force qui ne dépendait pas de moi et que je ne pouvais aucunement contrôler; elles étaient vivantes, il n'y avait rien à faire. Au bout d'un moment, il entra; je me levai tout de suite et fis un demi-tour dans la chambre, pour ne pas lui laisser voir mes yeux en larmes et prendre le temps de les essuyer. Il avait allumé une cigarette, se jeta sur le lit et resta couché sur le dos. Je m'assis à côté de lui et lui dis :

– Je t'en prie, Jacquot... ne parle plus à maman de cette façon-là.

– Pourquoi ?

– Parce qu'elle ne comprend rien; que moi, au contraire, je comprends, et que, pour moi, chacune de tes paroles m'enfonce une aiguille dans le cœur.

Il ne répondit rien et continua de fumer en silence. Je pris dans un tiroir une de mes chemises, une aiguille et une bobine de soie, m'assis sur le lit à côté de la lampe et me mis à coudre sans mot dire. Je ne voulais pas parler parce que j'avais peur, si je parlais, qu'il ne m'entretînt du même sujet; j'espérais au contraire que, si nous gardions le silence, il finirait par en éloigner son esprit et n'y plus penser. La couture demande une grande attention de la vue, mais laisse l'esprit libre; les femmes qui en font métier le savent bien. Tandis que je cousais, mes pensées bouillonnaient et tournoyaient dans ma tête ou mieux, comme le fil que mon aiguille faisait passer et repasser à travers la trame, elles semblaient recoudre dans mon esprit je ne sais quel ourlet, je ne sais quel accroc. Moi aussi, maintenant, j'avais la même obsession que Jacques et ne pouvais m'empêcher de songer à ce qu'il avait dit à Astarite et aux conséquences qui s'ensuivraient. Mais je ne voulais pas y penser; ne fût-ce que parce que je craignais que, si j'y pensais, quelque mystérieuse influence ne le poussât à y penser lui aussi, si bien que je contribuerais à entretenir et à faire croître sa douleur. Je voulus donc songer à autre chose, à quelque chose de clair, d'allègre et de léger, et de toute la force de mon âme je concentrai toute mon imagination sur cet enfant qui allait naître : c'était en effet le seul aspect joyeux de ma vie parmi tant d'autres si horriblement tristes. Je me le représentai tel qu'il serait quand il aurait deux ou trois ans, l'âge le meilleur, l'âge où les enfants sont les plus beaux et les plus gracieux; et, en songeant à tout ce qu'il ferait, à tout ce qu'il dirait et à la façon dont je l'élèverais, je me sentis réellement redevenir gaie, comme je l'avais espéré; j'oubliai pendant un moment Jacques et sa douleur. J'avais fini de recoudre ma chemise; tout en prenant un autre vêtement à raccommoder, je réfléchis qu'au cours des jours suivants je pourrais alléger la tension des longues heures que je passerais avec Jacques en faisant le petit trousseau de mon enfant. Seulement, il me faudrait le faire sans être vue ou trouver un prétexte. Je songeai que je dirais à Jacques qu'il était destiné à une de nos voisines de la maison qui, elle aussi, effectivement, attendait un bébé; l'idée me parut d'autant meilleure que j'avais déjà parlé de cette femme à Jacques et fait allusion à sa pauvreté. Ces pensées me procurèrent une telle distraction que je me mis, presque à mon insu, à chanter à voix basse. J'ai la voix faible, mais très juste, avec une grande douceur d'accent qu'on remarque même quand je parle. Je commençai une chanson alors en vogue, qui s'appelait *Villa triste.* Comme je levais les yeux tout en cassant mon fil entre mes dents, je vis que Jacques me regardait. Alors je pensai qu'il pourrait me reprocher de chanter dans un moment aussi grave pour lui, et je me tus.

Il me regarda et me dit :

– Chante encore.

– Ça te fait plaisir que je chante ?

– Oui.

– Mais je ne chante pas bien.

– Ça ne fait rien.

Je repris ma couture et me mis à chanter pour lui. Comme toutes les jeunes filles, je savais un certain nombre de chansons; bien plus, mon répertoire était assez étendu, parce que j'ai très bonne mémoire et me rappelais même celles que j'avais apprises étant enfant. Je lui chantai un peu de tout; une chanson finie j'en entamais une autre. Je chantai d'abord en sourdine puis, y prenant goût, à haute voix, avec autant de sentiment que je pouvais. Les chansons se succédaient, différentes les unes des autres : en en chantant une, je pensais déjà à celle que j'entonnerais tout de suite après. Il m'écoutait avec une certaine sérénité sur le visage; et, moi, je me sentais heureuse de le distraire de son remords. Mais, en même temps, je me rappelais qu'étant petite fille j'avais un jour perdu je ne sais quel jouet que j'affectionnais; comme je ne cessais de pleurer à cause de cette perte, maman, pour me consoler, s'était assise sur mon lit et avait commencé à me chanter les très rares choses qu'elle connaissait. Elle chantait mal, elle avait la voix fausse; et, toutefois au début, elle m'avait distraite : je l'avais écoutée exactement comme Jacques m'écoutait, moi. En un second moment, l'idée de la perte de mon jouet commença de jeter lentement quelques gouttes d'amertume dans ce breuvage d'oubli que maman m'offrait, puis finit par me l'empoisonner complètement et le rendre, par contraste, intolérable. Si bien que, brusquement, j'avais de nouveau fondu en larmes et que maman, impatientée, avait éteint la lumière et m'avait laissée pleurer tout mon saoul dans le noir. J'étais sûre qu'à peine passée la trompeuse douceur de mon chant il était impossible qu'il ne ressentît pas sa peine accoutumée, rendue plus forte et plus cuisante encore par le contraste de la superficialité et du sentimentalisme de mes chansons. Je ne me trompais pas. Il y avait presque une heure que je chantais quand il m'interrompit brusquement pour me dire :

– Ça suffit maintenant. Tu m'ennuies, avec tes chansons !

Là-dessus, il se pelotonna comme pour dormir, en me tournant le dos.

J'avais prévu cette impolitesse et ne m'en affligeai pas outre mesure. Du reste, je ne m'attendais plus, désormais, qu'à des choses désagréables, et le contraire m'eût étonnée. Je me levai et j'allai remettre en place mon linge raccommodé. Puis je me déshabillai sans dire un mot, soulevai les couvertures et m'introduisis dans le lit du côté que Jacques laissait libre. Nous restâmes longtemps de la sorte, en silence, dos contre dos. Je savais qu'il ne dormait pas, mais qu'il pensait à cette chose-là; cette certitude unie au sentiment aigu de mon impuissance provoquait dans mon esprit tout un tourbillon de pensées confuses et désespérées. J'étais couchée sur le côté et, tout en réfléchissant, fixais des yeux, devant moi, un coin de la pièce. Je voyais une des deux valises que Jacques avait rapportées de chez la veuve Medolaghi : une vieille valise de cuir jaune constellée d'étiquettes bigarrées d'hôtels. Il y en avait une, entre autres, avec un rectangle de mer bleue, un grand roc rouge et l'inscription « Capri ». Dans cette ombre, au milieu du mobilier pâle et terne de ma chambre, cette tache bleue me semblait lumineuse; on aurait dit, plutôt qu'une tache, un trou au travers duquel je pouvais guetter un morceau de cette mer lointaine. Je fus prise brusquement de la nostalgie de la mer, si gaie, si vivante, où tout objet, même le plus corrompu et le plus difforme, se purifie, se lisse, s'arrondit, s'affine jusqu'à devenir net et beau. J'ai toujours aimé la mer, fût-ce la mer domestique et encombrée d'Ostie. A la vue de la mer, j'éprouve toujours une impression de liberté qui enivre mes oreilles plus encore que mes yeux, comme si les notes d'une musique prestigieuse et sans mesure voyageaient sur ses vagues. Je me mis à penser à la mer avec un désir aigu de ses flots transparents, qui semblent laver en même temps que le corps l'âme allégée, comblée de joie par son contact liquide. Je me dis que, si je pouvais conduire Jacques à la mer, peut-être bien que cette immensité, ce fracas perpétuel obtiendraient l'effet que mon amour tout seul ne pouvait provoquer. Je lui demandai tout à coup :

– Tu as été à Capri ?
– Oui, répondit-il sans se retourner.
– C'est beau ?
– Oui... c'est très beau.
– Ecoute, lui dis-je en me retournant dans le lit et en lui passant le bras autour du cou, pourquoi n'allons-nous pas à Capri, ou dans quelque autre endroit sur la mer ? En restant ici, à Rome, tu ne feras jamais que penser à des choses désagréables... Si tu changes de lieu et d'air, je suis sûre que tu verras tout sous un autre jour. Il y a tant de choses qui t'apparaîtront et que tu ne vois pas pour l'instant... Je suis sûre que cela te ferait beaucoup de bien !

Il ne me répondit pas tout de suite et parut réfléchir. Puis il me dit :

– Je n'ai pas besoin d'aller à la mer. Ici aussi, je pourrais, comme tu le dis, voir les choses d'une façon différente... Il me suffirait d'accepter ce que j'ai fait ainsi que tu me le conseilles; tout de suite, je jouirais du ciel, de la terre, de toi, de tout... Crois-tu que je ne le sache pas, que le monde est beau ?
– Alors, accepte, dis-je avec anxiété... Qu'est-ce que ça te fait ?

Il se mit à rire.

– Il fallait y penser avant, me répondit-il, accepter dès le début. Même les mendiants qui se chauffent au soleil ont accepté dès le début. Pour moi, il est trop tard.
– Mais pourquoi ?
– Il y a ceux qui acceptent et ceux qui n'acceptent pas. Il est évident que j'appartiens à la seconde catégorie.

Je ne savais que dire et je me tus. Il ajouta au bout d'un moment :

– Maintenant, éteins la lumière : je vais me déshabiller dans le noir... Je crois qu'il est temps de dormir.

J'obéis. Il se déshabilla dans l'obscurité et entra dans le lit à côté de moi. Je me tournai vers lui et fis mine de l'embrasser. Mais il me repoussa sans un mot et se pelotonna au bord du lit en me tournant le dos. Ce geste me remplit d'amertume et je me recroquevillai à mon tour, l'âme veuve, attendant le sommeil. Je me remis à songer à la mer; un grand désir me vint de mourir noyée. Je pensais que je ne souffrirais qu'un moment; après quoi, mon corps inanimé flotterait longtemps sous le ciel, allant de vague en vague. Les oiseaux marins becquèteraient mes yeux, le soleil me brûlerait la poitrine et le ventre, les poissons me grignoteraient le dos. Enfin, je coulerais, attirée la tête en bas par quelque courant bleu et froid qui me ferait voyager au fond de la mer pendant des mois et des années, au milieu des récifs sous-marins, des poissons et des algues; et beaucoup, beaucoup d'eau limpide et salée passerait sur mon front, sur ma poitrine, sur mon ventre, sur mes jambes, emportant lentement ma chair, me polissant et m'amenuisant toujours davantage. Enfin, une vague quelconque, un jour quelconque, me jetterait avec fracas sur une plage quelconque, réduite à quelques os fragiles et blancs. J'aimais l'idée d'être traînée par les cheveux au fond de la mer; j'aimais l'idée d'être réduite un jour ou l'autre à quelques ossements sans forme humaine, au milieu des cailloux purs d'une plage. Peut-être bien quelqu'un, sans s'en apercevoir, marcherait-il sur mes os et les réduirait-il en poussière blanche. Je finis par m'endormir avec ces pensées voluptueuses et tristes.

11

Le lendemain, quelque effort que je fisse pour me donner l'illusion que le sommeil et le repos avaient modifié les sentiments de Jacques, je m'aperçus tout de suite que ces sentiments n'avaient aucunement changé. Au contraire, je crus remarquer une aggravation. Comme la veille, il passait des longs silences obstinés et lugubres à des parlotes sarcastiques et désordonnées sur des choses indifférentes, mais dans lesquelles, pourtant, on pouvait toujours deviner en transparence – ainsi que le filigrane de certains papiers – la même pensée dominante. A ce que je crus observer, l'aggravation consistait en une sorte de volonté d'inertie, d'apathie, de négligence, qui chez lui, toujours très actif et très énergique, était quelque chose de nouveau et semblait indiquer un détachement progressif de tout ce qu'il avait fait jusqu'alors. J'ouvris ses valises et rangeai dans mon armoire ses costumes et ses effets. Mais, quand il s'agit des livres qui servaient à ses études et que je lui proposai de les aligner provisoirement sur le marbre de la commode, devant la glace, il me répondit :

– Tu peux les laisser dans la valise... ils ne me serviront plus.

– Pourquoi ? lui demandai-je. Tu ne dois pas passer ton doctorat ?

– Je ne passerai plus de doctorat.

– Tu ne veux pas continuer tes études ?

– Non.

Je n'insistai pas, de crainte qu'il en vînt à parler de son habituel sujet d'angoisse, et laissai les livres dans la valise. Je remarquai aussi qu'il ne se lavait plus et ne pensait plus à se faire la barbe, alors qu'il avait toujours été très propre et très soigneux de sa personne. Cette seconde journée, il la passa entièrement dans sa chambre, tantôt fumant étendu sur le lit, tantôt marchant en long et en large, l'air pensif et les mains dans les poches. Mais à dîner, ainsi qu'il me l'avait promis, il ne parla plus à maman. Le soir venu, il déclara qu'il dînerait dehors et sortit seul; je n'osai pas lui proposer de l'accompagner. Je ne sais pas où il alla; j'étais sur le point de me coucher quand il rentra; je m'aperçus tout de suite qu'il avait bu. Il m'embrassa avec des gestes immenses et burlesques et voulut me prendre; je dus accepter, bien que je me rendisse compte que, pour lui, faire l'amour fût désormais, comme boire, un acte désagréable accompli par force, dans le seul but de se fatiguer et de s'étourdir. Je le lui dis en ajoutant :

– Autant vaudrait pour toi aller avec une autre femme.

Il rit et me répondit :

– En effet, cela vaudrait autant... mais, comme c'est toi qui es là et que c'est si facile!...

J'étais blessée de ces paroles et, plus encore que blessée, affligée du peu d'affection, ou plutôt du manque absolu d'affection pour moi qu'elles laissaient voir.

Mais, brusquement, j'eus comme une illumination. Je me tournai vers lui et je lui dis :

– Regarde... je sais que je ne suis qu'une pauvre fille quelconque... mais tâche de m'aimer. C'est pour ton bien que je te le demande. Si tu parvenais à m'aimer, je suis sûre que tu finirais par t'aimer aussi toi-même.

Il me regarda, dit et répéta d'une voix forte et moqueuse : « L'amour! l'amour! » et éteignit la lumière. Je restai dans le noir, les yeux dilatés, aigrie, perplexe, ne sachant que penser.

Les jours suivants n'amenèrent aucun changement chez lui; tout continua de même. Il semblait avoir remplacé ses anciennes habitudes par d'autres, nouvelles, et c'était tout. Avant, il travaillait, allait à l'Université, voyait ses amis au café et lisait. Maintenant il fumait, étendu sur le lit, se promenait dans la chambre, me tenait ses habituels propos allusifs et bizarres, s'enivrait et faisait l'amour. Le quatrième jour, je commençai à me sentir réellement désespérée. Je me rendais compte que sa douleur ne diminuait pas du tout, et il me semblait impossible de continuer à vivre dans la douleur. Ma chambre, constamment pleine de fumée de cigarettes, me semblait une officine de douleur, travaillant nuit et jour sans un moment de répit; l'air même que je respirais était devenu pour moi tout glacé et tout épaissi de tristes et d'obsédantes pensées. Dans ces moments-là, je maudis bien des fois mon insignifiance, mon ignorance et le fait d'avoir une mère encore plus insignifiante et plus ignorante que moi. Quand on a de graves difficultés, le premier mouvement pousse à demander conseil à une personne plus âgée et plus expérimentée. Or, je ne connaissais personne ayant ces qualités : demander secours à maman, c'eût été demander secours à l'un des nombreux enfants qui jouaient dans la cour de la maison. D'autre part, je n'arrivais pas à pénétrer le fond de la douleur de Jacques; bien des choses m'échappaient, et je finis par me persuader que le principal de son tourment, c'était qu'il y eût dans les papiers de la police des traces de ce qu'il avait dit à Astarite, et que ces papiers restassent dans les archives comme un perpétuel témoignage de sa faiblesse. Certaines phrases de lui me confirmèrent dans cette conviction. Aussi lui dis-je, un après-midi :

– Si cela te gêne qu'on ait inscrit tout ce que tu as dit à Astarite... Astarite ferait n'importe quoi pour moi. Je suis sûre que, si je le lui demande, il fera disparaître ton interrogatoire.

Il me regarda et me demanda d'un ton singulier :

– Qu'est-ce qui te fait penser ça?

– Tu l'as avoué toi-même l'autre jour... Quand je t'ai dit que tu devrais chercher à oublier et que tu m'as répondu : « Quand bien même j'aurais oublié, moi, la police n'a pas oublié. »

– Et comment ferais-tu pour le lui demander?

– C'est tout à fait simple. Je lui téléphone et je vais au ministère.

Il ne dit ni oui ni non. J'insistai :

– Alors, tu veux que je le lui demande?

– Pour ce qui est de moi, fais comme tu voudras.

Nous sortîmes ensemble pour aller téléphoner à la crémerie. Je trouvai tout de suite Astarite et lui dis que j'avais à lui parler. Je lui demandai si je pouvais venir au ministère. Mais lui, quoique bégayant, eut un accent particulier pour me répondre :

– Ou chez toi, ou pas du tout.

Je compris qu'il voulait se faire payer du service que je lui demanderais et cherchait à tergiverser :

– Dans un café? lui proposai-je.

– Ou chez toi, ou pas du tout.

– C'est bon, dis-je alors. Va pour chez moi!

Et j'ajoutai que je l'attendais le soir même, vers la fin de l'après-midi.

– Je sais ce qu'il veut, dis-je à Jacques, tandis que nous revenions à la maison. Il veut faire l'amour avec moi. Mais personne n'a jamais pu obliger une femme à faire l'amour contre ses idées. Des chantages... il ne m'en a fait qu'un lorsque j'étais encore novice, mais il ne m'en fera pas d'autres !

— Pourquoi ne veux-tu pas faire l'amour avec lui ? me demanda-t-il négligemment.

— Parce que c'est toi que j'aime.

— Il est bien possible, dit-il du même ton indifférent, que si tu ne fais pas l'amour avec lui, il refuse de détruire les interrogatoires... Et alors ?

— Il les détruira, n'aie pas peur.

— Mais s'il ne voulait le faire qu'à cette condition ?

Nous étions sur l'escalier. Je m'arrêtai et lui déclarai :

— Alors, je ferai ce que tu voudras.

Il me prit par la taille et dit lentement :

— Eh bien ! voilà ce que je veux. Que tu fasses venir Astarite et que tu l'amènes dans ta chambre sous prétexte de faire l'amour... Moi, j'attendrai derrière la porte et, quand il entrera, je le tuerai d'un coup de revolver. Ensuite, nous le pousserons sous le lit et, l'amour, c'est nous qui le ferons toute la nuit !

Dégagés, pour la première fois, du brouillard terne qui les embuait les jours précédents, ses yeux scintillaient. Je m'effrayai, surtout parce que je sentais qu'il y avait une logique dans sa proposition, et aussi parce que, dorénavant, je m'attendais à des malheurs de plus en plus énormes, définitifs, et parce que ce crime m'avait tout l'air de pouvoir se produire.

— Miséricorde, Jacques ! m'écriai-je. Ne dis pas ça, même pour rire !

— Même pour rire ! répéta-t-il. En effet, je riais !

Je pensais que peut-être bien, après tout, il ne plaisantait pas, mais ce qui me rassurait, c'était l'idée que le revolver dont il se fût servi était déchargé, puisque je l'avais, à son insu, vidé de ses balles.

— Sois tranquille, lui dis-je, Astarite fera tout ce que je voudrai. Mais ne parle plus de cette façon-là, tu me fais tellement peur !

— Alors, maintenant, on n'a même plus le droit de plaisanter ? dit-il d'un ton léger, en pénétrant dans la maison.

Dès que nous fûmes dans la grande pièce, je remarquai qu'il était pris d'une brusque excitation. Il se mit à se promener en long et en large, les mains dans les poches, selon son habitude, mais avec une allure différente de son allure habituelle, plus énergique, avec une expression de visage qui semblait dénoter une réflexion profonde et lucide, et non pas son habituel découragement et son habituelle apathie. J'attribuai ce changement au soulagement qu'il éprouvait de savoir que, bientôt, ces documents compromettants seraient détruits : une fois de plus, j'ouvris tout mon cœur à l'espoir et je lui dis :

– Tu verras que tout va s'arranger !

Il tressaillit profondément, me regarda comme s'il ne me reconnaissait pas, et répéta d'une façon mécanique :

– Oui, sûrement... tout va s'arranger.

J'avais renvoyé maman de la maison en l'expédiant faire des commissions pour le dîner. J'eus tout à coup un élan d'optimisme. Je pensai que, réellement, tout allait s'arranger, et peut-être mieux que je ne l'espérais. Astarite ferait ce que je lui demanderais, s'il ne l'avait pas déjà fait; et, tous les jours davantage, Jacques verrait pâlir son remords, reprendrait goût à la vie, se remettrait à regarder l'avenir avec confiance. Les hommes ont ce trait commun que, dans le malheur, ils se contentent de survivre; mais qu'à peine le vent semble changer ils échafaudent tout de suite les plans les plus vastes et les plus ambitieux. Deux jours plus tôt, je me sentais capable de renoncer à Jacques pourvu qu'il fût heureux; maintenant que j'avais l'illusion de pouvoir lui rendre rapidement ce bonheur, non seulement je ne pensais plus à le quitter, mais j'étudiais déjà la manière de me l'attacher. Ce qui me poussait à faire ces plans, ce n'étaient pas des calculs intelligents, mais une impulsion obscure de mon âme qui veut toujours espérer et ne supporte pas longtemps la mortification et la douleur. J'eus l'impression qu'au point où en étaient les choses il n'y avait plus pour nous que deux solutions : ou nous quitter, ou nous lier pour la vie. Comme je ne voulais même pas envisager la première alternative, j'en vins à me demander s'il n'y avait pas quelque moyen de hâter la seconde. Je n'aime pas le mensonge; je crois pouvoir compter au nombre de mes rares qualités celle d'une sincérité presque excessive. Si, à ce moment-là, je mentis à Jacques, c'est que je n'eus pas l'impression de mentir, mais de dire la vérité. Une vérité plus vraie que la vérité même, une vérité selon l'âme et non selon les faits matériels. Du reste, je ne pensai à rien; ce fut comme une inspiration.

Il marchait, comme toujours, en long et en large; moi, j'étais assise au bout de la table. Je l'appelai tout à coup :

– Ecoute, arrête-toi... il faut que je te dise une chose.

– Quoi ?

– Il y avait quelque temps que je ne me sentais pas bien; ces jours-ci, je suis allée voir le docteur... Je suis enceinte.

Il s'arrêta, me regarda et répéta :

– Tu es enceinte ?

– Oui. Et je suis absolument sûre que c'est de toi.

Il était intelligent. Il ne pouvait pas deviner que je mentais, mais comprit tout de suite, et parfaitement, le véritable but de cette annonce. Il prit une chaise, s'assit à côté de moi, me fit une caresse affectueuse au visage et me dit :

– Je suppose que ce devrait être là une raison de plus... bien mieux, la raison par excellence... pour me faire oublier ce qui est arrivé et me faire continuer... N'est-ce pas ?

– Que veux-tu dire ? lui demandai-je, feignant de ne pas comprendre.

– Je vais devenir *pater familias,* continua-t-il. Ce que je ne voulais pas faire pour l'amour de toi, je devrais le faire à présent pour l'amour de ce petit, comme vous dites, vous autres femmes.

– Tu feras ce que tu voudras, lui dis-je en haussant les épaules. Je te dis cela parce que c'est la vérité, et c'est tout.

– Un enfant, somme toute, continua-t-il de son ton méditatif, comme s'il pensait à haute voix, ce peut être une raison de vivre... Beaucoup, la quasi totalité, n'en demandent pas davantage. Un enfant, c'est un bon prétexte. On peut aller jusqu'à voler, jusqu'à tuer pour son enfant !

– Mais qui te demande de voler ou d'assassiner ? l'interrompis-je, indignée. Je te demande seulement d'être content... Si tu ne l'es pas, tant pis !

Il me regarda et me caressa de nouveau la joue avec affection :

– Si tu es contente, je suis content aussi. Tu es contente, toi ?

– Moi, oui ! répondis-je avec assurance et orgueil. Avant tout parce que j'aime les enfants et ensuite parce qu'il est de toi.

Il rit et me dit :

– Quelle finaude tu fais, toi !

– Pourquoi finaude ? Quelle finauderie y a-t-il à être enceinte ?

– Aucune, mais tu reconnaîtras qu'en ce moment, dans ces circonstances, c'est un coup de maître ! Je suis enceinte, par conséquent...

– Par conséquent ?

– Par conséquent, il faut que tu acceptes ce que tu as fait ! cria-t-il brusquement, très fort, en sautant sur ses pieds et en agitant les bras. Par conséquent, il faut que tu vives ! que tu vives ! que tu vives !

Je ne saurais dire le ton qu'eut sa voix. J'éprouvai un atroce serrement de cœur, et mes yeux se remplirent de larmes.

– Fais ce que tu veux ! balbutiai-je. Si tu veux me lâcher, lâche-moi. Moi... c'est moi qui m'en irai !

Il sembla se repentir de son mouvement, s'approcha de moi et me caressa encore en me disant :

– Excuse-moi... ne t'occupe pas de ce que je dis... pense à ton enfant et ne te soucie pas de moi.

Je pris sa main et la passai sur ma figure en la mouillant de mes larmes et en bégayant :

– Oh ! Jacques... comment pourrais-je ne pas me soucier de toi ?

Nous restâmes longtemps silencieux : lui debout près de moi, moi pressant sa main sur mon visage, la baisant et pleurant. Puis nous entendîmes sonner à la porte.

Il s'écarta de moi; j'eus l'impression qu'il devenait très pâle; mais, au moment même, je ne pus pas m'expliquer pourquoi et n'eus pas l'idée de le lui demander. Je sautai debout et lui dis :

– File ! Voilà Astarite. Sors ! Vite !

Il sortit par la cuisine, en laissant la porte entrouverte. Je m'essuyai rapidement les yeux, remis les chaises en place et passai dans l'antichambre. Je me sentais de nouveau parfaitement tranquille et sûre de moi; dans l'antichambre noire, l'idée me vint même que je pourrais dire à Astarite que j'étais enceinte : comme cela il me laisserait tranquille et, s'il ne voulait pas m'accorder par amour la faveur que je lui demandais, il le ferait par pitié.

J'ouvris la porte et fis un pas en arrière; au lieu d'Astarite, c'était Sonzogne qui était sur le seuil.

Il avait les mains dans ses poches; au geste machinal que je fis de refermer la porte, d'une légère poussée des épaules, il l'ouvrit entièrement et entra. Je le suivis dans la grande pièce. Il alla se placer près de la table, du côté de la fenêtre. Il n'avait pas de chapeau, comme d'habitude, et je ne fus pas entrée que je sentis sur moi ses yeux fixes et têtus. Je fermai la porte de communication et lui demandai, en affectant l'indifférence :

– Pourquoi viens-tu ?

– Tu m'as dénoncé, hein ?

Je levai les épaules et m'assis au bout de la table en disant :

– Je ne t'ai pas dénoncé.

– Tu m'as quitté, tu es descendue et tu es allée appeler les agents.

Je me sentais tranquille. Si j'éprouvais quelque sentiment, c'était plutôt de la colère que de la peur. Il ne m'inspirait plus aucune crainte : mais je sentais monter en moi une grande fureur contre lui et contre tous ceux qui, comme lui, m'empêchaient d'être heureuse.

– Je t'ai quitté, lui dis-je, et je suis descendue parce que j'en aime un autre et ne veux plus avoir affaire avec toi. Mais je n'ai pas appelé les agents. Je ne moucharde pas, moi! Les agents sont venus pour leur compte. C'était un autre qu'ils cherchaient.

Il s'approcha de moi, me prit le visage entre deux doigts, à la hauteur des joues, et me le serra avec une force terrible, le soulevant vers lui et me forçant à desserrer les dents.

– Remercie ton Dieu d'être une femme! me dit-il.

Il continuait de me tenailler le visage, me contraignant à faire une grimace de douleur que je sentais laide et ridicule. Je fus prise d'une sorte de fureur, sautai debout, le repoussai et lui hurlai :

– Va-t'en, imbécile!

Il remit ses mains dans ses poches et se rapprocha encore plus de moi en me regardant, comme toujours, fixement dans les yeux. Je criai de nouveau :

– Tu n'es qu'un imbécile... avec tes muscles... tes vilains petits yeux bleus... ta tête tondue! Va-t'en! Fiche le camp, crétin!

« C'est réellement un imbécile », pensai-je, quand je vis qu'il ne disait rien mais, un léger sourire sur ses lèvres minces et tordues, avançait vers moi, les mains dans les poches, en me regardant fixement.

Je courus à l'autre bout de la table, empoignai un fer à repasser – un fer de tailleur, très lourd – et lui criai :

– Va-t'en, crétin! ou je t'applique ça sur le mufle!

Il hésita un moment, s'arrêta. Au même instant, la porte de la grande pièce s'ouvrit derrière moi, et Astarite se montra sur le seuil. Evidemment, trouvant la porte ouverte, il était entré. Je me tournai vers lui et lui criai :

– Dis à celui-là de s'en aller... Je ne sais pas ce qu'il me veut... Dis-lui de s'en aller!

J'ignore pourquoi, mais j'éprouvai un grand plaisir en remarquant l'élégance d'Astarite. Il était vêtu d'un pardessus croisé gris, qui paraissait neuf, sa chemise à filets rouges sur fond blanc faisait l'effet d'une chemise de soie. Une belle cravate côtelée gris-argent s'insérait dans son costume bleu. Il me regarda, tandis que je brandissais mon fer à repasser, regarda Sonzogne et dit d'une voix tranquille :

– Mademoiselle te dit de t'en aller... alors, qu'est-ce que tu attends ?

– Mademoiselle et moi, répondit Sonzogne d'un ton bas, nous avons différentes choses à nous dire, il vaut mieux que vous partiez, vous.

Astarite, en entrant, avait ôté son chapeau, un feutre noir bordé de soie. Sans hâte, il le posa sur la table et s'avança au-devant de Sonzogne. Son attitude me stupéfia. Un scintillement combatif rendait plus clairs ses yeux noirs mélancoliques. Sa bouche, qu'il avait grande, s'élargissait et se retroussait dans un sourire de satisfaction et de défi. Il montrait ses dents. Il dit en martelant les syllabes :

– Ah ! tu ne veux pas t'en aller ? Eh bien ! moi, au contraire, regarde un peu, je te dis que tu vas t'en aller, et plus vite que ça !

L'autre hocha la tête en signe de dénégation mais, à mon grand étonnement, recula encore. Astarite fit un pas en avant. Ils étaient désormais nez à nez, tous deux à peu près de la même taille.

– En attendant, qui es-tu ? lui dit Astarite, toujours avec le même rictus. Ton nom ! Et vite !

L'autre ne répondit pas.

– Tu ne veux pas le dire, hein ? insista Astarite d'un ton presque voluptueux, comme si le silence de Sonzogne lui faisait plaisir. Tu ne veux pas le dire et tu ne veux pas t'en aller... C'est bien ça ?

Il attendit un moment, puis leva la main et gifla Sonzogne à deux reprises, d'abord sur une joue, puis sur l'autre. J'appuyai mon poing sur ma bouche et le mordis. « Sonzogne le tue ! » pensai-je en fermant les yeux. Mais j'entendis la voix d'Astarite qui disait :

– Maintenant, file ! Plus vite que ça !

Je rouvris les yeux et vis Astarite traîner Sonzogne jusqu'à la porte en le tenant au collet. Sonzogne avait encore les joues rouges du soufflet, mais ne paraissait pas se rebiffer. Il se laissait traîner comme s'il pensait à autre chose. Astarite le poussa hors de la grande pièce, puis j'entendis claquer violemment la porte de la maison, et Astarite reparut sur le seuil.

– Mais qui était-ce ? demanda-t-il en ôtant machinalement un petit duvet du revers de son pardessus et en jetant un coup d'œil sur lui-même comme s'il eût craint d'avoir compromis son élégance par l'effort violent qu'il venait de faire.

– Je n'ai jamais su son nom de famille. Je sais seulement qu'il s'appelle Charles.

– Charles! répéta-t-il en ricanant et en hochant la tête.

Puis il vint à côté de moi. Je m'étais mise dans l'embrasure de la fenêtre et regardais à travers les vitres. Astarite me passa un bras autour de la taille et me demanda d'une voix et d'un ton déjà changés :

– Comment vas-tu?

– Je vais bien, répondis-je, sans le regarder.

Ce fut lui qui me regarda fixement, puis me serra fortement contre lui, sans rien dire. Je le repoussai doucement et lui dis :

– Tu as été bien gentil avec moi. Je t'ai téléphoné pour te demander un autre service.

– Ecoutons, dit-il.

Il gardait les yeux fixés sur moi et ne semblait guère m'écouter.

– Ce jeune homme que tu as interrogé... commençai-je.

– Ah oui! interrompit-il en faisant la grimace. Encore lui! Il ne s'est pas révélé un héros.

Je fus curieuse de savoir la vérité sur l'interrogatoire de Jacques.

– Pourquoi? lui demandai-je. Il a eu peur?

Il hocha la tête.

– Je ne sais pas s'il a eu peur, me répondit-il... Ce qu'il y a de sûr, c'est qu'à la première question il a tout dit. S'il avait nié, je n'aurais rien pu lui faire... Il n'y avait aucune preuve.

«Donc, pensai-je, cela s'est passé exactement comme Jacques l'a dit.» Une sorte de brusque absence, comme s'il avait coulé à pic, sans raison, sans qu'on l'en priât, sans provocation.

– Bon! continuai-je. Je suppose que vous avez écrit ce qu'il a dit. Je voudrais que tu fisses disparaître tout ce que vous avez écrit.

— C'est lui qui t'envoie, hein ? ricana-t-il.

— C'est moi ! répondis-je.

Et je lui jurai solennellement :

— Puissé-je mourir à l'instant même, si ce n'est pas vrai !

— Tous voudraient voir les procès-verbaux disparaître, déclara-t-il. Les archives de la police, c'est leur mauvaise conscience. Le dossier disparu, plus de remords !

Je me souvins de Jacques et lui répondis :

— Si ça pouvait être vrai ! Mais, pour une fois, j'ai bien peur que tu ne te trompes !

Il m'attira de nouveau contre lui, mon ventre contre le sien; et il me demanda, troublé et balbutiant :

— Et toi, en échange, qu'est-ce que tu me donnes ?

— Rien, lui répondis-je en toute simplicité. Cette fois-ci, absolument rien.

— Et si je refusais ?

— Tu me ferais un grand chagrin parce que j'aime cet homme; et, tout ce qui lui arrive, c'est comme si ça m'arrivait à moi.

— Mais ne m'avais-tu pas dit que tu serais gentille avec moi ?

— Je l'avais dit... mais j'ai changé d'idée.

— Pourquoi ?

— Comme ça. Il n'y a pas de pourquoi.

Il m'étreignit de nouveau et, me parlant dans l'oreille en bégayant à toute vitesse, me supplia de bien vouloir, fût-ce pour la dernière fois, céder à son désir désespéré. Je ne saurais répéter les choses qu'il me dit, parce que mêlées à ses prières, il proférait des énormités que je ne voudrais pas écrire, de celles qu'on dit aux femmes comme moi, et que les femmes comme moi disent à leurs amants. Il les débitait avec je ne sais quelle précision méticuleuse et prolixe, mais sans la joie canaille qui accompagne habituellement ces effusions; bien mieux, avec un sombre plaisir d'obsédé. J'ai vu une fois, à l'asile, un fou homicide décrire à l'infirmier les tortures qu'il lui eût infligées s'il lui était tombé dans les mains, du même ton, point du tout fanfaron, mais grave et scrupuleux, qu'avait Astarite pour me chuchoter ces obscénités. En réalité, ce qu'il me décrivait de cette manière, c'était son amour, à la fois luxurieux et sombre, qui eût pu sembler simple débauche, mais que, moi, je savais profond, complet et, à sa façon, tout aussi pur qu'un autre. Comme toujours, il me faisait surtout compassion à cause de sa solitude que je sentais au fond de toutes ces énormités. Je le laissai s'épancher; après quoi, je lui déclarai :

— Je ne voulais pas te le dire, mais tu m'y obliges... Fais ce que tu voudras, mais je ne veux plus être celle d'autrefois... Je suis enceinte.

Il ne s'étonna pas, ne s'écarta pas un instant de son idée fixe :

— Eh bien ? dit-il. Et après ?

Je lui avais révélé mon état avant tout pour le consoler de mon refus. Mais je m'aperçus, en lui parlant, que je lui disais réellement ce que je pensais et que mes paroles venaient du cœur. J'ajoutai avec un soupir :

— Déjà, quand j'ai fait ta connaissance, je voulais me marier... Ce n'a pas été ma faute si je n'ai pas pu.

Il avait gardé son bras autour de ma taille, mais avait déjà desserré son étreinte. Il s'éloigna tout à fait de moi et s'écria :

— Maudit soit le jour où je t'ai rencontrée !

— Pourquoi, puisque tu m'as aimée ?

Il cracha de côté et dit encore :

— Maudit soit le jour où je t'ai rencontrée et maudit soit le jour où je suis né !

Il ne criait pas, ne semblait pas traduire un sentiment violent, mais parlait avec calme et conviction.

— Ton ami n'a rien à craindre, ajouta-t-il. Aucun interrogatoire n'a été transcrit. On n'a tenu aucun compte de ses renseignements... Il continue de figurer dans son dossier comme un politique dangereux. Adieu, Adrienne.

J'étais restée près de la fenêtre; je lui rendis son salut en le regardant partir de loin. Il prit son chapeau sur la table et sortit sans se retourner.

Aussitôt, la porte qui faisait communiquer ma chambre avec la cuisine s'ouvrit, et Jacques entra, son revolver à la main. Je le regardai, étonnée, vidée de toute force, muette.

– J'avais décidé de tuer Astarite, me dit-il avec un sourire. Tu crois réellement que ça m'intéressait que mon dossier disparût ?

– Et pourquoi ne l'as-tu pas fait ? lui demandai-je comme dans un rêve.

Il hocha la tête :

– Il a si bien maudit le jour où il est né ! Laissons-le-lui maudire encore quelques années.

Je sentais quelque chose qui me donnait de l'angoisse mais, j'avais beau faire, je ne parvenais pas à comprendre quoi.

– En tout cas, dis-je, je suis parvenue à ce que je voulais. Il n'y a rien au dossier.

– J'ai entendu, j'ai entendu, m'interrompit-il... J'ai tout entendu; j'étais derrière la porte, et la porte était entrouverte... J'ai vu, aussi. Il est courageux, ton Astarite, ajouta-t-il négligemment. Pan, pan ! ces deux claques magistrales qu'il a administrées à Sonzogne. Même pour donner des claques, il y a la manière. Ces claques étaient vraiment d'un supérieur à un inférieur, d'un maître ou de quelqu'un qui se sent maître à un serviteur. Et comme Sonzogne les a reçues ! Il n'a pas soufflé mot !

Jacques riait tout en remettant son revolver dans sa poche.

Je fus quelque peu déconcertée de ce singulier éloge d'Astarite. Je demandai à Jacques, avec quelque hésitation :

– Et que crois-tu que va faire Sonzogne ?

– Bah ! qui peut savoir ?

Il faisait désormais presque nuit; la grande pièce était plongée dans une ombre épaisse. Jacques se pencha sur la table, alluma la lampe à contrepoids et tout resta noir autour de la lumière. Sur la table il y avait les lunettes de maman et les cartes avec lesquelles elle faisait ses patiences. Jacques s'assit, prit les cartes et les battit. Puis il me dit :

– Veux-tu que nous fassions une partie de cartes en attendant le dîner ?

– Quelle idée ! m'écriai-je. Une partie de cartes ?
– Oui... une partie de brisque... allons, viens !
J'obéis, je m'assis à côté de lui et pris machinalement les cartes qu'il me tendait. J'avais la tête brouillée, et mes mains tremblaient, je ne sais pourquoi. Je me mis à jouer. Les figures des cartes me semblaient avoir un caractère méchant, peu rassurant : le valet de pique, froid, impassible, inhumain. En jouant, j'avais l'impression que nous jouions tous deux un enjeu important, mais je ne savais pas lequel. Je me sentais triste jusqu'à la mort. De temps en temps, tout en jouant, je poussais un léger soupir pour me rendre compte si j'avais toujours sur la poitrine ce poids qui m'oppressait. Et je m'apercevais que non seulement il ne s'en allait pas, mais qu'il s'alourdissait encore.
Il gagna la première partie, puis la seconde.
– Mais qu'as-tu ? me demanda-t-il en battant les cartes; tu joues vraiment mal.
Je jetai les cartes et lui dis :
– Ne me tourmente pas ainsi, Jacques ! Je n'ai vraiment pas le cœur à jouer.
– Pourquoi ?
– Je ne sais pas.
Je me levai et fis quelques pas dans la salle, en me tordant furtivement les mains. Puis je lui proposai :
– Allons dans la chambre, veux-tu ?
– Allons.
Nous passâmes dans l'antichambre, et là, dans le noir, il me prit par la taille et m'embrassa dans le cou. Alors, pour la première fois peut-être de ma vie, je crus considérer l'amour comme lui-même le considérait : un moyen de s'étourdir et de ne pas penser, ni plus agréable ni plus important que n'importe quel autre moyen. Je lui saisis la tête entre les mains et l'embrassai furieusement. C'est ainsi que nous entrâmes dans ma chambre. Elle était plongée dans l'obscurité, mais je ne m'en aperçus pas. Une lueur rouge sang m'emplissait les yeux; chacun de nos gestes avait l'éclat d'une langue de flamme brusque et rapide dans l'incendie qui nous dévorait. Il y a des moments où l'on croit voir avec un sixième sens répandu dans le corps entier; et alors les

ténèbres deviennent familières comme la lumière du soleil. Mais c'est une vue qui ne dépasse pas les limites du contact physique : tout ce que je pouvais voir, c'étaient nos deux corps projetés dans la nuit, comme les corps de deux noyés projetés sur la grève par un noir ressac.

Tout à coup, je me retrouvai étendue sur le lit, la lumière de la lampe réfléchie sur mon ventre nu. Je serrais les cuisses, peut-être à cause du froid, peut-être par honte, et me couvrais des deux mains. Jacques me regarda et me dit :

– Bientôt ton ventre va gonfler... il se gonflera tous les mois davantage... un jour la douleur t'obligera à ouvrir ces jambes que tu fermes si jalousement, et la tête de l'enfant, déjà couverte de cheveux, sortira; tu le pousseras à la lumière, on le prendra et on te le mettra dans les bras... tu seras contente et il y aura un nouvel être au monde... Espérons qu'il n'aura pas à parler comme Astarite !

– Comment ?

– Maudit soit le jour où je suis né !

– Astarite est un malheureux, répondis-je; mais, moi, je suis sûre que mon enfant aura de la chance et sera heureux.

Puis je m'enroulai dans la couverture et je crois bien que je dormis. Mais ce nom d'Astarite avait ravivé dans mon esprit le sentiment d'angoisse éprouvé après son départ. Tout à coup, j'entendis une voix que je ne connaissais pas me crier très fort dans l'oreille : « Pan ! pan ! » comme lorsqu'on veut imiter le bruit de deux coups de revolver; et, sans quitter mon lit, je sautai sur mon séant avec un vif mouvement d'épouvante et d'anxiété. La lampe était encore allumée; je descendis vivement du lit et me dirigeai vers la porte pour m'assurer qu'elle était bien fermée. Mais je cognai Jacques qui fumait, debout près de la porte. Confuse, je retournai à mon lit et m'y assis :

– Qu'en dis-tu, toi ? demandai-je à Jacques. Que va faire Sonzogne ?

Il me regarda et me répondit :

– Comment pourrais-je le savoir ?

– Moi, je le connais, dis-je, exprimant enfin par des mots l'angoisse qui m'oppressait. Ça ne veut rien dire du tout qu'il se soit laissé pousser hors de la pièce sans protester. Il est capable de le tuer. Que crois-tu ?

– C'est très possible.

– Tu penses qu'il va le tuer ?

– S'il le faisait, cela ne m'étonnerait pas.

– Il faut l'avertir ! criai-je en me levant et en me rhabillant délibérément. Je suis sûre qu'il va le tuer ! Ah ! pourquoi n'y ai-je pas pensé plus tôt !

Je m'habillai en toute hâte, tout en continuant à parler de ma peur, de mon pressentiment. Jacques ne disait rien, fumait et tournait autour de moi. Finalement, je lui dis :

– Je vais chez Astarite... à cette heure-ci, il est chez lui... Attends-moi ici.

– Je viens avec toi.

Je n'insistai pas. Au fond, cela me faisait plaisir qu'il m'accompagnât parce que j'étais si agitée que je craignais de me trouver mal. J'enfilai un manteau et déclarai :

– Il faut vite prendre un taxi.

Jacques mit son pardessus et nous sortîmes.

Dans la rue, je me mis à marcher rapidement, courant presque, tandis que Jacques, sans lâcher mon bras, allongeait le pas pour me suivre. Nous trouvâmes rapidement un taxi; j'y montai bien vite en criant l'adresse d'Astarite. C'était une rue dans le quartier Prati; je n'y étais jamais allée, mais je savais que ce n'était pas loin du Palais de Justice.

Le taxi partit. Hors de moi, je me mis à suivre son parcours en me penchant en avant pour observer les rues par-dessus l'épaule du chauffeur. A un certain moment, j'entendis Jacques dire doucement, comme s'il se parlait à lui-même :

– Et puis après ? Un serpent a mangé l'autre serpent.

Mais je n'y fis pas attention. Quand nous fûmes devant le Palais de Justice, je fis arrêter le taxi et Jacques paya la course. Nous traversâmes les squares en courant dans des allées de gravier, entre les bancs et les arbres. La rue où habitait Astarite se dégaina brusquement, devant moi, comme une épée; longue et droite, éclairée à perte de vue par toute une file de gros diffuseurs blancs. C'était une rue bordée d'édifices réguliers et massifs, sans boutiques, et qui semblait déserte. Astarite était loin d'habiter au commencement de la rue; sa maison devait se trouver tout au bout. Une telle tranquillité régnait que je déclarai :

— Il est possible que je n'aie fait qu'imaginer tout ça... Quoi qu'il en soit, je devais venir...

Nous passâmes trois ou quatre gros pâtés de maisons et autant de rues transversales. Alors Jacques me dit d'une voix tranquille :

— Il a dû arriver quelque chose... regarde.

Je levai les yeux et, à peu de distance, vis un rassemblement noir devant une porte cochère. Un cordon de gens s'alignaient sur le trottoir en face; ils regardaient en l'air, dans la direction du ciel sombre. Je me sentis tout de suite certaine qu'ils se trouvaient devant la porte d'Astarite. Je me mis à courir; j'eus l'impression que Jacques courait aussi.

— Qu'y a-t-il? Qu'est-il arrivé? demandai-je, hors d'haleine, aux premiers de ce groupe qui se pressaient devant la porte.

— On ne comprend pas bien, répondit celui à qui je m'adressai, un gros gars blond, sans manteau ni chapeau, qui tenait sa bicyclette par le guidon : il y a quelqu'un qui s'est jeté dans la cage de l'escalier... ou bien on l'y a jeté. Les agents sont montés sur le toit pour chercher quelqu'un d'autre.

Je me frayai le chemin à travers la foule et, à force de jouer des coudes, je pénétrai dans le hall de la maison, qui était spacieux, bien éclairé et rempli de gens. Un escalier blanc à rampe de fer forgé montait avec une large courbe au-dessus de toutes ces têtes. Comme je me poussais en avant, portée par mon élan, je pus voir par-dessus toutes les épaules une partie du dallage, au bas de l'escalier. Un pilastre rond, de marbre blanc, supportait une statue en bronze doré, ailée et nue, dont le bras levé tenait une torche de verre dépoli contenant une lampe. Juste au-dessous du pilastre, un drap recouvrait un corps humain étendu par terre. Tout le monde regardait du même côté; je regardai aussi et vis ce qu'on regardait, c'était un pied couvert d'une chaussette noire qui dépassait le drap. Au même instant, un grand nombre de voix se mirent à crier impérieusement.

Je me sentis projetée violemment dans la rue, avec tous les autres. Les deux hauts battants de la porte se refermèrent aussitôt.

Je dis d'une voix éteinte à celui qui était derrière moi :

— Jacques, allons-nous-en.

Je vis alors une figure inconnue qui me regardait d'un air étonné. Après avoir vainement protesté à haute voix et criblé de coups de poing la porte fermée, les gens s'éparpillaient dans les rues et faisaient des commentaires. D'autres arrivaient de toutes parts en courant. Deux voitures et un bon nombre de cyclistes s'arrêtèrent pour s'informer. Je me mis à rôder au milieu de cette foule avec une anxiété croissante, et à regarder une à une toutes ces faces, sans oser parler. Certaines nuques, certaines épaules semblaient celles de Jacques; je me fourrais impétueusement au milieu des groupes et voyais alors un grand nombre de figures étrangères qui me regardaient avec surprise. Les gens étaient particulièrement nombreux devant la porte; ils savaient qu'il y avait un cadavre derrière et gardaient l'espoir de le voir. Ils étaient là, serrés, avec une expression patiente et grave, tout à fait comme dans les queues à la porte des théâtres. Je continuais encore à errer quand je m'aperçus que j'avais examiné tout le monde et que je revoyais toujours les mêmes gens. J'eus l'impression, dans un de ces groupes, d'entendre nommer Astarite et m'aperçus que je ne me souciais plus de lui, mais que toute mon angoisse se concentrait sur Jacques. Je finis par me rendre compte qu'il n'était plus là. Il devait s'être éloigné au moment où je pénétrais dans le hall. Il me sembla, je ne sais pas pourquoi, que j'aurais dû m'attendre à cette fuite : je m'étonnai de n'y avoir pas songé plus tôt. Rassemblant toutes mes forces, je me traînai jusqu'à la place, montai dans un taxi et donnai l'adresse de chez moi. Je pensai que Jacques pouvait m'avoir perdue et être retourné pour son compte à la maison. Mais j'étais presque sûre qu'il n'en était rien.

Il ne se trouvait pas à la maison et n'y vint ni le soir ni le lendemain. Je restai enfermée dans ma chambre en proie à un malaise anxieux, si fort que je ne pouvais m'empêcher de trembler de tout mon corps. Mais je n'avais aucune fièvre. Il me semblait seulement que je vivais hors de moi-même, dans un air anormal, excessif, où tout spectacle, tout bruit, tout contact me blessaient et me donnaient des faiblesses au cœur. Rien ne pouvait m'empêcher de penser à Jacques, pas même les descriptions détaillées du nouveau crime de Sonzogne dont les journaux que maman m'avait apportés étaient remplis. Le crime portait la signature de Sonzogne; peut-être les deux hommes avaient-ils lutté un moment, sur le palier, devant la porte d'Astarite, puis Sonzogne avait renversé Astarite contre la rampe, l'avait soulevé et précipité dans la cage de l'escalier. Cette cruauté était extraordinairement expressive : nul autre que Sonzogne n'eût pu penser à tuer un homme de cette manière. Mais, comme je l'ai dit, je n'avais qu'une seule idée et ne parvins même pas à m'intéresser aux articles qui racontaient comment, bien plus tard dans la nuit, Sonzogne avait été tué à coups de fusil tandis qu'il se sauvait par les toits comme un chat. J'éprouvais une sorte de nausée pour toute occupation, toute distraction et même toute réflexion qui ne concernait pas Jacques. Et, en même temps, penser à Jacques me remplissait d'une angoisse insoutenable. Deux ou trois fois, Astarite me revint à l'esprit; je me rappelai son amour pour moi et sa mélancolie avec un sentiment de pitié aussi fort qu'impuissant; et je me dis que, si je n'avais pas senti cette angoisse pour Jacques, je l'aurais certainement pleuré, que j'aurais prié pour cette âme à laquelle aucune lumière n'avait jamais souri et qui avait été séparée du corps d'une manière si prématurée et si inhumaine.

C'est ainsi que je passai cette première journée, la nuit, tout le jour suivant et toute la nuit qui vint après.

Je restais étendue sur mon lit ou bien assise dans le fauteuil, au pied du lit. Je serrais fortement dans mes mains une veste de Jacques que j'avais trouvée accrochée au portemanteau et l'embrassais de temps en temps avec passion, ou la mordais pour refréner mon inquiétude. Même quand maman m'obligea de prendre un peu de nourriture, je mangeais d'une main et, de l'autre, continuais de serrer convulsivement la veste. La seconde nuit, maman voulut me coucher; je me laissai passivement déshabiller. Mais, quand elle voulut m'ôter cette veste, je poussai brusquement un cri perçant qui lui fit extraordinairement peur. Maman ne savait rien, mais comprenait vaguement que je me désespérais à cause de l'absence de Jacques.

Le troisième jour, je trouvai une idée, et toute la matinée je m'y accrochai avec obstination, bien que je sentisse obscurément qu'elle était très mal fondée. Je pensai que Jacques avait pris peur en apprenant que j'étais enceinte, qu'il avait voulu se soustraire aux obligations que lui imposait mon état et qu'il s'était réfugié chez lui, en province. C'était une vilaine supposition; mais j'aimais mieux imaginer Jacques lâche que d'accepter d'autres hypothèses que je ne pouvais m'empêcher de faire sur sa fugue, des hypothèses très tristes suggérées par les circonstances ayant accompagné sa disparition.

Ce même jour, à midi, maman entra dans ma chambre et lança une lettre sur mon lit. Je reconnus l'écriture de Jacques et j'eus un vif mouvement de joie. J'attendis d'abord que maman fût sortie, puis que mon trouble fût passé. Ensuite j'ouvris la lettre. La voici en entier :

« Très chère Adrienne,

« Au moment où tu recevras cette lettre, je serai déjà mort. Quand j'ai ouvert mon revolver et que je l'ai vu déchargé, j'ai tout de suite compris que c'était toi qui avais fait la chose, et j'ai pensé à toi avec une grande affection. Pauvre Adrienne, tu ne connais pas les armes, tu ne savais pas qu'il y a une balle dans le canon! Le fait que tu ne t'en fusses pas aperçue m'a confirmé dans ma résolution. D'ailleurs, il y a tant de façons de se tuer !

« Comme je te l'ai déjà dit, je ne puis accepter ce que j'ai fait. Je me suis rendu compte ces derniers jours que je t'aimais; mais, si j'étais logique, je devrais te haïr, parce que tout ce que je hais en moi, et que mon interrogatoire m'a révélé, tu l'es, toi, au plus haut point. En réalité, à ce moment-là, c'est le personnage que j'aurais dû être qui est tombé; j'ai été uniquement l'homme que je suis. Il n'y a eu de ma part ni lâcheté ni trahison, mais seulement une mystérieuse interruption de la volonté. Pas tellement mystérieuse, peut-être; mais cela me conduirait trop loin. Qu'il me suffise de dire qu'en me tuant je remets les choses dans l'ordre qu'elles doivent avoir.

« N'aie pas peur, je ne te hais pas, au contraire, je t'aime à tel point que rien que de penser à toi suffit à me réconcilier avec la vie. Si c'eût été possible, certainement que j'aurais vécu, que je t'aurais épousée et que nous aurions été, comme tu le dis souvent, bien heureux ensemble. Mais, réellement, ce n'était pas possible.

« J'ai pensé à l'enfant qui va naître, et j'ai écrit dans ce sens deux lettres : une à ma famille et une à un avocat de mes amis. Après tout, les miens sont de braves gens et, bien qu'on ne puisse pas se faire d'illusions sur leurs sentiments à ton égard, je suis convaincu qu'ils feront leur devoir. Dans le cas, improbable, où ils s'y refuseraient, tu ne dois pas hésiter à te servir de la loi. Cet ami avocat viendra te trouver, et tu peux te fier à lui.

« Pense quelquefois à moi. Je t'embrasse.

Ton Jacquot.

« *P.S.* – Le nom de mon ami avocat est François Laureau. Son adresse : rue Cola di Rienzo, 3. »

Quand j'eus lu cette lettre, je m'enfonçai sous mes couvertures, m'entortillai la tête dans mes draps et pleurai à chaudes larmes. Je ne saurais dire combien de temps je pleurai. Chaque fois que je croyais avoir fini, une sorte d'amer et violent déchirement se produisait dans ma poitrine, et j'éclatais en nouveaux sanglots. Je ne criais pas comme j'en éprouvais le désir, parce que je craignais d'attirer l'attention de maman. Je pleurais en silence, en sentant que c'était la dernière fois de ma vie que je pleurais. Je pleurais sur Jacques, sur moi-même, sur tout mon passé et tout mon avenir.

Enfin, sans cesser de pleurer, je me levai et, tout ahurie, tout étourdie, la vue obscurcie par les larmes, m'habillai en hâte. Je lavai mes yeux à l'eau froide, maquillai tant bien que mal mon visage rouge et gonflé, et sortis sans me faire voir, sans avertir maman.

Je courus au commissariat du quartier et me fis recevoir par le commissaire. Il écouta mon histoire et me dit, d'un air sceptique :

– A vrai dire, nous n'avons connaissance de rien. Vous verrez qu'il a dû y repenser.

Je désirais qu'il eût raison. Mais, en même temps, je ne sais pourquoi, je sentis contre lui une grande irritation :

– Si vous parlez ainsi, c'est parce que vous ne le connaissez pas, lui dis-je durement, parce que vous croyez que tout le monde est comme vous !

– Mais en somme, me demanda-t-il, vous souhaitez qu'il soit mort ou vivant ?

– Je veux qu'il vive ! criai-je. Je veux qu'il vive ! Mais j'ai tellement peur qu'il soit mort !

Il réfléchit un instant, puis me dit :

– Calmez-vous. Au moment où il a écrit cette lettre, il voulait peut-être se tuer pour de bon... Ensuite, il est possible qu'il se soit repenti... C'est humain... ça peut arriver à tout le monde.

– Oui, c'est humain, balbutiai-je.

Je ne savais plus ce que je disais.

– Quoi qu'il en soit, revenez ce soir, conclut-il; ce soir, je pourrai vous dire quelque chose.

Du commissariat j'allai droit à l'église. C'était l'église où j'avais été baptisée, où j'avais fait ma première communion, où j'avais été confirmée. Une vieille église, longue et nue, avec deux colonnades de pierre brute et un pavement poussiéreux de larges dalles grises. Mais derrière les deux colonnades, dans l'obscurité des nefs latérales, on voyait s'ouvrir des chapelles très riches et très dorées, comme des grottes profondes remplies de trésors. Une de ces chapelles était consacrée à la Madone. Je m'agenouillai dans cette obscurité, sur ce pavement, devant la grille de bronze qui fermait la chapelle. La Madone était représentée dans un grand tableau sombre, devant lequel il y avait beaucoup de vases pleins de fleurs. Elle tenait l'Enfant dans ses bras; à ses pieds, un saint habillé en moine l'adorait à genoux, les mains jointes. Je me prosternai à terre en frappant fortement du front les dalles du sol. Couvrant la pierre de baisers en forme de croix, j'invoquai la Vierge et prononçai mentalement un vœu. Je promis de ne jamais plus, de toute ma vie, approcher aucun homme, pas même Jacques. L'amour était la seule chose au monde à laquelle je tinsse et qui me plût; il ne me semblait pas pouvoir faire, pour le salut de Jacques, un plus grand sacrifice. Puis, toujours prosternée, le front contre la dalle, je priai sans paroles ni pensée avec le seul élan du cœur, longtemps. Mais, quand je me relevai, j'eus comme un éblouissement : il me sembla qu'une brusque clarté déchirait l'ombre épaisse entourant la chapelle; et, dans cette clarté, je vis distinctement la Madone me regarder avec douceur et bonté, mais néanmoins, me faire de la tête signe que non, m'indiquer qu'elle n'accueillait pas ma prière. Ce fut l'affaire d'un instant; ensuite, je me retrouvai debout près de la grille, en face de l'autel. Plus morte que vive, je me signai et rentrai à la maison.

J'attendis toute la journée, comptant les minutes et les secondes. Vers le soir, je retournai au commissariat. Le commissaire me regarda d'un air particulier; je défaillis presque et lui dis avec un filet de voix :

— Alors, c'est vrai ? Il s'est tué ?

Le commissaire prit une photographie sur sa table et me la tendit en me disant :

— Un individu qu'on n'a pas identifié s'est effectivement tué dans un hôtel proche de la gare. Regardez un peu si c'est lui.

Je pris la photographie et le reconnus tout de suite. On l'avait photographié de la tête à la ceinture, étendu sur un lit, semblait-il. De sa tempe, là où il avait tiré, de nombreux filets de sang noir lui rayaient le visage. Mais, sous ces rayures, la figure avait une expression sereine que je ne lui avais jamais vue de sa vie.

Je dis d'une voix éteinte que c'était lui et me levai. Le commissaire voulait encore parler, peut-être bien me consoler. Je ne l'écoutai pas et sortis sans me retourner.

J'allai à la maison et, cette fois, me jetai dans les bras de maman, mais sans pleurer. Je savais qu'elle était stupide et ne comprenait rien; elle n'en était pas moins la seule personne à laquelle je pusse me confier. Je lui racontai tout : le suicide de Jacques, notre amour, et que j'étais enceinte. Mais je ne lui confiai pas que le père de mon enfant était Sonzogne. Je lui parlai aussi de mon vœu, et lui dis que j'avais décidé de changer de vie, que je me remettrais à faire des chemises avec elle ou que je me placerais comme bonne. Après avoir tenté de me consoler par une quantité de phrases sincères mais sottes, maman me dit qu'il ne fallait rien précipiter : pour l'instant, il fallait voir ce que la famille allait faire.

– Cela, lui répondis-je, c'est une chose qui regarde mon enfant, mais non pas moi.

Le lendemain matin, les deux amis de Jacques, Tullius et Thomas, se présentèrent de manière inattendue. Eux aussi avaient reçu une lettre dans laquelle, après leur avoir annoncé qu'il se tuait, Jacques les avertissait de ce qu'il appelait sa trahison et les mettait en garde contre ses conséquences.

– N'ayez pas peur, leur dis-je durement; si vous avez peur, vous pouvez vous rassurer. Il ne vous arrivera absolument rien.

Et je leur racontai l'histoire d'Astarite en leur disant qu'Astarite, qui était le seul à savoir la chose, était mort, que l'interrogatoire n'avait pas été transcrit et qu'ils n'avaient pas été dénoncés. J'eus l'impression que Thomas était sincèrement chagriné de la mort de

Jacques, mais que l'autre n'était pas encore revenu de son épouvante. Au bout d'un moment, Tullius déclara :

– Tout de même, il nous a bien mis dans la mélasse... Qui peut faire confiance à la police? On ne sait jamais! C'est vraiment une trahison!

Et, là-dessus, il se frotta les mains avec un de ses énormes éclats de rire habituels, comme si la chose était réellement comique.

Je me levai, indignée.

– Comment, une trahison? Comment, une trahison? Il s'est tué; qu'est-ce que vous voulez de plus? Aucun de vous deux n'aurait eu le courage d'en faire autant! Et puis il faut que je vous dise une chose : vous deux, vous n'avez pas le moindre mérite à ne pas avoir trahi, parce que vous n'êtes que deux purotins, deux pauvres diables, deux misérables, que vous n'avez jamais possédé un sou, que vos familles sont des familles de malheureux, de pauvres bougres et, si les choses tournent bien, vous finirez par avoir ce que vous n'avez jamais eu et vous connaîtrez la bonne vie, vous et vos familles. Mais lui, il avait de l'argent; il était né d'une famille riche; c'était un monsieur; s'il faisait ça, c'est parce qu'il y croyait et pas parce qu'il en attendait quelque chose. Lui, au contraire, avait tout à perdre, alors que vous avez tout à gagner! Voilà ce que j'ai à vous dire... Et vous devriez avoir honte de venir me parler de trahison!

Le petit Tullius ouvrit son énorme bouche pour me répondre; mais l'autre, qui m'avait comprise, l'arrêta d'un geste et me dit :

– Vous avez raison, mais rassurez-vous. Moi, tout au moins, je ne penserai jamais de Jacques autre chose que du bien.

Il semblait ému et j'éprouvai de la sympathie pour lui, parce qu'on voyait qu'il avait réellement aimé Jacques. Ils me saluèrent et s'en allèrent.

Restée seule, je sentis comme un allégement à ma douleur de ce que j'avais dit à ces deux hommes. Je pensai à Jacques, puis je pensai à mon enfant. Je songeai qu'il allait naître d'un assassin et d'une prostituée. Mais il peut arriver à tous les hommes de tuer, à toutes les femmes de se donner pour de l'argent; l'important, c'était qu'il vînt au monde en bon état et fût vigoureux et sain. Je décidai, si c'était un garçon, de l'appeler Jacquot, en souvenir de Jacques. Mais, si c'était une fille je l'appellerais Lætitia, parce que je voulais que, contrairement à moi, elle eût une vie heureuse et gaie; et j'étais sûre qu'avec l'aide de la famille de Jacques elle aurait cette vie.

1712

Impression Brodard et Taupin
à La Flèche (Sarthe) le 15 octobre 1990
1683D-5 Dépôt légal octobre 1990
ISBN 2-277-21712-3
1er dépôt légal dans la collection : oct. 1984
Imprimé en France
Editions J'ai lu
27, rue Cassette, 75006 Paris
diffusion France et étranger : Flammarion